날 가져요

날 가져요

1판 2쇄 찍음 2020년 12월 21일
1판 2쇄 펴냄 2020년 12월 29일

지은이 | 로즈빈
펴낸이 | 정 필
펴낸곳 | **(주)뿔미디어**

기획 · 편집 | 이영은, 심은지
표지 디자인 | 우 물

출판등록 | 2002년 9월 11일 (제1081-1-132호)
주소 | 경기도 부천시 원미구 소향로 17, 303(두성프라자)
전화 | 032)651-6513 / 팩스 032)651-6094
E-mail | dahyangs@naver.com
블로그 | http://blog.naver.com/dahyangs
비북스 | http://b-books.co.kr

값 12,000원

ISBN 979-11-315-9097-3 04810
ISBN 979-11-315-9098-0 04810 (세트)

※파본은 구입하신 서점에서 교환하여 드립니다.

날 가져요

2

로즈빈 장편 소설

DAHYANG ROMANCE STORY

CONTENTS

6부
그러다가 정든다니까

"대체 어떻게 USB를 전해 드리지……."

밤이 늦어서야 찬양은 샤워를 끝냈다. 머리를 말리기도 전에 자신의 방으로 돌아와, USB를 손에 쥔 찬양은 고민에 빠졌다. 조금 전 노트북으로 잠시 훑은 경영 뉴스엔 임강준 대표의 연임을 두고 말이 많았다. 샤워를 하는 내내 잊히질 않더라. 그가 실제로 연임이 되는 일을 막아야 하는데, 대체 이 USB를 뭐라고 하면서 전해 줘야 하는지 실로 암담했다.

"그냥 상무님 서랍 속에 두고 나올까? 애초에 거기 있었던 것처럼?"

오, 좋은 생각인데? 찬양은 자신의 생각이 괜찮다는 듯 고개를 끄덕였다. 그냥 서랍 속에 처박아 두면 내가 알 게 뭐냐. 그렇게라도 전해 줘야 하는 상황 아닌가?

"아니다……. 그러다가 상무님이 서랍 안 열어 보면 어떡해……."

재킷 속에 넣어 놓을까? 샤워실에 넣어 놓는 건? 차에다 몰래 둘까?

"미치겠다. 상무님 성격에 퍽이나 의심 안 하겠다. 응? 분명히 용의자 색출하려고 할 텐데."

에효, 찬양은 USB를 이리저리 바라보다가 주머니에 집어넣었다.

"상무님 방에 휴대폰 두고 왔네."

이런 제길, 아까부터 휴대폰이 보이질 않는다 했더니 없다. 아무래도 상무님 방에서 일을 하고 나오는 길에 챙기지 않은 것 같다. 다시 찾으러 가기엔 시간이 너무 늦어 버려 찬양은 초조하게 방을 서성였다.

그냥 잘까? 아니지, 알람이 없으면 내일 하루 종일 잘지도 모르는데. 잘릴지도 몰라. 그래도 찾으러 갈까? 아니지, 지금 시간이 몇 시인데. 찾으러 갔다가 있는 욕 없는 욕 사서 들을지도 모르는데.

"흐. 미치겠다."

찬양은 일단 문을 열고 나서 기다란 복도를 지나 그의 방문 앞에 섰다. 욕을 먹을 때 먹더라도, 내일 지각보단 나을 것 같으니 찾고 봐야겠다. 그러한 각오로 용기 내어 문을 두드려 보지만 답이 없다. 혹시 주무시나?

"상무님, 주무세요?"

말이 없다. 지금 문을 열면 최소 사망이겠지? 또 뭡니까? 정찬양 씨는 기본도 없습니까? 이러면서 또 블라블라 잔소리를 늘어놓으실 게 뻔해. 그냥 내일 찾아야겠다. 그러면 알람은…… 일단 밤을 샐까…….

"휴……."

찬양이 포기한 채 걸음을 옮기려고 하는데 벌컥, 방문이 열렸다. 다시 돌아보니 지안이 서 있다. 손엔 자신의 휴대폰이 들려 있다.

"어, 상무님. 다른 건 아니고 그거 제 휴……."

"전화받았습니다. 말씀하시죠."

지안이 자신의 휴대폰을 들고 누구와 통화 중인 것을 확인한 찬양은 눈을 동그랗게 떴다. 전화가 걸려 온 건지는 잘 모르겠으나, 상대방은 지안의 목소리에 놀랐는지 말이 없다. 지안은 문틀에 기댄 채 찬양을 바라보며 말을 이었다.

"말씀하세요. 대표님. 정찬양 씨 씻고 온 모양인데."

찬양은 사색이 되었다. 헐, 대표란다. 듣자 하니 걸려 온 전화인 것 같은데. 대표가 이 시간에 왜 나한테 전화를?

— 씻었다고? 씻어?

"아아. 네. 우리 집이거든요."

— 남 상무 집……이라고……?

임 대표의 의아한 목소리가 귓가를 울리자 지안은 고개를 비스듬히 꺾으며 찬양을 응시했다. 찬양의 젖은 머리를 바라보다가, 태연하게 그녀의 상황을 밝혔다.

음성은 부드러웠고.

"네. 우리 집."

대답 또한 친절했으나—

"지금 정찬양 씨 제 앞에 서 있는데."

눈빛은 공격적이었다. 하지만 사실을 말했을 뿐이다. 그녀가 씻고 왔다고. 지금, 우리 집이라고.

"대표님. 어떻게 할까요?"

웃는 목소리로 묻고 있으나 사실 그는 조금도 웃지 않는다. 찬양이 매서운 눈빛에 눌려 저도 모르게 뒷걸음을 걷자 지안은 그녀 팔을 끌었다.

"정찬양 씨 지금 내 방으로 들어왔는데."

쿵. 다소 큰 소리로 문이 닫힌다. 문에 기대고 선 찬양을 바라보며 지안은 다시금 입술을 열었다.

"바꿔, 드릴까요?"

내 앞에서 받아 봐. 어디 한번.

잠시 침묵이 흐른 뒤에야 평온해진 임 대표의 음성이 지안의 귓가를 울렸다.

— 아니야. 그냥 끊지. 다음에 다시 전화하면 돼.

"아뇨, 통화하세요. 바꿔 드릴 테니까."

임 대표가 실례했다는 듯 전화를 끊으려 하자 지안은 찬양에게 받아 보라며 휴대폰을 건넸다.

"여기, 전화. 받아 봐."

"어…… 음……."

찬양이 휴대폰을 들고 슬금슬금 문을 열고 도망치려 하자 지안은 다시금 쾅, 문을 닫고 눈으로 협박했다. 나가긴 어딜 나가. 내 앞에서 통화하라니까? 쿵. 또다시 강제 출입이 된 찬양이 휴대폰을 쥐고 눈치를 살피자 지안은 전화를 받으라고, 손짓을 했다.

"여보세요."

다람쥐 숨소리 같은 소리로 찬양이 말을 하자.

"크게 말 안 합니까?"

지안은 또다시 험악하게 인상을 구기며 아주 작게 말했다. 찬양은 입술만 씰룩거리다가 한 손으로 입술을 가리고 다시금 말을 뱉었다.

"여보세요?"

— 난데. 임 대표.

"네. 알고 있습니다."

아니 인간아. 이 시간에 전화가 웬 말이냐? 우리가 이 시간에 통화할 다정한 사이는 아니지 않냐?

— 지금 남 상무하고 같이 있나?

"네. 함께 있는데요."

— 집에?

"아니, 뭐, 공간이 중요한 건 아니고요."

정찬양 씨, 똑바로 말하라고 했습니다. 내가. 지안이 참견하며 작게 중얼거리자 찬양은 허리를 폈다.

"네네. 여기 상무님 댁입니다. 그런데 이 시간에 웬일이세요?"

찬양은 힐끔힐끔 지안의 눈치를 보며 통화를 이어 갔다. 상무님이 가까이서 저러고 노려보고 있으니 죽을 맛이다. 당황스러운 것은 강준도 마찬가지인지 헛웃음 소리가 들렸다.

— 까불까불한 소리 좀 들으려고 전화했는데. 내가 괜한 짓을 했네.

"술 드셨어요?"

— 조금.

허. 지안은 혀를 찼다. 대표가 술을 먹든 말든 지랑 무슨 상관인지 모르겠다. 감히 남지안의 앞에서 대표와 히죽거리며 통화를 해? 지금 사태의 심각성을 모르고 대표와 노닥거려?

"죄송한데요, 대표님. 제가 지금 전화를 받기가 어려워서요."

— 그래. 나도 할 말이 많았는데, 오늘은 날이 아닌 듯싶고. 하여튼 여러모로 대단하네, 정찬양 씨.

"네. 그럼 안녕히 주무세요."

— 이럴 땐 내가, 다정하게 전화를 끊는 게 상책이겠지?

찬양은 어이가 없다는 듯 웃음을 흘렸다. 무슨 그런 개소리를. 원래대로 해, 원래대로. 밤길 조심하라고 전화한 거 아니냐……?

"네네. 그럼 안녕히."

— 좋은 꿈 꾸고. 다음에 본격적으로 통화하자고.

"어…… 뭐…… 네네. 안녕히."

아하하. 아하하하하. 찬양이 어색하게 웃으며 전화를 끊자 지안은 눈꼬리를 세모꼴로 올렸다. 대표와 친하게 지내지 말라고 말한 게 하루도 지나지 않았다. 그런데, 전화가 와? 이 시간에? 이 새벽에?!

"어…… 전화가 걸려 왔나 봐요."

"내가 걸지는 않았습니다."

"그런데 제 전화를 왜 상무님이 받으세요?"

"지금 그게 중요합니까?"

"네."

제일 중요한데요? 찬양이 휴대폰을 주머니에 넣으며 대답하자 지안이 그제야 조금 떨어지며 바로 섰다.

"내가 말했을 텐데? 대표하고 친하게 지내지 말라고?"

"저 안 친한데요?"

"안 친한데 이 시간에 전화가 옵니까? 새벽 2시에 전 남친 전화 오는 것도 아니고?"

"제 전 남친은 새벽 2시에 전화 안 해요. 사람 세워 두고 잔소리를 하면 모를까."

"정찬양 씨 과거는 알고 싶지 않고."

칫. 이거 니 얘기거든?! 찬양은 지안의 표정을 바라보다가 덩달아 눈꼬리를 올렸다. 대화는 또다시 삼천포로 빠진다.

"아무리 그래도 제 전화를 함부로 받으신 건 너무하죠! 비서는 사생활도 없습니까?"

내 사생활이 그렇게 궁금하면 니 거 시켜 주든가!

"이봐요, 정찬양 씨. 누가 이 방에 휴대폰 두고 가라고 했습니까? 받으라고 일부러 두고 간 건 아니고?"

"찾으러 왔잖아요! 미안하다는 말이 그렇게 어려워요?"

"뭐, 뭐? 미안? 미안?!"

하! 지안은 기가 차다는 듯 코웃음을 쳤다.

"당연히 사과할 일이죠! 이런 일이 있으면 또 받으실 건가요?"

"당연하지! 백 번도 받지! 감히 상무실 비서가 대표와 내통하는 걸 보고만 있겠습니까?!"

"내통이라뇨? 당장 사과하세요, 당장!"

"사과 같은 소리 하고 있네! 내가 뭘 잘못했다고? 전화 또 오면 또 받을 겁니다. 알겠습니까?!"

이 정신 나간 비서가 사과를 하란다. 지안은 절대 사과 못 한다며 눈꼬리를 더더욱 끌어 올렸다. 찬양은 그런 지안의 표정이 마음에 들지 않아 투덜거렸다.

"대표님이 전화할 줄 제가 알았던 것도 아니고. 진짜 너무하시네."

"너무하긴 누가 너무하단 말입니까? 술 마셨어요? 어딘데요? 아주 콧소리가 작렬이던데?"

"제가 또 언제 콧소리를 작렬했다고 이러세요? 그리고, 어디냐고 물어본 적 없거든요?"

삼천포로 빠진 싸움은 계속된다.

"정찬양 씨, 나 진짜 궁금해서 그러는데 대표랑 정말 무슨 관계입니까?"

"말했잖아요. 남보다 못한 사이라고. 대체 뭐가 그렇게 궁금해요? 말해도 안 믿을 거면서?"

"대표가 이 시간에 누구한테 전화를 걸고 말고 할 성격이 아니라서 물어보는 겁니다. 게다가 술 마시고, 남의 비서한테 전화할 만한 사람은 아니라고."

"제가 상무님 비서는 맞고요?"

"그럼 아닌가?!"

……헷. 비서 맞대. 찬양이 방실방실 웃는다. 지안은 뜬금없는 포인트에 웃음을 터트리는 정신 나간 비서를 바라보다가 다시 눈꼬리를 올렸다.

"미쳤습니까?"

"제정신은 아니에요. 졸리거든요."

아아, 기가 빨린다……. 충전을 하기도 전에 방전이 될 것 같다…….

"나한테 정보 빼내서 대표한테 전해 주는 뭐, 그런, 이중 첩자는 아닙니까?"

"그렇게 물어보면 어떤 첩자가 네, 맞습니다. 라고 대답할까요?"

저 나갈래요. 찬양이 돌아서자 지안이 다시금 찬양의 팔목을 붙잡았다. 붙잡는 힘이 완강해, 찬양은 지안을 올려 보았다.

"장난 여기까지 하고. 당신 정말 그런 짓 하다가 걸리면 가만 안 둬."

"……뭐예요?"

허! 인간아! 내가 지금 누구 때문에 이렇게 생고생을 하고 있는데! 그게 지금 말이냐? 말이야?!

"내가 남 전무 봐서 참긴 하는데, 도를 지나치면 나도 더는 참기 힘드니까."

"참기 힘들면요?"

찬양이 악에 받친 눈빛으로 올려 보자 지안은 매섭게 그녀를 바라보았다. 이 정신 나간 비서의 정체가 문득 궁금해졌지만, 백 번이고 천 번이고 참고 넘겨 남 전무의 뜻을 믿어 보기로 한다.

"잘라 버릴 겁니다. 알겠습니까?"

"잘라 봐요. 누가 겁날 줄 알고?"

"허."

"갑니다. 안녕히 주무세요. 남의 휴대폰 전화 멋대로 받아 놓고 사과도 안 하면서 잘라 버린다고 협박이나 하고 첩자니 뭐니 의심이나 하고, 정말 엉망이야."

"지금 내가 랩 같은 욕을 들은 것 같은데, 기분 탓인가?"

"몰라요. 나오는 대로 내뱉은 제가 뭘 기억하겠어요. 저 갈래요."

진짜 너무하네. 찬양은 중얼거리며 지안의 방을 나섰다. 쿵, 소리를 내며 닫히는 문을 바라보다가 지안은 혼란스러워 머리를 움켜쥐었다.

"아…… 머리야……."

기가 빨린다. 그것도 아주 쭉쭉.

"남 전무…… 내가 진짜…… 며칠만 더 참는다, 참아……."

아아, 정말이지 비서 없이 일하고 싶다. 지안은 힘에 부치는 듯 침대로 비틀비틀 걸어가 털썩 드러누웠다. 그러다가 휴대폰을 들고 신 실장에게 전화를 걸었다.

"난데. 정찬양 회사 다닐 때 뭐 했는지 전부 알아봐. 전부."

기가 빨려 말할 힘도 없다. 말도 협박도 통하지 않는, 아주 이상한 비서였다.

"기 빨려……. 기가 너무 빨려……."

제길. 잠을 자도 충전이 되질 않는다. 아침 햇살은 그 어느 때보다 쨍하지만 지안은 퀭한 얼굴로 일어나 문을 열고 나섰다. 기다렸다는 듯이 정신 나간 비서가 서 있다.

"상무님! 안녕히 주……."

지안은 찬양의 이마를 검지로 밀며 걸음을 옮겼다. 벌써부터 정신 나간 비서와 말을 섞을 수는 없지.

"상무님! 오늘은 출근 안……."

왜냐하면 지금 나는 충전이 덜 됐으니까. 옆에서 찬양이 종종 따라오며 말을 붙이지만 다시 지안은 홱, 몸을 비틀며 그녀의 말을 콱 씹었다. 서재로 들어가 경제 잡지를 수북하게 들고 나왔다.

"어, 그 잡지는……."

찬양이 자신의 집에서 지겹도록 보아 온, 바로 그 경제 잡지들이다. 공연히 반가워 찬양은 웃음이 났지만 지안의 살벌한 표정에 입을 꾹 다물었다. 그는 다시 방으로 들어갔다.

"상무님! 아침은요! 훈제 연어 준비할까요?"

쿵. 문을 닫는다.

"아, 저……."

찬양은 문 앞에 서서 한참 망설이다가 돌아섰다. 어제의 싸움이 미안해서 아침 댓바람부터 기다렸건만 눈도 안 마주쳐 주고 말도 하질 않는다.

"단단히 삐졌네. 하여튼 소심해, 소심해."

전투력을 상실했을 땐 밥을 먹는 게 상책이다. 찬양은 주먹을 불끈 쥐고 밥을 먹으러 향했다.

"내가 지나 봐라. 누구 좋으라고, 내가 그렇게 물렁물렁하게 포기할 거면 여기까지 오지도 않았어요."

혼자 밥을 먹으며 찬양은 중얼거렸다. 상무님이 아무리 구박해도 나는 눈 하나 깜짝 안 할 거라고요!

"두고 봐. 나중에 다 복수해 줄 거야."

나중에 다 대갚음해 줄 거야. 씨잉……. 찬양은 서러워서 훌쩍거리며 밥을 먹었다. 미각을 잃을 수는 없는 인생인 건지 이 와중에도 밥맛은 꿀맛이었다.

"나이스. 다행이야. 기가 빨리지 않았어."

문을 닫고 방으로 들어선 지안은 찬양과 한마디도 섞지 않은 자신에게 뿌듯함을 느꼈다. 그나저나 요 며칠 무리했다고 몸이 좋지 않으니 오늘은 업무를 줄인 채 컨디션 조절을 해야 할 것만 같다. 다리도 뻐근하고, 팔도 저린 것 같다. 석 달 이상을 누워 있었으니 전신이 멀쩡할 리 없다.

지안은 재활 시간을 체크하며 시사 잡지를 들었다.

"강적이야, 강적."

그러다가 찬양이 떠올라 지안은 중얼거렸다. 대면을 해야 쫓아낼 구실을 찾을 텐데 마주치면 기가 빨리니 당최 누구의 득인지 모르겠다.

"말 몇 마디 대꾸 안 해 줄 수도 있지, 그런 얼굴을 하고 있어."

그러다가, 지안은 또다시 중얼거렸다. 자신을 졸졸 따라오던 찬양이 문을 닫기 전 강아지 같은 눈으로 쳐다보던 것이 떠올랐다. 참 드럽게 신경 쓰이고, 참 드럽게 거슬린다.

"내가 훈제 연어를 즐겨 먹는 건 또 어떻게 알고."

휴, 지안은 잡지를 대강 넘기다가 책상에 비치된 전화기를 들었다. 뚜루루루, 신호가 가더니 주방 실장이 전화를 받는다.

"난데."

— 네. 상무님.

"지금 정찬양 씨 식사 중인가?"

— 네. 지금 정 비서 내려와서 식사 중입니다.

"그럼 정찬양 씨 올라오는 길에 커피랑 훈제 연어 조금 보내 줘."

— 아. 네네. 상무님. 알겠습니다.

지안은 전화를 끊으며 다시 잡지로 시선을 돌렸다. 커피 한 잔 마시고 정신 차려야겠다. 저 엄청난 비서와의 기싸움에서 이기려면, 카페인은 필수였으니까.

"이번엔 오른팔을 돌려 보세요."

그의 재활을 도와줄 전문인이 자택으로 도착했다. 외부로 노출되는 일에 상당히 예민한 때였으니 출장을 부를 수밖에 없다.

지안은 치료사의 말에 따라 팔을 돌렸다. 큰 원을 돌리듯 팔을 돌리니 어깨에서 통증이 느껴졌다.

"불편하세요?"

"조금."

말과는 달리 통증이 상당한 듯하다. 지안의 미간이 좁혀지니 치료사는 그의 팔을 붙잡고 도왔다.

"힘드시죠? 왼팔이 더 문제가 심각한데."

치료사는 근심 어린 표정으로 지안의 팔을 붙잡고 천천히 내렸다. 원을 그리던 지안은 더 이상은 무리라는 표정을 지으며 잠시 멈췄다.

그 모습을 바라보던 찬양은 입술을 꾹 깨물었다. 그의 몸 상태는 생각했던 것보다 훨씬 안 좋은 것 같았다.

"그럼 이번엔 다리 들어 볼게요. 오른 다리부터."

기구에 다리를 끼워 넣은 지안이 다리를 들어 올렸다. 몇 번을 반복하니 그의 얼굴에 땀방울이 맺힌다. 찬양은 그의 모습을 유심히 살펴보다 깊은 숨을 내쉬었다. 저런 몸 상태로 업무를 어찌 보셨을까? 속이 상한다. 엄살이라도 좀 떨어 주지……. 몰랐잖아요…….

"무리하실 필요는 없어요. 힘드시면 말씀하세요."

"이 정도는 괜찮습니다."

지안은 현실을 인정하고 싶지 않다는 듯 재활에 열을 올렸다. 몇 달 동안 움직임이 없던 근육이 제 기능을 찾기 위해선 시간이 필요했다.

"이번엔 인지 능력 좀 볼게요."

치료사가 이것저것 움직임을 지시하자 지안은 느리게 반응했다. 머리로는 알겠는데, 몸이 생각만큼 빠르게 움직이지 않는다. 말을 듣지 않는 몸이 답답한지 지안의 표정은 영 좋지 않았다.

"조금만 쉬었다가 하겠습니다."

치료사는 무리라는 생각이 들었는지 휴식을 권고했고, 주치의와 통화를 하기 위해 밖을 나섰다.

수건으로 땀을 닦으며 지안은 고개를 숙였다. 그런 그의 모습이 안타까워 찬양은 천천히 걸음을 옮겼다. 그 누구보다 강할 것 같은 모습 속에 말하지 못할 고충이 있었다. 여간해선 고개를 숙이는 법이 없을 것만 같은 지안의 지금 모습은 바라만 보기엔 안타까움이 일었다. 찬양은 그의 곁으로 다가가 쪼그리고 앉아 올려 보았다.

"괜찮아요. 잘하고 계시는데요."

"지금 위로하는 겁니까?"

뱉은 숨을 내쉬던 지안이 힐끔 바라보며 묻자 찬양은 웃으며 고개를 끄덕였다.

"생각보다 괜찮으신데요?"

"대체 나를 얼마나 형편없이 생각했다는 건지."

"그래도 무리하시면 안 돼요. 조금씩 단계를 밟다 보면 금세 더 좋아지실 거예요."

대꾸할 힘도 없다. 지안은 마치 어린아이를 달래는 듯한 찬양의 음성에 눈을 감았다. 가뜩이나 예민해진 신경에 대단히 거슬렸지만 말을 덧붙일 힘도 없었다.

"괜찮게 보이려고 애쓸 필요는 없는 것 같아요, 상무님. 낫지 않는 병도 아닌데요. 다만 시간이 조금 필요한 거니까."

그러다가 지안은 문득, 생각했다. 내가, 타인에게, 위로를 받아 본 적이 있었던가?

"치료사님이 아까 그러셨잖아요. 조급하게 생각하면 안 된다고."

위로를 받는다. 내가. 이 남지안이?

"힘내세요. 도울 일이 있다면 제가 열심히 도……."

"뭘 안다고 주절주절 떠드는 건지 모르겠네."

"네……?"

찬양은 놀란 듯 말을 멈췄다. 후…… 숨을 뱉으며 지안은 물을 마셨다. 이런 모습 따위 누구에게도 보여 주고 싶지 않다.

"당신, 나 잘 알아? 대체 뭘 안다고 아는 것처럼 떠들어 대는 겁니까?"

내내 꼿꼿하게 자라 온, 살아온, 그의 자존심이 허락하지 않는다.

"때와 장소를 가리며 말 좀 합시다. 주제넘는 말도 한두 번이지. 월권 아닌가?"

"아…… 저는 그게 아니라……."

"봐주니까 정도가 없네. 정찬양 씨 눈엔 내가 그렇게 우스워 보입니까?"

"……죄송합니다."

"나가 봐요."

위로를 받는 삶에, 익숙하지 않다.

"나가라고!"

"네, 상무님."

찬양은 일어섰다. 자신의 어떠한 '말'이 그의 심기를 어지럽혔음이 분명하다. 본디가 조리 있게 설명하는 일에 소질 없는 찬양은 입술만 깨물다가 자리에서 일어섰다. 그의 기분을 더 상하게 만들기 전에 사라져 주는 것이 상책인 것 같으니, 조용한 걸음으로 그녀는 밖을 나섰다.

찬양이 떠난 공간에 적막이 내려앉는다. 신경질적인 손으로 물만 마시던 지안은 비어 버린 플라스틱 물통을 힘껏 던졌다. 캉―! 속이 빈 플라스틱 물통은 시끄러운 소리를 내며 바닥에 떨어졌다.

"빌어먹을……."

힘껏 던지니 오른팔에 찌릿한 통증이 느껴진다.

"오지 말라니까 와서 기어이 사람 속을 뒤집어."

……누굴 향한 분노인지, 사실은 알 수가 없다. 좀처럼 말을 듣지 않는 팔과 다리, 상황에 느린 반응, 타인에게 동정을 받았다는 당혹스러움.

"후……."

지안은 이를 악물었다. 기필코 재활에 성공해서 보란 듯이 재기하리라. 때마침 치료사가 들어오고 지안은 예상 시간보다 더 많은 시간을 재활에 할애했다. 한마디 걸기가 무서운 살벌한 분위기였다.

살얼음 같은 재활의 시간이 끝나고 난 뒤 얼마나 시간이 흘렀을까. 지안은 씻을 요량으로 복도를 걸었다. 저기, 정찬양이다. 지안을 발견한 찬양은 후다닥 뒤를 돌아 사라졌다. 지안은 미간을 일그러트렸다.

"저게 사람을 보고도 못 본 척을 하고……."

상처받았다, 이건가? 지안은 껄끄러운 표정을 지었다. 조금 전 예민하게 뱉어 낸 말들이 생각났고, 주눅이 잔뜩 든 찬양의 뒷모습을 보니 여간 신경 쓰이는 게 아니다. 지안은 그녀가 사라진 공간으로 걸음을 옮겼다.

"으아!"

코너에 숨어 있던 찬양은 목만 슬그머니 빼서 밖을 바라보다가, 코앞에 서 있는 지안을 보고는 화들짝 놀랐다. 또다시 잽싸게 도망을 간다. 지안은 팔을 뻗어 그녀의 목덜미 셔츠 깃을 잡았다. 캑캑거리며 또 질질 끌려온다.

"왜 도망갑니까?"

"어…… 그게요……."

지안이 돌려세우자 그녀가 웬일로 눈도 못 마주치고 손가락만 꼼지락거린다. 그 손을 내려다보다가 지안은 찬양의 얼굴을 살폈다.

"몇 마디 혼냈다고 지금 이렇게 주눅 든 것처럼 시위하는 겁니까?"

"아, 아뇨. 그런 건 아니고……."

"그럼?"

"어…… 제가 생각이 짧아서 상무님 마음을 배려 못 한 것 같아서요."

찬양은 지금껏 보지 못했던 시무룩한 표정을 지으며 말을 이었다. 지안은 말없이 그녀를 바라보았다.

"다른 뜻은 없었고요. 그냥 상무님 힘드신 게 속이 상해서."

처음 만났을 때부터 생각했던 거지만, 참 이상한 여자다.

"저도 모르게 오지랖을 부린 것 같아요. 죄송합니다. 앞으로는 주의하겠습니다."

하루에도 열두 번씩, 사람 기분을 들었다가 놨다 만든다. 아까는 화가 나서 어쩔 바를 모르게 만들더니 지금은 외려 마음이 다쳤을까, 염려하게 만든다.

"절대로 상무님 기분 나쁘게 하려고 한 건 아니었어요. 오해는 안 하셨으면……."

……알 수 없는 여자다. 지안은 가만히 그녀를 내려다보다가, 입술을 열어 말을 툭 뱉었다.

"아까는 미안합니다. 내가 좀 예민해서."

"네……?"

찬양이 놀란 듯 바라본다. 난데없이 튀어나온 상사의 사과에 깜짝 놀란 것이다.

"원래 사람은 몸이 불편하면 덩달아 예민해져요. 정찬양 씨가 이해해요."

"어…… 아뇨! 아뇨! 제가 더 죄송해요!"

"절대 부리는 사람이라고 막말한 것은 아니니까, 오해는 말고."

"그럴 리가요, 그럴 리가요."

헷, 찬양이 또다시 웃는다. 이 투박한 사과의 말이 뭐라고 금세 웃는 모습이라니, 어처구니가 없어 지안은 피식 웃어 버리고 말았다. 그 모습에 더욱 놀란 찬양이 그의 얼굴을 가리켰다.

"어? 지금 상무님 웃었어요? 웃은 거 맞죠?"

"아닙니다."

정색해 봐도 소용없다.

"웃으셨잖아요. 지금 막 입꼬리가 올라가고, 나 봤는데? 봤는데?"

참기가 어려워 지안은 다시 웃고 말았다. 서로 눈을 마주치니 뒤섞인 미안함과 황당함이 웃음으로 흘러나왔다.

예측할 수 없는 그녀의 엉뚱함, 근본 없는 씩씩함, 무턱대고 자연스러운 살가움, 자신을 어렵게 대하는 사람들 속에서 유독 도드라지는 그녀 특유의 친근한 말버릇. 지안은 이 대책 없는 비서 앞에서 허물어지듯 웃음을 터트리고 말았다.

서로는 웃었다. 마주 보며 웃음을 주고받은 일이란—

"와, 상무님 그렇게 웃는 얼굴 보니까 제가 마음이 좀 나아져요."

"그럼 다행이고."

그녀에겐 무척이나 오랜만이었고—

"일하기 전에 저녁 먼저 먹읍시다. 출출한데."

"좋아요! 좋아요! 비빔밥!"

"콜."

그에게는 처음 있는 일이었다.

역시나 뒤숭숭한 꿈을 꾸고 일어난 지안은 러닝 머신 위를 힘껏 달렸다. 처음엔 가벼운 걸음으로 시작했다가, 이어 빠른 걸음을 걷다가 달리기 시작했다. 어느덧 그의 이마엔 땀방울이 맺혔고 가쁜 숨은 이어졌다.

'아까는 미안합니다. 내가 좀 예민해서.'

"맙소사. 내가 대체 무슨 말을 한 거야."

'원래 사람은 몸이 불편하면 덩달아 예민해져요. 정찬양 씨가 이해해요.'

지안은 숨을 뱉으며 어제 일을 회상했다. 그 밤, 그 복도 모퉁이에서 정신 나간 비서를 향해 미안하다고 말했다. 절대로 절대로 너의 기분을 나쁘게 할 생각은 없었다고, 미안하다며 사과를 했다. 내가. 이 남지안이!

"후……."

지안은 입으로 새어 나오는 숨을 길게 불어 내쉬며 미간을 좁혔다. 번뇌가 찾아오지 않도록 쉼 없이 달려 보지만 그럴수록 자꾸만 어제의 기억이 맴돌았다. 이렇게까지 어제 일이 마음에 걸리는 건 스스로의 행동을 납득하지 못했기 때문이다.

살면서 계획하지 않은 행동이나 말을 뱉어 본 적 없는 성격이다. 그런 말을 하려고 뒤따라 붙잡은 것도 아니었다. 아니, 애당초 자신을 피하는 그녀를 따라가 붙잡은 것 자체가 이해되질 않는다.

"사과를 받아도 모자랄 판에, 대체 사과는 내가 왜……."

허구한 날 자신에게 온갖 괄시와 비난을 받는 신 실장에게 사과를 해 본 적이, 있었던가? 내가 언제부터 타인의 눈치를 살피며 일을 했단 말인가? 그런데, 그 정신 나간 비서에게, 내가 왜?

"이러다가 나까지 정신 나간 사람이 되겠어."

게다가 웃어 버렸다. 하도 어처구니가 없어서 어디 하나 고장 난 사람처럼 웃음을 터트리고 말았다.

……안 되겠다. 정신 나간 비서에게 말려 물러 터진 사람이 되기 전에 더욱 긴장해야겠다.

"후, 후……."

두고 봐라. 더욱더 열성적으로 괴롭혀서 반드시 내쫓아 주마.

"으어어어!"

지안은 이를 악문 채 달리기를 하다가 집중이 흐트러져 스텝이 꼬이고 말았다.

"으어어! 으어어어어어!"

넘어지지 않으려고 아등바등 발버둥을 치다가 결국 뒤로 밀려 나자빠지고 말았다. 쿵, 형편없는 자세로 고꾸라진 지안은 짜증이 가득 섞인 얼굴로 하염없이 돌아가는 러닝 머신 발판을 바라보았다. 휴, 뭐 하나 제대로 되는 일이 없으니 지안은 수건으로 얼굴을 닦으며 짜증을 토했다.

"가만히 두나 봐라, 내가."

이게 전부 다 정신 나간 비서 때문인 것만 같다. 장담하는데 더욱더 괴롭혀 주마. 물론 지금도 괴롭히고 있지만 더욱더 격렬하고 적극적인 자세로 괴롭혀 주겠다.

그러한 의미로, 지금 당장 정신 나간 비서를 보러 가야겠다.

"점심에 회사로 들어가죠."

"네, 상무님."

연료가 많이 들어가는 정신 나간 비서께선 아침을 든든히 먹은 얼굴로 앞에 서 있다. 지안은 관심 없는 경영 잡지를 들여다보다가 힐끔 고개를 들었다. 멀뚱멀뚱 서서 자신을 바라보고 있다.

"왜 그러고 봅니까?"

"그럼 나갈까요?"

"내 얼굴을 안 보면 나가야 합니까? 비서가?"

"사실은 뭘 봐야 하는지 모르겠어요. 어디를 보고 있을까요?"

……끓는다.

"음악이나 좀 틀어 봐요."

"아아, 음악이요. 알겠습니다."

정신 나간 비서가 움직인다. 지안은 혀를 끌끌 차며 다시 잡지로 시선을 돌렸다. 한참 기기를 만지작거리던 정신 나간 비서께서 작동이 어려운지 입을 연다.

"저…… 이거 어떻게……."

"대체 할 줄 아는 게 뭡니까?"

꼬투리를 잡았다는 듯 따져 묻자 머뭇거린다. 불쌍한 표정은 어디서 수업을 받고 온 건가, 아주아주 리얼하다.

"녹색 버튼 눌러 봐요. 길게."

"아아, 길게요. 네네. 어어, 켜진다!"

격렬한 잔소리를 쏟아붓고 싶지만 상당히 불쌍하니 이번 한 번만 도와주기로 한다. 어쭈, 알려 주니 금세 얼굴 표정이 해맑게 변한다.

"저, 상무님. 어떤 음악으로 틀까요?"

엇, 힐끔힐끔 표정을 살피다가 눈이 마주치고 말았다. 지안은 빠르게 고개를 돌리며 입술을 열었다.

"기본적으로 나는 퀄리티를 중시합니다."

"네네. 퀄리티요."

"전통성이 있고 고전적인, 이를테면 여러 악기의 하모니가 웅장한, 거장들의 혼이 담긴 그런……."

"아아…… 민속 음악……."

"클래식."

"아아…… 클래식……."

정신 나간 비서가 또다시 해맑게 속을 뒤집는다. 출근 전 여유를 만끽하며 음악 한 번 듣기 되게 어렵다. 정신 나간 비서는 여전히 헤매고, 지안은 결국 일어나 리모컨을 빼앗았다.

"내가 할 테니 저기 앉아 있어요."

"네……. 죄송합니다……."

찬양은 쭈뼛거리며 자리에 앉았고 지안은 신경질적인 손길로 리모컨을 작동시켜 음악을 틀었다.

"와, 듣기 좋네요."

"당연하겠지. 내가 틀었으니까."

누가 누구를 모시고 있는 건지, 사실은 잘 구분이 되지 않는 두 사람이었다.

회사에 출근한 지안은 제일 먼저 찬양의 정보를 입수했다. 신 실장은 조사한 찬양의 신상 정보를 보고했다.
“대표랑 정 비서 사이에 그런 소문이 있었단 말이지.”
“네. 뭐, 말이 많았더라고요. 장례식장에도 두 분 동행하셨다고.”
허, 이러고도 아무 사이가 아닌가? 아무 사이가 아니라고 거짓말을 해? 지안은 저도 모르게 주먹을 말아 쥐었다. 신 실장이 주말을 반납하고 만들어 온 정찬양 보고서를 손에 쥐고 오만상을 찌푸렸다. 신 실장은 그 모습을 보며 긴장한 채 서 있었다.
“그럼 남 전무하고는 무슨 사인데.”
“그게, 좀 이상한 부분이 있긴 한데요.”
“말을 좀 빨리빨리 했으면 좋겠어. 신 실장.”
“예. 남 전무님이 추천하기는 했는데, 딱히 접점이 없는 분 같기는 해요.”
“접점이 없는데 추천은 어떻게 해.”
“그냥 상무님께서 전무님께 여쭤보심이……. 같은 집에 살고 계신 분들께서 그 정도 말도 안 섞으세요……?”
장난하냐? 지안이 눈꼬리를 올리며 바라보자 신 실장은 흠칫 놀라 어깨를 좁혔다.
“어쨌든 대표랑 그렇고 그런 사이라는 소문이 있었다, 확실해?”
“네. 확실합니다.”
하…… 들끓는다. 지안은 배신감에 가득 찬 눈빛으로 정찬양 보고서를 노려보았다. 뭐? 이러고도 아무 사이 아니야? 장례식장도 같이 갔으면서 남보다 못한 사이라고? 웃기시네! 감히 내게 거짓말을 했겠다. 감히…….
“그런데 말입니다, 상무님. 또 특이 사항이 있어요.”
“또 뭐.”
활활 타오르는 눈빛을 치켜뜨자 신 실장은 판도라의 상자를 여는 것 같은 표정으로 입술을 열었다. 지안은 예상을 비켜 간 신 실장의 말에 표정을 풀었다.

"사실은 상무님이랑 연관이 있는 분이라는 소문도 있었다고……."

"……뭐야?"

정말 미스터리한 일들만 수두룩하다. 들으면 들을수록, 알면 알수록.

"그러니까, 전부 그냥 루머 같은데요. 정찬양 씨가 사실은 상무님과 관련된 여자라는 소문도 있었다고 합니다."

"그럼 전부 다 헛소문이라는 건가?"

"그럴 확률이 높다는 거죠. 낙하산은 원래 뜬금없는 소문이 많습니다, 상무님."

"장례식장은 뭔데. 둘이 같이 갔다며."

"글쎄요. 정찬양 씨를 전무님께 데려다주었다는 이야기도 있고. 떠도는 이야기들이 다 시원찮아서요."

앞뒤 아무것도 맞지 않는 소문의 주인공이요, 귀신같은 정체의 그녀였다. 지안은 고개를 절레절레 흔들며 다시 정찬양 보고서를 바라보았다. 하지만 상무와 관련된 여자라는 소문도 있다니 표정은 한결 부드러웠고, 음성 또한 한결 차분해졌다.

"이건 알겠고, 알아보라는 건 어떻게 됐어."

"안 그래도 오전에 운전기사 본가 쪽으로 연락을 취해 봤는데, 연락이 닿지 않는다고 하더라고요. 실종 신고 하라고 권했습니다."

신 실장은 지안에게 지시를 받고 죽은 자동차 계열사 사장의 운전기사를 찾고 있었다. 그의 행방이 묘연해 추적이 필요할 것 같았다.

"그리고, 여기 지시하신 자료들입니다."

신 실장은 들고 있던 나머지 파일을 내려놓았다. 죽은 자동차 사장이 죽기 직전까지 확인하던 자동차 결함 조사 과정이었다. 또한 임강준 대표의 알리바이, 그동안 만난 사장단 목록 등이 포함되어 있었다.

"알겠고, 내일 저녁에 백경자동차 윤민수 책임하고 임동석 박사 우리 집으로 들어오라고 해 줘."

"네, 상무님."

"사장단 모임 모레로 시간 잡아 주고."

"예, 알겠습니다. 상무님."

지안은 천천히, 아무도 모르게, 다시 시동을 걸었다.

"정 비서님, 상무님 댁에서 지내는 거 안 불편하세요?"

아니요? 저는 요즘 완전 행복한데요?

"어후, 저는 생각만 해도 끔찍해요. 정 비서님은 어떻게 상무님하고 24시간 붙어 있어요?"

웬걸요. 상무님과 24시간 붙어 있을 수 있어서 너무 기쁜데. 하지만 이렇게 말하면 안 되는 거죠?

"아하하, 그냥요. 그냥 뭐……."

찬양은 자신을 불쌍하게 바라보는 상무실 비서들과 대화를 나누다가 웃음을 터트렸다. 지안은 신 실장과 정찬양 보고서를 보고 있는 중이고, 찬양과 다른 비서들은 티타임을 가지고 있었다.

"집에도 못 가고 거기 있어야 하는 거잖아요. 퇴근도 못 하고 제대로 쉬지도 못하고요."

"물론 그렇긴 해요."

그런데 제가 지금 집도 절도 없는 신세라…….

"으으. 무섭다. 하루 종일 상무님 옆에서 피가 마를 것 같아요."

사색이 된 얼굴의 비서가 말하자 곁에 있던 다른 비서가 팔을 툭 치며 입을 열었다.

"왜? 난 그래도 좋을 것 같아. 상무님 얼굴을 24시간 볼 수 있다면 감내할 수 있을 것 같은데?"

"으엑? 진짜요? 물론 상무님께서 잘생기긴 하셨지만 일하실 땐 너무 무섭잖아요."

"섹시하잖아. 일에 열중인 남자, 정말 섹시하지 않아? 그 얼굴로 집중해 봐. 코피 팡, 터지지."

찬양은 다른 비서들의 대화를 듣다가 헛웃음을 흘렸다. 그는 누구에게나 잘생겼고, 무서웠고, 섹시했으며 근사했다.

"그 얘기 들으셨어요? 김이선 씨 우리 회사로 온다고 하던데요?"

……차를 마시던 찬양의 손길이 느려진다. 입가의 미소는 순식간에 지워졌다. 자신을 사이에 두고 두런두런 대화를 나누는 비서들의 목소리가 아득해진다.

"어, 알아. 들었어. 우리 회사로 오는 게 아니라 이미 왔어."

"진짜요? 난 아직인 줄 알았는데?"

"남 전무님이 급하게 추진하셨대. 뜻이 뭐겠어. 한식구 만들겠다는 거 아니겠어?"

"하긴, 상무님도 깨어나셨으니까 혼담 또 오고 가겠네요. 두 분 잘 어울리긴 해요. 부럽다."

"맞아. 그렇게 다 가진 여자도 흔치 않다. 에휴, 난 다음 생에 태어나면 그런 여자로 태어나고 싶다."

"하여튼 상무님 그분이랑 결혼하면 떠들썩하겠네요. 재벌가와 대형로펌 집안의 만남이라니. 완전 근사해."

그때였다. 유리문 너머 엘리베이터에서 누군가 내린다. 눈치 빠른 비서들은 후다닥 자리로 돌아가 질서 있게 일어섰고, 찬양도 따라서 일어섰다. 몇 걸음을 걸어 유리문을 통과한 여자가 안으로 들어선다. 이선이었다.

"수고 많으십니다. 남지안 상무님 안에 계시나요?"

"네. 안에 계십니다."

이선은 구면인 다른 비서와 인사를 나누었고 찬양은 물끄러미 이선의 얼굴을 바라보았다.

"그래요? 그럼 상무님 혼자 계세요? 누구 계신가요?"

"지금 신 실장님과 대화 중이십니다. 보고드릴까요?"

"아뇨. 그럼 일단 여기서 기다릴게요."

이선은 환히 웃으며 비어 있는 의자를 가리켰다. 살가운 인사에 비서들도 따라 웃으며 가벼운 묵례를 했다.

"변호사님, 차 한 잔 드릴까요?"

"괜찮아요. 상무님하고 나가서 마실 거예요."

비서가 묻자 밖에 나갈 거란다. 아마도 그와 나서려는 모양이다. 하긴 지금 점심시간이니까, 아마도 식사를 하려고. 그와, 밥을 먹으려고.

"어, 못 보던 분인데."

입술을 꾹 깨문 채 바닥만 내려다보던 찬양이 고개를 들자 이선의 눈빛이 자신을 향하고 있다.

"새로 오셨나 봐요."

"이쪽은 정찬양 비서입니다. 얼마 전에 발령받은 직원이고요."

"아아. 그러시구나. 반가워요."

찬양의 소개를 다른 비서가 해 주자 이선은 고개를 끄덕였다. 정중한 시선으로 찬양이 고개를 수그렸다.

"안녕하십니까. 정찬양이라고 합니다."

"네네. 반갑습니다. 저는 김이선이라고 해요. 저도 이제 여기 직원이에요."

있는 자들에게 흔히 보이는 거들먹거림도 몸에 밴 몹쓸 갑질도 없어 보인다. 여자의 가식 없는 상냥함이 더욱 찬양에겐 씁쓸함으로 다가왔다. 한눈에 보아도, 좋은 여자인 것만 같았다.

"어, 김 변호사님!"

신 실장이 문을 열고 나섰다. 그가 나서자 이선을 일어서며 또다시 살갑게 웃었다.

"지안 오빠 안에 있죠?"

"그럼요. 계십니다."

"저 그냥 들어갈게요. 서프라이즈."

"네네. 그러세요. 무단으로 들였다고 뭐라고 하시면 욕먹겠습니다."

신 실장이 무척이나 반갑게 이선을 맞이하며 그녀를 상무실로 안내했다. 찬양은 내내 바닥만 내려다보았다. 가슴엔 돌덩이가 내려앉았는지, 저리며 아팠다.

[정찬양 보고서]

신 실장이 보고를 마치고 나간 뒤 지안은 물끄러미 서류를 내려다보았다. 뭐든 서식을 갖춰 만드는 것을 좋아하는 신 실장의 버릇답게 그녀의 모든 정보를 문서화했다. 출신 지역, 학교, 전공, 잡다한 경력.

"이력서에 있는 것만 죄다 모아 놨네. 신 실장, 이것도 보고서라고."

그녀가 회사에 머물며 처리한 모든 일들의 기록, 친하게 지냈던 직원들의 명단, 횡행했던 소문.

'임강준 대표실 비서 중 최측근의 범죄 기록이 있더라고요. 신분 세탁을 한 것 같긴 한데 사내 지문 등록했던 것을 토대로 살펴봤습니다.'

지안은 보고서를 덮으며 신 실장의 말을 떠올렸다. 임 대표가 초창기부터 데려온 비서 한 명에게 의심스러운 정황이 포착되었다. 머릿속은 여러 가지 일들로 복잡하고, 지안은 두통이 오는지 잠시 눈을 느리게 감았다.

"똑똑."

그때였다. 누군가 입으로 노크 소리를 내자 지안은 다시 고개를 들었다. 이선이다.

"무슨 생각을 그렇게 골똘하게 해?"

"아니, 아무것도."

지안은 다른 파일로 찬양의 보고서를 덮으며 일어섰다. 이선은 조신한 걸음걸이로 소파에 다가와 앉았다.

"나 출근했는데 한 번도 안 내려오구."

"원래 나는 아무 곳도 안 내려가."

"내가 아무나야?"

"쓸데없는 소리 하지 말고. 왜 올라왔어."

"어후, 야박해."

지안은 손목시계를 쳐다보며 PC를 껐고 이선은 눈을 가늘게 뜨며 그를 바라보았다.

"현주 언니랑 점심 먹으려고 했는데 언니 자리에 없더라."

"나도 이제 자리에 없을 예정이야. 나가야 해."

"나랑 밥 먹고 가. 응? 나 오빠 아니면 혼자 먹어야 한단 말이야."

천성이 낯을 많이 가리는 이선이 아직은 다른 직원들이 버겁다며 투정을 부린다. 이런 투정, 그의 앞에서나 가능한 일이다.

"참, 오빠 자택 근무 한다며?"

"그렇게 됐어."

지안은 건성건성 답을 하며 자리에서 일어섰다. 슈트 재킷을 들었다.

"출근하면 오빠 얼굴 실컷 볼 수 있을 줄 알았는데, 그것도 아니네."

"보통 직원은 내가 회사에 있어도 내 얼굴 실컷 볼 일이 없지."

재킷을 입고 이번엔 코트를 집어 들었다. 이선은 이런 괄시에 익숙한 듯 종알종알 말을 이었다.

"심심해. 아는 사람 한 명도 없고. 다들 내 눈치 보는 기분이고."

"우리 직원들 너 눈치 볼 만큼 한가한 사람들 아니야. 괜한 오해 하지 말고 적응해."

코트를 다 입은 지안은 서류 가방을 챙겼다. 외투로도 가려지지 않는 그의 남다른 체격을 바라보다가, 이선은 다시 말을 이었다. 자신이 말을 붙이지 않으면 그는 한마디도 먼저 해 주지 않는다.

"사람 왔는데 얼굴도 한 번 안 봐? 나 머리도 했는데."

"머리는 나도 했어. 안 하고 사는 사람도 있어?"

"오빠는 나한테만 유독 쌀쌀맞은 거야, 아니면 남들한테도 그러는 거야?"

"굳이 내가 답하지 않아도 잘 알 텐데."

지안은 나갈 준비가 끝났다는 듯 책상을 벗어나 소파 쪽으로 다가왔다. 이선은 그가 멈추지 않을 것 같은 기분에 황급히 일어섰다.

"잘 모르겠어. 진짜로 잘 모르겠어. 오빠."

잔뜩 기합을 넣고 내려왔는데, 오늘도 쌀쌀맞은 당신의 얼굴 앞에 무너지지 않으려고 했는데, 구차하게 무너진다. 상처받을 줄 알고도 묻게 된다.

"그냥, 그냥 다정하게 말해 줄 수 있잖아. 오빠한테 별로 어려운 일도 아니잖아."

대체 나에게 왜 그러는 거냐고.

"그냥, 출근 잘했냐고. 밥 먹었냐고, 물어봐 줄 수도 있는 거잖아."

지안은 멈춰 섰다. 후, 짧은 숨을 내쉰 그는 그녀의 얼굴 쪽으로 시선을 옮겼다. 이내 눈빛이 변하는 이선의 얼굴은 아주 오래전부터, 기억도 나지 않는 저 어딘가의 시간으로부터 변함이 없다.

"그래. 다정하게 물을 수도 있는데."

"……."

"그러지 않을 수도 있지. 난 후자를 택했고. 앞으로도 그럴 거고."

나는 그런 너의 마음이 버겁고 불편하다. 내 마음이 네게 없으니 그 마음을 살펴볼 마음도 생각도 없는 거다.

"그리고 밥 정도는 혼자 먹어도 안 죽어. 요즘 혼밥 유행이라는데, 해 봐."

"어디 가는데? 오빠 점심 약속 있어?"

그러니까 너도 접어. 나는 죽어도 네 거 안 돼.

"없어. 그래도 너랑은 안 먹어."

"진짜 너무하다, 오빠."

"그리고, 이렇게 멋대로 상무실 드나드는 직원 없어. 참고해."

더 매몰차게 굴기 전에 접어, 이제 그만.

"너 직원이야. 나 회사 상무고. 너 계속 이렇게 드나들면 신 실장 잘려. 알겠어?"

"……."

"실력으로 인정받고 들어왔으면서 괜한 소문 만들지 마. 능력 폄하 받고 싶지 않으면 보통 직원처럼 굴어. 그게 힘들면 때려치우고."

지안은 상무실 문을 열고 나섰다. 이선은 가방을 들고 그의 뒤를 따라 밖으로 나왔다. 비서들은 일렬로 서서 그들을 배웅했고, 지안은 엘리베이터 버튼을 눌렀다.

"오늘만 먹어 주라. 진짜 너무해."

이선의 툴툴거림에 지안은 손목시계를 걷어 보면서 입을 열었다.

"김 변호사님. 점심시간 30분 남았습니다. 여기 변호사님네 로펌 아니니까 시간 준수하길 바랍니다."

하…… 진짜…… 아오……. 이선은 작은 주먹을 말아 쥐고 눈살을 찌푸렸다. 자존심이 상해 죽겠는데, 미련하게도 다음 날이면 그가 보고 싶어지는 걸 어쩌란 말인가.

"알겠어요. 오늘은 나 혼자 먹을게요."

"그래요. 그럼. 수고하고."

지안은 엘리베이터를 응시하다가 무엇이 생각났는지 상무실 안을 바라보았다. 개방된 유리문 안에 찬양이 서 있다.

"안 나옵니까?"

"네……?"

찬양이 화들짝 놀라 묻자 이선이 돌아본다. 지안은 손가락을 까딱거리며 나오라고, 찬양을 향해 손짓했다.

"나와요. 집에 가게."

"허……."

이선은 작게 탄식했고, 찬양은 입술을 멍하니 벌렸다. 지안의 시선은 찬양을 향했다.

"오라고, 빨리."

출근은 따로 하면서 꼭 집에 갈 땐 태우고 가는 이상한 상무님이다.

지하로 내려온 지안은 시동을 걸었고 찬양은 조수석에 올라탔다. 가슴엔 너무나도 많은 말이 맺혀 있어 그녀는 볼 바람만 가득 불어 넣은 채 침묵했다. 엘리베이터를 타고 내려오는 동안, 심장이 터질 뻔했다.

"도토리 숨겼습니까?"

응? 찬양이 고개를 돌리자 지안이 검지로 그녀의 볼을 푹, 찔렀다.

"헐…… 지금 뭐 하시는 거예요?"

찬양이 자신의 볼을 부여잡고 눈을 깜빡거리자 지안은 다시 핸들을 잡았다.

"표정 바로 합시다. 그런 바보 같은 표정 짓지 말고."

"아…… 네. 알겠습니다."

느닷없이 정색한 얼굴로 자신의 볼을 찌르니 찬양은 지안을 흘깃흘깃 바라보았다. 차창 밖으로 백미러를 보던 지안은 입을 열었다.

"다음부터는 내가 움직이거든 알아서 따라와요."

"아, 네. 상무님. 저는 두 분 식사하러 가시는 줄 알고……."

밀폐된 공간, 서로의 옆 좌석.

"비서는 기본적으로 어디든 함께 갑니다. 내가 누구와 식사를 하러 가든 따라와요."

"네. 상무님. 잘 알겠습니다."

정체를 알 수 없는 향기가 웃돌아 지안은 숨을 깊게 들이마셨다. 맡아 본 적 없는 것 같은데 너무나도 익숙하게 다가오는 향기. 데자뷔 같은 아찔한 기운에 지안은 찬양 쪽을 향해 숨을 다시 쉬었다. 근원지는 이쪽인 것 같은데.

"샴푸 뭐 씁니까?"

"샴푸요? 그냥 상무님 댁에 있는 거……."

아무리 생각해 봐도 익숙한 향기다. 이런 향을 어디서 맡아 봤단 말인지. 소름 돋게 익숙한 기분은 대체 뭐란 말인가?

지안이 이런저런 생각을 하는 때에 차는 신호에 걸려 멈췄다.

"향수는?"

"향수 안 쓰는데요."

향기가 자꾸만 신경을 긁는다. 마치 이 향기 하나로 무언가 연결이 될 것 같은 갑갑한 기분이다. 기억이 날 듯 말 듯, 머릿속은 검은 구름으로 뒤덮였다. 답답한 마음에 지안은 그녀 방향으로 얼굴을 내리며 향을 맡았다.

"뭐, 뭐 하세요!"

느닷없이 지안이 자신에게 기대듯 다가오니 찬양이 놀라 눈을 크게 치떴다. 목덜미 부근 아래에서 향을 맡듯 숨을 길게 들이마시더니 몸을 일으켜 세운다.

"별거 아닙니다."

"아니긴 뭐가 아녜요! 상무님한테는 별일 아닐지 몰라도 저한테는 별일이거든요!"

"당최 뭔지 모르겠네. 옷에서 나는 것 같은데."

"네?"

"아닙니다. 아무것도."

지안은 어딘가 석연찮다는 표정을 지으며 다시 전방을 주시했다. 기습적으로 다가왔던 지안에게 놀란 찬양만 말을 잃고 눈을 깜빡거렸다. 사람 놀라게 훅 들어와 놓고, 당사자는 정말로 별생각이 없는지 다른 생각에 빠져든 것처럼 보였다. 찬양은 앞섶을 주섬주섬 여미다가, 자신의 소매 냄새를 킁킁 맡다가, 그의 눈치를 살폈다.

"저, 상무님. 사적인 질문 하나만 해도 될까요?"

"안 됩니다."

지안이 거절하자 찬양은 입을 꾹 다물었다. 그러자 지안은 힐끔 그녀를 바라보았다.

"왜 안 물어봅니까?"

"안 된다고 하셨잖아요."

"언제부터 정찬양 씨가 내 말을 그렇게 잘 들었다고?"

"이건 너무너무 사적인 질문이라 저도 좀 그래서, 그냥 안 할래요."

"해 봐요. 그 사적인 질문."

지안은 핸들을 붙잡고 있는 손가락을 까딱, 움직였다.

"얼마나 사적인 질문이기에 못 하는지 들어나 봅시다."

"그…… 변호사님이랑은 왜 식사 안 하셨어요?"

까딱거리며 움직이던 그의 손가락이 멈춘다. 찬양은 뱉어 놓고 후회한다는 표정을 지었다.

"아, 아뇨. 그냥요. 그냥 두 분 되게 친한 사이라고 들었는데요. 굳이 찾아오신 분하고 식사 안 하셔서, 아주 그냥 단순하게 궁금해서……."

"마주 앉아 주거니 받거니 밥 먹는 사이 아닙니다."

"어…… 혼담…… 오간다고……."

"누가 그럽니까?"

"……."

"비서실 아주 한가하지. 헛소리들이나 작작 하고 있는 걸 보니."

"아, 아뇨. 비서실에서 그랬다는 건 아니고요."

"나는 무척 많은 기업가에서 혼담이 오가는 사람입니다. 굳이 김 변호사 아니라고 해도 무척이나 상당하게, 셀 수도 없이, 흔한 일이라고."

그래…… 너 잘났다…….

"그럼 나도 하나만 물어봐도 됩니까?"

"저한테요?"

"내가 김 변이랑 식사를 하지 않은 게, 정찬양 씨에게 어째서 아주 그냥 단순한 궁금증입니까?"

찬양은 마주 잡고 있던 제 손을 풀며 치맛자락을 움켜쥐었다. 지안은 그 모습을 내려다보다가 전방으로 시선을 옮겼다.

"그냥요. 당연히 드실 줄 알았거든요. 무례했다면 죄송합니다."

그녀의 입술 밖으로 사소한 변명거리가 쏟아지자 지안은 기가 막힌다는 듯 헛웃음을 뱉었다.

"무례한 건 아니고, 가급적 내 앞에서 김 변호사 이야기는 안 했으면 좋겠는데. 관계자 이야기만 합시다."

"네. 죄송합니다. 상무님."

신호가 바뀐다. 차는 다시 출발했고 찬양은 입술을 꾹 다물었다. 어쩐지 평소와는 조금 다른 찬양의 분위기에 지안은 다시 손가락을 까딱 움직였다. 이 정신 나간 비서의 시무룩한 분위기는 어쩐지 거슬렸다.

"오늘 집에 가도 할 일 많습니다."

"네. 알고 있습니다."

"목소리 톤 좀 올리면 안 됩니까? 누구한테 혼났나, 오늘?"

지안이 앞을 바라보며 미간을 슬쩍 구기자 찬양은 눈을 크게 뜨며 저도 모르게 다시 볼에 바람을 불어 넣었다.

그 예쁜 여자 앞에서, 그 고운 여자 앞에서, 얼마나 주눅이 들고 서러워지고 기분이 바닥을 쳤는데. 당신은, 모르겠지만.

"그럼 저 음악 좀 들어도 돼요?"

찬양은 그의 말처럼 기운을 차려 보려고 한껏 음성을 높였다. 전의를 상실해 봐야 도움될 일은 없었으니까. 지안은 답 대신 블루투스를 켜 주었고 찬양은 자신의 휴대폰으로 차량 블루투스를 연결했다.

"제가 듣고 싶은 걸로 틀어도 돼요? 상무님?"

"클래식."

"대중가요 듣고 싶은데……."

"클래식."

찬양이 입술을 삐죽거리며 휴대폰만 노려보자 그가 블루투스 취소를 시키고 저장된 음악을 켠다. 말마따나 아주 드럽게 고상한 클래식이 흘러나온다.

"심신 안정에 좋으니까, 들어요. 특히 정서 불안에 특효니까."

"네. 상무님."

괜히 틀었다. 찬양은 눈꼬리를 잔뜩 올린 채 창밖을 바라보았다.

'그리고 날 꼭 붙잡아. 정찬양 씨의 모습 그대로 나한테 와.'

찬양은 서서히 표정을 풀며 창밖으로 흘러가는 풍경을 말없이 바라보았다. 이렇듯 고요함 속에 그와 함께 있다 보니 그의 영혼이 떠나가기 전, 함께했던 마지막 밤이 떠오른다.

'알아보지는 못해도, 다시 좋아할게.'

하나같이 그를 향해 깍듯하게 구는 비서들 사이에서, 무례한 일이라는 걸 알지만 천방지축으로 굴 수밖에 없는 건, 당신의 간절했던 부탁 때문이다.

"올겨울은 유난히 추운 것 같아요."

있는 모습 그대로 오라고. 너의 모습 그대로, 네 모습 그대로 내게 오라고.

"겨울은 원래 추운 계절입니다."

"그렇죠. 그렇긴 해요."

평범한 행동으로는 당신이 날 찾지 못할 것 같은 기분에 깍듯함보다 더 힘든 천방지축으로. 아무것도 모른다는 고집스러움과 어리숙함으로 나는, 지금도 당신 곁에 있다.

"왜 웃습니까?"

그러고도 용케 안 잘리고 버티는 중이다. 스스로도 당혹스러운지 찬양이 너털웃음을 짓자 지안이 묻는다. 찬양은 별것 아니라며 손을 저었다.

"그냥요. 잠깐 옛날 생각을 하다가요."

사실은요, 상무님에게 또박또박 말대꾸할 때마다 무서워요. 아무것도 모르는 척 마음 가는 대로 행동하지만 사실은 나도 이래도 되나, 망설여요. 다 된 밤엔 후회도 해요. 조금 더 예쁜 말, 예쁜 표정 짓지 못했음에.

"상무님."

"말해요."

"저같이 형편없는 비서도 잘 거둬 주셔서, 감사합니다. 상무님."

뜬금없는 그녀의 이야기에 지안은 애가 뭘 잘못 먹었나, 싶은 표정으로 그녀를 바라봤다. 찬양은 계속해서 입술을 움직였다.

"제가 많이 부족한 거 알고 있어요. 상무님 마음에 꼭 드는 직원이 아닌 것도 잘 알고요."

그러니까.

"그래도 사실은 저도 많이 노력하고 있으니까……."

그러니까 당신.

"너무 밉게…… 너무 밉게는 안 보셨으면……."

부디 나를 알아봐 주었으면—

"제가 또 별소리를 다 하죠. 속사정은 속으로만 끝내라고 하셨는데."

찬양은 은연중 튀어나온 속상함이 민망한 듯 서둘러 마무리를 했다. 지안은 채 답을 내어놓기도 전에 갈무리를 한 그녀를 바라보다 입술을 슬쩍 벌렸고, 이내 닫았다. 결국 아무 답도 내어놓지 못한 채 시간은 흘렀다.

"뭐, 사실."

그러다가, 그는 고르고 고르던 말을 꺼냈다.

"그렇게 밉게 보는 건 아닙니다."

"……."

"입주가 쉽지 않은 건 알고 있습니다. 그리고 정찬양 씨 성격이 유달라 매일매일 놀라고 있는 것 뿐, 이해하려는 중이니까."

침묵했던 건 할 말을 정리하기 위한 시간이었으리라. 신중한 성격을 대변하듯 그가 선택한 대답엔 오해의 여지가 없었다.

"비서가 생각이 많은 건 좋지 않습니다. 생각은 내가 하고, 실행은 정찬양 씨가 합니다. 알겠습니까?"

"……."

이래저래 말을 해도 답이 없다. 지안은 믿을 수 없다는 듯 옆을 보고, 정면을 바라보다가 다시 옆을 바라보았다. 언제부터 저렇게 자고 있는 건지 모르겠지만 잔다.

아아. 자고 있다.

"……."

자빠져 잔다! 지금! 여기서! 이 남지안의 옆에서!

"설마…… 자냐……?"

이 드럽게 고상한 클래식은 시작도 없고 끝도 없어, 결국 느리게 감았다가 올라가던 찬양의 눈꺼풀이 중력을 이기지 못하고 감겼다.

"후……."

지안은 숨을 불어 내쉬며 또다시 심신을 다스렸다. 재차 정신 나간 비서의 잠든 모습을 바라보다가 결국 쯧쯧, 혀를 찼다.

"이러면서 뭘 미워 말라는 거야. 미운 짓만 골라 하고 있으면서."

정신 나간 비서의 하는 짓은 때마다 충격적이다. 이대로 개성공단까지 실려 가도 모르게 딥 슬립 중이시다.

……그런데 참 희한하지. 머리는 불쾌하다 말하는데, 마음은 전혀 미동도 하질 않는다. 화를 내야 하는 상황인 건 머리로 알겠는데 마음엔 전혀 화가 일지 않는다. 대체 이런 관대함은 어디서부터 생겨나는 것인지 스스로도 도저히 종잡을 수가 없다.

"잘하는 짓이다. 어떤 비서가 운전하는 상사 옆에서 잠을 자고……."

조금 더 속도를 줄여 운전하면서 지안은 가는 내내 구시렁거렸다. 쌀쌀한지 양팔을 부여잡고 잠든 찬양의 모습을 확인한 지안은 뒤에 걸쳐 놓은 자신의 코트를 바라보다가 고개를 휘저었다. 대체 어디가 예쁘다고 내 비싼 코트까지 걷어다 덮어 준단 말인가?

다시 운전에 집중하던 지안은 곁눈질로 찬양를 바라보다가 히터 온도를 조금 더 올렸다. 음악 볼륨을, 줄였다.

"오늘은 여기까지만 하죠."

"네, 상무님."

"오늘은 할 만했던 모양입니다? 별로 기뻐하지 않는 것 보니까."

"아…… 뭐……."

"쌩쌩하니까 할 만했겠지. 아까 차 안에서 그렇게 잤으니."

"……."

지안이 안경을 벗으며 비아냥거리자 찬양은 슬금슬금 눈치를 보며 책상을 정리했다. 멍청하게 차 안에서 잠이 들고 말았다. 하지만 후회해 봐야 이미 저지른 일. 대역죄를 저지른 찬양은 내내 지안의 표정을 살피며 일해야 했다. 손목도 시큰거리고 목도 아팠지만 찍소리도 할 수 없었다.

"저…… 이만 나가 보겠습니다……."

"목소리 톤."

"네! 이만 나가 보겠습니다!"

"정리하는 김에 내 책상도 정리해요. 비서가 본인 자리만 정리하면 되겠습니까?"

지안은 걸치고 있던 카디건을 벗고 일어섰다.

"씻고 올 테니까 정리해 놔요. 깨끗하게."

"네. 상무님."

지안이 밖을 나서자 찬양은 지안의 책상을 정리하며 PC를 껐다. 치우다 보니 책상엔 작은 가족사진이 있다. 말이 좋아 가족사진이지, 유명인들도 이런 유명인들이 없다.

"이게 가족사진이라고? 가족 명단 한번 살벌하네……."

찬양은 힐끔힐끔 사진을 보며 책상을 마저 정리했다. 워낙 깔끔한 성격이니 늘어놓은 것도 없어 사실 정리랄 것도 없다.

……텅 빈 방. 그녀는 주인 없는 방에 우두커니 서서 잠시 시선을 돌려 보았다. 분리되어 있는 공간 뒤로 침실이 있음을 확인한 찬양은 천천히 걸음을 옮겼다.

"상무님 침대구나."

심플한 그의 침대가 눈길을 끈다. 찬양은 목만 빼 놓고 침대 구경을 하다가 걸음을 쓱쓱 옮겼다. 방 안 가득 맴도는 중독성 있는 그의 향기에 좀처럼 발길이 떨어지지 않는다. 맡아도 맡아도 그리워, 마음은 좀처럼 채워지질 않았다.

"폭신하다……."

찬양은 지안의 침대에 살포시 앉았다. 베개를 툭툭 쳐서 반듯하게 정리를 하고, 한참이나 물끄러미 내려다보던 찬양은 천천히 침대에 기대 누웠다.

"안겨 있는 것 같다……."

눈을 감으니 어두워진 시야 사이로 그의 향기만이 감돈다. 마치 온기 없는 그의 영혼이 자신을 감싸 안고 있는 것만 같은 착각이 들어, 찬양은 옅은 미소를 지었다.

이렇게 언제까지 지내야 하는 걸까. 밑도 끝도 없는 시간들이 버겁지 않다면 거짓말이겠지. 아무리 씩씩한 척해 보려고 해도 자꾸만 지쳐 가고, 며칠이나 되었다고 마음은 하루에도 열두 번씩 포기하라 말하기도 했다. 부질없다고. 그는 너를, 알아보지 못할 거라고.

"아니야……. 힘내야지……. 힘내야지……."

하지만 이렇듯 당신의 향기를 맡고 있노라면 미친 듯 주고받았던 마음이 떠오른다. 내게 쏟아붓던 당신의 사랑이 떠오른다. 잠시 허했던 가슴 한편, 서러움이 고요해진다.

"책상 치우라고 했더니, 뭐 합니까?"

"으아아아!"

찬양은 벌떡 일어났다. 그러자 성큼성큼 걸어 들어온 지안은 찬양의 이마를 검지로 밀며 침대에 쓰러트렸다.

"차에서 자는 것도 모자라, 이제는 여기서 주무시겠다?"

"어어, 아니에요. 아니에요! 침대가 하도 폭신해 보여서!"

"폭신하면 다 누워 봅니까?!"

"어…… 여기가 오늘 저의 누울 자리인가 봅니다……."

지안은 자신의 검지에 이마를 눌린 채 누워 울먹거리는 찬양을 바라보다가 손가락을 뗐다.

"감히 내 침대에 누워? 도발인가? 이건 도저히 그냥 못 넘어가겠고, 남 전무한테 말할 테니까 설명은 그쪽에다가 하는 걸로."

"으아아아! 상무님! 정말 죽을죄를 지었습니다! 이 몹쓸 호기심이!"

"그러니까. 그 호기심이 왜 내 침대에서 발현되냐고. 호기심이고 나발이고 남 전무에게 설명하라고. 알겠습니까?"

지안이 나가려고 하자 찬양은 그의 옷자락을 잡았다. 샤워를 하려다 말고 들어왔는지 그의 가운이 주욱 내려온다. 적나라하게 드러난 상무님 상체의 맨살이 동공에 담긴다.

"지금…… 이게……."

"으아아아! 아니요! 아니요!"

찬양이 덥석 놓자 지안은 가운을 끌어 올렸다. 여차하면 벗겨질 참이다.

"아주 무덤을 파는구만? 갑시다. 남 전무에게. 현행범을 놓아줄 수는 없지."

"죄송합니다. 죽을죄를 졌습니다아아."

찬양이 두 손을 모으고 울먹해 보지만 흥, 지안은 코웃음을 쳤다. 드디어 꼬투리를 잡았다. 이 정신 나간 비서의 불량함을 만천하에 알릴 절호의 기회다!

"그, 그러시면 저도 이를 거예요!"

지안이 도저히 멈추려 하지 않자 찬양이 목소리를 높였다. 이건 또 무슨 헛소리냐? 지안이 돌아보며 눈을 치켜뜨자 찬양은 턱을 들어 올렸다.

"저, 저도 이를 거예요."

"그러니까. 뭐를."

"상무님이 아까 막, 차에서 저한테 막, 이 부근에 얼굴 가져다 대셨잖아요."

찬양이 자신의 가슴 부근을 가리키며 억울하다는 듯 말하자 지안은 금세 얼굴을 붉혔다. 당황했는지 목소리가 높아진다.

"이 사람이 지금 무슨 소리를 하는 거야! 내가 언제 거, 거기다가 얼굴을 가져다 댔습니까?!"

"가져다 대셨잖아요! 아까는 너무 놀라서 말도 못 했는데!"

"무슨 소리! 냄새 맡은 거지! 사람 잡네, 이 여자가!"

"냄새를 왜 가슴에서 맡으시냐고요!"

"어허어어어! 말조심합시다!"

지안이 거품 물듯 눈을 크게 뜨자 찬양은 상처받았다는 듯 어깨를 웅크리며 앞섶을 가렸다.

"상무님이 이르시면 저도 이를 거예요. 아까는 진짜 너무 놀랐단 말이에요."

"……."

"일러 보세요. 저도 진짜 이를 거예요. 그러니까 페어플레이해요. 네?"

"허……."

"저는 고작해야 침대에 누워 본 게 다지만 상무님은 그, 뭐더라? 그, 그, 철컹철컹할 수도 있는 문제라고요."

"허어……."

찬양은 슬금 얼굴을 들었다. 승리를 예감했다는 듯 입가엔 미소마저 띄웠다.

"전무님한테 가서 상무님이 제 가슴에 얼굴 가져다 댔다고 할 거니까요."

……어때요, 상무님.

"괜찮으시다면 어디 한번, 일러 보시라고요."

이번엔 내가 이긴 것 같죠?

"정찬양 씨는 남 상무 침대에 왜 누웠습니까?"

이런 제길. 찬양은 눈꼬리를 잔뜩 내린 채 현주 앞에 마주 앉았다. 죄인의 신분으로 마주했으니 두 손 두 발 공손하게 모았다.

"저는 별 사심은 없었고요……. 그냥 침대가 좋아 보여서……."

"곤란하군요. 정찬양 씨. 행동에 조심성이 없으면 같이 일하기 힘듭니다."

"죄송합니다……."

"말이 됩니까? 아무리 자택 근무라고 해도 상사 침대에 눕다니."

"죄송합니다……."

흠. 현주는 짧게 숨을 불어 내쉬었다. 지안은 누나를 등에 업고 으스댔다.

"조심성이 없어도 이렇게 없나? 사람이? 때와 장소도 가릴 줄을 모르고 말이야."

"넌 뭘 잘했다고 훈수질이야? 너도 여기 와서 앉아."

"……."

지안이 입을 다물며 찬양의 옆에 앉자 현주는 지끈거리는 머리를 붙잡으며 입을 열었다.

"둘 다 뭐 하는 겁니까? 비서 가슴팍에서 냄새를 맡질 않나, 상사 침대에 누워 보질 않나."

서로는 서로의 얼굴을 힐끔 바라보며 눈꼬리를 올렸다. 못 잡아먹어 안달이니 현주는 포기한 듯 손을 내저었다.

"오케이. 알겠어요. 내가 기회를 줄게. 둘 다 일하기 싫어요?"

"아닙니다! 전무님!"

"뭐, 그건 아니고."

서로 또 그건 아니란다. 현주는 의아한 눈빛으로 두 사람을 바라보았다.

"정찬양 씨. 우리 남 상무랑 일하기 힘듭니까? 부서 이동시켜 줘요?"

"어…… 아닙니다! 똑바로 하겠습니다!"

"남 상무. 딱 말해. 정 비서 부서 옮겨 줘? 신 실장 붙여 줄까?"

"아니, 뭐, 딱히 그런 건……."

"그럼 화해해. 내 앞에서."

현주는 말하면서도 기가 차다. 초등학생 교실에서 벌어진 애들 싸움도 아니고, 이게 실제로 우리 집에서 벌어지고 있는 일이라니.

"싫어? 그럼 내가 알아서 정리해?"

"죄송합니다아…… 상무님……."

찬양이 먼저 더듬거리면서 말을 꺼내자 지안은 홱, 고개를 돌렸다. 하루에 한 번씩 정신 나간 비서에게 사과를 하는 꼴이라니. 참담하다.

"넌 왜 사과 안 해? 정 비서한테?"

"……."

"좋아. 안 내키면 하지 마. 정 비서 내가 알아서 정리해 줄 테……."

말이 끝나기도 전에 지안이 찬양의 손목을 붙잡고 일어선다. 현주는 말꼬리를 흐리며 그 모습을 바라보았다.

"이봐, 남 전무. 뭘 또 그렇게 노선 정리가 빨라. 알겠어, 알겠고."

지안은 상황을 수습하기에 정신없다. 이 정신 나간 비서를 당장 잘라 버리려고 씩씩거리며 내려왔는데.

"내 비서 내가 알아서 훈계하고 내 사과 내가 알아서 할 테니 남 전무 그만 쉬어. 피곤할 텐데."

"야, 남지안. 너는 그럴 거 여기까지 왜 내려와서 사람 두통 유발을 하냐?"

막상 정신 나간 비서가 실제로 잘려 나갈 분위기니 또 마음이 뒤바뀐다.

"그냥 남 전무 얼굴 보러 온 거지, 장난도 모르나? 사람 참 팍팍하네."

"장난? 이제 좀 살 만한 모양이다? 장난이랍시고 기도 안 차는 농담 따 먹기 하는 것 보니까?"

"이만 쉬어. 남 전무. 우린 가 볼게."

지안은 급하게 찬양을 데리고 나갔다. 쿵, 문이 닫히자 현주는 관자

놀이를 문지르며 한숨을 쉬었다.

"제발 당분간만이라도 친하게들 지내라. 그래야 뭘 어쩌든가 하지……."

에효. 가뜩이나 내일 가족 동반 사교 모임에 임 대표와 함께 동행할 생각만 하면 머리가 지끈거리는데, 이 초딩들 싸움에 끼어들어 뭐 하는 짓인지 모르겠다. 지쳐서 더는 생각을 이어 나갈 겨를도 없다.

"어후, 저 초딩들……. 하나에서 둘로 늘었어……."

아아…… 우리 윤 실장이 끓여 주는 매운 라면이 먹고 싶다. 저것들 때문에 갑자기 외로워지는 기분. 에효, 현주는 씻으러 갈 요량으로 자리에서 일어섰다.

이튿날. 점심이 훌쩍 지나 버린 시간에 지안의 자택으로 신 실장이 찾아왔다.

"유진권 사장의 사고 원인과 내 차량 결함이 비슷했다는 얘기입니까?"

"그렇습니다. 훼손 상태가 심해 완벽한 정황을 포착하기는 어렵습니다만 일단 상무님의 사고 원인과 비슷하다고 보고 있습니다."

신 실장과 함께 찾아온 두 명은 자동차 회사에 몸담고 있는 전문가였다. 관계자들을 집으로 불렀다는 건 사안이 그만큼 중요하고, 또 은밀하다는 뜻이었다. 가만히 앉아만 있어도 회사의 모든 일을 알게 되듯, 다른 이들 또한 자신의 모든 일을 알고 있으리라. 지안은 그들이 가져온 자료 더미를 세세히 살폈다.

"고인께서는 상무님의 자동차 결함을 인위적 손상 쪽으로 보고 계셨습니다. 아무래도 몇 번의 시뮬레이션을 거친 상황이기도 했고 말입니다."

"마무리는 왜 짓지 못했습니까?"

"그게, 중단 지시가 내려온 것이 한참 전이라."

죽은 백경자동차의 사장과 함께 조사를 하던 임동석 박사가 말꼬리를 흐리자 서류를 보던 지안은 고개를 들었다. 그러자 곁에 있던 다른 책임자도 말을 덧붙였다.

"좀 이상한 점이 있긴 했습니다. 사고 원인을 파악하지 못했는데 본사 측에서 조사 종결을 몇 번 권고해 왔거든요."

"조사 종결을?"

"예. 상무님. 언론을 의식한 수단이라는 것은 알겠지만 그래도 상무님 차량인데, 그렇게 쉽게 조사 종결을 하라고 했다는 것이……."

"그래서 유진권 사장이 비공개로 조사를 계속 진행했군요."

"네. 그렇습니다. 상무님."

자동차 결함이었다는 것이 알려지면 기업 입장으로 감내해야 할 일들이 많았기에 누군가는 서둘러 덮으려 했을 것이다. 모르는 것은 아니나 여기 모인 모두는 석연치 않은 표정을 지었다. 지안은 끊임없는 질문을 던졌고, 관계자들은 세세한 설명을 늘어놓았다.

얼마나 지났을까. 오랜 시간 동안 대화를 나눈 관계자들이 자리에서 일어서고 지안의 곁에 신 실장만 남았다. 이미 어둑해진 후였다.

"상무님, 만일에 USB를 임 대표 측에서 가져간 게 맞는다면 이미 암호를 풀어내지 않았을까요?"

신 실장이 곁에서 묻자 지안은 골똘히 생각에 잠긴 채 말을 아꼈다. 어쨌든 USB는 사라졌으니 다시 하나하나 증거를 모아야 했다. 지안은 판단이 빠른 사람이었다. 잃어버린 것에 연연할 수 없으니 다른 대응책을 마련하기로 했다.

"풀었다고 해도 할 수 있는 게 없지. 그리고 그쪽의 목표는 풀어내는 것보다 USB를 없애는 것에 더 중점을 뒀을 테니까."

"그런데 정말 임 대표 측에서 벌인 일일까요? 상무님?"

결단해야 한다. 임강준 대표의 연임이 결정될 주주 총회는 얼마 남지 않았고, 정황이라는 것들은 모두 확정 짓기엔 조금씩 모자라, 그의 마음에 의혹만 키우기 충분했으니까.

"그런데 상무님은 어째서 임 대표님을 용의자로 생각하셨습니까? 사고 당시만 해도 전혀 물망에 올려놓지 않으셨잖아요."

"모르겠어. 그냥 지금 내 감이 그래."

예감에 임 대표는 확실하다.

"문제는 배후인데."

그 뒤를 모르겠다. 지안은 깍지를 낀 손을 책상에 내리며 입술을 물었다.

"일단 오늘 알아보라 했던 것들 확인하고, 임 대표 일정은 계속 보고해 줘."

"예. 상무님. 그럼 USB 찾는 건 포기하시는 겁니까?"

"포기해야지. 매달릴 시간이 없어."

결정을 내린 지안은 짧게 대꾸하며 책상 위의 작은 사진을 응시했다. 아버지께서 살아 계실 적 모두 함께 모여 찍은 가족사진이다.

"만일에 USB를 들고 누군가 찾아와 상무님께 거래를 하자고 할 수도 있지 않을까요? 돈이 목적이라면 대비하셔야 할 것 같습니다."

"그래야겠지. 여러 가지 경로를 열어 두자고."

자리에서 일어난 지안은 밖으로 나섰다. 문을 열자 응접실에 앉아 있던 찬양이 머쓱하게 일어선다. 물끄러미 찬양을 바라보다가 지안은 입을 열었다.

"신 실장. 남 전무 출발했나?"

"네. 조금 전에 임 대표님과 함께 출발하신 것 같습니다. 상무님은 참석 안 하십니까?"

오늘은 가족 동반 경영자 모임이 있었다. 미국에서 방한한 유명 기업가 부부를 위한 자리였고, 경제부총리 및 여러 정부 관계자들이 회동하기에 중요한 자리이기도 했다.

지안은 가만히 그녀를 바라보았다. 잃어버린 USB만큼 궁금한 것이 많은, 그녀였다.

"내가 알아서 할게. 가 봐."

특급 호텔 연회장에서 경영자 모임이 개최되었다. 방한한 미국의 슈퍼리치와 IMF 관계자들은 한국의 기업가 모임에 초대받길 희망했고, 온화한 분위기를 위해 가족 동반 모임 형식으로 개최되었다.

그들을 의식한 경제부총리께서도 이례적인 참석을 청해 왔다. 기획재정부 장관, 청와대 경제수석과 국무조정실장이 경제부총리의 뒤를 따랐다. 한국 경제를 쥐락펴락하는 기업인들이 속속 모습을 드러냈고, 임 대표와 현주도 시간에 맞춰 도착했다. 한국에선 판매되지 않는 백경 자동차 리무진의 문이 열린다. 먼저 내린 강준이 현주를 에스코트했다.

"오셨습니까? 오랜만입니다, 남 전무님."

"이야. 이거 너무 아름다우신 것 아닙니까? 오늘 아주 여신입니다, 남 전무님."

현주를 알아본 경영인들이 인사를 건넨다. 살짝 미소만 띠운 얼굴로 그녀는 화답하며 안부를 주고받았다. 금세 그녀 주변으로 사람들이 모여들었고, 그녀의 아름다움을 칭송하기 바빴다.

"남 상무님하고 함께 오실 줄 알았는데."

그때였다. 홀짝, 와인을 마시며 한 사내가 의외라는 듯 말을 꺼냈다. 강준을 겨냥하는 말이라는 것을 모를 수가 없다.

"아…… 남 상무는 오늘 일이 좀 있어서 부득이하게."

현주가 답하자 손사래를 치며 농담이라는 듯 사내가 웃는다.

"아아. 그렇군요. 취지가 가족 동반 모임이라 해 본 소리예요. 신경 쓰지 마세요. 남 전무님."

허리를 펴고 꼿꼿하게 서 있지만 강준의 표정은 생각만큼 좋지 않았다. 한국의 경영 단체란 대단히 보수적이었고, 그만큼 나와 같지 않은 자들에게겐 배타적이었다. 대표의 자리에 앉아 있지만 허울뿐인 자신을 향해 쏟아지는 시선을 강준은 잘 알고 있다. 종자가 다르다는 무시는 재벌가 특유의 오만이다.

"그래도 이렇게 보니까 남 전무님하고 임 대표, 두 분 굉장히 잘 어울리시는데요?"

"무슨 소리. 가져다 붙이면 다 말인가? 우리 남 전무 안목이면 여기 있는 누굴 붙여 놔도 상대가 안 될 텐데. 더군다나."

"더군다나, 그 뒤에 올 말은 뭡니까?"

강준이 곁을 스치는 서버의 쟁반에서 샴페인을 들었다. 현주는 에스코트차 잡고 있던 그의 팔을 지그시 눌렀다. 도발에 넘어가지 말라는 신호였으나 이미 그의 심기는 어지러웠다.

"아니, 뭐 굳이 그걸 내 입으로."

여기 모인 대부분의 사내들이 현주에게 러브콜을 보내고 있음을 잘 알고 있다. 사내가 웃으며 말하자 곁에 모인 다른 이들이 따라 웃는다. 가진 자들의 농담이란 자신들보다 없는 자들을 조롱하는 것에서 시작되었다. 그들의 시선에 강준이란 어쩌다 저 자리에 앉아 있는 꼭두각시.

"우리 남 전무를 내가 오래전부터 봐서 아는데, 그만큼 눈이 높다는 말이지 별 뜻은 아니었고."

근본 없는 집안에서 태어나 대기업 오너 행세를 하고 있는 광대. 그러한 것들을 강준이 모를 리가 있겠는가. 지금껏 수도 없이 겪어 왔고, 진절머리 나게 느껴 왔음을.

"무슨 그런 말씀을 하세요. 농담도 참. 다들 식사는 하셨고요?"

현주는 어떻게든 분위기를 바꿔 보려고 화제를 전환해 보지만 쉽지 않다. 모두의 중심에서 샴페인을 가볍게 삼킨 강준이 빈 잔을 내리며 여유 있는 표정을 지었다. 그러곤 방금 자신을 조롱했던 사내의 어깨 쪽으로 슬쩍 고개를 내리며 중얼거렸다.

"새겨듣죠. 남 전무 안목이면 여기 있는 누구도 상대가 되지 않는다는 말."

그래. 오늘도 확실하게 느낀다. 내가 나쁜 것이 아니라, 세상이 나를 궁지로 몰아가고 있는 것임을.

"꿈 깨. 당신도 아니라는 말이니까."

이것이 내가, 진짜 재벌이 되려는 이유다.

"이런 개자식들."

강준은 화장실에서 손을 닦으며 이를 갈았다. 시간이 지날수록 모임은 무르익어 갔다. 현주는 어릴 적부터 쌓아 온 인맥들에게 끌려 이곳저곳을 다니기 바빴고 그럴수록 강준은 은근히 소외되었다. 그들의 인맥은 철갑을 두르듯 단단했고 안팎으로 견고했다.

"감히 누구한테……."

어느 날 단순히 자리에 오른 사람들이 아니다. 갑부도 아니요, 졸부는 더더욱 아니었다. 어릴 적부터 영재로 자라 온 강준이었으나 거기까지일 뿐, 굴지의 대기업 대표라는 명함은 여기 모인 사람들에게 아무런 관심거리도 되지 못했다. 결국 자신의 직책이란 지안이 회사 대표가 될 때까지 맡아 놓은 임시직일 뿐이니까.

"감히 나를 무시해? 니깟 것들이 감히 나를……."

끓어오르는 분노를 휘어잡기가 좀처럼 힘들어, 강준은 불붙은 마음을 달래 보려 안간힘을 썼다. 자리가 자리인 만큼 무조건 참아야 한다. 성질대로 할 수 있는 공간도 아니요, 더더군다나 이미지 메이킹이 중요했으니까. 그때였다.

"여기 계셨습니까."

화장실 문을 열고 윤 실장이 들어섰다. 강준은 힐끔 윤 실장을 바라보았고, 대표가 안에 있으니 윤 실장은 도로 밖을 나서려고 돌아섰다.

"그냥 들어오지 그래."

손에 묻은 물기를 털며 강준은 가지런히 정리되어 있는 손수건을 집어 들었다. 윤 실장은 다시 그를 향해 돌아서 멈췄다. 얼굴을 거울

쪽으로 가까이 하며, 강준은 자신의 얼굴을 이리저리 돌려 보았다.

"윤 실장."

"네. 대표님."

"오늘은 이만 퇴근해."

굳이 이곳까지 따라와 하지 않아도 될 그녀의 그림자를 하고 있는 윤 실장이다. 현주에게 가까이 다가서는 법은 없었지만 연회장 구석에 자리하며 CCTV처럼 그녀에게 시선을 고정했다. 그런 윤 실장이 달가울 리가 없다.

"퇴근하라고. 늦었으니까."

"괜찮습니다."

"괜찮긴 뭐가 괜찮아, 내가 퇴근하라는데."

강준은 거울을 바라보다가 윤 실장에게 시선을 옮겼다. 아직 정제되지 않은 분노와, 연이어 밀려온 윤 실장을 향한 짜증이 고스란히 묻어나는 눈빛이다.

"비서 따위가 겁도 없이 대표가 말하는데."

"죄송합니다."

윤 실장은 고개를 숙이며 즉각적인 대응을 했다.

"……하, 이 건방진 새끼."

강준은 낮게 중얼거리며 다시 거울을 들여다보았다. 한동안 침묵이 이어졌다. 이미 마른 손을 다시 닦으며, 강준은 잠시 후 입을 열었다.

"윤 실장은 현주하고 대학 선후배 사이였다지?"

"네. 대표님."

"어땠어. 우리 현주."

"……."

윤 실장은 침묵했다. 질문의 범위는 광범위했으나 핵심은 알 것 같았다. 이럴 땐 그저, 모르는 척 입을 다무는 것이 상책이다.

"어땠냐니까?"

"대학 동문이기는 하나 전무님과 친분이 두텁지 않았습니다."

"그래서, 잘 모르겠다?"

"네. 대표님."

마치 기계음과도 같은 대답이다. 강준은 그런 윤 실장의 답변이 마음에 들지 않는지 인상을 험악하게 구겼다.

"하긴, 모르겠지. 대학 때라고 서열이 없었겠어. 게다가 네 성격에 백경 로열패밀리를 쳐다볼 수 있는 깜냥도 아니었겠지."

"이만 나가 보겠습니다."

"사내새끼가 밸도 없이 여자 후배 뒤나 봐주며 콩고물이나 주워 먹는 꼴이라니."

나서려던 윤 실장은 멈춰 섰다. 강준은 그 뒷모습의 기운을 읽었다는 듯 회심의 미소를 그렸다. 상처받은 자존감은, 다른 이의 가슴에 생채기를 내며 위로받았다.

"자존심도 없나? 밥 벌어먹고 살 일이 그렇게 없어서 후배 비서 따위나 하고 있는 건가?"

"……."

"아아. 뭐, 백경그룹 전무실 비서 정도면 니가 사는 세상에선 꽤 출세한 인물이겠지."

윤 실장의 표정엔 변화가 없다. 천천히 감았다가 뜨는 눈가엔 고요함마저 감돌았다. 강준은 미동도 없는 윤 실장의 등 뒤로 일침을 가했다.

"내가 연임이 되면 제일 먼저 너부터 자를 거야. 난 니가 싫거든. 아주 재수 없어. 너도 속으로는 날 무시하고 있잖아?"

윤 실장은 다시 돌아서 그를 향했고, 시선을 적당히 내려 그의 발치를 바라보았다. 반짝이는 그의 구두는 욕망만큼이나 화려했다.

"너 같은 새끼를 난 잘 알아. 나를 너와 같은 족속으로 보지 말라고. 너와 나는 태생부터 다르고, 비서 따위는 그냥 돌처럼 사는 거야. 알아들어?"

"많이 취하신 것 같습니다. 강 비서에게 호출해 놓도록 하겠습니다."

"이 새끼가 사람을 뭐로 보고."

불현듯 그의 발걸음이 움직인다. 성큼성큼 다가온 그는 다짜고짜 뺨을 때렸다. 막을 경황도 없이 날아온 손찌검에 윤 실장의 고개가 돌아갔다. 철썩—! 연거푸 그의 뺨을 갈긴 강준은 그래도 분이 풀리지 않는지 굵은 숨을 내쉬었다.

"이봐, 윤 실장."

후, 후…… 강준은 거칠게 숨을 내쉬며 윤 실장 가까이 다가섰다. 이윽고 그의 귓가에 얼굴을 가져다 대며, 강준은 조소했다.

"비서면 비서답게 굴어. 너 때문에 현주가 다쳐서야 되겠어? 똑바로 하라고."

"……."

"한 번만 더 남 전무 뒤에 숨어 까불면 그땐 이 정도로 끝나지 않을 거야."

별다른 대응 없이 윤 실장이 침묵하자 강준은 다시 멀어졌다. 흐트러진 자신의 옷매무새를 다듬고 머리를 정리하다가, 평온한 손놀림으로 포켓 속 지갑에서 수표 몇 장을 꺼낸 강준은 윤 실장 방향으로 수표를 뿌렸다.

……언제나 눈엣가시 같았던 윤 실장.

"남 전무에게는 내가 따로 전달할 테니까 바로 퇴근하세요. 윤 실장."

언제고 한 번은 벼르던 일이었다.

"갈 때 택시 타고."

"저, 상무님."

오늘도 운전을 직접 하고 계신 상무님을 향해 찬양은 입술을 열었다.

"지금 어디 가는지 혹시 여쭤봐도 될까요?"

"말해 주면 압니까?"

"어…… 모르는 건 매한가지라고 하더라도……."

찬양은 서울의 야경을 바라보며 중얼거렸다. 온종일 집에서 바쁘신 것 같던 상무님께서 느닷없이 단정한 옷으로 갈아입으라더라. 외출을 해야 하니 준비하고 나오라며, 다짜고짜 끌고 나가더라.

"목적지 정도는 알고 갈 수 있지 않을까 해서, 제가 감히 여쭤보았습니다."

"호텔 갑니다."

"아아. 네. 호텔, 네에?!"

찬양은 눈알이 튀어나올 정도로 크게 치뜨며 지안을 바라보았다. 호, 호, 호텔이라니? 호텔이라니?!

"호, 호텔을 이 시간에 왜……."

"그러게. 이 시간에 남녀가, 그것도 상사와 비서가 호텔을 가는 이유가 뭐가 있을까?"

"헐……."

찬양의 놀란 음성에 지안은 힘주어 핸들을 붙잡았다. 웃음이 튀어나올 것 같아 간신히 수습하는 중이다. 왜일까, 이 정신 나간 비서를 놀려 먹는 건 상당한 즐거움이다.

"놀랐습니까?"

"어…… 그렇죠……. 좀 놀라기는 했죠……."

찬양은 얼빠진 표정을 지으며 눈만 깜빡였다. 호텔이라니. 이 시간에 상무님과 호텔이라니?

"싫으면 싫다고 얘기해요. 다시 데려다줄 테니까."

"어…… 뭐…… 좋고 싫다라기보다…… 좀……."

"사실 나는 오늘 모임에 비서 없이 가도 상관없습니다."

금세 표정을 바꾸며 찬양이 홱, 지안을 노려보았다. 이 작자가 지금 사람을 들었다가 놨다가 하며 놀려 먹고 있다.

"지금 저 놀리신 거죠."

"불쾌했다면 미안합니다. 개그는 주종이 아니라서."

우이 씨, 하마터면 좋다고 말할 뻔했네. 찬양은 으르렁거리는 눈빛으로 지안을 바라보다가 다시 고개를 정면으로 돌렸다. 순간이었지만, 어쩌면 그가 기억을 찾았을지도 모른다고 생각했다.

"중요한 모임이라 가야 할 것 같아서."

찰나였으나 심장은 저 발끝까지 쿵, 하고 떨어져 내렸다.

"가면 윤 실장 있을 테니까 붙어 있으면 됩니다."

"아이고, 예예. 제 걱정은 마시고요."

"내 얼굴에 먹칠할 생각 말고 얌전히 있어 주면 좋겠는데."

칫, 찬양은 입술을 꿈틀꿈틀 움직이며 댓 발 내밀었다. 지안은 힐끔 그 모습을 바라보고는 더욱 정색하는 표정을 지었다.

"말썽 피우지 말고 가만히 있다가 오면 됩니다. 알겠습니까?"

"……."

"대답, 안 하나?"

"예예. 아이고, 예예. 알겠습니다."

잔뜩 뾰로통해진 얼굴로 차창 밖을 바라보는 그녀를 훔쳐보다가 지안은 너털웃음을 짓고 말았다. 뭐랄까, 정신 나간 비서와의 대화란 정적인 삶에 생기를 불어넣는 일. 건조한 일상에 잠시나마 웃고 지낼 수 있는 비타민 같은 일. 도무지 이해할 수 없는 현상이었으나, 그녀는 편안했다.

"졸지 맙시다. 거의 다 왔으니까."

"안 졸아요……."

"눈 좀 뜨고 답하지?"

"네네…… 눈 뜨고 있습니다아아아……."

마치. 오랫동안 알고 지낸 사람처럼.

"윤 실장님!"

뒤늦게 지안을 따라 연회장으로 찾아온 찬양은 수호를 발견하고 종종 뛰었다. 반가워 달려갔지만 윤 실장의 표정은 좋지 않다. 하지만 잠시일 뿐, 윤 실장은 달려온 찬양을 바라보며 빙그레 미소 지었다.

"왔어요?"

"네. 실장님 어디 가세요?"

윤 실장은 대답 대신 다른 질문을 던졌다.

"상무님 오셨습니까?"

"아, 네. 오셨어요. 막 들어가셨는데."

"나 먼저 가니까 전무님하고 상무님 잘 좀 부탁해요."

"아, 네……."

느린 걸음을 옮기던 수호가 다시 멈추며 그녀를 돌아보았다. 그의 모습은 어딘가 모르게 슬퍼 보였다.

"정찬양 씨."

"네, 윤 실장님."

"로비에서 날 못 본 겁니다. 전무님에게 따로 얘기하지 마세요."

"네? 아, 네. 알겠습니다."

안쓰러운 눈빛으로 수호를 바라보던 찬양이 갸우뚱했다. 그는 할 말을 다 했다는 듯 다시 걸음을 옮겼고, 이내 사라졌다.

"가시는구나. 몰랐네……."

찬양은 채 떨어지지 않는 걸음을 옮겼다. 주최 측에서 제공해 준 관계자 목걸이를 목에 걸며 연회장 방향을 향했다.

"헐……."

어느덧 다다른 연회장 입구에서 그녀는 멈춰 섰다. 입을 멍하니 벌린 채 믿을 수 없다는 듯 안을 바라보았다.

"맙소사. 이거 실화냐……."

모임이라 하기에 어느 정도 예상은 했지만 그림은 상상보다 더욱 충격적이었다. 영화, 혹은 드라마에서나 볼 법한 광경이 눈앞에서 펼쳐진 것이다.

어후, 기죽어. 멍하니 안을 바라보던 찬양은 연회장 끝에 모여 있는 비서들 사이로 슬금슬금 걸음을 옮겼다. 같은 목걸이를 착용하고 있는 것으로 봐선 타 기업 비서진들인 것 같은데 아는 얼굴이 있길 하나, 그렇다고 할 일이 있길 하나. 꿔다 놓은 보릿자루처럼 서서 모임을 즐기는 주인공들을 멍하니 바라보았다. 붙어 있으라던 윤 실장도 사라졌으니 혈혈단신이다.

“어머. 저기 남지안 상무님 오셨네요?”

“네. 조금 전에 오셨더라고요. 오늘도 여전히 잘생기셨네요. 얼굴이 참 열일하는 분이세요.”

다른 비서들이 모여 그의 이야기를 한다.

“그러니까요. 남지안 상무님은 얼굴이 너무 잘생겨서 경영 실력을 폄하받는 비운의 경영자이시죠.”

“이런 말 안 하고 싶은데, 정말 우리 대표님하고 너무 비교된다. 상무님 모시는 분들은 좋겠어요.”

찬양은 그들의 이야기를 들으며 시선에 지안을 담았다. 저 많은 사람들 사이에서도 단연 돋보이니 그야말로 금테를 두르고 있는 것만 같았다.

“피지컬이 탈아시안급이에요. 저 몸매가 가능할까요? 그렇게 공부만 하신 분께서?”

“어느 정도 타고났다고 봐야죠. 남 전무님도 엄청나잖아요.”

오고 가며 본 적이 많은지 비서들끼리도 친분이 상당하다. 주시하는 눈들이 없으니 자유롭게 모시고 있는 분에 대한 이야기들이 오고 간다. 그때 저쯤, 비틀거리던 한 사내가 샴페인 잔을 떨어트렸다. 반들거리는 대리석 바닥에 와장창 산산조각이 난다.

“아이고. 백 이사님은 오늘도 취하셨네.”

“그러니까 말이에요. 저분은 매일 취하시는 듯?”

“오늘은 자제하셔야 할 텐데. 국빈 모시고 망신당하는 건 아닌지 몰라요.”

으레 있는 일인지 비서들끼리 소곤소곤 그의 행동을 주시한다. 몇몇의 직원들이 달려가 자리를 정리하고, 그의 비서는 득달같이 나타나 손수건을 건네며 화장실로 모시고 나갔다.

에효. 비서란 여러모로 피곤한 직업인 듯했다. 남을 살뜰하게 챙긴다는 건 생각만큼 쉽지 않은 일이니까.

그나저나…… 배고프다. 히잉. 저 산해진미를 눈앞에 두고도 못 먹는 신세라니. 찬양은 먹음직스러운 자태를 뽐내는 여러 음식들로 시선을 주며 입술을 움찔거렸다. 갈증이 나서 견딜 수가 없어 물이라도 마시고 와야겠다. 찬양은 또다시 슬금슬금 걸음을 옮기며 연회장 밖으로 나섰다.

"이사님, 정신을 좀 차리셔야……. 오늘은 이러시면 큰일 납니다……."

연회 시작 때 강준을 조롱하던 사내는 정신없이 휘청거렸다. 부모 잘 만나 이 자리까지 올라왔지만 경영엔 손톱만큼의 관심도 없고, 오로지 돈 쓰는 일에만 관심이 많은 답 없는 사내다.

"회장님께서 오늘 잘하고 오시라고 당부하셨는데……."

"닥쳐, 이 새끼야. 닥치고 이거나 받아."

사내는 더운지 슈트 재킷을 벗어 비서 얼굴에 던졌다. 이런 고리타분한 자리는 정말이지 질색이다.

"조금만 버텨 주십시오, 이사님. 이제 곧 경제부총리께서 가신다고 합니다. 아이고……."

"비키라니까? 안 비켜? 안 비켜?"

한 손에 와인병을 통째로 들고 사내는 비틀비틀 복도를 걸었다.

"야, 골든에 전화해서 제이나 대기하라 해. 조금 이따가 간다고."

"제이나요? 제이나가 누구……."

이름이 에이나였던가, 제아린이었나. 그를 스친 수많은 아가씨들 중 한 명은 분명할 테지. 아마도 그가 자주 찾는 술집에 얼마 전 새로 온 아가씨 예명인 듯했다.

"딱 대기하라고 해. 이 오빠가 금방 간다고. 알겠어?"

"아…… 예. 알겠습니다. 이사님."

비서는 쩔쩔매며 그의 걸음을 도왔다. 초점이 맞지 않는 듯 힘이 풀린 눈꺼풀을 무겁게 들어 올리던 사내는 눈을 연신 감았다가 뜨며 앞을 바라보았다. 취한 시선에 봐도 상당한 비주얼의 아가씨가 지나간다.

"야!"

사내는 음성을 높였다.

"야! 거기 너!"

"……저, 말씀이십니까?"

"그래, 너."

연회장으로 돌아가던 찬양은 돌아보았고, 사내는 손가락을 까딱거렸다.

"너. 이리 와 봐."

"남 상무. 못 온 다더니 어떻게 왔어, 연락도 없이."

연회장에 지안이 모습을 보이자 임 대표는 빠르게 걸음을 옮겼다. 이미 그의 주변으로는 사람들이 모여 둥글게 원을 그렸다.

"생각보다 일이 일찍 끝나서. 남 전무도 데려갈 겸."

지안은 짧게 대꾸하며 모여든 사람들을 향해 인사를 건넸다. 알음알음 퍼진 건강상의 문제를 반박하듯, 그는 건재한 모습으로 등장했다.

"오빠, 이제 정말 괜찮은 거야?"

"남 상무, 걷지도 못한다더니 멀쩡하네?"

"지금은 괜찮습니다."

지안은 힐끔 고개를 돌려 장내 구석을 살폈다. 안 들어오고 뭐 하는 건지 찬양이 보이지 않는다.

"다행이다. 진짜 상무님 걱정 많이 했는데. 나 병문안도 갔다가 면회 거절당했지 뭐예요."

"그랬어?"

"오빠 우리 샴페인 마시자! 어서 한잔해요!"

쉽게 그를 놓아줄 리가 없다. 정신없이 쏟아지는 질문과, 관심과, 시선 속에 그는 잠시 발길을 묶었다. 강준은 그런 그를 바라보다가 현주가 있는 방향으로 걸음을 틀었다.

"안 가 봐? 동생 왔는데."

"뭘요. 매일 보는 얼굴. 왔으면 된 거죠."

현주는 홀짝, 샴페인을 삼키며 지안에게서 시선을 뗐다. 저 초딩이 웬일로 이런 따분한 곳에 걸음을 했을까? 안 온다더니.

"남 전무! 잠깐 이리 와 봐! 소개해 줄 사람 있어!"

"네!"

현주는 임 대표에게 시선으로 따라오라 말하며 걸음을 옮겼다. 연회장 분위기는 시간이 지날수록 소란스러워졌다. 모두는 경영자의 무거운 직함을 벗어던지고, 모처럼 여유를 만끽했다.

"임 대표 임기 끝나면 대표직 맡아야지. 준비는 잘하고 있고?"

한바탕 인사치레가 지나가고 지안은 평소 연이 깊은 경쟁사 대표와 대화를 나누었다.

"연임될 수도 있어요. 아직 제가 또 역량이 부족하기도 해서."

"그래? 뭐, 그럴 수도 있지. 뭐든 급하면 탈이 나는 법이니까."

"네. 그룹 실적도 나쁘지 않아서 연임도 괜찮겠다 싶습니다."

"사람, 그게 어디 임 대표 실적인가? 전부 상반기에 자네하고 남 전무가 끌어당긴 덕이지."

지안은 무안하다는 듯 시원하게 미소를 그렸다. 경쟁사 대표는 지안의 어깨를 툭, 치고는 목소리를 낮췄다.

"전문 경영인은 한계가 있어. 회사의 장기적 이익보단 눈앞의 수익에 치중한다고. 단기 실적을 내야 하니까. 너무 맡기진 마."

"네. 알겠습니다."

……지안의 시선은 다시금 사라진 찬양을 찾는다. 아까부터 보이질 않는다.

"그나저나 내년에 정부에서 법인세도 내려 주고, 규제도 조금 더 풀어 준다는 것 같아. 사내 유보금 늘려야겠어."

"……."

"남 상무?"

"아, 네네. 일단 내년이 되어 봐야 아는 거니까, 준비는 하고 있습니다."

"백 이사하고도 얘기를 좀 해야 하는데. 술만 마시면 개가 되니 할 수가 있나. 그나저나 백 이사도 아까부터 보이질 않네. 갔나."

"어련합니까. 그분도 술버릇 고치기 전엔 인간 안 됩니다."

"말도 마. 저번에도 유원케미칼 여직원 희롱하다가 합의금 물어 주고 조용히 끝냈다는데. 말세야. 백 회장님도 근심 많으시겠어. 아들이 그 모양이라."

그나저나 이 정신 나간 비서는 어디를 갔는데 안 보인단 말인가? 이게 또 어디 구석에 가서 사고를 치고 있는 건 아닌지 모르겠다. 잠시만 시선을 떼도 영 불안하니 말썽쟁이 고양이 한 마리를 키우고 있는 것 같은 기분이다. 지안은 생각 끝에 피식 웃음을 터트렸다.

"왜 웃어?"

"아, 아뇨. 잠시 다른 생각 하다가. 그나저나 비서진들은 식사 안 합니까?"

인원에 비해 터무니없는 양으로 차려진 뷔페는 손대는 사람이 별로 없다. 대표는 구석에 대기 중인 비서들을 바라보다가 흠, 숨을 내쉬었다.

"그러게. 이른 시간부터 도착해서 고생들 하는데. 밥 좀 먹으라고 해야겠어."

"그러게요. 대표님이 주최 측에 얘기 좀 해 주시죠."

경쟁사 대표는 지안을 호감의 눈빛으로 바라보았다. 살뜰하게 아랫

사람을 챙기니, 다시 봤다는 표정이다.

"남 상무 덕분에 내가 생색 좀 내 보겠구만. 알겠고, 이따가 다시 얘기하자고."

"네. 대표님."

지안은 홀짝 샴페인을 삼키며 다시 주위를 둘러보았다. 여전히 찬양은 보이질 않았다.

"너. 이리 와 봐."

사내의 취한 손짓에 찬양은 휙, 휙, 뒤를 돌아보았다. 복도에 자신 말고 아무도 보이지 않는다.

"이리 와 보라니까?"

제대로 몸도 가누지 못하는 사내가 자신을 부른다. 아까 비서들이 수군거리던 그 거지 같은 망나니가 아닌가?

그의 비서는 사색이 된 얼굴로 찬양을 바라보았다. 얼마 전 타 그룹 여직원 희롱 사건을 무마하며 그룹 차원에서 쏟아부은 돈이 어마어마하다. 불과 몇 주 전의 일이다.

떨떠름한 걸음으로, 아무것도 모르는 찬양이 사내에게 다가섰다.

"제게 하실 말씀이 있으십니까?"

"이, 이사님. 이분은 백경그룹에서 동행한 비서……."

찬양의 목에 걸린 관계자 출입증을 확인한 비서는 안절부절못하는 음성으로 설명했다. 하지만 이미 취한 인격에 그런 말이 들릴 리가 없다. 그는 무척이나 불쾌한 시선으로 머리끝부터 발끝까지 그녀를 훑었다.

"쓸 만하네."

그러곤 만족스럽다는 듯 한쪽 입꼬리를 올리며 웃었다.

"여기 직원인가?"

"아, 아닙니다. 저는 백경그룹에서……."

그의 비서가 그러하듯 설명을 해 봤자 듣고 있질 않다. 들고 있던 와인병을 입에 물고 벌컥벌컥 술을 삼키더니 소맷자락으로 대충 입술을 닦아 낸다. 하는 짓거리가 이곳의 풍경과 전혀 어울리지 않는 사내다.

"뭐야, 너네 대표 따라왔어?"

"저는 남지안 상무님의……."

"너, 돈 필요하지."

응? 돈 필요하잖아. 사내는 상스러운 표정을 지으며 이죽거렸다. 찬양은 두 손을 꼭 모은 채 입안을 지그시 깨물었다. 이곳으로 오면서, 지안은 말했다.

'말썽 피우지 말고 가만히 있다가 오면 됩니다. 알겠습니까?'

대체 무슨 말썽을 피울 일이 생긴다고 그런 잔소리를 하나 싶었다. 괜한 상무님의 노파심이라고 입술을 삐죽거리며 알겠다고 답했다. 상무님은 이런 일을, 예상했던 걸까.

"돈 필요하잖아, 돈. 거지새끼들은 돈 좋아하잖아. 그렇지?"

"아…… 이사님…… 여기서 이러시다가 큰일납……."

철썩! 매달려 애원하는 비서의 뺨을 호되게 후려친 사내는 자신의 비서를 밀쳤다.

"꺼져. 멀리 떨어져. 안 보이는 곳으로 당장."

비서는 마지못한 표정을 지으며 찬양을 바라보다가 황급히 멀어졌다.

이윽고 둘만 남았다. 놀라 굳은 찬양이 주먹만 말아 쥔 채 숨을 가쁘게 내쉬었다. 비서를 후려치는 모습에 더욱 기가 질린 그녀는 간신히 몸을 지탱하고 선 채 침만 꼴깍꼴깍 삼켰다. 비틀거리는 걸음으로, 사내는 더욱 다가왔다.

"돈 줄게. 내가 돈이 좀 많거든. 너 같은 건 상상도 할 수 없을 정도로 많거든, 내가."

"왜, 왜 이러십니까……."

"내숭 떨지 말고 좀 쿨하게 얘기하자니까? 나는 내숭 떠는 것들은 질색이야. 나도 쿨하니까, 너도 쿨하게, 우리 허심탄회하게 합의 보고 올라가자."

사내에게서 독한 술 냄새가 뿜어져 찬양은 처음 당하는 상황에 몸을 벌벌 떨었다. 강압적이고 질서 없이 무례한 사내의 행동은 예측이 되질 않아 더욱 무서웠다.

"여기 스위트룸 가 봤어? 끝내줘. 너도 끝내줄 것 같고."

사내의 목소리는 뱀처럼 몸을 휘감았다.

"얼마 줄까? 오백? 천? 삼천? 불러 봐. 너는 얼만지."

"자, 자꾸 이러시면 경찰에 신고할……."

"신고? 경찰? 어디 경찰서? 해, 괜찮아. 신고하면 내가 아이고, 무서워! 이럴 줄 알고?"

"저, 이만 가 보겠습니다."

"어딜 가, 얘기 좀 하자니까?"

찬양이 황급히 몸을 돌리자 사내가 우악스럽게 손목을 붙잡는다. 어떻게 행동해야 하는지 혼란스럽고, 어찌나 겁을 먹었는지 손발도 말을 듣지 않는다.

"야 이 계집애야. 내가 너 팔자 피게 해 준다니까? 평생 돈 걱정 없이 살 수 있다니까? 이게 흔한 기회인 줄 알아?"

마셔. 사내는 들고 있던 와인병을 그녀에게 내밀었다.

"왜…… 왜 이러세요……. 놔주세요……."

무너질 듯 와들와들 떨며, 찬양은 새파랗게 질린 얼굴로 사내를 응시했다.

"아니, 돈 걱정 없이 살게 해 준다니까 왜 이러세요는 무슨 왜 이러세요. 너 내가 누군지 알아? 남들은 나한테 손목 못 잡혀서 안달이야. 마셔 보라니까?"

위축된 그녀가 뒷걸음을 걸을수록 벽이 가까웠다. 결국 벽에 닿은 찬양이 꼼짝 못 하는 상황이 되자 사내는 천천히 자신의 몸을 밀착해 왔다. 풍기는 술 내음에 까무러칠 지경이다. 찬양은 눈물이 왈칵 터질 것 같은 표정으로 입술을 꾹 깨물었다. 겁에 질리니 생각만큼 반항도 쉽지 않다. 남자의 힘은, 생각보다 강했다.

"마셔."

사내는 와인병을 그녀 입가에 가져다 댔다.

"괜찮아. 마셔. 기분 좋아질 테니까."

입술을 더욱 안으로 밀어 닫은 찬양은 고개를 돌렸다. 그때였다.

와장창—! 병 깨지는 소리가 요란스럽다. 동시에 자신을 짓누르던 사내의 손목이 떨어져 나간다. 그 요란한 소리에 찬양은 다시 고개를 돌리며 눈을 살금 떴다. 순식간에 밀려 나온 눈물은 그녀 두 볼을 사정없이 그어 댔다.

"미쳐도 정도껏 미쳐야지, 이 새끼가."

지안이다.

"누구 찾나?"

강준은 아까부터 두리번거리는 현주에게 물었다. 그녀에게 샴페인 잔을 건네자 방긋 웃으며 받아 든다.

"조금 전부터 윤 실장이 안 보여서 찾던 중이에요."

"아아. 안 그래도 화장실에서 만났는데. 몸이 안 좋아 보여서 퇴근하라고 했어."

"네? 윤 실장이 몸이 안 좋다고요?"

놀랐는지 눈을 동그랗게 뜬다. 강준은 신경 쓰지 말라는 표정으로 손을 저었다.

"많이 아프대요? 어디가요?"

"감기 기운이 좀 있는 것 같더라고. 당신한테 말 못 하겠다고 해서 내가 그냥 가라고 했어."

"아…… 네."

현주가 급하게 클러치를 열며 휴대폰을 꺼낸다. 강준은 그녀의 휴대폰을 빼앗으며 클러치 속으로 다시 집어넣었다.

"당신, 너무 윤 비서한테 잘해 주지 마. 부리는 사람 그렇게 대하는 거 아니야."

"아프다면서요. 얼마나 아프면 말도 못 하고 가요. 그럴 사람이 아닌데."

"내 말 들어. 윤 실장 그냥 내버려 둬. 당신이 이럴수록 윤 실장 부담스러워해."

클러치를 닫아 현주에게 내밀자 그녀가 받아 든다. 반짝거리는 클러치를 가만히 내려다보던 현주는 시선을 올렸다.

"다른 사람 전부 몰라도 윤 실장은 알아요. 대표님 그렇게 말씀 안 하셨으면 좋겠는데."

그녀의 완강한 기운이 강준을 짓누른다. 강준은 그런 현주의 시선을 받아 내다가 오버하듯 큰 웃음을 터트렸다. 대외적인 다정함을 내보이기 위한 수단이기도 했다.

"장난이야, 장난. 여기 모인 사람들이 이런 장난 좋아하는 것 같아서 한번 해 본 거야."

"대표님."

"남 전무. 그냥 오늘은 모임 끝날 때까지 내 곁에 잘 있어 줬으면 좋겠어."

……알고 있다. 지금은 네가 나의 명예고, 내 가치의 증명이라는 사실을. 네가 없인 내가 빛날 수 없다는 것을.

"나도 최선 다하고 있으니까, 그러니까."

그러니까.

"다른 일 신경 쓰지 말고 나한테 집중해 줘. 부총리께서 부르시네. 저쪽으로 가 볼까."

"아, 네. 대표님."

하늘이 무너져도 땅이 꺼져도, 너는 내 곁에 있어.

그토록 완강하다 느꼈던 사내의 힘은 맥없이 무너졌다. 집어 던지듯 사내를 찬양에게서 떼어 낸 시안은 깨진 와인병 사이를 뒹구는 사내를 내려다보았다.

이성이 상실된 눈빛에 분노가 가득하다. 지안은 뒤돌아 찬양을 바라보았다.

"뭐야. 너 왜 울어."

말이 나오질 않아 찬양은 끅끅거리며 어깨만 흔들었다.

"묻잖아. 왜 우냐고."

눈물이 울대를 꽉 막아 아무 말도 떨어지질 않는다.

"저 새끼가 너한테 치근덕거렸어?"

다만 사정없이 흔들리는 그녀 두 팔이, 하얗게 질린 얼굴이 사태를 짐작하게 했다. 술기운에 짓눌린 사내는 일어나지 못하고 바닥에 누워 버둥거렸다. 깨진 와인병 사이로 흘러나온 와인이 그의 셔츠를 적셨다.

"아, 이거 뭐야! 이거 뭐야!"

질척거리는 느낌이 드는지 사내는 누워 짜증을 부렸다. 상황의 심각성을 전혀 인지하지 못한 채 제집 안방처럼 드러누웠다.

"후……."

지안은 시계를 끌렀다. 벌벌 떨고 있는 찬양의 손바닥에 시계를 쥐여 주었다.

"들고 있어."

찬양은 힘껏 시계를 쥐었다. 이 와중에 떨어트리면 안 될 것 같은 생각이 들었는지 손바닥에 힘이 실린다. 다이아가 촘촘하게 박힌 묵직한 스틸 시계의 감촉을 느끼며, 찬양은 불규칙하게 숨을 내쉬었다.

"일어나."

"아이 씨, 뭐야! 내버려 둬!"

지안은 질척거리는 바닥에 드러누워 상황 파악을 못 하는 사내의 멱살을 붙잡고 악력으로 일으켰다. 두 다리에 힘이 실리지 않은 사내의 몸은 맥없이 일어섰다.

"내가 저번에도 얘기했지. 술을 처먹을 거면 곱게 처먹으라고."

사내가 그녀에게 그러했듯 지안은 벽으로 녀석을 밀쳤다. 거친 손길에 사내는 뒤통수를 벽에 부딪쳤다.

"아! 뭐야 너!"

뜨끈한 통증에 정신이 돌아왔는지 사내는 게슴츠레하게 눈을 떴다. 시선에 지안이 담기자 사내는 조금씩 현실을 인식했다.

"내가 뭘 어쨌다고 이 새끼가 나이도 어린 게……."

"나이를 처먹었으면 대우받을 짓거리를 해. 지금 누구한테 무슨 짓을 했는지 알아?"

"이게 근데 얻다 대고 자꾸 반말이야. 야, 남지안! 너 진짜 형한테 맞아 볼래?!"

지안에게 멱살을 붙잡힌 사내가 허공을 향해 무작위로 팔을 휘둘렀다. 그 무작위의 휘둘림은 그의 머리를, 어깨를, 순서 없이 내리쳤다.

"상무님! 상무니이이이임……."

그 모습을 바라본 찬양은 까무러칠 음성으로 그를 불렀다. 지안은 그의 멱살을 더욱 힘껏 그러잡고 위로 들어 올렸다. 사내의 발꿈치가 들린다.

"이거 놔! 놔, 이 새끼야!"

캑, 캑! 사내는 발버둥을 쳤다. 그러면 그럴수록 지안은 더욱 녀석의 목을 힘주어 잡았다.

"니가 내 비서를 건드렸어, 지금?"

"놔, 놔……."

"나도 털끝 하나 안 건드리는 내 비서를 니가 뭔데 손대. 나한테 내미는 도전장이야 뭐야. 나랑 해보자는 건가?"

"놔, 놓으라…… 캑, 고소, 고소할……."

사내의 발버둥에 점점 힘이 빠지고 시원찮아진다. 지안은 그를 조금 내려 세운 뒤 어퍼컷을 날렸다. 보기 좋게 나가떨어진 사내가 버둥거리며 비틀비틀 일어선다.

"야, 남지안. 너 이 새끼, 너 지금, 너 지금 나 쳤어?"

지안은 성큼성큼 걸어가 몸을 완전히 일으켜 세운 사내를 주먹으로 내리쳤다. 형편없이 뒹굴며 나가떨어진다.

"한 비서! 한 비서어어어!"

이제야 사라진 자신의 비서를 찾는다. 찬양은 오들오들 떨던 두 다리에 힘이 풀려 주저앉고 말았다.

지안은 다시 저만치 떨어져 나간 사내에게 다가갔다. 생존 본능에 팔꿈치를 밀며 뒤로 도망가던 사내는 지안에게 다시 붙잡혔고, 지안은 무릎을 굽히고 앉으며 사내를 내려다보았다.

"너, 이거 끝 아니야. 니가 지금 누구를 건드렸는지 내가 똑똑히 잘 알게 해 줄 테니까."

저 멀리서 한 무리의 사람들이 달려온다. 호텔 관계자들과 사내의 비서다.

"잘 들어. 합의 없어."

달려온 사내의 비서가 몸으로 막듯 자신의 상사를 끌어안았다. 눈물겨운 보호다.

"물론 선처도 없어."

호텔 관계자들은 엉망이 된 복도를 바라보며 입술을 멍하니 벌렸다. 이곳에서도 유명한 망나니가 이번엔 백경의 후계자에게 잘못 걸린 모양이다.

“저 여자 찾아와서 무릎이 닳도록 빌어야 될 거야. 그럼 너 하나 박살 내는 수준에서 그쳐 줄 테니까.”

“너 이 새끼…….”

“백 회장님께서 찾아와도 합의 안 해. 모든 것을 다 더해서 한번 해보자고.”

다가온 호텔 관계자들이 우물쭈물하며 말리지 못하자 지안은 일어섰다. 흐트러진 자신의 옷매무새를 다듬으며 그는 지배인에게 말했다.

“상황 대충 파악했을 테니 저기 CCTV 확보해 주시고 수순대로 처리해 주시죠.”

“아…… 대체 이게……. 송구스럽습니다. 남 상무님.”

“사과는 필요 없으니 수순대로 하세요.”

지배인은 지안에게 가까이 다가섰다. 호텔 이미지가 실추되기 직전이다. 외부로 알려지면 호텔 이미지도 크게 영향을 받을 것이다.

“저, 상무님. 좋게 좋게…… 저희 호텔도 생각을 좀 해 주시고…….”

“유감이지만 덮을 생각 없습니다. 손해 배상 청구하세요. 어느 쪽에 해야 하는지 잘 생각하시고.”

“상무님, 한두 번도 아니고 백 이사님 이러신 거야 누구나 다 아는 사실 아닙니까. 저희 호텔이 무척 난감합니다.”

“난감?”

지안은 서늘하게 바라보았다.

“내가 지금 호텔 난감함을 배려해야 합니까? 내 비서의 성추행을 눈앞에서 보고도?”

지배인은 입술을 꾹 닫았다.

“그리고 당신도 틀렸어. 내 비서한테 먼저 양해를 구해야지. 당신 눈엔 나밖에 안 보이나?”

"죄송합니다. 제가 생각이 짧았습니다."

"더 할 말이 있거든 백경그룹 변호인단과 얘기하시고, 지금 바로 CCTV 그대로 백경에 보내세요."

"네. 상무님. 잘 알겠습니다."

지배인은 판단을 마쳤다. 지금 이 순간 누구의 손을 들어야 한다면 당연히 지안이다. 상대는 백경그룹의 후계자.

"불편함 없으시도록 백경에 협조하겠습니다. 호텔 안에서 불미스러운 일이 생겨 대단히 송구스럽습니다. 남지안 상무님."

차후를 위해서라도 그를 따르는 것이 최선이다. 지배인과 직원들이 고개를 수그리자 지안은 길게 숨을 내쉬며 뒤로 돌아섰다.

그제야 주저앉은 찬양이 보인다. 그는 그녀에게 다가가 내려다보았다. 파리해진 그녀 얼굴 위로 쏟아 낸 눈물 자국이 선명하다. 지안은 재킷을 벗어 무릎을 굽혀 앉으며, 그녀 어깨를 감쌌다. ……손을 내밀었다.

"잡고 일어나."

찬양은 눈물이 마르지 않은 얼굴로, 그를 올려다보았다.

"일어나. 가자."

복받치는 것들이 너무 많아 눈물은 쉽게 그칠 것 같지 않았다. 한껏 웅크린 그녀의 눈가에서 쉴 새 없이 눈물이 떨어진다.

후…… 지안은 주먹을 폈다가 말았다가 반복하며 화를 삭였다. 그러다가 도저히 분노가 감당이 되지 않는지 그는 일어섰다.

"그러니까 저 새끼를 반쯤 죽여 놨어야지, 왜 그러고 멍청하게 서 있어!"

그의 음성이 높아지자 지배인을 비롯한 여러 사람들은 일제히 복도를 빠져나갔다. 바닥을 기던 사내를 질질 끌다시피 운반하며 모두는 그의 시야에서 사라져 주었다.

"나한테는 잘도 까불면서 왜 반항도 못 해! 잘하잖아! 왜 쫄아서 그러고 있어, 왜!"

서러운지 꾹 다물고 있는 찬양의 입술에 진동이 인다.

"얌전히 있으라니까 대체 어딜 그렇게 혼자 싸돌아 다니냐고! 가만히 있어야 할 거 아냐! 누구 눈 뒤집히는 거 보고 싶어서 그래?!"

"물……."

찬양이 울먹이며 입술을 연다. 지안은 아랫입술을 물며 주먹을 말아 쥐었다.

"목이 좀…… 말라서요……."

서러워서 잔뜩 젖은 그녀 목소리를 듣고 있자니 더 환장하겠다.

"물만…… 마시고 다시 돌아가는…… 끅…… 돌아가는…… 끅…… 길이었는데요……."

……미치겠다. 지안은 머리끝에서 뱅뱅 도는 화를 어쩌지 못해 눈을 꽉 감았다. 애꿎은 그녀를 향해 화를 내고 있는 자신의 모습에 환멸이 느껴져, 지안은 뒤돌아 굵은 숨을 내쉬었다.

"……일어나. 가자."

지안은 그녀를 일으켰다. 제대로 걷지도 못하는 그녀의 손목을 붙잡고 보폭이 넓은 걸음을 옮겼다. 안 보이는 곳에 숨어 눈치만 보던 지배인은 빛의 속도로 따라붙으며 그를 에스코트했다.

시선이 많은 로비를 지나치고, 직원이 문 앞까지 가져온 차에 올라탔다. 술을 마신 지안을 위해 호텔 측에서 운전을 대행해 주기로 했다.

"타."

넋이 빠진 찬양이 버릇처럼 조수석 문을 열자 지안이 다시 내려 조수석 문을 닫았다.

"뒤로 타."

사고가 멈춘 듯 고분고분 말을 잘 듣는다. 그녀에게 상석을 내어 준 지안은 차량 뒤쪽으로 돌아 반대편 문으로 탑승했다.

"조심히 들어가십시오! 남 상무님!"

"들어가십시오! 상무님!"

무리를 지어 따라오던 호텔 직원들이 일제히 인사를 한다. 그의 카브리올레는 커다란 소리와 함께 출발했다. 현재 그의 심경을 대변하듯, 몹시도 육중하고 요란한 소리였다.

"저기."

얼마나 달렸을까. 창밖을 바라보며 격분했던 마음을 애써 가라앉히던 지안은 찬양을 바라보았다. 자신을 힘겹게 부른 그녀가 손을 내민다.

"이거……."

내내 쥐고 있던 시계를 내민다. 지안은 그녀의 손바닥을 가만히 내려다보다가 시계를 받아 들었다. 들고 있기 거추장스러워 그는 손목에 시계를 찼다.

텅 빈 손이 허전한지 찬양은 작은 주먹을 말아 쥐며 고개를 수그렸다. 짧은 시간 무슨 일들이 벌어진 건지 곱씹어 생각하기도 어지러웠다.

"저…… 괜찮아요……."

그러다가, 그녀는 짤막한 말로 입을 열었다.

"정말 괜찮으니……."

"집에 가서 얘기합시다."

"……."

"둘만 있는 거, 아니니까."

운전을 대행해 주던 운전기사가 힐끔 룸미러로 찬양의 얼굴을 바라보고는 다시 시선을 돌린다. 차 안에서 하는 두 사람의 이야기를 듣고 오라고 호텔 측에서 은밀히 지시했지만, 그 이후로 끊긴 대화는 도착할 때까지 이어지지 않았다.

어느덧 그가 사는 저택에 도착했고 찬양은 비틀비틀 돌계단을 올랐다. 뒤따라가던 지안은 성큼성큼 앞으로 걸어가 그녀를 추월했다.

"누가 보면 초상난 줄 알겠네. 힘 좀 주고 걸읍시다."

축 늘어진 그녀의 손목을 이끌며 지안은 집으로 들어갔다. 한눈에 보아도 거지 같은 분위기의 두 사람이 들어서자 입주 직원들은 눈을 동그랗게 떴다.

"오셨습니까, 상무님."

어두컴컴한 분위기의 상무가 들어서자 입주 직원들은 고개를 수그린 채 저들끼리 눈치를 주고받았다. 정 비서의 넋 빠진 얼굴은 대단한 사고가 있었음을 가늠케 했다.

"목욕물 좀 받아 줘요."

"네. 상무님. 바로 씻으실 수 있도록 준비하겠습니다."

"나 말고."

지안은 그제야 조심스럽게 붙잡고 있던 찬양의 손목을 놓아주었다. 가냘프고, 그래서 더욱 울화가 치밀었다.

"정 비서가 사용할 수 있게."

"네, 상무님. 알겠습니다."

그는 찬양을 남겨 두고 방으로 올라갔다. 남겨진 찬양은 입주 직원의 도움을 받아 욕실로 향했다.

— 연결이 되지 않아, 소리샘으로 연결되며…….

사람들을 피해 연회장에서 떨어진 작은 테라스로 나온 현주는 휴대폰을 내렸다. 윤 실장의 목소리만큼이나 익숙한 부재 안내 멘트. 아파서 돌아갔다는 그와 연락이 닿질 않아 현주는 긴 숨을 불어 내쉬며 고개를 들었다.

"이상하다. 이렇게 한마디 말도 없이 갈 사람이 아닌데……."

그럴 리가 없잖아. 이곳에 날 두고 그대가. 이 많은 사람들 속에 날 혼자 남겨 두고, 그대가.

"끝나면…… 라면 끓여 달라고 하려고 했는데……."

휴…… 현주는 끊이질 않는 한숨을 뱉었다. 그가 떠나 버린 사실을 알게 된 이후로 정신은 온통 산만함의 극치였다. 자신을 향한 질문을 알아듣지 못하는가 하면, 엉뚱한 답을 내어놓기도 했다.

'남 전무. 혹시 무슨 일 있어?'

'아니요. 왜요?'

수시로 멍한 초점을 뜻 없는 곳에 두었고.

'아까부터 표정이 안 좋아서.'

웃고 있다고 생각했지만—

'제 표정이 어떤데요?'

'계속 울 것 같은 표정 짓고 있잖아.'

착각이었다.

휴대폰을 쥔 그녀 손끝은 빨갛게 얼어 간다. 격식 있게 차려입은 드레스 위로 훤히 드러난 어깨는 몹시도 시렸다. 들어가야지, 이제 그만 돌아가야지, 생각은 쳇바퀴처럼 반복되기만 할 뿐 좀처럼 걸음을 뗄 수가 없다.

"들어가기 싫다……."

고가의 물품일수록 관심이 높아지듯 사내들은 틈만 나면 백경의 장녀를 향해 러브콜을 보냈다. 아무 관심도 가지 않는 사내들의 틈바구니에서 앵무새와 같은 답을 늘어놓고 있는 현실엔 염증이 났다.

현주는 지친 표정으로 한숨만 연거푸 내쉬다가 돌아섰다. 그때였다. 손에 쥔 휴대폰에서 요란한 진동이 느껴져 그녀는 내려다보았고 이내 눈을 크게 떴다. 기다리고 말 것도 없이 다급하게 터치하며 전화를 받았다.

"여보세요!"

— 여보세요.

수호다.

"대체 어디가 아파. 회사에서부터 아팠어? 말을 했어야지. 언제 갔어? 어디야. 병원은 갔어? 약은? 집이야? 내일 출근하지 말고 쉬어."

— 하나씩 물어. 하나씩 답하게.

그가 격식을 차리지 않자 현주는 천치처럼 웃고 말았다. 무단 퇴근을 보고하는 윤 비서의 음성이 아니라, 후배 남현주에게 전화를 걸어온 수호의 음성이다.

현주는 테라스에 팔을 기댔다. 춥지만 참을 만했다.

"어디가 아픈데?"

— 머리가.

"약은 먹었고?"

— 먹었지.

"어딘데? 집이야? 병원은 다녀왔어?"

— 병원 갈 정도는 아니라서. 집은 아니야.

그렇구나. 현주는 제 발끝을 내려다보았다. 가슴속에서 휘몰아치던 그 많고 많던 말들은 삽시간에 전부 가라앉는다. 내가 얼마나 걱정했는지 아냐고, 어떻게 한마디 말도 없이 가 버릴 수가 있느냐고.

— 빨리 끊어야 하는 거 아니야?

"아냐. 절대. 전혀."

— 그래, 그럼.

그의 목소리는 마치 아주 깊고 잔잔한 호수의 느낌이다. 비바람에도 요동치지 않고, 고요한. 듣고 있기만 해도 마음이 편안해지는.

"아프다고 말을 하지 그랬어. 내가 알면 좋았잖아. 다른 사람 통해 듣게 하고, 못됐어."

— 누구한테 들었는데?

"임 대표님한테. 선배 화장실에서 만났다며. 아파 보여서 선배 보냈다고 하던데."

— 아아. 그래.

그의 대꾸는 또다시 짤막하게 끊긴다. 현주는 그가 전화를 끊자고 할까 봐 허겁지겁 말을 보탰다.

"내일 출근할 수 있겠어? 아프면 하루 쉬어. 내가 병문안 갈게."

— 바쁘신 분 병문안 오게 할 수 없어서 출근합니다.

"어어? 내가 가서 죽도 끓여 주고 병간호해 준다니까?"

— 죽은 끓일 줄 알고?

"선배, 재벌은 죽도 제 손으로 못 끓일 거라고 무시하는 거야? 내가 지안이 아플 때 흰죽 끓여 줬거든?"

— 그러니까. 몇 살 때.

"……중3 때?"

— 아아.

"물론 소금과 후추를 넣긴 했지만."

— 아아.

"……물론 요리사가 마무리를 도와주긴 했지만."

그녀의 이실직고에 그가 웃음을 터트린다. 자그마한 기계를 타고 들려오는, 그의 가식 없는 웃음소리에 전율이 인다. 현주는 눈물겹도록 달갑고 반가운 수호의 웃음에 가만히 눈을 감았다가 떴다.

왜일까. 이토록 잔잔하고 깊은 그대의 미소가 슬프게 느껴지는 이유는.

— 춥겠다. 들어가야지.

"춥긴, 괜찮아."

평온함으로 겉을 무장한 그대의 마음이 상처투성이처럼 느껴지는, 그런 이유는.

— 들어가. 코트도 안 입고 그러고 있다가 감기 들어.

"괜찮다니까. 조금만 더 통화할……."

현주는 말꼬리를 흐렸다. 휴대폰을 귀에서 떼고 가만히 멈춰 있다가 천천히 돌아보니 1층 테라스 밖에 그가 서 있다. 내내 자신을 바라보며 통화를 했을 수호를 응시하다가, 현주는 눈을 감았다 떴다. 수호는 멋쩍은 미소를 지으며 휴대폰을 내렸다.

"두통이 나아서 다시 돌아왔어."

"맙소사. 선배, 나, 나, 나 여기 있는 거 어떻게 알았어?"

"찾았지. 한참."

그는 고개를 비스듬히 꺾으며 그녀를 바라보았다.

……누가 뭐라 해도 나는 너의 뒤에 있어.

"윤수호도 은근히 못됐다니까? 그럼 나 여기서 안절부절못하는 것도 다 봤겠네?"

"당연하지."

네가 내 곁에서 당당히 멀어지기 전까지, 나는 너의 뒤에 있어.

"진짜 괜찮아? 이제 머리 안 아파?"

"괜찮아."

그가 고개를 끄덕이자 현주는 그제야 환히 웃었다. 이윽고 옆을 바라보며 뭔가를 살피더니 테라스를 붙잡고 걸터앉는다.

"뭐 해, 남현주!"

"으아아아!"

턱이 제법 높은 테라스 기둥을 넘으며 그녀가 탈출을 시도한다. 놀라 달려간 수호가 그녀를 안아 들었다.

"미쳤어? 계단으로 와야지!"

"선배한테 빨리 오고 싶어서. 나 성격 급하잖아."

그녀가 폭 안겨 오니 수호는 숨을 내쉬며 그대로 정지했다. 그러다가, 날아든 그녀에게서 찬기가 느껴져 급하게 코트를 벗었다. 시렸을 그녀의 어깨 위를 서둘러 감쌌다. 그러자 안도하듯 그녀는 깊은 숨을 내쉬었다.

"아, 이제 좀 살 것 같아."

수호는 지나다니는 사람들이 없는지 곁을 살피다가 포기했다. 이 커다란 코트 속의 주인공을 알아볼 사람은 많지 않을 테니까. 그녀는 그의 품속에서 해사한 웃음을 짓다가 손을 들어 그의 이마를 짚었다.

"내가 아프지 말라고 호, 해 줄게."

"그래, 그럼."

"열 엄청 심하네! 뜨끈뜨끈한데!"

"네 손이 차가운 거야."

"아아, 그런가. 그럼 다행이고."

……누가 뭐라 해도 나는 너의 뒤에 있어. 네가 날아갈 수 있을 때까지.

"선배하고 나, 우리 이러고 있으니까 꼭 로미오와 줄리엣 같다."

"내 알기로 그쪽은 양가 살림이 비슷했지."

"치."

네게 다른 사랑이 찾아오는 그날까지.

"선배, 나는 이대로 시간이 멈췄으면 좋겠어."

"……."

"그냥…… 정말 나는 이대로 죽어도 좋겠다."

네가, 내 곁을 떠날 수 있을 때까지.

"저기, 정 비서님."

따뜻한 물로 씻고 나니 조금 정신이 돌아오는 것 같다. 방에 들어와 침대에 걸터앉아 멍하니 눈만 깜빡거리고 있던 찬양은 찾아온 직원을 바라보며 일어섰다. 발 빠른 직원들이 바깥의 소식을 물어 왔고, 그래서 그녀의 성추행 사건은 저택 안으로도 퍼진 상황이었다.

"괜찮……으세요?"

"아, 네. 괜찮아요."

"아주 못된 일 당하셨던데. 그분 유명해요. 그 댁 입주 직원들도 남아나질 못한다고."

"네……."

찬양은 무거워진 눈꺼풀을 감았다가 올리며 쓴웃음을 지었다. 직원은 두 손을 모으고 민망한 듯 서 있다가 약봉지를 내려놓았다.

"심신 안정에 도움될 거예요. 전무님이 가끔 찾으시는데, 혹시 도움될까 해서 가지고 왔어요. 한약이니까 이따가 드세요."

"감사합니다."

찬양은 더욱 힘주며 미소를 지었다.

"그리고…… 지금 상무님이 찾으시는데……."

"상무님이요?"

직원은 난처하다는 듯 급히 말을 이었다.

"아시겠지만 지금 화가 많이 나셨어요. 분위기가 너무 살벌해서 우리도 무서울 지경인데. 원래 화를 잘 안 내시는데, 저는 이 집 오고 나서 처음 보는 분위기라."

"아…… 네. 가 볼게요."

"괜히 불똥 튀고 그래도 이해해요. 혹시 상무님께서 뭐라고 하셔도 정 비서님한테 하는 말씀 아니고 그냥 화가 나셔서 그런 거니까……."

"그럼요. 이해해요."

"그래요. 그럼. 어서 가 보세요. 어서."

직원은 어서 가 보라 문을 열어 주었고 찬양은 카디건을 걸치며 그의 방으로 걸음을 옮겼다. 굳게 닫힌 문을 한참 바라보다가, 심호흡을 하고 노크를 했다. 평소처럼 목만 내밀며 안을 들여다볼 용기도 나질 않는다.

"들어와요."

지안의 목소리가 문밖으로 들려와 그녀는 문을 열었다. 책상 너머에 서서 창밖을 바라보고 있는 그의 뒷모습이 보인다. 찬양은 두 손을 공손하게 모은 채 앞으로 걸어갔다.

"부르셨습니까."

지나치게 건조해진 그녀의 말투. 평범한 비서의 말투지만 찬양에게 듣자니 영 어색해, 지안은 물끄러미 밖을 바라보다가 몸을 틀었다. 잔뜩 풀이 죽은 그녀 얼굴은 보기가 영 힘들었다.

"거기, 앉아요."

"네. 상무님."

찬양이 책상 반대편 의자에 앉자 지안은 책상 의자에 앉았다. 팔꿈치를 책상에 대고 턱을 괸 지안은 그녀를 똑바로 응시했다. 그 시선이 부담스러운지 찬양이 시선을 피한다.

"아까 내가 몇 마디 했다고 기죽은 겁니까?"

"아뇨……. 아닙니다."

그녀가 맞다고 아우성을 치지 않으니까 어색하다. 목소리 톤을 올려 보라고 하고 싶지만 지금 상황에 무리라는 것을 잘 알고 있다.

"좀 번거로운 일이 있을 겁니다. 아무래도 사안이 막중하다 보니."

"네……."

"또 우는 겁니까?"

"아, 아뇨. 괜찮아요. 괜찮습니다."

흠. 지안은 다른 손도 책상에 올리며 깍지를 꼈다. 말을 시켜도 보질 않고 목소리는 다 죽어 가니 영 심란하다.

"아까는 미안합니다. 나 때문에 더 놀랐을 텐데."

하루에 한 번씩 사과를 하는 요즘, 이제는 자동 반사처럼 미안하다는 말이 나온다.

"딱히 정찬양 씨한테 화를 내려던 건 아닌데 하도 열이 받다 보니 내가 마음에 없는 말을."

"저도 죄송합니다. 가만히 있을 걸 괜히 움직여서요."

"물은 연회장에도 많은데 굳이 그걸."

"거기는…… 제가 좀……."

지안은 그녀가 손가락을 꼼지락거리자 실금 같은 미소를 지었다. 저 작은 행동 하나에도 신경이 곤두서고 집중이 된다.

"있잖아요, 상무님."

"말해요."

"그럼…… 이제 어떻게 되는…… 건지……."

"그 새끼, 그 백 이사 말입니까?"

"네……. 때리셨잖아요."

"내가 먼저 맞았습니다. 정당방위. 아니래도 할 수 없고."

아…… 그럼 다행이고요. 찬양이 작게 중얼거리며 다시 손가락을 꼼지락거린다. 지안은 그녀 손끝을 바라보다가 다시 또 미소를 지었다. 느낌이 이상했는지 찬양이 힐끔 바라본다. 헛, 지안은 웃다가 걸린 상황에 금세 정색하며 표정을 감췄다.

"왜 웃으세요?"

"내가 언제?"

"지금 웃고 계셨잖아요."

"귀여워서 웃었습니다."

헐……. 찬양은 뜬금없다는 듯 눈을 둥글게 하며 깜빡거렸다. 울어서 부은 얼굴에 젖은 머리를 하고는 손가락을 꼼지락거리니, 상황이야 어찌 되었든 그의 시선에 귀여웠다.

"됐고, 좀 절차가 복잡해도 잘 협조해요. 내가 대신 잘근잘근 밟아 줄 테니까."

"……."

"처분이 마음에 안 듭니까? 더 패고 왔어야 했나?"

"그냥……."

"……."

"죽여 버리지 그러셨어요."

"아아, 그런 방법이 있었네. 몰랐네."

어쩐지 안 말리더라. 지안은 찬양의 깊은 분노가 느껴지는 대꾸에 호응해 주었다. 나약했던 자신의 모습에 늦은 후회가 밀려와, 찬양은 머리를 쓸어 넘기며 중얼거렸다.

"진짜 아까는 머리가 백지가 되어서요. 뉴스에서 이런 사건 볼 때마다 나는 저러지 말아야지, 했는데. 정말 아무 생각도."

지안은 의자를 끌며 그녀 의자 가까이 다가갔다. 난데없이 그가 다가오자 찬양은 멈칫하며 눈을 감았다가 한참 후에 떴다.

"오늘 혼자 잠들면 악몽 꿀 텐데."

"네……?"

혼자 잠들면 아주 무서운 일이 벌어질 거라는 협박조의 표정이다.

"심리적 불안감으로 가위에 눌릴지도 모르고."

"아…… 그래요……."

지안은 더욱 얼굴을 들이밀었다. 찬양이 굳은 듯 아무 말도 하지 못하자 지안은 더욱 천연덕스럽게 물었다.

"할 줄 압니까? 해 본 적은 있나?"

"글쎄요……. 제가 뭐, 뭘 할 줄 알아야……."

"말하면, 다 할 줄 압니까?"

아니 근데 이 새끼가……. 나 성추행당하고 온 지 세 시간도 안 됐다.

"어…… 물론…… 물론……."

찬양은 머리 위로 팡팡 터지는 녹색등을 서둘러 끄기 바빴다. 내 사랑 상무님이라면 당장 무엇이든 할 수 있지만, 이런 말장난이 어디 한두 번이었나. 됐다고요! 안 속는다고요!

"제가 상무님과 무엇이 잘 맞으면 될까요? 뭐든 잘해 볼 자신 있는데."

하여 더 강하게 밀고 나가기로 한다.

"오. 대답 마음에 들었어. 그런 자세 좋습니다."

그녀의 대답이 아주 마음에 든다는 듯 지안은 찬양의 어깨 위로 손을 올렸다. 가볍게 주먹을 쥐고 안마하듯 두드리며 미소를 그렸다.

"일단 우리, 뭐 좀 먹고."

"그러고요?"

"나하고 바둑 둡시다."

……그녀의 상념을 지워 버리는 일.

"오늘 밤새 놀아 보죠. 지쳐 곯아떨어질 때까지."

그의 숙제였다.

매번 같은 꿈을 꾸고 있다는 생각이 든다. 지안은 자리가 불편한지 슬쩍 몸을 뒤척이며 꿈을 이어 갔다.

푸른 하늘, 초록의 바닥, 아주 익숙한 향기, 허밍으로 들려오는 노래. 부는 바람은 현실처럼 선명히 피부에 들러붙고—

'나를 잊지 말아요— 나를, 잊지 말아—'

자신을 향한 한 여자의 애원이 가득 울려 퍼진다. 꿈 내용을 반드시 기억하리라, 그는 매일 무의식에 다짐하지만 눈을 뜨는 동시에 많은 것들은 기억에서 사라져 버렸다.

'나를 잊지 말아요— 나 여기 있어요—'

등받이가 없는 널따란 의자에 앉아 애타는 한 여자의 음성을 듣고 있다. 여자의 목소리는 낯설지가 않았고 오히려 익숙한 감이 있어 경계의 여지가 없었다. 흰 원피스, 바람에 날리는 긴 머리칼. 가득 차오르는 향기는 수면 중인 그의 숨을 깊게 만들었다.

여자의 얼굴을 보기 전까지 절대로 깨어나지 않으리라. 지안은 꿈에서조차 다짐하며 계속 이어 가 보려고 애를 썼다.

'나를 잊지 말아요—'

하지만 흰 천 사이에 가려진 여자의 얼굴은 아무리 고개를 돌려 봐도 보이질 않고, 지안은 굳어 움직이지 않는 꿈속 자신의 몸을 겨우 일으켰다. 여기까지 성공한 지안은 의지로 꿈을 지시하며 여자 앞으로 걸어가길 희망했다. 한 걸음, 한 걸음, 이제 손만 뻗으면 흰 천이 잡힐 것만 같다.

……조금만. 조금만 더.

간격이 좁혀질수록 은은한 허밍의 음악과 향기가 더욱 짙게 느껴진다. 지안은 팔을 뻗어 천과 천 사이를 갈랐고 돌아서 있는 여자의 어깨를 붙잡았다.

'나를 잊지 말아요—'

천천히 그녀가 돌아선다.

'나를, 잊지 말아—'

이제 그녀의 얼굴을 확인할 수 있다. 지안은 느리게 돌아서는 여자의 어깨를 더욱 끌어당겼다. 꿈이지만 어깨를 붙잡은 손에서 물리적인 감촉이 느껴져, 비로소 완벽하게 현실을 인지한 눈꺼풀은 저도 모르게 올라갔다.

꿈에서 깨고 말았다. 깨자마자 쏜살같이 날아가는 꿈의 몇 자락을 간신히 붙잡고, 그는 몇 번이나 눈을 감았다가 떴다.

새벽에 동이 틀 때쯤 잠이 들었으니 몸은 여전히 잠들어 있는 상태지만 어느덧 찾아온 아침. 지안은 좀처럼 개운하지 않은 꿈자리를 곱씹으며 멍한 눈꺼풀만 오르내렸다. 꿈속 그녀 얼굴은 확인하지 못했으나 지금 눈앞엔 잠든 찬양이 있다. 흰 원피스, 긴 생머리, 너무나도 낯익은 향기.

그녀의 잠든 얼굴을 바라보고 있자니 마치 꿈에서부터 이어진 연결고리가 있는 것 같아, 기분이 이상해서 견딜 수가 없다. 지안은 정의 내리기 힘든 애틋함이 쏟아져 그녀의 얼굴 위로 가만히 제 손을 올렸다. 손길에 잠이 깼는지 그녀가 눈을 반쯤 뜬다.

이곳은 자신의 침실이라는 것. 함께 잠들었다는 사실에 그녀가 놀라 입술을 열기 전에 그의 입술이 먼저 열렸다. 잠기운에 가라앉은 그의 목소리는 쉬지근했다.

"당신인가?"

어쩌면.

"당신인 것 같은데."

무슨 말인지 몰라 졸음이 가득한 눈으로 그를 바라보던 찬양은 다시 눈을 감았다. 아마도 꿈이라 여긴 모양이다. 자신의 얼굴에 올린 그의 손을 다정하게 붙잡고, 행복에 겨운 미소를 그리며 그녀는 다시 꿈속으로 빨려 들어갔다.

"맞아요……. 나예요……."

그녀는 잠결에 답했다.

"나…… 맞아요……."

그도 무거운 눈꺼풀을 다시 내렸다.

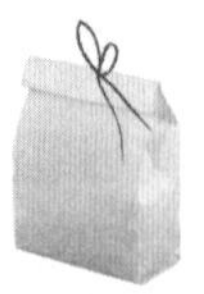

7부
우리만 남은 세상

"헐."

맙소사! 난데없이 자다가 눈을 번쩍 뜬 찬양이 스프링처럼 튀어 올라 침대에 앉았다. 이리저리 둘러보아도 상무님의 침실.

"미쳤어. 헐. 대박."

상무님의 침대다! 넋을 놓고 자다가 갑자기 정신이 번쩍 들더라. 눈을 척! 뜨니 아니나 다를까, 늘 보아 오던 방의 풍경이 아니었다. 찬양은 오만상을 찌푸리며 자신의 머리를 세차게 때렸다.

"하…… 이런 멍청이……."

옆자리는 깔끔한 상태로 비어 있다. 찬양은 난 이제 죽었다는 표정을 지었다. 같이 잠들었나? 나만 여기서 잤나? 상무님은 어디 가셨지?

"아으아으어으…… 진짜 미치겠네……."

일전에도 침대에 누워 봤다가 된통 혼나지 않았던가? 이젠 아예 대놓고 잠이 들었으니 욕을 대접으로 먹는 것도 모자라 가마솥 곰국처럼 우리고 또 우려낸 욕을 먹을지도 모른다.

"진짜로 새벽 5시까지 바둑을 뒀어."

흐아아암. 찬양은 터져 나오는 하품을 하며 찔끔 나온 눈물을 닦았다. 아무리 생각해 봐도 이 부분은 어이가 없다. 성추행을 당하고 온 비서와 밤새 바둑을 두는 상사라니.

"진짜…… 바둑만 두더라……."

정말 말도 없이 바둑만 두더라. 무슨 기원에 온 줄 알았다. 야심한 밤에 미혼 남녀 둘이 오붓하게 한방에 앉아 바둑만 두었다.

바둑! 바둑! 바둑바둑바둑바둑바둑바둑!

"나 진짜 매력 없나 봐. 어떻게 잠들 때까지 있었는데 아무 일도 안 일어나냐……."

찬양은 머리를 부여잡았다. 이게 얼마나 대단한 기회였는데 바둑만 두며 시간을 날려 버리다니. 충혈된 눈으로 바둑만 두다가 결국 바둑알을 든 채로 잠이 들고 말았다. 그의 말대로 지쳐 곯아떨어질 때까지 바둑을 둔 거다. 새벽 5시쯤의 일이다.

"내가 내 발로 침대까지 걸어왔나. 으으으, 기억이 안 난다, 안 나."

게다가 상무님이 옆에 계셨는지 안 계셨는지도 미지수다. 후……. 온갖 자괴감이 일시불로 밀려와 찬양은 애꿎은 머리만 헝클어 놓다가 일어섰다. 입주 직원들에겐 뭐라고 말해야 하는지, 그것도 만만치 않게 난감한 사건이었다.

"일단 그쪽에선 아마 심신 미약에 의한 범행이었다고 주장할 거야. 예전에 백 이사가 뚜렛증후군 진단을 받은 적이 있었거든. 뭐든 이유를 만들어서 가져오겠지."

이선은 찬양과 타 기업 이사의 성추행 사건을 정리하며 회사로 출근한 지안을 찾아왔다. 지안은 이선이 검토해 온 여러 자료를 바라보며 입술을 열었다.

"백 이사 인지 능력이나 변별 능력은 정상이었어. 심신 미약은 절대 안 돼."

"응. 의사 판단이 미약한 정도는 아니었음을 입증할 여러 가지 증거를 확보했으니까. 게다가 재범이니 양형 참작은 어려울 거야."

출근을 마친 지안은 제일 먼저 확보한 CCTV를 틀어 보라 말했다. 복도를 걸어가던 찬양과 백 이사가 마주치는 장면부터 사라지는 순간까지, 모든 과정을 확인한 지안의 표정은 더욱더 굳어 갔다. 이선은 이미 검토한 CCTV를 바라보기보다 화면을 응시하는 그의 표정을 주시했다. 그는 화가 났다.

"오빠가 발견했으니 망정이지, 정찬양 씨 큰일 날 뻔했어."

여전히 굳은 표정의 그를 바라보다 이선은 머리를 쓸어 넘겼다.

"정찬양 씨 만나서 몇 가지 물어봐야 하는데. 혹시 정찬양 씨 출근했어?"

"아니. 오늘 출근 안 해."

"아아. 하긴, 정신없을 텐데."

어지간한 일에 표정을 바꾸는 일이 없는 그에게서 끓어오르는 분노가 느껴졌다. 이선은 그를 관찰하듯 바라보았다.

"백 회장님 쪽에서는 연락 없었어. 그룹 차원에서 움직이는 일도 없는 것 같고."

"포기하셨겠지. 그런 쓰레기는 거둬 봐도 쓰레기야."

"좀 거칠다, 오빠. 적응 안 되네."

지안은 그제야 고개를 들었다. 자신을 유심히 바라보고 있는 이선의 눈빛에 낯설어하는 모습이 보인다.

"거칠다니. 법 없는 나라였으면 걔는 어제 내 손에 죽었어."

아직도 분이 안 풀려. 중얼거린 지안은 목을 뒤로 꺾으며 나른한 숨을 내쉬었다. 밤새 바둑을 두었으니 내내 숙이고 있던 목에 통증이 있는 것이다.

“잠 못 잤어요? 피곤해?”

“바둑 좀 두느라.”

바둑? 이선은 느닷없는 바둑 이야기에 눈을 동그랗게 떴다. 열받아 죽겠다는 사람이 평온하게 바둑을 뒀다고? 뭔가 앞뒤가 안 맞는데?

“바둑을 뒀어? 집에서? 누구랑?”

“조사에 필요한 질문인가?”

“아, 아뇨. 그건 아니지만.”

“더 설명할 것 없으면 이제 그만 일어나. 알아서 잘하겠지만 백 이사 절대 못 빠져나오게 잘해.”

눈을 감은 그는 명상을 하듯 소파에 등을 기대고 있다. 이선은 늘어놓았던 자료를 정리해 일어섰다.

……내가 사랑하는 남자는 나를 바라봐 주지 않는다.

“이 와중에 정찬양 씨가 부럽다고 말하면 나, 미친 거지?”

“무슨 소리야, 그건 또.”

찬양의 이름을 언급하자 그가 눈을 뜬다. 이선은 자료 더미를 꼭 쥐며 품으로 끌어안았다.

“그냥. 오빠가 화내고 있는 모습을 보고 있으니까. 그냥 조금, 조금.”

“…….”

“부럽다는 생각이 들었어. 미쳤나 봐. 갈게요, 이만.”

이선은 하지 말아야 할 말을 뱉었다는 듯 황급히 상무실을 빠져나왔다. 비서들의 인사를 받으며 엘리베이터에 오른 이선은 모퉁이에 몸을 기댄 채 고개를 떨궜다.

“진짜…… 못났다…… 김이선…….”

피해자가 부럽다니. 그녀가 받았을 상처 같은 건 안중에도 없다는 말을, 어떻게 그런 말을.

“휴…… 나 또 점수 깎였겠다, 오빠한테.”

그의 앞에만 서면 바보가 되어 간다. 시선 한 번 받아 보려고 쓸데없는 수다쟁이가 되어 간다.

이선은 입술을 지그시 깨물었다. 알면 알수록, 배우면 배울수록 슬픈 사실이 있다. 몇 번을 새롭게 깨달아도 달갑지 않은 사실이 있다. 내가 사랑하는 남자는, 나를 사랑하지 않는다.

"세상에, 그럼 그때까지 정 비서님은 상무님하고 바둑을 두신 거예요?"

찬양과 입주 직원들은 따로 마련된 직원 전용 공간에 둥글게 앉아 담소를 나누었다. 새벽 5시까지 바둑을 두었다니 몇몇은 놀라 눈을 동그랗게 뜬다.

"하긴. 그랬겠다. 내가 상무님 방에 마지막으로 커피 올려다 드린 게 4시 반이었으니까."

밤새 그의 방으로 커피와 차, 과일 등을 올려 보낸 입주 직원이 마지막 호출 시간을 기억한다.

"아니 무슨 바둑을 날 새면서 두세요? 대단들 하시네, 두 분."

"아뇨, 그냥 어쩌다 보니까. 하하하. 두다가 저는 그대로 잠들었지 뭐예요."

"정 비서님. 그 시간까지 버틴 게 용하죠. 상무님이야 워낙 잠이 없으신 분이지만."

찬양은 깜빡 잠이 들었다며 얼버무렸다. 물론, 그의 침대에서 잠들었다는 이야기는 하지 않기로 한다.

"상무님이 바둑을 좋아하시거든요. 회장님 살아 계실 때도 한번 시작하시면 밤새 두곤 하셨어요."

"아아, 그러셨구나. 저는 그냥 상무님이 해 보자고 하셔서."

이 집에 오래 머무른 입주 직원이 밤새 바둑을 두는 건 으레 있었던 일이라 마무리한다. 다른 직원들이 오해할 것 같지는 않아 찬양은 아무도 모르게 안도의 숨을 내쉬었다.

"그런데 상무님은 어디 가셨어요?"

"상무님 회사 가셨죠. 정 비서님은 모르셨어요?"

"네. 몰랐어요."

"해결할 일이 많다 하시면서 나가시던데."

찬양은 물끄러미 손에 쥔 머그컵을 내려다보았다. 그러고 보니 아주 다정한 꿈을 꾸었다. 그가 자신의 뺨을 어루만져 주는, 사랑이 가득한 시선으로 자신의 눈을 바라봐 주는.

"그건 그렇고 요즘 상무님 회사 분위기가 흉흉한 모양이야. 그 대표가 연임할지도 모른대."

"이봐, 최 씨. 자꾸 이렇게 입 함부로 놀릴 거야? 내가 모르는 척하라고 했지."

찬양은 시선을 들었다. 입주 직원들 사이에서도 그룹의 현황은 관심거리였다. 어디서 소문을 주워듣고 온 최 씨는 다른 직원의 타박에 어깨를 으쓱 올렸다.

"뭐, 다 아는 사실인데. 뉴스에서도 백날 천날 떠드는 이야기 좀 했다고 되게 뭐라고 그러네."

"글쎄 우리는 죽은 듯이 있어야 한다니까? 전무님하고 상무님이 알아서 하시겠지."

"그럼 어떻게 되는 거야? 그 대표가 또 해 먹는 거야? 난 이상하게 그 대표 싫더라."

"왜? 그 대표도 아주 인물이 훤하더만. 그렇게 똑똑하대. 뭐드라? 미국 유명한 학교 나오고."

"그러니까. 집은 찢어지게 가난했는데 머리는 그렇게 비상했다고 하잖아. 개천에서 용 난 거라며. 멋있지 뭘 그래?"

"허이고? 이 집 뜨신 밥 먹으면서 그게 할 소리야? 사람이 의리가 없어.”

문득 USB가 떠올라 찬양은 무거워지는 마음에 한숨을 내쉬었다. 도저히 언제, 어떤 방식으로 그에게 건네줘야 하는지 너무나도 막막했다.

“그래도 우리 상무님이 저렇게 눈이 시퍼런데 또 다른 사람이 해 먹는 건 좀 그렇지 않아?”

“말이 많대. 상무님 건강에 문제 많다고 다들 상무님 못 쓴다고 그런다던데.”

“누가 그래? 우리 상무님이 얼마나 건강하시고 밥 잘 드시고 일 잘 하시는데. 무슨 그런 개뼈다귀 같은 소리를.”

당신이 나를 믿어야 줄 수 있는데. 당신이 나의 모든 말을 믿어야, 내가 할 수 있는데.

“내 말이 그 말이야. 하여튼 이번에 정해진다니까 두고 봐야지 뭐. 난 연임 안 됐으면 좋겠네.”

“나도.”

“정 비서님도 그렇지요? 상무님이 그 자리에 오르셔야 된다고 보시지요?”

시간은 자꾸 흐르는데, 더 큰 오해를 불러일으킬 것이 분명해 아무것도 하지 못하고 있다.

‘성급하게 돌려주지 않아도 돼. 내가 널 믿을 수 있을 때, 돌려줘.’

“정 비서님?”

그는 당부했다. 괜찮으니 천천히 돌려 달라고. 다만 내가 너를 믿을 수 있을 때 돌려 달라고. 하지만 빨리 돌려주고픈 마음엔 변함이 없어 시간이 지날수록 초조하고 조바심이 난다. 서두르면 안 된다고 마음을 다잡다가도, 어느 때고 달려가 쥐여 주고 싶은 마음은 굴뚝같다. 그는 참을성이 없는 내게 너무나도 어려운 숙제를 주고 떠난 것이다.

당신은 언제쯤이면 나를, 믿어 줄 수 있을까요.

“정 비서님?”

"네?"

잠시 다른 생각을 하던 찬양은 고개를 들었다. 다들 자신을 바라보고 있으니 시간을 되돌려 직원이 자신에게 던진 질문을 떠올렸다.

"어…… 네."

"그렇죠? 우리 상무님이 취임하셔야 된다고 보시지요?"

찬양은 머그컵을 내려놓으며 씨익 웃었다.

"그럼요. 물론이죠."

그 자리, 그곳은 그의 자리입니다.

다 된 저녁에 그는 집으로 돌아왔다.

"오셨습니까, 상무님."

"안녕히 다녀오셨습니까, 상무님."

저 멀리 정문에서부터 호출이 오더라. 집 안에서 각자 일을 하던 입주 직원들은 현관 앞으로 집합했다. 찬양 또한 처음으로 집에서 그를 맞이하는 입장이 되어 직원들 사이에 섰다. 사람 한 명 집에 돌아오는 데 몇 명이 동원되는 건지 모르겠다.

지안은 인사를 받으며 지나가다가 멀뚱멀뚱 서 있는 찬양의 곁에 멈췄다. 고개를 돌리며 찬양을 바라본 그는 꽤나 굳은 얼굴로 지시를 내렸다.

"정 비서는 바로 올라오세요."

"네. 상무님."

이크, 침대에서 잠들었다고 한바탕 깨질 판인 것 같다. 그의 건조한 음성에 찬양은 잔뜩 눈에 힘을 주었다. 그가 올라가자 입주 직원들은 또다시 속닥거렸다.

"정 비서님. 힘내세요."

"그래요, 정 비서님. 오늘도 힘내세요."

그의 저기압 음성에 모두는 한껏 긴장했다.

찬양은 잠시 후 그의 방문을 노크했다. 들어오라는 소리가 들린다.

찬양이 슬그머니 문을 열고 안으로 들어서자 지안이 코트를 벗고 있다.

"안 받습니까?"

"아아! 네!"

찬양은 득달같이 달려가 그의 겉옷을 받아 들었다. 지안은 재킷을 벗으며 코트를 들고 있는 그녀 팔에 보태 주었다.

"잘 잤습니까?"

"어……."

어…… 그게…….

"어? 이제 말도 놓는 건가?"

"아, 아닙니다. 죄송합니다. 어제 제가 깜빡 잠이 들어서……."

이번엔 타이를 한쪽 방향으로 끌어당기며 풀러 내린다.

"깨울까 하다가 깨면 다시 못 잘 것 같아서 그냥 재웠습니다."

"감사합니다. 앞으로 더 주의하겠습니다."

이 또한 찬양이 들고 있는 슈트 재킷 위에 걸쳤다.

"정찬양 씨 침대에 옮겨 놓고 잠깐 생각한다는 게 나도 그대로 잠이 들어서."

"아아, 네."

어억. 한 침대에서 같이 잠들었나 보다. 찬양은 얼굴을 붉혔다. 상무님께서 아무렇지 않게 말씀하시니 아무렇지 않게 대응해야겠지만 사실 심장은 방망이질을 시작했다.

"그나저나 정찬양 씨."

가까이 서서, 자신을 바라보며 한 겹 한 겹 옷을 벗으니 찬양은 마른침을 삼켰다. 셔츠로 다 가려지지 않는 그의 근육질 몸매는 언제 보아도 참으로 인상적이었다.

"바둑 잘 두던데."

소매를 여며 둔 커프스 링크를 풀어 가지런히 타이 위에 올린다.

"누구한테 배웠습니까?"

팔 위로 점점 물건이 쌓여 가니 찬양은 떨구지 않으려 중심을 잡았다.

"외할아버지께 배웠습니다."

흐음. 지안은 이번엔 목 끝까지 잠긴 와이셔츠 단추 두어 개를 끌렀다. 셔츠도…… 주시게요……? 찬양은 어서 벗어 올리라는 듯 팔을 움찔거렸다. 지안은 답답한 의상을 해체할 만큼 해체했다는 생각이 드는지 양손을 가볍게 허리에 댔다.

"내일 변호인단 측에서 몇 가지 질의차 면담이 있을 예정입니다. 불편해도 협조해요."

"아아, 그럼요. 그럼요. 그나저나 오늘 일은 잘하고 오셨어요?"

"아니."

이렇듯 가까이서 그를 바라보는 일은 참으로 힘든 일이다. 게다가 그의 시선이 박혀 들 때면 속절없이 심장은 뛰어올랐다.

"CCTV 봤는데."

"……."

"내가 열이 뻗쳐 일을 할 수가 있어야지."

말문이 막히는지 찬양이 침묵하자 지안은 그녀 얼굴을 한참이나 바라보았다. 아침에 잠깐 눈을 떴던 그 시간은 꿈인지 현실인지, 그도 사실 잘 모르겠다. 어째서 자꾸만 기묘한 느낌이 드는 건지 알 수가 없다.

물어볼까. 물어보고 싶다. 아침의 일을 혹시 기억하냐고.

"정찬양 씨."

"네?"

"오전에 혹시 내가 말을 걸……."

그때였다. 찬양의 휴대폰이 시끌벅적한 소리를 내며 울린다. 지안은 말을 멈추며 입을 꾹 닫았고 찬양은 난처하다는 듯 표정을 우스꽝스럽게 지었다.

"어, 저 지금 전화가 옵니다. 상무님."

"알고 있습니다."

"그런데 제가 지금 보시다시피 짐을 들고 있어서."

그래서? 지안이 눈으로 묻자 찬양은 다시 눈꼬리를 내렸다. 이 와중에도 울려 퍼지는 전화벨 소리는 참 요란하다. 찬양은 요가를 하듯 자세를 잡으며 한 팔을 슬금슬금 내렸다. 내려 두면 될 것을, 이럴 때 보면 머리를 쓸 줄 모르는 하등 쓸모없는 비서다.

"내가 꺼내 줄 테니까 기다려 봐요."

보다 못한 지안이 손을 뻗어 그녀 재킷 주머니에 있는 휴대폰을 꺼내 주었다. 내려놓아야 한다는 생각은 들지 않는지 그녀는 여전히 옷더미와 씨름 중이다. 지안은 할 수 없이 자신의 옷을 받아 들었다. 수발이라곤 눈곱만큼도 들 줄 모르는 정신 나간 비서다.

"아, 상무님 감사합니다. 여보세요?"

냉큼 옷을 넘기며 전화를 받는다. 지안은 옷을 정리하는 척하면서 귀를 쫑긋 세웠다. 이상하게 궁금하다.

"아아. 안녕하세요! 네네! 아, 정말요?"

찬양이 반색하며 웃는다. 더욱 집중해서 전화를 엿들어 보려 하지만 내용은 들리지 않는다. 묘하게 궁금하다.

"그럼요! 그럼요! 괜찮아요! 지금 나갈 수 있어요! 네네! 네네네!"

비어 있다. 뭐가?

"아 그럼 저야 완전 좋죠! 아, 진짜요? 언제든 비워 드릴 수 있어요! 네네! 감사합니다! 내일 연락 주세요! 네네!"

찬양은 휴대폰을 다시 집어넣으며 생글생글 미소를 지었다. 지안은 엿듣고 있던 자세를 바꾸며 딴청을 피웠다.

"상무님, 제가 원래 살던 집이 빠졌대요."

"원래 살던 집?"

"네네. 집을 내놨는데 안 나가서 계속 뒀거든요. 오늘 누가 집 보러 온다고. 하자 없으면 계약한다고 했대요."

"그래요. 문제없이 처리되길 바랍니다."

이사에 관련된 내용인 걸 보니 별일은 아니었다. 찬양은 앓던 이가 빠진 것 같은 웃음을 터트리다가 이내 씁쓸한 표정을 지었다. 그래도 아쉽긴 하다. 당신과의 추억이 고스란히 묻어 있는 집인데. 그곳에 서 있던 당신의 모습은 이렇게도 선명한데.

"집이 빠진다니 시원섭섭해요. 떠나기엔 기억이 너무 많은 집인데."

찬양은 착잡한 생각을 감추며 방을 나서기로 한다.

"시키실 일 없으시면 이만 나가 보겠습니다. 오늘도 수고 많으셨습니다. 상무님."

"혹시 오늘 밤도 잠 안 오거든 건너와요."

……그런 그녀의 발목을 붙잡는 목소리. 찬양은 천천히 돌아서 그를 바라보았다.

"바둑은 언제고 할 수 있으니까. 악몽 꿀 바엔 차라리."

그의 세심한 마음이 묻어나는 제안에 찬양은 또다시 웃음을 터트렸다. 어쩌면 USB를 전해 줄 수 있는 시간은 생각보다 빠르게 올지도 모른다고.

"네. 상무님."

그녀는 기쁜 생각을 했다.

"어머, 얘 신곡 나왔네?"

회사 점심시간. 미혜는 식사하던 중 휴대폰을 바라보며 중얼거리던 동료를 바라보았다. 동료는 미혜가 궁금해하자 휴대폰 액정을 보여 주었다.

"백현성이요. 이번에 정규 앨범 나왔나 봐요."

남자 보컬의 사진을 확인한 미혜는 동료의 휴대폰에서 시선을 떼며 입술을 열었다. 사실 미혜는 이미 알고 있던 사실이다.

"어제 자정에 나왔어. 지금 아마 음원 차트 전부 줄 세웠을걸?"

"어, 진짜 그러네? 대리님 어떻게 아셨어요?"

"왜 몰라. 내가 얼마나 기다렸는데."

"노래 좋아요? 들어 보셨어요?"

"물론이지. 어제 밤새 듣다가 아침에 못 일어날 뻔했어. 졸려 죽겠어, 지금도."

그러자 곁에서 밥을 먹던 다른 직원이 의외라는 듯 묻는다.

"미혜 씨 백현성 팬이야? 몰랐네?"

"그러게요. 주 대리님이 백현성 좋아하시는 거 저도 몰랐어요."

다들 의외라는 반응을 내어놓자 미혜는 덤덤히 대꾸했다.

"다음 달에 백현성 콘서트 하거든요. 팬클럽은 선예약 가능해서 바로 했죠. 굿즈도 벌써 왔고."

"헐. 대리님 팬클럽도 가입하셨어요? 굉장히 열성적이시네요."

"대박! 그나저나 백현성 콘서트라니. 주 대리님 완전 좋겠다!"

"백현성 이번에 전국 투어 하거든. 나 다섯 개 도시 예매했지롱."

헐. 대박. 직원들은 미혜의 한마디 한마디가 충격적이라는 듯 입을 놀렸다. 미혜는 승리자라는 듯 브이를 그렸다.

"주 대리님, 백현성 공연을 다섯 개나 예매하셨다고요?"

"응. 지방 투어도 있어. 공연 보고 근처에서 하루 자려고. 여행이나 하지 뭐."

"주 대리님 혼자?"

"응. 혼자."

혼자 보기 위해 같은 공연을 다섯 개나 예약했다는 그녀 말은 믿을 수가 없다. 그녀를 오래도록 봐 온 상사는 시금치무침을 집어 들며 애가 이상해졌다고 말했다.

"주 대리, 왜 안 하던 짓을 하고 그래? 니가 언제부터 가수 꽁무니나 쫓아다녔다고?"

"왜요? 저는 그러면 안 돼요?"

"아니 어릴 때도 안 하던 일을 왜 나이 먹어 하고 있냐고. 연예인 관심도 없었잖아. 하물며 콘서트는 무슨."

"잘생겼잖아요. 잘생기고 노래 잘하는데 안 좋아할 이유 없죠."

상사는 계속해서 그녀의 취향을 따져 물었다. 아무리 생각해도 이상한 거다. 발라드는 축축 처진다고 1분 미리 듣기도 하지 않던 그녀였고, 클럽 노래나 알아듣지 못할 팝을 좋아하며 흥얼거리던 그녀였으니까.

"요번 백현성 앨범 노래, 발라드 진짜 좋아요. 과장님도 한번 들어보세요."

하물며 그녀가 팬클럽까지 가입했다는 백현성은 발라드의 제왕이 아니던가? 힙합이라면 몰라도 발라드라니? 주 대리가?

"허어. 강산이 변하려나. 이게 무슨 조화야, 대체."

상사가 중얼거리자 미혜는 눈을 내리깔고 밥을 꾹꾹 눌러 물에 말았다.

"그냥 보러 가는 건데 뭘 또 그렇게 강산까지 들먹이세요."

"아, 이상하니까 그러지! 니가 무슨 발라드 가수가 좋다고 하질 않나, 뭔 콘서트를 따라간다고 하질 않나. 내가 너를 몰라?"

"그냥요. 하도 속이 허해서요. 마음 쏟을 곳이 필요해서."

분주히 움직이던 모두의 손동작은 일제히 멈췄다. 미혜는 눈을 내리깐 채 연거푸 물에 말아 놓은 밥을 떴다.

"가만히 있으려니 자꾸 가슴에 바람 드는 것 같아서. 뭐라도 좋아하는 게 생기면 나을까 해서 그래요."

이별. 예행연습도 없던 지금의 시간. 나는, 버틸 수 있는 무엇이 필요하다.

"과장님! 왜 주 대리님 마음 아프게 자꾸 그런 이야기를 하셔서!"

"맞아요! 과장님! 진짜 너무하셔!"

"야, 야! 내가 알고 그랬냐?! 하, 하도 이상하니까 그랬지! 야야, 주 대리! 그럼 말을 해야지 너는 인마!"

아무리 벗어나려고 해도 아직은 힘이 든다. 아직은 네가 매일매일 나의 숨에 살아.

"괜찮아요. 이게 뭐 별거라고. 그냥 그렇다고요."

파고들고, 흩어진다.

"백현성은 내가 아무리 관심 갖고 좋아해도 부담스러워하지 않잖아요."

나는 누구라도 좋겠어. 마음을 쏟아부을 수 있는 상대가 있길 바라. 하루를 묻고, 일과를 궁금해하며, 잠을 자는지 밥을 먹는지 알고 싶어.

"걔가 날 안 좋아해도 내가 배신감 느낄 일 없고. 내가 좋아하고 싶은 만큼 실컷 좋아해도 되고. 그냥 뭐, 편하게 덕질하는 거죠."

"야! 주 대리! 누구랑 가! 혼자 가냐?! 나랑 가자! 나랑 가!"

"과장님이랑 가면 주 대리님이 더 슬프죠! 차라리 대리님 혼자 가는 게 낫죠!"

"맞아! 과장님이 거기 왜 껴요!"

단지 내가 좋아하는 사람이 있으면 좋겠어.

생각 끝에 미혜는 고개를 들었다. 다들 짠한 눈빛으로 자신을 바라보고 있다. 모두는 진한 이별에 허우적거리는 자신이 불쌍하리라.

"다들 식사나 마저 하시죠? 점심시간 얼마 안 남았거든요?"

"어어! 그래그래! 밥 먹어야지, 밥!"

미혜는 먼저 일어섰다. 날은 추웠지만 잠시라도 햇살을 받을 수 있는 시간이라곤 유일하게 지금뿐이었으니까.

"저 먼저 나갈게요. 드시고 오세요."

식당 문을 열고 나서자 휑한 바람이 밀려든다. 미혜는 옷자락을 여미며 근처 커피 가게로 걸어갔다.

"하…… 춥다……."

이별. 지긋지긋한 이별. 너는 얼마나 변했니. 아니면 여전하니. 나의 겨울은 이렇게 긴데, 지금 너의 계절도 겨울인지 잘 모르겠다.

"주문하시겠습니까?"

"따뜻한 아메리카노 주세요. 사이즈는 제일 큰 걸로."

있잖아, 너와 헤어지고 이제 와 깨달은 게 있어.

나는 네게 사랑받아서 행복했던 것이 아니라, 단지 너를 사랑해서 행복했던 것 같아. 너를 마음껏 사랑할 수 있는 여자라서, 너를 사랑해도 되는 지구상에 유일한 여자라서, 그래서 더 많이 충만했던 것 같아.

"이거 쿠폰 도장도 찍어 주세요."

그랬던 나는 어쩌다가 슬픔을 느꼈니. 어째서 너를 사랑하는 일이 행복하지 않게 되었니. 따지고 보면 네 사랑이 끝나 가고 있던 게 아니라 내 사랑이 끝나 가고 있던 거였을지도 모르겠어. 그래서 나는, 그게 그렇게도 못 견디게 슬펐나 봐.

"자주 오시니까 이거 서비스로 그냥 사이즈 업 해 드릴게요."

"아, 정말요? 그럼 서비스 주셨으니까 쿠키 조금 사 갈게요. 동료들이랑 먹게 종류별로 하나씩 주세요."

부디 잘 있어. 부디 잘 견뎌. 다 잊을 수는 없겠지만 또 그저, 이게 인생이겠거니 하며 그렇듯이 살아. 그러니까 씩씩하게, 어쩌면 악착같이,

"수고하세요! 또 올게요!"

"안녕히 가세요! 손님!"

오늘도 안녕.

"임 대표가 그동안 열람한 사내 기밀 자료들입니다. 검토해 보니까 말씀하신 대로 신소재 쪽을 열람하신 적이 있으시더라고요."

"언제?"

"6개월 전쯤입니다."

신 실장은 지안의 책상에 보고서를 내렸다. 매일매일 보고서를 만

들어야 하는 신 실장의 노고가 고스란히 묻어나는 두꺼운 서류다.

"접속 기록 확인한 사실 새어 나가지 않도록 전산 쪽 책임 입단속 단단히 시켰습니다."

"수고했어."

지금의 신 실장은 하는 짓이 마음에 들지는 않아도, 사내 정보부로 말을 트고 지낼 수 있는 유일한 비서다. 지안은 서류 더미를 들며 안경을 썼다. 그동안 임 대표가 열어 본 사내 기밀 사항들을 모두 뽑았다.

"대표실 비서실장이 대만 쪽으로 출국한 적이 있더라고요. 휴가 목적이라고 하긴 했는데 일주일 전쯤 대표실에서 발권을 했더랍니다."

"기술자 구하러 갔겠지. 국내에선 불가하니까."

흠. 지안은 서류 더미를 한 장 한 장 넘기며 유심히 바라보았다. 신 실장은 가만히 지안을 바라보다가 입술을 열었다.

"상무님. 정 비서는 괜찮습니까?"

"뭐, 그런 것 같기도 아닌 것 같기도."

지안은 건성으로 답하며 서류를 넘겼다. 신 실장은 주먹을 불끈 쥐며 열변을 토했다.

"와 나, 진짜 제가 그 자리에 있었으면 백 이사고 나발이고 달려가 이단 옆 차기를 날렸을 텐데요."

"실수인 척하면서 그 발차기는 나한테 날렸겠지."

"무슨 말씀이십니까. 정확도 99%입니다."

"그러니까. 99%의 고의로 발차기를 날렸겠지. 회사 잘리고 싶어서."

신 실장은 딱히 부정하지 않으며 머리를 긁적였다. 며칠째 정 비서를 출근시키지 않는 상무님께선 임 대표의 숨통을 죄어 가는 일에 열중하고 계시다. 코앞까지 다가온 주주 총회를 어떻게 대비하고 계신 건지, 이렇게 발동을 늦게 걸어도 되는 건가.

"괜찮으십니까? 상무님?"

그때였다. 서류 더미를 훑던 지안이 미간을 좁히며 어깨를 돌린다.

아무래도 백 이사에게 강펀치를 날리고 무리가 온 듯하다.

"재활 치료는 꾸준히 하고 계십니까?"

"조금 뻐근한 거야. 됐으니까 나가 봐."

"바쁘셔도 꼬박꼬박 하십시오. 상무님 걱정에 제 수명이 줄고 있습니다."

"웃기시네. 이게 어디서 약을 팔아."

……예? 신 실장은 잘못 들었다는 듯 눈을 껌뻑거렸다. 그러다가 이내 서러운 표정을 지으며 손으로 입을 가렸다.

"상무님 아무리 제가 미워도 어떻게 약을…… 약을 팔다니요……."

"약을 팔다니. 그게 무슨 소리야."

지안은 지가 뱉어 놓고도 모르겠다는 듯 신 실장을 바라보았다. 표정으로 이미 상처받았다고 적어 놓은 신 실장이 입꼬리를 추욱 내렸다.

"제가 아무리 눈치가 없지만 상무님께 약을 팔 정도로 못된 놈은 아닙니다, 상무님."

"그러니까 뭔 소리냐고 이게. 약을 판다는 게 무슨 말인데."

"상무님이 지금 저한테 그러셨잖아요. 이게 어디서 약을 파냐고."

"내가? 너한테? 지금?"

그럴 리가? 난 그런 말 모르는데?

"신 실장. 그 나이에 벌써부터 헛소리를 들으면 어쩌자는 거야. 정신줄 좀 잡지 그래."

"세상에……. 이젠 하다 하다 오리발까지 내미시고……."

상무님께선 방금 전에 본인이 뱉은 말을 가지고도 오리발을 내밀고 계신다. 이게 처음이면 그러려니 하겠다. 하지만 이런 일이 처음은 아니질 않은가! 신 실장은 슈퍼갑 상사의 횡포에 몸서리를 쳤다.

"저번에도 갑자기 보고할 일 있으면 삐삐를 치라고 하시질 않나."

"그러니까 대체 내가 언제."

"그러셨잖아요. 삐삐 치라고. 아니 대체 있지도 않은 삐삐를 어떻게 치라고…….”

지안은 눈썹을 꿈틀거렸다. 자신이 언제 그런 말을 했다는 건지 알 수가 없다.

“녹음기를 매일 켜고 다닐 수도 없고, 진짜 억울합니다. 상무님.”

“…….”

“저는 보고서도 만들어야 하고, 상무님 삐삐도 사러 가야 하고, 또 약도 구하러 가야 해서 하루가 너무 바쁩니다.”

“신 실장, 아직도 여기 있었어?”

지안은 헛소리하지 말고 나가 보라는 듯 눈짓으로 문을 가리켰다.

“너는 약을 파는 게 아니라 약을 먹어야 될 상황이야. 나가.”

“네…….”

어깨를 늘어트린 신 실장이 힐끔힐끔 지안을 바라보며 상무실을 나간다. 신 실장이 나가자 지안은 다시 팔을 돌리며 목을 뒤로 젖혔다.

“휴…… 머리야…….”

온통 주변에 헛소리를 하는 작자들만 널려 있으니 두통은 도무지 가실 줄을 모른다. 지안은 뜨끈한 눈두덩을 누르며 잠시 숨을 고르게 내쉬었다.

“눈 감으니까 온통 바둑판이네.”

며칠째 밤이면 밤마다 바둑을 두다 보니 이젠 눈을 감아도 바둑판이 보인다. 편하게 일 좀 해 보자고 고용한 비서 덕분에 몇 배로 더 바빠진 요즘이다.

“후, 안 되겠다. 좀 움직여야지, 정신 상태가 아주 불량해.”

지안은 일어섰다. 아침엔 재활하랴, 낮엔 일하랴, 밤엔 바둑 두랴, 온종일 쉴 틈이 없는 지안의 하루였다.

“찬양 씨!”

“승민 대리님!”

찬양을 발견한 승민이 뛰어온다. 반가운 마음에 찬양은 머리 위로 손을 흔들었다.

"얘기 들었어요, 찬양 씨. 괜찮아요?"

"네? 아아. 아하하하, 괜찮아요. 보시다시피."

찬양이 괜찮다며 호탕하게 웃어 보지만 듣는 승민은 그렇지 않은 듯 미간을 구겼다. 그녀의 성추행 사건 소식은 백경 본사 안팎으로 엄청난 충격을 가져왔다.

"상무님이 도와주셨다면서요."

"네. 상무님께서 멋지게 해치워 주셨죠."

"다행이다. 진짜 다행이에요. 그런 인간 말종은 아주 격리를 시켜야 한다고요."

상무가 나타나 성추행을 당한 비서를 대신해 펀치를 날렸단다. 가뜩이나 내부적으로 말이 많던 찬양이었기에 뜬구름 같은 소문은 또다시 날개를 달고 퍼졌다. 잊을 만하면 그녀의 이야기는 대표, 혹은 상무와 엮여 삼류 로맨스가 되었다.

"그런데 찬양 씨, 출근해도 되는 거예요? 좀 더 쉬지 않고?"

"어…… 출근해도 되는데 사실 출근은 아니고요. 법무팀에서 보자고 하셔서."

"아아. 그렇구나. 바로 올라가야겠네요?"

그런 횡행하는 소문 사이에서도 진정성 있게 찬양을 대해 주는 승민이다. 찬양은 진심으로 반갑게 맞이해 주는 승민이 고마워 활짝 웃었다.

"시간 조금 있어요."

"아아. 그럼 커피 한잔?"

"좋죠, 대리님."

언제 봐도 참 유쾌하고 편안한 사람. 찬양은 승민과 웃으며 걸어갔다.

"어, 저기 정찬양 씨인데요. 상무님."

신 실장과 잠시 걷던 지안은 고개를 돌려 보았다. 정신 나간 비서가 회사 복도를 걷고 있다.

"정찬양 씨 출근한 겁니까? 상무님?"

"……."

집에서 쉬라니까 여긴 왜 온 거냐! 나한테 한마디 말도 없이!

"옆은 박승민 대리네요. 예전 정찬양 씨 사수였던."

지안은 말없이 그녀 뒷모습을 주시했다.

"두 사람 아주 다정하게 지나가는데요? 회사 복도가 갑자기 웨딩홀 버진 로드처럼 보이지 않습니까?"

호오. 신 실장은 중계하듯 떠들며 두 사람을 관심 있게 지켜보았다.

"어어. 방금 정찬양 씨가 박승민 대리 어깨에 묻은 먼지를 털어 주었습니다! 이거 보통 사이로는 할 수 없는 일이죠!"

세상에서 제일 재미있는 구경을 하듯 신 실장은 신이 났다. 지안은 한껏 올라간 눈꼬리로 점점 더 멀어지는 두 사람을 바라보았다.

"이번엔 박승민 대리가 정찬양 씨의 짐을 들어 줍니다! 엄청난 다정함인데요!"

……부글부글 끓는다.

"맙소사, 정찬양 씨가 상무 비서실에선 한 번도 본 적이 없는 행복에 겨운 표정을 하고 있습니다."

연락도 없이 회사를 온 것도 열이 받는데 왔으면 냉큼 나를 보러 올 것이지, 누굴 먼저 보러 간단 말이냐? 그것도 수컷을? 나 지금, 순번 밀린 거냐?!

"사내 커플 탄생인가? 그렇죠, 상무님?"

"너 안 가냐?"

사내 커플에서 폭발한 지안이 냉소한 표정을 지으며 신 실장을 바라보았다. 어…… 음…… 말꼬리만 흐리던 신 실장은 뒷걸음으로 조금씩 멀어졌다. 느끼기에 슈퍼갑 상사의 기분이 저기압이기 때문이다.

"그럼 먼저 올라가겠습니다."

신 실장이 사라지고, 지안은 찬양이 사라진 자리를 한참이나 노려보았다. 녀석의 말마따나 행복에 겨운 표정을 짓고 사라진 정신 나간 비서를 향해 알 수 없는 배신감이 들기 시작했다.

"잘도 웃었겠다……. 잘도……."

어쩐지 자신의 앞에서 보이던 웃음과는 결이 다른 웃음이었던 것 같아, 심기는 상당히 불편해졌다. 쫓아갈까 하다가 관두기로 한다.

"내가 누구 때문에 밤마다 잠도 못 자고 바둑을 뒀는데. 두고 보자……."

지안은 불쾌함이 가득 담긴 발걸음을 옮겼다. 굳이 안 봐도 되는 걸 보고 몰라도 되는 사실을 알게 되었다. 정신 나간 비서는, 자신만 따르는 게 아니라는 걸.

승민과 간단한 티타임을 가진 찬양은 시간에 맞춰 약속된 회의실로 향했다. 성추행 건 관련해서 몇 가지 질의가 있다며 전화가 왔다.

"아직 아무도 안 오셨네."

텅 빈 회의실 문을 열고 들어선 찬양은 가방을 내리며 의자에 앉았다. 그날만 떠올리면 아직도 손끝이 떨리고 심장이 뛰었지만 필요한 절차라니 성실하게 임하기로 한다. 상무님이 그러라고 하셨으니까.

적당한 온풍으로 훈훈한 회의실 의자에 코트를 벗어 놓고, 그녀는 창문 밖을 바라보았다. 앙상한 나뭇가지가 휑한 풍경이지만 실내의 따뜻함 때문인지 춥게 느껴지지는 않는다.

"상무님 바쁘시겠지?"

그러다가 그녀는 지안을 떠올렸다. 연락을 해 볼까 하다가 바쁘실 것 같아 고개를 가로저었다. 요즘 매일같이 자신과 마주 앉아 바둑을 두는 상무님은, 은연중 자신의 상처를 신경 쓰고 계신 것 같았다. 말로는 차갑다, 사납다, 정 없다고 하지만 사실 알고 보면 상무님처럼 따뜻한 사람도 없을 거다.

“다른 사람은 몰라도 나는 알지…….”

상무님은 자신이 바둑을 좋아해서 두는 것뿐이라고 말하지만, 알고 있다. 자신을 따라온 자리에서 벌어진 성추행 사건을 내내 마음 쓰고 있다는 사실을.

“츤데레도 그런 츤데레가 없어요. 하여튼 알아줘야 해.”

생각에 잠긴 얼굴로 바둑을 두는 그의 모습이 좋아서. 바라만 봐도 행복해지니까. 그의 고단함을 알면서도 바둑을 멈추자는 말은 쉽게 나오질 않았다. 다른 어떤 시간보다도 소중했으니까.

“정찬양 씨?”

그때, 회의실 문이 열리며 누군가 자신의 이름을 부른다. 찬양은 돌아서며 열린 문틈으로 들어선 사람을 바라보았다.

“아…… 네…….”

또각거리는 하이힐의 구두 소리는 아찔하게 들려왔다. 찬양의 마음을 알 리 없는 그녀는 환한 미소로 다가와 손을 내밀었다.

“반갑습니다. 김이선입니다.”

그녀를, 만나 버렸다.

찬양은 이선과 마주 앉았다. 회의실 책상 너머 보이는 이선의 상반신은 우아하고 고상한 그림처럼 느껴졌다. 그녀의 피부색과 무척 잘 어울리는 단정한 투피스. 본연의 색 그대로 깨끗하게 정리된 손톱. 손톱보다 작은 귀걸이는 천연 보석의 반짝임을 선사하고, 손목을 감싼 가죽 시계는 요란하지 않은 기품이 있었다.

그러한 것들이 합쳐져 분위기를 만들어 내는데, 지금 이선의 분위기는 아주 곱고 귀하게 자란 온실 속의 화초 같은 느낌이었다. 남 전무의 압도적 분위기와는 사뭇 다른 공기, 분위기.

“일단 서류 좀 꺼낼게요.”

이선은 시간의 흔적을 느낄 수 있는 질 좋은 가죽의 서류 가방을 열어 이것저것을 꺼냈다. 모서리가 낡아 군데군데 해진 것이 보이지만 그래서 더 고풍스럽게 보인다.

"에휴, 가방이 이제 명을 다했나 봐요. 헐어서 닫히지도 않네."

"변호사님이 아끼는 가방인가 봐요."

"아아. 원래는 할아버지 거예요. 이 가방 들고 청춘 보내셨다고. 할아버지를 닮고 싶어서 뺏어 왔죠. 주인 잘못 만나서 고물 신세가 됐어요."

닫혀라, 좀. 이선은 툴툴거리며 가방을 힘주어 닫았다. 미간을 찌푸려도 예쁘기만 하다.

"정찬양 씨, 커피 괜찮습니까?"

"네. 물론입니다."

찬양이 괜찮다고 말하자 이선은 비치된 전화기를 들고 내선 번호를 눌렀다.

……처음 김이선 변호사의 존재를 알게 된 건, 임 대표와의 식사 자리였다. 상무님과 혼담이 오가는 사이라고 했다.

"우리 커피 부탁해요. 두 잔."

— 네. 변호사님. 알겠습니다.

대형 로펌을 운영한다는 부친. 3대째 집안 식구들이 법조계에 몸을 담고 있다는 자자한 명성. 엄청난 재력, 뛰어난 머리.

"우선 정찬양 씨가 겪은 일에 상당한 유감을 표하는 바입니다."

빼어난 외모.

"같은 여자로서 사건을 진행하며 상당한 분노를 느꼈어요."

모난 곳 없을 것 같은 선한 성격. 무엇을 어떻게 견주어도 그에게 모자람이 없을 것 같은.

"남지안 상무님께 이미 상당 부분 진술을 받았고, 또 CCTV도 확보했지만 피해자의 진술도 필요하기 때문에 절차상 연락을 드렸습니다."

나의 그를, 사랑하는 여자.

"정찬양 씨?"

이런저런 이야기를 꺼내도 멍하니 자신을 바라보고만 있자 이선이 고개를 갸우뚱하며 찬양을 부른다. 그제야 찬양은 생각에서 깨어난 듯 허둥지둥 답했다.

"……아, 네. 네네!"

"제 얼굴에…… 뭐가 묻었습니까?"

"아, 아뇨! 그런 건 아니고."

이선이 자신의 얼굴을 조심스럽게 만지자 찬양은 손을 저었다.

"그런 게 아니라."

"……."

"예……쁘셔서요."

"네?"

당황했는지 이선이 눈을 동그랗게 뜬다.

"예쁘셔서요. 이렇게 예쁜 분은 처음 뵙는 것 같아서."

"감사해요. 안 그래도 요즘 자존감 바닥을 치고 있었는데. 덕분에 용기가 좀 나는데요?"

물론 찬양 씨도 너무 예뻐요. 이선이 가볍게 받아치며 서류를 든다. 찬양은 볼에 바람을 조용히 불어 내쉬며 작은 주먹을 말아 쥐었다.

내가 사랑하는 남자를 사랑하고 있는 여자.

"대화 나누면서 녹취를 진행하려고 합니다. 괜찮으시겠습니까?"

"네. 괜찮습니다."

이렇게 모든 것을 다 가진 것 같은 여자가 그를 마음 깊이 사랑하고 있다. 가진 거라곤 홀로 기억하는 그의 사랑뿐인 내가, 덤벼 이길 수 있는 여자는 아닌 것만 같다. 부디 당신이 미운 사람이길. 부디 미워할 수 있는 사람이길 바라고 바랐는데.

"그럼 녹취 시작할게요. 편안하게, 생각이 나지 않는 부분은 애써 떠올리실 필요 없습니다. 천천히 답하셔도 됩니다."

"네. 변호사님."

알고 있다. 굳이 내가 아니더라도 당신은 그와 이루어질 수 없을 거라는 사실을. 당신의 큰아버지는 그에게 해를 끼쳤으니까. 그러한 이유로, 당신은 결코 그와 이루어질 수 없을 테니까.

"기본적인 질문은 적어 왔으니까, 보면서 참고하시면 좋을 것 같습니다."

그럼에도 불구하고 마음 한편은 자꾸만 불안하다. 당신이 이렇게 예쁜 사람이라서. 이런 당신이 자꾸만 그의 곁을 맴돌아서.

……문이 열리고 따뜻한 커피가 두 사람 앞에 놓인다. 이선은 커피를 권하며 따뜻한 미소를 지었다.

"커피 마시면서 할까요, 우리?"

"네. 변호사님."

이런 당신을, 그가 사랑하지 않을 수 있을까. 쓸데없는 의심을 하고 못난 걱정을 사서 하고. 그를 못 믿는 건 아닌데. 정말로 그런 건 아닌데.

"으아, 커피 향 너무 좋다. 이제 좀 살 것 같네."

그저, 눈앞의 당신이 너무 예뻐서.

커피를 삼킨 이선이 맛이 좋다며 웃는다. 차마 따라 웃을 수가 없어 찬양은 초조함을 들켜 버릴 것 같은 표정을 지었다. 이선은 찬양의 불안한 눈빛을 바라보며, 아직은 심리적으로 불안한 상태겠거니 이해했다.

"정찬양 씨, 우리 천천히 해요. 놀면서. 쉬면서."

불행하게도 자신이 친절을 베풀면 베풀수록 찬양의 마음이 저린 것을 알 리 없었다. 자신의 큰아버지가 지안의 사건에 연루되어 있음 역시 꿈에도 알지 못했다.

"임 대표님. 그럼 상무실에 새로 고용된 비서가 USB를 가져갔단 말입니까?!"

서울의 외곽에서 강준을 만난 이선의 큰아버지, 김 사장은 아연실색했다. 잘 가지고 있다던 USB를 잃어버렸단다. 어처구니없게도 대표실에서.

"확실합니까? 확실한 겁니까?"

"그렇습니다."

"허어. 이게 무슨, 이거 나 원!"

김 사장은 당황했는지 타이를 끌러 내렸다. 연거푸 숨을 내쉬다가 찬물을 삼켰다.

"똑바로 처리한다고 하지 않았습니까! 믿고 맡겼는데 어떻게 일을 이렇게 처리한단 말이오!"

그 USB엔 아마도 자신의 신소재 정보 유출 관련 자료가 들어 있을 것이다. 국내에서 기술자를 구하지 못해 묶어 둔 사이 지안이 깨어났고, 이도 저도 할 수 없음에 USB를 폐기하는 것으로 일단락을 지을까 싶었다. 그런데, 도둑질해 온 USB를 또다시 도둑맞았단다. 그것도 남 상무의 비서에게!

"실망입니다, 임 대표! 내 그렇게 신신당부를 했건만!"

"면목 없습니다."

강준은 건조한 음성으로 시선을 내리깔았다. 얼굴이 붉다 못해 타들어 갈 것 같은 김 사장의 표정은 당장이라도 자신을 잡아먹을 것 같았다. 그런 표정이 두렵고 무서워서 시선을 내리깐 것이 아니라, 표정을 바라보면 부아가 치밀어 오를 것 같아 시선을 피하는 것뿐이었다.

"면목이 없다는 말로 될 일이 아니잖습니까! 임 대표!"

하지만 김 사장은 임 대표가 고분고분 시선을 내리깔자 이때가 기회라는 듯 더욱 음성을 올렸다. 주도권을 잡아야 한다면 바로 지금이다.

"어디 믿고 일을 같이 도모할 수 있겠습니까? 그리고, 남 전무와 엮여 보겠다는 건 어찌 되고 있습니까?"

"일단 대표 연임이 되고 나서 생각할 일입니다. 계획이 다 있으니 걱정 마십시오."

"계획을 어째서 대표님 혼자 알고 있다는 말입니까. 같이 공유해야 하는 것 아니오?"

"그러는 사장님께서도 아직 마음을 못 정하시지 않았습니까."

김 사장은 말을 멈췄다. 강준은 그제야 고개를 들었고, 김 사장을 바라보았다.

"아직 조카분과 남 상무의 관계를 기대하고 계시질 않습니까?"

"아, 아니! 그게 아니라 일단 이선이가 백경으로 들어왔고 남 상무하고도 자주 접촉을 하니까!"

당황하니 목소리는 더욱 커진다.

"남녀가 붙어 있다가 정분나는 것을 내 어찌 막느냐, 이 말입니다! 다른 뜻이 있겠습니까? 그렇다고 내가 갈라놓을 수 있는 것도 아니고!"

"잘 생각하십시오. 조카분께서 백경의 로열패밀리가 된다면 사장님 잘려 나가는 거야 시간문제니."

"임 대표님!"

김 사장은 황당하다는 듯 눈을 치켜떴다. USB를 잃어버렸다는 주제에 어디서 되레 막말인가?

"USB는 어떡할 거요! 그것부터 말해 봅시다! 대비책은 있습니까? 지금 대비책은 있는 상태에서 나한테 압력 행사를 하……."

"아마 아직 남 상무 손에 들어가진 않은 것 같고."

강준은 작은 술잔을 들어 목을 축였다. 다시 천천히 내려놓으며, 이미 비어 있는 김 사장 술잔에 공손히 술을 따랐다.

"혹 그 USB가 남 상무 손에 들어가게 된다면 비서도 온전치는 못할 겁니다."

"……그게 무슨 말입니까?"

"남 상무 수중에 USB가 들어가서 모든 것이 발각된다면, 그 비서를 공범으로 엮어서 데려갈까 합니다. 아마 쉽게 움직이지는 못하겠죠."

"그건 대비책이 아니잖습니까! 벌어진 이후의 일이……."

"사장님 같으면 넘기겠습니까?"

강준은 어리석다는 듯 눈빛으로 조소했다. 김 사장은 영 마음에 들지 않는다는 불신의 눈빛을 했다.

"걱정 마십시오. 단단히 일러두겠습니다. 아직 그쪽도 움직이지 않는 걸 보니 전달할 수 없는 중간자의 이유가 있는 것 같고."

그들은 현재 눈치 싸움이 한창이었고, 두뇌 회전을 비롯한 신경전을 밑도 끝도 없이 펼쳤다.

"아무튼 탈 나지 않도록 하십시오! 탄로 나면 대표님도 나도 그길로 인생 종 치는 일입니다. 아시겠습니까?"

"물론입니다. 총회 준비나 잘 부탁드립니다."

김 사장은 마음이 놓이지 않는다는 표정으로 임 대표에게 술잔을 내밀었다. 조금도 맑지 않은 소리와 함께 두 사람의 잔이 만났다. 바라보기를, 서로가 서로를 갉아먹는 것 같은 시선이었다.

"일단 확보할 정보는 대충 수집한 것 같고, 추가적인 문의가 있다면 다시 연락드리겠습니다."

이선은 파일을 덮으며 녹취를 종료했다. 찬양은 긴장이 풀렸는지 어깨를 늘어트렸고, 그 모습을 바라본 이선은 미소를 지었다.

"수고 많았습니다. 정찬양 씨. 나머지는 법무팀에서 최선을 다하겠습니다."

"감사합니다. 바쁘실 텐데 제 일까지……."

"남 상무님이 어찌나 잘하라고 신신당부를 했는지, 무서워서라도 잘해야 해요."

이선은 서류 가방에 자료를 넣으며 농담을 했다. 그녀 입술 사이로 지안의 이야기가 나올 때마다 찬양의 가슴은 뛰어오르고 가라앉았다.

"상무님이 이번 일로 화가 많이 나신 것 같아요."

"물론…… 제가 상무님의 비서다 보니까……."

"사람 때리는 모습 처음 봤지 뭐예요."

CCTV 속 그는 내내 알고 있던 그의 모습이 아니었다. 이선은 몇 번이고 그의 모습을 돌려 보았다.

"내가 알던 남지안 상무님이 맞나. 상무님한테 그런 모습이 있었다니, 제가 다 놀랄 정도였으니까요."

이성을 잃은 채 주먹을 뻗던 그의 모습은 잊히질 않는다. 단순한 분노였을까, 내가 알던 그였다면 무력으로 제압하지는 않았을 텐데. 조금 더 냉철한 모습으로, 조금 더 이성적인 판단으로 사건을 처리했을 텐데.

이선은 급히 생각을 접으며 고개를 들었다.

"휴, 내 정신 좀 봐. 또 생각 없이 말하고 있었네요."

"아, 아닙니다. 변호사님."

"아무튼 전 상무님의 지시를 따라 사건이 종결될 때까지 최선을 다할 생각입니다. 정찬양 씨도 힘내요."

이선은 자리에서 일어섰다. 다음 일이 있는지 시계를 들여다보던 이선이 처음 왔을 때처럼, 손을 내민다. 찬양은 가만히 그녀의 손을 붙잡았다.

"남 상무님께 보고드릴 사안 정리해서 올려 보낼게요. 이건 변호사인 저의 의견이고."

처음처럼 가볍게 위아래로 찬양의 손을 흔들며, 이선은 말을 보탰다.

"정찬양 씨, 우리 남 상무님 잘 부탁드릴게요."

찬양은 차라리 시간이 멈춰 버렸으면 좋겠다고 생각했다. 너무 많은 것들이 가슴속을 스치고 지나가 울렁였다.

"이건 여자 김이선의 부탁입니다."

김 변호사님의 눈빛엔 경계심이 없었다. 상무님과 엮일 확률이 0.001%도 있을 거라 생각하지 않는, 확신의 눈빛이었다. 나는 그저 비서일 뿐이고, 비서까지가 한계일 뿐인. 그의 곁에 내가 있음을 염두에 두고 경계할 이유가 조금도 없는.

"그럼 다음에 또 봐요. 정찬양 씨."

그러한 김 변호사님의 시선이 더욱 슬프게 느껴졌다. 그와 너는 어울리지 않는다는 날카로운 말을 들은 것만 같아서, 가슴이 시렸다. 이런 여자의 사랑도 관심 없다 말하는 그가 정말 날 사랑할 수 있을까.

……자신이, 없다.

빠르게 일정을 마친 지안은 차에 올라탔다. 심란한 마음을 날려 볼까 하는 마음에 그는 오늘도 운전대를 직접 잡았다. 정신 빠진 비서 없이 오랜만에 혼자 몸이다. 지안은 시동을 걸며 본사를 빠져나왔다. 음악을 들을까 하다가 멈칫. 울리지 않는 휴대폰을 멍하니 바라보다가 빵빵거리는 소리에 다시 출발을 하고.

"뭐야, 왜 저기 있어."

그러다가 어깨를 축 늘어트린 채 걸어가고 있는 찬양의 뒷모습을 발견했다. 저도 모르게 대어를 낚은 강태공 같은 미소가 그려진다. 지안은 끼어들기를 서슴지 않으며 차선을 바꿨다.

"미안하다, 그래. 미안해."

뒤에서 공격적인 클랙슨 소리가 들린다. 지안은 비상 깜빡이를 켜며 인도 쪽으로 향했다. 목숨 걸고 차선을 넘어왔는데, 놀란 사람들이 다 쳐다보는데, 정작 걷고 계신 분께선 묵묵히 마이 웨이 중이시다.

지안은 천천히 그녀 뒤를 따라가다가 빵빵— 클랙슨을 울리며 창문을 열었다. 쳐다보라는 여자는 쳐다보질 않고 애먼 여자가 쳐다본다.

"저요? 저를 갑자기 왜……."

"그쪽 아닙니다."

"아, 네……."

자신을 부르는 소리로 착각한 여자가 붉히던 얼굴을 돌리며 황급히 사라진다. 지안은 다시 한번 클랙슨을 울렸다.

"봐라, 좀. 무슨 생각을 그렇게 해."

경적을 울려도 묵묵히 마이 웨이다. 소음이 민망한 지안은 조금 더 속도를 내어 찬양의 곁에 바짝 붙었다. 창문 밖으로 그녀를 불렀다.

"정 비서!"

난청이 심각한 비서다.

"이봐! 정 비서!"

뒤차는 빨리 좀 가라고 짜증을 내고.

"정찬양!"

그제야 바라본다. 차를 보고, 지안을 발견한 찬양이 이어폰을 빼며 눈을 크게 뜬다.

"빨리 타!"

그럴 시간 없으니까 일단 타서 놀라든지 말든지! 지안이 아주 급하다는 듯 손짓을 하자 찬양은 냅다 뛰어와 차에 올라탔다. 부르르릉……. 지안의 차는 그제야 시원하게 달렸다.

만날 사람은 어떡해서든 만난다. 왜일까, 갑자기 그런 문구가 떠올랐다.

"주소 줘 봐요."

"네? 주소요?"

길거리에서 낚아챈 대어 정 비서는 김 변을 만나 면담을 하고 돌아가는 길이었고, 지금은 이사 문제로 원래 살던 집에 가 봐야 한단다.

"같이 가시게요? 저희 집요?"

"마음 변하기 전에 불러요. 빨리."

"아, 네네. 제가 그럼 내비게이션 검색할게요."

거슬리지만 모른 척하면 더욱 마음에 거슬릴 것 같으니, 하해와 같은 배려심으로 같이 가 주기로 한다. 찬양이 내비게이션에 주소 입력을 하자 음성 안내가 시작된다. 지안은 천천히 방향을 틀며 길을 따라가기 시작했다.

"저 혼자 가도 되는데……."

"혼자 가도 되지만 둘이 가도 된다는 이야기로 들리는데."

"정말 괜찮아서 그래요. 괜히 부담 주는 것 같아서."

"같아서가 아니라 맞습니다. 말을 번복하는 건 별로 좋아하지 않으니 그냥 마음의 빚으로 안고 가는 걸로 하죠."

승민과 헤벌쭉 웃고 돌아다닐 때는 언제고 곁의 찬양은 뭔가 의기소침해져 있다. 지안은 곁눈질로 찬양을 바라보며 운전을 했다.

"회사에 친한 사람들 많습니까?"

"친한 사람이요? 아니요? 굳이 뽑자면 박승민 대리 정도?"

"염색체가 다른 쪽과 자주 발견이 되는데. 느낌 탓인가?"

"무슨 지뢰 발견하듯 얘기하시네요."

"지뢰면 탐색해서 미리 위치 추적이나 하지."

이건 예고도 없이 빵빵 터지니, 이를 어쩐다? 지안은 찬양을 바라보며 중얼거렸다. 그녀는 언제나 예고도 없이, 예측이 불허한 공간에서 가슴속 불을 지펴 댔다.

차가 멈추자 지안은 핸들을 잡고 있다가 입을 열었다. 아무래도 면담이 고단했던 모양이다.

"김 변 나이에 비해 경험치도 상당하고, 실력도 꽤 좋은 친구니까 걱정 말아요."

"걱정은요, 제가 감히."

찬양은 무릎만 내려다보다가 고개를 들었다.

"김 변호사님…… 무척 대단하신 분이죠?"

"뭐, 우리 쪽에서도 섭외하느라 공들인 엘리트는 확실합니다. 물밑 작업은 남 전무가 했으니 나는 잘 모르지만."

"같은 여자가 봐도 참 예쁜데, 남자들이 보면 더 예쁘겠죠?"

"누구? 김 변호사?"

"네."

질투에 일그러진 마음이 괜한 말을 뱉어 낸다. 찬양은 차창 밖을 바라보며 중얼거렸다.

'하지만 나는 절대 그 여자에게 반하지 않을 거야. 자신 있어. 널 두고는 그 누구도 사랑하지 않아.'

……나는, 아마도 그런 말을 듣고 싶었던 모양이다.

"대화를 나누는 내내 그분 참 멋있었어요. 예쁜데 똑똑하고 착하기까지. 다 가진 분이시잖아요."

지안은 침묵했고 차는 출발했다. 찬양은 그의 침묵을 겸허히 받아들이기로 한다. 부정할 수 없는, 사실은 사실이니까.

"다음 생애에 태어나면 나도 그렇게 태어나고 싶다. 그렇게 다 가진 여자로."

"전생에도 그렇게 빌었던 모양인데."

"……네? 전생에요?"

실내 공기가 더웠는지 지안이 차 문을 조금 연다. 그러곤 백미러를 응시하며 입술을 열었다.

"열심히 잘 빌어서 지금 정찬양으로 태어난 것 아닙니까?"

지안은 다소 민망한 말을 뱉었다는 듯 헛기침을 내뱉었다. 그녀를 향한 위로 차원은 아니었고, 어느 정도 인정하는 부분이었다.

"이번 생에도 잘 빌면 다음 생에도 유지 보수는 하며 살 수 있을 듯."

찬양은 바닥을 치던 자존감이 회복되는 것을 느끼며 작게 미소 지었다. 다른 어떤 말보다 가슴에 와닿아 눈물이 날 것만 같았다.

"저, 잘 살고 있다는 말이죠?"

"그러니까 타인과 비교하지 말고. 김 변과 정 비서는 색 자체가 다른데 비교를 어떻게 합니까? 분홍이냐 빨강이냐의 차이인데."

"제가 분홍입니까, 빨강입니까?"

"글쎄. 하고 싶은 색으로 해요."

……누가 뭐라 해도 나는.

"상무님은 무슨 색을 좋아하시는데요?"

"나는 블랙을 좋아합니다."

"그럼 저는 화이트로 해 주세요."

이런 당신을, 절대로 놓을 수가 없다.

"블랙은 화이트 곁에서 제일 멋있게 빛나는 법이니까요."

그러니까 당신, 내 곁에서 빛나 줘요.

"여기서 우회전을…… 하셔야 하는데 좀 골목이 좁아요."

지안은 찬양의 말대로 운전을 하며 온 신경을 곤두세웠다. 여차하면 긁힐 판이다. 아슬아슬한 곡예 운전은 이어졌고, 어느덧 내비게이션이 종료되었다. 휴. 긁지 않고 무사히 왔다.

"여기입니까?"

"네. 여기예요."

찬양은 안전벨트를 풀며 버릇처럼 볼에 바람을 불었다. 그와 다시 이곳에 오게 되다니, 어쩐지 긴장감이 웃돌았다.

차에서 지안이 내린다. 주변을 둘러보듯 하더니 빌라를 올려 본다.

"집이 좀 지저분해요. 제대로 못 치우고 나와서. 이리 오세요."

찬양은 먼저 앞장섰고 지안은 천천히 걸음을 옮겼다. 우편물이 왔는지 계단을 오르기 전 찬양이 우편물 함 앞에 서서 이것저것 고지서를 꺼내 든다.

"많이도 왔네. 진작 와 볼걸."

뭐가 왔는지 이것저것 살펴본다. 지안은 먼저 계단을 올랐다.

"주소 변경 신청을 하든가. 개인 정보 그렇게 놔두고 다녀도 됩니까?"

"제 개인 정보는 이미 마카오에 홍콩에, 중국에, 안 떠돌아다니는 곳이 없어요. 보이스 피싱에 잘 활용되고 있죠."

쯧쯧. 찬양의 대꾸에 지안은 혀를 차며 계단을 올랐다. 1층을 지나고, 2층을 지난다.

"어지간한 안내서는 전자 고지서로 바꾸면 좋을 듯."

"그래야 하는데, 귀찮아서 미뤘어요. 이번에 해야겠어요."

3층에 멈춘 그가 그녀 집 문 앞에 선다. 눈으로 잔소리가 한창이다.

"귀찮아도 할 건 합시다. 요즘 같은 세상에 우편 고지서는 자원 낭비니까."

"아이고, 네네. 알겠습니다."

찬양은 대수롭지 않게 대꾸하며 현관문 비밀번호를 눌렀다. 띠띠. 두 자리를 누른 찬양은 갑자기 손을 내렸다. ……지안을 바라보았다.

"상무님, 그런데 우리 집 어떻게 알고 여기서 멈췄어요?"

"무슨 소리입니까."

"상무님이 먼저 우리 집 앞에 멈춰 섰잖아요."

지안은 찬양의 놀란 눈을 바라보며 눈을 감았다가 떴다. 분명 자신이 멈춰 섰음은 알고 있는데.

"상무님. 여기가 제가 살던 집이라는 거, 어떻게 아셨어요?"

그러게 말이다. 나는 대체 이 집을, 어떻게 알고 있는 거지?

현관문 앞에 서서 놀란 눈으로 자신을 바라보고 있는 찬양을 바라보다, 지안은 침착하게 표정을 바꿨다. 어째서 자신이 이 집 앞에서 멈췄는지는 정말 모르겠지만.

"정찬양 씨가 멈추라고 안 하니까 끝까지 올라온 것 아닙니까."

"여기 3층이에요. 4층이 꼭대기고."

"글쎄 눈치가 이 집인 것 같은 느낌이. 그러니까 내가 이렇게 눈치가 좋은 사람이라는 말입니다."

"정말…… 아무것도 몰라요?"

"그건 또 무슨 말입니까? 내가, 정찬양 씨 뒷조사라도 해 봤다는 겁니까?"

지안이 다른 쪽으로 오해를 하자 찬양은 아니라며 손을 저었다. 우연일까. 정말 우연인 걸까. 찬양은 생각하며 나머지 비밀번호를 눌렀다.

"일단 들어오세요. 좁아도 이해하시고요."

머뭇거리던 지안이은 안으로 들어섰다. 자그마한, 그래서 더 아늑하게 느껴지는 공간이 펼쳐진다. 지안은 찬양을 따라 신발을 벗고 거실로 따라 걸었다.

"여기…… 처음이시죠……?"

"당연한 질문을."

지안은 공간을 휘휘 둘러보았다. 작지만 있을 건 다 있는 아주 아기자기한 집이다. 2788년도의 풍경처럼 사이버스러운, 남 전무의 삭막한 방을 생각하면 이게 여자의 집이구나 생각하게 하는 인테리어다.

찬양은 이곳에 다시 그가 서 있는 모습이 아찔하게 느껴진다. 마치 시간을 되돌려 영혼으로 살던 그와 대면하고 있는 것만 같아, 말로 다 설명하기 힘든 기운이 밀려들었다.

저도 모르게 팔을 뻗어 지안의 팔을 잡았다. 감촉이 느껴진다.

"왜 잡습니까?"

"아뇨. 그냥 잡아 보고 싶어서요."

찬양은 이내 팔을 내렸다. 영혼만 떠돌던 때의 그는 이제 없다. 나를 사랑했고, 나를 사랑하며, 나를 사랑할 그는 이곳에 없다. 혼자만 추억 속에 잠긴 것 같은 기분. 찬양은 눈썹을 추켜올리며 기분을 전환하듯 목소리를 올렸다.

"대부분 처분할 거고, 미처 못 챙긴 것들 몇 개만 챙길 거예요."

소파에 앉으세요. 찬양이 손을 뻗어 소파를 가리키자 지안이 걸어가 앉는다. ……거꾸로 돌아간 시간이, 그대로 멈춘다. 그가 소파에 앉아 있는 모습은 정말이지 보기가 힘겹다. 찬양은 순식간에 눈두덩이 뜨거워져 황급히 돌아섰다.

"상무님, 커피 드릴까요?"

"줘 봐요."

"네. 따뜻하게 타 드릴게요."

물을 올리며 찬양은 순간순간 지안을 응시했다. 너무너무 마음이 아픈데, 그럼에도 불구하고 자꾸 그의 모습을 바라보게 되었다.

이제는 알 것 같다. 당신이 나를 찾아왔던 순간. 당신을 잊은 나를 견뎌 낸 시간. 지금의 나와 같은 심정으로 당신은 이곳에서 나를 바라보고, 사랑하고.

"이건 뭡니까?"

"아, 앨범이에요. 정리하려고 꺼내 놓은 건데."

"봐도 됩니까?"

"뭐, 네."

사실은 막연히 힘들었겠구나, 싶었다. 가히 절망적이었겠구나, 상상했다. 하지만 막상 그 상황을 접한 나는 그랬던 추측이 얼마나 오만이었는지 깨달았다. 당신의 마음은 그런 말로 포장이 안 되는 거였다.

찬양은 몇 번이고 커피를 휘저었다. 손은 덜덜 떨리고 눈꺼풀은 무거웠다. 저곳에 그가 앉아 있다는 사실 하나만으로 시간은 끝도 없이 뒤로 달려갔고, 기억에 매달렸다.

"어릴 때랑 얼굴이 똑같네."

지안은 천천히 앨범을 구경했다. 아주 어린 찬양이 통통한 다리로 발돋움을 하며 포도를 따 보겠다고 떼를 쓰는 사진을 보다가, 그는 의외라는 듯 작은 미소를 그렸다.

"맙소사……."

귀, 귀엽다……! 지안은 심장을 부여잡는 심정으로 사진을 넘겼다. 기어 다니는 사진, 공갈젖꼭지를 물고 옹알이를 하는 갓난아기 사진. 하…… 미치겠다……. 귀엽다…….

지안은 멍청한 표정을 지으며 사진을 바라보다가 다시 포도 사진으로 돌아가 뽑아 들고, 주머니에 넣었다. 그러곤 정색했다. 마치 아빠 미소 같은 넋 놓은 미소를 짓다니, 체면이 말이 아니다.

올라가는 입꼬리를 중력의 힘으로 힘겹게 끌어당기며 지안은 계속 사진을 넘겼다. 그러다가 인자한 할아버지와 찬양의 사진에서 멈췄다. 얼마 안 된 사진인 듯 최근 그녀의 모습이다.

“누구입니까?”

지안이 앨범을 들며 묻자 찬양이 답한다.

“외할아버지요. 바둑 가르쳐 주신 분이세요.”

“아아. 외조부께서 인상이 좋으시군요.”

“네. 무척요. 지금은 돌아가셨어요.”

……지안은 괜한 것을 물었다는 듯 다시 앨범을 내렸다.

“무척 슬펐는데 이제는 괜찮아요. 할아버지가 저 엄청 예뻐해 주셨는데, 너무 보고 싶어요.”

지안은 어쩐지 그녀의 외할아버지 얼굴에서 시선을 뗄 수가 없다. 흔한 노인의 얼굴이라 말하기엔 자꾸만 낯이 익다.

‘돌아갈 때를 생각해서 잘 대해 주시오.’

지안은 흠칫 놀라 주변을 돌아보았다. 아무것도 없는데 환청을 들은 것만 같다.

“뭐야. 분명 무슨 소리가 들렸는데.”

“네?”

“아니. 아무것도.”

으스스한 기분에 지안은 앨범을 닫았다. 환청은 스쳐 지나지 않고 귓가에 고여 내려앉은 것처럼 선명하게 남았다. 기이한 경험이다.

“커피로 한약 달입니까? 언제까지 휘젓고 있을 건지?”

“네? 아, 네! 지금 가요!”

지안은 넋을 놓고 커피만 휘젓고 있던 찬양을 바라보았다.

"어어! 조심!"

쨍그랑—! 커피를 쟁반에 들어 올리던 찬양이 잔을 쏟고 말았다. 뜨거운 커피가 폭발하듯 퍼져 흐르는 것을 목격한 지안은 벌떡 일어나 찬양에게 달려갔다.

"조심해야지! 데었잖습니까!"

급히 찬물을 틀고 찬양의 손을 가져다 댔다. 바닥은 온통 엉망이 되었고, 지안은 놀랐는지 말이 없는 찬양의 곳곳을 살폈다.

"그냥 제가 할게요. 상무님, 그냥 제가……."

"조용히 해요. 뭘 잘했다고 혼자 한다는 겁니까?"

"제가 닦을게요! 상무님! 상무님!"

지안이 커피를 닦자 찬양이 냉큼 허리를 굽혔다. 그러자 날카롭게 바라본다.

"물에 손 담그고 기다려요."

"아…… 괜찮아요."

"이거 봐. 피 나잖아."

깨진 유리를 밟고 있던 까닭에 그녀의 발 주변으로 붉은 피가 모여든다.

"제가 치우게 해 주세요. 유리 많아요. 이왕 다친 김에 제가……."

지안은 화가 난 듯 목소리를 가라앉혔다.

"다 치울 때까지 움직이지 말라고 말했습니다."

"……."

"커피는 마신 걸로 하죠."

그는 할 일을 하듯 유리를 치우고, 커피를 닦았다.

얼마나 물에 담그고 있었는지 손이 퉁퉁 불었다. 지안은 쭈글쭈글해진 찬양의 손을 이리 보고, 저리 보았다.

"덴 건 괜찮은 것 같고."

문제는 발이다.

"하루라도 사고를 안 치면 잠이 안 옵니까?"

"손에 힘이 없어서 놓쳤어요."

"내가 밥을 굶기며 일 시켰습니까? 커피 잔 들 힘도 없을 정도로?"

"……그냥 다른 생각을 하다가. 죄송합니다."

소파에 앉아 있자니 또다시 잔소리가 쏟아진다.

예전에, 그러니까 예전에. 손가락을 베이자 잔뜩 잔소리를 늘어놓던 상무님의 모습이 떠올라 그녀는 침착하기 위해 갖은 애를 썼다. 멀미가 나듯 마음이 울렁거려 좀처럼 진정되질 않는다.

"다행히 많이 베인 것 같지는 않으니까 약만 좀 바르면 될 듯."

지안이 일어서더니 서랍 쪽으로 향한다. 약을 꺼내고, 밴드를 꺼낸 지안은 또다시 잔소리를 쏟아 냈다.

"내가 눈을 뗄 수가 있어야지. 조금만 눈을 떼면 사고를 쳐 대니 눈을 뗄 수가 있습니까? 애도 아니고."

찬양은 멍하니 지안을 바라보았다.

"대체 왜 이렇게 덤벙거립니까. 이게 다 주의력 결핍에 집중력이 없어서 그런 겁니다. 칠칠맞은 것도 정도가 있어야지."

"상무님."

찬양이 부르자 지안은 돌아보았다. 자신을 바라보고 있는 그녀 눈동자가 떨려, 이상한 기운을 감지할 수 있었다. 알면 알수록, 생각하면 할수록 이 집은 정말 이상한 곳이고, 저 여자는 더욱더 이상한 여자였다.

"거기가 우리 집 약통인 건…… 어떻게 아셨어요……?"

하지만 지금, 누구보다 이상한 건 본인이었다.

"윤 실장! 윤 실장!"

좀처럼 뛰는 법이 없는 현주가 이리저리 뛰며 수호를 찾는다. 무척이나 급한 일이 있는 것처럼 현주는 숨이 턱 끝까지 차오르도록 헤맸다.

"윤 실장! 윤 실장!"

엇. 저기 있다. 코너를 꺾어 다른 방향으로 가던 현주가 끼익, 멈추며 방향을 틀고 수호에게 달려갔다. 그녀를 발견하고 멈춘 수호는 눈을 동그랗게 떴다. 길이 갈라지는 삼각 지점에 서서, 달려오는 그녀를 바라보았다.

"전무님."

"윤 실장! 윤 실장! 세상에! 세상에!"

"예?"

"이것 좀 봐요! 이거!"

현주는 두 손 가득 귀히 들고 내달린 작은 화분을 올렸다. 난데없는 선인장이다.

"아, 저, 그게, 전무님."

"선배 이것 좀 봐. 꽃 폈어. 선인장에 꽃 폈다니까?"

"전무님, 전무님."

"문득 봤는데 꽃이 폈어. 진짜 꽃이 폈어. 너무 예쁘지 않아?"

현주는 두 손으로 화분을 올리며 수호의 얼굴 가까이 들이밀었다. 수호는 호들갑을 떠는 현주를 향해 난처한 표정을 지어 보지만 이미 선인장에 꽂힌 그녀에겐 안중에도 없다.

"선배가 이거 꽃 피우기 진짜 힘들다고 하지 않았어? 근데 이거 봐. 기특하지 않아?"

"어……."

"기특해. 너무 기특해. 세상에 꽃 좀 사 달라고 했더니 선인장을 사 온 나쁜 놈이라고 선배 욕 한 거 취소. 이렇게 예쁜 애였어."

"음……."

"내가 얘 죽을까 봐 얼마나 노심초사한 줄 알아? 꽃은커녕 말라 죽진 않을까 얼마나 전전긍긍했는데, 세상에 꽃을 피워 주다니. 내가 기빼서 말도 안 나와."

진심으로 기뻐한다. 이렇게 활짝 웃는, 기쁨에 발까지 구르는 그녀 모습은 참으로 오랜만이다. 그녀는 어서 함께 기뻐해 달라며 웃음을 강요했다.

"나 정도 되니까 꽃을 피운 거야. 얘가 뭘 보고 자라 꽃을 피웠겠어? 이렇게 삭막한 회사에서?"

"……."

"안 되겠다. 나 얘 내 방 침실로 데려가야겠어. 여기다 둘 게 아니라 더 집중적인 관리가 필요해."

"……."

"이름도 지어 줘야지. 뭐라고 지을까? 수호 현주 이름 따서 현수? 수현? 호주? 호주 뭐야, 너무 웃긴다."

안 웃깁니다……. 조금도……. 수호는 호흡을 조절하듯 숨을 길게 내쉬었다. 제발. 정신 차려, 남현주!

"아무튼 나 얘 집으로 데려갈래. 이름 수호라고 지을까 봐. 수호야— 물 줄까—? 수호야— 약 줄까—? 하면서 키워야지."

기쁘다. 정말 많이. 현주는 보던 서류를 내팽개치고 달린 보람이 있다는 듯 까르르 웃음을 터트렸다. 이렇게 많이 웃어 본 적도 드물지 싶다.

"치사하게. 안 기쁜가 봐. 나 이거 꽃 피웠으니까 일단 밥 사. 약속 지켜. 알겠어? 선배?"

오늘 사. 꼭 사. 현주가 당부하듯 말하자 수호는 먼 곳을 바라보았다.

"표정 좀 어떻게 못 하니? 꼭 저렇게 초를 쳐요. 나 기뻐 죽겠다니까. 내 마음에도 꽃이 핀 것 같은데 동조 좀 하죠? 어쨌든 밥 사."

메롱. 현주는 혀를 내밀며 돌아서다 우뚝 멈췄다.

"아…… 안녕하십니까, 전무님."

"안녕하십니까…… 전무님……."

한 무리의 타 부서 비서들이 공손하게 손을 모으며 인사를 한다. 현주는 입술을 멍하니 벌렸다.

"꽃…… 피우신 것을 축하드립니다. 전무님."

"축하드립니다. 전무님."

주주 총회를 앞두고 비서실 회의가 있어 모였던 길이다. 기다란 복도 끝 현주의 시선엔 수호밖에 보이지 않았지만, 한 무리의 비서들이 그녀 등 뒤에 서 있었다. 현기가 이는지 현주가 휘청거린다.

"다들 부서로 돌아가서 일정 확인해 주십시오."

윤 실장이 다들 가 보라고 눈짓을 보내자 비서들이 우르르 사라진다. 그냥 연기처럼 사라져 주면 좋으련만 가면서도 한 명씩 현주를 향해 깍듯한 인사를 잊지 않는다. 화분을 꼭 쥔 채 붉어진 얼굴을 수그리고 있던 현주는 모두가 사라지자 수호를 홱, 노려보았다. 수호는 죄가 없다는 듯 어깨를 올렸다.

"두고 봐…… 윤수호……."

"먼저 전무실로 가겠습니다."

"진짜 너…… 두고 봐……."

"그럼 이만."

수호는 묵례를 하며 곁을 스쳤다. 저 망할 목석같은 인간이 온 동네방네 망신살을 뻗게 했음에도 묵묵히 곁을 스친다. 아흑, 창피해. 아흑, 쪽팔려! 현주가 인상을 찌푸리자 수호가 돌아서며 다시 묵례를 했다.

……그런데 현주야. 나는 그런 꽃, 하나도 예쁘지 않아.

"선인장에 꽃 핀 일, 축하드립니다. 전무님. 저는 오늘 선약이 있어서 식사는 다음에."

"야! 윤수호!"

내가 아는 꽃은 너 하나뿐이니까.

"뭐, 어쩌겠습니까. 그분의 뜻이 그렇다면 할 수 없죠."

비공식적인 자리에 주주들이 모여 이런저런 대화를 나누고 있다. 임강준 대표의 연임 결정을 앞에 두고 이래저래 머리가 아플 수밖에 없었다.

"그러니까 말입니다. 그게 아니라면 당장은 뾰족한 수도 없고."

눈앞의 이득도 생각을 해야 하고 장기적인 회사의 안위도 생각을 해야 한다.

"못 미더워도 어쩌겠습니까. 일단 그분의 의견을 믿어 보는 수밖에 없지."

투표로 결정이 될 그룹의 미래가 아직은 불투명하지만 믿고 따르기로 한다. 이것이 훗날 검은손의 역사가 될지, 혹은 그룹의 무한한 발전이 될지.

"그럼 투표가 중요한 건 잘 아실 테고, 중간에 마음 돌리는 일 없도록 합시다."

"그래요. 그분의 능력을 믿어 봅시다. 지금까지 잘해 왔잖소. 그럼, 모두들 그리 알고 계십시오."

아직은 아무도 알 수 없었다.

"망했어."

응접실 소파에 앉은 현주가 중얼거린다.

"나도 망했다."

그러자 곁에 앉은 지안이 받아치며 중얼거린다.

"휴, 진짜 망했어."

기어이 집으로 모시고 와 테이블에 올려놓은 선인장을 바라보며 현주가 한숨을 내쉬자.

"나도 진짜 망한 듯."

허공을 응시하며 긴 한숨을 쉬던 지안이 받아쳤다. 연거푸 눈만 감았다가 뜨던 현주가 곁에 앉아 있는 지안에게 공연한 화풀이다.

"야. 남지안. 넌 내가 얼마나 망한 줄 알고 떠들어? 너는 내가 얼마나 망했는지 알아?"

"웃기네. 그러는 본인은 내가 얼마나 망했는지 아는 것처럼?"

"진짜 짜증 나……."

아흑, 아흑……. 현주는 몸서리를 치듯 회사에서의 기억을 떠올렸다. 그 많은 비서진들 앞에서 천치 같은 쇼를 했다. 철의 여인으로 이미지를 다듬었는데, 한순간에 칠푼이가 되어 버렸다.

"나 내일 출근 어떻게 하냐……. 진짜 미치겠다……."

눈치라도 주지. 눈치라도 주지! 그 칠푼이 같은 모습을 즐기고 있었어?! 윤수호 정말 두고 보자!

……백번 넘게 눈치를 주었으나 그 눈치 전혀 알아채지 못한 현주는 눈을 가늘게 떴다. 밥이나 샀으면 넘어가려고 했는데 심지어 밥도 사질 않고 유유자적 도망갔다.

"휴……."

머리를 부여잡는 누나의 곁에서, 동생도 진한 한숨을 내쉬었다. 대체 정찬양의 집이 3층인 건 어떻게 알고, 그 약통 위치는 어떻게 알고 있으며, 잘해 주라던 그 환청은 뭐고.

"누가 알면 집 안 염탐이라도 한 줄 알겠어. 대체 내가 그걸 어떻게……."

나도 좀 알고 싶다……. 내가 그걸 어떻게 알고 있었는지…….

"아주, 스토커가 따로 없네."

"남지안. 넌 또 뭔 소리야?"

"그냥…… 알려고 들지 마……."

하…… 지안은 혼란스러운지 머리를 부여잡았다. 스스로도 놀라 정신없이 이런 말 저런 말 내뱉으며 상황을 모면해 보려고 했지만 그 모습이 찬양에겐 더 의심스러웠을 거다.

현주는 잠시 동생을 바라보다 따라 다시 머리를 부여잡았다.

"야, 남지안. 나 너무 이상한 것 같아. 진짜 너무 쪽팔려. 진심."

"내 말이 그 말이다."

도대체가 말이다. 세상에서 비서가 제일 어렵게 느껴지는 건 기분 탓인가? 슈퍼갑으로 느껴지는 건 비서를 데리고 있는 모든 사람들의 기본 마인드인가?

"남 상무. 나 내일 회사 하루 쉴래……."

"정신 차려. 내일 주주 총회다."

"아…… 그렇지……. 울고 싶다……."

남매의 한숨은 그칠 줄 모르고 이어졌다. 비서가 나를 모시는지, 내가 비서를 모시는지 구분도 되지 않는 상황이었다.

"헐. 연말 스케줄 엄청 많으시네요, 상무님."

우와. 찬양은 지안의 정신없는 스케줄 표를 바라보며 입술을 멍하니 벌렸다. 신 실장에게 공급받은 그의 스케줄은 비공식 자리까지 포함해 줄줄이 빼곡했다.

"이거 다 가시는 거예요?"

"그중에 몇 개만."

"아아. 몇 개만."

물론 다 가지는 않을 거란다.

"초대받았다고 아무 곳이나 가는 사람 아닙니다."

비싼 몸이란다.

"그러시구나. 저는 적혀 있어서 다 가시는 줄 알았어요."

"골치 아픈 곳은 체크해 둘 테니까 전부 뺍시다."

"네. 알겠습니다."

"백 이사는 안 올 테니 걱정 말고."

수첩만 바라보던 찬양은 고개를 들었다. 지안은 그녀의 시선을 모르는 척하며 PC 모니터를 바라보았다.

"괜한 걱정 말라고 하는 얘기입니다."

"저도 함께 가나요?"

"가기 싫은가?"

힐끔, 그가 바라본다. 찬양은 세차게 고개를 저었다.

"그럴 리가요. 당연히 신 실장님과 함께 가실 줄 알고……."

이제 이런 자리에 자신을 데려가지는 않겠거니 했다. 사고였으나 물의를 일으켰고, 지안의 입장에선 차라리 없는 게 속 편한 일일 테니까.

"블랙을 제일 빛나게 해 준다고 하지 않았습니까?"

"네?"

"됐고. 격조 높은 자리가 많으니까 구색은 맞춰 주길 바랍니다."

"네. 비서야 늘 항상 정갈한 차림이죠. 알고 있습니다."

흠, 지안은 마우스를 딸깍거리며 턱을 괴었다.

"신 실장에게, 아니, 전무실 윤 실장에게 조언 구하면 대충 구색은 맞출 수 있을 듯."

"네? 아, 네. 알겠습니다."

찬양은 지안의 말을 메모하며 갸우뚱했다. 무슨 조언을 구하라는 건지 모르겠으니 그의 말을 그대로 옮겨 적기로 한다.

"저, 상무님."

"말해요."

"주주 총회…… 준비는 잘하셨습니까?"

찬양의 질문이 끝나자 지안이 힐끔 바라본다. 그녀는 정색하며 손을 휘저었다.

"아…… 제 말은 그냥…… 노파심에…… 염려가 되어……."

"무슨 염려?"

"아닙니다. 그냥…… 아무것도 아닙니다."

"정찬양 씨는 임 대표가 연임될까 봐 걱정하는 겁니까, 연임이 안 될까 봐 걱정하는 겁니까?"

당연히 될까 봐 걱정하는 거죠……. 찬양은 입술을 꾹 다문 채 말을 아꼈다. 괜한 말을 꺼내서 또 의심의 눈초리를 받고 있다.

"뭘 걱정하는지는 모르겠지만, 나는 나대로 준비 잘하고 있으니까 걱정은 다른 곳에 했으면 좋겠는데."

"네……."

묻고 싶다. USB가 없어도 되는 건지. 돌려드리지 못해 미안해요……. 그런데 도무지 드릴 수가 없어요…….

"혹시 임 대표님이 연임에 성공해도…… 문제가 생기면 임기는 끝날 수도 있는 거죠?"

지안은 뜬금없다는 듯 다시 찬양을 바라보았다. 빙빙 돌려 묻는 말의 핵심을 알고 싶었으나 묻는다고 그녀가 순순히 말할 것 같지는 않았다.

"정찬양 씨가 보기엔 연임이 될 것 같습니까?"

"잘 모르겠습니다."

"그래요. 정찬양 씨는 잘 몰라도 됩니다."

"……."

"잘 몰라야 하고."

나가 봐요. 지안이 말하자 찬양은 머뭇거리다가 인사를 하고 돌아섰다. 모니터로 시선을 옮겼던 지안은 그녀의 뒷모습에 일침을 가했다.

"내 집에 군식구는 있어도 객은 없었으면 좋겠군요."

……입장 똑바로 하라는 이야기다.

"개인적으로 줄타기는 혐오하는 편이고."

이곳저곳 간 보지 말라는 경고였고.

"잔머리 굴려 가며 일신의 안위를 생각하는 건 좋아하지 않습니다."

내 곁에 있는 이유가 위험한 도박은 아니었으면 좋겠다는, 신호이

기도 했다.

"물론 정찬양 씨가 그렇다는 말은 아니고."

"……."

"그렇다고 정찬양 씨가 아니라는 말도 아니고."

"상무님은 저를, 믿지 못하시는군요."

"쌓은 적 없는 신뢰를 바라는 건 무모하지 않나."

찬양이 다시 그를 향해 돌아섰다. 그러자 지안이 안경을 벗으며 그녀를 응시했다.

"검증된 신용이라 해도 신뢰는 다른 문제라는 걸 알아 뒀으면 좋겠는데."

"저는…… 상무님께 신뢰받지 못하는 사람입니까?"

찬양의 질문에 지안은 바로 답을 내어놓지 못했다. 아직은 아니라는 말을 하고 싶은데, 그녀의 실망하는 얼굴을 보고 싶지 않은 마음은 이율배반적이었다. 하지만 그녀가 웃는다. 예상 밖의 반응이다.

"맞아요. 상무님이 저를 믿는다고 하셔도 제가 그 말을 안 믿을 거예요."

"……."

"상무님은 그렇게, 타인을 곧잘 믿는 분은 아니셨거든요."

찬양이 알 수 없는 말을 내뱉자 지안은 뚫을 것 같은 시선으로 그녀를 바라보았다. 순간순간 문득문득, 경영인의 얼굴로 돌아가 공격적인 태도로 돌변하곤 한다. 적과 아군의 혼선 속에, 저도 모르게 날 선 말들을 뱉어 냈음을 인정한다. 순간 뇌리를 스치고 간, 혹 네가 아군이 아니라면 어쩌나, 라는 근심은 불현듯 날 선 말들을 만들어 냈다.

……하지만 무를 수도 없다.

"이해해요. 그래서 저도 노력하고 있어요. 신용이라도 있다니 그것만으로 다행이죠."

그런 날 선 말들을 예쁘게도 받아 주니, 기가 찰 따름이다.

"상무님 지금 저한테 그런 말 하신 거, 미안하시죠?"

"……."

"말문이 막혀서 그냥 꾹 삼키고 계시잖아요. 상무님은 표현을 하고 살 만큼 마음이 여유로워 본 적 없어서 그래요."

너는 어떻게 이렇게 나의 마음을 저 바닥까지 잘 알아보고 올라오는지 모르겠다.

"마음을 대신할 만한 말들을 연구해 본 적 없으니까요."

대체 너라는 여자는 어떻게도 이렇게 나를 잘 아는 건지, 그것 또한 알 수가 없다.

"그래서 퉁명스러워지고, 무신경해지신 것뿐이에요. 하지만 상무님은 원래 따뜻한 분이시고요."

딱딱한 말들 속에 포장된 본연의 마음을 어루만지듯 살피니 그 또한 기함할 노릇이다. 지안은 경이롭다는 듯 그녀를 응시했다. 먼 듯한 약간의 간격이 그녀를 더 아득하게 했다.

"어떻게 알았냐고 물어보진 마세요."

"……."

"저는 상무님의 생각보다 상무님을 잘 알거든요."

"무서울 지경인데."

"저도 제가, 가끔은요."

"저기."

지안은 할 말을 마쳤다는 듯 돌아서는 그녀에게 다시 말을 붙였다. 나가 보라는 말을 취소하고 싶을 정도로 그녀의 멀어지는 모습은 자꾸만 마음에 들지 않았다. 호감과 신뢰의 사이에서, 그는 갈등했다.

"오늘은 바둑 안 두고 그냥 갑니까?"

"네. 오늘은 쉬려고요."

"……그럼 내일 재활하는 시간에 맞춰서 와요."

"일전엔 오지 말라고 하셨잖아요. 가도 돼요?"

찬양이 눈을 동그랗게 뜨고 묻자 지안은 무안하다는 듯 미간을 슬쩍 구겼다. 그가 민망할 때마다 만드는 특유의 굴곡이 이마에 새겨진다.

"오늘은 나도 봐야 할 게 많으니까 이만 들어가 쉬고, 시간 맞춰 와요."

"네. 알겠습니다. 가도 된다면 갈게요."

"와요. 사람은 목표가 있어야 더 빨리 달리는 법이니까."

"……."

"정찬양 씨가 옆에서 지켜보면 내가 더 열심히 하겠지."

마음은 하루에도 수백 번씩 다른 길을 걸었다.

"그러니까 와서 응원해요."

"네. 상무님."

"그럼 돌아가 적당히 잘 자는 걸로 합시다. 너무 잘 자진 말고."

조금 더, 그녀를 알고 싶어졌다.

"바둑 두러 다신 안 오겠다고 하면, 내가 곤란할 것 같으니까."

귀엽다. 아무리 봐도 귀엽다. 지안은 도둑질해 온 그녀 사진을 이리저리 바라보았다. 급하게 감춰 온 탓에 다소 구겨진 것이 마음에 들지 않는지 팔랑거리며 쭉쭉 펴고는 다시 바라보기를 수 분째. 통통한 다리하며, 오동통한 볼살하며, 찡그리고 있는 얼굴 표정이며.

"못생겼는데 또 귀엽네."

얼마나 뛰어다니며 놀았는지 까맣게 그을린 얼굴에 배까지 올려 입은 하얀 스타킹, 반바지. 양 갈래로 머리를 묶고 포도 한 송이 잡아 보겠다고 아등바등 까치발을 들고 있는 그 모습은 봐도 봐도 웃음이 났다. 사진 한 장이 그녀의 유년 시절 전부를 보여 주는 것 같아, 멍청한 웃음이 흘렀다.

"뭐가 이렇게 귀여워. 눈을 못 떼겠네."

때 묻지 않은 그녀의 어린 시절. 이렇듯 그녀 사진을 바라보고 있자니 매번 사진을 찍을 때마다 약속된 장소, 정형화된 포즈, 정갈하게 입은 옷만 고수해야 했던 자신의 어린 시절이 떠오른다. 참 많이도 다른 삶을 살았고, 그래서 전혀 그들은 다른 성격의 사람들이 되었다. 마치 정사각형 같은 자신의 성격과 비교하자면 찬양은 형태를 그릴 수 없는, 자유로운 모양의 것이었으니까.

“이때도 말은 죽어라 안 들었겠구만. 얼굴에 적혀 있네.”

꼭 이렇게 자그마한 아이가 실제로 있다면 좋겠다. 실제로 보면 어떨까. 저절로 두 손이 볼을 꼬집을 것 같다. 보고 있기만 해도 하루가 갈 것 같다. 종알거리는 목소리는 어떨까. 쉴 새 없이 떠들겠지. 곧잘 웃고 곧잘 토라지니 따분할 시간 없이 얼마나 귀여울까. 지금의 그녀처럼.

“……미쳤다.”

지안은 사진을 내렸다. 훔쳐 온 남의 어릴 때 사진을 들여다보며 미친놈처럼 웃고 있는 꼴이라니. 언제부터 이런 신세가 되었나. 지안은 남이 볼까 무섭다는 생각을 하며 고개를 절레절레 저었다. 이 꼴을 정신 나간 비서가 보기라도 해 봐라. 또 눈을 흘기며 도라이버 찾아 삼만 리 할 것 아닌가?

“이러니 변태 도라이버라고 해, 안 해.”

내가 누명을 어떻게 벗었는데 제 버릇 남을 못 주고 이렇게 숨어 훔쳐 온 사진이나 들여다보…….

“……뭐야, 이건 또.”

지안은 사진을 내리며 눈을 감았다가 떴다. 변태. 도라이버. 이게 대체 무슨 말이냐? 도저히 연결되지 않는 끊긴 기억의 낭떠러지에서, 지안은 다시 사진으로 시선을 내렸다. 분명 순간의 기억엔 그녀가 자신을 노려보며 그런 말들을 중얼거렸다.

……언제?

“대체 기억이, 대체 이게 뭔데…….”

그러니까. 어디서?

혼란은 점점 가중되었다. 뱉어 놓고도 알 수 없는 본인의 말과 행동에 숨이 막힐 정도로 갑갑함이 일었다. 출처를 알 수 없는 기억. 그리고 더는 이어지지 않는 과거. 스스로 만들어 낸 상상의 결과물이라 말하기엔 와닿는 것이 없고, 그렇다고 있었던 일의 기억이라 말하기엔 말도 되지 않는 일이었다.

지안은 입술을 잘근 물었다. 차마 내려놓지 못한 사진 속 그녀가, 자꾸만 가슴을 두드렸다. 머리는 터질 것만 같았다.

"뭐 해, 여기서."

"뭐 하긴. 내 님 바라본다."

갈증에 물을 찾아 내려간 지안은 식탁에 앉아 멍하니 선인장을 바라보고 있던 누나와 마주쳤다. 어제부터 이상한 화분에 꽂혀 저것만 바라보고 있는 정신 나간 누나다.

"외로우면 남자를 만나. 기회가 된다면 시집도 좀 가고."

"나도 가고 싶어. 누군 안 가고 싶어서 이러고 있는 줄 알아?"

……말을 섞지 않는 것이 상책이다. 지안은 말을 더 붙여 봐야 득이 될 것이 없다고 생각하며 컵을 들었다. 들여다보고 있는 화분도 꼭 본인 성깔 같은 선인장이다.

"야, 남지안. 라면 끓일 줄 아냐?"

풉— 지안은 물을 마시다가 뿜었다. 잘못 들었나 싶어 뒤를 돌아보았다.

"뭐를 해? 뭘 끓여?"

"라면. 라멘 말고 라면."

"이 집에서 본인만 살았어? 나도 살았어. 본인도 못하는 걸 나는 하나?"

"라면 먹고 싶어. 좀 해 봐."

"해 먹어!"

지안은 버럭 외치며 다시 물을 따랐다. 흐어, 아무리 생각해 봐도 이 집구석에 제정신인 사람이라곤 자신뿐인 것만 같다. 물론, 지금 같아선 본인도 제정신이 아닌 듯하지만.

"다 된 밤에 무슨 라면 타령이야. 주방장한테 해 달라고 하든가."

"맛이 달라. 뭘 넣고 끓이는지 주방장이 끓이면 그 맛이 안 나……."

휴……. 현주는 의욕을 상실한 표정으로 어깨를 축 늘어트렸다. 라면을 뒤적거리며 끓이는 선배의 뒷모습이 보고 싶어 미치겠다.

"남 전무. 이런 말밖에 도와줄 게 없어서 미안하긴 한데, 늙을 거면 곱게 늙어."

이 와중에 동생 놈은 상처 난 가슴에 염장질이다. 현주는 홱, 지안을 노려보았다. 찬양의 말대로 정말 잊은 건지, 아니면 애당초 모르는 건지는 여전히 알 수 없지만 동생 놈은 자신이 윤 실장을 좋아하고 있음을 모르는 게 분명했다.

"너, 남지안. 너 말야."

"됐어. 안 듣고 싶어. 그럼 난 이만."

"결혼이나 좀 해."

지안은 컵을 내려놓고 나서다 우뚝 멈춰 섰다. 현주는 팔꿈치를 식탁에 기대며 말을 이었다.

"남지안, 이제 슬슬 결혼해라."

"내가 누구랑."

"결혼 좀 해. 지금도 늦은 감이 없지 않아 있어."

"그러니까. 누구랑."

"이선이랑."

지안은 미간을 일그러트리며 돌아섰다. 현주는 엉망으로 변한 동생의 얼굴을 바로 응시했다. 녀석이 화를 낸다고 피할 수도, 그렇다고 물러 줄 수 있는 이야기도 아니었다.

"대체 뭐가 문제야. 너 좋다고 저렇게 애걸복걸인데. 부수적인 설명이야 늘어놓기 입 아프고."

"이봐, 남 전무."

“너도 알지. 지금 그룹에 가장 필요한 건 대형 로펌이야.”

그룹은 특허와 소송, 투자와 노무 등에 관련된 법무를 처리해야 했다. 하루에도 수십, 수백 건.

“이선이를 영입해 온 것도 그 집안과 더 긴밀하게 교류하려고 한 거, 너도 알잖아.”

그룹 내 꾸려 놓은 법무팀은 더욱 강해질 필요가 있었다. 기업과 기업이 손을 잡을 수 있는 가장 확실한 방법. 가장 고전적이고 진부하며, 염증이 나는 일이지만 어쩌면 가장 쉬운 방법.

“너 말고 누가 있어. 없잖아.”

……혼인.

“이선이한테 남자 형제가 있는 것도 아니고. 더 좋은 대안이 있는 것도 아니고.”

가족의 연을 맺는 일은 수백 장의 계약서보다 훨씬 더 강력한 힘을 가지는 일이다.

“물론 너하고 이선이하고 마음 맞아 결혼하면 더할 나위 없이 좋겠지만, 그게 아니라도 할 수 없……”

“미안한데 남 전무, 나는 공양미 삼백 석에 팔려 갈 만큼 효심이 깊지 않고.”

지안은 일그러트렸던 미간을 풀며 입을 열었다.

“눈 딱 감고 내 인생 던질 만큼 애사심이 뛰어나지도 않고.”

“다른 건 다 둘째 치고 이선이가 너를 좋아하잖아.”

“그게 문제야.”

“……”

“남의 집 귀한 딸 데려다가 식물인간 취급 하며 사는 거, 괜찮겠어?”

에효……. 현주는 깊은 한숨을 내쉬었다. 지안은 지금 현주의 말의 뜻과 내용을 모두 다 이해하기에 공격적인 태도는 삼가기로 한다.

“이선이는 너 때문에 얼마나 인생이 불행하겠어. 걔가 그렇게 싫어?”

"싫은 게 아니라 좋지 않은 거야. 노선은 확실하게 하자고."

죽었다 깨어나도 여자로 안 보이는 걸 어쩌란 말인가.

"그리고, 남 전무. 사람은 불행한 게 불쌍한 것보다 나아. 불행은 스스로 극복할 수 있지만 불쌍한 건 타인이 인식을 바꾸기 전엔 절대 벗어날 수 없어."

나는 확신한다. 나를 사랑해서 불행한 것이, 내 곁에 있으므로 불쌍해지는 것보다 백배는 나은 처사일 거라고.

"남 전무. 걔하고 친하지 않아? 내 기억엔 꽤 친했던 걸로 아는데?"

"뭐, 친한 편이지. 이선이 착하니까."

"그럼 걔가 더 불행해지기 전에 말려. 보기보다 잔인한 구석이 있어, 남 전무."

"내가 말린다고 듣냐?! 누가 내 말을 들어, 누가! 주변에 한 명도 없어! 동생 놈이나 비서나 웃겨 아주!"

현주가 기어이 쌍심지를 켜자 지안은 더는 듣지 않겠다는 듯 손을 휘저었다. 하이고……. 이마를 짚으며 현주는 긴 한숨을 불어 내쉬었다. 결혼의 결, 자도 꺼내지 말라는 강력한 의지만 내보이고 동생 놈은 성큼성큼 사라졌다. 뭐 하나 재미난 일이 없다.

"그래도 넌…… 니가 좋아하는 사람은 없잖아……."

평범하지 않은 삶이라 때로는 남들과는 다른 갈등을 겪어야만 했다. 예컨대 이런 것이었다. 사랑마저 득과 실을 따져 물어야 하는 일.

"에효, 나도 모르겠다."

숨의 마디마디까지 계산하며 살아야 하는, 그런 일.

결혼. 주주 총회. 혼란스러운 기억. 주변에서 벌어지는 기이한 일들.

"휴……."

지안은 침대에 누워 몸을 뒤척였다. 생각해야 할 일들은 한두 개가 아니고, 두통까지 찾아와 좀처럼 잠들기가 힘이든 밤이다. 명쾌하게 떨어지는 답은 아무것도 없으니 생각을 이어 가 봐야 도돌이표일 뿐이다.

그럼에도 불구하고 잠은 오질 않는다. 지안은 누워 있는 것 자체가 고문처럼 느껴져 다시 일어났다. 벌써 몇 번째 반복하는지 모르겠다.

"시간도 안 가. 약이라도 먹어야 자려나."

의식 없이 지내다가 깨어난 순간부터 지금까지, 아닌 척 지내봐도 온통 불안정한 시간 속을 버텨 온 그였다.

"약이 여기 어디쯤……."

점점 머리가 더 아파지니 두통약이라도 찾아봐야겠다. 지안은 이마를 짚으며 책상 쪽으로 걸어 나왔다.

보다가 내려 두었던, 그녀 어릴 때 사진이 다시금 시선을 붙잡는다. 지안은 말없이 사진을 내려다보았고 말라 버석거리던 입술을 지그시 깨물었다. 바라보자니 가슴속에 휘몰아치는 감정의 기운은 조금씩 더 거세졌다. 갑갑증은 점점 더 커지고, 불안정한 속내는 도저히 주체가 되질 않아 그는 다시 고개를 들었다.

무슨 생각일까. 그는 성큼성큼 걸어 방문을 열었다. 밖으로 나가려던 그는 문손잡이를 잡은 채 멈췄다.

"아, 나오셨어요."

자신의 방 앞에 서 있던 그녀가 놀란 듯 바라본다. 노크를 하려고 말아 쥔 작은 주먹을 든 채 그대로 굳어 있다. 지안은 말없이 그녀를 바라보았다. 너 역시 잠을 청하지 못했는지 눈꺼풀에 고단함이 맺혀 있었다. 언제부터 이곳에 있었나. 언제부터 이곳에 서서, 두드리지 못한 문을 보며, 얼마의 시간을 흘려보낸 걸까.

사고를 치려다 들킨 아이처럼 그녀가 웃는다. 살며 누구도 들여다봐주지 않은 저 바닥 깊은 곳의 나를 어루만진다. 어지러운 마음에 숨조차 버거울 때면, 어느새 내 곁으로 네가 다가온다. 마치 거짓말처럼.

"상무님 지금 잠 안 오죠. 내일이 주주 총회라."

……날아든다.

"그럼 우리 바둑, 둘까요?"

날아, 온다.

잡고 있는 문손잡이 하나 사이로 전혀 다른 세상이 펼쳐진다. 지안은 저도 모르게 힘줘 문손잡이를 붙잡았다. 그렇지 않고는 떨리는 팔의 윤곽이 드러날 것만 같았다.

그녀 눈동자엔 너무 늦은 시간에 찾아왔다는 민망함이 서려 있다. 혹여 불순하게 보일까 염려하는 구석도 없지 않아 있어 보였다.

"내가, 잠을 못 자고 있는 건 어떻게 알았습니까?"

간신히 물었다.

"그냥요. 그냥 그런 것 같아서……."

그저 그런 답변이 돌아온다. 우연이라 하기엔 너무도 기가 막힌 타이밍 앞에 지안은 헛웃음을 토했다.

"대단하네. 정찬양 씨."

때마침 나도, 너를 찾아가는 길이었다.

"나에 대해 모르는 게 없는 것처럼."

"보, 보통은 다들 그러니까요. 이런 날은……."

찬양이 말꼬리를 흐리며 무안함을 감춰 보려 하자 지안은 문을 조금 더 활짝 열었다. 표현이 조금 더 풍부한 사람이었다면, 조금 더 다정한 말들로 지금의 기분을 말할 수 있었을 것만 같다.

이곳에 와 줘서 고맙다고. 나를 생각해 줘서 기쁘다고.

"들어와요."

나는 당신이, 필요했다고.

방으로 그녀가 들어서자 지안은 문을 닫으며 급히 책상으로 향했다. 행여나 훔쳐 온 사진을 들키기 전에 빨리 증거 인멸을 해야 한다. 척척 걸어가 사진을 서랍 속에 넣고 닫는 지안의 손놀림은 빛보다 빨랐다. 찬양은 별생각 없이 그 모습을 멀뚱멀뚱 바라보았다.

"그런데 정찬양 씨는 원래 이렇게 겁이 없습니까?"

"네? 저요?"

"백 이사한테 찍소리도 못 하고 있을 땐 세상 쫄보더니."

"대체 무슨 말씀이신지……."

"나는 남자로 안 보이는 건가?"

그냥 상사다, 이겁니까? 지안은 작게 중얼거리며 책상에 서서 찬양을 바라보았다. 호랑이 굴에 저절로 굴러들어 온 토끼 새끼는 이곳을 당근밭으로 착각하는 모양이다.

"아, 아…… 그, 그런 건 아니고요."

잠시 생각에 잠긴 것 같은 얼굴로 그의 말을 해석하던 찬양은 얼추 뜻을 알겠는지 얼굴을 붉혔다. 늦은 시간에 방으로 돌격했으니 하는 말인 성싶었다.

"제가 늦은 시간에 주책이긴 하죠. 하나에 꽂히면 다른 건 생각을 못 해요."

"꽂힌 건 나의 불면증이고?"

"뭐, 그렇게 봐 주시면 감사하지만요……."

엄연한 사내의 방. 야심한 시각. 참새가 방앗간 드나들 듯 무시로 드나드니 공간의 아찔함은 없었지만 따지고 보면 야릇한 상황이긴 했다. 머리를 배배 꼬며 말꼬리를 흐리는 모습을 보아하니 민망한 모양이다. 지안은 두통약 찾기를 포기했다. 자연적으로 해결이 될 것도 같았다.

"상무님. 그럼 바둑 둘까요?"

"아니, 바둑은 됐고."

"아…… 바둑은 됐고……."

"알겠지만 내일 중요한 날이라 잠을 좀 자긴 해야 하는데 통 잠이 안 와서."

"아…… 제가 또 방해를……."

"방해인지 아닌지는 내가 판단할 테니 저기 좀 앉아 있어 주면 좋겠는데."

지안은 흘깃거리는 눈빛으로 침실을 가리켰다. 찬양의 눈에 한바탕 지진이 일어난다.

"저, 저, 저, 저기 앉아 있으라고요?"

"한 10분만."

"……."

"어렵다면 됐습니다. 다른 뜻이 있어서 그런 건 아니고 단지 나는 지금 잠……."

"무슨 말인지 알겠어요. 오세요. 옆에 있을게요."

그의 말을 완벽하게 해석한 찬양은 먼저 침실로 걸음을 옮겼다. 서로 간에 느끼는 살가움의 크기란 비교가 되질 않으니 찬양의 자연스러운 행동은 당연했다. 뱉어 놓고 미적거리는 것은 오히려 지안이다.

"오세요. 어서."

찬양은 침대에 걸터앉아 그를 불렀다. 툭툭, 침대를 두드리며 어서 오란다.

"제가 재워 드릴게요. 예전에 조카들도 많이 재워 봤어요."

그는 천천히 걸어가 그녀의 말을 따라 침대에 누웠다. 찬양은 익숙하게 이불을 올려 그의 몸을 덮었다.

"어릴 때 제가 그렇게 잠을 못 잤대요. 칭얼거릴 때마다 엄마가 늘 이렇게 재워 줬어요. 이런 마음이었나 봐요."

그래서 지금…… 자식을 재우는 기분이라는 거냐……. 지안은 입술을 꾹 닫은 채 그녀의 손길에 집중했다. 팔을 잡고 쓸어내리는 단순한 행동에 정성이 느껴진다. 그녀는 익숙하게 그의 팔을 토닥였고, 그녀의 소매가 팔랑거릴 때마다 라벤더 내음이 났다. 이루 말할 수 없이 평온해지는 마음에 지안은 눈을 감았다.

"다 내려놓고, 다 비우고, 다 잘될 거니까요. 다 괜찮으니까, 편안하게."

찬양은 낮게 중얼거리며 그의 팔을 계속해서 쓸어내렸다.

……보호받는 느낌, 누군가의 시선이 잠긴 눈꺼풀에 닿는 느낌. 지안은 난생처음 겪어 보는 상황에 당황스러웠지만 또 한편으로는 그녀가 자리함으로 호흡은 안정되어 갔다.

"다 잘될 거예요. 전부 다, 전부 다 잘될 거예요."

내가 곁에 있어 줄게요. 여기 있을게요.

"좋은 꿈만 꿔요. 희고 맑은 꿈만 꾸세요, 상무님."

그런 날이 있다. 유달리 타인의 온기가 그리운 날. 맞댄 살갗의 온기에 살아 있음을 깨닫게 되는 날. 지안은 터질 듯 갑갑했던 마음이 일순 풀어지는 것을 느끼며 조금씩 잠에 빠져들었다. 최면을 걸듯, 그는 그녀의 말을 거듭 되풀이했다.

그래. 잘될 거다. 전부 다.

주주 총회가 있는 날의 아침, 도착한 회사는 적막했다. 대다수의 사람들은 오늘 결정될 민감한 안건에 다소 경직된 분위기였고 약속이나 한 듯 말을 아꼈다.

바라는 상황은 모두가 같지 않았으므로 견해를 감췄다. 총회가 열릴 대회의실은 조금의 실수도 있어서는 안 된다는 일념하에 막바지 준비를 이어 갔다. 시간이 흐를수록 총회에 참가할 인원들이 속속 도착했고 세련된 검은 세단들은 줄을 맞춰 로비에 멈춰 섰다.

"찬양 씨, 이것 좀 회의실에 올려놔 줘요."

"네. 알겠습니다."

찬양은 건네받은 파일을 들고 회의실로 향했다. 엘리베이터 문이 열리자 고개를 숙이고 있던 찬양은 발을 내딛기 전에 멈칫했다. 강준이 타고 있다.

"아…… 대표님, 안녕하십니까."

홀로 있던 강준은 그녀의 낯선 인사에 반응하지 않은 채 가만히 바라보았다. 문이 닫히려고 하자 그는 열림 버튼을 눌렀다.

"안 타?"

"저는 다음 엘리베이터를 이용하겠습니다."

"타. 전력 낭비하지 말고."

찬양이 뒤로 걷자 강준은 더는 말하기도 귀찮다는 듯 그녀를 끌어태웠다. 문이 닫히자 밀실에 갇힌 듯 찬양은 쥐고 있는 파일을 더욱 꽉 잡았다. 그녀가 어디로 향하는지 알겠다는 것처럼 강준은 층 버튼을 대신 눌러 주었다.

"바쁘네. 요즘 얼굴 보기 힘들어."

"뭐, 그냥……."

"대통령보다 만나기 어려우면 어쩌자는 거야."

지안의 곁에 붙어서 도무지 때를 주지 않는 그녀를 만난 것이 다행이라는 듯 강준은 중얼거렸다. 거침없이 올라가는 엘리베이터 층을 바라보다가 강준은 다시 입술을 열었다.

"USB는 지금처럼 남 상무 손에 들어가지 않는 게 좋을 거야."

찬양은 눈을 감았다가 떴다.

"그게 그쪽 손에 넘어가면 너도 난처해질 상황이 되었거든."

"……."

"내가 너를 물고 늘어질 거니까."

찬양이 고개를 들고 올려 보자 강준은 대수롭지 않게 바라보았다. 그 정도의 각오는 해야 하지 않겠냐는, 당연하다는 표정이다.

"난 연임이 될 거야. 연임이 되고 나면 다음엔 어떻게 될 것 같아?"

비열함이 엿보인다.

"멍청하게 행동하지 마. 그깟 USB로는 이제 날 어쩌지 못해. 같이 죽겠다는 논개 정도의 의협심 아니고는 얌전히 있으라고."

강준은 키를 낮추며 그녀에게 귓속말을 했다.

"설령 같이 죽겠다고 해도 난 절대 안 죽어. 빠져나올 구멍 정도는 얼마든지 있으니까. 자신 있으면 엮어 보라고."

너무 멀리 왔다. 이젠 너 따위가 쥐고 흔들 수 있는 판이 아니라는 말이다.

"분명 USB는 너에게 있어. 난 알아. 어디서 냄새를 맡고 훔쳐 갔는지 모르겠지만 너도 뒤가 감당이 안 되는 상황이겠지. 그게 그런 물건이거든. 너무 머리 쓰진 마. 안쓰러워서 하는 말이니까."

친절한 설명을 가장한 협박은 이어졌다.

"남 상무도 너무 믿진 말고. 걔는 구원이라는 걸 잘 모르는 성격이거든. 사전에 자비가 없어. 물론 나는 무척 자비로운 편인데."

"……."

"너는 이미 내 한계점을 지나갔고."

띵— 엘리베이터가 멈추자 강준은 다시 상체를 반듯하게 하며 미소 지었다. 입꼬리는 올라갔으나 눈은 전혀 웃고 있지 않았다.

"정찬양 씨. 그럼 수고해 줘요. 총회 준비 잘하고."

찬양은 한마디도 하지 못한 상황 그대로 그가 걸어 나가는 모습을 바라보았다. 파일을 쥐고 있는 팔엔 힘이 실렸다. 강준의 말끝에 아무것도 반박할 수 없었던 자신의 모습이 한심했지만, 또 고분고분 듣고 있을 수밖에 없는 사실이었기에 더욱 절망적이었다. 찬양은 자신을 태우고 다시 올라가는 엘리베이터 안에서 포기한 듯 조용히 중얼거렸다.

"나는 뭐…… 모르는 줄 아나……."

바둑을 두었다 해서, 그의 잠든 자리를 지켰다 해서, 당신의 영혼이 날 찾아와 우리가 사랑을 했다는 미친 말을 믿어 줄 리가 없다. 생각해 보면 그도 나 스스로 각성할 때까지 기다려 주었던 것 같다. 그 또한 아무것도 먼저 말하지 못한 채 흐르는 시간 속 불안했을 것이다.

그랬던 당신은, 과연 나의 말을 어디까지 믿어 줄 수 있을까.

"정신병자로 볼까 봐 말이 안 떨어진다. 상무님도 이랬겠구나……."

전부 믿어 줄 수 있는 날이, 오긴 올까?

"투표 결과 발표하겠습니다."

긴장감 속에 결과가 나오자 투표를 마친 사람들은 표정을 감춘 채 침묵했다. 지안과 현주는 겸허하게 정면을 응시했고 강준은 목이 타는지 물을 삼켰다.

앞으로 그룹을 이끌고 갈 대표는 누가 될 것인가. 그동안 암묵적인 행보로 물밑 작업을 해 온 결과는 어떨 것인가.

"찬성 92% 백경그룹 차기 대표로 임강준 대표가 연임되었음을 알려 드립니다!"

강준은 저도 모르게 주먹을 힘차게 쥐었다. 사방에서 그의 연임을 축하하는 요란한 박수가 쏟아진다. 결국 그분의 뜻대로 된 것이다.

현주는 잠시 망설이다 따라 박수를 쳤고, 지안은 짧게 숨을 내쉬었다. 정신없이 박수갈채가 쏟아지자 강준은 일어서 앞으로 나아가다 지안의 앞에서 멈췄다. 여러 감정이 뒤섞인 난처한 표정으로 웃으며, 강준은 지안을 바라보았다.

지안은 일어섰다.

"축하드립니다. 임 대표님."

"이거 뭐, 인사를 받을 상황인지 모르겠네. 고마워요, 남 상무. 앞으로도 잘해 봅시다."

강준은 지안에게 손을 내밀었다. 그의 손끝을 바라보던 지안은 동조의 표현으로 그의 손을 힘차게 잡았다. 서로는 표정을 숨겼는지라 모든 뜻을 다 알 수는 없었다. 다만 모두가 생각하기에 한 가지 확실한 건—

"그룹을 위해 앞으로도 최선을 다하겠습니다."

"네. 저도 잘 부탁드립니다. 대표님."

이번 싸움의 승자는 임 대표였다.

“어서 오세요! 몇 분…….”

헐……. 술집의 주인장은 방문한 찬양을 바라보고는 입을 멍하니 벌렸다. 늘 짠내를 풀풀 풍기며 혼술을 마시던 손님께서 드디어 다른 사람과 입장한 것이다.

“헐…… 아니, 손님…… 드디어…….”

“사장님 안녕하세요. 오늘은 둘이에요.”

헤헤. 찬양이 웃으며 손으로 두 사람 표시를 해 보이자 주인장은 감격의 미소를 지었다. 고개를 주억거리며 정면을 바라보지 못하는 지안을 향해, 찬양은 돌아섰다.

“들어오세요. 얼른요.”

“손님! 들어오세요! 여기! 여기! 이쪽…… 이……쪽…….”

헐…… 대박……. 주인장은 등장한 인물을 알아보고는 두 눈을 크게 떴다. 나, 남지안 상무가 아닌가?

“사장님, 저희 좀 구석진 자리로 갈게요.”

“어…… 네네! 네네네! 그럼 저쪽으로! 저, 저쪽으로 모시겠습니다!”

맙소사. 주인장은 벌벌 떨며 급한 걸음을 옮겼다. 손님께서 혼술 속 부르짖던 그 통화 속 상무님의 정체가, 백경그룹의 남지안 상무였다고……? 세상에! 이게 무슨 난리인가! 난데없이 등장한 그룹 로열패밀리가 당황스러운지 주인장은 부산스럽게 움직였다. 여차하면 술집 문을 걸어 잠글 기세다.

“상무님은 여기 처음이시죠?”

자리에 앉으며 찬양이 묻자 지안은 그제야 고개를 주억거렸다. 이곳이 처음이 아니라, 사실은 이런 선술집 자체가 처음이다.

“방해하지 않을 테니 좋은 시간 보내십시오. 절대적으로 외부에 유출하지 않겠습니다."

주인장은 시키지도 않은 오지랖을 부리며 비밀 유지를 약속했다. 찬양은 그런 주인장을 바라보다 웃음을 터트렸다.

"들으셨죠? 사장님이 안심하래요. 여긴 제가 가끔 오는 술집이거든요."

누구보다 심란할 그를 위해, 찬양은 이곳을 방문했다.

"상무님이랑 술을 한잔하고 싶은데 갈 수 있는 곳이 있어야 말이죠."

모든 매체에서 임강준 대표의 연임을 시끄럽게 떠드는 오늘 같은 날, 그가 향할 수 있는 곳이라곤 집뿐이다. 시간 좀 내어 줄 수 있겠냐고 물었더니 웬일로 순순히 따라나서더라. 찬양은 지안의 겉옷을 받아 내려놓으며 눈꼬리를 둥글게 휘었다.

이곳, 이 자리, 사실은 당신과 마주 앉았던 곳이다.

"여기 안주 맛있어요. 오늘은 제가 쏠게요."

"하. 벼룩의 간을 먹겠습니다."

"왜요? 저 이 정도 살 돈은 있어요. 저 생각보다 월급 많거든요."

얼씨구. 지안은 그녀의 너스레가 나쁘지 않다는 듯 작게 탄식했다. 대한민국에서 가장 많은 자산을 가진 남자 앞에서 돈 자랑을 하는 그녀다.

"그럼 어디 한번 먹어 보죠. 알아서 시키고."

"네. 오늘은 정찬양 스타일로 가 보시죠. 후회 없으실 거예요."

그녀가 요란하고 호탕하게 웃는다. 그 산만한 웃음소리를 듣고 있자니 탄산음료를 마신 듯 속이 청량해진다. 지안은 당할 재간 없다는 표정으로 그녀를 따라 웃었다.

"자! 어디 한번 신명 나게 마셔 봅시다! 상무님!"

"콜."

딱히 할 수 있는 일이 그것밖에 없기도 했다.

술병이 오고 간다. 그는 묵묵히 술을 마셨고 그녀는 쉴 새 없이 조잘거렸다. 오늘 받았을 상무님의 정신적 충격을 위로하고 싶었지만,

그렇다 해서 상기시키고 싶진 않았다.

"……고요. 제가 대학 때, 그러니까 스물두 살? 세 살? 그때쯤 폭탄주를 처음 마시고 별을 봤지 뭐예요. 진짜 죽을 뻔했어요."

그가 오늘의 패배를 간신히 누르고 있다면.

"소백산맥이라고 들어 보셨어요? 작은 주전자에 온갖 술을 다 퍼부어 놓고 마시는 거예요. 팀킬주라니까요."

그대로 지켜 주는 게 맞다.

"술은 아주 요물이에요. 다신 마시지 말아야지, 매번 혼자 맹세하고 삼 일을 못 버티거든요."

지안은 반쯤 담긴 술을 홀짝 삼켰다. 그녀의 수다스러운 이야기를 듣고만 있다.

"예전에 상무님이랑 마셨던 샴페인 진짜 맛있었는데. 또 마시고 싶……."

아차. 찬양은 말꼬리를 흐렸다. 지안은 무슨 소리냐는 것처럼 바라보았다.

"제, 제가 예전에 다니던 회사 상무님이요. 그 회사에도 상무님이 계셨거든요."

"남자?"

"어……."

"어, 는 반말이고. 남자 맞네. 상무 모시는 게 정찬양 씨 취미입니까?"

칫. 너다 너. 너라고 말하면 믿겠냐?! 찬양은 궁얼거리며 술을 삼켰다. 지안은 그녀의 표정을 살펴보다가 입술을 열었다.

"그래서. 샴페인도 나눠 마시는 사이였다?"

"뭐, 그랬죠. 샴페인만 나눠 마시는 사이였는지 아세요?"

"오호라, 뭐 다른 것도 막, 나눠 마시는 사이였다 이겁니까?"

"그럼요! 엄청! 우리는 쌀 한 톨도 나눠 먹는 사이였죠!"

우리? 어쭈. 지안이 마음에 들지 않는다는 듯 눈썹을 꿈틀댄다.

"그런데 그렇게 사이좋아 죽고 못 살던 상무 새…… 상무님이랑은 왜 틀어졌습니까?"

"……그분이 절 잊었거든요."

찬양은 비어 버린 술잔에 시선을 고정했다.

"잊어버렸어요. 다시 찾아오면 된다고 하셨는데, 저를 기억 못 하시더라고요."

"몹쓸 상사네."

"엄청요. 엄청 못됐죠."

뱉어 놓고도 어이없는지 찬양은 너털웃음을 흘렸다. 본인의 이야기일 거라고 꿈에도 생각 못 하는 눈앞의 사내를, 어찌하면 좋단 말인가.

"아, 이런 이야기 하려고 한 건 아니에요. 오늘은 상무님이랑 즐거운 이야기만 하고, 즐겁게, 즐겁……."

"잊은 척하는 거겠지. 그래야만 하는 사연이 있는 걸지도 모르고."

"사연……이야 있지만요."

"상대가 잊은 척한다면 그대로 지켜 주는 게 맞습니다."

상처가 벌어지듯 가슴이 저리다.

"정찬양 씨의 과거는 붙잡지 말고 그대로 보냅시다. 원망해 봐야 시간 낭비니까."

그가 감정을 지운 표정으로 말을 보태자 찬양은 그를 길게 바라보았다.

……원망. 그래, 원망.

당신이 나를 바라보지 않는 순간이 고문 같았던 때가, 있었다. 끝끝내 비눗방울이 되고 말 거라는 걸 알면서도 사랑을 멈추지 못했던, 어느 동화 속 공주님의 마음을 알 것만 같았다. 마음은 갈려 먼지가 된다. 지구상에 없었던 듯 흩날린다. 그때 우리, 참 좋았었는데.

"절 잊어버린 예전 회사 상무님을 이젠 원망하지 않아요."

"……."

"그분은 날 잊어도 되는, 그럴 만한 자격이 있는 분이니까요."

그녀의 음성이 귓가에 고인다. 지안은 그는 모든 것이 정리된 것만 같은 그녀의 말을 듣고만 있다. 찬양이 말하는 전 직장의 상무가 그녀와 어떤 관계였는지 전부 알 수는 없었지만, 무엇이었건 간에 끝난 관계라는 것쯤은 예상이 되었다.

"원망하긴요, 누구보다 감사한 분이에요. 하지만 누군가에게 잊힌다는 두려움을 알게 됐죠. 그건 정말이지 너무나도 끔찍한 일이었어요."

"모르긴 몰라도 정찬양 씨는."

이봐, 정찬양 씨. 지금 여기서 내가, 단언 하나 할까.

"……씻다가도 생각이 나고."

내가 당신 때문에 이 지경이 되었는데, 그 사내라고 멀쩡했을 리 없을 거다.

"밥을 먹다가도 생각이 나고, 자다가도 생각나는 사람이니까."

어느새 너는 생활의 일부가 되어 버리고 말았다. 삶의 한 조각이 되었다는 말이다.

"정찬양 씨는 누군가에게 잊히기 힘든 상대입니다."

……놀랐는지 술잔을 드는 그녀의 손길이 멎는다. 지안은 다시금 술을 홀짝 삼켰다.

"이런데 어떻게 잊어. 이렇게 잘 웃고 시끄럽게 떠드는데."

그의 시선은 테이블 모서리에 멈춘다.

"결론은 정찬양 씨의 상무는 이제 나 하나인 걸로. 내 말, 이해합니까?"

"그럼요. 너무나도 확실하게 이해했어요."

찬양이 부드러운 음성으로 대꾸하자 지안이 사물을 바라보듯 잠시 그녀에게 시선을 주었다. 그녀는 그를 응시했다. 시선을 피할 이유란 없었다. 작은 선술집, 뜨끈한 국물.

"나는 정찬양 씨 잊지 않을 테니까, 나하고도 쌀 한 톨 나눠 먹읍시다."

"……거짓말."

어느새 나는, 당신에게 사랑받던 어리광 많은 여자로 돌아간다.

"거짓말, 아닌데."

"그럼 술김이겠죠."

"아니라는 건 본인이 더 잘 알 테고."

지안은 술병을 들어 빈 잔에 술을 채웠다. 투명한 알코올이 작은 잔을 채운다. 거침없이 비워 내고, 빈 잔을 움켜쥐다, 결심한 듯 그녀를 바로 보았다. ……담긴다.

"나는 당신이 궁금해졌어."

그의 말에 전율이 일어, 그녀는 아랫입술을 깨물었다.

"그것도 무척. 상당하게."

심장은 무차별 폭격을 맞은 듯 정신없이 널을 뛰었다.

"그러니까. 그러니까…… 상무님의 지금 그 마음은 호기심……인가요?"

"글쎄. 보통은 그렇게 표현하지 않을 텐데."

그는 술잔을 내려놓았다. 조용조용한 어느 가수의 발라드는 분위기를 적셔 갔다. 잔은 채워졌고, 눈빛은 부딪쳤고, 너는 담겼다.

"호감, 이라고 말하면 편하게 이해하겠습니까?"

……부디 세상이 이쯤에서 멈췄으면 좋겠어. 그녀는 그런 생각을 했다.

8부
난 당신이 궁금해졌어

아침을 맞이한 지안은 평소처럼 출근 준비를 하며 셔츠를 꺼내고, 타이를 골랐다. 탄탄한 상체 위로 옷을 걸치고 단추를 잠갔다. 단조로운 방 안으로 바흐의 'G선상의 아리아'가 흘러나온다. 차분하고 너그러운 선율 앞에 모든 것은 느리게 진행되었다.

그는 호흡을 교정하듯 일정하게 뱉었다. 전신 거울 속 자신을 바라보며 타이를 완벽하게 매듭지었다. 재킷을 걸치고, 라펠 사이의 브이존 간격을 세심히 맞췄다. 그의 행동은 단순히 옷을 입는 행위에서 그치는 것이 아니라 절차가 명확한, 그래서 모든 움직임에 의미가 있듯이 느껴졌다.

똑똑. 느리게 흘러가는 시간을 방해하듯 노크 소리가 울린다.

"네."

지안은 거울을 바라보며 들어오라 말했다.

"상무님, 차량 준비되었습니다."

"그래요."

뭐, 굳이 돌아봐야 알겠나. 찬양이다. 지안은 거울을 바라보며 마지막으로 자신의 모습을 점검했다.

찬양은 현악기의 묵직한 합이 만들어 내는 선율 속에서 그를 바라보았다. 신중한 눈빛으로 옷매무새를 다듬는 그의 모습엔 흉내도 내기 어려운 절도가 있었다.

남자의 슈트란 천편일률적인, 이를테면 사회인의 유니폼 같은 것이라고 생각했다. 하지만 그건 착각이었다. 신체의 각과 곡선을 제각기 표현하며 딱 맞게 떨어지는, 몸을 가둬 둘수록 빛 발하는 통제의 아름다움. 반듯한 어깨선, 유연하게 내려오는 허리선, 대단히 포멀한 와이셔츠 깃은 까탈스럽고 명료한 성격을 반영해 주는 것 같았다. 군더더기 없이 그대로 반영되니 옷은 신체의 일부처럼 분위기에 녹아들었다. 빈틈이라고는, 찾아볼 수가 없다.

"잘 잤습니까?"

그가 묻는다.

"네. 잘 잤습니다."

"듣기에 좋은 답은 아니군요."

"……."

"나는 한숨도 못 잤거든."

찬양은 퀭한 얼굴을 들키지 않으려는 듯 고개를 약간 숙였다. 전신 거울에 반사된 그의 눈빛이 그녀를 향한다.

어제, 당신이 궁금해졌다 말하던 고백을 뒤로하고 두 사람은 선술집을 나섰다. 집으로 향하는 내내 아무 말도 오고 가지 않았고 각자는 방으로 향했다. 그가 뜬눈으로 맞이한 아침을, 그녀 또한 맞이했다.

"상무님, 오늘 스케줄입니다."

찬양은 들고 있던 파일을 내려놓았다. 지안은 거울을 통해 계속해서 그녀를 바라보다 세심하게 고른 행커치프를 가슴팍에 꽂았다. 그녀는 고개를 숙인 채 계속해서 말을 이었다.

"대표실에서 오늘 점심 식사 괜찮으시겠냐고 연락이 왔습니다. 장소는……."

홱, 돌아선 지안은 그녀에게 걸어가 턱을 잡고 올렸다.

"다 좋은데, 눈은 왜 피합니까?"

"아…… 그게……."

지안의 손끝에 턱을 붙잡힌 그녀가 허둥지둥 몸을 뒤로 뺐다. 버둥거려 봐야 손바닥 안이다.

"글쎄 눈은 왜 피하냐고. 보기 싫다 이겁니까?"

"아뇨, 아뇨…… 그게 아니라……."

"나 혼자 김칫국 좀 원 없이 마셔 봐라, 이건가?"

"그게 아니라요……. 실은 눈이…… 부어서요……."

찬양이 웅얼거리며 작게 말하자 지안은 눈썹을 꿈틀거렸다.

"사실은 잠을 못 자서…… 눈이 엉망으로 부어서…… 아뇨, 눈의 문제만이 아니라 얼굴이 전체적으로 퉁퉁 부어서……."

"부은 거랑 안 보는 거랑 무슨 상관이 있을까? 부으면 시력 저하가 옵니까?"

"못……생겨 보일까 봐요."

지안은 턱을 놓았다. 찬양은 다시 고개를 반쯤 숙이며 그의 발치를 바라보았다. 푸석푸석해진 얼굴을 들키고 싶지 않았는데, 망할 상무 놈은 사람 마음을 이렇게도 몰라준다.

"아까는 잘 잤다더니?"

"상무님이 물어보시는데 아니요, 할 수는 없으니까요."

"언제부터 내 기분을 고려하며 답을 했습니까? 내 기억엔 없는 일인데?"

"이제부터 그렇게 해 볼까 해요."

"왜? 여태 안 하던 짓을 왜 하필 오늘 아침부터?"

"그거야 잘 보이고 싶으니까요."

……허. 지안은 낮게 탄식했다. 자신감 없는 얼굴로 종알거리니, 귀여워서 심장에 무리가 온다.

"안 하던 짓은 내내 안 했으면 좋겠는데. 혼란스러우니까."

"그럼 그럴까요?"

"1분 뒤에 출발하죠."

"네. 상무님."

"그리고."

네? 그리고, 뭔데요?

"내가 머리끝부터 발끝까지 잘났다는 걸 알고 있긴 하지만."

"……."

"대체적으로 얼굴이 월등하니 얼굴을 중점적으로 좀 봐 줬으면 좋겠는데."

헐. 찬양이 뜬금없다는 듯 시선을 들었다. 지 잘생겼다고 얼굴색도 안 바꾸고 태연하게 말하는 저 뻔뻔함은 당할 재간이 없다.

이제야 그녀가 발치에 고정했던 시선을 드니 지안은 또다시 눈썹을 꿈틀거렸다.

"붓긴 뭘 부어."

예쁘기만 하고만.

"100년쯤 푹 자고 일어난 얼굴인데."

……할 말을 다 한 걸까. 손목시계를 내려다보다가, 가볍게 목을 돌리며 근육을 풀다가, 그는 움직였다.

"가죠."

"네. 상무님."

스쳐 가는 그에게서 가슴에 남을 향이 난다. 찬양은 지안의 뒤를 따라 방을 나섰다.

"회사에서 봅시다."

"네. 상무님. 그럼 잠시 후에 뵙겠습니다."

지안은 여느 때처럼 그녀를 남겨 둔 채 차에 올라탔고 찬양은 평소처럼 대중교통을 타기 위해 움직였다. 간밤의 남자와 여자는 온데간데없고 또다시 상하 관계로 돌아간 상무와 비서가 출근을 한다.

아직 호감 단계라는 그의 말을 과대 해석은 말자고, 서두르지 말자고, 그녀는 스스로를 경계했다.

"전무님, 여러모로 시기상 잘된 일입니다. 임 대표의 연임은 그룹에 호조가 될 거라 자신합니다."

본사로 걸음 한 이선의 큰아버지 김 사장은 전무실로 찾아와 강준의 연임에 대해 긍정적인 의견을 내어놓았다. 강준을 이 자리에 올리려고 갖은 노력을 해 온 그의 입장에선 쾌조의 결과였다.

"저도 그렇게 생각합니다. 김 사장님."

현주는 인정하듯 고개를 끄덕였고, 그 옆의 지안은 말을 아꼈다.

"돌아가신 남 회장님께서도 잘된 일이라고 생각하실 겁니다."

김 사장은 목소리에 힘을 주었다. 오너가의 입장에서 강준의 연임이 달가울 리 있겠느냐마는 인정하라고, 그는 암묵적인 강요를 했다.

"연임이라 해도 대표님 취임식은 해야죠. 연말이고 하니 적절할 때를 잡아 진행하겠습니다."

찻잔을 내리며 현주가 말하자 김 사장은 고개를 끄덕였다.

"두루두루 좋은 일이 많이 생길 겁니다."

"이선이 법무팀으로 온 건 알고 계시죠?"

조카의 이야기가 나오자 김 사장의 안색에 변화가 있다. 김 사장은 본능적으로 지안의 표정을 살폈다. 사내의 직감으로 지안은 자신의 조카에게 관심이 없었다. 하지만 기업의 혼사라는 게, 마음 없이도 가능한 일이었으므로—

"들었습니다. 안 그래도 조금 후에 찾아가 볼까 생각도 했습니다."

"우리 그룹에 스카우트되어 도움이 많이 되고 있습니다. 이선이 격려 좀 많이 해 주세요."

"네. 전무님."

그건 그렇고. 김 사장은 화제를 전환하려는 듯 음성을 낮췄다. 머뭇거리는 모습을 보아하니 썩 유쾌한 내용은 아닌 성싶었다.

"하세요. 편하게."

지안이 멍석을 깔아 주자 김 사장은 그제야 운을 뗐다.

"그룹이 지금의 명성을 이어 가기 위해서 여러 가지 조건이 필요하겠지만, 지금 가장 필요한 건 혼사가 아닐까 합니다."

누구나 알고 있는 이야기다.

"두 분, 언제까지 이렇게 혼자 계실 겁니까. 그룹을 생각해서라도 하루빨리 안정적인 생활을 이어 가셔야죠."

"쉽지 않네요. 집안에 어른이 계셔서 주관해 주시는 것도 아니고, 각자 스스로들 하려니."

현주가 둥글게 말을 끊어 내려 해도 김 사장은 멈추지 않았다. 오히려 더욱 적극적으로 말을 보탰다.

"남 상무님은 아직 시간이 좀 있다 해도 남 전무님은 적령기가 아닙니까."

"바르게 말하자면 지났죠. 그것도 한참."

"그러니 더 늦기 전에……."

"남 상무가 갈 거예요. 저보다 먼저."

현주가 지안을 가리키자 차를 마시던 지안은 고개를 돌렸다. 왜 또 화살이 가만히 있는 자신에게 쏟아지나 싶은 얼굴이다. 김 사장은 뜬금없다는 듯 눈을 커다랗게 떴다.

"남 상무님은 생각이 있으신 겁니까?!"

"없습니다. 결혼은 무슨."

지안이 강한 부정을 하자 현주는 눈웃음을 쳤다.

"김 사장님, 어쨌든 하게 되면 남 상무가 저보다 먼저 할 겁니다. 그것도 무척 좋은 여성과 함께."

"하지만 남 전무님."

"제 걱정 해 주셔서 감사해요, 김 사장님. 저는 남 상무를 먼저 보내고 때가 되면 생각해 보겠습니다."

현주는 미소를 유지하며 갈무리를 했다. 틈만 나면 공양미 삼백 석에 자신을 팔아넘기려는 누나가 마음에 들지 않아, 지안은 짧게 숨을 내쉬며 미간을 좁혔다.

서로를 먼저 결혼시키려고 호시탐탐 신경전을 이어 가는 남매지간이 황당하다는 것처럼 김 사장은 두 사람을 관찰하다가 일어섰다.

"아시겠지만 임강준 대표도 좋은 사람입니다. 전무님."

따라 일어서던 현주가 멈칫한다.

"전문 경영인 딱지만 뗀다면 그룹에 그만큼 능력을 가진 사람 찾기 힘들 겁니다."

"그러니까, 지금 김 사장님께서 제게 하고 싶으신 말씀이."

"여지는 가지고 계시라는 말씀입니다. 내 식구 만드는 일이라는 게, 다 그렇고 그런 거지요."

주주들도 은근 바라고 있습니다. 김 사장은 사람 좋은 웃음을 지었다.

"임강준 대표께 힘을 실어 주십시오. 지금 그룹이 어떠한 상황인지 두 분, 잘 알고 계시지 않습니까. 두 분의 힘만으로는 어렵습니다."

"……김 변호사 사무실은 13층입니다. 살펴 가십시오, 김 사장님."

현주가 대답을 회피하며 인사하자 김 사장은 밖으로 나섰다.

"이봐, 남 전무. 지금 저 노인네가 뭐라고 하는 거야. 하, 기가 막혀."

지안은 어처구니없다는 듯 혀를 끌끌 찼다. 현주는 줄곧 함께 자리했던 윤 실장의 표정을 살피며 입술을 꾹 닫았다. 기분을 읽을 수 없는 윤 실장의 얼굴이 더욱 마음에 쓰여, 화를 낼 수도 웃어넘길 수도 없었다. 바야흐로 분위기는 매우 거지 같다.

윤 실장과 현주를 힐끔 바라보던 지안은 자리에서 일어섰다.

"그러니까 나 좀 전무실로 부르지 말라고. 볼일 있으면 이제 남 전무가 내려와."

"가. 빨리. 남지안."

지안은 걸음을 서둘렀다. 분노가 조금씩 올라가고 있는 누나의 불똥이 자신에게 튀기 전에 도망가야 한다.

"그럼 난 간다."

"살펴 가십시오, 상무님."

지안은 밖을 나서다가 자신에게 인사를 하는 윤 실장의 어깨를 툭툭 쳤다. 윤 실장, 나만 도망쳐서 미안해.

"수고해, 윤 실장. 나 가요."

힘들겠지만 누나의 분노를 부탁해요.

"대표님, 박람회 출국 명단 꾸렸습니다. 이대로 진행할까요?"

"검토할 테니 내일 다시 얘기합시다."

"네, 대표님."

다음 일정차 대표실을 빠져나온 강준이 로비를 걷는다. 연임이라는 날개를 달고 걷는 걸음엔 힘이 있었다. 훤칠한 키와 얼굴, 깔끔하게 정돈이 잘된 헤어스타일. 고집스러울 정도로 유행을 타지 않는 클래식한 슈트. 사람을 올려 보지도, 그렇다고 내려다보지도 않는 시선 처리.

"밖에 기자들이 있습니다. 보안팀에 연락해서 밀어내라고 할까요?"

"됐습니다. 그냥 가죠."

"네. 대표님."

"그리고 명단에 추가할 사람들이 몇몇 있으니 내일 오전에 대표실로 오세요."

"잘 알겠습니다."

회전문을 통과한다. 연임으로 온통 세간의 관심을 받게 된 강준은 익숙하게 플래시 세례를 받았다. 정신없이 찍힌 사진 속, 찰나의 눈빛과 표정이 현재 자신의 심경을 대변한 채 기사로 나올 것이라는 걸 잘 알고 있다. 어떠한 오해도 생기지 않도록 그는 모든 표정을 지워 냈다.

대기 중이던 수행 기사가 문을 연다. 유난히도 많이 모여든 사람들을 뜻 없이 힐끗 바라본 강준은 차에 올라타려다가 멈칫, 하며 멈췄다. ……다시금 시선은 인파 속으로 향했다.

"임강준 대표님! 연임이 될 수 있었던 가장 큰 원동력은 무엇이라고 생각하십니까!"

"소감 한 말씀만 부탁드립니다! 그리고 앞으로의 계획은 어떻게 되는 겁니까!"

바로 차를 타고 사라질 것이라 예상했던 대표가 멈춰 서 자신들을 바라보니 취재진들은 뜻밖의 횡재수에 질문을 던졌다. 강준의 시선은 어느 허름한 복장으로 서 있는 중년의 여인에게 꽂히고, 멈췄다. 억세고 드센 취재진들 틈바구니에 끼어 초조한 눈빛으로 자신을 바라보고 있는 여인은 계절 탓인지 더욱 춥고 왜소하게 느껴졌다.

"그룹의 비상 경영 체제는 언제까지 유지할 생각이십니까!"

"인사 개편은 언제쯤입니까! 한 말씀 부탁드립니다!"

질문은 들리질 않고.

"지배 구조에 변화가 있을 전망이라는 예측이 있는데요! 어떻게 생각하십니까!"

여인을 제외한 모든 이들이 시선에서 지워지고.

"남지안 상무의 인선은 언제 되는 겁니까!"

"남현주 전무의 인선에 대해서도 말씀 부탁드립니다!"

움직여야 하는 두 다리는 멈춰 뿌리박혔다.

염색을 하지 못해 희끗한 흰머리가, 낡아 솜이 죽은 빛바랜 패딩이, 시린 두 손을 움켜쥐고 자신을 애타게 바라보는 여인의 지긋지긋한 눈빛이.

“대표님, 이제 가셔야 합니다.”

당신은, 여전하다.

“저, 대표님.”

비서진들은 강준을 서둘러 차에 태우기 급급하다. 당당히 제 이름을 불러 보지도 못할 여인을 바라보다가, 강준은 끝끝내 시선을 돌렸다. 결심이 선 듯 차에 올라탔고 닫히는 문으로 세상과의 단절을 시도했다.

차는 빠르게 공간을 빠져나갔다. 강준은 스치는 취재진들 사이에 서 있는 여인을 마지막으로 바라보았다. 어두운 차창에 가려져 자신이 보이질 않자, 여인은 필사적으로 움직이며 차 안을 들여다보려고 했다. 강준은 불안함과 당황함이 동반된 손을 말아 쥐며 입술을 가렸다.

“대체 여기가 어디라고 찾아와…….”

“예?”

“아니. 아무것도.”

강준은 저도 모르게 중얼거리다가 다시금 아랫입술을 사리물었다. 아마도 뉴스를 봤겠지. 온 세상이 떠들썩하니 못 봤을 리가 있겠나. 이름을 바꾸고 과거를 불투명하게 만들어도 당신은 나를 알아봤겠지.

후……. 강준은 눈을 감았다.

내가 당신을 떠날 때, 죽었다고 생각하라 했잖아. 찾지도 기억하지도 말라고 했잖아.

“저…… 괜찮으십니까? 대표님?”

애당초 없었던 자식으로 치부하라고, 말했잖아.

“어디 편찮으십니까? 강 닥터 호출할까요?”

“됐어.”

마치 새로 태어난 것 같은 인생을 살고 있지만 아무리 발버둥을 쳐도 변하지 않는 진실이 있다. 되돌아가고 싶지 않아 갖은 짓을 다 해도 바꿀 수 없는 진실이 있다. 꼬리를 잘라 낸 도마뱀에게 언제고 다시 꼬리가 생기듯이.

"혹시 차에 두통약이 있나?"

"있습니다. 드릴까요, 대표님?"

제아무리 깊고 빠르게 헤엄친대도, 수면 위 한 줌의 산소만이 돌고래를 살게 하듯이.

"한 알 줘 봐."

"예."

떠나고 다시 떠나도, 연어는 반드시 제자리로 돌아올 수밖에 없듯이.

"오늘은 이게 끝입니까?"

"네. 상무님. 일정은 끝났습니다."

"그렇군요."

지안은 손끝에서 현란하게 만년필을 돌렸고, 찬양은 마지막 파일을 내려놓았다. 보아하니 찬양의 검지에 밴드가 감겨 있다.

"다쳤습니까?"

"네? 아, 이거요. 아까 종이에 베어서. 별거 아닙니다."

그는 고개를 들었다. 찬양은 슬쩍 손을 숨겼다.

"혹시 보호 본능 뭐, 이런 거 좋아합니까?"

"네? 아뇨?"

"난 약육강식을 좋아해서, 보호 본능은 취향이 아닌데. 조심 좀 하죠."

지안은 중얼거리며 다시 파일로 고개를 내렸다. 찬양은 입술을 삐죽거리며 자신의 손끝을 내려다보았다. 아무리 조심해도 종이에 베이는 일은 하루에도 열두 번씩 일어났다.

"상무님, 실례되는 질문이지만 오늘 일찍 퇴근하십니까?"

"그건 왜 묻습니까?"

그녀가 뜬금없이 퇴근을 운운하자 지안이 파일에서 시선을 떼지 않으며 재차 물었다.

“어…… 회사에서 굳이 더 할 일 없으시면요…….”

지안은 손에서 돌리던 만년필을 멈췄다. 찬양이 머뭇거리며 말을 하다 말자 그는 촉이 오는지 마른침을 삼켰다. 데이트. 데이트 신청이다.

“오늘 일도 일찍 끝났고…….”

그럼 어딜 가서 저녁을 먹지. 이제라도 예약을 해야 하나. 한 번에 오케이 해야 하나? 그래도 되는 건가?

“상무님 다음 일정도 없는데요…….”

그래요. 퇴근합시다. 어차피 오늘은 일찍 퇴근시키려고 했는데.

“남은 회의도 없고…….”

그래도 좀 기다려 주지. 이런 말은 아무래도 내가 먼저 해야 하는 건…….

“오늘은 저 먼저 퇴근해도 될까요?”

탁. 지안은 생각을 급히 멈추며 만년필을 내려놓았다. 김칫국을 사발로도 모자라 이 정도면 한 솥을 들이켠 지경이다. 표정은 금세 험악하게 변한다.

“왜 퇴근을 먼저 합니까? 내가 여기 있는데?”

“그게, 오늘 동기 모임이 있어서…….”

“모임? 동기? 허, 동기?”

이유도 없이 들끓는다. 먼저 퇴근시키려던 마음은 안드로메다로 날아가 버린다.

“얼마 후에 친한 동기가 결혼을 하거든요. 겸사겸사…….”

“비서가, 상사 퇴근도 안 했는데 먼저 퇴근이 어쩌고 운운해도 되는 겁니까?”

“그래서 여쭙는 건데…….”

“내가 여기서 안 된다고 하면 악덕 상사가 되는 거 아닙니까? 그런 불리한 질문도 질문이라고 합니까?"

"죄송합니다. 취소할게요."

찬양이 시무룩한 표정을 하자 지안은 다시 만년필을 집어 들었다. 젠장. 데이트 신청인지 알았더니 정시 퇴근 협박이었다.

……가만. 지안은 종전보다 더욱더 현란하게 만년필을 돌렸다.

이 정신 나간 비서에게 호감이 있다고 말한 것이 불과 하루도 지나지 않았다. 그러고 보니 가타부타 어떤 대답을 들은 것도 아니요, 그 뒤로 찬양의 살가움이 줄어든 것도 사실이다. 아침엔 부어서 눈을 못 보겠다는 이상한 핑계나 대고 어물쩍 피하더니.

"이봐요, 정찬양 씨."

"네. 상무님."

설마 너, 나 싫어하냐?!

"혹시 내가 어제 한 말 때문에 이러는 겁니까?"

"네? 무슨 말씀이세요?"

지안은 의자에 등을 기대며 팔짱을 꼈다. 그제야 찬양이 고개를 들며 바라본다. 그러고 보니 평소처럼 웃지도 않고, 목소리는 땅굴처럼 음침하고.

"오해했나 본데 내가 어제 정찬양 씨에게 호감이 있다고 한 건."

세간에서는 이러한 사태를 까였다고 말하던가. 혼란스럽다.

"아주 조금. 아아아아주우우우 조금."

"……."

"수치로 표현하자면 100을 기준으로 3 정도."

지안은 손가락으로 조금이라는 표시를 해 보였다. 당장 수습을 하지 않으면 더욱 참담한 꼴이 될 것 같았다.

"내게는 3의 호감도 엄청난 일이긴 하지만, 97%는 아직 미지의 세계이니 오해 말라는 말을 해 주고 싶군요."

"네네. 알겠습니다."

“정정. 3이 아니라 0.3%.”

찬양의 표정이 떨떠름하자 더욱 수치를 내려 보았다. 그래도 묵묵부답이다. 그럴수록 외려 애가 타는 쪽은 지안이고, 그러다 보니 말이 점점 더 많아진다.

“그러니까 표정 좀 어떻게 할 수 없습니까? 왜 그렇게 못마땅한 표정을 짓고 있는지 당최 이해를 못 하겠네?”

“제 표정이 왜요?”

“싫어 죽겠다는 표정 하고 있지 않습니까? 내 앞에서?”

“아닌데요?”

“맞는데?”

휴, 찬양은 고개를 돌리며 한숨을 내쉬었다. 온종일 일에 치여 뛰어다닌 피로감이 상당했지만 그런 걸 하나하나 설명할 입장도 되질 못했다.

“……나가 봐요.”

“네. 상무님.”

그럼 이만. 찬양이 종종종종 걸음을 옮기자 지안은 그 모습을 바라보다가 다시 입술을 열었다.

“이만 퇴근해요.”

“정말요?!”

금세 화색이 돈다. 지안의 얼굴이 형편없이 일그러지자 찬양은 아차 싶은 마음에 다시 표정을 굳혔다.

“어…… 네. 알겠습니다.”

안녕히 계세요. 찬양은 허리를 숙여 인사한 뒤 상무실을 나섰다.

“저 봐라, 저 봐라. 아니긴 뭐가 아니야. 퇴근하라니까 아주 입이 찢어지는데.”

쯧쯧쯧. 지안은 혀를 차며 신경질적인 손으로 파일을 검토했다. 오랜만에 혼자 퇴근하게 생겼다.

"0.003으로 해 줄 걸 그랬나. 너무 선심 썼어……."

그게 뭐라고, 벌써부터 심란했다.

황량한 날씨가 무색한 거리는 온통 반짝거리는 불빛과 흥겨운 음악이 한창이다. 지안의 울며 겨자 먹기 식의 배려로 평소보다 일찍 퇴근한 찬양은 동기들과 만나기로 한 약속 장소로 이동했다. 상무님에게 언급했듯 이제 곧 결혼을 하는 친구도 있고, 오랜만에 보는 친구들도 있다.

회식이나 모임은 금요일보다 목요일을 더 선호하는 요즘이다. 따라서 이미 가게 안은 사람들로 북적북적했다.

"찬양아! 여기!"

"야! 정찬양!"

매장 문을 열고 들어서니 적당한 온기가 웅크렸던 몸을 반긴다. 찬양은 대번에 자신을 알아보고 손을 흔드는 친구들을 향해 고개를 돌렸다.

"빨리 와! 여기 여기!"

반갑게 자신을 부르는 동기들을 향해 발걸음을 옮기던 찬양은 활짝 웃었다. 실로 모처럼 가지는 여유였고 상무님과 떨어져 보내는 개인적인 시간이었다.

"야, 정찬양! 왜 이렇게 얼굴 보기가 힘들어!"

"어서 앉아! 밖에 춥지! 야아, 더 예뻐졌다?"

찬양은 외투를 벗으며 허물없는 얼굴로 웃음을 터트렸다. 목소리만 들어도 반가운, 얼굴만 보아도 시간을 되돌리는 것만 같은.

"야, 나한테 먼저 연락한 사람도 없잖아! 니들 내가 다 먼저 연락한 거거든?!"

"웃기시네! 나 너한테 읽씹 당했는데 무슨 소리 하는 거야!"

"아, 맞냐? 그렇다면 쏘리."

"찬양아, 이거 따뜻한 물 좀 먼저 마셔."

그녀 젊은 날의 한 조각 퍼즐이었다.

“상무님, 아직 퇴근 안 하셨습니까?”
모든 비서들을 퇴근시키고 홀로 남아 야근을 자처하던 지안은 자료실을 향하던 걸음을 멈췄다. 돌아보니 전무실 윤 실장이 서 있다.
“뭐야, 윤 실장 왜 퇴근 안 했어. 남 전무 아직 퇴근 전인가?”
윤 실장이 이곳에 있다는 건 아직 누나도 회사에 남아 있다는 이야기.
“예. 전무님께서 아직 남아 계십니다.”
“허어.”
쯧쯧. 지안은 혀를 차며 아직까지 회사에 붙잡혀 있는 윤 실장을 안쓰러운 눈빛으로 바라보았다. 지안의 눈빛에서 많은 것을 읽어 낸 윤 실장은 웃음을 터트리며 괜찮다고, 손을 저었다.
“대체 남 전무는 회사에 떡 붙여 놨대? 회사 일 말고는 할 게 그렇게 없나?”
“뭐, 워낙 성실하신 분 아닙니까.”
“성실은 무슨. 만날 사람도 없고 만나고 싶은 사람도 없어서 회사에 있는 거지.”
현주가 만날 사람도, 만나고 싶은 사람도 회사에 있다는 걸 지안이 알 리 없다.
“그러는 상무님은 왜 이 시간까지 회사에 계십니까?”
“나는 성실하니까.”
“네. 그렇군요.”
두 사람은 나란히 걸음을 옮겼다. 지안과 수호도 같은 대학교 선후배 사이다.
“윤 실장, 요즘 별일은 없고?”
“두루두루 잘 지내고 있습니다. 덕분입니다.”
“말 좀 놓읍시다. 우리 둘밖에 없는데.”

"아닙니다."

"내가 불편해서 그래."

"저는 이게 편합니다. 상무님."

하…… 이 깐깐한 사람……. 지안은 고집스럽게 정도를 지키는 윤 실장을 바라보다가 도리질을 쳤다. 예전부터 알고 있던 사실이지만 참으로 한결같이 능동적이나 융통성은 제로인 윤 실장이다. 요행을 바라지도 않고 뜬구름을 잡는 성격은 더더욱 아니었다. 뭐, 그랬기에 남 전무의 곁에서 지금까지 살아남았는지도 모르지만.

"언제 나하고 술 한잔해요. 윤 실장이랑 술 마신 지도 오래됐는데."

"상무님 술 끊으신 줄 알았습니다. 하도 소식이 없어서."

"먼저 좀 마시자고 하면 안 돼? 뭐 이렇게 비싸, 사람이."

"제가 질척거리는 성격은 아니라서."

"나는 질척거리는 성격이고?!"

말이 심하네! 지안이 눈을 부릅뜨자 윤 실장은 미소를 지었다. 동생이나 누나나 놀려 먹기 좋은 성격들이다.

"저, 상무님."

얼마나 걸었을까. 윤 실장은 나직하게 지안을 불렀다.

"상무실 정찬양 비서는 어떻습니까?"

"정찬양?"

"네."

현주의 곁에서 하나부터 열까지 모든 일을 지켜봐 온 윤 실장이 찬양의 이름을 언급한다. 지안의 영혼이 찾아와 자신의 곁에 석 달을 머물렀다던 찬양의 허무맹랑한 이야기를, 그도 알고 있다. 궁금했다. 그녀는 지금 어떻게 난관을 헤쳐 가고 있는지.

"정찬양 씨가 비서 출신이 아니라서, 불편함은 없으실까 염려가 됩니다."

윤 실장은 부드럽게 질문의 이유를 설명했다. 애당초 찬양을 추천한 건 현주였고, 하여 윤 실장이 관심을 갖는 건 타당해 보였다. 지안은 일순 찬양을 떠올리다 헛웃음을 토했다.

윤 실장…… 아무래도 나…….

"남 전무가 아주 형편없고 정신 나간 비서를 추천해 줘서."

까인 것 같아…….

"하루하루 상당한 스트레스와 사투를 벌여야 하지만 인정을 발휘해서 참고 있는 중."

쪽팔려서 어디다 제대로 말도 못 해……. 그냥…… 그렇다고…….

"상무님과 별일은 없습니까?"

"왜 없어. 별일이 너무 많아 셀 수가 없지."

"정찬양 씨, 좋은 사람인 것 같습니다."

지안은 힐끔 윤 실장을 바라보았다. 뜬금없이 찬양을 좋은 사람이라 말하는 윤 실장의 말끝에 동요가 인다. 부정의 말을 해 보려고 해도 마음은 윤 실장의 말에 적극적인 동의를 했다. 그녀는, 좋은 사람이다.

"제가 잘 알지는 못하지만 상무님께 도움이 되는 사람일 겁니다. 정찬양 씨는."

"뭘 알고 하는 말처럼 굉장히 의미심장하게 들리는데, 남 전무가 정 비서를 내게 추천한 이유나 좀 압시다."

"그야 남 전무님의 안목이 아니겠습니까? 상무님을 생각하는 전무님의 깊은 뜻입니다."

"윤 실장, 그거 알아? 내가 형이랑 대화를 하다 보면 득도하는 기분이야."

"전무님께서도 매일 하시는 말씀입니다. 곧 열반에 이르시겠다고."

하…… 갑자기 머리를 밀고 싶어진다……. 지안은 이만 윤 실장을 보내 주기로 한다. 하루빨리 남 전무가 열반에 이르러 속세를 떠나 주길 바라니까.

"하여튼 곧 술이나 한잔합시다. 적당한 날 잡아 봐요."

“네. 상무님.”

가 보겠다고, 지안은 윤 실장에게 손을 들어 보이며 걸음을 옮겼다. 팔을 걷어 시간을 확인한 윤 실장은 지안의 뒷모습에 말을 보탰다.

“아, 정찬양 씨 오늘 일찍 퇴근하지 않았습니까?”

멈춘 지안이 돌아섰다.

“윤 실장이 그걸 어떻게 알아?”

“퇴근하는 정찬양 씨를 로비에서 봤습니다. 서두르던데요. 오늘 동기 모임이 있다고.”

“아니, 모임 처음 하나? 뭐 대단한 일이라고 온 동네방네 소문을 내고, 참 나 원.”

감히 나를 두고 사라져? 날 버리고 가는 길에 발병이 안 나? 기가 막혀. 날 회사에 두고 잘도 사라졌겠다…….

“촌스러움이 말도 못 해. 사람이 깊이가 없어. 누군 동기 없어? 누군 동기 없고 누군 모임 없냐고.”

지안이 눈꼬리를 올리며 혼자 열을 낸다. 윤 실장은 그 얼굴을 바라보다가 어깨를 으쓱 올리며 말을 보탰다. 상무의 얼굴에 불이 났으니, 기름을 부어 주어야 한다.

“듣기론 얼마 전 TV 프로그램에서 방영한 맛집에서 모임을 한다네요. 얼추 다 모여 즐겁게 시간 보내고 있겠죠.”

하! 지안은 눈썹을 씰룩거렸다. 그러든지 말든지. 지가 즐겁게 놀아 봤자 나하고 바둑 두는 것만 하겠나?

“뭐라고 했지, 상호가 아마…….”

기억을 떠올린 듯 윤 실장이 정확한 상호를 언급한다. 지안은 저도 모르게 중얼중얼, 상호를 외웠다.

“그 집 샴페인이 꽤나 유명하다고 합니다. 가격대도 좀 있고요. 일반 회사원들에게는 부담이 가는 가격일 텐데요.”

“부담이 되건 말건 나하고 무슨 상관이 있다고?”

"그냥 그렇다는 이야기입니다. 재벌은 돈을 쓸 때 가장 멋있죠."

"……나더러 가서 계산이라도 하라는 겁니까?"

"그렇게 들렸습니까? 뭐, 그렇게 들렸을 수도 있겠군요."

이 양반이 진짜. 지안이 표정을 일그러트리자 윤 실장은 어깨를 으쓱, 올려 보였다.

"아닙니다. 생각해 보니 자칫 잘못하면 질척거리는 것처럼 보일 수 있겠네요."

나, 나한테 지금 장난쳐?! 이봐! 윤 실장!

"지금 드린 얘기는 못 들은 걸로 해 주십시오, 상무님."

들었는데 어떻게 못 들은 척해! 못 해! 싫어! 안 해!

"윤 실장, 이 대목에서 내가 뭐 하나 물어볼 게 있는데."

"질문하십시오."

"불쑥 찾아가는 남자, 좀 질척거리는 것처럼 보이지 않나?"

"상당히 질척거리죠. 이만저만 질척거리는 게 아닙니다."

"……알겠으니까 가요. 빨리."

"그런데 혹자들은 이벤트라 말하기도 하더군요."

자. 놀려 먹을 만큼 놀렸으니 이젠 치고 빠질 단계다. 윤 실장은 묵례하며 빙그레 미소 지었다.

"그 장소, 여기서 그리 멀진 않습니다. 그럼 이만 가 보겠습니다."

이 남자, 꼬리 아홉 개를 감춘 구미호인지도 모른다.

"어? 정찬양 씨?"

즐거운 모임이 한창이던 때, 화장실에서 손을 씻던 찬양이 고개를 들었다. 거울로 이선임을 확인한 찬양은 돌아섰다.

"어…… 김 변호사님……."

열었던 클러치를 닫으며 이선이 활짝 웃는다. 반가운 모양이다.

"찬양 씨가 여긴 웬일이에요? 약속이 있구나?"

"아, 네. 동기 모임이 있어서요."

허물없이 웃으니 찬양도 별도리 없이 따라 웃었다. 이렇게 마주 보며 웃음을 주고받을 사이가 아니라는 걸 알면서도 다른 표정은 나오지 않았다.

"여기서 보니까 더 반가운데요? 찬양 씨 여기 자주 와요?"

"아뇨. 동기 한 명이 여기 맛있대서 처음 왔어요. TV 프로그램에 나왔대요."

"그렇구나. 어쩐지 오늘따라 사람이 많다 했네. 난 여기 자주 오거든요. 이 집 셰프님이랑 개인적으로 친하기도 하고요."

이선이 클러치를 올려놓고 손을 씻는다. 꼼꼼하게 손을 씻고, 손을 닦은 뒤 작은 로션을 꺼내 손등에 문질렀다.

"찬양 씨도 덜어 줄까요? 이거 보습에 좋은데."

핸드크림을 내밀자 찬양은 저도 모르게 손등을 내밀었다. 보드라운 향이 자꾸만 맡고 싶게 만드는 핸드크림이다.

"우와, 향 좋아요. 변호사님."

"그래요? 그럼 이거 찬양 씨 가져요."

"아! 아녜요! 아녜요! 저도 있어요!"

"나도 많아요. 가져요."

이선은 찬양의 손에 핸드크림을 쥐여 주고 입술을 정돈한 뒤 씽긋 웃었다.

"그럼 오늘 모임 잘해요. 찬양 씨."

"네. 변호사님도요."

"난 만나기로 한 사람이 차가 막혀서 좀 늦는대요. 이럴 줄 알았으면 서류나 좀 들고 올걸. 그럼 다음에 또 봐요."

이선은 웃으며 먼저 퇴장했다. 그녀가 쥐여 주고 떠난 핸드크림을 내려다보며, 찬양은 깊은 한숨을 내쉬었다.

"친해지면 안 되는데……. 이런 거 받으면 안 되는데……. 에효, 나도 모르겠다."

찬양은 중얼거리며 천천히 화장실을 나섰다. 요 며칠 잠을 통 못 잔 까닭일까, 오랜만에 친구들을 만났음에 눈꺼풀은 자꾸만 무거웠다. 멍하고 정신이 없었다. 사랑도 좋고 일도 좋고 친구도 좋지만 으으, 푹 자고 싶었다.

"이게 그렇게 비싼 샴페인이라고?"

"야야, 때깔부터 다른 것 같다. 영롱하지 않냐?"

찬양이 자리로 돌아오자 주문한 샴페인병을 들고 동기들은 흥분을 가라앉히지 못했다. 척 보기에도 고가로 보이는 빈티지 샴페인이다.

"사진 좀 찍자. 내려놔 봐. 이런 거 또 언제 마셔 보겠어?"

"나도 SNS에 올릴래! 사진 찍어야지!"

온통 관심은 샴페인에 모인다. 남녀 성비가 비교적 균등한 동기 모임에, 얼마 전 공인 회계사 시험에 합격한 녀석이 있었다. 녀석은 기분 좋은 얼굴로 샴페인을 들었다.

"야, 이건 내가 산다."

"이여! 한희권— 장난 아니네! 출세했네!"

오오오오오— 녀석의 통 큰 넉살이 나쁘지 않은지 동기들은 깨알 같은 박수를 치며 환호했다.

"야, 내가 사려고 했는데. 미안하게."

"됐어. 결혼에 한두 푼 들어가냐? 이 오빠가 살 테니까 시집갈 준비나 잘해."

결혼을 앞둔 동기가 미안하다는 듯 말하자 희권은 손사래를 쳤다. 소주 한 병과 새우깡으로 아침 해가 뜰 때까지 버텼던 동기들에게, 이 정도쯤이야.

"나이를 먹고 만나니 감회가 새롭긴 하다. 그렇지?"

"그러니까 말이야. 이런 비싼 샴페인을 한희권이 쏠 거라고 그 시절에 누가 예상이나 했어?"

"지 앞가림도 못 하고 살 줄 알았지."

십시일반 모여 밥을 먹고, 술을 마시던 때가 엊그제 같은데. 어느덧 자라 버린 동기들은 각자의 인생을 버티고, 지내며, 살아가고 있었다.

샴페인 한 병으로 분위기는 점점 무르익었다. 가격만큼이나 빛깔도, 맛도 좋은 술이었다.

"찬양아, 아까부터 말이 없어?"

"……."

그녀는 넋이 나간 표정으로 어딘가를 바라보고 있다. 재잘재잘 떠들던 모두의 시선이 찬양을 향한다.

"찬양아?"

"어? 나 불렀어?"

홀로 앉아 휴대폰만 응시하는 이선을 보고 있던 찬양이 화들짝 놀라 동기들을 바라보았다.

"저 여자 아는 사람이야?"

"아, 응. 우리 회사 법무팀 변호사님이야."

"헐. 변호사?"

우워……. 동기들의 시선은 일제히 이선에게 옮겨 간다. 휴대폰만 골똘히 바라보는 이선은 변호사라는 직업의 기운이 더해져 더욱 지적으로 보였다.

"예쁘다. 엄청 똑똑하겠네."

"그러게. 성격도 좋으실 것 같아."

"맞아. 딱 봐도 선하게 생겼잖아."

"누구 기다리나? 혼자 있네?"

찬양은 이선에게 쏠리는 관심이 버거운지 샴페인 잔을 들었다. 이렇게 동기들이 쳐다보는 것을 알면 그녀가 불편할 거다.

"자자. 미안해. 마시자, 이거 맛 너무 좋다."

"찬양아, 너 얼굴 빨개. 괜찮아?"

"나 요즘 잠을 통 못 자서 피곤해서 그래. 괜찮아."

그녀가 애써 웃자 마주 앉은 희권의 표정이 좋지 않다. 늘 계약직에 머물던 그녀가 백경 상무실 비서가 되었단다. 분명 좋은 일이었지만 상한 얼굴을 바라보고 있자니 업무가 편하지는 않구나, 싶은 모양이다.

"찬양아, 나가서 바람 좀 쐬고 올까?"

"그래. 희권이랑 나가서 바람 좀 쐬고 와."

"올 때 숙취 음료 좀 사다 줘. 이젠 그런 거 안 마시면 몸이 못 버텨."

희권이 자리에서 일어나고, 찬양도 따라 일어섰다. 녀석이 그녀를 자연스럽게 이끌며 밖으로 나서자 동기들은 하나 된 마음으로 속닥거렸다.

"저 두 사람 잘됐으면 좋겠다. 안 그래?"

"그러게. 예전에 희권이가 찬양이 좋아했잖아. 기억나?"

"야, 찬양이만 모르지 그걸 누가 몰라. 난 저 두 사람 찬성."

입이 줄어 샴페인을 더 많이 마실 수 있게 되었다고, 동기들은 깔깔 웃음을 터트리며 수다를 떨었다.

"휴…… 이제 좀 살 것 같다."

문을 열고 나선 찬양은 숨을 깊게 내쉬었다.

"찬양아, 편의점 여기 근처야. 좀 걷자."

"그래. 그러자."

찬양은 모처럼 만난 동기와 자잘한 대화를 나누며 걸었다. 마신 술 때문인지 쌓인 고단함 때문인지, 머리는 발끝까지 떨어져 내릴 것처럼 무거웠다.

"손님, 이쪽으로 들어오시면 됩니다."

참새가 방앗간에 들어서듯 자연스럽게 지안이 주차장으로 들어선다. 맛집이라는 명색에 걸맞게 완비된 주차장은 널찍했다.

"어…… 대리주차가 되긴 하는데……."

멋을 폭발시키며 내려 대기 중인 대리주차 직원에게 차 키를 건네자, 직원이 우물쭈물하며 지안의 차 키를 내려다본다.

"문제 있습니까?"

나 급해. 문제 있으면 빨리 말해. 지안이 차 키를 선뜻 받아 들지 않는 직원의 얼굴을 바라보았다. 아직 어린 태가 역력한 청년은 쩔쩔매는 표정을 지었다.

"죄송한데 제가 이 차는 운전을 해 본 적이 없어서요…… 손님……."

잘못해서 긁으면 최소 이 가게에 노예가 될 판이다. 말로만 들어 보았지 실물로 처음 보는 슈퍼카. 직원은 차마 주차할 용기가 나질 않아 머뭇거렸고 지안은 다시 차에 올라탔다. 찬양이 동기와 함께 그 앞을 스쳐 지나갔지만 그는 주차에 매달려 그녀를 보지 못했다.

그는 또다시 멋을 폭발시키며 주차에 나섰다. 완벽하게 주차까지 끝낸 지안이 다시 차 문을 열고 나섰다.

"지금 손님이 많아서 대기 번호를 받으셔야 하는데……."

"아는 사람이 있습니다."

"아…… 네."

"있을 겁니다. 없으면 다시 나오죠."

"네. 손님."

직원에게 차 키를 맡기며 지안은 가게로 걸음을 옮겼다. 대기 인원이 추운 날씨에도 불구하고 삼삼오오 모여 순번을 기다리고 있다. 그는 고개를 푹 숙인 채 사람들 틈을 지나 가게로 돌진했다.

"나는 대체 여길 왜 온 거냐. 찾아와서 뭘 어쩌자고."

이게 다 윤 실장 때문이다. 헛소리를 나불나불하니 조종당하듯 찾아오긴 했지만 이다음은 어쩔 거냐? 짜잔, 하고 나타나 난데없이 샴페인을 사? 어째서? 내가 왜?

"어서 오세요!"

문을 열고 들어서자 직원이 반긴다. 지안은 안내는 되었다는 손짓을 하며 공간을 살폈다. 빠르고 정확하게 훑어보지만 찬양이 보이질 않는다.

"뭐야, 없잖아."

그는 작게 당황했다. 이미 바라보는 시선이 많아 우뚝 서 있자니 상당히 민망하다.

"오빠!"

그러다가, 보지 말았어야 할 얼굴을 보고 말았다.

"지안 오빠!"

이선이다. 지안은 저도 모르게 뒷걸음을 걸었다.

"어머, 오빠가 여기 웬일이야?"

……오지 마.

"오빠도 여기 약속 있어?"

아니야. 아니니까 나한테 오지 마.

"누구 만나기로 했어? 우와, 신기하다!"

결국 이선은 빛의 속도로 그의 앞에 섰다. 지안은 뒷걸음질을 멈추며 고개를 가로저었다. 있으라는 사람은 없고, 세상에서 제일 없었으면 하는 사람이 반긴다.

"잠깐 온 거야."

"그래? 신기하다. 여기가 핫플레이스인가 봐. 나 여기 셰프랑 친구야, 인사할래?"

"아니. 절대."

속도 모르고 이선이 웃는다. 자신을 향한 여러 시선이 못마땅한 지안은 돌아서 나가기로 결심한다. 윤 실장에게 낚인 것이 분명하다. 이 망할 윤 실장. 출근하는 대로 새끼발가락을 밟아 주마.

"수고해. 다음에 보자고."

"여기 정찬양 씨도 있어. 아는 얼굴 많이 본다. 여기."

나가려던 지안이 찬양의 이름을 듣고 멈춘다. 이선은 찬양이 앉아 있던 자리로 고개를 돌려 보지만 그녀의 자리는 부재였다.

"화장실 갔나? 동기 모임 있다던데."

지안은 다시 몸을 돌려 이선을 바라보았다. 이선의 뒤로 찬양이 앉아 있었다는 자리를 확인했다.

"오빠, 바쁜 거 아니면 나랑 커피 한 잔만 마셔 주라."

이선은 자연스럽게 그에게 팔짱을 꼈다.

"나 만나기로 한 사람이 많이 늦는대. 응? 조금만 놀아 주고 가요."

지안 역시 자연스럽게 그녀의 팔을 뺐다.

"찬양 씨랑 인사도 하고 가면 좋잖아."

어떻게 해서든, 우연이라 해도 순간을 놓치고 싶지 않은 이선의 필사적인 부탁이 그의 심기를 어지럽혔다. 그저 지안을 만나 기쁜 이선은 살갑게 다가섰다. 이런 우연 정도면 운명일지도 모른다고. 버티고 매달리다 보면 언젠가 맞닿을 인연인지도 모른다고.

"나랑 조금만 있다가 가. 응?"

같은 시간 속 다른 꿈을 꿨다.

식사보다 미리 요청한 커피. 이선은 잔을 들어 올리며 다른 손으로 커피 잔 아래를 잡았다. 후각을 자극하는 커피 향을 깊게 삼키자 은은하게 올라오는 풍미가 상당하다. 시린 계절 속 따뜻한 공간에 앉아, 좋아하는 커피를 마시며 좋아하는 사람을 마주 보는 일만큼 행복한 일이 또 있을까.

"아, 좋다……."

한 모금 삼킨 이선은 커피가 무척이나 마음에 드는 듯 미소를 지었다. 연거푸 마시지 않아도 그저 컵을 쥐고 있는 행위만으로 마음은 따뜻하게 녹았다.

이선은 매만지던 커피 잔을 내리며 시선을 들었다. 한참이나 맞은편을 바라보던 이선은 숨을 길게 뱉었다.

"치사하게……. 같이 있어 주지……."

끝끝내 지안은 자신의 곁에 남아 주지 않았다. 커피를 나눠 마시는, 그 사소한 시간도 내어 주질 않았다.

'가 볼게. 잠깐 들른 거야. 다음에 봐.'

그는 자신의 어깨를 툭, 치고는 뒤돌아 사라졌다. 붙잡히면 큰일이라도 날 것처럼 단숨에 문을 열고 사라져 버렸다. 잡지 말라는, 간청하지 말라는, 그 어떤 것도 바라지 말라는, 명백하게 묻어나는 그의 뜻을 모를 수가 없어 문을 열고 나서는 모습을 바라볼 수밖에 없었다.

"틈이 있어야 비집고 들어가지. 어떻게 사람이 틈도 안 줘……."

오지나 말지. 그 모습 보이지나 말지. 운명처럼 느껴지게 만들지나 말지.

"너무 많이 늦는데, 나갈까……. 주문도 못 하고 영업 방해 수준인데 이거……."

이선은 중얼거리며 커피 잔만 응시했다. 약속된 사람은 오질 않고 홀로 앉아 있는 시간은 못 견디게 쓸쓸해졌다. 사랑하지 말걸. 마음 주지 말걸. 지금이라도 내 마음 거둘걸. 멍청한 나는 다 알면서도 움직이질 못한다.

"김 변호사님! 늦어서 미안해요!"

"어? 오셨어요!"

약속에 늦은 지인이 헐레벌떡 뛰어온다. 이선은 따뜻하게 웃으며 지인을 반겼다.

"오는 길에 사고가 나서 차가 꼼짝을 못 하더라고! 미안해요, 아이고."

"괜찮아요. 어서 앉으세요."

사랑은 좀처럼 식지도 망가지지도 않아, 당신이 아니면 안 될 것 같은 슬픈 예감만이 가슴속을 맴돌아.

"세상에 6중 추돌이 나서 다리 위에 갇혔지 뭐야. 내가 변호사님 모셔 놓고 도착 못 할까 봐 식은땀을 얼마나 흘렸는지."

“땀 좀 닦으세요. 여기, 물수건요.”

그래, 나는 알아. 내 사랑은 선인장과도 같아서 당신의 사랑 없이도 잘 자란다는 걸. 그래서 나는 씩씩하게 지내려고 해. 당신이라는 해가 없어도, 물이 없어도.

“변호사님 오래 기다렸죠. 하…… 어서 식사 주문해요. 내가 살게.”

“어어? 저 그럼 맛있는 거 먹어요?”

“그럼요! 당연하죠! 다 시켜, 다 시켜!”

애정의 바람이 없어도 위로의 달빛이 없어도, 내 사랑은 혼자서도 열심이니까.

“찬양아, 너 감기 아냐?”

“응? 감기?”

편의점에서 동기들 숙취 음료를 골라 온 찬양은 눈을 동그랗게 떴다. 계산대에 서 있던 희권이 대뜸 이마에 손을 올리며 열을 잰다.

“이것 봐. 열이 좀 있잖아. 감기 같은데?”

“나 감기야?”

“야 인마, 그걸 나한테 물어보면 어쩌냐?”

쯧쯧. 녀석은 편의점 직원이 봉투에 담아 준 숙취 음료를 들며 찬양을 끌었다. 어쩐지 맹한 구석이 있고 자주 넋을 놓는 찬양의 버릇을 알고는 있지만 오늘따라 더욱 맹렬하게 맹한 기운을 퍼트린다 했더니 열이 있다.

“감기다. 장담하는데 너 감기 맞다.”

“니가 그렇게 말할 정도면 나 감기 맞을 거야.”

어지럽진 않으냐. 그래서 얼굴이 안 좋았나 보다. 아까보다 지금 얼굴이 더 안 좋다. 희권의 잔소리를 듣던 찬양은 그럴지도 모른다는 표정을 지었다.

“사실 나 오늘 아침부터 컨디션 엉망이거든. 정신이 하나도 없고 으슬으슬하고."

"그런데도 감기인 걸 몰랐어?"

"겨울엔 원래 추우니까 그러려니 했지."

"하…… 예나 지금이나 정찬양 둔한 건 알아줘야 해."

그러니 내가 좋아하는 것도 몰랐겠지만. 녀석은 중얼거리며 편의점 근처 약국을 들렀다. 대강의 증상으로 종합 감기약을 처방받은 뒤 희권은 찬양에게 내밀었다.

"오늘은 술 마셨으니까 패스하고 내일이나 챙겨 먹어. 가급적 병원 가고."

"어어, 나 괜찮은데."

"얼굴이 빨개. 술 때문은 아닌 것 같은데. 오늘 어지간하면 일찍 들어가서 쉬어라, 여기 정리하고."

과대로 지내며 알뜰살뜰 동기를 챙기던 녀석의 세심함은 변함이 없다. 뜨거웠던 과거의 마음이 지금까지 이어질 리 있겠느냐마는 여전히 찬양에게는 유달리 다정한 녀석이다.

찬양은 약봉지를 내려다보다가 너털웃음을 흘렸다. 감기인 줄도 모르고 온종일 비몽사몽.

"나 진짜 둔한 것 같다. 그렇지?"

"말해 뭐 하냐? 여우 탈 쓰고 있는 곰이지."

졸음과 사투를 벌이느라 하루가 어떻게 지나갔는지도 모르겠다.

"찬양아, 택시 불러 줄까? 애들하고 인사하고 바로 갈래?"

"그럴까? 나 표정 안 좋아서 분위기에 도움도 안 되지?"

찬양의 질문에 희권은 정색했다.

"무슨 그런 말을 해. 너 생각해서 하는 말이지. 들어가서 쉬는 게 좋겠어. 내일 출근도 해야 하잖아."

"그럴게. 다음에 쌩쌩하게 보자."

찬양은 다시 가게로 들어섰다. 이선은 만나기로 했다는 사람이 도착했는지 식사 중이었고 동기들은 숙취 음료를 받아 들었다.

"찬양이 간다고? 아쉽다, 야."

"그러게. 찬양아 너 내 결혼식 때는 아프지 말고 일찍 와야 하는 거 알지?"

찬양의 가방을 챙겨 주며 동기들은 아쉬운 인사를 나누었다. 희권이 사 준 약봉지를 주머니에 넣고, 찬양은 동기들과 다음을 기약했다.

"나 갈게. 다음에 보자."

"그래. 조심히 들어가 찬양아. 연락할게."

오랜만에 만난 동기들과 일찍 헤어지는 게 아쉽기는 하지만 멍한 상태로 앉아 분위기를 망치느니 퇴장해 주는 것이 옳은 일인 것 같다.

찬양이 돌아서 가게를 나서자 식사를 하던 이선이 그 모습을 바라보았다. 힐끔, 이선의 지인은 그녀의 눈길을 따라 찬양의 뒷모습을 응시했다.

"김 변호사님 아는 사람이에요?"

"네? 아, 네. 회사 직원이에요."

먼저 가나? 이선은 식사를 하다가 자리에서 일어섰다.

"저 잠깐만. 회사 직원한테 뭐 좀 물어보고 올게요."

"그래요. 나는 화장실 좀 다녀올 테니까 김 변호사님도 일 보고 오세요."

이선은 찬양의 뒤를 따라 가게 문을 열고 나섰다. 혹시 내일 지안에게 점심 스케줄이 있는지 물어보기 위함이었다.

극구 택시를 잡아 주겠다던 희권의 제안을 만류하며 찬양은 걸음을 옮겼다. 이미 택시 승강장의 줄은 길고 어플로 택시를 호출해 봐도 취소당하기 일쑤였다.

"지하철 탈까……."

지하철을 타도 버스를 갈아타야 하고, 버스에 내려서도 한참을 걸어 올라가야 하는 상무님의 대저택. 지금의 체력으로는 엄두가 나질 않는다. 찬양은 결심한 듯 걸음을 다시 옮겼다. 택시 승강장 줄이 길긴 하지만, 줄이라도 서야 언제고 택시를 잡을 수 있을 테니까. 그때였다.

부우우우우웅— 시끄러운 소리와 함께 멈춰 서는 차. 좀처럼 보기 힘든 슈퍼카의 등장에 사람들의 이목이 집중되고, 찬양은 그저 빙그레 웃었다. 차창이 열린다. 이곳에서 마주한 그의 얼굴이 새삼스러워 찬양은 고개를 비스듬히 꺾으며 그를 바라보았다. 반가웠고, 그래서 더욱 시선을 뗄 수가 없었다.

"어디 갑니까?"

……내가 걷는 이 길 위에 그가 내려앉은 지금 이 순간은, 우연이 아니라는 것을 알고 있다.

"여기 택시 왔는데."

그의 시간과 노력이 만들어 낸 하나의 사건이라는 것을, 나는 잘 알고 있다.

"택시 면허증 없으시잖아요. 불안해서 못 타겠는데요."

"필요합니까? 그럼 여기서 일주일만 기다려요. 발급받아 올 테니까."

나는 인연도 운명도 어느 것 하나 믿어 본 적 없지만, 만일에 그런 것들이 존재한다면 그것은 신의 선택과 인간의 노력이 더해져 이루어진다는 걸, 깨달았다.

"여기서 일주일을 기다리라고요? 그냥 다른 택시를 탈래요."

"어허, 잠깐만. 내가 여기서 손님을 얼마나 기다렸는데."

들어 봐. 어느 것도 부족하거나 넘치면 안 돼. 약속된 것처럼, 약속한 것처럼 상대를 위해 움직여야 해.

"사실은 차를 보니까 택시비가 너무 비쌀 것 같아서 못 타겠어요."

"그럼 기다려요. 이 차 버리고 다른 차 타고 올 테니까."

"뭘 자꾸 기다리라는 거예요. 저는 아무나 기다리고 말고 하는 여자는 아니거든요."

"그러니까 나 정도는 기다려 줘야지."

사랑은, 그래서 어려운 일인 거야.

"내가 정찬양 씨에게 아무나는 아니지 않나?"

찬양은 못 이기겠다는 것처럼 큰 소리로 웃음을 터트렸다. 옆 좌석에 타지 않을까 봐 전전긍긍하는 당신의 목소리가 좋아서, 표정이 좋아서.

"그럼 타 볼까요?"

"진작 그럴 것이지. 빨리 타요."

괜스레 튕겨 보지만 결국 그의 말을 들어줄 나란 걸 그 역시 잘 알고 있을 것이다.

찬양은 지안의 옆 좌석에 올라탔다. 그녀를 태우고도 화가 났는지 정신없고 시끄러운 소리를 내며, 그의 차는 출발했다.

"으으, 엄청 추웠어요."

"그러니까 빼기긴 왜 빼깁니까? 득 볼 일 하나도 없어 보이는데."

"여긴 언제 오셨어요? 그리고 어떻게 알고 오셨어요?"

"오긴 내가 언제 왔다는 겁니까? 지나가는 길에 보여서 낚은 것뿐인데."

"와, 사람이 이렇게 달라져요? 방금 전엔 기다리셨다더니?"

"됐고, 목소리는 왜 그렇게 코맹맹이 소리입니까?"

"저요? 저 감기 걸렸어요. 상무님."

……세상과 단절된다. 두 평이 채 되지 않을 것 같은 철갑 안으로 우리만의 세상이 펼쳐진다.

"감기? 감기 걸렸습니까?"

"네. 감기 걸려서요, 하루 종일 아팠어요. 지금도 막 열나고 으슬으슬해요."

온종일 씩씩했던 나는 어디론가 사라지고, 아픈 줄도 모르고 지나쳤던 둔한 나는 어디론가 사라지고.

"제 이마 좀 만져 봐요. 완전 뜨끈뜨끈하죠? 라면 물 올려놔도 되겠죠?"

투정이 많아진, 엄살이 자연스러운 어린 내가 되어 버린다.

"만져 보라니까요? 얼른요."

찬양이 막무가내로 손을 붙잡고 이마로 끌어당기자 지안은 그녀의 이마를 짚었다. 말대로 열이 있다.

"지금 이런 몸으로 쏘다닌 겁니까?"

"그게 중요한 게 아니죠, 상무님. 저 지금 아프다니까요?"

"아파도 싸다, 싸. 감기에 걸렸으면 바로바로 집으로 갈 일이지, 모임이 웬 말입니까?"

"칫. 본전도 못 건졌어."

찬양은 지안의 손을 이마에서 떼어 냈다. 아프다고 말하니 더욱 열렬한 잔소리가 시작된다.

"아프다는 소리가 잘도 나옵니까? 아파 죽겠다는 사람이 술은 웬 말인지?"

딱 한 잔 마셨다…… 상무 놈아……. 누가 보면 한 동이는 마신 줄 알겠네…….

"그리고, 동기 모임이라더니 정찬양 씨는 동기가 남자밖에 없습니까?"

"네? 아니요? 오늘 여자 동기들도 많이 나왔는데요?"

"그럼 그 많고 많은 여자 동기들을 다 제치고 왜……?"

웬 놈이랑 다정하게 밖을 쏘다녔는지, 내가 물어봐도 될까?

지안은 차마 치졸함에 전부 말을 뱉지 못하고 웅얼웅얼 삼켰다. 다 봤다. 웬 놈과 다정하게 붙어 걸으며 가게로 들어가는 모습을.

"그리고, 왜 이렇게 빨리 나왔습니까?"

"네? 저요? 말했잖아요. 아프다니까요?"

"……."

지안은 입술을 꾹 닫고 꿍얼거렸다. 이 정신 나간 비서가 예상보다 일찍 나와서 샴페인을 살 타이밍도 못 맞추고 말았다. 질척거리긴 되게 질척거리고, 멋진 모습은 하나도 폭발시키지 못한 것이다.

"나 아프다는데 왜 걱정 안 해 줘요?"

"지금 하고 있습니다."

"전혀 안 해 주시는 것 같은데요?"

"아픈 건 맞습니까? 또박또박 말 잘하는데? 상당히 조리 있는 데다가, 심지어 공격적인데?"

"칫."

찬양은 입술을 꿍얼거리며 고개를 홱, 돌렸다. 상무님을 만나고 나니까 더 아픈 것 같다.

"이봐요, 정찬양 씨."

"네. 상무님."

"난 아직 어제 일에 대한 답변을 못 들었는데."

"……."

지안은 좌우를 살피는 시선으로 앞을 보며 말을 이었다. 찬양은 경직된 표정으로 차창 밖을 응시했다.

"물론 적은 수치의 호감이라고는 하지만 난 분명히 내 의사를 밝혔고."

USB를 언제 줘야 하는지, 사실은 온통 그 생각뿐이다.

"따라서 상대방의 답을 들을 권리 정도는 획득했다고 보는데. 아닙니까?"

"그렇다고 해도, 제게 답을 해야 할 의무가 있는 건 아니잖아요."

"아니. 난 들어야겠는데."

놀랍게도 마주한 현실은 상상과는 전혀 달랐다. 당신의 호감을 얻었다고 생각하니 눈물이 날 만큼 기쁘다가도 그 믿음에 배신이 되는 일이 될까 봐, 예상하지 못했던 두려움이 찾아들었다. 마음만 얻으면 쉽게 USB를 내어 줄 수 있을 줄 알았다. 당장이라도 꺼내어 건넬 수 있을 거라고 생각했다. 하지만 착각이었던 것이다.

"정찬양 씨의 생각을 들어야 나도 다음을 계획할 것 아닙니까?"

내게서 USB를 건네받은 당신이 나를 의심의 눈초리로 볼까 봐. 경멸의 눈초리를 할까 봐. 내가 좋아진다던 당신의 마음이, 없었던 일처럼 산산조각 나 버릴까 봐. 두렵다. 겁이 난다.

"좋아해요."

끼이이이익. 지안은 저도 모르게 브레이크를 밟았다. 앞으로 쏠린 찬양을 붙잡은 지안은 뜬금없다는 듯 그녀를 바라보았다.

"지금…… 뭐라고 했습니까?"

예상에 원 펀치 정도 날아오지 않을까 했는데, KO당하기 일보 직전이다.

"좋아한다고 말했어요."

지안은 다시 출발했다. 그녀의 음성은 진실이었으나 고백을 하는 사람의 떨림 같은 건 찾아볼 수 없었다.

"상무님 방식처럼 수치로 따지자면 100을 기준으로 99? 98?"

"……."

"아니면 100일지도 모르죠."

"장난하지 말고."

"장난이길 바라세요?"

지안은 도무지 운전에 집중이 되질 않아 적당한 곳에 차를 세웠다. 그러자 찬양이 기다렸다는 듯 바라본다.

"하지만 지금은 이 마음 숨겨 둘 거예요. 절대로 상무님께 꺼내서 보여 드리지 않을 거거든요."

이건 또 뭔 소리인가. 지안은 들으면 들을수록 점점 미궁에 빠지는 것 같은 찬양의 고백을 듣고만 있다. 분명 좋아한다는 말을 들은 것 같은데, 희한하게 마음이 텁텁하다.

“좋아해요. 분명 저는 상무님을 좋아하는데요. 그것도 상무님보다 훨씬.”

“…….”

“그래서 저는 기다리려고요.”

……뭘? 지안이 눈으로 묻자 찬양은 코가 막힌 음성으로 희미한 미소를 지었다. 그러다가 예고 없이 손을 뻗어 그의 얼굴을 어루만졌다. 놀라 굳은 지안은 움찔하며 운전대를 잡고 있는 손에 힘을 실었다.

“나는요, 상무님이 나를 더 많이 좋아했으면 좋겠어요.”

감기에 걸렸다는 그녀의 음성은 평소완 조금 달라, 그래서 더욱 낯설었다.

“내가 무슨 말을 해도 나를 믿어 줄 수 있는. 내가 어떤 사람이라 해도 무조건 믿을 수 있을 정도로.”

“정찬양 씨, 감기가 심한 것 같…….”

“상무님이 날 더 많이 좋아해 줬으면 좋겠어요. 나 때문에 애가 타고, 목이 마른 날들이 오면 좋겠어요.”

“…….”

“상무님은 지금보다 저를 더 믿고 좋아할 수 있을 거예요. 저는 그때가 오기를 바라고 있거든요.”

확신에 가까운 오만을 보이지만 어쩐지 부정을 할 수가 없다. 지안은 자신의 얼굴을 어루만지다가 손끝을 떨구는 그녀를 맥없이 바라보았다. 자신에게 완벽하게 마음을 주지 않는 이상 좋아하는 마음을 내어 주지는 않을 거란다. 당장 이해한 말의 맥락은 그러했는데 감춰 둔 뜻이 있는 것만 같고, 그래서 더욱 말을 잇기가 어려웠다.

“아, 술 한 잔밖에 안 마셨는데 엄청 취하네. 엄청 졸리네…….”

찬양은 눈을 감으며 중얼거렸다.

당신은 나의 이야기가 마치 다른 나라의 말처럼 들렸겠지. 이해하기 힘들 것이다. 좋아한다는 건지, 좋아하지 않겠다는 건지, 그 역시 구분도 되지 않을 것이다. 하지만 지금의 나는 이것을 최선이라 여기고 믿고 있으니 언제고 후회는 하지 않겠다고, 오늘도 다짐한다.

"으으, 취한다. 감기 때문에 어지럽다. 으으 아프다아아아……."

정면을 응시하고 있는 지안의 표정이 좋지 않아, 찬양은 입술을 꾹 깨물었다.

"애가 타고 목이 마르기를 바란다고 했습니까?"

"그랬죠."

"더 많이 좋아했으면 좋겠다고도 했지, 아마?"

"맞아요."

"정찬양 씨는 나를 좋아한다고도 했고."

"……네."

흠. 지안은 손을 내밀었다. 난데없이 손을 내미니 찬양은 덥석 그의 손을 붙잡았다. 그러자 그가 손을 꽉 움켜쥐더니 얼굴을 뚫어져라 바라본다. 찬양은 왜 이러나 싶어 상체를 차창 쪽으로 빼며 지안을 응시했다.

"왜 그렇게 바라보세요?"

"마음이 있다는 남자 손을 잡았는데, 정찬양 씨는 안 떨립니까?"

……예? 찬양은 눈만 깜빡거리다가 웃음을 터트렸다. 자신의 손을 꽉 쥐고 있는 지안의 손을 바라보자니 엉겁결에 웃음이 터진 것이다. 그와 손을 마주 잡은 일이 많았다 보니 저도 모르게 익숙했다.

"이 정도로 떨리겠어요? 뭐, 따뜻하긴 하네요."

"따뜻하다, 라."

지안은 찬양의 팔을 휙, 끌었다. 한 손을 꽉 쥐고 다른 손으로 등을 감쌌다.

"이 정도는 어떻습니까?"

"……어, 뭐. 네. 성공하셨네요."

놀라 눈을 깜빡거리며 찬양은 잘게 숨을 끊어 내쉬었다. 지안은 그련 찬양을 가까이서 내려다보았다. 속눈썹의 개수를 하나하나 세어 볼 것처럼 유심히, 그리고 천천히 그녀의 얼굴을 훑었다.

……너의 말대로 애가 타고 갈증이 나는 쪽은 나인 것 같다. 손끝만 스쳐도 저릿한데, 이제 와 무얼 부정하겠나.

"지금 나만 떨리면 어떡해, 같이 떨려야지."

"그, 그러니까 성공하셨다고요……."

지안은 고개를 내렸다. 그녀의 턱 부근을 섬세하게 붙잡았다.

"당신 때문에 내가 자꾸 갈증이 나. 눈에 안 보이면 애가 타. 그러니까."

"……."

"축하해. 당신도 성공했어."

기다렸다는 듯 입술을 맞댔다. 오랜 기다림이었다.

"오셨습니까, 상무님."

"상무님, 안녕히 다녀오셨습니까."

집에 들어서자 입주 직원들이 나란히 모여 인사를 건넨다. 지안은 평소처럼 표정 없는 얼굴로 현관에 들어섰다.

"남 전무는?"

"아직 안 오셨습니다."

"그렇군요."

질 좋은 영국제 가죽 슬리퍼로 갈아 신으며 지안은 입주 직원들 사이를 지나쳤다. 바깥일의 사정 같은 건 짐작이 불가한, 무엇도 엿보기 힘든 단조로운 표정이다.

몇 걸음 앞으로 걸어가던 지안은 돌아섰다. 그의 뒷모습을 응시하던 직원들은 다시 고개를 수그렸다.

"정 비서는 바로 내 서재로 와요."

"네. 상무님."

따라 들어선 찬양을 향해 지시를 내린 지안은 홀연히 사라졌다. 직원들은 눈빛으로 상무님의 일과를 물었고 찬양은 미소를 지었다.

"기분 괜찮으세요. 걱정하지 마세요."

"휴…… 다행이다. 상무님 기분 안 좋으실까 해서 걱정했어요."

강준의 연임이 결정된 이후로 지금까지 입주 직원들은 현주와 지안의 눈치를 살피기 바빴다. 그리고 평소보다 더 많은 노력으로 두 사람을 보좌했다.

"어서 올라가 보세요, 정 비서님."

"네. 그럼 올라갈게요."

찬양은 인사를 마치고 그가 사라진 뒤를 따라 걸음을 옮겼다. 서재가 있는 층에 도착하자 누군가 쑥, 팔을 내밀어 코너로 끈다.

"아……!"

"쉿."

방에 들어가지 않고 벽에 붙어서 기다리고 있던 상무님이 조용히 하란다.

"으그스 므 흐스으."

여기서 뭐 하세요. 지안이 손으로 입을 막자 찬양은 웅얼거렸다. 그러자 그가 웃는다. 종전까지 기분을 예측할 수 없었던 그의 눈꼬리가 부드럽게 휜다. 찬양은 넋이 나간 표정으로 그 얼굴을 바라보았다.

"왜 이렇게 늦게 올라옵니까."

그가 한 맺힌 눈물을 흘리는 것도 아닌데. 쌩하니 돌아서 다시는 못 볼 얼굴도 아닌데.

"같이 들어가려고 기다렸는데."

다정하게 웃으니 눈물이 날 것 같다. 사소한 시간마저 기다려 주었다니 울컥, 뜨거운 감격이 솟구칠 것만 같았다.

"들어가죠."

그의 손은 미끄러지듯 아래로 내려와 그녀의 손을 붙잡았다. 아주 잠시 망설이는 듯하더니, 갈래로 나누어 깍지를 낀다. 이끌 듯 걸음을 옮기며 그녀와 나란히 보폭을 맞췄다. 고작해야 스무 걸음 남짓한, 서재로 향하는 길.

"아. 감기라고 했지."

그는 고분고분 따라오는 찬양을 바라보다 걸음을 멈췄다. 이번엔 자발적으로 그녀의 이마를 짚으며 열을 잰다. 밀려 있던 다정함을 한꺼번에 분출하는 것처럼 그는 모든 초점을 그녀에게 맞췄다.

"깜빡했네. 그럼 오늘은 일단 들어가 쉬어요."

"말씀 편하게 하세요. 아까는 그렇게 해 주셨잖아요."

"……버릇이 돼서. 아직은 이게 편합니다."

서재 옆에 딸린 작은 방은 그녀의 침실이다. 지안은 턱 끝으로 그녀의 방을 가리켰고 들어가라고 했다. 하지만 뱉은 말과는 달리 잡은 손을 놓아주지 않는다. 찬양은 그의 손을 내려다보다가 웃음을 터트렸다.

"놔주셔야 들어가죠."

"놓지 않고 들어갈 수 있는 방법은 없습니까?"

"없습니다. 상무님."

아쉽다는 듯, 놓고 싶지 않다는 듯 그가 느리게 손을 놓는다. 허전함은 금세 손안을 적시듯 찾아와 찬양은 작게 주먹을 말아 쥐었다.

지안은 그런 찬양의 얼굴을 유심히 바라보았다. 작은 얼굴에 뭐 그리 들여다볼 게 많다고, 지안은 오래도록 길게 그녀의 얼굴을 바라보았다.

"지금 나만 설레는 거 같은데, 이런 건 기분 탓인가?"

눈망울에 설렘이라곤 손톱만큼도 들어 있지 않은 것 같은 그녀의 얼굴.

"표정은 아파서 그런 겁니까, 아니면 기분이 좋지 않아서 그런 겁니까?"

울 것 같은 얼굴이기도, 혹은 무미건조한 얼굴이기도 하다. 지안이 애가 타는 마음을 숨기지 못하고 묻자 찬양은 멍하니 그를 올려 보다가 답했다.

……자꾸 나는, 지금이 꿈 같아서요.

"설레요."

당신이라는 꿈 안에 내가 살고 있는 것 같아서요.

"너무 좋아요."

사람이 너무 행복한 일을 겪으면 두려워지나 봐요.

"그래서, 사실은 실감이 안 나요."

목숨을 걸고라도 당신의 마음을 지키고 싶어서 나는, 비장한 기운마저 감돌고 있나 봐요.

"자고 일어나야겠어요. 그래야 뭔가 실감이 날 것 같아요. 오늘은 영 웃음도 나질 않아요."

찬양은 있는 그대로의 현재 마음을 솔직하게 고백했다. 약간의 술김, 어지러운 미열, 이 세상이 아닌 것 같은 아찔한 기분. 당신의 고백도 이 틈 어딘가에 끼어 자고 일어나면 사라질 것 같은 느낌. 숙취가 사라진 뒤 말끔해진 정신처럼, 씻은 듯 나은 감기의 개운함처럼, 어쩐지 흔적도 없이 사라져 버릴 것 같은 당신의 고백. 기억을 잃어 본 적 있는 나는, 쓸데없는 일들에 두려움이 인다.

"저 그럼 들어가서 좀 잘게요. 정신이 하나도 없어요. 이해해 주세요."

찬양이 간신히 웃는 얼굴로 인사하자 지안은 말없이 고개를 끄덕였다.

"그럴 일은 없겠지만 자고 일어나서 없던 일이 된다면."

"……."

"다시 고백할 테니까, 걱정 말고 자도록 합시다."

그의 말은 아직 먹지 않은 감기약처럼 든든했다. 온몸에 남아 있는 미열을 없애 주리라 믿어 의심치 않게 했다. 찬양은 둥근 미소를 지으며 방문을 열었다.

"잘 자요, 상무님."

잘 자요. 그리고 변치 말아요.

"우리, 내일 만나요."

좀 더 내게 다가와 줘요. 부디, 내 사랑.

"상무님, 이게 다시 돌아왔는데요."

이튿날. 신 실장은 지안의 책상에 나무로 제작된 시계 케이스를 내려놓았다. PC를 들여다보고 있던 지안은 케이스로 시선을 돌렸다.

사고 당시 차고 있던 시계다. 지안이 시계 케이스를 열자 시곗바늘이 멈춰 있는 손목시계가 들어 있다.

"돌아오긴 했는데 보내기 전하고 상태가 똑같은데요, 상무님."

"연락을 받았는데 수리가 안 된다네."

"그래요? 수리가 안 된다고 합니까? 왜요?"

"글쎄, 제조사에서도 원인을 모르면 고칠 수 없는 상황이겠지."

조부로부터 물려받아 아끼고 아끼던 시계인데 사고와 함께 고장이 나 버렸다. 국내에 부품이 없다 해서 독일 제조사까지 항공편으로 보냈건만.

"아쉽네요. 상무님께서 아끼시던 시계인데."

"그러게."

모든 부품을 갈아 보았으나 시곗바늘이 움직이질 않는다는 소식을 전해 들었다. 결국 시계는 다시 되돌아왔다. 가죽과 시계 안쪽에 조부께서 새겨 넣은 이니셜이 있어 교체를 하고 싶은 마음은 없다.

지안은 시계를 들었다. 멈춘 시곗바늘을 길게 바라보다가 문득 생각이 들어 고개를 들었다.

“신 실장.”

“네. 상무님.”

“내가 깨어난 시간이 이쯤 아닌가?”

의식을 되찾고 깨어난 시간이 떠올랐다. 신 실장은 시계를 들여다보다가 고개를 끄덕였다.

“맞습니다. 제가 한 시간 뒤쯤 병원에 도착했으니까요.”

그가 깨어난 시간에 정확하게 멈춰 있는 시곗바늘. 신 실장은 시계가 기특하다는 듯 웃음을 터트렸다.

“뭔가 상징적이지 않습니까? 상무님이 깨어난 시간에 멈춘 시계라니. 보통 사고가 난 시점에 멈춰야 정상 아닌가요?”

“내 말이 그 말이야.”

사고 당시가 아닌, 깨어난 시간에 맞춰 멈춘 시계. 더는 이상의 것을 생각해 내지 못하고 지안은 다시 시계를 케이스에 집어넣었다.

“신 실장. 정 비서는 뭐 하나?”

“정 비서요? 조금 전에 전무실 윤 실장님 만나러 간다고…….”

“윤 실장? 윤 실장은 왜?”

“글쎄요. 저도 잘 모르겠습니다만?”

지안은 자리에서 일어섰다.

“어디 가십니까?”

“전무실. 혼자 다녀올게.”

뚜벅뚜벅 걸음을 옮기며 지안은 비치된 거울 앞에서 옷매무새를 가다듬었다. 머리를 정돈하더니 콧노래를 부른다. 생전 안 하던 짓을 하는 상사가 뜬금없는지 신 실장은 입꼬리를 아래로 늘어트리며 질색했다.

그러거나 말거나 업무를 빙자한 연애를 위해 지안은 상무실을 나섰다. 자꾸만 보고 싶어 일이 손에 잡히질 않으니, 새로운 고민거리였다.

“윤 실장님. 그럼 따로 옷을 맞춰야 할까요? 저는 편하게 생각하고 평소 입던 비서 복장 생각했는데."

찬양은 전무실 윤 실장을 찾아와 지안과 동반해야 하는 연말 모임 의상에 대해 논의 중이다. 상무님께서 윤 실장에게 조언을 얻으라 했으니 말 따라 행동하고 있는 것이다.

"아무래도 가까이서 보좌해야 하고, 수석 비서로 동행하게 된다면 격식 맞춰 입어 주는 게 좋죠."

"아…… 그렇구나. 몰랐어요. 쉽게 생각했는데."

"참석 명단 도착하면 인물 정보 완벽하게 외워 가야 해요. 상무님이 한번 인사를 나눴던 사람이라고 해도 모든 얼굴을 다 기억할 수 없기 때문에 곁에서 코칭을 해 드려야 합니다."

"아아. 들었어요. 상대 쪽에서 인사를 청하기 전에 미리 신상 정보와 근황 정도를 상무님께 설명드려야 한다고."

찬양이 알고 있다며 고개를 끄덕이자 윤 실장은 그녀의 얼굴을 요리조리 바라보았다.

"감기 걸렸어요? 목소리가 영 아닌데."

"아, 네. 약은 먹었고요. 하루 이틀 지나면 괜찮을 것 같아요."

사람 관찰하는 능력이 탁월한 윤 실장은 대번 그녀의 몸 상태를 캐치한다. 잠깐 기다리라 하더니 뜨끈한 생강차를 타 온다.

"마셔요. 조금 씁쓸해도 감기엔 이거만 한 게 없으니까."

"으와, 감사해요. 회사에 이런 걸 다 가져다 놓으셨네요?"

"우리는 아프면 안 돼요. 우리가 아프면 일에 지장이 있으니까."

……우리는 아프면 안 돼요. 찬양은 윤 실장의 직업 정신이 느껴져 우러르듯 바라보았다. 전무님보다 먼저 출근하고 늦게 퇴근하면서, 윤 실장님은 어떤 시간에 운동을 하는 걸까. 탄탄함이 느껴지는 그의 상체는 노력의 산물이 분명하기에 찬양은 대단하다고 생각했다.

"모시는 분께서 비서를 걱정하는 일 같은 건 없도록 미리미리 건강도 잘 챙기고 컨디션도 잘 챙기고 해야 합니다."

"네. 잘 알겠습니다. 윤 실장님."

윤 실장님만큼은 아니더라도 꼭 멋지고 훌륭한 비서가 되리라. 찬양은 다짐했다. 수호는 명함 한 장을 건네며 입을 열었다.

"우리 전무실에서 중요한 행사 있을 때 비서진들 의상 대여하거나 구매하는 곳이니까 연락해 봐요."

"오! 감사합니다!"

역시 윤 실장님! 찬양이 좋다고 환호하자 윤 실장은 너털웃음을 흘렸다.

"정찬양 씨, 일은 잘돼 갑니까?"

"일이요? 어떤?"

"상무님 곁으로 돌아온 목적 말입니다."

"……아아. 그거요."

그가 타 준 생강차를 마시며 찬양은 맛이 꽤 좋다고 미소 지었다. 이윽고 한참이나 뜸을 들이던 찬양은 입술을 열었다.

"달성하는 중이에요."

수일 내 USB를 돌려드리기로 그녀는 결심했다. 받기 시작한 그의 마음을 빼앗긴대도, 그의 불신과 의심의 눈초리를 마주해야 한대도 더 늦기 전에 돌려드리리라.

"사실 저는 여기까지 온 것만으로도 기적이라고 생각하고 있어요."

그녀는 긴긴밤, 잠을 청하지 못한 뜬눈으로 다짐했다.

"사실 윤 실장님도 제 상황을 다 이해하진 못하셨죠? 너무 터무니없으니까."

"물론 그렇지만 정찬양 씨가 짜낸 고도의 전략이라고는 생각하지 않습니다."

재벌가와 엮이기 위한 술수라고는 여기지 않는다고 윤 실장은 답했다. 찬양은 천천히 고개를 끄덕였다. 차를 마시는 손길이 멈추자 윤 실장은 어서 더 마시라며 그녀의 손을 툭툭 쳤다.

“누구도 도움을 줄 수 있는 일이 아니다 보니 정찬양 씨의 부담도 상당할 거라는 건 잘 알고 있습니다.”

……부담. 버거움.

“정찬양 씨가 주장하는 상무님의 영혼과의 시간에 어떤 일들이 있었는지 잘은 모르겠지만.”

그의 마음을 받아 기쁜 반면에, 이젠 더 이상 도망칠 핑계가 없음에 슬펐다.

“혼자만 기억한다는 것도 생각만큼 편안한 일은 아닐 것 같군요.”

사실 그가 나를 믿고 안 믿고의 문제가 아니라는 것쯤은 잘 알고 있다. 어떻게 다시 얻은 상무님의 마음인데, USB를 돌려드리며 관계가 틀어져 버릴까 봐 겁이 날 뿐.

“그 시간들이 정찬양 씨에게 원동력이 될 수 있다면 좋겠습니다. 지치지 않는.”

이제 막 쌓기 시작한 믿음에 금이 갈까 봐 두려울 뿐.

“힘내요. 내가 해 줄 수 있는 말은 이것뿐이라.”

“감사합니다. 윤 실장님.”

전해 주지 못한 USB가 무거운 추처럼 가슴을 짓누른다. 찬양은 윤 실장을 향해 애써 활짝 웃어 보였다. 어디도 털어놓을 곳 없는 수많은 고충이 그녀를 괴롭힌다. 떠나기 전, 그가 예상했던 것처럼.

“두 사람 여기서 뭐 해?”

그때였다. 앙칼지게 들려오는 목소리에 윤 실장과 찬양은 돌아보았다. 사라진 비서를 찾아 삼만 리 하신 현주와 지안이 눈꼬리를 올리며 서 있다.

“오셨습니까?”

윤 실장이 먼저 일어서자 현주가 쨍한 눈빛을 한다.

“윤 실장. 여기서 두 사람 뭐 하고 있었어?”

“대화 중이었습니다.”

"그러니까 무슨 대화, 대화의 카테고리가 뭐냐고요. 휴먼? 다큐? 잡스토리? 아니면, 썸?"

찬양도 일어섰다. 지안이 세모꼴 눈빛을 한다.

"정찬양 씨, 업무 시간에 여기 앉아서 뭐 합니까?"

"어…… 보시다시피……."

찬양은 머그잔을 들어 보였다.

"생강차를 타 주셔서 마시고 있었어요."

새, 생강차?! 윤 실장이 타 준 생강차를 마시고 있었다고 찬양이 말하자 현주의 눈꼬리가 더더욱 올라간다.

"생강차? 난 지금껏 구경도 못 해 본 생강차를?"

"비서들 마시라고 구비해 둔 인스턴트 차입니다. 필요하시면 다른 종류로 구비해 두겠습니다."

윤 실장이 설명해도 의심의 눈빛은 변하지 않는다. 저쯤에서 바라보기를 두 사람이 사이좋게 웃고 있더라. 자주 웃기나 하는 위인 같아야 의심을 안 하지. 나한테 좀 그렇게 웃어 줘 봐요! 이 치사한 인간아! 현주는 의미심장한 눈빛을 이어 가며 두 사람을 번갈아 바라보았다. 예쁘고 어린 여자는 무조건 경계의 대상이다.

"정찬양 씨, 상무실엔 차가 없어서 여기까지 올라와 차를 얻어 마시고 있습니까?"

이번엔 찬양을 향한 지안의 공격이 시작된다. 다정한 꼴이란 상대가 누구건 간에 눈 뜨고 봐 줄 수가 없다.

"감기 걸린 사람 맞습니까? 이제 보니까 쌩쌩하네? 상무실 벗어나면 낫는 병인가?"

"저번에 의상 조언 얻으라고 하셔서…… 그거 때문에 온 건데……."

찬양이 중얼거리자 뜨끔한 지안이 자세를 고쳤다. 남매가 똑같은 표정을 짓고 똑같은 추궁을 하자 윤 실장은 고개를 돌리며 웃었다.

"전무실 한가하네? 윤 실장. 후배의 질의응답이 끝났으면 바로바로 돌려보내야 할 것 아닙니까? 후배 비서가 대체 뭘 보고 배우겠습니까?"

지안이 애꿎은 화살을 윤 실장에게 쏘자,

"상무실은 어떻고? 정 비서는 질의응답을 꼭 맨투맨으로 해야 합니까? 요즘 같은 세상에 전화 한 통이면 끝날 일을? 선배 알기를 어떻게 알고 업무 시간에 불러냅니까?"

현주는 지안을 노려보며 쏘아 댔다.

"하. 아주 어처구니가 없네."

지안은 현주의 일갈에 헛웃음을 토하며 찬양을 바라보았다.

"정찬양 씨. 연락도 없이 사라져서 이 사달을 만들어, 도대체. 앞으론 전무실 근처엔 머리도 두지 않는 걸로."

"상무실 근처로 그림자도 두지 마세요, 윤 실장. 가급적이면 본사에 없는 층으로 여기며 살죠. 알겠습니까?"

동생에게 한마디도 지려 하지 않는 현주가 일침을 가한다. 남매가 으르렁대며 자기 비서 챙기기 급급하니 찬양은 윤 실장을 바라보며 고개를 갸우뚱했다.

'지금 저 두 분, 왜 저러시는 겁니까?' 찬양이 눈으로 묻자, '정찬양 씨는 몰라도 됩니다.' 윤 실장이 웃으며 눈으로 답했다.

"웃지 마! 둘이 얼굴도 쳐다보지 마!"

서로 으르렁대던 현주와 지안이 동시에 고개를 돌리며 말했다. 윤 실장은 찬양의 손에 들려 있던 빈 머그컵을 대신 들며 현주의 곁에 섰다. 이럴 땐 어르고 달래 빨리 데리고 사라져 주는 것이 상책이다.

"전무님, 올라가서 생강차 타 드리겠습니다."

"됐습니다! 울며 겨자를 먹어도 한 트럭이지! 아주 매워서 눈물이 날 지경이네!"

이 질투의 화신 남매를 대체 어찌하면 좋단 말인가?

"10분 뒤 대표님 오실 시간입니다. 생강차는 따뜻하게 준비하겠습니다. 얼른 올라가시죠, 전무님."

복을 받은 건지 벌받는 건지 구분도 되지 않는 시간이었다.

"내가 생각을 좀 해 봤는데, 개별 부서를 좀 꾸려야겠어."

전무실에 들른 강준이 비서실에서 내온 생강차를 마시며 운을 뗐다. 연임 후의 행보가 이어지고, 강준은 부서 인선에 힘을 쏟았다. 대부분 그의 뜻대로 이어지니 현주와 지안은 묵묵히 동조했다.

"부서요? 어떤?"

현주가 묻자 강준은 턱을 문지르며 답했다.

"독일로 보내기로 한 팀 명단을 봤는데 아무래도 인력이 좀 부족한 것 같아. 내가 몇 명 교체했어."

"교체요?"

"유니크 홍보 영상 조금 손봐야 할 것 같아서. 두셋 정도 한국에 남아서 막바지 수정하는 걸로 마무리해야겠어."

아아. 현주는 이해했다는 듯 고개를 끄덕였다. 충분히 있을 수 있는 상황이었다.

"해서 말인데, 독일에 개발실 책임하고 남두철 이사를 같이 보낼까 해."

"아아. 그래요? 그러시죠."

현주는 일리 있는 선발대에 반론을 제기하지 않았다. 강준은 생강차를 물끄러미 바라보다가 다시 입을 열었다.

"아무래도 박람회는 서비스에 익숙한 사람들이 부스에 있어 주는 게 좋을 것 같은데, 당신 생각은 어때?"

"뭐, 나쁘지 않네요. 부스가 얼굴이니까, 응대가 좋은 게 좋겠죠."

"각 임원실에서 비서를 차출해서 보낼 생각이야. 명단은 결정했고."

강준은 명단 파일을 밀었다. 현주는 차를 마시던 손길을 멈췄다.

"일단 대표실 비서실장을 토대로 실장급 위주로 꾸렸어. 서비스 부분에 실장급만큼 훌륭한 인원도 없을 테니까."

"아……."

"전무실은 윤 실장이 가 줬으면 해."

현주는 고개를 들었다. 강준은 태연한 표정을 지었다.

"공정하게 선출했으니 이의는 없었으면 좋겠어."

눈빛은 부드러웠지만 목소리엔 확고함이 있다. 대표의 자격으로 행할 수 있는 충분한 결정이고, 반발은 허하지 않겠다는 의지가 엿보였다.

"아, 상무실은 남 상무의 건강 상태를 고려해서 신 실장은 두기로 했어. 아무래도 보좌가 필요할 것 같아서."

현주는 파일을 내려다보았다.

"상무실은 정찬양으로, 승인했으니 차질 없게 비서들 출장 준비해 줘."

장기 출장이었다.

'그럼 나머지 일정 부탁해, 남 전무.'

강준의 용건은 간단했다.

'남은 시간 수고하고.'

'대표님, 그러지 말고 차나 한 잔 더…….'

'아니, 됐어. 가 봐야 해. 일정이 있어서.'

할 말을 마쳤다는 듯 강준이 유유히 전무실을 빠져나가자 현주는 입술만 꾹 깨문 채 말을 아꼈다. 너무 놀라고 당황스러워 다른 말은 미처 할 수 없었다. 생각을 정리할 시간이 필요해 그를 붙잡아 보려 했으나 눈치 빠른 그는 말이 끝나기가 무섭게 퇴장하고 말았다.

"이걸 대체 어떻게……."

버릇처럼 손톱이 입술에 물린다. 잘 정리해 둔 손톱에 흠집이 났지만 그런 것까지 신경 쓸 여력이 없다.

대표의 시선에서 판단은 나쁘지 않았고, 인원을 선별함에 있어 문제 될 것도 찾아보기는 힘들었다. 외려 세세한 부분까지 선택과 집중을 보이니 안팎으로도 대표의 깐깐함에 만족스러워할 것이다. 대표실의 수석 비서가 차출된 마당에 임원진 비서장이 선발된 것을 이의 제기하기란 어려운 일이기도 했다.

"아니, 그래도 하필 왜……."

그녀가 회사의 임원이 되면서 지금까지 단 한 번도 떨어져 본 적 없는 윤 실장이다. 그가 곁에 있으므로 얻은 업무의 편리함과 심신의 안정감을 어떻게 말로 다 설명할 수 있겠냐.

강준이 내려 두고 간 명단만 뚫어지게 바라보며 손톱만 물어뜯고 있던 때 똑똑, 노크 소리와 함께 윤 실장이 등장했다. 이미 그의 손에도 명단이 적힌 종이가 있었다.

"아…… 윤 실장."

아마도 대표의 비서실에서 명단을 주고 갔으리라. 일정을 알려 주며, 대표님의 지시니 차질 없이 준비해야 할 것이라 언질을 주었을 것이다.

현주는 자리에서 천천히 일어섰다. 자신과 같은 명단을 받아 들고 있는 윤 실장의 손을 바라보다, 느리게 시선을 들었다.

"말씀 들었습니다. 전무님."

그는 여전히 기분을 읽을 수 없는 표정을 짓고 있었고.

"명단이 바뀌었다고, 임원 비서장들 선발되었다는."

음성 또한 지극히 단조로워 어떤 것도 캐낼 수가 없었다. 현주는 한참이나 그의 얼굴을 바라보다가 자신의 표정이 엉망이라는 것을 깨달았다.

"……아아. 윤 실장, 그건 말이죠."

이제 와 표정을 바꾸어 본들 곧이곧대로 믿을 윤 실장이 아니라는 것쯤은 알고 있지만 놀라지 않은 듯, 당황하지 않은 듯 그녀는 다시 자리에 앉았다.

"대표님께서 의견을 물어보신 것뿐이니까 신경 쓰지 말아요."

"……."

"내가 내일쯤 대표실에 다시 전달할 생각입니다. 우리 비서실에서 가장 외국어 구사력이 좋고 돌발 상황에 유연한 사람으로 추천하겠다고."

펼쳐져 있던 명단 파일을 덮었다.

"그러니 윤 실장은 아닙니다. 외국어 구사력만 봐도 윤 실장보다 김 비서가 훨씬 나으니까."

깍지를 끼며 손을 편안하게 내렸다. 윤 실장의 시선이 그녀의 손가락에 닿는다. 형편없이 물어뜯어 뜯긴 손톱, 현주는 황급히 손을 감추듯 옮기며 입술을 열었다.

"이따가 비서들 개별 면담을 할 예정이니까 시간을 맞춰……."

"제가 가겠습니다."

현주는 다시금 고개를 들었다. 아무것도 담지 않은 그의 눈을 바라보았다.

"뭐…… 뭐라고 했습니까?"

"제가, 다녀오겠습니다. 전무님."

이상하다. 내 두 눈엔 당신이 가득한데, 당신 눈엔 내가 보이질 않는다.

"그럴 필요 없다고 지금 얘기하지 않았습니까?"

"굳이 변경해야 할 만한 일은 아닙니다."

사랑의 일방통행에도 끝은 있을 거라고, 그 길의 끝이 막다른 길은 아닐 거라고…… 믿었다.

"다른 사람을 알아보겠다고 했습니다."

"전무님께서 그렇게까지 하실 필요도 없는 일입니다."

"내가 필요해요, 내가!"

"대표님의 승인을 전무님께서 뒤집는 것은 시기상 보기 좋지 않습니다."

그 끝에 서 있기만 해 달라고. 바람을 가르고 산과 강을 건너 달려가는 것은 내가 할 테니, 서 있기만 해 달라고.

"고작 그런 이유입니까?"

"그렇습니다."

열렬히 바라기도 했었다.

"솔직하게 말해 보죠, 우리. 그게 이유의 전부는 아니지 않나? 윤 실장?"

현주는 차갑게 변해 버린 표정으로 윤 실장을 응시했다.

"도피처가 필요했던 건 아닙니까? 내게서 달아날? 그곳이 어디라도 상관없이 내게서 도망칠 수만 있다면? 전부 다 괜찮은 건 아니냐고."

"……."

"차라리 속 시원하게 말을 해요! 내 앞에 어설픈 핑계, 변명 끌어다 대지 말고!"

"지금은 대표실과 힘겨루기를 하실 때가 아닙니다. 주시하는 시선이 많습니다."

"그게 뭐! 그게 어떻다고! 내가 지금 그런 것까지 신경 쓸 때입니까? 누가 어떻게 보건 무슨 상관인데!"

"보내 주십시오. 전무님."

알고 있다. 그는 고집을 꺾지 않을 거란 걸. 더는 말을 뱉기가 어려운지 현주는 말을 삼켰다.

윤 실장은 텅 빈, 그래서 더 겸허한, 그래서 더욱 쓸쓸하고 외롭게 느껴지는 시선으로 대화를 갈무리했다. 얼마의 시간이 흘렀을까, 현주는 눈을 꽉 감으며 입술을 열었다.

"마지막으로 물어보죠. 진심입니까? 윤 실장?"

이상하게도, 그를 향한 길은 가면 갈수록 조금씩 더 늘어났다. 숨이 턱 끝까지 차오르도록 달려도 좁혀지기는커녕 멀어지기만 했다.

"물었습니다. 정말 갈 거냐고."

오늘, 나는 무작정 그를 향해 달리던 다리를 잠시 멈추고야 말았다. 늦된 나는 이제야 깨달은 것이다. 우리의 간격이 좁혀지지 않던 이유를.

"다녀오겠습니다."

내가 달려온 만큼, 그는 달아나고 있었던 것이다.

"다녀, 오겠습니다. 전무님."

그는, 그곳에 멈춰 있지 않았다.

"아주 기억이 없는 것 같지는 않아요. 그건 왜 그런 걸까요?"

상무실로 돌아온 찬양은 아무도 없는 탕비실로 들어가 통화를 했다. 상대는 모든 이야기를 알고 있는 무당 아주머니다.

— 기억이 있을 리가 있겠어? 그런 일은 들어 본 적 없는데.

"그런데…… 제가 살던 집의 위치를 알고 있더라고요."

어김없이 무당집에선 다발성 홍보 메시지를 보내왔고, 평소라면 대수롭지 않게 넘겼겠지만 묻고 싶은 것이 떠올랐다.

"그뿐만이 아니라 익숙한 사물의 위치도 알고 있더라고요."

그가 자연스럽게 자신의 집을 찾았던 일, 약통의 위치를 알고 있던 일.

— 아가씨 집을 알고 있어? 원래 알던 거 아니야?

"아뇨. 처음 방문한 거예요. 만일에 그렇대도 사물의 위치까지는 너무 말이 안 되잖아요."

흐음. 수화기 너머 작은 탄식이 들려온다. 찬양은 종이컵에 뜨거운 물을 부으며 휴대폰을 반대편 귀로 옮겼다. 금세 우려지는 티백의 찻물은 노랗게 물든다.

— 예전에도 말했지만 나도 이런 일을 말로만 들어 봤지, 실제로 본 건 아가씨가 처음이라서 말이야.

"아아, 네."

— 기본적으로 우리는 혼과 대화를 하지 이런 산 사람의 설명만으로는 알 수 있는 게 많이 없어.

그의 혼을 마주할 수 없기에 알아낼 수 있는 것이 많지 않다는 설명. 찬양은 대번 이해하며 저도 모르게 고개를 끄덕였다.

"네네. 알겠습니다. 그냥 한번 궁금해서 여쭤봤어요."

답을 구할 수는 없을 것 같다고 애당초 생각하기는 했었다. 찬양은 찻물이 잘 우려진 종이컵에서 티백을 빼며 흐린 미소를 지었다.

"그래도 제가 이런 이야기를 꺼낼 수 있는 곳이 여기밖에 없네요. 통화 감사했습니다."

— 잠깐만 아가씨. 잠깐만.

네? 찬양은 통화를 종료할 요량으로 인사를 건네다가 눈을 동그랗게 떴다. 잠시의 묵음이 이어지고, 기다리라니 기다리던 찬양은 종이컵을 쥐고 조심스럽게 입술을 가져다 댔다. 후, 바람을 불자 뜨거운 김이 이마까지 솟아올랐다.

— 혹시 말이야, 아가씨의 말이 사실이라면 말이지.

찬양은 그대로 행동을 멈추었다. 한마디도 흘려듣지 않으려고 정신을 바짝 차렸다.

— 다시 집에 데려가 봐. 반복적으로 드나들다 보면 한두 개 더 떠오르는 게 있을 수도 있어.

"아…… 그런데 이젠 갈 수가 없어요. 그 집은 이제 다른 사람이 살거든요."

— 그래? 그럼 어쩔 수 없고.

힘이 빠지는 듯 찬양은 어깨를 축 내렸다. 일순간 너무 많은 기대를 한 까닭에 방법이 없음은 실망으로 다가왔다.

— 혼이 날아가기 전에 잊지 말라고 요구를 했다 했지?

"네. 그런데 그 말을 들었는지는 모르겠어요. 말하는 찰나에 모습이 사라져 버렸거든요."

— 머리는 잊었는데 몸이 기억을 하는 모양이네. 이럴 수도 있나.

……이럴 수는 없는 법이란다. 별것 아닌 무당의 말에 눈시울이 뜨

거워진다. 잊지 않겠다는 그의 독하고 질긴 의지가 결국 어딘가에 남아, 때때로 그런 일이 벌어지는구나 싶은 마음에.

— 그 사람도 아가씨를 잊기가 싫었나 봐. 어지간한 의지로는 되는 일이 아니야.

타인의 설명으로 그의 마음을 배운다는 게 이다지도 가슴 아파서. 속이 쓰려서. 억장이 무너져서.

— 어쨌든 그 사람에게 아가씨가 묻어 있어. 분명히.

나는 전부 잊어버린 일을 당신은 그러하지 않았다니. 의지 하나만으로 순리를 거슬렀다니. 자신했던 내 사랑은 한없이 초라해져 간다.

— 그러니까 이렇게 해 봐. 아가씨.

"어떻게요?"

목소리는 금세 젖어 든다. 찬양은 코를 훌쩍이며 물었다.

— 연관되어 있던 물건이든 장소든 계속 찾아봐. 계속 찾다 보면 분명 아가씨가 많이 묻어 있는 것도 있을 거야.

"아……."

— 뭐라도 찾아보란 말이야. 내가 보기엔 집이 제일 적당한 것 같은데 갈 수 없다고 하니까.

결국 별 소득 없이 무당과의 통화를 끝낸 찬양은 황망한 얼굴로 휴대폰을 내려다보았다. 왜 안 해 봤겠나. 부러 곧잘 입던 옷도 입어 보고, 함께 갔던 술집도 데려가 봤는데.

"……맞다."

찬양은 USB를 떠올리고는 퍼뜩 고개를 들었다. 커다란 쇠망치로 두드려 맞은 듯 충격은 통렬했다.

"아…… 그건가……. 그걸…… 내가 그걸 숨기고 있어서……."

연관된 사물을 찾아보라니 공연히 마음이 바빠진다. 그것이 그와 나를 연결해 주는 매개체일지도 모른다는 생각에 모든 생각이 멈춰 버렸다. 지금이라도 상무실 문을 열고 들어가 그의 책상 앞에 USB를 올려놓고 싶은 충동이 인다.

"그래, 그걸 보면 기억이 살아날 수도 있어."

저도 모르게 발끝이 움찔거린다. 금방이라도 자리를 박차고 달려 나갈 것 같았지만 바닥이 끌어당기는 것처럼 멈췄다. 찬양은 가만히 눈을 감았다가 뜨며 잠시 생각에 잠겼다.

"대체…… 대체 왜 이렇게 망설이는 건데……."

그의 마음을 확인한 지금 이 순간, 그가 한 줄기 믿음을 자신에게 내보인 이 순간, 더 늦기 전에 돌려주어야 하는 것이 정답인 바로 이 순간.

망설이는, 내가 싫다.

찬양은 종이컵을 내려놓았다. 아직 김이 모락모락 피어오르는 뜨거운 차를 바라보다가 탕비실을 나섰다. 그러곤 상무실 문을 두드리고 그녀는 입술을 열었다.

"상무님, 정찬양입니다."

"들어와요."

그의 음성이 들린다. 찬양은 문손잡이를 붙잡고 힘 있게 돌리며 안으로 들어섰다.

"무슨 일입니까?"

업무를 보던 그가 안경을 벗으며 물어 온다. 다소 긴장한 얼굴로 그녀는 숨을 불어 내쉬었다.

"정찬양 씨, 무슨 일 있습니까?"

……그래. 언젠가 나는 당신을 바라보며, 이런 기도를 드렸다.

"오늘 저녁에 시간 좀 내 주실 수 있을까요, 상무님?"

"오늘? 저녁?"

함께 있는 동안만이라도.

"네. 오늘 저녁이요."

"시간은 내 줄 수 있을 것 같은데, 이유나 좀 압시다."

내가, 당신의 구원이 되기를.

"상무님과 함께 가고 싶은 곳이 있어요."

구원이,

"확인하고 싶은 게 있어서요. 같이 가 주셨으면 해요."

되기를.

"여기는……."

내비게이션이 알려 주는 대로 또다시 곡예 운전을 하며 도착하고 보니 그녀가 살던 집 앞이다. 확인하고 싶은 게 있다고 함께 가자더니.

"여기, 저하고 한번 와 보신 적 있으시죠?"

"짐 전부 뺐다고 하지 않았습니까?"

설마! 이삿짐 옮겨 달라는 거냐! 지안은 반신반의하는 눈빛을 하며 차에서 내렸다. 찬양은 어서 오라는 손짓을 하며 빌라 입구에 들어섰다.

"짐은 진작 뺐고요. 지금은 다른 입주자가 있어요."

"그런데 지금 이 집을 왜 가는 겁니까? 본인 집도 아닌데?"

"글쎄 따라오시라니까요?"

무작정 따라오란다. 지안은 빌라 외관을 바라보다가 그녀를 따라 걸음을 옮겼다.

"이봐요, 정찬양 씨. 도둑질은 나쁜 겁니다. 범법이죠."

"알고 있습니다."

"완벽한 범죄도 없습니다. 현관 입구에 CCTV가 버젓이 있는데."

"설마 제가 남의 집 문이라도 따고 들어갈까 봐요?"

그게 아니면 여긴 왜 온 건데! 지안은 계속해서 계단을 오르는 찬양을 바라보며 미심쩍은 걸음을 떼었다.

"어디 갑니까?"

"계속 오세요."

어라. 그녀는 본래 집이던 층에서 멈추질 않고 계속 계단을 오른다. 지안은 멀뚱멀뚱 바라보다가 다시 걸음을 옮겼다. 옥상과 연결됐다고 추측되는 문을 열자 냉동고 안에 냉풍기를 틀어 놓은 것 같은 바람이 순식간에 밀려 쏟아진다. 추워! 춥다고!

"들어오세요."

그 맹렬한 추위에 지안은 눈을 크게 떴다. 아무렇지 않은 듯 안으로 들어서는 찬양을 바라보다 오만상을 찌푸리며 발걸음을 옮겼다. 황량한 빌라 옥상에 올라온 이유를 도저히 모르겠다. 이게 뭐야. 데이트하는 줄 알았는데. 이봐! 데이트는 언제 할 건데!

"대체 여긴 왜 온 겁니까?"

물어도 대꾸 없이 자꾸만 그녀는 멀어진다. 지안은 부지런히 따라 걸으며 옥상의 중심으로 향했다. 널따란 평상에 털썩 앉은 찬양은 이곳저곳을 살폈다. 주인장이 널어놓았는지 평소 그녀가 즐겨 쓰던 빨랫줄엔 이불이 널려 있다.

"여기 앉아 보세요, 상무님."

내가 얼어 죽어야 끝날 게임인가. 지안은 떨떠름한 걸음을 옮겨 평상에 앉았다. 쌩한 바람만 연신 불어 들고, 무슨 생각인지 찬양은 말이 없다. 여긴 왜 온 거냐고 다시 물어보면 질문만 백 번째인 것 같다.

"여기, 처음이시죠?"

굳이 답이 필요하지 않은 부질없는 질문을 한다. 그다지 일어날 생각이 없어 보이는 찬양은 가방을 곁에 내려 두며 입김을 불었다. 그녀의 속을 긁으며 만들어졌을 입김은 순식간에 공기 중으로 사라졌다.

"이불을 저렇게 널어놓으면 날아갈지도 모르는데."

찬양은 주인집에서 널어놓은 이불을 바라보다 일어섰다. 빨래집게를 모아 놓은 통에서 한 움큼 집게를 꺼내 이불 앞으로 갔다. 딱히 할 일이 없는 지안은 그 모습을 바라보았다.

그녀가 이불 사이에 숨어들 듯 사라진다. 음성만 남아 그녀의 존재를 일깨워 준다.

"이곳에 꼭 한 번 상무님하고 와 보고 싶었어요."

여기는 정말 특별한 곳이거든요. 찬양은 중얼거렸다.

라 라라— 라라 라라 라라라—

찬양은 버릇처럼 '애인 있어요' 노래의 후렴구를 흥얼거렸다. 언제부터인가 입에 달고 살게 된 노래. 찬양은 내친김에 흐트러진 이불을 정리하며 허밍을 이어 갔다.

내 눈에만 보여요—
라라라라— 라라라 라— 라— 라라라—

……노래. 말없이 시선만 움직이던 지안의 눈길이 멈춘다. 일순간 뇌리를 스치고 간 강렬한 느낌이 평온했던 기억을 마구잡이로 흐트러트렸다. 늘 꿈에서 맴돌던 그 음성, 그 노래, 그 멜로디.

알고 있죠— 그 사람— 그대라는 걸—

꿈이 소환된다.
"제가요 상무님. 여기 평상에 앉아서 맥주 마시는 일, 정말 좋아했어요."
머릿속이 새하얗게 변한다. 심장이 뛴다.
"날이 좋을 땐 서너 시간도 거뜬히 앉아 있었죠."

'나를 잊지 말아요—'

"여기서 보는 노을 지는 광경은 뭐, 진짜 최고예요."

'나를, 잊지 말아—'

지안은 그녀의 목소리에 겹쳐지는 꿈속의 목소리를 기억해 냈다. 펄럭거리는 이불 사이에 숨은 찬양의 얼굴이 보이질 않아, 지금 이 광경은 꿈과 유사한 상황임을 깨달았다.

심장이 감당 못 할 만큼 뛰어올라 지안은 일어섰다. 꿈에서 움직였듯 그는 성큼성큼 찬양에게 걸어가 집게를 들고 있던 그녀의 어깨를 붙잡았다. 꿈속에서 잡았던 어깨의 촉감이 살아나는 것만 같아 지안은 그녀를 힘주어 돌려세웠다.

영문을 몰라 찬양은 눈을 동그랗게 떴다. 지안은 차마 말을 잇지 못하고 한참이나 숨을 내쉬다가, 입을 열었다.

"그 노래, 뭐야."

"네? 노래요?"

"당신 뭔데. 그 노래는 또 뭐고."

……라벤더의 향이 흐른다.

"누구냐고, 당신."

꿈속, 그녀의 것이다. 그토록 자신을 갑갑하게 하던 꿈의 기억이 되살아나고, 기함할 노릇이 눈앞에 펼쳐지자 그의 목소리는 갈라졌다. 청미한 그녀 눈동자는 어느덧 짙은 근심을 담았다.

"상무님. 혹시 떠오르는 게 있어요?"

발아래가 갈라지는 것 같다. 지안은 말로 형언이 되지 않아 숨만 거듭 거칠게 내쉬었다.

"혹시 그 노래 들어 본 적 있어요? 아니면 내가 떠올랐어요?"

기가 차고 숨이 막혀 온몸이 굳어 버린다. 자신이 찾고자 하는 구간을 그녀가 정확하게 캐치하고 있는 것만 같아, 걷잡을 수 없는 어지럼증이 일었다.

"당신, 뭐야."

간신히 물었다. 스스로 꽤나 유쾌한 존재는 아닌지 그녀의 눈가가 빨갛게 일렁인다. 붙잡힌 어깨가 저릴 텐데 빠져나오려는 반항도 하질 않는다.

"저는 정찬양입니다. 상무님."

한참 후, 찬양은 입을 열었다.

"지금은 남지안 상무님의 비서이고요."

"……."

"상무님의 마음을 얻은 여자이기도 하죠."

가슴이 뛰는 건 그녀도 마찬가지였다. 이야기가 끝났을 때의 상황에 대한 두려움.

"과거엔 상무님과 깊은 인연이 있었던 사람이기도 해요."

"과거? 과거 언제."

그가 받을 충격, 틀어질 우리의 관계, 어느 것 하나 걱정되지 않는 건 없었다.

"상무님께서 사고가 난 다음에요. 깨어나시기 직전까지."

"……알아듣게 설명합시다."

"아니요. 제가 아무리 알아듣게 설명을 해도 상무님은 이해하지 못할 거예요."

찬양이 차분하게, 그리고 침착하게 말을 잇자 지안은 입술을 꽉 닫은 표정으로 그녀를 바라보았다. 그의 눈빛에 쌓인 불신, 두려움, 경계를 바라보며 그녀는 단조로운 음성으로 다시 입술을 열었다. 무당의 말처럼 그는 기억의 아주 작은 조각을 추가로 찾아낸 것만 같았다.

"인지 부조화, 라는 말이 있죠."

그의 맥이 빠르게 움직인다.

"보이는 것을 믿는 게 아니라 믿는 것을 보는 심리."

그녀의 입술에 고정된 시선이 흔들린다.

"그런 거 아닌가요. 현실을 부정하며 그렇게 믿고 싶은 마음."

찬양은 그 언젠가 그가 제게 해 주었던 말을 그대로 읊으며 숨을 길게 불어 내쉬었다. 이 순간 바닥이 갈려 그와 자신의 세상이 단절되는 것만 같다. 그의 시선에, 자신이 어떻게 보일지 너무나도 훤했다.

"제가 더 이상 무슨 말을 해도, 상무님은 인지 부조화 상태로 있을 거란 거 잘 알아요."

"대체, 무슨 말을……."

"이거, 예전에 상무님이 제게 해 주신 말이잖아요."

그의 숨은 점점 짧아졌다. 터질 것 같은 심장의 움직임은 마치 입 밖으로 나올 것처럼 거셌다.

"이제 선택권은 상무님께 드릴게요."

찬양은 무엇을 선택해도 당신의 몫이라고, 모든 것을 비운 눈빛으로 말했다.

……인정한다. 지금껏 당신이 들을 준비가 되지 않았다고 스스로 변명했지만 그저 내가, 당신에게 말할 준비가 되지 않았던 것뿐이다.

"잘 선택해요. 침착하게 듣기란 어려운 이야기일 테니까."

준비를 모두 끝낸 내가 이젠 당신을 기다릴 차례야. 이게 맞는 순서인 것 같아.

"괜찮으시겠어요? 남은 이야기 더 할까요?"

그러니 무리하지 마. 오늘이 아니라도 난 언제까지고 기다릴 수 있어. 잘 생각해야 해. 이제부터 당신은 믿지 못할 이야기가 쏟아질 테니까.

"들을 준비, 되셨나요?"

그러니까, 당신. 지금은 여기서 도망쳐도 돼.

모두가 퇴근한 사무실을 지키며 늦게까지 업무를 본 수호가 집으로 가는 걸음을 재촉했다. 평평하고 널찍한 구두 굽 소리가 적막한 골목길을 가른다. 눈가에 매달린 근심은 땅끝까지 이어져 걸음을 더욱 어렵게 했다.

"후."

비서의 직함을 달고 지금까지, 어떤 순간이 와도 한숨을 쉬는 일은 없게 하려고 무던히 노력했다. 그런 그의 입가에서 한숨이 샌다. 끊어 놓았던 술 생각이 간절했다. 그녀의 곁에서 자신을 떼어 놓으려는 대표의 술수라는 것을 모를 리 없으나 부득불 가겠노라 마음을 결정한 건.

"휴……."

미래를 잘 알고 있기 때문이다. 지금의 일을 거절한다 해서, 어찌어찌 그녀의 뒤에 숨어 상황을 모면한다 해서, 포기하고 멈출 대표가 아니라는 것 역시 잘 알고 있다. 단발성으로 그칠 일도 아니요, 더한 상황이 벌어질지도 모른다. 그녀의 곁에서 떨어지지 않는 이상 대표는 멈추지 않을 것이고, 때마다 그녀를 괴롭게 할 테니까.

"야! 윤수호!"

땅만 보고 걷던 수호는 우뚝 멈췄다. 고개를 드는 일이 없다 한들 목소리의 주인공을 모르겠는가.

"윤수호! 야!"

보지 않아도 알 수 있다. 그녀는 술을 마셨고, 심경은 억울하고, 무척 화가 났다는 걸.

고개를 들어 보니 삐걱거리는 걸음으로 그녀가 다가오고 있다. 평소보다 이른 퇴근을 한다 싶었더니, 그녀는 술을 찾았던 모양이다. 끼고 있던 가죽 장갑을 빼며 그는 정중히 인사를 건넸다.

"오셨습니까."

"말투 집어치워! 나 지금 화난 거 안 보여?!"

이런 자신의 모습이 그녀를 더욱 화나게 할 거라는 걸 잘 알지만, 그렇다고 언제 어디서나 함부로 대할 수 있는 것도 아니다. 늘 그녀를 모시는 차도 보이질 않고 곁으로 다가온 그녀의 얼굴은 붉게 얼어 있다.

염려가 되는 마음을 서둘러 지워 내며 수호는 침착한 눈매를 되찾았다. 그녀 곁을 지키려면 필연적으로 마음을 감출 줄 알아야 한다.

"전화하면 안 받을 거 뻔하니까! 직접 찾아왔다, 내가!"

"……."

"비싸고 잘난 얼굴 보려면 내가 꼭, 움직여야지! 내가! 그래서 꼭, 왔다! 내가!"

"취하셨습니다."

"알아! 꼭, 내가 취한 거? 내가 잘 알지! 당신이 꼭, 나를 맨정신에 못 살게 하잖아!"

늘 취중의 이유엔 그가 서 있다. 그리워서, 마음이 아파서, 때로는 속이 상해서, 포기가 되질 않아서.

몸을 지탱하려는 노력이 허무하게 그녀가 휘청거린다. 저도 모르게 팔을 뻗은 수호가 그녀를 붙잡는다. 그러자 기쁘지 않은 웃음을 터트리며, 그녀는 고개를 수그렸다.

"거지 적선하듯 잡지 마. 하나도 안 멋있어. 오늘은."

"죄송합니다."

"……가지 마."

가지 마. 응? 현주는 고개를 들었다.

"내가 대표한테 말한다니까? 별거 아냐. 나 그 정도 힘도 없는 전무 아니잖아. 맞잖아."

"그런 문제가 아닙니다. 전무님."

"주말이 끔찍하게 싫은 나야. 당신 이틀 못 보는 순간이 얼마나 지옥 같은 줄 알아? 그런데 거길 내가 어떻게 보내?"

빨갛게 얼어붙은 그녀의 손끝이 애처롭다. 마음을 어쩌지 못해 한기가 든 몸을 떨었다.

"상상만 해도 이렇게 무서운데, 내가 당신이랑 어떻게 떨어져. 왜…… 왜 간다고 해……. 왜……."

"그렇게 긴 시간 아닙니다. 긴 시간은 아니니까……."

"하루도 싫어! 하루도! 선배 없인 내가 1분 1초도 싫다고!"

"전무님, 강해지셔야 합니다."

……그녀는 망연자실한 눈을 감았다. 그래. 이렇게 떼를 쓴다고 들어줄 사람은 아니지. 무엇이건 간에, 억지를 부린다고, 발을 동동 구른다고, 내게 져 줄 사람은 아니지.

"저는 전무실 사람이기 전에 백경의 사람입니다."

"……."

"편안하게 다녀올 수 있도록 해 주십시오. 업무에 지장 없도록 전무님 일은 상시적으로 관리하겠습니다."

"선배, 잔인한 사람인 건 알고 있어?"

천천히 그녀는 눈을 떴다. 취기 오른 눈빛에 그의 모습이 지워진다.

"그래, 그냥 선배는 백경의 사람이지. 단 한 번도 내 사람인 적은 없었으니까."

"……제가, 어떻게 전무님의 사람이 되겠습니까."

그는 쥐고 있던 자신의 가죽 장갑을 그녀 손에 끼워 주었다. 시린 너의 손을 잡아 줄, 용기 없는 나의 최선이다.

"전무님께서도 확실하게 아셨으면 좋겠습니다."

불어 드는 바람만큼이나 시린 말을 꺼내며 그는 그녀의 안녕을 원했다.

"저는 전무님의 옆에 설 사람이 아닙니다."

출장은 확정이었다.

"뒤에 있겠습니다."

매서운 바람을 맞아도 별 감각이 없다. 지안은 낯선 표정을 짓고 있

는 찬양을 말없이 응시했다. 지금 그녀의 모습은 대단한 각오를 한 것 같기도, 혹은 내내 알고 지냈던 그녀가 아닌 것 같기도 했다. 임기응변에 꽤나 강하다고 생각해 왔지만 무슨 말이 어울릴지, 생각이 이어지질 않는다.

자신의 선택을 바라는 그녀 앞에서 시간을 흘려보내기를 한참이나.

"……들어 보죠."

뱉으면서도 혼란스러운 마음이 감춰지질 않는다.

"얼마나 허무맹랑한 이야기인지, 들어나 봅시다."

당황하니 공격적인 언사가 튀어나온다. 지안은 그제야 굳었던 몸을 조금 움직이며 말을 해 보라는 손짓을 했다. 그러다가 바람이 매섭다는 것을 또다시 깨닫고 그녀 얼굴에 손을 가져다 댔다.

"아……."

그가 느닷없이 얼굴에 손을 가져다 대니 놀란 그녀가 눈을 감았다가 힐끔, 떴다. 지안은 눈짓으로 아래를 가리켰다.

"시작하기 전에 누구 하나 얼어 죽어야 끝날 이야기 아니면."

"……."

"차에 가서 얘기하죠."

이 와중에도 그녀의 한기는 걱정으로 다가왔다.

차로 내려온 두 사람은 앞을 보며 나란히 앉았다. 바람이 윙윙 불어드는 옥상에서는 정신을 놓은 듯 용기가 솟더니, 히터를 빵빵하게 틀어 놓은 조용한 차로 들어서자 선뜻 말이 튀어나오질 않는다.

"말해 봐요, 이제."

마치 현실로 돌아온 기분에 찬양은 머뭇거렸다.

"내가 무엇으로 인지 부조화를 겪고 있는지 알아야 할 것 아닙니까?"

"일전에 상무님께서 저희 집 호수나 약통 위치를 알고 있던 것, 기억나시죠."

그녀는 조심스럽게 말을 꺼냈고 그는 말을 아꼈다. 다시 떠올려 봐도 어처구니없는 일이기는 했다.

"그러니까 상무님께서……. 그러니까…… 상무님이요……."

"말할 준비도 안 된 이야기입니까? 뭐 이렇게 뜸을 들여."

"……좋아요. 시원하게 말할게요."

찬양은 눈썹에 힘을 주며 정면을 응시했다. 차라리 상무님을 보지 않아도 되는 상황이니 마음은 한결 차분해져 갔다.

"사고 당시 상무님의 영혼이 저를 찾아왔어요."

거울을 보며, 수백 번도 더 연습했던 말들을 시작했다.

"귀신인 줄 알았는데 알고 보니 귀신은 아니고…… 돌아갈 때가 있는……. 그러니까 그게, 쉽게 설명을 하자면 몸을 잠시 떠난 영혼이 제게 온……."

매일 연습했으나 그녀 또한 익숙해질 수 없는 이야기. 사실은 뭐라고 말을 하고 있는지도 모르겠다는 생각을 하며 찬양은 혼잣말을 하듯 중얼거렸다.

"지금 이 집에서 상무님하고 나하고 살았어요. 지금 회사도 사실 상무님의 추천으로 들어간 거고요. 상무님이 제게 상무님을 죽이려고 한 범인을 찾아보자고 했죠."

잠자코 듣고 있던 그의 숨소리가 커진다.

"상무님을 돕기 위해 저는 입사를 했고, 함께 범인을 찾아다녔어요. 그래서 결국 범인을 유추했지만 상무님이 깨어나는 바람에……."

말이 없는 그의 상태가 궁금했지만 도저히 그의 얼굴을 바라볼 용기가 나질 않는다. 찬양은 될 대로 되라는 식으로 말을 이었다.

"전무님의 도움으로 상무님의 입주 비서가 되었어요. 상무님은 깨어나면서 다 잊으셨지만, 제가 또 기억하고 있으니 혹 도움을 드릴 수 있을까 해서……."

신빙성을 더하기 위해 전무님을 끌어들였다. 어쩔 수 없는 일이다.

이 미친 이야기를 어떤 누가, 과연 어떻게 바로 수긍할 수 있단 말인가.

"내내 언제 말씀드려야 할까, 그 생각뿐이었어요. 저도 알아요. 믿기 힘드신 거. 그래서 더 말하기가 힘들었어요. 저라도 믿을 수 없으니까요."

"……오케이, 그만."

"모르지 않아요. 저를 정신병자라고 생각하셔도 좋아요. 저도 상무님의 영혼을 본 순간부터 지금까지 제정신은 아니니까요."

"알겠습니다. 여기까지."

"하지만 믿어 주셨으면 좋겠어요."

찬양은 간신히 고개를 돌려 그를 바라보았다. 그러자 얼음처럼 변한 그의 동공이 현재 심경을 말해 주었다. 예상했던 대로 조금도 믿는 표정은 아니었다. 판도라의 상자를 열어 버린 그녀는 불어닥칠 일들을 예감했다. 그는 시간이 지날수록 침착해져 갔고, 표정은 더욱더 감정을 감춰 갔다.

"그래."

"……."

"그렇단 말이지."

불신, 그 자체의 모습이다.

……하. 운전대를 붙잡고 한참 동안 시간을 흘려보내던 지안은 기가 막힌 듯 헛웃음을 토했다. 그녀가 들려준 이야기를 아무리 곱씹어 봐도 맞장구쳐 줄 구간이 떠오르질 않는다. 있는 힘을 다해 그녀의 이야기를 믿어 보려 해도.

"일단 잘 알겠습니다."

당장의 노력으로는 손톱만큼도 힘들었다.

"이야기 끝났으면 집으로 돌아가죠. 내가 지금 머리가 좀 아파서."

그는 그녀에게서 시선을 거두었다. ……기분이 처참해서 견딜 수가 없다.

"집은 따로 갔으면 하는데."

좋아한다는, 너를 아끼고 있다는 마음을 이용당하는 것 같은. 네가 나를 좋아한다면 이런 터무니없는 말들까지 믿어 보라 종용당하는 것만 같은.

요동치는 감정을 간신히 움켜쥐듯 그는 주먹을 말아 쥐었다.

"저, 상무님. 이거요."

그럼에도 불구하고 어느 한 부분이라도 믿어 보려 발버둥 치는 마음이 우스워서, 기가 막히다.

"오늘은 여기까지만 합시다. 원하는 반응은 아니라서 미안한데, 내가 지금 정찬양 씨 얼굴을 보기가 힘……."

"이거, 돌려드릴게요."

지안은 천천히 그녀에게 시선을 돌렸다. 그녀가 쥐고 있는 USB를 바라본 순간 입술은 멍하니 벌어지고, 심장은 덜컥 멈추듯 부근이 저려 왔다.

"이거, 상무님 거잖아요."

"이걸 대체…… 정찬양 씨가 왜…… 어떻게……."

"상무님과 제가 찾아온 물건이에요. 깨어나시기 전에 제게 주고 가셨어요."

지안은 다시 찬양의 얼굴을 바라보았다. 찬양은 모든 것이 끝났다는 표정을 지으며 남은 말을 더했다.

"이걸 들고 상무님을 찾아오라고."

이제.

"찾아와서 꼭 건네 달라고. 말씀하셨어요."

모든 것은 끝이 났다.

9부

안녕, 사랑아

“야, 니가 평일에 우리 집은 웬일이야?”

“그냥. 너 본 지도 한참 지났고 해서.”

찬양은 오랜만에 찾은 미혜의 집에 들어서며 미소 지었다. 왈왈 얇은 목소리로 짖는 반려견 깜지도 오랜만이다.

“깜지야, 잘 지냈어? 오구오구, 예뻐라.”

왈왈! 왈왈왈! 예쁘다고 찬양이 한번 만져 보려 해도 성깔 있는 깜지 녀석이 흰자를 희번덕거리며 목이 터져라 짖는다.

“찬양아, 우리 깜지는 너만 보면 참 근성 있게 짖는다. 너 되게 싫은 모양이야.”

“웃겨. 널 봐도 짖는 거 다 알거든?”

“휴, 맞아. 내가 똥 치워 주고 밥 줘도 죽일 듯이 짖어. 내가 쟤한테는 서열 막내인가 봐.”

“난 막내 친구니 오죽하냐?”

농담을 주고받으며 찬양은 미혜 부모님께 인사를 드리고, 미혜의 방으로 들어섰다.

"진짜 웬일이야? 무슨 일 있는 건 아니고?"

"일은 무슨 일, 그냥 보고 싶어서 왔어."

"웃기네. 얼굴에 '나 무슨 일 있어요' 라고 써 놓고 무슨."

찬양은 친구의 추측에 웃음을 터트렸다. 미주알고주알 말하지 않아도 신변을 예상하니 오랜 벗은 벗이다. 과일이라도 가져오겠다며 미혜가 방을 나서고, 찬양은 의자에 걸터앉았다.

"결국…… 안 가져가셨어……."

주머니에서 USB를 꺼내니 심장은 터질 것처럼 갑갑했다. 조금 전, 그 차 안에서 견디기 힘든 침묵이 이어졌다. 펼친 손바닥이 무안하게 그는 어떤 반응도 보이질 않았다. 그래. 한꺼번에 너무나도 많은 것들이 쏟아져 버거웠겠지.

"이걸 보면 기억이 되살아날 줄 알았는데, 그것도 아니고……."

한참이 흐른 후에 그는 천천히 고개를 돌렸다. 정면을 바라보며 당장이라도 출발할 듯 핸들을 붙잡았다. 그는 기억을 되찾지도, 못 믿겠다며 눈꼬리를 올리지도.

'못 본 걸로 하죠.'

당장 USB를 가져가지도 않았다.

'못 본 걸로 하시다뇨……? 이거 필요하시잖아요.'

'필요했지.'

다만, 한없이 차가워졌다.

'내게 그 물건이 필요한 이상 당신에게 약자 아닌가?'

그는 경영인의 얼굴로 돌아갔다.

'서열이 생기면 관계도 재정립되는 법이죠. 난 그런 불공평한 관계는 질색이거든.'

그는 시선을 맞추지 않았다. 오로지 정면만을 응시하며 말을 이었다.

'저는 이걸로 상무님과 거래를 하려는 게 아니에요. 그저 돌려드

리려고…….’

‘필요 없게 됐습니다. 이제는.’

‘제가 알고 있는 범인이 궁금하지 않으세요?’

그는 질문에 웃었다.

‘내가 범인의 이름을 알게 되고, 이 USB를 받아 드는 것을 원하나 본데. 짧은 판단에 지금 내가 당신의 의도대로 움직이면 안 될 것 같은 생각이 들어.’

한기가 느껴졌다.

‘상황이 공평해지면 그때 다시 대화를 섞어 보죠. 나도 그 물건이 정찬양 씨에게 흘러간 경로 정도는 알아야 하지 않겠습니까?’

“휴…….”

찬양은 생각을 접으며 USB를 내려다보았고 한숨을 내쉬었다. 그를 재촉하지 않기로 마음먹었으니 어떠한 결말도 달게 받으리라. 그래서 다른 말로 그의 심기를 더욱 어지럽히는 일은 하지 않기로 했다.

조용히 차에서 내렸다. USB는 다시 주머니에 넣었다. 부우웅— 그의 차는 출발했고 도저히 그의 집으로는 발이 떨어지질 않아 미혜의 집으로 왔다. 상무님의 표정은 어찌나 차가웠는지, 처음으로 그가 무서웠다.

“야 이 멍충아…… 나라고 믿겠냐……. 나라고 믿겠냐고…….”

찬양은 머리를 벅벅 긁다가, 때리다가, 발버둥을 쳤다.

“얼마나 내가 미친년처럼 보였을까……. 본인은 준 적이 없는데 내가 받았다니 얼마나 기가 차…….”

나라면…… 그 자리에서 나 때렸다……. 그것도 주먹으로……. 휴우. 찬양은 오만상을 찌푸리며 주먹으로 허벅지만 툭툭 내리쳤다. 하지만 예상대로 매몰차게 그가 떠났다 해서 원망할 마음은 들지 않았다. 모든 것은 그의 시각에서 너무나도 손쉽게 이해가 되어, 냉정하게 떠난 그의 뒷모습이 서운하다거나 억울하지도 않다.

한 번에 믿어 줄 거라고는 생각하지 않았으니까. 다만 USB가 매개

체는 아닐까 했는데 아니었음은 확실하게 깨달았다.

"다 떠나서 나 내일 출근 어떡하냐……. 미치겠다……."

휴……. 땅이 꺼져라 한숨만 쉬고 있자 문을 열고 미혜가 들어왔다.

"우리 집 주저앉는다, 찬양아. 한숨도 깊네 깊어."

"……야, 미혜야."

미혜는 과일을 내려놓았다. 찬양은 진지한 표정으로 입을 열었다.

"미혜야. 너, 나 믿지?"

"그럼. 믿지. 내가 우리 찬양이 안 믿으면 누굴 믿어?"

"내가 너의 영혼을 본다면 믿을래?"

"나? 내 영혼?"

영혼을 봐? 뭔 영혼? 포크로 과일을 찍어 찬양에게 건넨 미혜는 뚱한 표정을 지었다.

"니가 잠들면 너희 영혼이 떠돌아다녀. 그 영혼이 나랑 만난 적이 있어. 넌 믿을 수 있어?"

"뭐라는 거야. 과일이나 먹어."

"진짜야. 진심이야. 믿어 주라. 응? 믿어 줄래?"

"미친년. 별소리를 다 하네. 야, 사과 달다. 빨리 먹어 봐."

놀라지도 화를 내지도 않으며 농담인 줄 알고 넘기는 벗을 바라보다 찬양은 사과를 우적 깨물었다. 그래. 이게 정상적인 반응이다.

"미혜야, 내가 진짜 봤다면 믿어 줄……."

"약도 적당히 팔아야 사 주지, 찬양아. 포크로 허벅지 찔리고 싶어? 요즘 어떻게 지냈어, 그거나 좀 말해 봐."

그럼으로 그의 반응 또한 지극히 정상이었다.

"하, 미치겠다."

지안은 몇 시간째 같은 상황을 반복하고 있다. 무슨 정신에 운전을 해서 집까지 돌아왔는지는 모르겠으나, 연거푸 독한 위스키를 들이켜고 있는 지금도 제정신은 아니다. 빈속에 독주를 퍼붓다가, 생각에 잠긴 듯 멍하니 눈만 감았다 뜨다가 헛웃음을 뱉고, 다시 분노하다가 혼잣말을 중얼거렸다.

"무슨 말이 되는……. 대체 이게 무슨……."

오만 가지 생각이 머리를 떠돌아 터지기 일보 직전이다. 1층 응접실에 앉아 술을 퍼부어 보지만 오라는 남 전무는 여태 들어오질 않는다.

'전무님의 도움으로 상무님의 입주 비서가 되었어요.'

뭔가 교묘하게 잘 짜인 상황에 바보처럼 낚이는 것만 같은 기분을 지울 수가 없다. 혹시 남 전무도 속고 있는 건 아닌가. 사실은 아주 오래전부터 치밀하게 준비된 각본은 아닐까. 대단한 배후를 두고, 그룹을 통째로 흔들기 위한.

'상무님과 제가 찾아온 물건이에요. 깨어나시기 전에 제게 주고 가셨어요.'

너는 지금 나와, 치열한 심리전을 하고 있는 것은 아닌가.

'이것 들고 상무님을 찾아오라고.'

네가 나를 잘 알고 있던 부분과 삽시간에 나를 이렇게, 네게 빠지게 만든 이 모든 상황이 어쩌면.

'찾아와서 꼭 건네 달라고. 말씀하셨어요.'

너와, 그리고 너의 배후가 원하고 바라던 큰 그림은 아닌가. 가녀린 얼굴이, 사랑스러운 표정이 모두 다 훌륭한 배우의 것은 아닌가.

"이런 미친……."

지안은 거칠게 컵을 내려놓으며 소파에 기댔다. 팔을 들어 눈을 가리며 그는 입술을 꽉 물었다. 그렇다면 옥상에서 매치된 꿈은 어떻게 설명해야 하나. 설마하니 꿈까지 조작할 수는 없는 법 아닌가.

"돌아 버리겠네, 진짜…… 하……."

문득 차에서 내리며 자신을 물끄러미 바라보던 찬양의 얼굴이 떠올랐다. 그녀는 자신의 말을 믿어 달라 애원하지도, 차가워진 자신을 바라보며 조급해하지도 않았다. 할 일을 하듯 겸허하게, 모든 결과를 받아들이겠다는 듯 평온하게 사라졌다.

"어쩌라는 거야, 대체 나더러. 나더러 대체……."

꾸었던 꿈이 일치했다 해서, 몇 가지 맞아떨어지는 부분이 있다고 해서 지금의 상황을 손쉽게 이해하기란 터무니없는 일이었다. 믿을 수도 없고 믿기지도 않았다.

그녀가 자신에게 보여 준 지금까지의 모습을 부정하자니 가슴이 들끓었고 그녀의 말을 믿어 보려 하자니 이성적인 판단이 강경하게 막아섰다.

"하, 하하…… 하…… 미치겠네 진짜……."

어이가 없어 헛웃음만 흘렀다. 기가 차서 한숨만 흘렀다. 그럴 만도, 했다.

"대표님. 요청하신 주소지 근처에 도착했습니다."

창밖의 허름한 풍경만 바라보던 강준은 운전석으로 고개를 돌렸다. 아직 목적지는 아닌 것 같은데 기사의 표정이 좋질 않다.

"이게, 더 이상 진입은 어려울 것 같아서……."

최고급 세단은 덩치가 컸다. 사람이나 겨우 돌아다닐 골목길을 어찌어찌 헤치며 이곳까지 왔으나 더 이상은 내비게이션이 가리키는 길로 진입이 불가했다. 강준은 정면을 바라보다 차에서 내렸다.

"여기 있어."

"네. 대표님."

문을 닫은 강준은 포장이 되질 않아 흙바람이 일어나는 골목을 걷기 시작했다. 대문이라고 칭하기도 힘든 판자의 집들이 빽빽하게 이어진다. 길바닥에 창문이 반쯤 올라온 반지하, 녹슨 쇠창살이 살벌한 1층, 노란 테이프로 금이 간 창문을 덕지덕지 수선한 2층 집.

걸음을 걸을 때마다 어수선한 소리가 들린다. 아이가 우는 소리, 조율이 되지 않은 형편없는 피아노 소리, 형제가 다투는 소리, 가는귀가 먹어 시청하는 커다란 TV 소리.

다시는 오고 싶지 않던 삶의 현장, 발끝이 기억하는 곳으로 강준은 묵묵히 걸었다. 판자의 판자를 지나 가장 끝으로 진입하니 각종 쓰레기 더미가 수북한 전봇대 옆 작은 문이 있다. 허리까지도 오지 않는 작은 문을 그는 한참이나 바라보았다. 이 문이 이렇게 작았나. 왜 그땐 몰랐었나. ……이곳은 어렸던 소년의 꿈이 감금된, 희망이 찢긴, 비명과 눈물의 무덤.

그나마 문도 고장 났는지 전깃줄을 끊어 고리를 묶어 놓았다. 강준이 문을 열자 동굴과도 같은 어둠이 펼쳐진다. 강준은 허리를 깊이 숙이며 안으로 들어섰다. 온갖 생활 냄새가 짙게 밴 퀴퀴한 냄새가 난다. 숨을 쉬니 소름이 끼칠 만큼 냄새는 익숙했다.

"누구세요—"

겨우 딸린 방 하나에서 얼굴도 내밀지 않은 채 누구냐고 물어 온다. 낯선 이가 허락도 없이 집 안에 들어왔음에도 경계를 하거나, 놀라거나, 두려워하지 않는다.

"현……민아……."

생의 의지를 놓아 버린 건지 나를 기다리고 있었는지는, 알 수 없다.

강준은 현관과 내부의 경계가 불분명한 바닥을 바라보다가 신발을 신은 채 안으로 들어섰다. 계절과 어울리지 않는 얇은 이불을 덮고 누워 있던 여인은 소스라치게 놀란 얼굴로 모든 행동을 멈췄다.

30년은 족히 쓴 것 같은 낡은 주전자, 수동으로 버튼을 직접 돌려야 화면이 돌아가는 구시대 TV.

"세상에, 니가 여길…… 니가……."

이미 진즉 없어지고도 남은 브랜드의 세탁기. 물 한 통 겨우 들어갈 것 같은 작은 냉장고.

"현민아, 세상에, 세상에 현민아."

여기저기 덕지덕지 붙어 있는 부적, 아직도 미련을 버리지 못하고 남겨 둔 섬뜩한 조각상. 매일 치성을 드리는지 작은 상엔 물그릇과 쌀 몇 알이 있다.

"어떻게 왔어, 여긴 어떻게 알고……."

회사 앞에서 보았던 왜소한 여인은 정신이 드는 것처럼 자리에서 일어섰다. 방 안을 살펴본 강준은 분노가 차는지 눈을 꽉 감았다가 떴다. 토악질이 나올 정도로, 변한 것이 없다.

"이사는 왜 안 가. 돈이 부족했나?"

"내가…… 그 돈을 어떻게 써……."

"더 달라고 찾아온 거, 아니었고?"

"아, 아니야. 절대 그런 거 아니야, 현민아."

"나 그런 이름 몰라. 그런 이름으로 부르지 마."

당신의 그 무기력한 눈빛도 변함이 없다.

"아…… 그래……. 그래, 알겠다……."

강준이 잘라 내듯 선을 긋자 여인은 팔을 위로 올리며 전구를 켰다. 좀 더 밝은 빛이 되었으나 외려 어둠에 가려져 있던 광경을 더욱 적나라하게 만들 뿐이었다.

뚜벅뚜벅 구둣발로 걸어간 강준은 다시 전구를 껐다. 머리가 닿을 만큼 천장은 낮았다.

"다시 한번 말할 테니까 똑바로 새겨들어. 나 찾지 말라고. 거기가 어디라고 함부로 찾아와."

……이 집을 뛰쳐나갈 때, 나는 당신의 아들이기를 포기했다.

"주제에 나한테 기대 살 생각도 하지 마. 시간이 지나면 다 정리될 거라고 생각도 하지 마."

악착같이 살았다. 개처럼도 살았다. 지금 나의 자리는, 그런 내가 홀로 만든 자리다.

"한 번만 더 내 눈에 보이면 다 불살라 버릴 거니까."

강준은 재킷 안에서 돈다발을 꺼냈다. 여인의 눈앞에 오만 원권 다발을 무자비하게 흔들며 조소했다.

"돈이 필요하면 차라리 제대로 구걸을 해. 온갖 불쌍한 표정 짓고 동정심 유발하려 들지 말고. 가증스럽고 거북스러우니까."

여인의 눈앞에 뿌리듯 돈다발을 던졌다.

"마지막이야. 찾아오지 마. 어떻게 살아도 상관 안 할 테니까 그냥 나 모르게 살다가 죽어."

강준은 할 말을 다 한 듯 옷매무새를 다듬으며 돌아섰다. 아비의 무차별 폭행에 성할 날이 없던 어린 소년과 어미는, 이 동굴 같은 방에서 숨죽이며 아비의 구두 굽 소리가 들리지 않기를 바랐다. 소년을 지켜 준 사람은 아무도 없었다.

"자, 자꾸 꿈에 네가 나와."

강준은 자신을 향한 목소리에 발을 멈췄다. 어설픈 신기에 부적을 그려 주는 부업을 했던 여인은 말을 이었다.

"자꾸…… 자꾸 네가 나와. 내 앞에서 네가 자꾸, 자꾸……."

여인은 괴로운지 머리를 부여잡았다.

"넌 이러다가 결국 모든 걸 잃을 거야. 제발 조심해, 조심해…… 현민아……."

"……하."

강준은 어처구니없다는 듯 돌아섰다.

"내가 다 잃는다고? 천만에. 난 당신 말 안 믿어. 왜인 줄 알아?"

눈엔 경멸이 가득하다.

"당신이 정말로 인생을 들여다볼 줄 안다면 당신 인생부터 그따위로 살지 않았겠지."

"네가 그르친 일들이 결국 네 숨을 옭아맬 거야……. 제발 인간답게 살아……. 제발……."

"천륜도 버린 나야. 그런 내가 인간답게? 아니, 난 나답게 살 거야. 앞으로도 계속."

강준은 한기가 드는 방 안에 맨발로 서 있는 여인을 바라보다 주먹을 힘껏 말아 쥐었다.

……그래, 당신이 지켜 주지 못했던 어린 소년도 한때는 의사가 되어 당신의 아픈 몸을 고쳐 주고 싶었고, 의사가 되어 당신의 자랑이 되어 주고 싶었고, 당신만 살아 준다면 지옥 같던 생활 속에서도 웃을 수 있다고 믿었다.

"이제 와 모르는 척하려 하지 마. 방임도 죄야. 무능력도 죄야. 당신은 이곳에서 날 데리고 도망쳤어야 했어. 몸을 팔아서라도 날 키웠어야 했어."

이제 와 고백하건대— 그러했던 적도,

"당신이 나를 악마로 만든 거야."

있었다.

"찬양 씨, 오늘 상무님 모시면서 실수하지 말고 잘하고 와요."

아니야, 틀렸어……. 오늘은 내 존재부터가 실수야…….

"명단은 다 외웠죠? 실수 없이 상무님 옆에서 잘 보좌해야 해요."

미안해요……. 자신 없는 날 용서하지 말아요……. 흐엉. 찬양은 울먹거리는 얼굴로 해맑은 신 실장을 바라보았다. 내키지 않는 몸을 이끌고 억지로 출근을 했더니 오늘은 상무님께서 출근하지 않으셨다. 빠질 수 없는 경영인 모임이 있었고, 바로 가신다는 연락만 받았을 뿐이다.

"저, 신 실장님."

"네?"

그게…… 오늘 저 대신 가 주실 수 없을까요……? 찬양은 차마 말을 뱉지 못하고 입술을 꾹 깨물었다. 신 실장은 멀뚱멀뚱 찬양을 바라보다가 씩 웃으며 그녀의 팔을 툭, 쳤다.

"긴장하지 마요. 잘하잖아."

아니야……. 나는 쓰레기야…….

"정 비서 오고 나서 내가 얼마나 한결 일을 덜었는지. 아니었음 오늘 같은 날도 내가 불려 갔을 텐데 말이죠."

사람 속도 모르고, 신 실장은 엄지를 치켜들었다.

"덕분에 나는 데이트할 시간 좀 벌었습니다. 고맙게 생각하고 있어요."

그런 말 하지 마……. 진짜로 내가 가야 하잖아……. 흐어어엉. 찬양은 신 실장의 칼퇴 예정에 고개를 푹 수그렸다. 도저히 지금 이런 상황으로 상무님의 얼굴을 마주할 자신이 없다.

내선을 받은 신 실장은 전화를 끊으며 더욱 해맑게 웃었다. 마치 폭탄을 안겨 주고 뒷걸음질 치는 행복이 느껴졌다.

"차량 준비됐대요. 찬양 씨, 지금 내려가면 됩니다."

폭탄을, 끌어안게 되었다.

격식에 맞춰 입어야 하는 모임이라니 전무실 윤 실장이 추천해 준 숍에서 대여한 옷을 입고, 찬양은 회사 차량을 이용해 모임 장소로 이동했다.

층이 높은 컨벤션 앞에서 내린 찬양은 들어서는 차량들을 힐끔 바라보았다. 비서의 보좌를 받으며 내리는 오늘의 주인공들을 바라보고 있자니 따로 걸음 하게 된 미안함이 솟구친다. 어제의 일만 아니었다면 그를 완벽하게 보좌했을 것이다.

"어떻게 오셨습니까?"

대기 중인 직원이 묻는다. 찬양이 초대장을 꺼내 보여 주자 명단을 확인한다.

"아, 백경에서 오셨군요."

"네. 혹시 남지안 상무님께서 도착하셨습니까?"

"네. 이미 오셨습니다."

흐. 왔단다. 어쩌면 좋냐. 찬양은 억지 미소를 씰룩씰룩 지으며 안으로 들어섰다. 어찌나 긴장을 했는지 클러치를 꽉 붙잡은 손에서 식은땀이 흐를 것만 같았다. 상무님 모임만 따라오면 일이 터지니 트라우마가 생길 지경이다.

찬양은 삼삼오오 모여 있는 공간으로 걸음을 옮겼다. 늘 새로운 공간이고 새로운 사람들이 있다 보니 멈춰 있을 마땅한 공간을 찾지 못하겠다. 여기저기서 자신을 바라보는 눈길이 느껴져 그녀는 아닌 척 시선을 돌리며 지안을 찾았다.

"안 계시나……."

막상 들어서니 기댈 곳은 상무님뿐이라, 위축되니 마음이 급해진다. 이리저리 눈치만 보며 무턱대고 걸음을 옮기다 어느덧 홀의 중심까지 들어섰다.

"이게 아닌데……."

우뚝 멈춰 섰다. 가만히 주변을 둘러보자 벽을 타며 사각 줄로 마련된 뷔페 중심으로 사람들이 모여 있다. 자신이 서 있는 주변으로는 한 명도 보이질 않고, 마치 태풍의 눈에 들어온 것처럼 휑하다. 사람이 많은 곳을 필연적으로 피하다 보니 멍청하게 중심부로 들어온 것이다.

찬양은 어디로 방향을 틀어야 할지 몰라 갈팡질팡했다. 기개 있게 홀로 중심에 서 있자 바라보는 시선은 점점 더 많아진다. 애매하게 방향을 틀자니 마치 아는 사람 찾아가는 것 같고, 그 어디도 아는 사람이 없으니 막상 간다 한들 더 민망하게 서 있어야 할 것 같다. 차라리 자연스럽게 뒤돌아 나가야겠다. 찬양은 결심한 듯 최대한 자연스럽게, 자연스럽게 돌아섰다.

"으아!"

고상한 척 뒤돌았으나 방정맞은 소리가 저절로 튀어나왔다. 방어적인 자세를 취하며 찬양은 뜨악한 표정을 지었다.

"13분 15초 늦었습니다."

사람들이 쳐다보던 이유를 알겠다.

"비서가, 이렇게 늦어도 되는 겁니까?"

내 뒤에 당신이 있었다.

우스꽝스럽던 표정을 진정시키며 찬양은 다시 입가에 미소를 장착했다. 고상하게 웃어 봐도 어색함은 감춰지질 않는다.

"느, 느, 늦어서 죄송합니다."

"죄송할 일은 애당초 안 하는 게 좋습니다."

지안이 평소처럼 대하자 긴장했던 마음이 한순간에 풀어져 버린다. 막상 만나면 무슨 말부터 해야 하나 마음이 천근만근 무거웠는데, 지각이 신의 한 수가 되다니.

"언제 오셨어요? 상무님?"

"정시에 왔습니다. 누구처럼 늦는 일이 없는 나니까. 그건 그렇고."

의외라는 목소리다.

"격식 있게 잘 차려입은 걸 보니 역시."

찬양은 금세 얼굴을 붉혔다.

"윤 실장의 안목이란."

"……저는 이제 뭘 하면 될까요?"

내 칭찬 하는 줄 알았네! 우씨! 다시 눈을 치켜뜨며 찬양이 웅얼거리자 지안은 피식 헛웃음을 흘리다가 가까이 다가왔다. 그러곤 귓가에 나직하게 속삭였다.

"안 올 줄 알았는데 예상을 참 잘 빗나가는 사람이야, 당신."

뜻밖의 이야기에 찬양은 클러치를 세게 쥐었다.

"괜한 소문은 만들고 싶지 않으니까 얌전하게 있다가 돌아가죠."

"알겠습니다. 상무님."

지안은 상체를 바르게 하며 다시 멀어졌다. 그는 사무적인 얼굴로 사무적인 태도를 일관했다.

"오늘 참여 인원 많으니까 실수 없이 보좌해요. 정 비서가 정보를 혼동하면 내게 지장이 많습니다."

"네, 상무님."

찬양은 그새 잔뜩 굳어 버린 표정으로 대답을 마쳤다. 휴, 짧게 숨을 내쉰 지안은 따라오라며 턱 끝으로 방향을 가리켰다. 그의 뒤를 따라가며 찬양은 입술을 지그시 깨물었다.

착각이었다. 그는 공과 사가 명확한 사람이다. 지금은 공(公)의 일부를 완벽하게 처리하고 있을 뿐이라는 걸.

"2시 방향. 지금 이쪽으로 걸어오는 사람."

"한경철강의 최필영 이사입니다. 두 달 전에 경기도 광주에서 한남동으로 자택 이전을 하셨습니다."

지안이 시선 처리를 하며 제게 오는 사람의 신상을 묻자 찬양은 빠르게 답했다.

"남지안 상무님!"

"아아! 최 이사님!"

사내가 다가오자 지안은 반갑다는 듯 인사를 했다. 일면식도 없는 것처럼 기억에 없는 사내지만 여러 번 스쳤으리라.

"상무님. 이게 얼마 만입니까! 몸은 괜찮으십니까? 별일 없으시지요?"

"네. 덕분에 잘 지내고 있습니다. 한남동으로 이사하셨다는 이야기는 들었습니다. 본사 출근 수월하시겠습니다."

"허허, 그래서 일이 더 많아진 느낌입니다."

찬양은 익숙하게 사내와 대화를 시작한 지안을 물끄러미 바라보았다. 그는 어제 일을 잠시 묻어 두었을 뿐이다. 그저, 연기에 가까운 업무 수행 중일 뿐이다.

"아, 이쪽은 제 수행 비서입니다. 정찬양 씨."

"오오, 오늘은 신 실장이 보이질 않는군요. 미인께서 대동하셨습니다."
"안녕하십니까. 비서실 정찬양입니다."
사실은, 내가 오질 않길 바라고 있었던 거다.

"참, 남 상무. 그 얘기 들었어?"
잠시 찬양과 멀어진 지안은 평소 친분이 깊은 사내를 따라 구석 자리를 향했다. 아무리 몸이 멀어져 봐야 그의 시선은 그녀를 따라갔다. 할 일이 없어져 무료한 시선으로 찬양은 모두와 어울리지 못한 채 홀로 서 있었다.
"백경 대표 말야. 임강준이."
회사 이야기가 나오자 지안의 시선이 사내에게 꽂힌다. 샴페인을 삼킨 사내는 더욱 목소리를 낮췄다.
"신분을 전부 세탁했대. 예전 인터뷰에 나왔던 부모라는 사람들도 돈 주고 고용한 사람들이라고."
"누가 그럽니까?"
"누구긴 누구야, 그런 일을 전문으로 파는 사람들이 어디 한둘이야? 파다해, 지금."
지안은 지나가는 직원을 손짓으로 불러 쟁반 위 샴페인 잔을 집었다. 홀짝 삼키며 사내의 남은 말을 채근했다.
"여기서부터는 그다지 믿을 만한 정보는 아닌데, 그 부친이 알코올 중독자였다는 설도 있어."
"뭐, 그럴 수도 있죠."
"모친이 무당이었대."
입술로 가져가던 샴페인 잔이 멈춘다. 지안은 뜬금없는 사내의 이야기에 말을 아꼈다.
"자세한 내막은 모르겠고, 다 조작된 신분이라고 소문이 파다하니까 진상 조사 한번 해 봐."

"굳이 숨기려 한 사실을 끄집어내서 뭐 합니까? 집안이야 본인이 선택할 수 있는 문제도 아닌데."

대외적인 변명을 앞세웠다. 대표를 조사 중이라는 사실은 어디에도 말할 수 없는 최고 기밀이기에 누구에게도 알려선 안 된다.

"어허, 사람. 그게 아니지. 집안도 속인 사람이 뭔들 똑바로 하겠어."

"아직은 문제없습니다."

"임강준이가 보통 인물이야? 그 나이에 그룹 대표직을 맡을 정도면 머리가 얼마나 비상하다는 거야. 무섭지도 않나?"

지안은 말없이 웃었다. 사내는 답답하다는 듯 미간을 좁혔다.

"듣도 보도 못한 방법과 술수를 써서 교란시킬 수 있어. 조심하라고. 무조건 말이야."

듣도 보도 못한 방법. 술수, 교란.

다시 지안의 시선은 찬양을 찾는다. 조금 전 그 자리 그대로, 그녀는 무료하게 서 있다. 즐거운 표정으로 공간을 즐기는 사람들을 부럽게 바라보는 것도 같다.

"저번 경영자 모임 때도 화장실에서 누굴 작살나게 팼다는데. 이것도 소문인지 사실인지 모르겠지만."

"여전히 지라시 좋아하십니다."

"재밌잖아. 이런 재미도 없이 무슨 낙으로 일만 하며 사나?"

듣도 보도 못한 방법과 술수. 그리고 교란.

"소문이 사실이라면 그 피가 어디로 가겠어? 그 나물에 그 밥이지. 그런 부모 밑에서 제대로 된 교육을 받았겠냐고."

그게, 너일 수도 있는 건가.

"남 상무?"

"조언 감사합니다. 내부 문제는 내부 규정대로 알아서 잘 운영하겠습니다."

지안은 호방한 미소를 그리며 자리를 떴다. 곧은 걸음은 누구를 향하고 있는지 대번에 알려 주었다.

"아, 말씀 끝나셨어요? 상무님?"

그게 너라면.

"빈 잔 주세요. 제가 처리할게요."

그게 너라면.

"……정찬양 씨."

난, 어떡해야 하는 거지?

지안은 나직하게 찬양을 불렀다. 그의 손에 들린 샴페인 잔을 대신 받으려던 찬양은 고개를 조금 더 들어 지안을 바라보았다. 여전히 이겨 내지 못한 혼란과 싸우고 있음이 분명한 내적 갈등이 고스란히 묻어나는, 그는 그런 눈빛을 하고 있었다.

"나랑 얘기 좀 합시다."

일순간 그녀는 예감했다.

"네. 상무님."

어쩌면 오늘은, 그의 얼굴을 바라보는 마지막 날이 될 수도 있겠다고.

강준은 늦은 시간 만남을 청해 온 김 사장과 독대했다. 성격이 급한 김 사장은 자리에 앉자마자 듣기 거북스러운 이야기를 꺼냈다. 신기술을 중국 쪽으로 더 넘겨야겠다고, 그는 말했다.

"대표님, 아무래도 조금 더 손을 대야겠습니다."

김 사장에게 술을 받던 강준은 고개를 들고 김 사장을 바라보았다.

"그게 지금 무슨 말씀이십니까? 손을 대다니요?"

"대표님도 아시다시피 제가 이번에 손해를 좀 보지 않았습니까?"

70억 원에 넘기는 건 안 될 일이었다며 김 사장은 여과 없이 속내를 드러냈다.

"처음이고 급하게 처리를 하다 보니 터무니없는 가격에 일을 성사시킨 것이, 제가 요령이 없었지요."

"김 사장님, 자그마치 80억 원입니다."

"기술 가치가 32조 원이라고 하지 않았습니까?"

"……."

"팔고 보니 마진이 안 맞는다, 이 말입니다."

김 사장은 스스로 격을 무너트렸다. 생각하고 말고 할 것 없이 강준은 단호하게 고개를 내저었다.

"더 이상은 무리입니다. 그룹 차원에서도 힘들어요. 지금 김 사장님께서 팔아넘긴 기술만으로 손해가 얼마인지 아십니까?"

말끝에 강준은 중탕이 잘된 사케를 한 모금 삼켰다. 뱉을 말을 잠시 정리하기 위한 시간이기도 했다.

"80억 원이면 김 사장님 노후 자금으로는 충분하다 생각합니다. 적절한 때를 봐서 배당금 또한 섭섭지 않게 챙겨 드리죠."

"도와주기 어렵다는 말씀이십니까? 이제 와 발을 빼시겠다?"

"김 사장님을 위한 판단입니다. 꼬리가 길면 잡히는 법입니다."

"잡힐 꼬리는 미리 잘라 두겠습니다."

강준은 설핏 웃음을 토했다.

"김 사장님. 욕심이 지나치십니다. 한국 최고의 그룹 계열사 사장께서, 뒷거래라니요."

"자리 하나 지키려고 사람도 죽인 마당에 대표님, 대단히 고고한 척하십니다."

작은 사케병을 붙잡은 강준의 미간이 사정없이 좁혀진다. 숨을 가르는 냉기를 깨며 김 사장은 호탕하게 웃었다.

"도와주십시오. 대표님이나 저나, 멈추긴 늦은 때가 아닙니까."

"대체 뭘 팔아넘기시려는 겁니까. 어떤 기술을."

"무인 선박."

"김 사장님!"

쿵. 강준은 사케병을 소리 나게 내려놓았다. 예상했다는 듯 김 사장은 평온한 표정으로 그를 응시했다.

"때마침 관심을 보이는 작자들이 있습니다. 아직 완전히 개발된 기술은 아니라도 70% 이상 진척이 있으니 구미가 당기는 모양이지요."

러시아와 협업이 한창인 무인 선박 기술은 현재 가치를 매길 수 없는 단위. 운용 중인 자금만도 이미 32조 원을 넘어선 기술.

"대표님, 자료 열람을 부탁드립니다."

"못 들은 걸로 하겠습니다. 분명히 말하는데, 더는 안 됩니다."

"제 도움은 이제 필요 없다, 이 말씀이신 듯합니다만."

"그런 문제가 아니질 않습니까! 대체 그룹이 어디까지 곤두박질을 쳐야……."

"대표님의 그룹도 아니질 않습니까."

"……."

"제가 만든 그룹도 아니지요."

강준은 매서운 눈으로 김 사장을 노려보았다. 그런 눈빛엔 이골이 났다는 듯 김 사장은 또다시 호방하게 웃었다. 빈 잔에 사케를 가득 따르며 김 사장은 부드럽게 말했다.

"어쩔 수 있습니까? 백경에 몸담고 있는 이상 우리는 멈출 수가 없습니다. 대표님."

이미 손에 묻힌 피는 지워지질 않는다고.

"자자, 대표님. 건배하시죠. 제가 또 마지막까지 힘을 실어야 대표님께서 진짜 총수로 올라서실 것 아닙니까."

김 사장이 건배의 의미로 술잔을 내민다. 너는 내가 없인 아무것도 아니라는, 무언의 압력이 가해진 건배. 강준은 마주 댈 것처럼 잔을 들어 올렸고 이내 뒤집어 힘껏 내리쳤다.

쨍그랑—!

"어어! 대표님!"

잔을 가득 채웠던 술이 튀긴다. 박살이 난 술잔은 강준의 손바닥 사이사이를 긁었다.

"진중하게 말씀드리죠. 김 사장님께선 새겨들으셔야 할 겁니다."

술과 피가 섞여 그의 손을 어지럽혔다.

"내 앞에서 개수작 부리지 마."

"……."

"적당히 해. 뭐든지."

김 사장의 표정이 굳어 간다. 평정심을 유지하던 모습은 어디로 가고, 이번엔 적잖이 놀랐는지 잔을 잡은 손까지 떨었다. 눈길을 거두며 강준은 물수건을 들었고 느린 손길로 손의 피를 닦아 냈다.

"라는 말씀을 드리고 싶군요."

온통 시뻘겋게 변한 손바닥을 무심하게도 닦는다. 마치 손에 묻은 이물질을 닦아 내듯 표정엔 변화가 없다.

"자리 하나 지키자고 사람까지 죽인 마당에, 제가 무얼 무서워하겠습니까?"

그 태연자약함에 김 사장의 얼굴은 파랗게 질렸다.

"무리하지 맙시다. 김 사장님."

그는 백경의 진짜 주인을 꿈꾸는 게 분명했다.

지안은 연회장으로 마련된 홀을 나서 복도를 걸었다. 그 뒤를 찬양이 따르고, 두 사람은 약간의 간격을 두었다. 적당한 장소를 찾던 지안은 닫혀 있는 여러 홀 중 아무 문이나 열었다.

"해서 말이야. 어, 잠깐만."

이미 안에서 중요한 업무 통화를 하던 사내가 돌아서 지안을 바라본다.

"실례했습니다."

지안은 다시 문을 닫았고 아무 문이나 휙휙 열어 보며 적당한 곳을 찾아다녔다. 사람 없는 곳이 이렇게도 없다니. 말 한마디 나누기 참 드럽게 버거운 곳이다.

마침내 적당한 곳을 찾은 지안이 그제야 뒤를 바라보았다.

"……여기 괜찮네. 들어가죠."

지안이 말하며 문을 조금 더 열자 머뭇거리던 찬양은 안으로 들어섰다. 그녀가 스치자 라벤더의 짙은 향이 감돈다. 지안은 긴 숨을 불어 내쉬며 그녀 뒤를 따라 안으로 들어섰다.

쿵. 문을 닫자 소란함이 사라진 세계가 펼쳐진다. 창이 있는 곳까지 걸음을 옮긴 지안은 여전히 혼란스러운 시선을 야경으로 돌렸다. 한참이나 침묵으로 일관하지만 그녀는 채근하지 않고 조용히 기다려 주었다. 미친 말들을 뱉어 내기란, 이렇게도 힘겹다.

"정찬양 씨."

"네. 상무님."

"내가 정찬양 씨가 해 주고 간 이야기에 몇 가지 의문이 들어서."

"네."

반짝거리는 야경은 조금도 따뜻하지 않다.

"묻기 전에, 어제는 어디서 잤습니까?"

"……친구네서요."

친구 누구냐고 묻고 싶지만 정작 그녀의 친구를 알 리 없다.

"염색체가 같기를 바랍니다."

"무, 무슨 소리세요! 당연히! 당연히!"

"외박을 해도 내가 하고, 집을 나가도 내가 나갑니다."

금세 열을 올리듯 목소리를 높인 그녀가 입술을 꾹 깨문다.

"앞으론 주의해 줬으면 좋겠는데."

"……네. 상무님."

어느 때, 어느 순간에라도 도망치듯 사라지지 말라는. 남겨지는 것에 대한 불쾌함이 묻어나는.

"그럼 시작하죠. 몇 가지 접점에 대해 물으려고 하는데. 사실 모든 말이 다 어이없지만 거기서 조금 더 어이없는, 그러니까 그중 가장 어처구니없는 사실들과 빈틈만……."

"네네. 알겠습니다. 상무님."

질문도 수치스러운지 그의 서론이 길다. 잘 이해한다는 마음으로 그녀가 말을 자르자 지안은 야경에 고정한 눈을 감았다가, 떴다.

"가장 이해가 되지 않는 건 정찬양 씨를 회사에 입사시킨 부분."

……몇 가지 자료를 미친 듯이 찾아보았다. 그녀의 입사 정보, 업무 정보, 행적.

"내가 영혼만 떠돌아다녔다면서, 왜 정찬양 씨의 도움이 필요했습니까? 혼자 알아보고 다녔으면 될 일을?"

"그게, 상무님의 시간이 제 앞에서만 흘렀어요."

찬양은 차근차근 설명을 했다. 당신의 묶인 시간이 내 앞에서만 흘렀다고. 당신의 몸을 깨우기 위해, 당신은 내 곁에 머물렀다고.

"상무님이 깨어나면 그동안의 기억을 잃으니까……. 범인을 잡아도 기억을 못 하실 테니까……."

대신 기억을 해 달라, 당신이 내게 청했다고.

"후……."

지안은 숨을 뱉으며 준비해 둔 다음 문항을 꺼내듯 물었다.

"그럼 다음 질문. 정찬양 씨가 만든 작업 문서들은 전부……."

"네. 상무님께서 만드신 거예요. 사실 제가 아는 게 하나도 없어서, 상무님께서 전부……."

"그럼 내가 그 집에서 살았다는 말입니까? 정찬양 씨의 집에서?"

"네. 그곳에 계셨어요."

글자 그대로 환장하겠다. 지안은 인내심을 시험하는 듯한 노력으로 그녀의 답을 들었고 의문했던 것들을 이것저것 물었다. 스스로 황당해도 일단 물어보았다.

"그럼, 내가 어떻게 남 전무에게 업무 요청을 했습니까?"

"예약 메일을 보내셨어요. 상무님께서 공석일 때 늘 사용하시던 방법이라면서……."

기습적으로 무엇을 어떻게 물어도 그녀는 막히는 구간 없이 술술 설명해 나갔다. 잘 짜인 대본이라도 틈은 있을 것이라 믿었는데.

"남 전무는, 이 사실을 전부 알고 있다?"

"말씀드리긴 했어요. 다 믿진 않으셨지만 상무님을 만날 수 있게 해 주셨죠."

"그럼 남 전무도 범인을 알고 있습니까?"

"아뇨. 상무님께서 절대 남 전무에게 섣불리 알려 주지 말라고 신신당부를 했어요."

기대와는 달리 단 한 번의 막힘도 없이. 아니, 외려 그녀는 물어봐 주기를 기다렸다는 듯이.

"하……."

혼란은 갈수록 가중되었다. 지안은 화려하지만 감흥 없는 야경에서 시선을 떼었고 천천히 몸을 돌리며 찬양을 바라보았다. 그녀의 굳은 표정은 언제 보아도 낯설고 또 어색했다. 가만히 생각해 보니.

"그럼 내게 이것들을 전부 알려 주는 것으로, 정찬양 씨의 임무는 끝입니까?"

"네. 상무님."

내가 네게 좋아한다는 고백을 한 뒤로, 너는 더 이상 웃지 않게 되었다.

"USB를 돌려드리고, 범인과 조력자를 알려 드리는 것을 끝으로……."

한 번의 입맞춤을 뒤로, 너의 표정은 내내 울 것처럼 변해 버렸다.

"저의 임무는 끝입니다. 상무님."

네 표정이 변한 이유를 알지 못해 내내 초조했다. 마음을 열면 열수록 닫히는 네 마음에 나는 불안했다. 관계의 끝이 다가오고 있음에 그러했음을 나는, 이제야 깨닫는다.

"……그렇군요."

지안은 뜻을 알 수 없는 표정으로 그녀를 바라보다가 다시 창문으로 고개를 돌렸다. 갑갑한 마음에 창문을 열었다. 찬바람이 매섭게 쏟아지지만 한편으로는 상쾌했다. 꼬인 생각은 갈무리될 조짐이 보이질 않고 아무리 두어도 가라앉을 것 같지 않았다. 무엇이든, 결단을 내려야 한다.

"그래서 표정이 내내 그랬습니까?"

"네? 저요?"

"울 것 같은 표정 하고 있잖아, 당신."

뱉어 내는 말과 표정을 볼 수 없는 그의 뒷모습이 어우러져 가슴을 짓누른다. 찬양은 편치 않은 눈빛을 하고 있었음에 입술을 꾹 깨물었다. 그의 마음을 받아 든 이후로 단 하루도 마음 편히 지내본 적 없었음에, 왈칵 눈물이 흐를 것 같기도 했다.

"사실은요."

……사실은요.

"무서웠어요. 상무님은 제 말을 믿어 주지 않을 테니까요."

그래. 오늘을 후회할지도 모른다. 당신의 불신을 알면서도 진실을 퍼부은 지금의 나를, 저주할지도 모른다. 침착하게 다음을 기약하지 않은 성급한 나를.

"미친 사람처럼 모든 것을 밝히고 난 후에. 그 후에."

나는, 용서 못 할지도 모른다.

"상무님을 영영 못 보게 될까 봐. 상상한 가장 비극의 순간을 맞이할까 봐."

슬펐어요. 영영 모른 척하고 싶기도 했어요. 나만 입 다물면 되는 일 같아 당신의 사랑에 집중하고 싶은 욕심도 일었어요. 진실 같은 건 아무래도 좋다고. 나는, 당신만 있으면 된다고.

"이젠 아무래도 좋아요. 이것도 내가 선택한 삶이니까요."

신랄한 바람이 텅 빈 마음을 채운다. 여전히 바깥 풍경을 응시하고 있는 그의 생각을 알 길이 없어 시린 마음은 얼어붙어 갔다. 사랑하는 이의 뒷모습이 이렇게나 시리고, 외롭고, 쓸쓸한 모습일 줄이야.

"어쩌면 늦었는지도 몰라요. 오래 고민했어요. USB를 넘겨드린 후의 내가 걱정됐으니까."

그녀는 더욱 솔직해지기로 한다.

"이렇게나마 상무님과 함께할 수 있는 시간이 이젠 없을 것 같아서, 상무님께 이젠 내가 필요하지 않을 것 같아서."

"……."

"겨우 좋아한다는 말을 받아 냈는데. 이제 겨우, 이제 겨우 받아 냈는데 전부 사라져 버릴까 봐."

마지막일지도 모른다는 생각에 여러 말을 쏟아 냈다. 허락하지 않은 눈물이 번진다. 어떻게 해도 그의 마음을 열 수 없을 것만 같은 막막함에 발이 굴러질 것 같았다. ……그가 돌아선다.

"줘 봐요."

"네?"

"달라고. USB."

찬바람을 등지고 그가 손을 내밀자 맴돌던 눈물이 쑥 들어간다. 찬양은 코를 훌쩍거리다가 돌아섰다.

"잠시만요……."

힐끔힐끔 고개를 돌리며 그의 눈치를 보다가 결심한 듯 손을 가슴께로 가져갔다. 등을 구부정하게 만들며 가슴 안에 숨겨 둔 USB를 찾았다. 한번 감춰 보니 이만큼 적합한 장소가 없더라. 그녀는 매일매일 말 그대로 USB를 가슴에 품고 다녔다.

"지금…… 뭐 합니까?"

찬양이 뒤돌아 우물쭈물하자 지안은 이상한 행태에 미간을 좁혔다. 들고 있는 클러치에서 꺼낼 줄 알았더니 뭔가 좀 이상하다.

"기다려 봐요. 달라면서요."

찬양은 불편한 드레스 사이를 가르며 USB를 꺼냈다. 부스럭거리는 팔 위치만 봐도 어디서 꺼내는지 알겠다. 지안은 휘청였다. 지금 어, 어디서 꺼내는 거냐!

"여기, 여기 있어요."

앞섶을 정리한 찬양이 뒤돌며 USB를 건넨다. 귀가 붉어진 지안이 받아 들고는 꾹 쥐었다. 작은 기기에서 적당한 온기가 느껴지니 이번엔 목덜미까지 타들어 간다.

"USB 돌려드렸으니까 범인이 누군지 알려 드릴게요."

"됐습니다. 안 듣고 싶은데."

"찾고 계시잖아요."

"찾고 있으니까, 안 듣겠다고."

상무야 나 말 좀 하게 해 줘……. 말하고 싶어서 심장 터지겠다고…….

"아니, 여태 다른 말은 다 들어 놓고 왜 그건 말 못 하게 해요?"

지금까지의 분위기는 잊은 듯 찬양이 눈꼬리를 올린다.

"일전에도 말하지 않았나? 판단에 듣지 않는 게 좋을 것 같다고."

"USB는 받아 가셨잖아요."

"이건 원래 내 거니까."

지안은 주먹으로 감싸고 있던 USB를 내려다보았다. 힐끔, 시선을 들며 다시 찬양을 응시한다.

"이것 때문에 여태 고생했습니까? 이걸 주려고?"

"뭐, 시키신 일이니……."

찬양은 말을 하다가 멍하니 입술을 벌렸다. 툭, 지안은 USB를 떨구더니 구둣발로 사정없이 찍어 내렸다. 우직끈—! 작은 기기는 그의 발아래 산산조각이 난다.

“꺄악! 이, 이게 뭐 하는 짓이에요! 상무님!”

“내 거 내 마음대로 처분하는데 문제 있습니까? 200자 이내로 듣죠.”

“그, 그, 그거! 그거 중요한 거란 말이에요!”

“중요하고 안 하고는 소유주인 내가 판단하고.”

“미쳤어! 이걸! 세상에 이걸!”

찬양이 우다다다 달려와 그의 발밑에 쭈그리고 앉아 USB를 들었다. 이미 산산조각이 나 버린 작은 기기는 고쳐 볼 의지도 들지 않게 명을 달리하고 말았다.

내놔! 지안은 홱, 찬양이 들고 있는 USB를 뺏어 들더니 휙, 창밖으로 던져 버린다.

“헐…….”

창밖으로 호선을 그리며 사라진 USB를 바라보던 찬양은 또다시 벌떡 일어서 우다다 창문 앞으로 달려갔다. USB는 이미 점처럼 사라져 보이지도 않는다. 멘탈이 가루가 된 찬양은 눈을 부릅떴다.

“미쳤어요?! 저걸 버리면 어떡해요!”

“뭘 어떡합니까? 지금까지도 없이 잘만 살았는데.”

“저걸 주려고 내가 지금까지 무슨 개고생을 했는데!”

“개고생? 고양잇과인 줄 알았는데, 갯과였나?”

“뭐, 뭐요?!”

찬양이 불꽃같은 화를 내자 지안이 멀뚱멀뚱 바라본다. 그녀는 쭉 뻗은 손으로 창밖을 가리키며 창을 찌르듯 연신 삿대질을 했다.

“저거! 저거! 저걸 가져가서 빨리 증거를 확보해야 할 거 아녜요! 그러라고 줬지! 이렇게 버릴 줄 알았으면 내가 진작 가져다가 블렌더에 갈아 버렸죠!”

“아아. 블렌더. 좋네. 백경의 원 클릭 블렌더를 추천하죠.”

“이, 이, 이제 어떡해요? 저거 저렇게 버리면 어떡해요! 저기 들어 있는 증거들은 다 어쩌냐고요!”

"이봐요, 정찬양 씨."

"못 고쳐요? 제가 내려갔다가 올까요? 일단 건져 오면 복구 안 돼요? 능력자라며! 못 해요?!"

"정찬양 씨."

맙소사…… 신이시여……. 찬양은 머리를 부여잡았다. 흐엉…… 세상의 모든 신이시여…… 이 대책 없는 중생을 어찌하면 좋으리까…….

"버릴 게 따로 있지…… 아무리 나를 못 믿어도 저걸 버려요. 어떻게…… 어떻게 저걸 버리냐고요……."

"정찬양 씨의 가정대로, 내가 정찬양 씨에게 저걸 남겨 두고 왔다고 해 봅시다."

상상을 해 봤다. 만일 진짜 나라면.

"만일 진짜 나라면, 그렇게 중요한 물건을 당신에게 맡겼을 리 없잖아."

USB란 애당초 하나의 도구일 뿐 예나 지금이나 절대적인 의지는 아니다.

"진짜 중요했다면 당신 손에 건네주고 돌아오지 않았겠지. 상식적으로 생각해 보자는 말입니다."

"……무슨 말이에요."

그런데 나는 어째서 네게 거짓말을 했을까. 어째서 네게, 목숨 같은 증거라고 둘러댔을까.

"그게 없어도 나는 깨어나 범인을 가려낼 자신이 있었을 거라는 말입니다. 내 말은."

찬양은 흔들리는 눈빛으로 그를 바라보았다. 세상에서 제일 중요한 물건이라 여겼던 것이 하찮아지는 순간, 가슴에 품고 다녔던 물건이 그의 구둣발에 짓이기고 조각나 없어져 버린 순간.

"아뇨. 상무님은 꼭 돌려 달라고 하셨어요. 정말 중요한 거라고. 그런 문제가 아니면 제가 왜 이렇게까지 산전수전 공중전을 겪으며 상무님께 왔겠어요?"

허무함이 휘몰아친다.

“그거 돌려드리려고 제가 어떻게 상무님 곁으로 왔는지 아세요? 내가 얼마나, 얼마나 힘들게 상무님 옆으로 왔는데. 어떻게, 어떻게 USB가 아무것도 아니라는 말을 해요?”

가슴 졸였던 날들이, 밤잠을 설치며 야위어 가던 날들이, 흩날린다.

“이렇게 버릴 거면서! 이렇게 필요 없다고 말할 거면서! 그때는 왜 아무짝에도 쓸모없는 물건을 주고 갔어요, 왜! 내가 얼마나 힘들었는데! 난 쉬웠는지 아세요? 인생이 통째로 뒤집어졌다고요! 그래도 나는 약속을 지키려고! 상무님이랑 했던 약속을 지켜 보려고!”

과거를 묶어 두지 않은 그를 붙잡은 채 복받한 서러움을 탓으로 돌린다. 끝까지 나는, 엉망진창.

“왜 사람을 바보로 만들어요, 왜……. 내가 얼마나 가슴을 졸였는데……. 전부 다 내 탓 같아서 얼마나, 얼마나……. 이렇게 필요 없는 물건인지 알았다면 처음부터 찾아오지 않았을 거예요…….”

처음으로 당신과 있었던 시간을 후회한다. 내가 흘려보낸 나의 시간을 후회한다.

“그냥 살았을 거라고요……. 그냥저냥 되는대로 어찌어찌, 어찌어찌 그냥…… 그냥 살았을 거라고요…….”

“그러니까. 내 말은, 그럴까 봐.”

반쯤은 거짓인 그녀의 말끝에 그가 대꾸를 한다.

“그럴까 봐, 내가 그걸 남겨 두고 오지 않았을까.”

그러지 않았을까. 아마도 나라면.

“말했지만 내겐 이미 필요가 없습니다.”

아마도, 나라면.

“뭐, 있으면 도움이 되는 건 분명하지, 분명한데. 이미 난 없이도 이만큼 왔고 또 없이도 제법 왔고.”

알아들을 수 있을 듯 말 듯 그의 말은 어지럽다. 찬양은 느리게 눈을 감았다가 떴다.

"그때의 나는 이 사실을 몰랐나? 아니, 몰랐을 리가 없지. 그럼 나는 왜 USB를 중요하다고 당신에게 강조했을까."

지안은 성큼 찬양에게 다가섰다. 도무지 시선을 맞추지 않는 그녀의 턱을 가볍게 붙잡았다.

"내가 찾길 바란 건 USB가 아니라, 그걸 가지고 올 정찬양 씨였던 것 같은데."

이 모든 상황을 믿는 일, 쉽진 않겠지만, 이 모든 상황을 전부 믿게 되는 날, 아마도 오지 않겠지만. 만약에, 그래도 만에 하나, 나라면.

"아마도 나라면 그러지 않았을까, 하고 유추를 해 봤는데, 어떻습니까? 그 정도 숙제는 주고 가야 이 악물고 오지 않겠어? 산전수전 공중전을 클리어 하면서."

그녀의 눈가는 금세 젖어 들었다. 억울함이 많은, 서러움이 많은 그녀의 표정을 보고 있자니 굳이 답을 듣지 않아도 알 것만 같았다.

"USB가 내 손에 있는 이상 우리 관계는 절대로 편해질 수 없어. 난 더욱이 USB 안의 정보를 신뢰하지 못할 테고, 일은 더 꼬여 갈 테고. 난 때때로 이걸 내게 건넨 당신을 의심할 테고."

찬양은 그를 바라보며 생각했다. 안다. 알고 있다. 그는 여전히 나의 말을 완벽하게 믿지 않고 있다는 걸.

"좋아. 이제야 우리 서로 공평해진 것 같은데."

어쩌면 평생을 살아도 오늘의 일을 신뢰하지 않을 거란 걸. 그럼에도 불구하고 할 수 있는 모든 힘을 다해, 지금의 순간을 넘겨 보려 한다는 걸.

"할 말 남았으면 지금 합시다. 숨기는 건 더 없습니까?"

"어, 없어요."

"줄 게 더 남았으면 지금 주고."

"없다니까요……."

"그럼 영혼이니 임무니, 그런 시답잖은 소리는 이제 집어치웁시다.

관심 없는 분야라서 오래 다루고 싶은 주제는 아니거든. 그럼 이제 원점으로 돌아가 다시 시작해 볼까."

"시작요? 어떤……."

그가 웃는다. 안온하고 따뜻한 그의 표정에, 나는 나도 모르게 안도하고 말았다.

"정찬양, 현실 남지안과 찐하게 연애 한번 하자."

찬양은 입술을 멍하니 벌리며 그를 올려 보았다. 지금껏 그가 뱉어낸 말들은 전혀 예상하지 못한 그림이 되었다.

"하자. 연애."

하트였다.

지안은 고백하기 전의 표정으로 돌아가 연회의 마무리까지 참석했다. 사람들에게 둘러싸여 일과 경제, 단순한 취미와 투자에 관련된 이야기를 나누는 지안의 모습을 먼발치서 바라보자니 찬양은 지금의 상황이 최선일 거라고, 스스로를 다독이게 되었다.

"그래. 이게 최선일 거야."

그가 USB를 포기한 것은 못내 마음 쓰였지만 그것마저 그의 선택일 뿐, 스스로 짊어질 짐은 아님을 알고 있다. 과거에 어떤 일이 있었건 간에, 그래서 너와 나 사이에 어떠한 숙제가 있었건 간에, 혹은 이 모든 것이 사실이건 아니건 간에.

지금의 내가 지금의 너를 좋아하니 연애하자고, 그는 단순한 결론을 내렸다. 수많은 염려와 경우의 수를 뛰어넘은 그다운 결론이었다.

"진짜 연애하나 봐, 이제. 진짜로."

찬양은 중얼거리며 애정이 담뿍 담긴 시선으로 모두의 중심에 서 있는 그를 응시했다. 지안이 말을 할 때마다 모두는 시선을 고정했다. 그의 입술 사이로 나오는 단어 하나 놓치지 않으려고 집중한 시선들이 느껴졌다. 어느 곳, 누구의 곁에서도 지지 않는 빛을 발하니 모든 사실은 꿈처럼 다가왔다.

"이렇게 보고 있으니까 되게 멋있다, 상무님……."

결국 그는 기억을 되찾지 못했지만 기억 없이도 사랑을 시작했다. 여기부터 시작이라 말하며, 거침없이 다가왔다.

"나도 아무 기억 없이 상무님을 다시 좋아하게 됐는데. 상무님도 그런 마음일까……."

그럴 수밖에 없는 걸까요. 기억을 지우고 또 지워도, 사랑을 다 비우고 다시 비워 내도. 처음으로 돌아가 일견 바라봐도, 타인으로 돌아가 천연 마주해도.

"저, 실례합니다. 백경에서 나오셨죠? 정찬양 씨?"

돌고 돌아서, 찾고 찾아서.

"네. 정찬양입니다."

……우리는, 운명인가요.

"여기 사인 좀 해 주세요. 가실 때 청와대 기념품 가져가셔야 합니다. 유기그릇 세트입니다."

"아, 네네. 알겠습니다."

찬양은 잠시 찾아온 관계자와 대면 후 다시 지안에게 시선을 옮겼다. 언제부터였는지 그가 이쪽을 바라보고 있다. 시선이 마주치니 어색한 기분이 들어, 찬양은 부자연스러운 미소를 그렸다. 소매를 걷어 시계를 바라본 그는 '금방 끝내고 갈게' 라고 입술만 벙긋거리며 말을 걸어왔다.

……네. 기다릴게요.

찬양은 어색함을 지워 낸 부드러운 미소로 답을 했고, 그는 연회의 마무리까지 내내 빛을 발했다. 숨은 달았다. 멀리서도 닿았으니까.

"할 말 있으면 해, 이선아. 눈치 보지 말고."

"네? 아, 뭐……."

현주는 전무실로 찾아온 이선과 차를 마시다가 단도직입적으로 물었다. 별일 없이 찾아온 이선은 질문을 해도 잘 듣질 못하고, 엉성한 답을 내어놓으며 넋을 놓기 일쑤였다. 이쯤 되면 신경을 쏟고 있는 일이 있다는 거겠지. 현주는 시원하게 물으며 그녀를 바라보았다. 이선은 무안한지 머리를 쓸어 넘기며 작게 미소 지었다.

"그게, 실은……."

"남 상무 얘기지?"

"……정확하게 말하자면 정찬양 씨와 오빠 얘기예요."

정찬양? 현주는 눈을 동그랗게 떴다.

"언니. 정찬양 씨랑 지안 오빠…… 그러니까, 그게……."

이선은 말이 시원하게 나오질 않는지 머뭇거렸다. 어지간하면 가슴에 묻어 보려고 했지만 그날, 그 풍경은 쉽게 뇌리에서 지워지질 않았다.

찬양에게 잘 가라는 인사를 하려고 식당 문을 열고 나섰던 그날, 그 밤. 지안이 찬양을 기다리고 있더라.

"뭐, 제가 얘기하면서도 말이 안 된다고 생각은 하는데, 둘 사이가 좀…… 그러니까……."

자신과 마주 보고 앉아 차 한잔 함께 마셔 줄 여유도 없다 말하던 남자는, 언제 나올지 기약도 없던 여자를 위해 시간을 할애하고 있었다.

"둘 사이가 좀…… 지나치게 가까워 보여서……."

운전석에 앉아 있는 그의 시선은 그녀만 찾더라. 그녀를 향한, 허물없던 그의 미소는 보고도 믿을 수 없음이더라. 온몸이 떨려 왔다. 눈물은 허락도 없이 떨어졌다. 그의 차에 올라타던 그녀의 미소는 비수가 되어 가슴으로 날아왔다.

"뭐, 확실한 건 아닌데 자꾸 불안한 생각이 맴돌아서……."

슬픈 예감은, 비껴가는 법이 없다.

이선은 평소 성격답지 않게 말꼬리를 흐렸고 애먼 부연 설명을 했다. 현주는 표정 없는 얼굴로 이선을 바라보다가 입술을 열었다.

"정찬양 씨와 남 상무가 연애라도 한다는 거야?"

"아, 아뇨. 그럴 일은 없겠지만, 아무래도 느낌이 좋지 않아서……."

"무슨 느낌. 둘이 좋아하게 될 것 같은 느낌?"

현주는 물으며 다시 차를 들었다.

"아니면, 서로 좋아 죽고 못 살게 될 것 같은 느낌?"

"그럴 리가 있겠어요, 지안 오빠가 그럴 리는 없지만 단지 제 노파심이……."

"왜 그럴 리가 없는데."

"……."

"정찬양 씨가, 비서 출신이라서?"

현주가 조용히 묻자 이선은 찻잔에 고정했던 시선을 옮겼다. 어느새 그녀는 자신의 대답이 상스러웠다는, 부끄러움이 많은 눈빛이 되었다.

"재벌 집 아들은 비서 좋아하면 안 돼? 어느 나라 법이 그래?"

"언니, 제 말은 그런 게 아니라……."

"남 상무도 사람이야. 인간이고, 남자고. 곁에서 살뜰하게 알뜰하게 챙겨 주고 웃어 주면 정들 수 있는 거, 아냐?"

"제 답이 잘못됐다는 건 알아요. 하지만 언니도 아시잖아요. 오빠가 그러면 안 된다는 거."

"알지. 아주 잘 알지."

"……."

"물론 네 말이 사실이라면 나는 두 사람을 반대하겠지. 하지만 너는 반대할 자격 없잖아."

이선은 고개를 숙였다.

"나는 그래도 되지만, 너는 그러면 안 되지. 네가 무슨 자격과 위치로 둘을 반대해."

할 말이 없어 입술만 사리물었다.

“질투 나고 불쾌하고, 신경 쓰이고 예민할 수 있지. 모르는 건 아닌데 김 변 마음이 그렇다고 해서 남 상무 주변의 여자들을 모두 없앨 수도 없잖아. 안 그래?”

“그, 그런 부탁을 하려고 한 건 아니고…….”

“정찬양 씨 없애고 나면? 다른 비서 거슬린다고 또 자를까?”

“언니, 제가 실수했어요. 그냥 제가 답답해서 그랬어요, 말할 곳이 없어서요…….”

이선의 울먹거림에 현주는 실소하며 한쪽 눈썹을 올렸다.

“의외네. 짝사랑하면서 김 변, 사이다 기대했어?”

……짝사랑. 지긋지긋한, 짝사랑.

“원래 짝사랑은 말할 곳이 없어. 없는 게 맞아. 누가 구질구질한 짝사랑 얘기를 들어 줘, 이 바쁜 세상에.”

조금도 예쁘지 않은, 세상 어느 누가 해도 멋있지 않은, 더럽게 칙칙하고 질척거리는, 짝사랑.

“……휴.”

현주는 굳었던 표정을 풀며 다시금 다정한 언니의 모습으로 돌아왔다.

“이선아, 나도 남 상무가 너랑 결혼했으면 좋겠어. 내 바람도 그래. 그런데 걔가 내 말 듣니? 안 들어. 절대.”

“기다리다 보면 오빠와 잘될 수 있을 거라고 생각했는데, 자꾸…… 자신이 없어져요…….”

“뭐, 그래. 그럼 자신 없어지는 김에 시원하게 얘기하자. 너도 알겠지만 남 상무는 너랑 결혼할 생각이 없대. 조금도, 추호도.”

“언……니…….”

현주의 거침없는 이야기에 이선은 놀란 듯 손으로 입술을 가렸다. 침착하라며 현주는 손가락을 까딱 움직였다.

“놀라지 마. 본인 입으로 듣는 것보다 나을 것 같아서 해 주는 말이니까.”

이선아, 나는 짝사랑, 그거 아주 잘 알거든.

“물론 포기하라는 말은 아냐. 단지 남 상무의 현재 마음이 그렇대. 회사가 뒤집어져도 모른대. 본인 알 바 아니래. 마음 없인 결혼 절대 못 한대.”

“저도…… 알아요…….”

결국 굵은 눈물방울이 떨어진다. 이선은 손수건을 급히 꺼내 눈물을 닦았고 현주는 습관처럼 관자놀이를 누르며 느리게 눈을 감았다.

“장담은 못 해. 지금까지 네가 그랬던 것처럼 남 상무를 기다리면 걔가 끝내는 너에게 갈지 안 갈지, 아무도 몰라.”

고왔던 얼굴은 며칠 사이 야윈 느낌이 선연해, 현주는 착잡한 표정을 지었다.

“무섭거든 이제 포기해. 이렇게 울고 짜고 말라비틀어져 가기엔 너 너무 예뻐. 너무 예쁜 나이야.”

“그런데 언니. 포기가 안 돼요……. 저도 정말 포기하고 싶은데…….”

……들어 봐. 짝사랑은 나 혼자 시작했으니까, 끝낼 때에도 그럴 것 같지? 아니야. 절대 아니야.

“저도 미치겠어요, 언니. 내 마음이 내 마음대로 안 돼요…….”

짝사랑을 끝내기 위해선 그 사람의 미운 모습이 필요해. 그 사람의 못된 모습이 필요해. 온 마음을 끊어 낼 수 있도록 내 눈앞에서 사라져 줘야 해.

“조금 더 어른스럽고 또 현명하게 오빠를 대하고 싶은데, 자꾸 안 돼요……. 그게 안 돼요…….”

아니, 아니다. 이것도 아니야. 사실 그는 단 한 번도 내게 친절한 적 없었으니까. 내게 날아와 준 적, 단 한 번도 없었으니까.

“괴롭고…… 오빠 때문에 외로운데 또 오빠가 너무 좋고…….”

그 사람의 모든 시간은 욕심이 나. 그 사람의 어떤 모습도 포기가 안 돼. 눈이 멀어 버렸어. 그저 습관이 되어 버렸어.

“저도 제가 왜 이러는지 정말 모르겠어요…….”

내가 나를 떼어 내지 않는 이상, 절대로 짝사랑은 끝나지 않는단다.

"아무리 기다려도 오빠가…… 진짜 안 오면 저 어떡해요, 언니……."

"……그러게. 진짜 안 오면, 어떡하지."

어떡하지. 아무리 기다려도 그 사람 내게 안 오면, 나는 또 어떡하지.

현주는 남 일 같지 않은 이선의 말에 수호를 떠올리며 아랫입술을 깨물었다. 감정이 터져 버린 듯, 이선이 얼굴을 가리며 흐느끼자 현주는 말없이 그녀의 시간을 존중해 주었다. 그러다가 안쓰러운지 자리에서 일어나 이선의 곁으로 다가갔다.

"그래. 울어. 실컷 울어."

"진짜 저 왜 이렇게 바보 같은지 모르겠어요……. 진짜 너무 한심해서……."

이선의 어깨를 감싸 안은 현주는 아이를 토닥이듯 부드럽게 등을 쓸었다. 유달리 영특해 장래를 촉망받던 예쁜 아이는, 가난한 사랑 앞에 바보가 되어 갔다.

"에효……. 너나 나나…… 진짜 한심하다……."

세상의 모든 사랑을 홀로 독차지하며 살아갈 것 같던 여자는, 바짝 마른 사랑 앞에 야위어 갔다. 꽃 같은 나이, 선분홍의 시절을 아낌없이 태워 가며 짝사랑이나 하고 있다.

"그래, 울어. 쌓인 만큼 울어. 괜찮아."

현주는 한참이나 이선의 어깨를 토닥였다. 짝사랑 참, 어려웠다.

연회가 끝나고 지안은 1층으로 내려왔다. 찬양은 그와 일정한 간격을 유지하며 따라 걸었고, 밖은 각자의 VIP들을 모시고 가기 위한 차량들의 전쟁이 시작되었다.

"어이, 남 상무."

지안은 걷던 걸음을 멈추며 돌아보았다. 표정이 그다지 좋지 않은 것을 보아하니 반가운 인물은 아닌 성싶다.

“오랜만입니다. 윤 이사님.”

“왔으면 얼굴 좀 비칠 것이지, 인사도 안 하고 그냥 내빼나?”

“인사는 상호 작용이죠. 일방적으로 찾아와 주길 기대하는 쪽으로는 제가 발길이 쉽게 떨어지질 않아서요.”

두바이에 대형 건설 기지를 두고 있는 가권산업의 윤 이사다. 가권산업은 백경건설과 부지 경매로 종종 세간의 관심을 끌고 있다.

윤 이사는 형식적인 악수를 청했다. 집으로 돌아가는 마당에, 참 이른 인사다.

“몸은 다 나은 모양이야?”

“이렇게 수시로 궁금해해 주신 덕분에, 이 악물고 재활했지 뭡니까.”

윤 이사는 총수가의 친척이기는 하나 한량의 성격을 어쩌지 못해 계열사를 나누어 받지 못한 망나니이기도 하다. 무늬만 이사일 뿐, 하는 행동은 총수의 그것과 견주어도 손색이 없는 허세덩어리였다.

우월감에 빠진 눈빛으로 윤 이사는 지안을 연신 훑었다. 이래서 마주치지 않았으면 했는데. 얼굴을 마주하고 쌓아 올린 좋은 기억이 단 하나도 없으니까.

“별 무리 없어 보이네. 걸어 다니는 모습 보니 계집질도 곧잘 하겠어.”

“안 그래도 별 무리가 없어서 낮밤 가리지 않고 곧잘 하고 있습니다.”

“…….”

“물론 업무를.”

헐…… 순간 놀랐다……. 지안의 답변을 들은 윤 이사는 정작 별 반응이 없는데 뒤에 서 있던 찬양이 깜짝 놀라 눈을 크게 떴다. 공연히 찔리는 거다.

마침 윤 이사를 잘 만났다는 듯 지안은 말을 이었다.

“평택 부지 경매가를 여기저기 캐고 다니시던데, 소용없습니다. 그럴 시간에 대외 평판 좀 신경 쓰시죠. 시공사들 불만이 많습니다."

"별걸 다 걱정해. 우리가 경매나 캐고 다닌다는 그런 정보는 대체 어디서 얻어 오는 거야. 발로 뛰는 성격도 아니면서."

"악덕 상사 만나서 백경 비서진들이 늘 고생이죠. 이만 나가시죠."

지안이 악수를 하던 손을 놓으며 밖으로 나가자고 하자 윤 이사는 한쪽 입꼬리만 올리며 웃는 얼굴을 했다. 그 웃는 얼굴, 몇 번을 보아도 호감 가는 인상은 아니다.

두 사람은 로비를 걸어 회전문을 지나쳤다. 얼음장 같은 날씨에 놀란 찬양은 뒤에 서서 눈만 동그랗게 떴다. 입고 왔던 코트도 차에 있어서 휑한 어깨는 찬바람에 속수무책이다. 하늘하늘한 원단에 여신 핏은 성공적이었으나 마치 한 올도 걸치지 않은 것 같은 추위는 살인적이었다.

어쩐 일인지 차가 바로 오질 않고 힐끔, 지안은 뒤를 바라보며 찬양의 상태를 살폈다. 윤 이사는 속도 모르고 곁에 붙어 입을 놀린다.

"휴대폰 새로 나온다며. 이번엔 문제없는 거야?"

"늘 문제는 없었습니다."

백경 휴대폰이 아닌 타사 휴대폰을 사용하는 윤 이사는 일부러 보란 듯 휴대폰을 꺼내 흔들었다. 지안은 무료한 시선으로 그 모습을 지켜보았다.

"휴대폰만 힘 쏟지 말고 자동차도 좀 어떻게 해 봐. 백경자동차 점유율 자꾸 줄잖아. 그치?"

"새겨듣죠."

온갖 갑질과 횡포로 나이만 불려 온 한심한 작자를 상대하려니 두통이 올 것 같다. 지안은 대화를 끝내려는 마음으로 대꾸를 했지만 윤 이사는 그치지 않았다.

"남 회장님이 살아 계셨으면 땅을 치며 곡을 하실 일이지. 자동차를 얼마나 크게 여기셨는데. 건설이야 뭐 백경의 주요 사업이 아니라고 해도."

한국 기업 순위 32위의 가권산업은, 기업 순위 1위의 백경그룹의 경영 방침을 호시탐탐 엿보았다. 그들을 곧잘 따라 했고, 그들 안의 인재를 곧잘 탐냈다. 그런 것들을 지안이 모를 리 없다.

"으으…… 추워……."

찬양은 가만히 뒤에 서서 하나의 동상이 되어 간다. 이가 딱딱 부딪힐 정도의 추위가 맨살을 사정없이 그으며 달라붙었다.

"뭐 해, 바람 불잖아!"

캐시미어 코트를 입고도 한기가 느껴지는 짜증에 윤 이사는 비서에게 버럭 화를 냈다. 무슨 문제인지 대기 중인 차량들이 앞으로 진입하지 못하고 관계자들과 엉켜 있다.

비서가 급히 자신의 코트를 벗어 윤 이사의 어깨를 감싼다. 찬양은 덜덜 떨리는 입을 어쩌지 못하고 고개를 숙였다.

상무님…… 나는 동사요……. 이번 생은 먼저 가오…….

"입고 있어."

그때였다. 지안이 입고 있던 자신의 코트를 벗어 건네자 화들짝 놀란 찬양은 고개를 들었다.

"아, 아닙니다! 아닙니다, 상무님!"

"입어."

"아닙니다, 괜찮습니다. 제가 어떻게……."

괜찮다는 말과는 달리 이가 딱딱 부딪힌다. 지안이 어서 건네받으라 눈썹에 힘을 줘 보지만 찬양은 머뭇거렸다. 자신을 바라보는 윤 이사의 눈빛이 예사롭지 않았기 때문이다.

"남 상무가 여비서를 살뜰하게 챙기네."

"……입어."

광경을 호기롭게 바라보던 윤 이사의 지껄임을 무시하며 지안이 다시 종용하지만, 찬양은 덜덜 떨리는 입술만 꾹 깨물었다. 아무리 눈치가 없대도 지금 여기서 상무님의 코트를 받아 들면 안 된다는 것쯤은 알겠다.

"백경은 비서 뽑을 때 얼굴만 중점적으로 보나 봐? 남 상무 취향인가?"

“받으라고.”

지안은 마지막으로 종용했다. 찬양은 눈빛으로 제발 거두어 가셔라 애원했다.

“하긴, 보는 맛이라도 있어야지. 그래도 조심하라고. 요즘은 꽃인 줄 알고 꺾었는데 요부 허리인 경우도 많으니까.”

휴. 지안은 완강하게 버티는 찬양을 바라보다 그녀 뒤로 돌아가 코트를 걸쳐 주었다.

“어…… 엄…… 으어으…….”

찬양은 이 가벼운 코트 한 장으로 바람이 완벽하게 차단되는 놀라움을 겪고 있는 데다가, 주변의 굳은 시선을 한 몸에 받고 있는 중이다.

지안은 찬양을 가까이 세우며 윤 이사를 향해 고개를 돌렸다. 때마침 저 멀리 엉켜 있던 차들이 하나둘 출발한다.

“우리 백경그룹이 비서를 고용할 땐 지덕체, 진선미 순으로 기준을 잡죠. 그룹 이상에 합치되는 궁극적인 목표고, 남녀 성별 관계없는 비서실 공통 기준이고.”

지안의 차가 첫 번째로 모습을 드러낸다. 찬양을 좀 더 끌어 곁에 세우며, 지안은 찬양의 얼굴을 한 번 바라보고 다시 윤 이사를 바라보았다.

“가장 하위 조건인 미의 기준이 이 정도인데, 다른 능력들은 얼마나 출중하다는 얘기겠습니까?”

“뭐, 그거야……. 아니, 남 상무. 지금 말이야, 보자 보자 하니 기껏 비서 하나 두둔하겠다고 사람 면박 주는 거야?”

“면박으로 그치는 걸 다행으로 생각하시죠. 기껏 이사님 체면 살려 보겠다고 우리 비서 기를 꺾을 수 있겠습니까?”

“기껏? 기껏?! 이봐, 남 상무! 자네는 위아래도 없나?!”

“나이순은 글쎄 잘 모르겠고, 재계 순위라면 위아래를 아주 잘 알고 있습니다만.”

허……. 윤 이사는 말문이 막힌 얼굴로 지안을 노려보았다. 그사이

기사가 내려 차 문을 열어 주었고 지안은 걸음을 옮기려다 못 한 말이 떠올랐는지 우뚝 멈췄다.

"한 말씀 더 드리자면 백경 사원들 스카우트하려고 열을 올리시던데, 그럴 거면 돈 좀 팍팍 쓰시죠. 우리 사원들 연봉과 성과급이 얼만데 그런 시답잖은 제안에 건너가겠습니까?"

"뭐, 뭐……!"

"적어도 우리 직원들을 연봉 협상 테이블에 앉혀 보려면 지금 가권산업이 제안하는 연봉의 세 배는 올려야 할 겁니다. 들인 공이 얼만데 협상 테이블에 앉혀 보긴 해야 하지 않겠습니까?"

"……."

"윤 이사님 능력으로 처리할 수 있는 사안인지는 잘 모르겠지만, 이번엔 면박 아니고 조언이니 참고가 되면 좋겠군요."

"너 이 새끼……."

당황함에 할 말을 잃은 윤 이사의 얼굴이 벌겋게 달아오른다. 지안은 거침없이 윤 이사에게 다가가 귓가에 나직이 속삭였다.

"그리고 저는 꽃이고 여자 허리고 꺾는 건 별로 좋아하지 않습니다."

"……."

"가권산업의 허리 정도면 꺾어 보죠. 가치가 있는 일이 아니라 하지 않았을 뿐. 원하신다면, 언제든지."

먼저 갑니다. 지안은 기사가 열어 준 상석에 찬양을 태웠다. 아낌없이 상석을 내어 준 지안이 반대편으로 돌아 문을 열고 착석했다. 차는 출발했고, 남은 윤 이사는 불쾌하다는 듯 눈썹을 꿈틀거렸다.

"하…… 건방진 새끼는 나이를 처먹을수록 건방져진단 말이야. 시건방진 놈."

그룹의 서열을 등에 업고 나날이 기세등등한 지안의 말들이 마음에 들지 않는다.

"내가 회사 들어올 때 옹알이하던 새끼가 아주……."

하…… 끓는다……. 윤 이사는 열이 올라오는지 비서의 코트를 바닥에 팽개쳤다.

"어이, 김 비서."

"예. 이사님."

"저 차 뭐야. 뭔데 저렇게 번쩍번쩍해."

"이번에 백경에서 새로 나온 모델입니다. 출고율 높습니다."

"뭐? 높아? 얼마나?"

"현재 업계 1위입니다."

윤 이사는 당황한 표정으로 비서를 바라보았다.

"뭐?! 1위?! 뭐야, 백경자동차 점유율 안 좋다며!"

"그건 2년 전 자료인데……."

허어……. 윤 이사는 다시 고개를 돌려 멀어지는 지안의 차를 바라보았다. 유일하게 하락세를 보인다는 백경자동차 소식을 기쁨으로 삼고 있었는데, 그게 벌써 2년 전이란다.

"허파에 바람 들 만하네. 기분 나쁜 새끼."

이 와중에 잘빠진 차가 마음에 드는지 한참이나 꽁무니를 바라보고 있다.

"가자고! 뼈에 바람 들겠어!"

우리 차는 왜 안 와! 윤 이사가 신경질을 부리자 비서는 머뭇거리다가 입술을 열었다.

"그게…… 명단 차례대로 출차가 된다 해서……."

"뭐?! 이런 개 같은! 그럼 집에 가는 것도 순서가 있다 이거냐?!"

많은 차를 한꺼번에 출차할 수 없기에 정해진 순번대로 차는 출고되었다.

"조금 있다가 나오셔야겠습니다, 이사님. 잠시 들어가서 기다리시는 게……."

"……빨리 꺼내 오라 그래! 이런 니미럴!"

첫 번째 출차는 백경그룹이었다.

"으아…… 추워 죽는 줄 알았어요."

차 안의 따뜻한 온기가 반가운 찬양은 연신 어깨를 비비며 중얼거렸다.

"상무님 이거요. 코트 잘 썼습니다."

찬양이 그에게 코트를 돌려주려 하자 지안은 다리를 덮으라며 도로 그녀 무릎에 내렸다.

"얼어 죽는 게 희망 사항이라고 해도 앞으론 조심해 줬으면 좋겠어. 내가 곤란하니까."

"네. 그리고 있잖아요, 상무님. 사람 많은 곳에서 이런 거 벗어 주고 그러지 마세요."

"왜?"

"보는 눈이 많아서 제가 너무 부담스러워요. 얼마나 민망한지 아세요? 사고 치지 말고 조용히 돌아가자고 할 땐 언제고."

"내가 숨만 쉬어도 보는 눈이 많아서. 앞으론 그런 민망함에 익숙해지면 좋겠는데."

쯧쯧. 팔이 훤한 그녀 드레스가 마음에 들지 않는지 지안은 작게 혀를 끌끌 찼다. 안에서 볼 땐 예쁘기만 하던 드레스가 그녀를 춥게 만든 원흉이렷다.

"다음부턴 보온이 확실한 의상으로 준비해."

"참 나, 격식 있게 차려입으라고 말씀하신 분은 상무님이시거든요?"

그의 코트를 무릎에 정리하며 찬양이 눈꼬리를 올리자 지안은 정색했다.

"격식 있게 입으라고 했지 벗고 오라고는 안 했는데."

"벗, 벗……."

"안 되겠다. 다음부턴 거위털 점퍼에 바지 입어."

"거위털, 뭐, 뭐요? 바지?"

"입는 김에 마스크도 쓰고 목도리도 해. 눈만 내놓고 다녀. 아니다, 눈도 내놓지 마. 선글라스도 쓰자."

"마스크에 목도리, 선글라스는 웬 말이에요? 실내에서?"

"예쁜 건 나만 알면 됐지. 대외적으로는 비공개하자고."

헐……! 지금 무, 무슨 소리를 하는 거예요! 찬양이 지안의 옆구리를 찌르며 눈썹을 씰룩거렸다. 슬쩍 고개를 돌리며 운전석을 바라보니 운전을 하고 있는 한 비서의 표정은 평온하기만 하다. 지안은 찔린 옆구리가 아프다는 듯 문질렀다.

"볼일 있으면 말로 해. 사람 찔러 대지 말고."

조용히 하라고 인간아……. 아직 시작도 못 한 연애 여기저기 광고하지 말고……. 찬양이 아무리 눈썹을 일그러트리며 무언의 협박을 해 봐도 지안은 꿈쩍도 하지 않는다. 그러다가 무엇이 떠올랐는지 짧은 숨을 뱉으며 입술을 열었다.

"나 궁금한 게 하나 있는데."

"뭔데요?"

"내 옆에 있으면서, 무례한 일 많이 당했나?"

"……네?"

찬양이 뜻을 몰라 동그란 눈으로 묻자 지안은 말하기 껄끄럽다는 표정을 지었다.

"아니, 그때 백 이사 일도 그렇고 오늘 윤 이사도 그렇고."

"아……."

그녀의 입술 사이로 낮은 탄식이 흐른다. 지안은 턱을 문지르며 말을 이었다.

"그때나 지금이나 내가 곁에 있어서 그 사람들 얼굴도 패 주고, 말로 밟아 놓고 했다지만 혹시 내가 모르는 일도 있었나 해서. 겉으로 보기에 잘 배우고 격식 있는 사람들 같지만 한 꺼풀 벗겨 보면 쓰레기 같은 인성들도 많아. 돈이 다 가르쳐 주지는 않거든. 혹시 내가 모르는 사이 뭐…… 혹시나 해서.”

불현듯 그는 그런 것들에 염려가 되었다. 전부 지켰다고 생각했는데, 행여 지켜 주지 못했던 순간들도 있었을까 봐.

“아니요. 없었어요.”

찬양의 대답에 지안은 고개를 돌리며 그녀를 바라보았다. 몹시 안전하다는 얼굴로, 그녀는 웃고 있다.

“없었어요. 정말로요.”

“아…… 뭐, 그렇다면 다행이고.”

“언제든 짠, 하고 나타나 주셨잖아요. 기적처럼. 거짓말처럼.”

살며 굳이 듣지 않아도 될, 당하지 않아도 될 일들을 겪게 하는 것 같아 내내 신경이 쓰였다. 하지만 눈꼬리를 둥글게 휘며 웃는 그녀 얼굴을 보고 있자니 불편했던 마음이 풀어진다.

“그래. 혹시 무슨 일 있으면 말해, 참지 말고. 그거 나 도와주는 거 아냐.”

“네. 알겠어요.”

“백경 비서 함부로 대하는 건 백경을 도발하는 거니까. 참지 맙시다.”

“네. 상무님.”

굿. 지안이 참새처럼 대답하는 찬양을 향해 둥근 미소를 지었다. 그러다가 또다시 윤 이사의 말들이 떠오르고, 분이 풀리지 않는지 미간을 좁혔다.

‘하긴, 보는 맛이라도 있어야지. 그래도 조심하라고.’

“그냥 다 말해 주고 올 걸 그랬나. 지덕체 진선미 이런 헛소리를 괜히 했네.”

‘요즘은 꽃인 줄 알고 꺾었는데 요부 허리인 경우도 많으니까.’

“네? 무슨 말이요?”

“우리 비서가 내 꽃이라고.”

"사, 상무님!"

찬양이 기함하는 표정으로 눈을 크게 치떴다. 곁눈질로 운전석을 보고 다시 눈을 돌리며 인상을 험악하게 구겼다. 대체 왜 이래요! 소문 난다고요!

"뭔 소문. 대체 뭔 소문이 난다고 이러는 건데."

헐. 그걸 또 말로 하면 어떡해요!

"불만이면 너도 말로 해. 눈으로 협박하지 말고."

헐…… 지저스……. 찬양은 또다시 머리를 부여잡았다. 세상의 모든 신이시여…… 대체 이 중생을 어찌해야 합니까…….

"한 비서님."

"네. 상무님."

지안이 운전석을 향해 말을 걸자 수행 비서가 즉각 답을 한다. 그의 수행 비서는 총 세 명이고, 지금의 한 비서는 그중 제일 오래된 비서다. 나이를 고려한다면 정년퇴직을 하고도 남았을 분이지만 여전히 중요한 일이 있을 땐 항시 지안을 보좌한다.

"말씀하십시오, 상무님."

머리가 희끗한, 그래서 무척이나 점잖게 느껴지는 인상의 한 비서는 지안의 유년 시절에서부터 모든 길을 책임지고 있다. 유치원 통원을, 학교 통학을, 군대 입소와 제대를.

"저 연애합니다. 한 비서님."

"아아. 그러십니까."

어머니, 아버지의 장례를.

"네. 이 여자하고 합니다."

회사 출퇴근을 지금까지 쭉, 함께한—

"축하드립니다. 상무님."

"감사합니다."

말끝에 한 비서가 웃는다. 늘 아무런 표정 없이 길을 오가던 한 비서의 웃는 모습을, 찬양은 처음 본다.

"정 비서님도 축하드립니다."

"아…… 감사합니다. 정말 감사합니다."

감사합니다! 찬양은 얼떨결에 앉아서 넙죽 인사를 했다. 지안은 그녀의 손을 끌어다가 붙잡았다.

"됐지. 이제 옆구리 찌르고 사람 노려보고, 그런 거 하지 말고 말로 해."

"하…… 진짜……."

"한 비서님. 데이트를 좀 해 보려고 하는데 어디로 가야겠습니까?"

찬양이 노려보자 시선을 피하며 지안은 다시 운전석을 향해 물었다. 음…… 칠순을 넘긴 한 비서는 잠시 고민하더니 다시 부드러운 표정으로 입을 열었다.

"글쎄요. 제가 연애를 해 본 지가 오래돼서 말입니다. 상무님."

"저는 처음입니다. 도와주시죠."

"장소보다는 함께하는 게 중요하지 않겠습니까?"

한 비서는 적당한 곳에 차를 세웠다. 뒷좌석을 돌아보는 얼굴은 점잖음, 그 자체이다.

"상무님, 혹시 음주를 하셨습니까?"

"아닙니다."

"잘됐군요."

한 비서는 웃었다. 웃음에 매달린 선함이 괜스레 따뜻하다.

"제가 잘은 모르겠지만 연애를 하시려면 방해꾼을 없애는 것부터 시작하셔야 할 것 같습니다. 거추장스러운 노인네는 이만 사라질 테니 두 분, 즐거운 시간 보내시길 바랍니다."

이만 퇴장해 주겠다는, 인사였다.

"상무님 술 마시지 않았어요?"

"뭔 술?"

모범택시를 타고 한 비서가 퇴장하자 운전대를 잡은 지안이 출발한다.

"아까 샴페인 마셨잖아요."

"무알코올이야."

"아…… 저는 아까 막 홀짝홀짝 드셔서 취하실 줄 알았어요."

"술맛 나는 얼굴이 있어야 술을 마시지. 거긴 한 명도 없어. 너라면 모를까."

지안이 차선을 옮기며 중얼거리자 찬양은 두 손으로 얼굴을 감싸며 화끈거리는 열기를 식혔다. 그의 한마디 한마디에 부정맥 증상이 시작된다.

"어디 갈래?"

"아무 곳이나요."

"아무 곳이나? 그럼 또 적당한 아무 곳이 있지."

목적지를 결정한 듯 지안이 고개를 끄덕인다. 찬양은 물끄러미 그를 바라보다가 입술을 열었다.

"한 비서님께 말해도 되는 거예요?"

"뭘."

"연애……한다고."

"말 안 한다고 모를 분도 아니고, 내 주변 일 모르는 게 없는 분이기도 하고."

대단하지 않은 말들도, 그의 입술을 통과하면 대단한 의미가 깃든다.

"내가 또 많이 심적으로 의지하고 있으니까 괜찮아."

"네……."

"알려야 편하게 연애하지. 동지가 있어야 하지 않겠어?"

찬양은 고개를 숙이며 작게 웃음을 터트렸다. 지안은 그런 모습이 나쁘지 않은지 따라 미소를 지었다. 그러다가, 난데없이 그녀를 향해 손바닥을 폈다.

"줘."

손바닥을 활짝 펼친 채 손가락으로 아래를 가리켰다가, 까딱까딱 움직인다. 그 모습을 설핏 바라본 찬양은 입술을 작게 만들며 상체를 좌우로 이리저리 움직였다. 부끄러운 모양이다.

"아니…… 뭐 이렇게 자꾸 달래요. 부끄럽게."

"뭐? 이게 부끄러운 일인가?"

"부끄럽죠. 그리고 운전할 땐 위험한데. 사고 나면 어쩌려고……."

하…… 이러면 안 되는데……. 이러면 곤란한데……. 찬양이 중얼거리며 느린 행동으로 자신의 손을 포갰다. 운전 중 힐끔, 찬양의 손을 내려다본 지안은 찬양의 얼굴을 훑으며 다시 정면을 응시했다.

"물론 이것도 좋긴 한데, 이건 잠시 후에 주고 지금은 물 좀 달라고."

"아…… 아! 네네! 네네네네네!"

화들짝 놀란 찬양이 손을 빼며 허겁지겁 아래 물통을 잡아 들었다.

"이왕 주는 거 뚜껑 좀 열어서 주면 안 될까. 보다시피 운전 중이라."

"헐! 죄송해요! 죄송해요!"

드르륵, 뚜껑을 따서 그의 손에 쥐여 주자 물을 삼킨다. 어지간히 목이 말랐는지 단숨에 들이켠다.

"고마워. 부끄러운데 물도 주고."

"……."

지안이 놀리자 찬양은 고개를 홱, 돌리며 입술을 꿍얼거렸다. 짐짓 모르는 척 지안이 다시 손바닥을 펼친다.

"줘."

"뭐요! 이번엔 또 뭐요! 뭐! 코트 드려요?! 아니면 뭐! 손수건? 물티슈? 뭐!"

"손 달라고."

찬양의 손을 쓱 끌어다가 붙잡는다.

"운전 중 위험하다니까요……."

그녀는 마음에도 없는 말을 또다시 뱉었다.

"놓지 마. 위험해도."

그는 답 대신 더욱 힘주어 그녀 손을 잡았다. 여러 갈래로 나뉜 손가락 사이로 자신의 손가락을 엮으며, 완벽하게 손바닥을 맞댔다.

"더 위험한 일이 있어도 놓지 말라고. 운명 공동체, 알겠습니까?"

"네……."

"그리고 걱정도 염려도 판단도 다 내가 해. 그 머리로는 내 생각만 해 줬으면 좋겠는데. 알겠습니까?"

"……네."

천천히 속도를 올렸고, 그는 도심의 야경을 달렸다. 오랜만에 느끼는 아름다운 서울의 풍경이었다.

"남 전무, 여기서 뭐 해."

"어어? 대표니이이임. 백경 대표님이다아아."

김 사장을 만난 뒤 회사 근처 Bar를 찾은 강준은 현주를 발견하곤 급히 다가갔다. 반쯤 풀린 그녀의 눈을 바라본 강준의 입술은 멍하니 벌어졌다. 이내 곁에 놓인 독한 양주병으로 시선을 옮겼다.

"이거, 남 전무 혼자 마신 건가?"

"아아. 네. 전무님께서 혼자……."

"평소에도 이렇게 술 마시면 인사불성 되나?"

"아닙니다. 평소엔 이 정도까진 아니신데……."

서브를 보고 있는 직원에게 묻자 그녀 혼자 비워 냈단다. 강준은 옆자리에 앉으며 조심스럽게 현주의 어깨를 흔들었다.

"괜찮아? 무슨 술을 이렇게 많이 마셨어."

"뭐어…… 얼마 안 마셨어요. 괜찮은데에."

머리가 무거운지 고개가 자꾸만 아래로 떨어진다. 둘러보니 그녀의 수행 기사가 저 멀리 앉아 긴장한 표정을 짓고 있다. 윤 실장에게 수차례 연락을 했는데 도무질 닿지 않고, 모시고 갈 눈치만 살피고 있었는데 대표님이 왔다. 잘된 일인지 아닌 건지, 수행 기사 입장에선 구분이 되질 않았다.

"당신, 회사에서 무슨 일 있었어?"

강준이 묻자 그녀가 고개를 절레절레 젓는다.

"무슨 일 있었으면 말해 봐. 괜찮으니까 얘기해."

"대표님, 한잔할래요……? 한잔……."

그녀가 비틀거리는 손을 뻗어 술병을 잡자 강준은 다시 술병을 낚아채며 내려놓았다. 추스를 수 없는 심란함에 간단하게 한잔하고 돌아갈 생각이었는데, 예고 없이 만난 현주가 평소엔 볼 수 없었던 모습으로 앉아 있다. 심란함을 탈출하려다가 역대급 심란함을 마주했다.

"그만 마셔. 이기지도 못할 술을 왜 이렇게 많이 마셨어."

"대표님, 안녕하십니까. 오랜만에 뵙습니다."

강준이 등장하자 잠시 볼일을 보던 가게 대표가 다가와 인사를 건넨다. 휴, 짧게 한숨을 내쉰 강준은 주변을 둘러보았다. 서너 테이블에 자리한 사람들이 이쪽을 간간이 흘깃거리며 바라보고 있다.

"가게 문 닫을까요, 대표님?"

눈치가 빠른 사장이 강준의 표정을 살피다가 물어 온다. 강준이 도착하지 않았대도 현주가 너무 많이 취해 가게 문을 닫을 생각이었다. 가게에서 벌어지는 그녀의 모든 소문을 차단해야 했으니까.

"가능하다면 부탁드리죠."

"네. 알겠습니다, 대표님."

사장은 서브를 보던 직원에게 귓속말을 했고 직원은 고개를 끄덕이며 홀로 다가갔다. 슈트 안쪽 주머니에서 지갑을 꺼낸 강준은 카드를 내려놓았다.

"매출 청구하세요."

"아닙니다. 괜찮습니다."

"하세요. 서로 편하게."

Bar 테이블로 카드를 밀자 사장은 카드를 받아 들고 묵례 뒤 사라졌다. 이미 인사불성이 된 현주는 테이블에 기대 눈을 감고 있다. 잠시 후 가게의 모든 사람들이 사라졌다.

"남 전무. 정신 차려."

갑갑한지 강준은 타이를 느슨하게 끌러 내리며 그녀의 어깨를 툭툭 쳤다. 반응이 없다.

"허."

현주의 이런 모습을 처음 본 강준은 당황스러운지 헛웃음을 뱉었다. 살아간다는 것이 조금도 기쁘지 않은 요즘, 강준은 흐트러진 현주의 모습에 더욱 착잡함을 느꼈다.

"찔러도 피 한 방울 안 나올 것처럼 굴더니, 나 없는 공간에서는 이렇게 살았어?"

술 생각이 절실한지 강준은 잔을 가득 채운 술잔을 들었다가 멈칫하며 다시 내려놓았다. 팔짱을 끼고 가득 차 있는 술잔을 바라만 보았다.

"휴, 술 좀 마시려고 왔더니 네가 나를 금주시킨다. 현주야."

……얼음이 녹는다. 시간은 흘렀고, 아무리 기다려 봐도 그녀는 일어날 생각을 하지 않는다.

"이리 좀."

강준은 시계를 바라보다가 멀리서 이쪽만 바라보며 앉아 있는 그녀의 수행 기사를 향해 손가락을 까딱 움직였다.

"예, 대표님."

쏜살같이 달려온 수행 기사가 앞에 멈추자 강준은 다리가 긴 의자에서 일어서며 기사에게 다가가려 했다.

"가지 마……. 가지 마……."

그녀의 입술 사이로 뜻밖의 말이 튀어나온다.

"가지 마……."

자리에서 일어선 강준은 놀라 그녀를 돌아보았다. 서러운 눈물방울이 그녀 얼굴을 타고 흐른다.

"가지 마……. 가지 마……."

그녀 얼굴을 한참 바라보던 강준은 수행 기사에게 다시 고개를 돌렸다.

"먼저 들어가세요. 남 전무는 내가 알아서 데려갈 테니."

"아…… 대표님……."

놀라 기절할 것 같은 표정으로 수행 기사는 말을 더듬었다. 그녀의 마음이 향하는 곳을 알고 있는 수행 기사는 다가올 내일이 어떨지 몰라 사색이 되었다.

영문 모르는 강준은 눈빛으로 밖을 가리켰다.

"가세요. 수고 많았습니다."

거부할 수 없는 압력이었다.

"어서 오…… 으어어어……."

위풍당당하게 들어서는 사람을 바라본 술집 주인장은 뒷걸음을 걸었다. 문을 열고 지안이 들어선다.

"사장님, 안녕하세요. 오랜만이네요."

지안과 손깍지를 한 채 찬양이 들어서자 주인장은 집안의 경사라도 난 듯 감격한 표정을 지었다. 악착같이 붙잡더니, 결국 상무님과 결실을 맺은 모양이다.

"허…… 손님……. 드디어…… 드디어……."

"네. 드디어."

헤헤. 찬양이 의미심장한 주인장의 말에 대꾸하며 웃자 지안이 두 사람을 번갈아 바라보았다.

“영업합니까?”

“하, 할까요, 말까요! 정해 주십시오!”

주인장의 아리송한 대답에 지안은 뚱한 표정으로 바라보았다. 어서 들어가라고 찬양이 툭툭 치자 지안이 걸음을 옮겼다.

“이쪽으로! 이쪽! 이쪽!”

아무도 없는데 경호를 하듯 주인장이 삼엄한 표정으로 안내한다.

“이 자리는 전방 후방 사이드, 360도 어디서 바라봐도 안전한 곳입니다. 안심하십시오. 예예.”

제가 혹시 몰라 이것도 준비했습죠. 주인장은 야심 찬 표정으로 커튼을 쳤다. 오……. 지안은 처음 경험하는 술집 커튼에 눈썹을 꿈틀거렸고 찬양은 웃음을 터트렸다.

“안 그래도 두 분 언제 오시나 기다렸습니다. 제대로 모셔 보려고 만반의 준비를 했죠, 제가.”

“이거, 커튼값에 공임비 메꿔 드리려면 안주 많이 먹어야겠습니다. 메뉴판에 있는 안주 전부 주시죠.”

“세상에…… 맙소사…….”

주인장은 또다시 감격 어린 표정을 지었다.

“너무 많아서 다 드시기는 곤란하니 마음만 받고…… 오늘은 제가 특선으로 대접하겠습니다. 안심하고 계십시오. 예예.”

말 많은 주인장은 회심의 안주를 선보이겠다며 나섰고, 커튼으로 공간을 완벽하게 차단했다.

“아무 곳이나 고른 것치곤 좋은데요?”

“그러게 말이다.”

분위기의 격을 높여 주고 싶은지 고상한 클래식이 흘러나온다. 이 또한 주인장의 야심 찬 계획인 성싶다.

주점 분위기와 어울리지 않는 음악이 흐르자 지안과 찬양은 함께 웃음을 터트렸다. 언제나 같은 술집, 같은 분위기, 같은 조명 아래 그를 바라보지만 오늘에서야 그를 완벽한 떳떳함으로 바라볼 수 있게 되었다.

"짠, 할까요?"

먼저 나온 술을 따라 찬양이 술잔을 들자 그가 잔을 마주 댄다. 차가운 알코올이 식도를 타고 내려가지만 어쩐지 기분은 훈훈했다.

……마주 앉은 그대가,

"손. 달라고 말하기 전에 먼저 좀 내놓지?"

"치사하게 왼손 주면 나는 오른손 주고, 나는 안주 어떻게 먹어요?"

"먹여 주지 뭐. 뭘 줄까. 말만 해."

나의, 사람이었으므로.

시간이 지날수록 술집은 사람들로 차올랐다. 서로 바라만 볼 뿐, 간간이 술잔만 기울일 뿐, 할 말을 아끼고 있는 두 사람 사이로 시시콜콜한 주변의 사소함이 뒤섞인다.

사랑하는 이들의 달달한 이야기, 죽마고우의 욕 섞인 유쾌한 농담.

"한 잔 더, 할래?"

"네."

취한 자의 목청 높은 잡담, 일주일의 애환을 달래는 직장인의 한숨.

"잘 마시네. 생각보다."

"상무님도요. 생각보다."

지금을 기록하는, 나의 눈빛.

술잔을 내밀자 그가 술을 따른다. 제법 마셨으나 얼굴색 하나 변하지 않는 그의 모습이 의외라는 듯 찬양은 웃음을 터트렸다. 귀신들과 술을 마셨다며 형편없이 취해 돌아왔던, 그 어느 날의 상무님이 떠오른다.

"이제 보니 술꾼이셨네요. 대체 그땐 얼마나 마셨기에 그렇게 취했던 거예요."

"언제. 내가 네 앞에서 취했어?"

"아…… 아뇨. 아무것도. 아무것도 아녜요."

당신과의 일들이지만 당신과 나눌 수 없는 이야기. 찬양은 실수를 했다는 듯 손사래를 쳤다.

"왜. 그땐 술을 못했나?"

"……네?"

채우기가 무섭게 빈 잔이 되어 버린 그의 술잔을 바라보다 찬양은 고개를 들었다. 그가 물어 온 '그때'는 과거의 어디쯤인지 다소 혼란스러웠다.

"아니다. 아무것도 아니야."

경직된 그녀의 표정이 마음에 들지 않는지 질문을 취소하겠다고 이번엔 그가 손사래를 친다. 이렇듯 순간순간 무방비로 찬양은 혼자만의 기억을 끄집어냈고, 지안은 달리 대응 방법을 몰라 갈팡질팡했다.

한참을 바라만 보다가 그녀는 결심했다.

"저, 묻고 싶은 말이 있어요."

찬양은 술잔을 쥔 채 입술을 열었다. 질문을 허용하겠다는 그의 열린 눈빛이 제법 덤덤하다.

"좋아한다는 마음만으로 절 받아들이실 수 있는 건가요?"

"물론."

……대답이 쉽게 나온다.

"여전히 절 믿지 않으시잖아요."

"물론."

망설임이 없어 더욱 진실했다.

"이런 저를, 상무님 곁에 둬도 괜찮으시겠어요?"

"……."

종전처럼 쉬운 대답이 나오질 않는다. 그는 잠시 침묵을 지키며 얼굴을 들었고 찬양은 시선을 바로 했다. 언뜻 무겁게 가라앉는 주제의 대화 같았지만 그의 편안한 표정은 아까와 다를 바가 없다. 잠시 후,

그의 입술이 열린다.

"사실 아직까지는 너의 이야기를 어떤 방식으로 받아들여야 하는지, 그것도 결정하지 못했어."

"아무렴요."

"뭐, 내가 너의 말을 믿지 못하는 건 상식의 구간이니 미안하다는 말은 생략할게."

"네. 그것도 이해해요."

"노력은 하고 있어. 전부 믿진 않아도, 터무니없는 왜곡은 하지 않으려고."

지금의 그는 어떤 마음과 싸워 이겨 낸 걸까. 알 수가 없다.

"시간이 해결해 줄 부분도 있지 않을까. 지나 보면 알겠지, 너와 내가 무슨 시간을 보낸 건지. 물론 우리의 끝은 어떨지 잘 모르겠지만."

평범한 시선과 평범한 음성, 평범한 미소로 그가 말의 매듭을 짓는다. 찬양은 천천히 눈을 감았다가 뜨며 그를 바라보았다. 네가 좋으니 일단 시작부터 하고 보자는 맹목적인 감정. 그는 평소 알던 이성적인 사내가 아닌 것만 같았다. 내가 알던 그는 말 앞에 수천 번을 생각하고, 행동 앞에 수만 번을 고민하고, 상황 앞에 좋아하는 마음 같은 건 얼마든지 누르며 고통을 감내하는 사람이었으니까.

"내가, 그렇게 좋아요?"

"그래. 지금은."

"……."

"아아. 대답이 다소 인정머리 없게 들려도 이해해 줘. 난 원래 확실한 수치 없이 미래를 단정 짓는 사람이 아니라서."

그런 그가, 너만 있다면 다른 건 아무래도 좋단다. 너와 함께한 미래가 어떤 결말을 가져오건, 상관하지 않겠단다.

"첨가를 좀 하자면 지금은, 이라는 말은 당분간은 그럴 거라는 뜻이고, 별도의 문제가 없는 이상 장기화될 가능성이 높다는 뜻이고."

거침없으니 무모했고, 맹목적인 만큼 미련했다. 찬양은 다 내려놓은 듯한 음성으로 입을 열었다. 이미 그는 지금의 덤덤한 표정과 음성을 만들기 위해 수천 번, 수만 번의 고민과 상념을 지나온 것이 분명했다.

"내가 진짜로 상무님을 이용하려고, 상무님을 난처하게 만들기 위해 나타난 사람이면 어쩌려고요."

불신을 지워 낸 그의 눈빛은 안쓰럽기만 하다. 순리와 이치도 어쩌지 못한 불씨를 가슴에 살려 둔 것만 같았으니까. 갈등과 싸워 악착같이 이겨 냈으나, 아마도 그 속내는 만신창이가 됐으리라.

"이대로 날 곁에 둬도 정말 괜찮겠어요?"

당신의 쓰린 가슴을 보듬고 어루만진다는 것이 외려 내 손으로 직접 생채기를 내었는지도 모르겠다.

"내가 그렇게 못된 마음을 먹고 들러붙은 여자면 어떡해요. 상무님의 많은 것을 탐내는 여자면……."

"탐내. 하고 싶으면 이용도 하고."

쪼르륵, 그가 술을 따른다.

"정찬양 씨가 그럴 리 없다고 단정은 짓지 않았어."

"아……."

"대책 없이 들이댔는데 당해도 할 수 없지. 그렇대도 속았다고 탓은 하지 않을 테니까, 마음대로 해."

"그게…… 무슨 말이에요……."

"좋은데 뭘 어쩔 수가 있어. 당장 내가 못 살겠는데."

가슴이 젖는다. 그의 덤덤함은 사랑에 패배한 체념처럼 들려, 황량했다.

"눈이 멀었다고. 그러니까 네가 하고 싶은 대로 해. 날 죽이든지 살리든지."

지안은 멋쩍은 미소를 지으며 술잔을 들고 털어 마셨다. 저토록 넓은 어깨는 시리게 안쓰러워, 안아 주지 않고는 감당할 수 없을 만큼 가슴이 저렸다. 찬양은 차오르는 눈물의 무게에 고개를 숙였다.

"나 하고 싶은 거 없어요. 그런 거 없어요. 무슨 말을 해도 믿기진 않겠지만……."

믿을 수도 없고 믿지 않을 수도 없는 여자를 곁에 두고, 단지 사랑한다는 이유 하나만으로.

"그래도 나…… 믿어 줬으면 좋겠어요……. 상무님 불안하지 않게…… 잘할게요……."

"너무 애쓰진 마."

괜찮아. 너무 애쓰진 마. 그는 위로하듯 그녀를 다독였다. 종국엔 나의 뒷덜미를 노리고 칼날을 겨누고야 말 너라고 해도 함께할 거니까.

"그냥 지금처럼 곁에 있어. 그거면 돼."

네가 누구여도 상관없어. 네가 누구였대도 상관하지 않겠다. 중요한 건 지금의 너, 내 곁의 너니까.

"당신과 나의 결말은 미래에 맡겨 놨으니 갈 데까지 가 보자고. 그러고 싶으니까."

"……네."

굿. 지안은 겸연쩍게 고개를 끄덕이며 짧은 숨을 불어 내쉬었다. 이제야 서로에게 집중했던 눈빛을 풀고 귀를 열었다. 마치 둘만 남아 있던 것처럼 아무것도 들리지 않던 주변의 소음이 다시 시작되었다. 현실의 시계가 야심한 시각을 알려 오지만, 마주 앉은 그녀에게서 시선을 뗄 수가 없다.

"좋네. 보고만 있어도."

은은한 조명 아래, 그녀의 얼굴은 무척이나 사랑스럽다.

"이래서 다들 그 바쁜 시간 쪼개서 연애하나."

"민망하게, 사람 앞에 두고 별소리를 다 해요."

"진작 연애 좀 하고 살 걸 그랬어. 진한 후회가 사무쳐서 그래."

……뭐요?! 부끄러움을 타듯 애매한 시선 처리를 선사하던 찬양이

눈을 부릅떴다.

"지금 살면서 연애 못 해 봤다고 내 앞에서 후회하는 거예요?"

"아버지 살아 계실 때 가끔 끌려가 만남의 자리도 여러 번 가져 보긴 했는데, 그때 좀 잘해 볼 걸 그랬어."

허! 찬양은 지안의 말끝에 인상을 구겼다. 술병을 끌어다 붙잡고 콸콸콸 따랐다.

"앞에 사람 두고 자작하면 3년 재수 없다고 아까 그러지 않았나?"

"재수 없으라고 그러는 거예요! 재수 없으라고!"

크으으으…… 찬양은 단숨에 삼켜 내며 쿵, 술잔을 내렸다. 뭐? 뭣이 어째? 연애를 못 해 봐서 후회스러워?!

"하긴, 그 나이 되도록 연애 한 번 못 해 보고 뭐 하셨대? 아깝긴 하겠네요?"

"아깝지. 그것도 무척."

지안이 턱을 괴며 대꾸한다.

"막, 여자도 못 만나 보고 그런 게 왜 갑자기 날 만나서 후회되는지 잘 모르겠지만!"

"어어, 왜 이래. 난 연애를 못 해 봤다고 했지, 여자를 못 만나 봤다고는 안 했어."

"뭐, 뭐요?! 뭐라고?!"

찬양이 당장이라도 달려들 것 같은 표정을 지으며 윽박지르자 지안은 그만 웃음을 터트리고 말았다. 쓱, 그녀의 손을 끌어다 잡으며 지안은 웃음이 묻어나는 입술을 열었다.

"이 나이 먹고 연애 처음이라는 남자, 매력 없을 거 아냐."

"……난 그런 말 한 적 없거든요!"

"아니면 다행이고."

"……."

"안심도 되고."

입술을 모으고 삐죽거리던 찬양이 슬쩍 지안을 바라보았다. 힘을 주고 있던 손을 부드럽게 만들며 이제야 그의 손에 편히 잠겼다.

"어, 전화 온다. 잠깐만."

찬양과 눈맞춤을 이어 가던 지안은 울리는 벨소리에 고개를 돌렸다. 발신인을 확인한 지안은 시간을 확인했고 이 시간에 전화를 할 리 없는 인물이라는 듯한 표정으로 전화를 받았다.

"여보세요."

꿈 같던 데이트에서 깨어나 돌아갈 시간이 되었음을, 그녀는 직감했다.

"비켜."

간판 불이 모두 꺼지고 작은 조명 하나 남은 어두운 Bar로 강준이 반기지 않는 불청객이 찾아왔다. 술에 취한 현주를 사이에 두고 지금 얼마의 시간 동안 옥신각신을 하는지 모르겠다.

"지금 몇 번째 말해. 비켜. 꺼지라고."

벌써 수도 없이 비켜서라고 말해 보지만 완강하게 버티고 서 있는 불청객은 전혀 그럴 의사가 없어 보인다.

"남 전무 내가 직접 집에 데려다준다니까? 문제 있나? 니가 내 앞길을 막아설 문제가 있냐고."

누구의 연락을 받고 온 건지 모르겠지만 윤 실장은 들은 척도, 꿈쩍도 하질 않는다.

"사람 인내심 테스트하는 거 아니면, 꺼져."

현주를 부축하며 서 있자니 이만저만 불편한 게 아니다. 강준은 몸도 제대로 가누지 못하는 그녀를 힘껏 붙잡았다. 수호는 그 모습을 말없이 바라보았다.

"비켜서라고! 이 새끼가 근데!"

결국 분노가 터지고 만 강준의 목소리가 쩌렁하게 공간을 울린다.

"너 이 새끼, 사람 말 무시해?"

현주가 다리에 힘을 잃고 아래로 주저앉으려 하자 강준은 더욱 그녀의 허리를 감싸며 일으켜 세웠다. 그런 모습 또한 수호는 묵묵하게 지켜보았다.

"너, 내가 누군지 몰라? 미쳤어? 미쳤냐고!"

버둥거리듯 그녀가 비틀거리자 강준은 완벽하게 끌어안은 자세로 그녀의 상체를 지탱했다. 이미 힘을 잃은 두 다리는 기능을 다하지 못한 채 계속 구부러졌다.

수호는 팔을 뻗어 현주를 붙잡았다. 마치 자석에 끌려오듯 자연스럽게 그녀가 따라온다. 무의식의 세계나마 자신이 사랑하는 사람의 체온과 향기를 기억하는 것이 분명했다. 수호의 가슴에 기댄 그녀가 아주 편안한 자세로 안착한다.

윤 실장의 돌발 행동에 적잖이 놀란 강준이 당혹감을 감추지 못한 채 그 모습을 바라만 보았다.

"버거우실 텐데 전무님은 제가 모시겠습니다."

허. 강준은 낮은 탄식을 토했다. 이 미친 새끼가 뭘 잘못 먹었나. 그렇지 않고는 이럴 수 없는 일 아닌가? 느닷없이 나타나 감히 내 손에 들린 것을 빼앗아?

"너…… 지금 나랑 해보자는……."

"그런 뜻 아닙니다. 전무님께서 취하시기 전에 집에 데려다 달라고 호출하셨습니다. 호출받고 왔을 뿐입니다."

"웃기지 마. 내가 니 새끼 속셈을 모를 줄 알아?"

강준은 성큼 다가가 수호의 멱살을 붙잡았다. 한 손으로 그녀를 지탱하고 있는 수호가 옷깃을 붙잡히고도 덤덤한 시선을 내보인다.

"놓고 가라고 말했어. 분명히."

"제가 모시고 가겠습니다."

"대표가 말하는데 감히 반항해? 그룹의 대표가 그렇게 우스워?"

"저는 전무실 사람입니다. 전무님의 지시를 최우선으로 합니다."

"이 새끼가 근데 사사건건 나를 무시해. 네까짓 게 감히……!"

강준의 주먹이 수호의 눈앞에서 멈춘다. 화를 다스리는 법을 배운 적 없는 강준은 늘 고요한 표정으로 자신을 깔아뭉개는 수호가 죽이고 싶을 정도로 싫다.

"너는 늘 이런 식으로 사람 기분을 참 뭣같이 만들어."

아랫사람의 본분도 잊은 채 할 말을 다 하고야 마는 저 묵직함에 치가 떨린다. 강준은 그의 옷깃을 더욱 거칠게 움켜쥐었다. 무슨 짓을 해도 그녀를 놓지 않겠다는 의지가 결연한 눈매와 품새. 강준은 그런 수호를 바라보다 이를 으드득 갈았다. 이가 갈리는 소리가 신랄하게 퍼지지만 수호는 고개를 숙이며 나름의 인사를 마쳤다.

"먼저 가 보겠습니다. 대표님께서도 살펴 가십시오."

"이 새끼야! 내가 너 가라고 한 적 없어!"

다시 강준의 손이 올라가니 수호는 품 안에 잠든 그녀의 머리를 감싸며 눈을 감았다.

"두 사람 여기서 뭐 해."

그때였다. 아주 낯익고, 그래서 잘못 들었으면 바라게 되는 목소리가 공간을 헤집었다. 허공에서 손을 멈춘 강준은 눈을 감았다가 뜨며 소리가 나는 방향으로 천천히 돌아봤다.

"대표님도 계셨네요? 지나가다가 남 전무 데리러 왔는데. 다들 해산하죠, 이만."

지안이었다.

"남 전무 왜 이렇게 취했어. 형이랑 마셨어?"

비틀거리는 현주를 옷자락만 간신히 붙잡고 부축하며 지안은 오만상을 찌푸렸다.

"어후, 술 냄새. 아주 절였네, 절였어."

지도 술 마시고 온 주제에 남의 술 냄새를 탓한다. 전후 사정을 모르는 지안은 싸한 분위기를 직감하고 빠르게 자리를 정리했다. 목격한 것을 기준으로 상황을 파헤쳐 봐야 윤 실장에게 불리할 거라는 걸, 지안은 알고 있는 것이다.

"형이 데려다주면 되지 난 왜 불렀어."

아, 똑바로 걸어! 지안은 질질 끌려오듯 걸음을 옮기는 현주가 마음에 들지 않는지 버럭 화를 냈다. 옷자락만 간신히 붙잡고 부축을 하자니 제대로 부축이 될 리 없다.

"지안아, 버거우면 내가 할게."

"당장 해."

수호가 팔을 내밀자 지안은 기다렸다는 듯 미련 없이 현주를 떠밀었다. 그러곤 아주 질색이라는 표정을 지으며 혀를 끌끌 찼다.

"제정신이 아니네. 아주 꼴좋다."

수호는 지안의 타박에 부드러운 미소를 지었다. 대표가 도착했다는 수행 기사의 연락을 받고, 지안에게 연락을 취한 건 수호가 할 수 있는 최선의 방법이었다. 선선히 그녀를 내어 줄 강준이 아니라는 것쯤은 잘 알고 있었으니까.

"얼씨구. 아주 자석이네, 자석. 저거 취한 척하는 거 아니야?"

수호가 부축하자 현주가 자연스럽게 기대 움직인다. 의식은 없어 보이는데, 본능이란 이토록 무서운 거다.

그는 현주를 힘주어 그러안았다. 언제 또, 이렇게 너를 안아 보겠나.

"같이 안 가?"

열린 차에 현주를 조심스럽게 앉힌 수호는 그녀를 내려다보았다. 대리운전 회사 직원을 대동한 지안은 조수석으로 걸어갔고, 수호는 가지고 내려온 그녀의 코트를 무릎에 잘 여며 주었다.

"안녕하세요, 윤 실장님."

"아아. 같이 계셨네요. 정찬양 씨."

타고 있던 찬양이 내리며 그에게 인사를 건넸다. 수호는 현주에게서 눈길을 거두며 두 사람을 바라보았다.

"난 이만 퇴장. 늦었어. 집에 가야지."

"아아, 그렇지. 그럼 조심히 가, 형. 연락할게."

"저기, 지안아."

수호가 나직하게 부르자 차에 올라타려던 지안이 다시 그를 바라보았다. 현주와 수호의 마음을 이미 알고 있는 찬양은 애가 타는 두 사람의 마음에 입술만 꾹 깨물었고.

"오늘 난 못 본 걸로 해 줘."

"왜? 형이 나 불렀잖아."

"나도 중간에 소환돼서 온 거야. 전무님 내일 민망하시지 않게, 나 안 온 걸로 해."

뭐, 알겠어. 지안이 고개를 끄덕이며 답하자 수호는 씩 웃으며 곁에서 있는 찬양의 어깨를 툭툭 쳤다.

"찬양 씨도 조심히 들어가요. 우리 내일 봐요."

"어깨 치지 마! 부러져!"

지안이 고새를 못 참고 소리를 빽 지르자 수호는 웃음을 터트리며 얼른 차에 타라고 찬양에게 손짓했다.

"남 전무님 잘 부탁해요. 찬양 씨."

그의 말에 묻어나는 깊이를 모를 수가 없어, 찬양은 가까스로 고개만 끄덕였다.

"네. 걱정 마세요."

찬양이 올라타자 문을 닫은 수호는 미련 없이 자리를 떠났다. 멀어지는 뒷모습을 바라보다, 찬양은 곁에서 잠든 현주의 얼굴을 물끄러미 바라봤다.

"피곤할 텐데 눈 좀 붙이면서 가. 남 전무는 그냥 흔들려도 내버려 둬."

"저는 괜찮아요."

괜찮다는데도 득달같이 뒤를 돌아보며 눈 좀 붙이란다. 힘 빠진 현주의 어깨가 이리저리 흔들리지만, 누나의 상태 같은 건 신경 쓰지 말란다.

"추우면 말해, 온도 올려 줄게."

"네, 상무님."

……사랑을, 받는다.

찬양은 복잡 미묘한 감정 속에 미소를 지으며 현주의 머리를 자신의 어깨 쪽으로 내렸다. 이제야 삶의 여유를 찾는 내가, 이제 와 오만하게 바란다. 당신들의 사랑도 안전했으면.

"추워?"

"아뇨. 진짜 괜찮아요. 코트 있잖아요."

지금의 내가 그렇듯이.

"감기 걸리면 혼난다."

"네. 상무님."

지금의 내가, 그렇듯이.

"어후, 무거워."

현주를 방까지 끌고 온 지안은 패대기치듯 침대에 던져 버렸다. 재벌은 사는 모습 뭐 다를까 싶었는데 다른 점을 그다지 찾을 수 없는, 현실 남매가 여기 있다.

"무거워서 팔 부러지는 줄 알았네."

지안은 손목을 돌리며 숨을 내쉬었다. 많고 많은 돌계단을 지나며 현관까지 끌고 왔더니 여파가 상당하다. 하도 힘들어하니 찬양이 한심하다는 듯 바라보았고, 지안은 그제야 변명하며 팔을 내렸다.

"내가 부실한 거 아니야. 저쪽이 무거운 거지."

"딱 봐도 전무님 솜털 같은데 무겁긴, 엄살은."

"술 취하면 물먹은 솜이야. 물먹은 솜 들어 봤어? 넌 한 발자국도 못 움직여, 이거 왜 이래."

속이 부대끼는지 간간이 긴 숨만 불어 내쉴 뿐, 인사불성이 된 현주는 단 한 번을 깨지 않고 잠을 청한다. 찬양은 다가가 이불을 여며 주었다.

"옷을 갈아입혀 드려야 하지 않을까요?"

"됐어. 있던 모습 그대로 일어나라고 해. 처참한 몰골을 본인이 직접 봐야 정신 차리지."

나가자. 지안이 손을 붙잡자 찬양은 영 아쉽다는 눈길로 현주를 바라보았다.

"한 비서가 알아서 할 거야. 우리가 나가야 한 비서가 들어와서 남전무 챙겨."

"아아. 그럼 나가요, 어서."

찬양은 그제야 걸음을 옮겼다. 문을 열고 그녀가 나서려고 하자 지안은 그녀를 쑥 끌었다. 나가야 한다고 할 때는 언제고 못다 한 아쉬운 연애가 생각난 모양이다.

"밖으로 나가면 오늘은 또 못 보겠네."

"아마도…… 그렇죠……?"

"말도 못 하고."

"……."

"손도 못 잡고."

여기저기 눈치를 봐야 하는 신세에 오늘의 연애는 여기까지인 듯하다고. 지안이 아쉽다는 듯 말하자 찬양은 물끄러미 그를 올려 보았다. 철컥, 그가 손을 뒤로 뻗어 방문을 잠근다. 두꺼운 쇠가 맞물려 잠기는 소리는 무척이나 긴장감 있게 들렸다.

"잘 자라는 인사 정도는 하고 가야지."

"어…… 인사요……."

아니 상무야…… 대체 무슨 인사를 문 잠그고 해. 어떤 인사를 원하는데…….

"실례 좀 할게."

지안이 찬양의 얼굴을 감싸며 고개를 들게 했다. 한참이나 조목조목 그녀의 얼굴을 들여다보던 지안은 결심한 듯 입술을 내렸다. 정착할 곳을 찾지 못한 듯 잠시 머뭇거리던 그는 결국 그녀 이마에 가볍게 입을 맞췄다.

찬양은 눈을 느리게 감았다가 떴다. 그의 입술이 그저 잠시 머물렀을 뿐인데, 감촉이란 게 말로 형언이 되질 않아 찬양은 주먹을 꽉 말아 쥐었다. 그녀가 넋을 잃은 표정으로 올려 보자 무안한 듯 지안은 고개를 돌리며 그녀를 품에 안았다.

"뭐야 이거. 인사하고 나니까 더 떨어지기 싫잖아."

"어…… 맞아요……. 격한 공감요……."

그녀도 용기 내어 그의 허리를 감싸 안았다. 잠시라도 헤어지고 싶지 않은 걸 보니 연애를 하긴 하는 모양이다.

그때였다. 현주가 이불을 들추며 상체를 벌떡 일으켰다.

"뭐야!"

인기척에 깜짝 놀란 두 사람이 급하게 떨어지며 큰일 났다는 표정을 지었다. 지안이 침대 쪽을 천천히 바라보니 눈이 반쯤 풀린 현주가 고개로 연신 방아를 찧으며 앉아 있다.

"물……."

"……."

"물……."

"어어! 물! 갖다줄게! 갖다준다고!"

지저스……. 두 사람은 현주의 기브 미 워터에 허둥지둥 방을 빠져나왔다. 많은 일이 지나간 오늘 하루는 기억에 오래 남을 것 같았다.

"나오셨습니까, 전무님."

"안녕하십니까, 전무님."

"네. 모두 좋은 아침입니다."

밤사이 모든 일을 지운 듯한 멀쩡한 얼굴로 현주는 출근을 마쳤다. 남아 있는 숙취 같은 건 분노로 잠재운, 언뜻 보기엔 평범한 아침이다.

……윤 실장을 스친다.

"전무님, 안녕하십니까."

그의 인사에 대꾸를 하지 않으며 현주는 전무실로 들어섰다. 윤 실장이 뒤따라 움직이지만 그가 들어서기 전에 쿵, 하고 문을 닫았다.

또각또각 앞으로 걸어간 현주는 가방을 내려놓고 코트를 벗으며 서둘러 자리에 앉았다. 이내 관자놀이를 누르며 눈살을 찌푸렸다.

"휴…… 머리야……."

오늘 아침 눈을 뜨니 자신의 방이었다. 화장을 깔끔하게 지운, 잠옷으로 갈아입은, 모습은 보통의 날이었다.

"술을 끊든가 해야지. 내가 못 살겠다, 정말."

어제 일이 기억나질 않는다. 어디서부터 기억이 잘린 건지, 더듬어 보아도 술집 문을 열고 들어선 기억 정도나 선명했다. 애당초 취하려고 빈속에 들이부은 술이긴 했지만 미련하긴 했지. 쥐어짜도 생각나는 건 아무것도 없었다.

하지만 멍하니 서 있을 시간이 있겠나. 기억이 나지 않는 지난밤은 접어 둔 채 서둘러 출근 준비를 마치고 차에 올라탔다. 그러다가, 운전을 도맡은 비서에게 물었다.

'어제 혹시 Bar로 누가 왔습니까?'

'어제 말씀이십니까?'

'네. 어제. 누가 다녀간 것 같은데.'

기억은 흐렸다. 누군가의 어깨에 기대어 잠을 청했던 것 같은데, 꿈속 그림인지 현실인지 감이 오질 않았다.

'임강준 대표님께서 다녀가셨습니다.'

'임 대표님? 대표님이 왜?'

전혀 예상하지 못한 인물이 튀어나오자 현주는 등받이에서 상체를 일으키며 물었다. 룸미러로 힐끔 현주의 표정을 살핀 비서는 머뭇거리다가 입을 열었다.

'알고 오신 건 아닌 것 같고, 어쩌다가 술을 드시러 오신 것 같은데…….'

'아…….'

'중간에 대표님께서 저를 보내셔서 제가 할 수 없이 먼저 돌아갔습니다.'

'먼저…… 가셨다고요?'

'대표님께서 하도 완강하셔서, 죄송합니다. 전무님.'

어른거리던 그 어깨가, 대표의 어깨라고? 손톱을 깨물었다. 기억이 나질 않으니 미칠 것만 같았다.

'혹시 윤…… 실장은…….'

'그게, 연락을 몇 번 했는데 윤 실장이 전화를 받지 않아서 말입니다.'

그는 윤 실장이 Bar에 다녀간 사실을 전혀 몰랐다.

'전무님께서 많이 취하셔서 혹시 몰라 윤 실장 쪽으로 메시지도 남기고 했는데, 연락이 따로 오지는 않았습니다.'

'……알겠습니다.'

'네, 전무님.'

현주는 착잡한 시선을 차창으로 돌리며 대화를 끝냈다. 생각을 마친 현주는 관자놀이를 잡고 있던 손을 내렸다. 예기치 않게 마주한 강준이 자신을 어쩌지 못해 지안을 부른 모양이라고, 현주는 스스로 결론을 내렸다. 지안과 찬양이 자신을 데리고 들어왔다고 입주 비서가 말해 줬으니까.

"아주 가지가지 하고 돌아다녀. 미쳤어. 왜 이렇게 정신을 못 차리고……."

자책하듯 중얼거리던 현주는 다시금 굳은 표정으로 고개를 들었다. 바른 걸음으로 윤 실장이 들어선다.

“오늘 오전에 요청하신 서류입니다.”

“내려놔요.”

차고 시린 눈빛과 음성으로 현주는 대꾸했다. 인사불성이 된 어제, 다른 이에게 안기고 흐트러졌던 모습이 민망하기도 하고.

“재작년 파일은 훼손이 있어 전산팀에서 복구 중입니다. 10시쯤 다시 확인하도록 하겠습니다.”

끝끝내 부재로 응수한 윤 실장에게 상처를 받기도 했다.

“……그럼 이만 나가 보겠습니다.”

그녀가 말이 없자 할 말을 끝낸 윤 실장이 묵례와 함께 걸음을 돌렸다.

“이봐요, 윤 실장.”

어제는 잘 들어갔냐는, 피곤해서 깊이 잠들었다는, 그는 사소하고 졸렬한 핑계도 대지 않는다.

“네. 전무님.”

제발 부탁인데 다 된 밤에 날 찾지 말라고, 나는 너의 전화가 귀찮다고, 그는 야멸차고 냉정한 일갈도 하지 않는다.

“출국 일자가 언제입니까?”

“다음 주입니다. 대표님 취임식을 끝내고 바로…….”

“일정 조금 서두르죠.”

“예?”

그녀는 쥐고 있던 만년필을 내려놓았다.

“다음 주까지 전무실에 있을 필요는 없을 것 같군요. 일찍 가서 그쪽 일을 도와주는 게 더 낫지 않나 싶은데.”

나 이제 그만, 당신을 포기할까 봐.

“윤 실장 생각은 어떻습니까?”

“…….”

"신변에 문제없다면 바로 출국하는 걸로 하죠. 현지에서 빠른 도움을 원하기도 하고."

그녀는 주먹을 말아 쥐었다. 심장이 빠르게 뛰어오르고 또 쿵쾅거렸지만 어쩐지 마음은 차게 식어 갔다. 그와 눈을 맞추는 일이 꿈에서 깨어나듯 부질없게 느껴졌다.

"전무님 지시에 따르겠습니다."

"그래요. 그럼 일정은 내가 조율할 테니까."

현주는 윤 실장이 내려놓은 파일을 집어 들었다. 시선을 내렸기에 그의 표정을 볼 수는 없었지만 아마도 평온하리라. 언제나처럼.

"되도록 빨리 떠나는 것으로 하죠."

내 인생에 사랑 같은 건 없다고. 나에게 그런 건 사치일 뿐이라고.

"가능한, 가급적 빠른 시간 내에 떠나 줘요. 윤 실장."

오늘, 당신이 내게 알려 주었다.

"비서진 출장 명단에서 정찬양 빼. 우리도 상부 원칙 적용해서 비서장인 니가 가는 걸로 하고."

"네. 상무님, 알겠습니다."

지안은 간단하고 신속한 판단 아래 찬양을 명단에서 뺐다. 꼴도 보기 싫다는 듯 파일에 적힌 그녀 이름을 매직으로 급하게 지워 냈다.

어디 말이 되는 소리더냐. 전부 비서장이 가는데 정찬양이 여길 왜 낀단 말인지. 대표의 속내가 궁금해서 미칠 노릇이지만 이왕 참고 있는 김에 조금 더 참아 보기로 한다.

"노파심에 묻는데, 출장 불만 아니지?"

"그럴 리가 있겠습니까? 얼마 만에 떠나는 해외인데요."

신 실장은 속도 없이 웃는다. 지안은 힐끔 녀석을 올려 보다가 도리질을 쳤다.

"가기 전에 일 마무리나 잘 지어. 나 혼자 벅차게 하지 말고."

"네. 상무님, 알겠습니다. 그리고 이거 받으십시오."

신 실장은 둘밖에 없는 공간에서 곁을 살피는 눈치를 하다가 USB를 내렸다. 신 실장 개인 소유의 USB이고, 사안이 심각하다는 것은 표정으로도 알 수 있다.

"요청하신 자료 담아 왔습니다."

"수고했어."

"그리고 유진권 전 사장님 쪽 말입니다."

의문의 자동차 추락사로 명을 달리한 자동차 사장의 이야기가 튀어나오자 지안은 긴장한 표정을 지었다. 신 실장은 목소리를 낮췄다. 두 사람은 그 이후 행방불명된 유진권 사장의 수행 비서를 찾고 있었다.

"운전수 김공철 씨 가족 측에서 김공철 씨와 연락이 닿았다고 전달 받았습니다."

"그래? 지금 어디 있다는데?"

"해외라고 하더랍니다. 잘 있으니까 걱정 말라고 했다 합니다."

김공철은 돌연히 사표를 내고 종적을 감췄다. 사고 당시 함께하지 않았으니 모든 의혹에서 벗어났지만 지안은 끈질기게 수행 비서의 뒤를 밟았다.

"상무님 USB만 찾아도 일 좀 수월하게 풀 텐데요. 대체 그게 어디로 갔는지."

별 뜻 없는 신 실장의 말에 뜨끔한 지안은 헛기침을 하며 고개를 돌렸다.

찾지 마……. 내가 내 발로 부숴 버렸어…….

"그것만 손에 들어와도 당장 진상 조사해서 전부 잡아낼 텐데. 그렇죠?"

그런 말 하지 마……. 난…… 후회하지 않아…….

"누가 가져갔는지 잡아다가 확, 그냥 본때를 보여 줘야 하……."

"됐어. 난 이미 포기한 지 오래야. 내 앞에서 USB 얘긴 꺼내지 말았으면 좋겠는데."

"네? 아, 네."

신 실장은 단호히 말하는 지안을 바라보며 고개를 끄덕였다. 지안은 먼 곳을 바라보는 듯한 아련한 시선으로 시간을 되돌려 보고 있다. USB를 괜히 밟아 없애 버렸나 싶은 게지. 멋은 폭발시켰는데 대책은 없다.

"알겠어. 이만 나가 봐."

하지만 후회는 없다. 그보다 더 중요한 것을 찾았으니까.

"네, 상무님."

"아니다, 넌 여기 있어. 내가 나갈 테니까."

네? 어딜……? 신 실장이 물어도 대꾸 없이 그는 빠르게 자리에서 일어나 재킷을 입었다.

"출장 가기 전에 일 좀 살살 해. 몸 사리다가 출국해야지."

"아까는 다 해 놓고 가라고 하셨잖아요."

"아아. 내가 그랬나?"

지안은 대수롭지 않게 중얼거리며 노래를 흥얼거렸다. 그녀가 부르던 '애인 있어요'의 후렴구 멜로디다.

"지금…… 노래 부르셨어요?"

"그냥. 생각이 나서. 혹시 이 노래 제목이 뭔지 아나?"

"애인 있어요 같은데, 이 노래를 아세요? 상무님이?"

"아아. 제목이 그래? 애인 있어요? 좋네. 애인도 있고."

헐. 신 실장이 경기하는 표정으로 바라보자 지안은 찬양을 떠올리며 피식 웃었다. 애인이야 있지. 그것도 아주 예쁘고 달달한.

"왜 웃으세요? 갑자기? 왜? 무엇 때문에?"

"난 웃지도 못하냐?"

"갑자기 웃으시니까 그러죠! 소름 돋게! 무슨 일인데요! 갑자기 왜 그러시는 건데요! 저 뭐 잘못한 거 있어요?!"

"남이야 웃든 말든. 나 나간다."

비서장의 멘탈을 박살 낸 뒤 지안은 여유로운 표정으로 사무실 밖을 나섰다. 휴대폰을 들고 눈꼬리를 휘는 모습을 보아하니 꿀단지 찾으러 가는 모양이다.

"난데. 어디야."

— 저요? 저 지금 3층에 있어요.

꿀단지가 말도 하고 심지어 안 봐도 예쁨이 느껴지니 입꼬리는 자꾸만 올라간다. 그러다가 지안은 정색했다.

"3층? 3층엔 무슨 일로?"

또, 또 염색체 다른 것들이랑 노닥거리고 있는 거냐?! 지안의 걸음이 점점 빨라진다. 승강기 버튼을 누른 뒤 초조한 듯, 층에 멈춰 서기를 기다린다.

— 다른 일은 아니고요, 회사로 친구가 오기로 해서요.

"친구?"

— 네. 아, 상무님! 저 지금 전화 오거든요! 조금만 이따가 올라갈게요!

"이봐! 이……."

띠리릭, 전화는 끊기고 때마침 엘리베이터 문이 열린다.

"상무님 안녕하십니까."

"안녕하십니까, 상무님."

타고 있던 사람들이 일제히 인사를 건네 온다. 지안은 짐짓 굳은 표정으로 엘리베이터를 탔다. 3층 버튼을 누르며 몸을 바로 하자 바닷물이 좌우로 갈라지듯 비좁은 엘리베이터 중간이 텅 비었다.

"괜찮으니까 편하게 내려가죠."

지안은 이럴 필요 없다고 씩 웃었다. 얼음장 같은 상무가 난데없이 웃자 타고 있던 직원들은 입술을 멍하니 벌렸다. 놀란 눈빛으로 직원들이 바라보자 괜스레 뜨끔한 지안은 누가 물어보지도 않았는데 먼저 행선지를 실토했다.

"3층에 볼일이 좀 있어서. 3층 갑니다. 3층."

"아…… 네……."

알아요……. 조금 전에 3층 누르셨잖아요…….

"비서 좀 찾으러 갑니다. 다른 건 아니고."

"아…… 네……."

말끝마다 상무님께서 자꾸 웃는다. 비서를 찾으러 가는 얼굴이 저렇게 밝을 수 있나……? 모두는 대단히 혼란스럽다는 얼굴로 미소 짓는 지안에게 시선을 빼앗겼다.

— 띵동. 3층입니다.

"그럼 다들 힘냅시다. 난 이만."

지안은 다시 씩 웃으며 엘리베이터에서 내렸다. 로비를 향하던 직원들은 뭐에 홀렸다는 듯 문이 닫힐 때까지 멀어지는 지안의 뒷모습을 바라보았다.

"지금…… 상무님 웃으셨지?"

"네……. 웃으셨어요……."

"재활 열심히 하셨다더니…… 부작용이 온 건 아닐까……?"

"후유증일지도 몰라요……. 맙소사…… 지금 내가 뭘 본 거야……."

"그러니까. 무슨 회사가 상무 덕질을 하게 해……. 미쳤어……. 나 지금 심장 폭주한다……."

여직원들은 심장을 움켜쥐며 얼굴을 붉혔고 남직원들은 그의 흉흉한 건강 상태를 염려했다. 상무실의 비서들은 천국에서 일하는 거라며 여직원들은 넋을 놓았고, 사람이 변하면 갈 때가 된 거라며 남직원들은 한숨을 쉬었다. 하여간에 그 미소, 대단한 값어치이긴 했다.

"진짜? 그럼 늦겠네?"

저벅저벅, 정처 없이 걸음을 옮기던 지안은 소리가 나는 방향을 확인하곤 우뚝 멈췄다. 인공 나무가 촘촘히 박힌 쉼터 사이에서 그녀 목소리가 들려온다.

"아쉽다. 나는 너 지금 오는 줄 알고 잠깐 내려왔거든. 나도 근무 시간이라 오래 못 기다려. 응. 응응. 못 볼 수도 있겠다. 어쩌지, 아쉬운데."

지안이 걸음 소리를 죽이며 뒤로 다가가니 찬양이 친구와 통화를 하고 있다.

"그러지 말고 미혜야, 그럼 나 기다릴래? 끝나고 볼까? 아아, 약속 있어? 할 수 없지 뭐."

한산한 공간. 그녀에게 가까이 다가선 지안은 두 팔을 뻗어 그녀가 기대고 있는 난간을 붙잡았다. 두 팔로 가두듯 찬양을 포위한 지안이 그녀 어깨에 턱을 내렸다.

헉. 일순 놀란 찬양은 그대로 굳어 버렸다.

— 여보세요? 야? 정찬양! 내 말 듣고 있어?

"어…… 어, 미혜야."

어깨에 턱을 기대고 있던 지안이 이번엔 고개를 수그리듯 내리며 이마를 기댔다.

— 앗, 이제 택시 온다. 이따가 다시 연락할게, 찬양아!

"어, 어어어! 어어어어!"

미혜의 전화가 끊긴다. 찬양은 휴대폰을 내리지 못한 채 그대로 눈만 깜빡였다. 어깨에 닿은 묵직한 감촉, 등 뒤를 감싼 온기, 난간을 붙잡고 있는 커다란 손.

"친구랑 통화했어?"

"아…… 네."

"무슨 비밀 통화인데 여기까지 내려와서 해."

오감을 자극하는 달고 깊은 향.

"그게 아니라…… 친구가 회사에 온대서 혹시 볼 수 있을까 해서 내려왔어요."

"친구가 회사로 온대? 여기로? 너 보러?"

자꾸만 듣고 싶은 음성.

"아…… 아뇨……. 오늘 백경에 중소기업 협력 프로젝트가 있어서…… 거기 참여한다고……."

그가 살아 있음이 선명하고, 마음이 닿았음을 다시 한번 깨닫게 된다.

"누가 보면 어떡해요……. 이러고 계시면 안 되는데……."

"뭐 어때."

"그래도 안 돼요. 벌써 소문이라도 나면 큰……."

비로소 놀란 마음을 추스른 찬양이 움직이려 하자 지안은 붙잡고 있던 난간의 폭을 더욱 좁혔다. 아주 낮고, 부드럽게 잠기는 목소리. 그는 숨을 내쉬며 다시 입을 열었다.

"좀 쉬자. 나도 좀 쉬어야 일도 하고 돈도 벌지."

"……."

"부지런히 돈도 벌고 승진도 해야 애인한테 점수 안 깎이지."

차마 비켜서라는 말은 떨어지지 않아 찬양은 자신의 어깨에 기대고 있는 지안의 시간을 기다려 주기로 한다. 구부정한 자세로 기대고 있으면서, 편할 리가 없음에도 일어날 생각을 하지 않는다.

찬양은 난간을 붙잡고 있는 그의 손을 바라보다가 슬며시 팔을 뻗어 손을 포갰다. 자신의 손을 토닥거리며 얌전히 기다려 주는 그녀가 예뻐서 작게 미소 짓다가, 지안은 이제 그만 그녀를 놓아주기로 한다.

"올라가서 회의 준비 좀 해 줘. 자료 많으니까, 수고하고."

"네. 염려 마세요. 잘해 놓을게요."

아쉽다. 어떡하지.

"오늘 점심은 대표실에서 같이하자고 연락이 와서 다녀올게. 혼자 갈 테니까 점심은……."

"네. 알아서 잘 먹을게요. 그것도 걱정 마시고요."

찬양이 별걱정을 다 한다는 듯 눈을 크게 뜨며 종알거리자 지안은 그제야 고개를 들었다. 눈만 마주쳐도 좋을 때였다.

"저는 이만 올라가겠습니다! 수고하십시오! 상무님!"

"그러죠. 수고."

그저 웃었을 뿐인데, 마음이 온통 꽃밭으로 변하는 때였다.

강준과 식사 약속이 있던 지안은 상투적인 사업 이야기와 신사업 투자 관련 이야기를 이어 가다가, 별일 아니라는 듯 찬양의 출장 문제를 꺼냈다. 비서장도 아닌 찬양이 명단에 올라가는 것은 특혜성 문제가 있다. 대표님께서 굳이 정 비서를 택한 이유가 있는 게 아니라면 원칙대로 신 실장을 보내는 것이 맞다.

'듣고 보니 그렇긴 하네. 난 단지 남 상무 건강이 염려스러워서 신 실장을 보내지 않으려고 했던 것뿐. 남 상무 뜻대로 해.'

강준은 지안의 말을 들어줄 수밖에 없었다. 정찬양을 감싸고도는 분위기가 아닌, 대표실 특혜성 선발이 아니냐는 의혹 제기로 달려드니 골치가 아파진 것이다. 지안은 영특하게 대처했다. 마치 강준의 속내를 들여다보기라도 한 것처럼.

"오셨습니까, 상무님."

식사를 마친 지안이 먼저 회사로 돌아왔다. 차에서 내린 지안이 회전문을 통과하자 보안 직원이 인사를 건넨다.

"식사하셨습니까?"

"아직입니다."

"저는 됐으니 식사하고 오세요."

옆을 따라오며 엘리베이터를 잡아 주려는 보안 직원을 보내고 지안은 엘리베이터 앞에 섰다.

— 띵동. 1층입니다.

지안은 엘리베이터 안으로 들어섰다. 상무실로 바로 올라가려던 지안은 버튼 앞에서 잠시 머뭇거리다가 3층을 눌렀다. 그러곤 손목시계를 걷어 시간을 확인했다.

— 띵동. 3층입니다.

다시 3층을 찾은 지안은 회의실로 걸음을 옮겼다. 지안을 확인한 직원이 화들짝 놀란 표정으로 다가왔다.

"오늘 중소기업 가전마트 입점 건으로 방문하신 분, 어디 있습니까?"

"예? 아, 4번 회의실에 있습니다만."

"4번?"

지안의 표정이 순간 어두워진다. 친구 얼굴이나 조용히 슬쩍 보고 올라가려고 했는데 일이 틀어진 것 같았다.

"지금 5번 회의실까지 폐쇄하지 않았나? 비품 재정비한다고."

"네, 그렇긴 한데 지금 회의실이 꽉 차서요. 어쩔 수가 없다고 합니다."

"회의실이 꽉 찰 정도로 회의가 많으면, 손님을 일반 회의실로 모시고 본인들이 그쪽으로 들어가야 하는 거 아닌가?"

직원이 난처하다는 듯 입술을 꾹 깨물자 지안은 다시 걸음을 옮겼다. 4번 회의실 앞에 도착한 지안은 문을 열었다. 공사 중인 까닭에 벽에 붙어 있던 모니터를 전부 떼어 낸 상태고, 벽은 전부 긁어냈다. 의자니 책상이니 전부 간이 용품이다.

'오늘 백경에 중소기업 협력 프로젝트가 있어서…… 거기 참여한다고…….'

그녀의 말대로라면 이곳에 친구가 있을 거다. 지안이 들어서자 타사와 미팅 중이던 직원이 커다랗게 눈을 뜨며 자리에서 일어섰다.

"아니, 상무님께서 여긴 어떻게……."

마주 앉아 있던 타사 직원도 얼떨결에 일어선다. 지안은 타사 직원의 얼굴을 바라보았다. 한눈에 보아도 그녀의 친구임을 알 것 같다.

"지금 뭐 하는 겁니까?"

"예? 아, 가전마트 입점 건으로 미팅 중입니다. 상무님."

"그걸 몰라서 묻는 건 아니고. 이런 곳에서 미팅을 하는 이유를 묻고 있는 겁니다."

타사에서 수북하게 만들어 온 자료들. 그것에 비해 고작 다이어리 하나 들고 미팅에 참여한 직원의 태도가 몹시 거슬린다. 찾아온 이에게 차도 한 잔 내어 주지 않은 불성실함. 열정적으로 설명을 이어 가는 타사 직원과는 달리 휴대폰을 들여다보며 하품을 하던 부서 직원. 들어오는 순간 확인한 참사의 현장이다.

"어느 부서지?"

"저, 저는 기업, 기업개발 3팀 유경린 대리입니다. 상무님."

산더미처럼 쌓인 일 때문에 대강대강 미팅을 종료하고 가려던 직원은 지옥문이 열렸다는 것처럼 파랗게 질린 얼굴을 했다.

"지금까지 중소기업 미팅을 이런 식으로 진행했나? 장래 파트너가 될지도 모르는 곳과?"

상무님의 차가운 목소리에서 많은 것을 예감한 직원이 입술만 꾹 깨물었다. 어차피 판단이야 문서로 할 테니 미팅은 큰 의미가 없다고 생각한, 관행과 오만함이 불러온 결과다. 타사 직원은 영문을 모르겠다는 듯 조용히 숨을 죽이고 있다.

"하, 내가 다 창피해서 얼굴을 들 수가 없네."

중얼거리던 지안은 성큼 안으로 들어와 비치된 전화기를 들었다. 다행히 연결이 되어 있어 그는 내선을 눌렀다.

"신 실장, 난데. 지금 가전마트 입점 건으로 손님 오셨으니까 상무실 회의실 비워 둬."

— 예. 알겠습니다.

"연결해서 기업개발 3팀 백근복 수석 참여하라 하고, 유흥모 책임 참관하라 해. 나도 올라간다고."

— 네. 알겠습니다.

지안은 서둘러 전화를 끊었다. 사색이 되어 서 있는 직원의 곁을 스치며 지안은 타사 직원 앞으로 다가갔다. 훗날을 위해 안면이나 트고 인사나 나눈 뒤 올라가려고 했는데.

타사 직원은 '주미혜' 라는 이름표를 달고 있다. 찬양이 '미혜' 라고 부르던 것이 기억나, 그는 인사를 건넸다. 서로는 잘 몰랐겠지만.

"결례 많았습니다. 올라가서 다시 얘기하죠."

"아…… 네. 알겠습니다."

구면이었다.

"저…… 고맙습니다."

지안을 따라 엘리베이터에 오른 미혜는 넣어 두었던 인사를 건넸다. 이번 백경 가전마트 입점 건은 미혜가 다니는 회사 입장에서 꽤나 오랜 시간 공을 들인 일이었다. 백경의 입장에선 수천 개의 연간 기획 중 하나에 불과했지만, 미혜의 회사에겐 연중 가장 큰 기획이었으니까.

"인사받을 일 아닙니다. 덕분에 몰랐던 사실을 알고 가니 인사는 제 쪽에서 드리는 게 맞는 것 같은데."

지안은 공손하게 인사를 건네는 미혜를 바라보다 눈썹을 꿈틀거렸다.

학점? ABC……?

미혜를 바라보고 있자니 말도 안 되는 단어들이 떠오른다. 처음 마주하는 사람에게서 학점은 뭐고, ABC는 뭐란 말이냐.

띵동, 그사이 엘리베이터는 상무실에 멈춰 섰다. 지안을 따라 걸음을 옮기는 미혜는 숨이 막혀 죽을 지경이다. 서너 개의 유리문을 통과하니 본실이 나오고 이미 대기 중이던 여러 비서들이 그를 맞이한다.

"회의실로 손님 모시고."

"네. 상무님."

직원은 미혜를 회의실로 안내했다. 극진한 귀빈 대접에 미혜는 몸 둘 바를 몰라 쩔쩔매는 얼굴로 직원을 따라 들어갔다. 회사의 흥망성쇠를 짊어지고 물건을 납품하러 왔으니 아쉬운 쪽은 미혜였고, 그래서 마음을 비운 일이 벌써 오래전 일이다.

"잠시만 기다려 주시겠습니까? 지금 관계자들이 올라오고 있습니다."

"아아, 네네."

"차는 어떤 걸로 준비해 드릴까요?"

"아, 아무거나요……."

평소 성격답지 않게 미혜는 굳어 버렸다. 직원은 차를 내오겠다며 사라졌고, 미혜는 그제야 체할 듯 밀려 있던 숨을 크게 불어 내쉬었다.

"뭐야 이거…… 더 불편하잖아……."

수석? 책임? 으아! 내가 그런 사람들 앞에서 무슨 말을 하냐 대체! 흐어. 미혜는 머리를 움켜쥐며 발버둥을 쳤다. 잠시 후 노크 소리가 들려오고 미혜는 다시 자세를 바르게 하며 앉았다.

"찬양아……!"

"대박, 너였어?"

찬양은 눈을 동그랗게 떴다. 상무님께서 손님께 차 좀 내어 드리고 오라기에 왔더니 친구가 앉아 있다. 서로는 전쟁 통에 만난 벗처럼 얼싸안았다.

"뭐야, 뭐야, 뭐야, 나 지금 너무 떨려, 찬양아. 여기 어디야, 나 누구야."

"야아. 지금 난리 났어. 상무님 화가 잔뜩 나셨거든. 지금 미팅 참여하신다고 부서장 오시고 밖은 난리야. 상무님한테 지금 엄청 깨지고 계셔. 무슨 일 있었어?"

흐어. 미혜는 찬양의 어깨를 붙잡으며 앞뒤로 흔들었다.

"나, 나 여기서 살아 나갈 수는 있는 거지? 그 무서운 상무님도 참석하신다니?"

"아마도?"

"찬양아. 찬양아. 종이 있으면 급하게 내 유서 좀 받아 적어 줄래? 나 아무래도 여기서 돌이 될 것 같아……."

잔뜩 긴장한 채 덜덜 떠는 친구를 바라보며 찬양은 활짝 웃었다. 그러다가 툭, 그녀 어깨를 치며 눈꼬리를 둥글게 휘었다.

"뭐야, 왜 이렇게 약한 척해? 다 씹어 먹어 버려. 잘하잖아."

"야…… 씹어 삼키는 것도 사람 봐 가며 하는 거야……. 내가 상어 이빨도 아니고 백경그룹 상무님을 무슨 수로 씹어 먹겠니……."

"할 수 있어. 잘하고 가. 파이팅 해."

"가, 가지 마! 나랑 같이 있어!"

극도의 흥분 상태로 덜덜 떠는 친구의 모습이 어쩐지 귀엽다. 찬양이 차 좀 마시고 진정하라며 찻잔을 쥐여 주었다.

그때, 문이 열렸다.

"이거, 늦어서 죄송합니다. 오셨을 때 직접 인사드렸어야 하는데. 기업개발 3팀 백근복 수석입니다."

상무님께 한바탕 깨지고 들어선 사내는 명함을 내밀며 미혜에게 인사를 건네 왔다. 그 뒤로 지안과 참관 예정인 직원이 들어왔고, 미혜는 호랑이 굴에 들어왔다는 심정으로 크게 인사를 했다. 이럴 줄 알았다면 청심환이라도 먹고 오는 건데.

"아, 안녕하십니까!"

"반갑습니다. 백경그룹 남지안 상무입니다."

"네! 저는 일한산업의 주미혜 대리입니다!"

"앉으세요. 일단 가지고 오신 서류 먼저 검토하죠."

찬양은 그 모습을 끝으로 회의실을 나섰다. 감정을 말로 설명할 수 없어 웃음이 터졌다. 모쪼록 좋은 성과가 있길, 그녀는 마음속으로 기도했다.

"수고 많으셨습니다. 검토 후 다시 연락드리겠습니다."

"네. 연락 기다리겠습니다."

드디어 강도 높은 미팅이 끝나고 혼까지 하얗게 태운 듯한 얼굴로 미혜는 일어섰다.

상무님은 생각보다 더욱 깐깐했고 꼼꼼했다. 예상하지 못한 질문에 버벅거리기도 하고 다시 체크해야 할 사항들을 받아 적기도 했지만 준비한 것들을 다행히 모두 보여 줬으니, 미혜의 입장에서 미련은 없었다.

"잠깐 얘기 좀 하죠."

"네? 저랑요?"

부서의 수석과 책임은 자리를 떠나고 지안과 독대로 마주한 미혜는 다시 자리에 앉았다. 말아 쥔 주먹 사이로 식은땀이 흥건했다.

"내규가 엉망이라 결례를 범한 점은 다시 사과드립니다."

"아, 아닙니다. 미팅룸은 사전에 양해를 구하셨고…… 또 적당한 날짜를 다시 잡아 보겠다고 하셨는데 급한 건 저희라 오늘을 고집한 것도 저희 쪽입니다."

괜찮다며 연거푸 미혜가 손사래를 치자 지안은 작게 미소 지었다. 친구끼리 닮는다더니. 묘하게 찬양과 겹치는 부분들이 있다. 그래서 익숙하게 느껴지는 건가. 상당한 호감과 친밀감이 생긴다.

"정 비서와 친구라고 들었습니다."

"정…… 비서요……? 아아! 네네! 찬양이요! 아니, 정찬양 비서님이요!"

동창이에요. 정말 친해요. 영혼의 단짝이에요. 미혜가 거듭 강조하며 말하자 지안은 민망하다는 듯 턱을 문질렀다.

"정 비서와의 친분이 이번 사업에 도움이 되지는 않겠지만, 뵙고 싶었습니다."

"네……? 저를요……?"

왜요……?

"혹시, 얼마 전에 정찬양 씨가 저녁에 찾아간……."

"아아. 네. 저희 집에서 잤어요."

그건 또 어떻게 알고……? 미혜는 감을 잡지 못하겠다는 표정으로 지안을 바라보았다. 비서 중 누굴 아끼고 말고 할 만큼 감성적인 사람은 아닌 것 같은데, 뭘 자꾸 머뭇거리며 자신을 붙잡아 두는지 모르겠다.

찬양이 어떻게 대형 회사로 옮겨 왔는지는 모르겠지만, 내심 걱정이 많았는데 생각보다 잘 적응하고 있는 것 같다고 미혜는 단순하게 생각했다.

"하여튼 많이 아끼는 직원입니다. 종종 볼 일이 있었으면 좋겠군요."

"아…… 네, 저야 뭐……."

지안은 여전히 긴장한 기색이 역력한 미혜의 얼굴을 뚫어지게 바라보았다. 자꾸 익숙한 느낌이 들고, 뭔가 들러붙는 기억이 있는 것만 같은데 기억을 의심하게 할 정도로 친숙하게 느껴지는 것이, 정말 이상했다.

"혹시 애인이 있습니까?"

"……예?"

예고도 없이 훅, 하고 삼천포로 빠지는 대화 주제에 미혜는 멍한 표정을 지었다.

"아아. 미안합니다. 다른 뜻이 있어서 그런 건 아니고, 혹시……."

"어, 없습니다. 실은 오래 만나던 남자 친구랑 헤, 헤어져서……."

"그런 것 같아서 물어봤습니다. 좀 이상한 느낌이 들어서."

……내 관상에 있나? 미혜는 손등을 긁적거리며 짧게 숨을 뱉었다. 더럽게 숨 막히고, 더럽게 이곳을 탈출하고 싶다. 답답한 건 그녀뿐만이 아니다.

"집에 혹시 개가 있지 않습니까?"

"네……. 있긴 한데요……."

"이름이 혹시…… 검지……? 검개? 검둥이?"

"아아, 깜지요. 그건 또 어떻게……."

……그러니까. 난 왜 이런 것들을 알고 있는 거지? 지안은 다시 턱을 문지르며 생각에 잠겼다. 멍하니 지안을 바라보던 미혜는 답을 알겠다는 듯 눈을 반짝였다.

"찬양이가 제 이야기를 했나 봐요. 워낙 이것저것 자잘한 말들을 많이 하는 친구라, 아마 은연중에 들어 보신 것 같아요."

"그럴 수도 있겠네요."

지가 묻고도 지도 모르겠다는 표정을 짓고 있으니. 미혜는 지안을 대신해 명쾌한 답을 내려 주었다. 고개를 끄덕여 보지만 여전히 지안은 갑갑하다는 표정이다.

"저, 그럼 이만 가 보겠습니다. 여러 가지 조율해 주신 점, 다시 한 번 감사합니다."

미혜가 일어서자 지안도 따라 일어섰다. 그는 손을 내밀었다.

"만나서 반가웠습니다. 다음에 기회가 된다면 또 보죠."

"네. 상무님."

"정 비서 만나고 가세요. 시간 줄 테니까."

"아, 아뇨. 다음에 또 보면 돼요. 업무 시간일 텐데 괜찮습니다. 저도 회사 들어가 봐야 하고요."

회사에서 소식 기다리고 있을 거예요. 미혜가 웃으며 인사하자 지안은 고개를 끄덕였다. 왜일까, 자꾸만 오늘의 만남이 마음에 걸렸다.

"안녕히 계세요, 상무님."

"네. 주미혜 씨."

잃어버린 기억의 조각이, 더 있는 것만 같았다.

퇴근 전 이것저것 서류를 정리한 찬양은 엘리베이터를 눌렀다. 등기를 보냈어야 했는데 늦었으므로 퀵을 보내기 위해 서둘렀다.

"전무님!"

엘리베이터가 열리자 현주가 모습을 보인다. 초점 없는 시선으로 생각에 잠겨 있는 듯한 현주가 고개를 든다. 자신을 보며 반짝이게 웃는 찬양이 안으로 성큼 들어선다.

"아, 정찬양 씨."

"전무님, 속은 좀 괜찮으세요?"

"네. 괜찮습니다. 어젠 고마워요."

"퇴근이세요?"

"아뇨. 회의가 있어서."

하아…… 일이 많으시다, 전무님……. 다 늦은 시간에 회의라니 찬양은 안쓰럽다는 듯 현주를 바라보았다. 쓴웃음을 짓던 현주는 무엇이 떠올랐다는 듯 입술을 열었다.

"남 상무와는 어떻습니까? 진전이 좀 있습니까?"

"아…… 진전요……."

이걸 있다고 해야 하나 없다고 해야 하나, 찬양은 잠시 망설였다. USB를 전해 줬으나 박살을 내 버리고 용의자는 듣지도 않겠다고 고집부리니.

"노력은 하고 있는데…… 쉽지 않아서요."

"일전에도 이야기했지만 마냥 기다릴 수는 없습니다."

자신이 없으면, 오래 머물지 말고 떠나라는 이야기였다.

"기간에 제한을 두겠다고 했던 말, 기억하죠?"

"네. 전무님."

"정찬양 씨를 남 상무의 입주 비서로 둔 것은 목적을 위함이었습니다. 달성하지 못하면 떠나야 하는 자리이고."

그녀가 부드러운 시선으로 할 말을 다 하니 찬양은 고개만 끄덕였다. 목적을 달성하면 떠나 달라고 말했던 전무님의 제안을 잠시 잊고 있었다.

엘리베이터 문이 열린다. 현주는 걸음을 옮기려다가 다시 입술을 열었다.

"조금만 더 기다려 보죠. 조금 더 기다려 봐도 정찬양 씨가 내게 했던 말들을 스스로 입증하지 못하면, 이쯤에서 정리해요. 우리."

"……네. 전무님."

문이 닫힌다. 먼저 내린 현주의 모습이 사라져 간다. 찬양은 엘리베이터 벽에 기대며 긴 숨을 내쉬었다.

"누나 입장에선 내가 뭐…… 내가 달갑지 않으시겠지."

백 번도 천 번도 이해하겠다.

"에효."

아무리 이해한다고 중얼거려 봐도 갑자기 가슴이 무거워져 찬양은 크게 도리질을 쳤다. 엘리베이터에서 내린 뒤 로비를 걸으며 크게 숨을 내쉬어 보았다.

"퀵 신청하신 분이세요?"

"네! 신청자 정찬양입니다!"

"맡기실 물건은요?"

"여기요, 서류예요."

우리는 이제 막 시작했을 뿐이고, 나는 세상의 누구보다 그를 믿고.

나는 그거면 되니까.

"지금 출발하면 40분 정도 걸리겠네요. 연락드리겠습니다."

"네. 조심히 잘 부탁드려요. 안전 운전 하세요."

나는. 그거면 되니까.

"자, 오늘은 어디를 가 볼까."

퇴근길에 오른 두 사람은 다정하게 차에 올라탔다. 운전대를 잡은 지안이 중얼거리니 찬양은 웃음을 터트렸다. 이 넓은 서울 시내를 곁에 두고 갈 곳을 찾는 초보 애인이 사뭇 귀엽게 느껴진다.

"데이트는 주로 어디서 하나?"

"글쎄요. 영화도 보고, 길도 걷고, 밥도 먹고, 카페도 가고요."

"경험담은 아니지?"

"경험담인데요? 순수, 리얼, 경험담이요."

노려보는 시선이 느껴져 찬양은 딴청을 피우며 휴대폰을 들여다보았다. 서울 데이트 코스를 검색하니 수도 없는 리뷰들이 쏟아진다.

"연애 몇 번이나 해 봤어. 불어 봐."

"뭘 불어요. 죄지은 것도 아닌데 죄인 취급 하기 있어요?"

"죄인이지. 대역죄. 몰라서 물어?"

"상무님 만나기 전에 연애한 건데 그게 왜 나빠요?"

"나쁘지!"

나는 못 해 봤으니까!

"이봐요, 상무님. 본인이 못 해 봤다고 나도 못 해 봐야 하나? 이 나이 먹고 연애 못 해 본 게 더 문제 아닌가?"

"허."

지안은 심기가 불편한 듯 운전대를 잡은 손가락을 꿈틀거렸다.

"말 똑바로 합시다. 나는 못 한 게 아니고, 안 한 거니까."

"세간에선 그게 그거라고 말하곤 하죠."

"달라! 다르지! 격이 다른 표현이지!"

"운전이나 똑바로 해요! 갈 곳 찾아볼 테니까!"

허어. 지안은 기도 안 찬다는 듯 또다시 탄식했다.

"아니, 그러니까 그 연애 몇 번이나 해 봤냐고!"

"셀 수가 없어요. 죄송합니다."

"뭐, 뭐라?"

끼이이익. 지안이 브레이크를 밟는다. 앞으로 쏠리다가 자리로 돌아온 찬양이 눈꼬리를 올렸다.

"난폭 운전 하기 있어요?! 뉴스에 나고 싶어요?!"

"신호 지키는데 문제 있나? 지금 너 빼곤 다 안전했어."

휴대폰에 정신이 팔려 있던 찬양은 입술을 삐죽거리며 지안을 노려보았다. 한 손으로 운전대를 잡고 지안이 팔을 뻗어 그녀 볼을 잡는다. 앞으로 쭉 누르며 좌우로 흔들기 시작했다.

"말 안 해? 대답 안 해? 몇 번이나 해 봤냐고 지금 내가 몇 번 물었는지 알아?"

"두, 두 번! 두 번!"

"두 번? 웃기지 마. 약 팔고 있네, 이게."

"곱하기 4! 곱하기 4!"

"여, 여덟?!"

지안이 더욱 볼을 세게 누르자 찬양이 버둥거린다.

"아파요! 이럴 거면 진작 좀 나타나서 연애해 줬어야지!"

"내가 니가 어디 사는 줄 알고 나타나서 너를 찾아. 니가 날 찾아왔어야지. 나 초등학교 다닐 때 유치원 겨우 들어간 게 어디서."

"나이 먹은 게 자랑입니까? 자랑인가요?!"

"맞아. 나는 자랑이야. 나이에 비례하며 더욱 멋있어졌으니까."

"웃겨 정말! 자화자찬 좀 하지 말죠 우리! 아, 이거 놔요!"

화장 지워진다고요! 찬양이 소리를 빽 지르자 지안이 그제야 손을 놓는다.

"농담인데 그걸 또 믿고. 어휴, 아파 죽겠네."

"나도 농담이야. 내가 연애를 한 번도 안 해 봤겠어?"

"네."

"……."

지안은 초조한 표정으로 좌회전을 했다. 들어도 심란, 듣지 않아도 심란한 내 여자의 과거다.

"여기 괜찮겠다. 이런 곳이 또 겨울엔 분위기 있죠."

찬양은 적당한 곳을 찾았다는 듯 금세 눈을 밝혔다. 여전히 눈꼬리를 올리고 있는 지안은 힐끔, 그녀의 휴대폰을 내려다보았다.

"어딘데."

"음. 뷔페?"

뷔페? 지안은 잠시 곱씹더니 순순히 고개를 끄덕였다. 사실 어디든 상관없다는 것 같다.

"이왕이면 사람이 많이 없었으면 좋겠어."

"그건 장담 못 해요. 원래 맛집은 사람이 반, 음식이 반이거든요."
"나 그렇게 한가한 사람으로 찍히면 곤란한데."
"음. 아무도 관심 주지 않긴 할 거예요."
찬양이 주소를 입력한다. 근처에 공영 주차장이 있을까? 자리는 있을까?
"거짓말하지 마. 뷔페에 무슨 주차장이 없어."
"없을 수도 있어요."
"가 본 곳이야?"
"대학생 때 종종 갔죠."
"부자네. 대학생 때 뷔페로 밥 먹으러 다니고."
"그럼요. 부자였죠."
찬양이 웃음을 터트리자 지안은 어디 한번 가 보자는 눈빛으로 운전을 했다.
"점심을 먹는 둥 마는 둥 했더니 나도 좀 출출하다. 종류 많나?"
"그럼요. 면, 볶음, 고기, 국물, 없는 게 없죠."
"나 까탈스러운 거 알지. 특히 먹는 거."
"마음에 드실 거예요."
오다리도 먹었는데 이쯤이야. 찬양은 중얼거리며 활짝 웃었다. 하지만 이윽고 도착한 뷔페는 지안의 상상과는 너무 달라, 그는 우뚝 멈춰 서고 말았다.
찬양은 비닐 문을 열며 돌아보았다.
"뭐 해요? 빨리 들어와요."
간이 포장마차였다.
다닥다닥 붙어 있는 플라스틱 의자. 싸구려 양철로 만든 간이 Bar. 주인장이 홀로 서서 열심히 곰장어를 굽고 있다.
"어서 오십쇼—!"
외딴 테이블에 앉아 소주 한 병에 후루룩 국수를 말아 먹는 아저씨.

이어폰을 끼고 휴대폰을 보며 해물라면을 먹고 있는 젊은 청년. 누군가와 통화를 하며 간단히 끼니를 때우고 있는 것 같은 정장 차림의 직장인. 모두 홀로 앉아 식사에 집중하고 있다.

"여기 앉을까요?"

찬양은 주인장과 마주 보는 기다란 양철 Bar에 자리를 잡았다. 마주 보는 것이 아닌 곁에 앉는 방식으로 되어 있어, 지안은 플라스틱 의자를 끌며 찬양의 곁에 앉았다. 주변을 둘러보던 지안은 찬양에게 작게 속삭였다.

"나 여기 어디인지 알아."

"네네. 대단하시네요."

건성으로 대답한 찬양이 흠, 뭘 먹을까 고민에 빠진 얼굴을 했다.

"메뉴판 좀 주시죠."

지안이 선수를 치자 주인장이 웃는다.

"어쩌나, 우리 메뉴판 없는데. 뭐가 먹고 싶은데요?"

"……."

나의 몫은 여기까지. 지안은 말문이 막혀 딴청을 피웠고 찬양은 주인장을 바라보며 살갑게 물었다.

"사장님, 오늘은 뭐가 물이 좋아요?"

"순대곱창볶음 먹어 봐요. 기가 막힐 테니까."

"오, 좋네요. 그럼 국수 두 개 먼저 말아 주시고 그거 주세요."

쿨하게 주문을 마친 찬양이 지안을 바라보았다.

"순대볶음, 드시죠?"

주인장이 힐끔 바라본다. 멀쩡하게 생겨서 그런 것도 못 먹느냐는 표정이다. 지안은 찬양의 귓가에 웅얼거렸다.

"먹어. 먹으니까 그렇게 크게 물어보지 마."

종이컵과 나무젓가락, 생수 물통 한 병이 먼저 놓인다. 물 좀 따라 마실까 하는데 국수가 벌써 나온다. 대단한 비주얼은 아닌데 모락모락 김이 피어오르는 것이, 훈훈하게 생겼다.

"뜨끈한 국수 한 그릇 말아 먹으면서 오늘의 시름을 다 털어 버립시다. 상무님."

"시름이 있었던 모양인데."

"뭐, 월급쟁이들이 다 그렇죠. 먹어 볼까요?"

찬양은 문득 떠오른 현주를 금세 지워 내며 젓가락으로 국수를 휘휘 저었다. 길게 풀어 놓은 머리가 자꾸 흘러내려 찬양은 손목을 걷어 보았다.

"아…… 머리끈이 없네."

늘 손목에 걸어 놓고 다니던 머리끈이 오늘따라 없다. 찬양은 할 수 없이 불편한 자세로 면을 올렸다.

"한 번에 끊지 않고 먹어 주는 게 기술이거든요. 보세요."

후루룩, 그녀가 뜨거운 국수를 한 번에 흡입하자 그게 뭐라고 지안이 주의 깊게 본다. 오물오물 먹으며 그녀가 웃는다. 좋은 모양이다.

"상무님하고 여기 앉아서 국수 먹으니까 이제 좀 데이트하는 것 같네요."

그도 면을 올린다. 뜨거운지 오만상을 찌푸린다.

"오늘 제 친구한테 잘해 주셔서 감사해요."

"친구라서 잘해 준 거 아니…… 으, 뜨거워."

입술을 데었는지 금세 찬물을 들이켠다.

"물론 친구라고 해서 더 잘 봐 주는 건 없어. 그건 내 소관이 아니라서."

"당연하죠."

"그것보다 친구한테 점수 좀 따려고 했는데 잘됐는지 모르겠네."

지안이 공연한 염려를 하자 찬양은 따스하게 미소 지었다.

"우리 미혜도 상무님 좋아할 거예요."

"다음에 따로 봐. 친한 친구라며."

"맞아요. 정말 친한 친구예요."

"그래. 친한 거, 좋아하는 건 전부 알려 줘. 나도 좋아하게."

"……네."

찬양은 고개를 돌리며 국수 먹기에 열중했다. 배고픈데 흘러 내려오는 머리카락은 자꾸만 신경 쓰였다.

"그거 면 아니야. 아무리 배고파도 그건 뜯어 먹으면 곤란한데."

머리카락이 찬양의 입술에 걸리자 바라보던 지안이 종이컵을 입에 물며 머리카락을 빼 주었다. 국수를 포기할 수 없다는 듯 찬양이 먹기에 열중하자, 지안은 팔을 뻗어 그녀 머리를 빗겨 주듯 쓸었다.

"먹어. 잡아 줄 테니까."

"오, 감사합니다."

머리끈 대신 지안은 그녀 머리카락을 한 손에 붙잡았다. 그녀는 말도 잊은 채 열심히 국수를 먹었고, 지안도 그녀를 따라 열심히 젓가락질을 했다.

"여기, 순대곱창볶음 나왔습니다."

"네! 감사합니다!"

생각보다 따뜻한 포장마차에 바람이 불자 비닐 쓸리는 소리가 험난하게 들린다. 지안은 왼손으로 그녀 머리를 붙잡은 채 금세 국수 한 그릇을 비워 냈다.

"맛있죠?"

"인정."

언뜻 바라보기에 평범하기 그지없어, 사람들의 시선을 피해 시름을 덜어 내기 충분했다.

"좋네. 분위기도 좋고."

"그런데 단점이 하나 있어요."

"뭔데."

"근처에 화장실이 없어요. 역으로 들어가야 돼요."

"……."

이제 막 걸음을 내딛는, 이제야 겨우 시작된 연애였다.

대외적으로 시선이 집중된 소송을 준비하느라 이선은 꽤나 늦은 시간까지 회사에 머물렀다. 평소라면 이렇게까지 속도가 나지 않을 일은 아니지만, 몇 번을 읽어도 되새겨도 내용이 머리에 들어오지 않았다.

"후…… 커피나 한잔 마실까……."

안 되겠는지 이선은 자리에서 일어서 이미 진즉 비워 낸 머그컵을 들고 밖을 나섰다. 층을 내려가 휴게소에 비치된 핸드드립 커피를 마셔야겠다, 생각하며 엘리베이터 앞에 멈췄다.

띵동. 엘리베이터는 금세 층에 도착한다. 이선은 생각이 많은 시선을 들었다.

"아……."

땅에 붙은 듯 발길이 떨어지질 않는다. 엘리베이터에 타고 있던 김 사장은 굳은 표정으로 이선을 바라보았다.

"뭘 그렇게 귀신 보듯 서 있어. 올라타지 않고."

"……네."

아버지의 형이니 가까운 관계여야 설명이 부질없겠으나, 형제가 척을 지고 산 세월이 길다 보니 이선도 아버지를 따라 큰아버지인 김 사장과 서먹했다. 이선은 조심스럽게 엘리베이터에 올라탔다.

"잘 지내셨어요? 이 시간에 본사엔 웬일이세요?"

"회사 들어왔다는 얘기는 진작 들었다. 기별이라도 넣지, 남의 입으로 듣게 해?"

"……죄송해요. 본사에 계셨으면 찾아뵀을 텐데, 물산까지 제가 찾아가기가 좀 어려웠어요."

"애비나 딸년이나 사람 무시하는 건 여전하고. 쯧."

김 사장은 혀를 굵게 차며 이선을 훑어보았다. 띵동, 금세 휴게실에 도착한 이선은 튕기듯 엘리베이터에서 내렸다. 늘 공격적인 큰아버지와는 마주하고 있는 순간순간이 고역이요, 숨이 막힌다.

"그럼 가 볼게요. 조심히 가세요."

"얼굴 본 김에 얘기 좀 하자."

김 사장이 따라 내린다. 이선은 당황한 얼굴로 머그컵을 꼭 쥐었고, 김 사장은 따라오라는 듯 앞장섰다. 이선은 하는 수 없이 그 뒤를 따랐다.

"시집 안 갈 게냐?"

하…… 내가 무슨 부귀영화를 누리자고 여기까지 내려왔을까. 그냥 사무실에서 믹스 커피나 마시고 말걸.

"애비가 혼처 주선도 안 하고 다 큰 딸 끼고 사는 거냐, 아니면 니가 생각이 없어서 이러고 사는 거냐?"

아니지, 진작 퇴근을 할 걸 그랬다. 이선은 앓기가 무섭게 결혼 이야기를 꺼내는 큰아버지 앞에 입을 앙다물었다. 덤벼들어 봤자 이길 수 있는 상대도 아니요, 이겨야 하등 쓸모 있는 관계도 아니니까.

"이마만큼 사람 구실 하게 키워 놨으면 집안 생각도 해야지. 집안에 아들이 있는 것도 아니고 너 하나 겨우 키워 놓은 걸 몰라?"

속으로 구구단을 외기 시작했다.

"세상 혼자 사는 거 아니다. 니 부모가 언제까지 천년만년 장수할 것 같지만 그것도 아니고."

이일은 이. 이이는 사. 이삼은 육. 이사 팔.

"내가 주선해 주랴? 염 의원 댁 차남이 요번에 미국에서 돌아왔다던데 한번 만……."

"아뇨. 아직 결혼 생각 없어요."

결국 2단을 채 읊기도 전에 대꾸를 하고야 말았다. 이선은 큰아버지를 바로 쳐다보았다.

"제 일은 제가 알아서 할게요. 누가 시집가란다고 갈 성격 아닌 거,

아시잖아요."

"씨 도둑질은 못 한다더니, 아주 지 애비를 꼭 닮아 가지고서는."

아……. 이선은 한껏 무거워진 눈꺼풀을 내렸다. 이런 와중에 문득 스치고 간 우스운 생각이란 게.

"연애결혼은 생각도 마라. 니들 시선에서 골라 봐야 전부 한심할 게 뻔하지."

나와의 결혼을 누군가에게 종용당할 때 당신은 이런 마음으로 거절의 말들을 내뱉었겠구나. 일말의 미동 없이, 감정의 동요 없이 단칼에 거절하고 말았겠구나.

"얌전히 기다리고 있든지, 아니면 니 애비 밑으로 돌아서 일을 더 배우든지. 여기서 왜 이러고 있어. 가업 물려받아야 할 것 아니냐?"

내가, 당신에게 그런 존재였겠구나.

"큰아버지, 하실 말씀 끝나셨으면 전 이만 올라가 볼게요. 일이 좀 많아서요."

심란한 마음에 불이 붙어 버려 이선은 자리를 박차고 일어섰다. 간단한 묵례로 인사를 대신하며, 그녀는 돌아섰다.

"아직도 남 상무한테 목매고 있는 게야?"

그런 이선이 처량하다는 듯 김 사장의 목소리는 아니꼬웠다.

"그렇게 물러 터져서 사내 마음 잡겠어? 가지려면 확실하게 가져. 수단과 방법을 가리지 말고."

"……."

"전력을 다하란 말이야. 누가 과정을 기억해. 결과만 손에 쥐면 되는 거다. 그게 세상이고, 그게 현실이니까."

김 사장은 일어섰다. 먼저 가겠다는 듯 이선을 스쳐 지났다.

"안 되면 망가트려서라도 가져. 주변에 너 하나 남을 때까지 벼랑으로 몰고 가."

때때로 사랑이라는 녀석은—

"그래도 네 것이 되지 않으면 버려. 누구도 가질 수 없게 망가트린 후에."

악마의 열매인지도 모른다.

"도움 청할 일이 있거든 언제든지 연락해라."

"하, 집에 들어가기 싫다."

집에 다다른 지안과 찬양은 차 안에서 꽤나 오랜 시간을 흘려보냈다.

도둑이 제 발 저리듯 두 사람은 집 안에서 더욱 서먹해졌다. 밤새 바둑을 두는 일도, 야식을 함께 먹는 일도 할 수 없게 되었다. 사심이 없을 땐 가능했던 모든 일이 힘겨워지고 만 것이다.

"우리 그냥 여기서 아침까지 있을까?"

지안이 찬양의 손을 꼭 붙잡고 탄식하듯 말하자 그녀는 웃었다. 현실의 그는 이계 속에 갇힌 그와 조금도 다르지 않아, 순간순간을 이롭게 했다. 마음을 열고 마음을 쏟으며, 마음을 다하는 그는 이런 사람이다.

"대답이 없는 건 긍정의 신호인가?"

"들어가야죠. 아쉽지만."

기억을 되찾지 못하면 어때. 그는 그때와 조금도 다를 바 없는 사람인데. 당신은 내가 하루하루 새롭겠지만, 나는 이런 당신이 내 숨처럼 익숙한데.

"그럼 미리 잘 자라는 인사라도 하고 갈까?"

"여, 여기서요?"

"그래. 여기서."

헐. 지저스. 찬양은 웃음을 뚝 그치며 지안을 바라보았다. 시야는 순식간에 좁아졌고 그의 입술만 도드라지게 보이기 시작했다. 닿으면 그대로 잡아먹힐 것 같은 그의 입술은 여러 갈래의 상상을 자유롭게 했다. 찬양이 초롱초롱한 눈빛에 '그 인사, 격한 환영'을 적어 놓자 지안은 너털웃음을 흘렸다.

"세상 편하게 사네. 말 안 해도 얼굴 표정이 다 말해 주는 걸 보니."

"뭐, 뭐요. 나 아무것도 안 했어요."

그것보다 어서 인사나…… 좀……. 찬양이 입술만 꼬물거리며 눈을 새초롬하게 뜨자 지안은 구경하듯 그녀를 바라보았다. 인간의 표정이 이렇게 다채로울 수 있다니. 심지어.

"이봐, 정찬양 씨. 본의 아니게 도둑 연애 시켜서 미안하네."

귀여워…….

"이런 건 남지안 스타일 아닌데. 사실 공개적으로 편하게 연애하고 싶은데 상……."

"안 돼요. 그건 내가 반대."

물렁물렁했던 미소를 지워 내며 찬양은 단호히 고개를 저었다. 당신과 내가 사랑을 시작한 건 어느 로맨스 영화 같은 일이라서—

"어…… 아직은 다 감당할 자신이 없어서요."

아직은 외면하고 있는 진짜 현실이 두렵기도 하다. 과연 이 연애는 누구의 축복을 받을 수 있을까, 생각을 하다 보면 그 끝은 암담해서 상상을 금방 접어 버리곤 했으니까.

"지금이 좋아요. 아직까지는."

조금 전 다녀온 실내 포장마차의 싸구려 밀가루 음식. 비주얼이 우아하지 않은 순대곱창볶음. 그는 군말 없이 젓가락을 움직였지만 결코 입맛에 맞았을 리 없다는 걸 알고 있다. 무던한 노력에도 불구하고 반 이상 남긴 접시가 말해 줬으니까.

"시간을 좀 두고 천천히…… 생각했으면 좋겠어요."

그것이 눈에 보이지 않는 그와 나의 거리라는 걸, 잘 알고 있으니까.

"지금은 누구의 방해도 받고 싶지 않아요. 도둑 연애건 뭐건 다 좋아요. 상무님하고 둘만 있을 수 있다면요. 솔직한 제 심정이 그래요."

"그래. 이해해."

찬양이 실로 만족스럽다는 듯 웃자 지안은 마지못해 고개를 끄덕였다. 연애를 하는 것과 그녀를 공개적으로 드러내는 일은 또 다른 차원의 사건이기에 그도 서두를 생각은 없었다.

지안은 조수석 쪽으로 팔을 뻗었고, 그녀 뒷덜미를 가볍게 그러쥐었다. 이제 막 연애를 시작한 서툰 사랑은 마음을 어떻게 보여 줘야 하는지 몰라 어색했다.

"다 가져가. 내 시간, 내 하루."

전부 보여 줬다고 생각했는데, 절반도 꺼내지 못한 것 같은 후회가 시간 차로 다녀간다.

"내 생각, 내 마음."

아니, 어쩌면 전부 다 보여 준다는 것은 영원히 힘들지도 모른다. 보여 주고 있는 사이에도 마음은 커져 갔으니까.

"가지고 가서 혹시라도 내가 힘들게 하거든, 버텨 줘."

"휴. 연애가 이렇게 살벌해서야 되겠어요? 어지간히 잘나셨어야죠."

"잘나서 미안하네. 그런데 너도 만만치 않아."

지안은 그녀 목덜미를 다정하게 어루만졌다. 그의 손끝이 스치고 지날 때마다 소름이 돋는다. 잠이 들 것도 같고, 꿈에서 깨어날 것도 같다.

그때였다. 환한 헤드라이트가 주차장을 비춘다. 지안과 찬양은 손으로 시야를 가리며 정면을 바라보았다.

"남 전무 왔네."

"아아. 그러네요."

현주의 차량이 들어선다. 지안과 찬양이 차에서 내리자 뒷좌석에서 내린 현주가 두 사람을 바라보았다.

"뭐야. 두 사람 여기서 뭐 해?"

"하긴 뭘 해. 우리도 방금 왔어."

……우리. 현주는 지안의 말끝에 두 사람을 유심히 바라보았다. 일전

에 이선이 남겨 주고 간 이야기가 생각나 현주는 굳은 표정을 지었다. 사실은, 윤 실장의 이른 출국이 확정된 이후로 내내 표정은 한결같았다.

"전무님, 이제 퇴근하세요?"

"네. 남 상무, 올라가서 나 좀 봐."

현주는 찬양의 살가운 인사를 대강 받으며 먼저 걸음을 옮겼다. 지안과 찬양은 일정한 간격을 둔 채 그 뒤를 따랐다.

현주의 서재로 들어선 지안은 소파에 앉았다. 다정한 남매는 아니더라도 서로의 심기를 읽을 수 있을 정도의 눈치는 있다.

"왜 이렇게 저기압이야. 무슨 일 있어?"

사납게 변한 현주의 눈매를 보다가 지안이 먼저 입을 열었다. 소파가 아닌 책상에 앉으며 현주는 PC를 켰다. 이런 와중에도 산처럼 쌓인 일은 집까지 끌려들어 왔다.

"지안아."

지안은 대꾸를 아끼며 현주의 얼굴을 바라보았다. 모니터를 응시하던 현주가 힐끔, 시선을 준다.

"내일모레 시간 비워 둬. 이강로펌 대표님하고 식사 약속 있어. 같이 가."

이선의 부친을 만나고 오자는 뜻이다.

"구두로 오가던 자문 계약을 해야 할 것 같아. 자체 내로 처리하기엔 무리야. 유니크 출시 전에 해결 보자고."

지안은 순순히 고개를 끄덕였다. 사업의 의미로 한 번은 거쳐야 할 관문이었으니까.

"자리에 이선이도 올 거야."

"상황이 그런 거면 그림이 좀 수상한데."

"밥 한 번 먹는다고 세상 어떻게 되는 거 아니잖아. 이선이가 있어야 분위기가 더 온화하지 않겠어?"

휴. 현주는 모니터를 응시하다가 그만 포기하기로 한다. 의미 없이 붙잡고 있던 마우스에서 손을 뗐다.

"피곤하다. 돌리지 말고 말하자. 집안끼리 정식으로 인사한다고 생각해. 우리는 어른이 안 계시니 되는대로 너랑 나만 가고."

"이봐, 남 전무."

"상견례라고 하기엔 좀 거창하니까, 이번엔 인사 정도로 하자."

"누구 마음대로 인사를 해. 그럴 거면 혼자 가. 지금 말이 되는 소……."

"정신 못 차려? 지금 우리 법무팀 사정 알고도 그래? 200명이 꼬박 한 달에 200시간 이상을 투자해도 못 당해."

"로펌이 거기뿐이야? 그 정도 실력은 거기밖에 없어? 왜 하필 이강 로펌이냐고."

"몰라 묻는다고 생각 안 할게. 백경에서 이강으로 건너간 변호사가 얼마야, 대체. 단시간에 우리 기업 정보를 문건화하는 게 이강 말고 더 적임이 있어?"

이강로펌은 공격적인 스카우트로 여러 기업의 변호인단을 흡수해 갔다. 막강한 라인을 구축한 이강의 스카우트를 넘기기엔 유혹은 달콤했다. 하여 백경에서 건너간 변호인은 압도적으로 많았고, 한때 백경은 그로 인한 진통을 겪어야 했다.

"아무리 봐도 이강로펌 대체할 곳이 없어. 나는 안 찾아본 줄 알아?"

현직 백경 변호인단은 각종 소송과 특허 관련 업무를 할당받기도 버거웠다. 몸집이 거대한 M&A 등은 처리가 어려울 만큼. 아마도 전직 백경 변호인단이 많으니 이강로펌은 백경의 사내 정보를 파악하는 것이 수월하리라. 기다렸다는 듯 전담이 가능하다는 뜻이다.

"내가 무리하면서 이선이를 우리 법무팀으로 데려온 것도 그 때문인 거, 알잖아."

미래를 내다본 이강로펌의 큰 그림이었겠지. 백경이 손을 내밀 수밖에 없게 되기를 바랐을 것이다. 지금의 이강로펌은 엄청난 세력과 권력을 가진 그룹이 자명했다.

"그래서. 뭘 어쩌라는 거야. 웃음 팔고 몸이라도 팔고 오라는 건가?"

"잘 이해했네."

"남 전무!"

"소리 지르지 마! 니 멋대로 살 거면 나가! 당장이라도 사표 써! 처리해 줄 테니까!"

현주는 평소보다 날카롭고 평소보다 예민했다. 지안은 당황한 듯 입술을 꾹 깨물었다.

"그룹부터 살고 봐야 하는 거 아냐? 그러라고 우리가 여기까지 온 거 아냐? 뭐가 이득이고 뭐가 실인지는 알고 살아야 할 거 아냐!"

"진정해. 다른 방법 찾아볼 테니까."

"남지안 너, 연애하니?"

뭐? 지안은 찬기를 쏟는 눈빛을 들었다. 현주는 턱을 드는 시선으로 동생의 눈빛을 받아 냈다.

"됐다. 나는 니가 연애를 하건 말건 관심 없어. 대신 똑똑히 기억해. 니 인생, 니 거 아냐."

내 인생이 그렇듯, 슬프게도 너의 인생 또한 그렇단다.

"일 더 힘들게 하지 마. 여기서 이강로펌이 발 빼면 우리 정말 내년을 기약할 수가 없어."

내가, 내 것이 아닌 게 되듯 우리는 우리의 것이 아닌 게 되는 거란다.

"아버지 돌아가시고 너 사고당하고, 여기까지 시간 끈 것도 한계야. 니가 이러면 나만 힘들어지는 거, 잊지 마."

한때는 나도 생각했지. 어쩌면 나도 사람답게 살 수 있을지 모른다고. 하지만 이내 그럴 수 없음을 깨닫게 되었단다.

"하, 기가 막혀 죽겠네. 내 인생 가지고 이래라저래라 하지 마. 내가 다른 방안 알아보겠다고 했어."

"니가 다른 방안이 있었으면 진작 찾아 왔겠지. 내 말이 틀려?"

이것이 우리의 숙명이요, 삶의 이유란다.

"입장 바꿔 생각을 해 보라고. 아무나 붙잡고 그룹 생각해서 시집가라면, 남 전무는 갈 수 있어?"

"어."

"뭐, 뭐라고?"

"갈 수 있어. 갈 수 있다고. 이강로펌에 아들이 있었으면 너 안 시키고 내가 시집갔어. 그러니까 잔말 마."

그녀는 다른 사람이 된 것만 같다. 그 어느 때보다 완강하고, 물러설 기색이 없는 현주의 태도에 지안은 그만 할 말을 잃고 말았다.

휴. 현주는 지안의 표정을 바라보다가 이내 이마를 짚었다.

"예민한 거, 인정. 나 지금 예민해서 말에 가시 돋은 것도, 인정."

감정이 조절되지 않는다. 내게서 너를 빼고 나니, 나는 내가 아닌 게 되었다.

"하지만 틀린 말은 하지 않았어. 가시는 빼고 팩트만 새겨들어 줘. 정정하고 싶은 내용은 없으니까."

"남 전무, 다른 건 몰라도 결혼은 인간답게 하자. 이게 최선은 아니야."

"남지안. 아직도 넌, 우리가 인간답게 살 수 있을 거라 생각해?"

현주는 대꾸하지 않는 동생을 보면서 차게 웃었다.

"웃기지 마. 우리는 사람 아니야."

사랑은 내생에서나 가능할까, 이생은 아닌 것만 같다고.

"우리는 사람인 척하는, 그저 경영인일 뿐이야."

밀어내던 진실을 마주하고 말았다.

[4층으로 올라와.]

띠링. 메시지가 도착한다. 찬양은 그의 연락이 반가워 활짝 웃는 얼굴로 방을 나섰다.

"아무도 없지?"

염탐하듯 주변을 휙휙, 돌아본 찬양은 발소리를 죽이며 걸음을 옮겼다. 자연스럽게 행동해도 될 텐데 생각처럼 움직이지 않는 팔다리다.

발소리를 죽이려니 몸짓이 커진다. 가장 끝 방에서 희미한 빛이 문틈으로 새어 나오니 찬양은 어느 틈에 두다다다 뛰었다.

"여기 계시나?"

헷. 저기 있다. 그를 발견한 찬양은 방으로 들어서며 문을 잠갔다.

"저 왔어요."

"왔어? 어서 와."

잠옷 차림에 긴 카디건을 입고 바닥에 앉아 있는 그가 어서 오라 손짓한다. 자려고 뒤척이다가 일어난 것 같다.

"늦었는데 안 주무셨어요?"

그녀가 다리를 구부리며 따라 앉자 지안은 빙그레 미소 지었다.

"배에서 면이 불고 있는 것 같다. 소화가 안 되네."

"거짓말."

픽, 하고 찬양이 웃자 지안은 찬양의 손을 끌어다 잡았다.

"그런데 여긴 뭐 하는 곳이에요? 처음 와 보는데."

"가끔. 내가 머리 식히러 오는 곳."

……머리를 식힐 일이 있는 모양이다. 전무님과 무슨 일이 있었던 건 아닐까 염려스럽다.

"어어, 그럼 내가 방해하는 거 아녜요?"

"방해는 무슨, 이제 공간이 완벽해졌는데."

그의 웃음이 쓰게 다가와 찬양은 근심 어린 눈빛으로 지안을 응시했다. 시선을 길게 내 주지 않는 그의 표정은 사뭇 불안했다.

"무슨 일, 있구나?"

"바람 잘 날이 없지."

"물어봐도 돼요? 무슨 일인지."

그제야 바라본다. 한참을 바라보던 그는 고개를 가로저으며 다시 웃었다. 이내 그녀의 머리에 손을 올리더니 헝클어트리듯 쓰다듬는다.

"아니. 묻지 마. 모르는 척해 주면 좋겠어."

"그래요? 그럼 그러지 뭐! 나 그런 거 잘해요! 모르는 척!"

찬양은 자신과 연관이 있음을 직감했다. 애써 밝은 목소리를 내며 더욱 눈꼬리를 둥글게 휘어 웃었다. 헤헤, 그녀가 실없는 웃음으로 분위기를 무마하려 하자 한참이나 빤히 얼굴을 들여다보던 지안은 곁에 내려 두었던 리모컨 버튼을 눌렀다.

"헐……."

순식간에 빛이 사라지고 사방이 별자리로 물든다. 우주를 그대로 들여다 놓은 것처럼 축소된 여러 별자리와 행성들이 방 안을 가득 메운다.

"뭐, 뭐예요, 여기."

"예전에 박람회 때 서비스로 만들었던 건데 아쉬워서 옮겨 왔어."

눈을 어디다 둬야 할지 모르겠다. 찬양은 빼곡하게 자리한 별과, 행성과, 오묘한 색감과 빛에 사로잡혔다. 바닥을 손으로 누르자 가만히 있던 별이 터지듯 퍼지며 알갱이로 쪼개진다. 일어나 발로 밟으니 발자국이 찍히는 곳마다 알갱이로 퍼지는 빛이 환상적이다.

"헐……."

혁신. 최첨단. 모든 것이 집약된 작은 우주에 덩그러니, 그와 내가 있다.

정신없이 움직이며 환상적인 빛을 바라보던 찬양은 들뜬 눈빛으로 그를 바라보았다. 이미 광경에 익숙한 그의 시선은 오로지 그녀만을 향한다. 네가 즐거워하는 모습을 보고 싶었다는 것처럼.

"여기 이렇게 서 있으니까요, 상무님은 아까 포장마차에서 국수 먹던 분 아닌 것 같아요."

찬양은 다시 무릎을 굽히며 앉았다. 그러자 그의 시선도 따라 내려온다.

"이런 분을 모셔다가 시시한 연애나 시켜도 되는지 모르겠네."

"시시하게 살자. 그냥 그렇게, 하루하루 시시하게. 별일 없이. 연애나 하면서."

……그녀는 말없이 팔을 벌려 그를 감싸 안았다. 머리를 품듯 끌어안자 그가 말없이 기대 온다. 이런 공간, 이런 세상을 지키고 살기 위해 그가 살고 있는 삶이 버겁게 느껴져, 안아 주지 않고는 견딜 수가 없었다.

"자자, 오늘은 찬양이가 위로해 줄게요."

나누어 가진 거라곤 마음밖에 없어 위로가 될지는 잘 모르겠지만 별은 쏟아지고, 빛은 환하고, 그곳의 우리는 너무나도 미약하다.

"오늘은 내가 다 물리쳐 줄게요. 뭐든 대신 싸워 이겨 줄 테니까 걱정 말아요."

미약해서, 나누지 않고는 견딜 수가 없다.

"힘내요. 내 상무님."

이런 나라도 괜찮다면 곁에 있을게요. 당신의 숨이 되어 심장을 뛰게 할게요.

"그래. 니가 내 힘이야."

약속해요.

"나는, 너밖에 없다."

다, 줄게요.

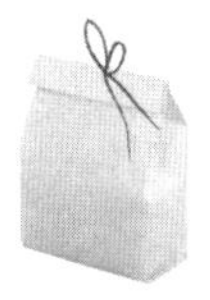

10부
모든 것은 위기

교묘한 시간 차로 회사에 출근한 지안과 찬양은 엘리베이터 앞에서 만났다.

"상무님, 안녕하십니까."

"그래요. 좋은 아침."

아침에도 골백번 인사를 나눈 두 사람이지만 다시 한번 가볍게 인사를 나눴다. 지안은 찬양과 함께 올라타며 엘리베이터를 기다리는 직원들에게 손짓했다.

"타세요. 공간 많은데."

아, 아닙니다……. 직원들은 소스라치게 놀란 얼굴로 뒷걸음을 걸었다. 하지만 지안이 엘리베이터 문을 닫을 생각을 하지 않자, 마치 순번대로 끌려가듯 앞에 서 있던 사람들이 하나둘 오르기 시작했다. 뒤로 점점 밀려난 지안은 사람들이 올라타자 찬양을 바라보고 씩, 웃었다. 모두 정면만 뚫어지게 바라보고 있으니 뒤에서 지안이 뭘 하건 보이지 않는 건 당연했다.

CCTV 사각지대에 숨어들 듯 멈춰 섰다. 지안이 뒷짐을 지듯 손을 허리로 가져가며 찬양의 손을 더듬어 찾았다. 깜짝 놀란 찬양이 눈을 동그랗게 뜨자 짐짓 평온한 표정으로, 지안은 그녀의 손을 꽉 잡았다.

"수고하십시오, 상무님."

"네. 수고하세요."

각자의 층에 내리는 직원들의 인사를 받으며 지안은 더디게 상무실로 향하는 엘리베이터 안의 시간을 즐겼다. 사람들이 타지 않았다면 아마 쏜살같이 올라갔으리라. 층층마다 멈춰 서는 엘리베이터가 감사할 지경이다. 찬양이 부끄럽다는 듯 어깨로 툭툭 치며 고개를 숙인 채 웃자 그는 답례라도 하듯 손을 더욱 꽉 끌어다가 잡았다.

"수고하십시오! 상무님!"

"네. 수고하세요."

마지막 직원이 내릴 때까지 허리춤에 감춘 손으로 애정 행각을 펼치던 두 사람이 결국 떨어졌다.

"누가 보면 어쩌려고 이러십니까? 예?"

찬양이 지안을 어깨로 밀며 묻자 지안은 밀리는 척하며 눈을 크게 떴다.

"어? 밀어? 몸으로? 육탄전? 괜찮겠어, 여기서? CCTV 없애 줘?"

"아, 진짜! 무슨 육탄전인데 CCTV를 없애요!"

"시청 등급이 애매할까 봐. 우리 보안실 직원들 취향과 정서도 고려해야 하니까."

"자꾸 아침부터 헛소리할 거예요?!"

찬양은 CCTV를 힐끔 바라보다가 입술을 꾹 깨문 얼굴로 입 모양을 최대한 작게 해 그를 협박했다. 튕겨 나가 듯 멀어진 지안은 어깨를 툭툭 털며 아픈 표정을 한다.

"살살 밀었는데 막 튕겨 나가는 척하는 것 봐."

"세상에 힘 좀 봐. 이 여자 살벌하네. 잘못했다간 뼈도 못 추리겠네."

"말 나온 김에 발골 좀 해 드려요? 제가 발골은 또 발군의 솜씨로 하는데."

띵동― 옥신각신 사랑싸움하다 보니 어느덧 상무실에 도착했다. 엘리베이터에서 내리기 전, 지안은 고의가 아닌 듯 찬양의 손을 스쳤다. 이대로 떨어지기 싫다는, 아쉬워 죽겠다는 뜻이 가득 담긴 손짓이다.

"상무님, 안녕하십니까."

"안녕하십니까, 상무님."

그를 맞이하는 비서들을 지나치며 지안은 아무 일도 없던 듯 안으로 들어섰다. 웃음이 밀려 나오는 아침의 시작이었다.

"윤 실장은 내일 출국을 한다고? 벌써?"

"네. 현지에서 일손이 부족하다고 요청이 와서 먼저 출국하신다고 하던데요. 대표실 수석 비서하고 함께."

"그래?"

"네. 그렇다고 합니다."

신 실장과 지안은 서로의 얼굴을 멀뚱멀뚱 바라보았다. 비서실 수석 비서라면 모든 이력이 세탁된 강준의 오른팔이 아닌가.

"혹시 대표실에서 수석 비서를 해외로 빼돌리려는 건 아닐까요?"

"나도 지금 그 생각 했는데."

흠. 지안은 골똘히 생각했다. 모든 정황을 포착한 뒤에 수석 비서를 놓친다면 깔끔한 처리가 되지 않을 수도 있었다.

"혹시 무슨 일…… 있는 건 아니겠죠? 현지 가서?"

"일은 무슨 일?"

"예를 들어 윤 실장과 둘이 떠나서 의도적으로 잠적을 한다든가, 그런 상황에 윤 실장 신변에 무슨 일이 생긴다거나…… 하는……."

허, 지안은 코웃음을 쳤다. 근심이 주렁주렁 매달린 신 실장의 얼굴을 바라보다가 파일로 어깨를 툭, 쳤다.

"윤 실장 무시하지 마. 세상 모든 사람 다 때려잡아도 윤 실장은 못 때려잡을 테니까."

"예? 왜요?"

"가라테 유단자야. 실력이 국대급이라고."

"헐…… 윤 실장이요? 그 온화하고 다정한 얼굴로, 사람을 때린다고요?"

신 실장은 놀라 제 입을 가렸다. 휘둥그레진 눈을 보자니 전혀 인물과 실력이 매치가 안 된다는 모양이다.

"그 형 특징이 온화하고 다정하게 때려. 주먹이 친절한 사람이야."

"허…… 포악하고 매정하게 때리는 상무님과는 정반대……."

"……."

"엇, 죄송합니다. 생각이 입으로 나와서 본의 아니게."

"포악하고 매정한 주먹 날아가기 전에 헛소리 그만하고 나가. 나가서 빨리 시킨 일이나 좀 알아봐."

지안은 어서 나가 보라며 신 실장을 내쫓았다. 생각보다 이른 윤 실장의 출국. 그와 한 번도 떨어져 일해 본 적 없는 남 전무가 순순히 응했다는 것은 의외였다. 평소의 남 전무라면 윤 실장을 내보내고 싶지 않아서 자신에게 도움을 청해 왔을 것이다. 자신이 찬양을 보내지 않은 것처럼.

"그래서 어제 그렇게 예민하고 날카로웠나……."

에효. 잡생각을 떨치려는 것처럼 지안은 도리질을 치다가 다시 업무에 열중했다. 일을 빨리 끝내야 퇴근을 빨리할 수 있겠고, 퇴근을 빨리해야 그녀와 조금이라도 더 많은 시간을 보낼 수 있었다.

전투적인 눈빛으로 업무에 열중했다. 방해하는 자, 누구도 용서하지 않겠다는 것처럼.

"클럽?"

— 그래. 클럽 가자. 아니면 헌팅 술집도 좋고.

엥? 찬양은 뜬금없는 미혜의 클럽 타령에 두 눈을 동그랗게 떴다. 남자 친구와 이별 후 그럭저럭 잘 극복하는 것 같더니 혼자 되었다는 외로움까지는 어쩔 수 없는 모양이다.

— 사실 어디든 상관없어. 즉석 만남이 합법적으로 공공연하게 이루어지는 장소라면.

“대체 뭔 소리야. 뭔 합법, 즉석 만남?”

찬양이 뜨뜻미지근한 반응으로 대꾸하자 휴대폰 너머 미혜는 한숨을 쉬었다.

— 야, 솔로에게 겨울이 얼마나 가혹한지 모르니?

어…… 미혜야…… 난 몰라……. 미안해…….

— 옆구리가 시려 죽겠다, 죽겠어. 나도 좀 놀아 보자. 내게는 술과 시끄러운 음악과 사람이 필요하단다.

“얼씨구?”

찬양이 휴대폰을 다른 쪽 귀로 옮기며 심심한 대꾸를 이어 가자 미혜는 버럭, 화를 냈다.

— 아, 그래서! 간다고 만다고! 갈 거야, 말 거야!

“꼭 클럽 같은 곳이어야 해? 헌팅 술집은 대체 뭐야.”

— 헌팅 술집은 됐고, 클럽 가자. 응? 가자. 나 갈 사람이 없단 말이야. 내 주변에 미혼에 싱글은 이제 너 하나 남았는데!

어…… 미혜야…… 이젠 나도…… 아니야…….

— 야, 너는 친구가, 어? 이렇게 이별의 늪에 빠져 아직도 허우적거리면서 불행한 나날을 보내고 있는데, 어? 좀 살아 보겠다고 불태워 놀아 보겠다는데, 어? 안 도와주냐? 어?

“하…… 내가 진짜 얘 때문에 못 살겠네.”

찬양은 이도 저도 못 한 채 뜸을 들였다. 평소의 찬양이라면 당장이라도 가자고, 내가 그만한 부탁도 못 들어주겠느냐 했겠지만, 지금은 사정이 다르니까.

— 야, 정찬양. 너 뭐야. 수상해. 너 썸 타지. 누구 있지!

"뭐, 뭐, 뭐, 뭔 썸이야."

에효. 촉이 좋은 미혜에게 대번 걸리고 만다.

— 맙소사. 정찬양에게 남자가 있네. 남자가 있어. 세상에, 대박. 이 친구에게도 말을 안 해 주고 지 혼자 썸을 타네. 하…… 서운하네, 서운해.

"야야, 그런 거 아니야. 무슨 썸……."

— 수상하잖아! 내가 가자고 하면 어디든 같이 가 주면서!

"알겠어. 클럽이고 뭐고 알겠고, 같이 갈 테니까 일단 끊어. 나 일해."

— 야야! 그리고 정찬양! 나 너네 상무님이 언제 너랑 같이 식사하자고 하셨어! 나 언제 밥 먹게 해 줄 거야!

"야, 우리 상무님은 한가한 분이 아니시다, 미혜야. 나중에 상무님이랑 밥 먹자. 요즘 너무 바쁘셔서. 안 그래도 너 맛있는 거 사 주신다고 하셨어."

일단 끊어! 나 일해! 찬양은 미혜와의 전화를 종료하며 휴대폰을 내려다보았다.

"어지간히 외로운 모양이네. 생전 안 찾던 클럽을 다 가자고 하고. 하긴, 연애를 오래 하느라 신문물을 접할 일이 없었지. 우리 미혜가 시끄러운 음악을 얼마나 좋아하는데."

적당한 때를 봐서 미혜랑 놀아 주러 가야겠다. 찬양은 생각을 정리하며 돌아섰다.

"으아아, 깜짝이야!"

가까운 거리에 이선이 서 있다.

"안녕하세요, 변호사님. 어후, 놀래서 죄송해요."

찬양은 놀란 가슴을 쓸어내리며 인사를 건넸다. 이선은 웃음기가 사라진 얼굴로 그녀를 응시했다.

"좀 비켜 줄래요? 물 좀 마시게."

"어…… 네. 죄송합니다."

찬양이 정수기 앞을 가로막고 있자 이선이 비켜 달라며 걸음을 옮겼다. 어딘가 모르게 냉해진 이선의 표정과 반응. 머뭇거리던 찬양은 반대편으로 걸음을 옮겼다. 어차피 친하게 지낼 수 있는 인연도 아니요, 외려 좋은 감정을 없애는 편이 서로에게 나을 테니까.

"저기, 있잖아요."

물을 가득 컵에 담은 이선이 찬양을 부른다. 네? 걸음을 옮기던 찬양은 돌아섰다.

"남지안 상무님이 왜 정찬양 씨의 친구와 식사를 하죠?"

"네? 아, 일전에 따로 상무님께서 제 친구와 약속을 잡으셔서요."

"왜요? 왜 남지안 상무님이 정찬양 씨의 친구에게 식사를 대접합니까? 정찬양 씨의 친구라서?"

찬양은 기습적인 이선의 질문에 눈만 감았다가 떴다. 그러다가 잠시 망설이던 입술을 떼었다.

"변호사님의 질문이 조금 과하다고 느껴집니다. 저와 상무님의 개인적인 일을 변호사님께 전부 설명할 필요는 없지 싶은데요."

"개인적인? 비서와 상사 사이에 있을 개인적인 일이 대체 뭐죠?"

찬양의 눈빛이 흔들린다. 이선은 지나칠 정도로 살가워, 외려 버겁게 느껴졌던 사람이 아니었던가. 그런 그녀의 냉소한 분위기는 적응이 되질 않았다.

"남지안 상무님이 비서 친구들까지 챙기셔야 할 분은 아니지 않나요? 그런 분을 모셔다가 친구 밥이나 사게 하는 겁니까? 나는 정찬양 씨가 남지안 상무님을 좀 더 격 있게 모셨으면 좋겠어요. 비서와 상사 사이가 너무 가까워도 좋지 않습니다."

속에 맺혀 있던 것처럼 말들은 쉴 새 없이 쏟아졌다.

"남지안 상무님의 곁에 선다고 해서 정찬양 씨의 격이 올라가는 게 아닙니다. 오히려 남지안 상무님의 격이 내려가는 거라는 걸 알아줘요."

그럼 이만. 이선은 제 할 말만 다 한 채 걸음을 옮겼다.

“아. 그리고.”

이선은 다시 돌아섰다.

“남지안 상무님 우리 아버지하고 식사 자리 있어요. 장소 확인해서 내일은 상무님 의상은 신경 좀 써 줘요. 우리 아버지는 화려한 타이는 좋아하지 않으시니까. 클래식하게.”

돌아선 이선은 찬바람을 몰며 사라졌다. 그녀의 걸음은 조금씩 빨라졌고, 이내 인적이 드문 복도 끝에서 멈춰 섰다. 사각지대에 도착한 이선은 뜨거운 숨을 훅, 불었다. 엉망진창이 된 표정으로 고개를 숙이며 그녀는 입술을 꾹 깨물었다.

“대체, 내가 무슨 말을 하고 온 거야…….”

찬양의 뒷모습을 발견했을 때까지는 별생각이 없었는데. 친구와 통화를 하는 듯하여, 그런가 보다 했는데.

‘야, 우리 상무님은 한가한 분이 아니시다, 미혜야. 나중에 상무님이랑 밥 먹자. 요즘 너무 바쁘셔서. 안 그래도 너 맛있는 거 사 주신다고 하셨어.’

이성의 끈이 툭, 하고 끊어져 버렸다. 질투로 흉측하게 물든 전신이 미운 말들만 골라 입 밖으로 밀어 냈다.

“나 너무…… 갈 데까지 갔다……. 이건 너무 바닥인데…….”

너무도 쉽게 그와의 식사를 주선하는 찬양이 밉다. 결정권을 가지고 있는 듯한 그녀의 자신감이 밉다.

휴. 이선은 고개를 들며 벽에 머리를 기댔다. 찬양은 자신으로 인해 상처를 받았을 것이고 자존심을 다쳤을 것이다. 사과를 하려면 지금밖에 없을 텐데. 다시 돌아가 말이 심했다고 말해 줘야 하는데. 타이밍을 놓치고 나면 오늘의 일을 영영 사과할 수 없을지도, 모르는데.

“나도…… 모르겠다…….”

입술을 지그시 깨물며 이선은 눈을 감았다. 이런 와중에도 찬양이 상처받고, 자존심을 다쳐서라도 그를 포기해 주면 좋겠다는, 미련한 생각을 했다.

[회의가 좀 길어져. 비서실 퇴근시키고 너도 먼저 들어가.]

신 실장과 회의실로 들어간 지안은 꽤 오랜 시간이 흘러도 밖으로 나오지 않았다. 보안 등급이 높은 회의니 근처로 얼씬하지 말라는 지시가 떨어져 찬양은 밖에서 무한 대기 중이었다.

[네. 너무 무리하지 마세요.]

찬양은 덤덤하게 휴대폰을 터치하며 답장을 보냈다. 이럴 게 아니라 밖으로 좀 나가야겠다. 스스로도 머리가 복잡해 걷고 싶은 마음이 간절했으니까.

로비로 터덜터덜 걸어 나왔다. 기분은 누가 끌어당기듯 내려갔고 좀처럼 올라올 생각을 하지 않았다.

"정찬양 씨?"

"전무님!"

회전문을 통과하자 차에 올라타던 현주가 찬양을 부른다.

"퇴근합니까?"

"네, 먼저 퇴근합니다. 상무님께서 회의가 길어진다고 해서요."

차 문을 잡고 멈췄던 현주는 잠시 망설이던 표정을 하더니 문을 닫고 돌아섰다.

"마침 잘됐네요. 시간 있나요?"

"시간……요?"

현주는 부드럽게 웃었다. 가슴에 구멍이 뻥 뚫려 시리게 만들어 낸 웃음이다.

"괜찮으면 우리, 저녁 같이할래요?"

"들어오세요. 이쪽으로요."

찬양을 따라 식당으로 들어선 현주는 주변을 두리번거렸다. 오만 가지 기름 냄새가 섞인, 메뉴의 정체를 알 수 없는 곳이다. 빈틈도 없고 사람들도 바글바글하다.

현주는 조심스럽게 안으로 들어섰다. 주로 인적이 드문 곳만을 이용하던 현주에게 도떼기시장 같은 이곳은 발을 디딘 순간부터 충격, 그 자체다. 양통집이라는데 뭘 파는 곳인지 전혀 모르겠다.

"여기는 고깃집인가요?"

"음. 고기도 팔아요. 주메뉴는 그게 아니지만요."

찬양은 코트를 벗었고 준비된 비닐 가방에 넣었다. 현주가 얼떨결에 코트를 벗자 찬양이 달라며 손을 내밀었다.

"코트에 냄새가 배기 전에 얼른 넣어야 해요. 주세요."

"아, 네네."

기백을 호가하는 보드라운 그녀의 코트가 반듯하게 접혀 비닐 속으로 들어간다. 현주는 처음 보는 광경에 시선을 주었다. 비닐은 수도 없이 재활용되어 그다지 깨끗해 보이지는 않고, 넣는다고 해서 위생적으로 보관이 되는지도 잘은 모르겠지만.

주변을 의식한 현주는 자꾸만 고개를 주억거렸다. 그러자 물을 따르며 찬양은 웃었다.

"전무님 지금 등지고 계셔서 아무도 얼굴 못 봐요. 걱정 마세요."

"아아, 그런가요."

그제야 자신이 가장 끄트머리에 앉아 있음을 깨닫고 편안하게 앉았다. 평소 즐겨 가던 곳으로 가자고 찬양에게 말했더니, 망설임 없이 걸음을 옮기더라. 찬양은 주변을 두리번거리는 현주의 표정을 살폈다.

"어…… 별로시면 지금이라도 나갈까요?"

"아뇨. 나도 조용한 공간에 좀 질린 터라. 좋네요."

오히려 소란스러운 지금의 공간이 마음을 더욱 편하게 했다. 대낮처럼 훤한 조명, 집중하지 않으면 마주 앉은 상대의 목소리도 들리지 않을 것 같은 시끄러움. 늘 정적인 Bar에서 홀로 술을 청하던 그녀에겐 새로운 느낌이 전달되었다. 퇴근길마다 차창 밖으로 구경했던 선술집과 비슷해서 더욱 마음에 들었다. 사실은 사람들 틈에 섞여 순환하고 있다는, 평범한 소속감이 그리웠으니까.

"뭐 좀 시켜 볼까요? 난 신경 쓰지 말고 정찬양 씨 즐겨 먹는 걸로 주문해요."

"네. 그럼 잠시만요."

찬양은 주인장에게 익숙한 메뉴를 주문했다. 이윽고 초벌을 끝낸 메뉴가 불판 위에 올라오자 현주는 그 자태에 입술을 멍하니 벌렸다. 찬양은 술을 따르며 웃었다.

"이런 거 처음 드시죠?"

현주는 멍했던 표정을 이내 수습하며 괜찮다는 듯 따라 웃었다.

"네. 하지만 뭐든 처음은 있는 거니까."

곱창집이었다.

"정찬양 씨. 남 상무가 잘해 줘요?"

곱창은 생각보다 고소했다. 처음 비주얼은 거북스러웠지만 입에 넣고 씹으면 씹을수록 묘한 고소함이 미각을 자극했다. 주거니 받거니, 술을 나눠 마시며 느끼함을 시원하게 날려 버렸다.

"아…… 상무님이요."

재잘재잘 이야기를 곧잘 하던 찬양의 표정이 금세 경직된다. 현주는 손을 저었다.

"뭐, 그래요. 나도 오늘은 이런 이야기 하고 싶지 않다. 남 상무 이야기는 접어 두죠."

"잘……해 주세요. 무척요."

찬양이 무안한지 웃는다.

"처음엔 정말 막막했거든요. 다시 어떻게 시작을 해야 하나, 상무님은 너무 무섭고, 틈을 주지 않고, 저는 늘 실수투성이고."

현주는 지그시 그녀를 바라보았다.

"지금은 그냥 다, 전부 다 잘해 주세요. 감사하게도요."

더는 바랄 것이 없다는 것처럼 찬양의 표정은 덤덤했다. 현실을 초월한 것 같기도 했고, 현실을 외면해 버린 것 같기도 했다.

"그래요. 그렇군요."

현주는 달리 해 줄 말이 없어 천천히 고개를 끄덕였다.

"동생이지만 남 상무는 어려워요. 일할 때의 남 상무는 위험하다 싶을 정도로 저돌적이죠. 진보 경영과 보수 경영을 모두 흡수하는 능력자이기도 하고."

"네……."

"평소엔 속을 알 수 없어요. 확신을 할 때까지 아무것도 드러내는 게 없으니까."

현주는 쥐고 있던 술잔을 내렸다.

"힘든 상사고, 어려운 상사라는 거 알아요. 하지만 정찬양 씨가 입주를 한 뒤로 남 상무가 심리적으로 안정되는 것 같아 한편으로는 다행이라 생각도 하고."

고마운 건 고마운 거니까. 현주는 찬양에게 고생이 많다며 짧게 마음을 전했다. 분명 지금의 동생은 찬양의 영향을 받고 있음이 분명했으니까.

"전무님은 여전히 절 믿지 않으시죠?"

"말했죠. 난 남지안 상무를 믿을 뿐이라고. 아직은 변함없어요."

찬양은 술병을 들어 비어 버린 현주의 잔을 채웠다. 생각해 보면 상무님도 전무님도 완벽하게 자신을 믿지 않는다. 약간은 씁쓸하고 가슴은 허하지만 누구의 탓은 아니리라. 그러다가, 문득 윤 실장이 떠올랐다.

"맞다. 실장님 내일 출국하신다고……."

찬양이 따라 준 술잔을 입술로 가져가던 현주는 멈칫했다. 사실은 내내 그 생각뿐인데. 사실은, 내내 그의 생각뿐인데.

"전무님 혹시 괜찮……으신지……."

찬양은 조심스럽게 물었다. 그제야 현주는 찬양이 자신과 윤 실장의 관계를 알고 있다는 사실을 상기했다. 현주는 픽 웃어 버렸다. 지구상, 유일하게 그 마음을 알고 있는 사람이 바로 찬양이었으니까.

"아뇨. 안 괜찮아요."

현주는 홀짝 술을 비워 냈다. 찬양은 입술을 꾹 다물었다.

"속상해. 너무 힘들어. 지금이라도 바짓가랑이 붙잡고 가지 말라고 늘어지고 싶어. 아니면 당장 티켓 끊고 그 사람과 함께 떠나고 싶어. 그런데, 그럴 수가 없잖아. 그건 그 사람을 위한 길이 아니니까."

……그 사람을, 위한 길.

"참는 수밖에요. 그냥 뭐, 지겹도록 참아 왔으니까. 이번에도 어김없이."

당신을 위해서, 모든 것을 참는 일.

찬양은 현주를 물끄러미 바라보았다. 너무 많은 대의를 위해 사랑을 이루지 못하는 현주의 모습에 만감이 교차했다.

"낮엔 그럭저럭 참는데 밤엔 도저히 어떻게 할 수가 없네. 오늘도 이렇게 술 한잔 마시고 털어 내는 거죠."

현주가 쓰게 웃자 찬양은 입꼬리만 간신히 올리며 따라 웃었다.

"힘……내세요, 전무님."

찬양이 연거푸 술잔을 채우며 말을 하자 현주는 고개를 끄덕였다.

"윤 실장님도 분명 전무님을 생각하며 떠나는 걸 테니까요. 전무님께서 몸 상하지 않게 잘 계셔야 윤 실장님도 마음 편히 계실 거예요."

"정찬양 씨."

"네?"

찬양은 긴장한 눈빛으로 현주를 바라보았다. 실수를 하지 않았나, 일순 식은땀이 났다. 하지만 우려와는 다르게 현주는 진심으로 위로하는 찬양을 바라보다가 술잔을 내밀었다.

"정찬양 씨, 계속 느꼈는데 참 좋은 사람인 것 같아요."

그녀와의 대화는 잔잔했다. 자극적이지 않아 심신의 위로가 되었다.

"종종 나랑 술친구 해 줘요. 오늘 곱창도 너무 맛있었고 대화도 즐거웠으니까."

"언제든지요. 아무 때나 불러 주세요."

"백경에서 퇴사해도 만나 줄 거죠?"

현주는 다정한 눈빛을 내 주었다. 지금의 그녀로서 할 수 있는 최선의 매듭이었다.

"그럼요. 전무님. 꼭 저를 만나 주세요."

찬양은 망설임 없이 고개를 끄덕였다. 지금의 그녀로서 할 수 있는 최선의 답변이었다.

"어제 남 전무랑 무슨 이야기 했어?"

이튿날 지안은 출근 준비를 하며 찬양에게 물었다.

등 뒤에 그녀를 세워 두고는 거침없이 상체를 탈의한다. 이내 옷걸이에서 빼 둔 빳빳하고 눈처럼 새하얀 셔츠를 걸쳐 입으며, 거울에 비치는 찬양을 응시했다. 찬양은 마치 큰 비밀이라도 있다는 것처럼 눈을 찡긋했다.

"글쎄요, 말해 주기 곤란한데."

"어쭈. 나한테 말하기 곤란한 일이라는 게 내 험담이거나, 내 뒷담화라거나, 내 단점을 나열하는 정도밖에 더 있겠어?"

"어어? 그걸 어떻게 알았지?"

어쭈. 지안은 찬양의 대꾸에 눈썹을 꿈틀거렸다. 정말로 말해 주지 않을 작정인지 실없는 웃음만 짓고 있는 그녀를 바라보다가, 대답 듣는 것을 포기하기로 한다. 찬양의 표정이 밝은 것을 보아하니 별일은 없었겠지 싶다.

지안은 빼곡하게 걸려 있는 넥타이를 손끝으로 훑었다. 그는 매일 아침, 그날의 회의의 내용과 참여 인원, 공식적인 스케줄 등을 고려하여 슈트와 그 밖의 소품을 정했다. 자유로운 분위기와 혁신을 강조할 때엔 기존의 틀에서 벗어난 과감한 컬러와 패턴을 선호했다. 열정적인 리더의 모습으로 분위기를 타이트하게 조여 나가다가, 때로는 허를 찌르는 느슨함으로 반전을 선보이는 이미지에 적합했으니까.

"그리고 어제 전무님께서 칭찬해 주셨어요. 저더러 좋은 사람인 것 같대요."

"그래? 빈말은 안 하는 위인인데 어쩐 일로 남의 칭찬을 다 하고."

반대로 보수적인 집단의 분위기에 섞일 땐 완벽한 클래식을 고수했다. 마치 영국 도심 속, 왕실 납품 장인의 슈트 가게 문을 열고 걸어 나온 것처럼 성공적인 신사의 품격을 재현했다.

"남 전무가 속 터놓고 지낼 친구가 없어. 적극적으로 관계 유지하는 성격도 아니고. 윤 실장 정도 되니까 버텼지. 둘이 잘 지냈으면 좋겠네."

"……네."

그는 자신의 모든 것을 다루며 이용할 줄 아는 사내였고, 그런 것들을 무기로 삼을 줄 아는 타고난 경영인이었다.

"참, 그리고 나 어제 김이선 변호사님 마주쳤어요."

"김 변? 또 내 사무실로 올라왔나? 언제?"

"아뇨, 휴게실에서 마주쳤어요."

그래? 지안은 고개를 끄덕이며 어둡고 정적인 패턴의 타이를 골라 들었다. 평소보다 더욱 완벽하게 경직된, 보수적인, 비합리적인 이미지를 원했으니까.

"오늘 저녁에…… 약속 있으시죠?"

지안은 타이 매듭을 짓다가 고개를 들었다. 거울 속으로 반사되는 찬양의 얼굴은 사뭇 덤덤했다.

"니가 그걸 어떻게 알아."

"뭐, 들었어요. 변호사님한테요."

후. 그의 입술 사이로 탄식이 절로 흐른다.

"김 변이 생각보다 오지랖이 넓네. 애한테 쓸데없는 소리 하고 있어."

지안은 중얼거리며 다시 타이를 매는 일에 열중했다. 별일 아닌 척 치부해 보려 해도 신경은 쓰이는지, 간간이 거울로 시선을 옮기며 찬양을 바라보았다.

"표정을 보니까 김 변이 오늘 나와 이강로펌이 만나기로 했다, 에서 말을 그친 것 같지 않은데."

지안은 돌아섰다. 애매한 느낌을 풍기는 찬양을 바라보다 그는 먼저 실토하기로 한다.

"니가 신경 쓸 일 아니라서 말 안 했어. 비즈니스로 만나는 거고, 분위기 융화상 김 변이 자리하는 것뿐이니까."

"김 변호사님 생각은 다른 것 같던데요."

"김 변은 늘 나하고 생각이 다르지."

"……."

"마음도 다르고."

타이 매듭을 지은 지안이 이번엔 소맷자락을 정리한다. 시선은 찬양에게 고정한 채 표정을 세세히 살폈다.

"혹시 내가 먼저 말 안 해서 지금……."

"그럴 리가요. 저 그렇게 꽉 막힌 여자 아니거든요."

"표정은 지금 꽉 막혀서 터지기 일보 직전인데."

"김 변호사님이, 상무님하고 친하게 지내지 말래요."

……응? 지안이 잘못 들었다는 듯 눈썹을 추켜올리자 찬양은 걸음을 옮기며 그의 곁으로 다가갔다. 그가 고른 타이가 마음에 들지 않는다는 듯 나열된 타이로 시선을 돌렸다.

"친하게 지내지 말래요. 혼났어요. 상무님처럼 대단하신 분 끌고 다니면서 격 낮춘다고."

그가 그랬던 것처럼 손끝으로 타이를 훑었다.

"와, 처음엔 김 변호사님이 너무 쌀쌀맞게 말씀하셔서 멍하니 듣고만 있다가, 나중엔 좀 억울하더라고요. 내가 왜 이런 이야기를 들어야 하지?"

1년 동안 바꿔 매도 전부 다 해 보지 못할 것 같은 양의 넥타이. 정돈된 색깔은 그러데이션이 번지듯 점점 짙어졌다.

"그런데 또 김 변호사님이 오늘 상무님이랑 가족들 식사한다고, 넥타이 잘 골라 달라며 제게 K.O 펀치를 날리셨지 뭐예요. 나 지금 기분 엄청 꿀꿀하다고요."

그런 자리에 당신이 가는 것도 속상한데. 내 손으로 타이까지 골라 드려야 한다니.

"변호사님 부친께서 클래식한 타이를 좋아하신다나, 그러니까 꼭 신경 써서 챙겨 달라고."

말끝에 찬양은 고개를 들었다. 시선을 반쯤 내려 지안의 타이를 응시한다. 지안은 자신의 타이를 내려다보고, 거울을 바라보다가, 다시 찬양을 바라보았다. 클래식의 끝판왕 넥타이가 지금 자신의 목에 감겨 있다.

"상무님 오늘따라 타이가 평소와는 굉장히 다르게…… 클래식하네요?"

……아니야. 그 아저씨가 좋아한대서 고른 거 아니야.

"굉장히…… 굉장히 클래식……하네요……?"

"분위기상 가볍게 보이면 안 될 자리라 선별한 거야. 내가 그 댁 부친 성향까지 알고 있겠나?"

아니야. 정말이야. 나는 그 아저씨 취향 몰라. 절대 모르는 일이야.

"그런 거 아니라니까? 사람 말 못 믿어?"

"상무님도 사람 말 안 믿잖아요. 내 말도 안 믿는다고 했으면서 난 뭐, 다 믿어야 하나?"

"글쎄 내가 김 변 부친이 뭘 좋아하는지 알 게 뭐냐고."

"나 아무 말 안 했는데요?"

"입이 아무 말도 안 하면 뭐 해, 눈이 욕을 하고 있는데."

"헤. 걸렸나?"

찬양이 또 실없이 웃자 지안은 짧은 한숨을 내쉬었다. 외동으로 자란 이선은 평소에 선하다가 자신의 것을 빼앗길 때면 날카로워지곤 했다. 어릴 때부터 그러했으니, 안 봐도 어떤 상황이었을지 상상되었다.

"밥 먹으러 가는 거 아니고, 일하러 가는 거니까 혼자 상상하며 우울한 일기 쓸 일은 없었으면 좋겠네."

"솔직하게 말하면 그래도 기분은 별로예요. 김 변호사님이 상무님 좋아하는 건 세상이 다 아는 일인데."

"내가 너 좋아하는 건 니가 누구보다 잘 아는 일, 아닌가?"

"큰 위로가 되지는 않습니다. 난 오늘 저녁에 상무님 돌아올 때까지 내내 땅굴 파며 앉아 있을지도 모르니까."

지안은 멀뚱멀뚱 그녀를 바라보다가 눈에 힘을 주었다. 새초롬하게 내린 눈빛, 어딘가 모르게 퉁명스러운 그녀의 음성. 어…… 이건 뭐지. 가만있어 보자.

"정찬양 씨, 지금 설마."

설마.

"혹시 지금, 질투해?"

"……칫."

부정도 긍정도 하지 않으며 찬양이 혀를 차자 지안은 입술을 멍하니 벌렸다. 허, 이런 맙소사.

"이런 상황에 질투 안 나는 여자가 어디 있어요? 또 나만 이상한 여자 취급한다."

귀여워……. 지안은 급격히 목덜미가 더워지는 기분에 잠시 허공을 바라보며 숨을 고르게 내쉬었다. 자꾸만 씰룩씰룩 올라가는 입꼬리를 혼신의 힘을 다해 끌어 내리며 그녀에게 시선을 내렸다.

"그렇게 예쁘고, 똑똑하고, 여자가 봐도 예쁜 여자가 상무님 죽자고 따라다니는데 안 불안하겠어요? 내가?"

"여자가 봐도 예쁜 여자는 관심 없고, 내가 봐서 예쁜 여자는 그쪽인데. 이건 어떻게 생각해."

"아, 몰라요. 질투 난단 말예요."

지안은 마른침을 삼키며 헛웃음을 토했다.

"그래서 지금 나한테 김 변이 괴롭혔다고 고자질도 하고?"

그러다가 찬양의 허리를 훅, 끌었다.

"기분 꿀꿀했다고 투정도 부리는 겁니까? 정찬양 씨?"

"뭐, 꼭 그런 것만은 아니지만……."

찬양이 시선을 옆으로 돌리며 중얼거리자 지안은 흔연한 미소를 지었다. 그 질투, 계속해 보라며 그녀의 몸을 살랑살랑 흔들었다.

"아, 비켜요!"

찬양은 지안을 밀며 눈꼬리를 올렸다.

"난 고자질도 하고 질투도 하면 안 돼요? 안 돼도 할 거예요. 김 변호사님하고 페어플레이하기엔 제가 너무 멀리 왔거든요. 지금."

아. 얘를 어떡하면 좋지. 오늘 하루 휴가 쓸까. 데리고 나가서 몰래 잠수 탈까.

"변호사님보다 내세울 게 없는데 이런 꼼수라도 써야죠. 혼자 상처받고 주눅 들어 있기엔 제가 또 참하질 못해서요. 성격이."

얘하고 온종일 붙어 있을 방법, 어디 없나?

"앞으로도 말이죠, 나는 별별 짓을 다 해서라도 상무님 애인 할 거라고요. 물러설 생각 눈곱만큼도 없거든요. 사랑에 그런 게 어디 있어, 내 건 내가 지켜야지."

"호오, 듣던 중 제일 반가운 소리인데."

지안은 한 팔로 끌어안았던 찬양의 허리를 두 손으로 감쌌다. 그러자 줄곧 다른 곳만 보고 있던 그녀가 슬금슬금 고개를 돌리며 바라본다. 생각이 나는 대로 말하고 있음이 분명한 그녀 눈빛에 약간의 후회가 물든다.

"에효. 애인한테 쪼르륵 달려와서 고자질이나 하고. 나 되게 구차하지 않아요?"

"구차해. 그래서 예쁘고."

"구차해도 어쩔 수가 없어요. 난 이미 상처받았으니까. 이건 내 소심한 복수라고 생각해 줘요."

그녀는 그의 목덜미를 팔로 그러안았다. 쌓인 말을 뱉어 냈음에도 속은 시원하질 않고, 후련할 줄 알았는데 꼭 그런 것만도 아니다. 하지만 나를 바라보는 애인의 생각은 다른지 표정이 부드럽다. 그러하니 용기를 내어 그에게 청하기로 한다.

"나, 애인한테 지금 뭐 하나만 부탁해도 돼요?"

그녀는 그의 상체를 쓸어내리듯 천천히 어루만졌다. 빳빳한 셔츠에 둘러싸인 그의 단단한 어깨는 고작 쓰다듬는 것만으로 든든한 마음을 안겨 주었다. 그녀의 손끝이 머무는 자리마다 피가 몰리는 기분이 들어, 지안은 긴 숨을 불어 내쉬었다.

"이건 부탁하는 사람 자세가 아닌데. 독재자 통치 작전이면 몰라도. 뭔데. 말해 봐."

지안이 낮게 중얼거리자 그녀의 손끝이 타이 헤드에서 멈춘다. 가만히 타이를 바라보던 찬양이 난데없이 타이를 움켜쥐며 배시시 웃는다.

"그럼 타이 이거 매지 마요. 김 변호사님 부친께서 상무님 더 좋아하면 어떡해요."

"허어……."

이건 어떡하지. 지금 나는 니가 더 좋아졌는데.

"내가 골라 줄게요. 그거 매고 가요. 오케이?"

오케이? 응? 오케이? 찬양이 턱 끝까지 얼굴을 디밀고는 기어이 항복을 받아 낼 기세로 앙탈을 부린다. 그 사랑스럽고 고집 센 그녀의 모습에, 지안의 마음이 엿가락처럼 휘어지고 만다.

날 죽이든지 살리든지 마음대로 하라고.

"마음대로 하시죠. 노타이로 가래도 갈 테니까."

나는, 누가 뭐래도 네 거라고.

시계에 모래주머니를 달아 놓은 듯 느리고 더딘 공기가 흐른다. 침착하게 출근을 마친 현주는 아끼는 만년필을 붙잡고 넋 잃은 표정으로 허공만 바라보고 있다. 결재를 기다리는 파일이 쌓여 있지만 깎아 만든 조각처럼, 그녀는 모든 행동을 멈춘 지 오래전이다.

똑똑—

오늘, 그가 떠난다.

신랄하게 들려오는 노크 소리에 현주는 번쩍 정신을 차렸다. 재빠르게 시계를 바라본 그녀는 놀라 뛰는 심장의 박동을 느끼며 고개를 들었다. 숨이 바짝 조이니 순식간에 갈증이 났다.

"아아, 윤 실장."

현주는 굳은 표정으로 수호를 바라보았다. 수없이 연습한, 그래서 성공했는지 아직은 알 수 없는 단조로운 표정을 지었다.

"이제 공항으로 갑니까?"

당신처럼 나도 눈빛에 아무것도 담지 않아 보려고, 이미 으깨진 손톱을 물고 또 물며 연습했다.

"네. 그렇습니다. 전무님."

현주는 느긋한 표정으로 시간을 확인하는 척했다. 숨은 의도와는 달리 큰 소리를 내며 폐부를 들락거렸다. 목덜미는 뜨거워져 식은땀이 흐를 것만 같았다.

"아아. 벌써 시간이 이렇게 됐군요."

입술이 떨린다. 목소리가 제멋대로 갈라진다. 현주는 긴 말을 내뱉을 수 없는 자신의 상태를 깨닫고 금세 입술을 닫았다. 자신이 한마디도 떼지 않으면 바로 돌아서서 나갈 윤 실장이라는 것을 알면서도, 더 이상의 말은 뱉을 수가 없었다.

"급한 일은 먼저 처리했고, 나머지는 임 비서에게 일임했습니다."

그녀는 갈피를 잃어 무거워진 두 손을 내렸다. 책상 밑으로 숨기며 힘껏 말아 쥐었다.

"현지 도착해서도 전무실 업무는 상시적으로 관리하겠습니다. 보조 인원을 충당했으니 업무상 무리는 없으실 겁니다."

간신히 고개를 끄덕였다. 눈가에 고인 눈물이 무거워져 그녀는 더욱 턱 끝을 들었다.

"그럼, 이만 가 보겠습니다."

현주는 끓어오르는 뜨거움을 간신히 누르고 삼켜 내며 자리에서 일어섰다. 바르고 분명한 그녀의 구두 굽 소리가 윤 실장에게 가까워 간다.

그녀는 손을 내밀었다.

"윤 실장, 믿고 맡깁니다. 가서 현지 업무만 충실하게 실행해 줘요."

악수를 청했다.

"건강하고, 앞으로 윤 실장과 나 사이의 모든 연락은 서면, 또는 이메일로 받죠."

부디 잘 가라고, 마음으로 인사했다.

"네. 전무님."

……그가 손을 잡는다.

"내내 건강하시길 바랍니다."

그다운 인사로 마무리를 한다. 가까이서 아무리 느껴 보아도 그의 숨은 평온했고, 눈빛엔 일말의 떨림도 찾을 수가 없었다. 현주는 그제야 빙그레 웃었다.

그래, 이런 당신. 이런 그대.

"뭐, 알아서 하겠지만 잘 지내봐요. 윤 실장도, 나도."

이젠 알아. 지금의 당신은 최선이라는 걸. 죽을힘을 다해 내게서 도망쳐 왔었다는 걸. 그러니 걱정 마. 울음을 참는 일 같은 건 내게 흔하고, 그래서 무척 쉬우니까. 이 순간이 살점을 떼어 내는 것만 같지만 당신의 귀한 뜻을 지켜 주기로, 나는 마음먹었으니까.

"배웅은 못 해서 미안합니다."

"아닙니다, 전무님."

"오늘은 윤 실장보다 내가 먼저 전무실에서 나갈게요. 약속이 있어서."

그의 뒷모습을 바라볼 자신까진 없는 그녀가 먼저 나가겠다고 말했다. 약간의 물기가 그녀의 눈빛을 더욱 빛나게 했다.

부디 잘 있어. 부디 잘 잊어. 아주 기가 막힌, 무엇도 잊을 수 없는 일들로만 가득하지만—

잊어 봐. 살아 봐. 그래, 할 수 있어.

"그럼 잘 가요. 윤 실장."

나는, 그대 아닌 나에게 빌었다.

"상무님, 바쁘세요?"

이강로펌과의 식사 약속을 앞두고 정신없이 업무를 처리하던 지안에게로 이선이 찾아왔다. 들어오라 말하기 전에 그녀가 먼저 사무실로 들어선다. 지안은 잠시 들었던 시선을 업무 파일로 돌렸다.

"시간 다 됐는데 아직 일 많아? 내가 좀 도와줄까?"

"약속 시간 늦을 일 없을 테니까 걱정 말고 가 봐. 정신 사나워."

"조용히 있을게요."

이선은 가방을 내리며 입술을 잠그는 시늉을 했다. 하지만 그것도 잠시. 다시 환한 웃음을 장착하며 이선은 서글서글하게 말했다.

"나 여기서 얌전히 기다릴게. 오빠 일하는 모습 보고 있고 싶어."

"일 많다고 말했다. 나가라고도 했고. 약속에 늦고 싶어?"

"우리 아빠 만나는 건데 좀 늦으면 어때. 오빠 일이 먼저지. 아빠가 늦는다고 뭐라고 하면 내가 대신 싸워 줄게."

휴. 무슨 말을 해도 듣기 버거운 대꾸로 자신을 감싸니 지안은 탄식이 절로 흘렀다. 이런 부분이 더욱 숨 막히게 했다. 아무리 알아듣게 설명을 해도 이선은 납득을 하지 못했다. 마치 본인이 더욱 잘하면 되는 일이라는 것처럼, 그녀는 그렇게 믿기로 오래전 결심을 한 듯했다.

"천천히 일 봐요. 그러고 식당에 같이 가자. 나 오늘 오빠랑 같이 가려고 차 두고 왔는데."

"호칭."

"……같이 가요, 상무님. 저 차 두고 왔어요."

지안은 보던 파일을 덮었다. 만년필을 셔츠에 꽂으며 이번엔 PC로 시선을 돌렸다. 이선은 그의 타이를 바라보다 눈을 동그랗게 떴다.

"오빠…… 넥타이가……."

다음 말을 잇지 못하고 웅얼거리며 이선은 고개를 가로저었다. 분명 찬양에게 부탁했는데, 그는 오늘따라 유난히도 튀는 타이를 하고 있다.

"타이, 뭐."

"어…… 아뇨. 잘 어울린다고요."

"특별히 신경 써서 골랐어. 잘 어울린다니 다행이네."

"……."

주절주절 혼자 떠드는 것이 취미인 이선이 말이 없자 지안은 힐끔 이선을 바라보았다. 그녀의 시선은 여전히 타이에 닿아 있다.

"바쁜데 나가 주면 안 될까. 같은 말 반복하게 만들지 마라, 제발 좀."

"아…… 네. 나가요. 나가는데."

이선은 머뭇거리며 입술만 꾹 깨물다가 다시 입술을 열었다.

"기다릴게. 같이 가면…… 안 돼?"

"따로 가고 싶은데."

"어차피 같이 가는 방향인데……."

"이봐요, 김이선 변호사."

지안이 한계에 다다랐다는 듯 목소리를 낮추자 이선은 애써 그려

놓았던 미소를 지웠다. 그를 또, 화나게 만들고 말았다.

"알았어요. 나 그냥 먼저 갈게. 이따가 식당에서 봐요."

그녀는 다시금 가방을 들었다.

"아, 상무님. 혹시 정찬양 씨 어디 갔어요? 안 보이네. 차라도 한잔 마시고 가고 싶은데."

"……."

"이만 갈게요. 이따 봐."

"거기, 잠깐 서 봐."

걸음을 옮기려던 이선이 다시금 멈춰 선다. 후. 지안은 짧게 숨을 내쉬고는 말을 이었다.

"정 비서는 왜 찾아?"

"응? 아, 그냥. 온 김에 얼굴이나 보고 가려고……."

"그러니까. 니가 정 비서를 왜 보고 가냐고."

"네? 어…… 그냥……."

이선이 말꼬리를 흐리며 대꾸를 못 하자 지안은 피식, 헛웃음을 흘렸다.

"정 비서하고 마주 보고 차 마실 수 있겠어?"

"그게…… 무슨……."

지안은 가만히 이선과 시선을 맞추다가 말이 통하지 않겠다 싶었는지 내선을 눌렀다. 비서실로 즉각 연결이 된다.

"난데, 정 비서 들어오라고 해."

이선의 얼굴은 삽시간에 굳었고 노크 소리와 함께 문이 열렸다.

"상무님, 부르셨습니까?"

"정찬양 씨, 이리 가까이 좀."

지안이 다가오라며 손을 까딱, 움직이자 찬양은 이선을 스치며 부자연스러운 걸음을 옮겼다.

"어허. 더 가까이."

일정한 간격을 두고 찬양이 멈춰 서자 지안은 더 가까이 오라며 손짓했다. 찬양이 또다시 적당한 거리를 두고 멈춰 서자 간격이 마음에 들지 않는다는 듯 지안은 미간을 좁혔다. 온전히 화가 났다는 표정은 아니고, 마치 자신의 말을 듣지 않는 새끼 고양이를 바라보는 표정이다.

"김이선 변호사."

"네. 상무님."

"내가 오늘 왜 김이선 변호사와 함께 갈 수 없는지, 잘 설명하겠습니다."

……찬양의 손을 끌었다.

"사, 사, 상무님!"

"지안 오빠!"

팔을 당기며 찬양을 자신의 무릎 위에 앉혔다. 놀란 찬양이 허둥지둥 일어서려 하자 지안은 찬양의 허리를 한 손으로 끌어안았다.

"허, 허, 사, 사, 상무님!"

"설명이 됐나? 말로는 이해를 시킬 수가 없을 것 같아서."

"오빠……."

이선은 놀라 자신의 입을 가리며 눈을 동그랗게 떴고, 지안은 덤덤히 말했다.

"나 이 여자랑 연애한다, 이선아. 비밀 연애 좀 해 보려고 했는데, 니가 안 도와주네."

"……."

"괜찮은 설명이 됐으면 좋겠다."

"야, 남 상무. 너 정말 그러고 가도 괜찮겠어?"

회사 로비. 이강로펌과의 약속 시간에 다다른 현주는 연신 지안의 복장을 훑으며 의아한 눈초리를 했다. 지안은 먼 산을 바라보듯 시선을 멀리하며 현주의 시선을 피했다.

"대체 그게 뭐야. 보는 내가 다 창피하네."

"뭐. 내가 어디가 어때서."

알록달록한 색감, 정신없는 패턴. 배가 통통한 귀여운 판다들은 금방이라도 타이에서 튀어나올 것만 같다.

"너도 형편없지만 니가 지금 목에 감고 있는 타이는 더 형편없어서 하는 말이거든."

"난 마음에 드는데. 남 전무 취향은 아닌 모양이네?"

"내 취향이 아닌 게 아니라, 모두의 취향이 아닐지도 모르겠는데?"

지안은 애써 모르는 척하며 걸음을 옮겼고 현주는 오만상을 찌푸리며 혀를 찼다. 평소엔 그나마 멀쩡하게 돌아다니더니 도대체 얘가 오늘따라 왜 이러는 걸까.

"남 상무. 아니면 내가 타이 하나 사 줄까?"

"……."

지안은 현주의 제안에도 입술을 꾹 닫은 채 모르는 척했다. 집에 걸려 있던 수많은 타이들은 전부 본인의 취향이니 어떤 걸 선택해도 나름 소화할 자신이 있었다. 그런데 하필, 찬양은 중국으로 출장을 갔을 때 기념으로 선물 받은 판다밭 넥타이를 고르더라.

'상무님. 나는 오늘 이거 좋은데요?'

'……거짓말하지 마.'

선물을 준 쪽도 실제로 하고 다니라는 것이 아닌 기념용임이 틀림없을 타이. 잔인하게도 타이를 쭉 빼 든 찬양이 음흉하게 웃더라. 아무런 힘이 없는 상무 나부랭이는, 비서의 손끝에 걸린 판다 넥타이를 목에 걸고 말았다.

"에휴, 됐다. 니가 뭘 매고 가든 뭔 상관이야. 그나저나 눈꼬리 좀 내려. 늦겠으니까 빨리 가자."

눈꼬리만 올린 채 먼 산만 바라보는 지안을 끌며 현주는 잰걸음을 옮겼다. 두 사람을 발견한 회사 임원이 인사를 건넨다.

"여어, 전무님 상무님. 두 분 어디 가십니까?"

"다녀와서 말씀드릴게요. 퇴근 잘하세요."

현주가 인사를 건네자 임원은 지안을 바라보며 껄껄 웃음을 터트렸다.

"상무님, 오늘 넥타이가 아주 근사합니다."

"근사하면 이사님 드릴까요?"

"아니요."

아니요. 지안이 주겠다고 말하자 금세 정색한다. 지안은 썩은 미소를 날리며 다시 걸음을 옮겼다. 세상 모든 사람들이 자신만 바라보는 것 같은, 기분은 영 껄끄러웠지만 느낌 탓일 거라고.

"출발하죠."

"네. 상무님."

지안은 이강로펌과의 약속 장소로 출발했다. 현주를 실은 차는 뒤이어 따라왔다.

적막이 흐른다.

그는 이제 그만 일어나야 할 시간이라며 상무실을 나섰고 남겨진 두 여자는 할 말을 잃었다. 차마 자리를 떠나지 못하는 찬양은 시선만 내리깔았고, 결국 자리에 버려진 이선은 발끝만 내려다보았다. 가진 자도, 가지지 못한 자도. 선택을 받은 자도, 선택을 받지 못한 자도.

누구 하나 마음이 편할 리 없는 순간이다.

"언제……."

이선의 입술 사이로 희미한 음성이 흘러나온다. 찬양은 눈을 감았다가 떴다.

"언제부터……."

"……."

"아뇨. 아닙니다. 못 들은 걸로 해 줘요. 정찬양 씨."

이선은 정신이 돌아오는 듯 손사래를 쳤다. 만난 기점이 궁금할 리도, 누가 먼저 그 속내 꺼내 보였는지 궁금할 리도 없다. 무의식이 뱉어 낸 질문을 수습하며 이선은 천천히 고개를 들었다. 그곳엔 너무 선하지도, 또 너무 악하지도 않은 눈빛을 하고 있는 찬양이 있다.

"두 사람 진짜, 진짜였구나. 설마설마했는데."

설마 그 손을 잡았을까 싶었다. 설마하니 실제로 마음이 통했을까 싶었다. 이해관계와 타인의 시선, 직책의 무게, 회사의 번영만을 생각하는 그가. 다른 일엔 아무런 관심도 없던 그가.

"정찬양 씨."

"네. 변호사님."

……사랑 따위 일평생 하지 않겠다던 그가. 나 같은 건 영영 돌아볼 새도 없었던, 그가.

"일전엔 미안했어요. 내가 말이 심했다는 거, 나도 알아요."

"아…… 아닙니다. 괜찮습니다."

누구에게도 보내고 싶지 않은, 함부로 나눠 주고 싶지도 않은, 나의 그대가.

"이런 줄도 모르고…… 정말 한심하다……. 하……."

이선은 이마를 짚으며 눈을 감았다. 사실은 조급했지만 안이했다. 두 사람은 결코 마음을 주고받지 못할 것이라 생각했으니까. 흔들리는 그의 마음이 불안하고, 해사한 그녀의 웃음이 못마땅해도 우려하는 일은 벌어지지 않을 것이라고 믿었다.

"전부 다 안다고 생각했는데, 나는 정말 상무님에 대해서 아는 게 하나도 없는 것 같네요."

간과했던 사실 하나. 한 치의 틈도 없는 단단한 마음을 뚫고 들어온 자신의 사랑을, 그는 놓칠 리 없다는 것. 아마도 전부를 내어 줄 거라는 것. 물불을 가리지 않을 거라는 것. 무슨 일이 있어도, 지금 눈앞의 그녀를 지켜 줄 거라는 것.

"지안 오빠…… 아니, 남지안 상무님이 지금 어디로 갔는지 아시죠?"

이선은 애써 무너진 자존심을 들키지 않으려 더욱 어깨를 펴며, 찬양에게 물었다.

"네. 알고 있습니다. 변호사님."

"그래요. 그럼 잘 알고 있을 거라 믿어요. 상무님이 지금 우리 아빠와 얼마나 중요한 계약을 앞두고 있는지."

내 무너진 자존심을 지키려다 보니 가장 치사한, 가장 치졸한 방법밖에 떠오르질 않는다.

"정찬양 씨는 백경의 현재 상황, 경제, 경영, 하나도 관심 없겠지만, 남지안 상무님은 지금 도움이 절실한 상황이에요. 그래서 오늘 우리 아빠에게 도움을 청하러 간 거고."

찬양의 눈빛에 변화가 깃든다.

"우리 집은 상무님과 나의 결혼을 원하고 있어요. 원만한 계약의 조건이 될 거고요."

이선은 떨리는 자신의 팔을 붙잡으며 흔들리지 않기 위해 안간힘을 썼다.

"정찬양 씨. 우리 아버지도 나도, 상무님 포기 안 해요. 나는 상무님 사랑 못 받는대도 끝끝내 그 사람 여자 할 거예요. 그 사람 여자로 살면서, 그 사람 뒤에서 지탱할 거예요."

"변호사님."

"상무님도 그쯤은 알고 있겠죠. 사랑이 직원들을, 직원들에게 딸린 수십만의 가족을 먹여 살려 주지는 않는다는 걸. 도약하지 않으면 도태된다는 걸. 그 남자가, 과연 모를까요?"

이선의 눈매는 점점 확고하게 변해 갔다. 이미 너무 많이 찔려, 더는 헤질 가슴이 없는 사람처럼.

"본사, 계열사, 자회사, 해외 법인과 공장, 국내 공장과 하청, 협력과 외주, 유통, 본점과 지점까지, 모두가 그 사람만 보고 있는데. 그 사람 곁에 힘을 실어 줄 사람 한 명쯤은 있어야 하지 않겠어요?"

"……하."

한참이나 침묵을 지키던 찬양은 짧은 숨을 토하며 날 선 표정을 지었다. 듣고 있기가 거북스러웠다.

"그냥 듣고 있으려고 했는데 듣다 보니 말씀이 좀 지나치신데요, 변호사님. 제가 변호사님께 이런 이야기를 들어야 할 이유는 없지 않습니까?"

"아뇨. 들어야죠. 정찬양 씨가 누구보다 알아야 하는 이야기니까요."

"어떤 문제가 있건 간에 저와 상무님의 몫입니다. 변호사님께서 미리 언질하실 부분은 아닙니다."

"언질할 부분이 아니라뇨. 정찬양 씨, 난 상무님과 혼담이 오가던 사람입니다. 집안과 집안의 문제에 끼어든 건 내가 아니라 정찬양 씨라고요."

이선이 인상을 구기며 억울함을 토로하자 찬양은 멀뚱멀뚱 이선을 바라보다가 걸음을 옮겼다. 아침에 고자질도 했겠다, 못 볼 꼴도 보여 줬겠다, 내심 미안함이 남아 좋게 좋게 자리를 끝내 보려고 했는데.

"변호사님. 저 때문에 혼담이 파기된 거, 아니잖아요. 그렇죠?"

"뭐, 뭐라고요……?"

"저도 부족함 알고, 모자람 잘 알죠. 사람이니까. 그래서 이 연애를 해도 되는 건가, 긴가민가, 갈팡질팡, 꽤 많이 하고 있다고요. 변호사님이 참견하지 않으셔도."

"이봐요, 정찬양 씨."

"고맙습니다. 김이선 변호사님."

찬양은 놀라 굳은 이선의 표정을 바라보다 씩, 웃었다.

"고맙습니다. 변호사님 이야기를 듣고 나니 더욱더 악착같이 상무님 곁에 머물러야겠다는 확신이 드네요."

포기하지 않아. 누가 뭐래도 나는 그 사람 곁에 머물 것이다.

"모두가 그 사람을 감정 없는 기계로 보고 있는데, 적어도 그 사람을 마음으로 안아 줄 수 있는 사람 한 명쯤은 있어야 하지 않겠어요? 그래서 제가 한번 해 보려고요."

"……."

"해 볼게요. 상무님에게 그런, 사람."

"이봐, 남 전무."

"……."

"남 전무?"

"……."

약속 장소에 먼저 도착한 지안이 곁에 앉은 현주를 불러 보지만 넋을 놓은 채 말이 없다. 똑똑. 지안은 테이블에 작게 노크했다. 그래도 반응이 없다.

"어이, 못생긴 남현주."

"야, 죽을래?"

엇. 못생겼다고 하니 빛의 속도로 반응한다.

"윤 실장은 출국했나?"

"……했겠지."

했겠지? 지안은 퉁명스러운 현주의 대답에 미간을 좁혔다. 윤 실장의 일이라면 그 집안 숟가락 개수까지 꿰고 앉아 있을 남 전무가 아니던가?

"장기 출장인데 잘 좀 챙겨 보내지 그랬어."

"어련히 알아서 잘 챙겨 갔겠지. 잘나신 분이니까."

어럽쇼? 어쩐지 현주의 말에 뼈가 있다. 지안은 이 사람이 또 왜 이러나 싶은 표정을 지으며 턱을 문질렀다. 뭐, 잘 갔건 못 갔건 윤 실장의 출국이 문제겠는가, 남은 이 독불장군을 누가 감당하느냐가 문제지.

"모든 생태계엔 먹이 사슬이 존재해야 하듯 남 전무 곁엔 윤 실장이 존재해야 하는데. 그래야 제정신 아닌 남 전무의 정신머리를 관리해 주는……."

"진짜 죽을래? 손님 오시기 전에 초상 먼저 치를까?"

헙. 지안은 다시 입을 다물었다. 현주의 저기압 상태가 뼛속까지 느껴지니 분위기 좀 부드럽게 만들어 보려다가, 외려 관을 짜게 생겼다.

……휴. 현주는 깊은 한숨을 내쉬다가 힐끗 동생을 바라보았다.

"어라?"

그러다가 무엇을 발견했는지 두 눈을 동그랗게 떴다.

"뭐야. 그 시계 고쳤어?"

사고 당시 차고 있던 지안의 시계는 너무 오래전 제품이라 부품이 없다고 들었던 것 같은데.

"아, 이거."

턱을 괴고 있던 지안은 자신의 손목을 내려다보았다. 꼼짝없이 멎은 시곗바늘은 움직일 줄을 모른다.

"못 고친대. 별수를 다 써도 움직이질 않는다고."

"그래? 그런데 왜 차고 왔어?"

"뭐……."

지안은 다음 말을 내뱉지 못하고 웅얼거리며 말꼬리를 흐렸다.

아시다시피…… 타이가 이 모양이라…… 시계라도 세상 제일 클래식해야 할 것 같은 마음에…….

"부정 타. 그 시계 차지 마. 사고 났던 시계를 왜 또 차고 다녀."

"무슨 소리. 다 죽을 뻔한 상황에 이 시계가 나를 살린 거지. 그리고 난 중요한 날 꼭 이 시계가 필요해."

"야, 남지안. 니가 대체 언제부터 이렇게 긍정적인 사람이 되었냐……?"

현주가 혀를 끌끌 차며 오만상을 찌푸리자 지안은 시계를 내려다보던 시선을 거두며 정면을 응시했다.

"오셨네. 일어나, 남 전무."

때마침 저 멀리서 이선의 부모님이 등장했다. 현주와 지안은 자리에서 일어섰고 두 사람은 동시에 긴장한 숨을 불어 내쉬었다.

“오셨어요. 두 분 오랜만에 뵙네요.”

“남 전무, 오랜만이야. 우리가 좀 늦었지. 남 상무, 오랜만이네.”

누이는 공양미 삼백 석을 꿈꿨고, 동생은 전쟁의 서막을 꿈꿨다.

“오랜만입니다. 어서 앉으시죠.”

“그래그래, 앉지들.”

풍채가 좋고 인상이 강한 김 대표는 호방한 손짓을 하며 자리에 앉았다. 일선에서 물러나 로펌의 대표가 된 그는 이제 법조인이라기보다 경영인의 향이 훨씬 강한, 그런 사내였다.

앉자마자 서로의 덕담이 오고 간다. 현주는 적당한 미소로 분위기를 이끌었고, 지안은 군더더기 없는 답변으로 고삐를 조였다.

“일단 식사를 시킬까요? 대표님이 오늘 식사를 거르셔서.”

“그러셨어요? 그럼 진작 말씀 주시지.”

이선의 모친께서 식사를 청하니 현주는 눈빛으로 빠르게 대기 중인 직원을 불렀다. 직원이 다가오자 현주는 메뉴판을 받으며 시계를 들여다보았다.

“대표님, 김 변호사는 늦는 모양이네요? 많이 늦을까요?”

“그 댁 회사에서 일하고 있는 애를 우리가 어찌 아나?”

“아…… 그렇죠. 그럼 제가 전화해 볼…….”

김 대표의 타박 아닌 타박에 현주는 급히 휴대폰을 들었다. 그러자 지안은 현주의 휴대폰을 잡으며 고개를 가로저었다. 아마, 등장하지 않으리라.

“김 변호사는 오늘 안 올 겁니다.”

“뭐? 이선이 안 온다고? 왜?”

놀란 현주가 토끼 눈을 뜨며 지안을 바라보자 김 대표 안사람은 웃으며 입술을 열었다. 이미 알고 있었던 모양이다.

“이선이 오늘 못 온다고 우리에게도 연락 왔어요. 아까는 우리 집 양반이 농담한 거니까 신경 쓰지 말아요. 이 양반이 통 사람 웃길 줄을 몰라. 연락 왔으니까 우리 식사해요.”

"아…… 네. 네네."

현주는 지안에게서 시선을 거뒀다. 시작부터 뭔가 불안한 마음이 감돌았지만 집중해야 했다.

준비된 식사가 차례차례 나오고 본격적인 일 이야기가 시작되었다. 각자의 이해관계가 엇물린 만큼, 예민하고 치열한 시간이었다.

"앞으로 우리 백경과 함께 가시죠, 대표님. 우리는 좋은 파트너가 될 겁니다."

현주는 확신에 찬 눈빛으로 김 대표를 바라보았다. 서로의 이익과 손해, 집중 투자금과 그에 따른 조건이 화두에 올랐다. 조금이라도 더 많은 이득을 취하고자 단어 하나, 손짓 하나에도 신중함을 보이며 준비한 서류들을 주고받았다.

"이강로펌은 백경그룹의 파트너가 되는 순간 더 많은 것을 이룰 겁니다. 약속합니다."

"다 좋은데 말이지. 흠."

흠. 김 대표의 짧은 숨에 현주와 지안은 많은 것을 읽었다. 천문학적인 숫자가 오고 가는 위기감과 긴장감이 일순 끊기는 기분이 들어, 현주는 테이블 아래로 작은 주먹을 말아 쥐었다.

"남 전무도 남 상무도 잘 알겠지만, 백경그룹과 우리 이강로펌이 함께하는 것이 현재 백경그룹의 최선이라는 것을 잘 알고 있네."

지안은 미지근한 물을 한 모금 삼키며 입을 열었다.

"물론 우리 백경그룹에도, 이강로펌에게도 최선입니다."

"우리는 아닐세. 왜 아니냐면 여러 리스크가 따라오거든."

"감안하셔야 할 문제라고 생각합니다. 여러 리스크가 따라가는 반면, 그것들을 덮을 만한 이점도 따라가니까요."

"남 상무. 우리가 백경과 손을 잡으면 내부 인원의 30% 이상을 배치해야 하는 상황이 될 텐데, 우리도 몸집이 불어서 현재는 클라이언트들이 너무 많단 말이지."

지안의 표정이 급격하게 날카로워지자 현주는 테이블 아래로 지안의 발을 꾹 밟으며 미소를 그렸다.

"알죠. 알고 있습니다. 어려운 결정을 해 주시는 것을 내내 잊지 않겠습니다. 대표님."

"남 전무, 나는 아직 결정을 했다고는 하지 않았네만."

김 대표는 시원한 물을 반쯤 들이켜고는 잔을 내렸다. 연신 껄끄러운 표정을 보아하니, 올 것이 오나 싶다.

"자네, 남 상무. 우리 이선이는 어쩔 셈인가?"

"대표님, 그 이야기는 저와 매듭을 지……."

"남 전무와 백날 이야기해 봐야 무슨 소용이야. 뭐 하나 시원한 답이 없는데."

현주가 끼어들어 보지만 이미 시선과 대화의 흐름은 김 대표와 지안의 것이 되었다. 테이블 아래로 동생의 발을 더욱 세게 밟으며 현주는 눈치만 연신 살폈다.

지안은 골똘히 생각에 잠긴 듯한 시선으로 말을 아꼈다.

"남 회장님께서 살아 계실 적부터 흘러나온 혼담이네. 상 치르고 승계하고 정신없었던 것, 잘 알고. 이선이도 배울 만큼 배워야 했기에 우리도 재촉하지 않았던 건데."

김 대표는 본심을 내비쳤다. 아마도 서운하고, 때로는 억울했으리라.

"바깥일로 큰일을 도모하기 전에, 안의 일부터 잘 마무리를 지어야 하지 않겠나? 내가 자네 얼굴을 편히 보려면 지금이라도 뭔가 대책을 세워 줘야 하지 않겠느냐, 이 말일세."

"저도 그렇게 생각해요, 남 상무님. 우리 이선이 나이도 생각해야 하고……."

대꾸가 없자 이선의 모친도 거들기 시작했다.

"솔직히 말해서, 우리 이선이가 백경그룹 법무팀 일개 사원으로 들어간대서 내가 아주 가슴을 쳤던 사람이에요. 지 아버지 회사에서 편히 일하다가, 그렇게 고생을 하는데…….”

“잘 알죠. 잘 알고 있습니다, 여사님. 일단 이 이야기는 다시 자리를 마련해서 진지하게 나눠 보시는 것이…….”

“남 전무, 내가 얘기할게.”

현주는 말꼬리를 흐리며 지안을 바라보았다. 긴장한 기색이 역력한 누나의 눈빛을 보고 있자니, 지금부터 하려는 말들에 대한 미안함이 솟구친다.

“오늘 괜한 시간을 투자한 것 같습니다. 제가 생각한 이상향과 대표님께서 생각하신 이상향이 서로 상충하는 것 같군요.”

하지만, 이렇게는 살지 않겠다.

“지금 백경이 위기라는 건 맞습니다. 하지만 우리가 언제부터 위기가 아니었습니까? 우린 늘 위기 속에서 경영을 하고 있습니다. 하지만 백경이 걸어온 역사 동안 지금이 가장 큰 위기는 아니지 않겠습니까?”

지안은 물 잔을 들어 단숨에 비워 냈다. 이 와중에 목에 둘린 판다들은 해맑은 미소를 짓고 있다.

“저는 파트너를 원했을 뿐, 가족을 원한 건 아닙니다. 가족이 어떻게 되겠습니까, 대표님과 제가. 안 그렇습니까?”

“남 상무. 자네 대체…….”

“김 변호사는 합당한, 아니, 사실 경력보다 더 가치 있는 조건으로 스카우트됐습니다. 그것도 불합리하다면 회사를 나가는 게 맞습니다. 아쉽지만 붙잡지는 않겠습니다. 우리의 인재들이 대표님의 로펌으로 흘러 들어갈 때도, 우리는 잡지 않았습니다.”

김 대표의 표정은 흙빛으로 변했고 현주는 입술만 꾹 깨문 채 멍하니 동생의 이야기를 듣고만 있다. 말린다고 들을 녀석도, 멈추란다고 멈출 녀석도 아닌 것쯤은 알고 있다.

“계약을 하려면 결혼부터 해라? 이런 상투적이고 고전적인 방식으로 혁신을 끌어갈 수 있겠습니까? 저는 다른 방식을 찾아보도록 하겠습니다. 제 인생 내걸기엔 아직 거기까지 무너지진 않았으니까요.”

“남 상무. 자네, 말 다 했나?”

“아뇨. 아직 남았습니다. 저는 김 변호사와의 결혼을 단 한 번도 생각해 본 적 없고, 앞으로도 없을 겁니다. 그 점은 누구보다도 김 변호사가 잘 알고 있을 테니, 부디 좋은 혼처 구하시길 바라겠습니다.”

김 대표는 부들부들 떨리는 팔로 간신히 물 잔을 잡으며 지안을 노려보았다.

“그래서, 우리 딸을 이제 와서 버리겠다? 지금껏 자네 하나만 보고 살아온 우리 이선이를?”

“버리겠다니요. 가져 본 적이 없는데 어떻게 버린다는 말씀이십니까?”

“우리와 계약 안 할 생각인 모양이야. 남 전무.”

“대표님도 그럴 마음이 없어 보이는데요. 계약을 빌미로 혼사를 강요하신 건 대표님이십니다.”

지안은 일어서 단추를 잠그며 시선을 김 대표에게 내렸다. 김 대표의 표정은 일그러지다 못해 처참했다.

“자네, 뒷일은 감당이 되겠어? 지금 시장에 백경을 거둘 만한 능력이 되는 로펌이, 하나라도 남아 있다고 보는가?”

“없다면 만들어야죠. 대표님도 하신 일을, 제가 못 하겠습니까?”

“허……!”

“남 전무. 어쩔 거야. 나 먼저 가, 아니면 일어날 거야.”

현주는 체념한 듯 눈을 감았다가 떴다. 불쾌한 얼굴로 마주하고 있는 이선의 모친을 바로 보기가 힘이 들었다. 모친은 남편을 따라 고까운 눈빛을 쏘았다.

“두 사람, 아주 무례하군요. 감히 우리 대표님을 어떻게 보고 면전에서…….”

“보셨죠. 저 이런 사람입니다. 그 댁 귀한 따님 주시기엔 제가 너무 형편없지 않습니까?”

"그만해, 남지안."

"먼저 가겠습니다. 한동안 바쁠 것 같아서요. 건강하시길 바랍니다. 그럼 이만."

"자네 지금…… 자충수를 두었다는 건 아나?"

지안은 걸음을 옮기다가 멈췄다. 김 대표는 이죽거리는 얼굴로 물을 마셨다.

"내 도움 없이 백경이 얼마나 버틸 수 있을 것 같아? 생각 잘해. 이건 분명 자충수니까."

그때였다. 지안의 슈트 포켓에서 진동이 오고, 지안은 휴대폰을 꺼내 들었다. 신 실장이다.

"여보세요."

— 상무님, 김공철 운전기사 찾았습니다. 지금 양평에 있습니다.

"알겠어. 바로 갈게. 끊어."

지안은 휴대폰을 다시 재킷 안으로 넣으며 돌아보았다. 여전히 분노에 찬 김 대표의 시선을 마주하다가 미소 지었다.

"자충수인지 묘수인지 아직은 모릅니다. 끝까지 가 보시죠."

"……."

"백경은 그리 쉽게 무너지지 않습니다. 김 대표님."

지안의 말이 끝남과 동시에 현주는 가방을 챙겨 일어섰다. 계약은 두고 볼 것 없이 결렬되었다. 하지만 지안의 뒤를 따라가려던 현주는 잠시 멈춰 서 김 대표를 응시했다.

"대표님. 그러게 왜 이렇게 남 상무를 밀어붙이셨어요. 남 상무 성격 아시잖아요. 압박하면 할수록 도망간다니까요."

"허, 아니, 나는 그저 일을 확실하게 매듭지어 보려고……."

계약 결렬까지는 생각해 본 적 없는지 김 대표의 음성이 내려간다. 그에 반해 돌아가는 상황 파악이 덜 된 이선의 모친은 격한 흥분을 가라앉히지 못했다.

"이봐요, 남 전무님! 젊은 사람들이 어쩜 이렇게 예의가 없답니까? 우리 대표님께서 좋게 좋게 말씀하시는데, 먼저 자리를 떠나? 어디서 배워 먹은 버르장머리예요?"

"자네는 끼어들지 말고 가만히 있어."

"내가 왜 끼어들지 말아요. 우리 딸 미래가 걸린 일인데. 남 전무님, 이제 어쩌실 건가요? 설마, 이대로 두고 보고만 계실 건 아니죠?"

"하……."

현주는 잠시 뜸을 들였다. 분명 지금의 백경은 이강로펌을 원한다.

"잘한다, 잘한다 했더니 아주 형편없잖아. 대체 우리 집안을 뭐로 보고……."

"여사님. 제가 일전에도 말씀드리지 않았습니까? 이렇게 일을 추진해 봐야 남 상무, 절대 안 넘어온다고."

"젊은 사람이 말이야, 패기도 정도껏 있어야죠! 세상 물정을 몰라도 분수가 있……!"

"여사님. 말씀 삼가세요. 누가 세상 물정을 모른다는 말씀이십니까?"

내내 정중한 표정을 짓고 있던 현주의 눈빛이 서늘하게 변한다. 김 대표는 아내의 손등을 툭, 치며 제발 좀 조용히 하라고 눈썹을 일그러트렸다.

"비즈니스를 원한 자립니다. 분위기를 봐서 남은 이야기가 있다면 그때 나눴어도 될 이야기죠. 결혼을 하지 않으면 계약을 하지 않겠다는데, 그것부터가 무례하신 일 아닙니까?"

"글쎄 남 전무, 내가 강하게 나간 건 일부러……."

"대표님도 그렇게 말씀하시면 안 되죠. 일과 결혼을 묶어서 진행하시려는 게, 상식적으로 말이 되는 일입니까?"

끄응. 김 대표는 입을 다물며 다른 곳을 주시했다. 현주는 일이 어그러졌음을 확신하는 얼굴로, 고개를 가로저었다.

"차후 계약 결렬의 개요를 따지자면 명백히 이강로펌의 실언임을 상기하셔야 할 겁니다. 이만 가 보겠습니다."

"나, 남 전무. 이렇게 가면 어쩌나? 그래. 내가 실수했네. 내가 실수했으니 일단 하던 이야기는 마무리를 지어 보자고."

"남 상무 없이 혼자 추진하지는 않습니다. 차후가 있거든 개정된 계약 문건으로 다시 뵙죠."

현주는 묵례를 하며 자리를 떴다.

차로 돌아가니 이미 지안의 차량은 보이질 않는다.

"남 상무 어디 갔어요?"

"아…… 먼저 가셨습니다."

"회사로 가 줘요."

"네. 전무님."

에효. 계약을 망쳐 버렸으니 이제 어쩌나. 망할 동생 놈 때문에 되는 일이 없다. 현주는 순탄하게 흘러가지 않는 계약 건에 연신 한숨을 내쉬었다. 비행기에 몸을 실은 윤 실장을 떠올릴 새가 없는, 정신없는 하루였다.

메마른 서울 하늘에 눈이 쏟아지기 시작했다. 희고 도톰한 눈꽃 송이는 높은 빌딩 사이사이를 가르며 풍성하게 내려앉았다.

"와, 눈이다."

로비를 벗어난 찬양은 둥근 미소를 지으며 하늘을 올려 보았다. 이내 손을 뻗으며 내려앉는 눈송이로 시선을 내렸다. 손바닥에 닿기가 무섭게 녹아 없어지는 눈꽃은 약간의 물기를 남기며 바쁘게 사라졌다.

주변을 감상하는 일, 오랜만이다. 변하는 풍경을 들여다볼 새도 없이 시간은 정신없이 흘러왔으니까. 그대가 곁에 있으므로 낮과 밤이 분명하지 않게 되었고, 계절과 계절 사이가 희미해졌다.

"예쁘다, 눈."

찬양은 감상에 젖은 눈으로 한동안 멈춰 서 눈이 내리는 서울의 풍경을 바라보았다. 중요한 계약 건을 상무님은 잘 처리하고 계실까. 잘 처리된다는 것은, 결혼이 전제가 되려나. 생각해 보면 그는 자신에게 연애를 제시했지 결혼을 제시했던 건 아니다. 그는 다만 오늘, 다만 뜨겁게, 연애를 하자고 했을 뿐이다.

"으으으으 춥다. 커피나 한잔하고 들어갈까?"

생각을 접으려는 듯 찬양은 고개를 세차게 저었다. 정신없었던 일들을 접어 두고 따뜻한 커피나 한잔하며 눈 내리는 서울의 풍경을 창밖으로 실컷 바라봐야겠다고 결심한 듯 찬양은 걸음을 옮겼다.

— 회사에 없네. 어디야.

길을 걷는데 지안에게 전화가 왔다. 찬양은 인파 속을 걸으며 활짝 웃었다.

"저 지금 나왔어요. 돌아가기 전에 커피 한잔하려고 카페 찾는 중이에요."

— 혼자?

"응. 혼자. 혼커도 꽤 매력 있거든요."

혼커가 뭐야. 지안이 중얼거리자 혼자 마시는 커피의 줄임말이죠. 찬양이 설명했다. 요즘 문화에 동떨어진 분이시니 세세한 설명을 곁들여야 한다.

— 나 일이 생겨서, 오늘 집에 못 들어갈 것 같은데.

"네? 오늘요?"

걸음을 옮기던 찬양은 우뚝 멈춰 섰다. 예상한 결론 중에 그의 외박은 없었는지라.

— 급히 가 볼 곳이 있어. 오래 걸릴 거야. 기다리지 말고 들어가서 먼저 자.

"아…… 네, 뭐."

찬양은 급격하게 기분이 다운되는 목소리로 답했다. 묻고 싶은 말이 턱 끝까지 밀려 올라오는데, 일은 잘 봤느냐는 그 한마디가 쉽게 떨어지질 않는다.

— 오늘 누구 때문에 이상한 넥타이 매고.

집요하게 비칠까 봐. 혹은 수화기 너머로 듣기에 무서운 말이 들려올까 봐.

— 일 잘 보고 왔으니까 걱정하지 마.

……그런 마음을 꿰뚫어 보기라도 한 듯 그가 먼저 말을 걸어 준다. 찬양은 속내를 들킨 것 같은 뜨끔함에 호탕한 웃음을 터트렸다. 막혀 있던 속이 뻥 뚫리는 기분이다.

"믿어도 돼요?"

— 물론. 일하는 동안에도 계속 정찬양 씨 생각나서 죽을 뻔했지.

"치. 나 그럼 회사로 잠깐 돌아갈까요? 얼굴이나 보게."

— 그게, 지금 나가야 해. 눈이 와서 차도 더 막힐 거야.

상무님, 차량 준비되었습니다. 내선이 오는 소리가 들리고, 이제 곧 나가겠다며 응답하는 그의 목소리가 들린다.

— 이봐, 정찬양 씨.

"네네. 알아요. 가 보셔야 하죠?"

— 그래. 다녀와서 봐.

다녀와서 봐. 그런 말들이 마음을 이롭게 했다.

"네. 다녀오세요. 길 미끄러우니까 조심하시고요."

걱정 말아요. 난 기다리는 일에 무척 익숙하니까. 더한 기다림도, 오랜 기다림도 척척 해낼 수 있으니까.

— 그래. 끊을게.

"네. 상무님."

— 어어, 잠깐만.

끊으려는데 그가 다급하게 말을 잇는다. 찬양은 종료 버튼을 누르려다가 급히 휴대폰을 귀에 가져다 댔다.

"네?"

— 어, 그러니까.

그의 목소리가 잘 들리지 않아 찬양은 우뚝 멈췄다.

— 혼자 커피 마시다가 낯선 남자한테 번호 주지 말고 일찍일찍 귀가합시다.

"아, 뭐예요."

찬양은 맥이 풀린다는 듯 너털웃음을 흘렸다.

— 정찬양 씨 인생 공공재 아닌 거 알지. 남지안 독점이라고.

"허튼소리 말고 끊어요. 커피 한잔 마시고 가겠다는데 잔소리는."

— 허튼소리? 허튼소리?! ……그래, 내가 생각해 봐도 허튼소리 맞다.

찬양은 고개를 들었다. 끝이 보이질 않는 눈꽃 송이, 그 속에 덩그러니 남은 나.

"저기요, 상무님."

— 왜. 나 이제 정말 나가 봐야 해.

어깨를, 나의 눈썹을, 발끝을 적시는 당신의 마음이 그려지는, 이곳.

"사랑해요, 상무님."

그날의 나는 주워 담을 수 없는 고백을 했고, 뱉은 말로 마음에 진동이 이는 놀라운 경험을 했다.

"언제부터 사랑했느냐고 묻지 마세요. 시간이 꽤 길거든요."

— ……하.

또한 나의 고백은 그의 세상을 잠시 멈추게 했으며, 심장이 발끝에 있는 것만 같은 감정도 있음을 알게 했다.

"그냥요. 문득 이 말이 하고 싶었어요. 어서 가 보세요."

이제, 당신은 흩날리는 눈을 볼 때마다 나를 떠올리게 될 것이다. 내 목소리의 온도, 그 온기에 실린 설렘, 온통 진실된 것들로 둘러싸인 마음까지. 당신은 무엇 하나 잊지 못한 채 오늘을 떠올리게 될 것이다.

— 나도.

……찬양은 아스라이 눈을 감으며 미소 지었다.

— 사랑해.

아아. 물론 나의 세상이 모두 멈춘 지금, 낯선 단어를 내뱉고 있음이 분명한, 떨림이 묻어나는 당신의 고백으로 인해 눈이 내리는 거리를 마주할 때마다 나 역시 당신을 떠올리게 될 것이다.

— 얼마나 사랑하느냐고 묻지 맙시다. 규모가 꽤 방대하니까.

시린 것이 외려 따뜻함을 안겨 주는 그날, 그 밤. 나는 그런 길 위에서 있었다.

따뜻해진 마음을 가득 안고 찬양은 평소 눈여겨 보던 카페 앞에 도착했다. 워낙 경치가 좋기로 유명해 좋은 자리가 있을까 싶어 괜스레 발걸음이 빨라진다.

뭐 마시지? 여기 생초콜릿 녹여서 만들어 주는 차가 유명하다는데 그거 마셔 볼까? 따뜻하게 자몽티? 그냥 기본 커피? 으아아. 디저트를 애피타이저처럼 먹어 볼까?!

행복한 고민에 빠진 찬양이 속도를 내며 앞으로 전진하던 때 누군가 그녀의 어깨를 붙잡았다. 돌발 상황이었고, 꽤나 힘껏 붙잡혔지만 찰나에 수많은 예감을 한 찬양의 표정이 일순 밝아졌다. 아마도 마지막 고백을 잊지 못한 그가 헐레벌떡 달려왔을 것이다. 바쁘다는 일도 내버려 둔 채, 잠깐의 시간을 투자했을 것이다.

찬양은 천천히 돌아보았다. 여긴 또 어떻게 알고 왔느냐는, 내가 이 길로 가고 있는 건 또 어떻게 알고 왔느냐는, 아주 새침하고 사랑스러운 표정을 지으며.

"헐."

헐, 뭐여. 돌아본 찬양은 곧바로 정색하는 표정을 지었다. 오라는 내 님은 아니 오고.

"어디 가냐? 그것도 혼자."

강준을 만났다.

"차가 꽤 막힐 겁니다. 상무님 눈을 좀 붙이면서 가시는 게."

지안이 찬양과의 연애를 가장 처음 알린 수행 기사 한 비서는 예상 소요 시간을 확인하고 룸미러로 지안을 바라보았다. 목적지를 외부에 쉬이 알리지 않기 위해 혼자 이동을 할까 싶다가, 봐야 할 서류와 정리를 해야 할 것들이 많아 부러 한 비서를 대동했다.

서류만 바라보던 지안은 고개를 들어 한 비서를 향해 머쓱한 웃음을 내보였다. 어쩐지 중요한 열쇠를 쥐고 있는 것만 같은 사람을 찾으니 마음이 조급해진다. 물어야 할 것과, 들어야 할 것을 생각하며 지안은 일렁이는 상념을 지워 냈다.

— 사랑해요, 상무님.

목소리가 들리는 것만 같다.

— 언제부터 사랑했느냐고 묻지 마세요. 시간이 꽤 길거든요.

불현듯 가슴이 뛴다. 지안은 가만히 제 심장 부근에 손을 올려 보았다.

"후……."

삶의 대부분은 사실과 허위에 초점이 맞춰졌다. 증명을 할 수 있는 것과 할 수 없는 것. 예측할 수 있는 것과 할 수 없는 것. 증빙 없는 말들은 허위가 되었고, 사실이라면 뒷받침할 근거가 명확해야 했다. 중요한 것들은 그런 것뿐이었다.

그런 그에게, 진심이 날아든다.

"좋은 일이 있나 봅니다. 상무님."

증빙을 할 수도 없고 명확한 근거도 없지만, 그 어떤 말보다 선명하게 다가오는 말.

— 사랑해요, 상무님.

숨겨지지 않는 미소가 자꾸만 흘렀다. 룸미러로 지안을 바라보던 한 비서가 어인 일로 사적인 말을 걸어온다. 지안은 들킨 김에 더욱 진한 미소를 지으며 입술을 열었다.

"간간이 섞입니다. 좋은 일이."

"듣던 중 기쁜 소식입니다. 좋은 일이 많으셔야지요."

눈 다발이 앞 유리에 꽂히자 한 비서는 와이퍼를 작동시켰다. 뽀드득거리는 소리와 함께 전방 시야가 시원해진다.

지안이 실없이 웃자 한 비서는 조용히 따라 웃었다. 수많은 나날 그의 앞좌석에서 그가 가는 길을 인도했지만 같은 숨을 쉬어도 결이 부드러운, 오늘 같은 날은 흔치 않았다.

"한 비서님."

"예. 상무님."

"그…… 말입니다."

예? 한 비서가 전방을 주시하며 묻자 지안은 무안한지 턱을 문지르며 입술을 꾹 깨물었다. 찬양에게 선물을 하고 싶은데, 자문을 구할까 하다가 멈칫한 것이다.

"시원하게 말씀하십시오."

"……그럽시다. 한 비서님, 여자 선물은 뭐가 좋습니까?"

"예……?"

한 비서는 서너 번 눈을 감았다가 뜨고는 허허, 웃음을 터트렸다. 이 불쌍한 영혼을 좀 보라. 주변에 얼마나 물어볼 곳이 없으면 칠순을 바라보는 노인네에게 자문을 구하고 있단 말인가.

"다 늙은 제가 요즘 젊은 분들의 취향을 어떻게 알겠습니까. 이거, 질문이 너무 어려운데요."

"나이의 문제는 아닌 것 같습니다. 한 비서님 취향이 저보다 캐주얼

할 수도 있습니다."

"뭐, 그럴 수도 있겠습니다만."

흠. 안 해도 될 고민에 빠진 한 비서는 운전을 하며 간간이 생각에 잠겼다. 그러다가 지안은 또다시 무언가 떠올랐는지, 입술을 열었다.

"한 비서님."

"예. 아직 생각을 못 했습니다만."

"아뇨, 그게 아니라."

"……."

"한 비서님은 혹시 미신을 믿습니까?"

이런 이런. 차라리 선물을 말해 줄걸. 더 어려운 질문이 떨어진다. 한 비서는 안전 운전을 이어 가며 입술을 열었다.

"믿지도, 믿지 않지도 않습니다."

"그렇군요. 실제로 초자연적인 일을 겪거나 믿는 사람을 본 적 있습니까?"

"있긴 합니다."

그래요? 지안이 의외라는 듯 묻자 한 비서는 고개를 끄덕였다. 듣자 하니 어릴 때, 옆집에 살던 친구의 어머니가 신내림을 받으셨단다. 어느 날 미친 듯이 자신의 집으로 뛰어온 친구의 어머니가 몸이 춥다, 춥다 하며 몸을 떨고는 혼절했는데.

"그날 형님이 물에 빠져 돌아가셨어요. 불어난 하천에 발이 빠져서. 허허, 그러니 믿을 수도, 믿지 않을 수도 없지 않겠습니까."

지안은 더 복잡해진 표정을 지으며 차창 밖을 바라보았다. 세상은 합리적으로 설명할 수 없는 일들이 존재했고, 그런 것들을 모르는 건 아니었지만 굳이 들여다볼 의지는 없었다.

"제가 의식을 잃었을 때의 기억을 가진 사람이 있다면, 믿어야 할까요?"

그런데, 자꾸만 믿고 싶게 만든다. 그 여자가.

"흠. 글쎄요. 그거야말로 정말 어려운 질문인데요."

한 비서는 신호에 걸려 차를 멈추며 룸미러로 지안을 바라보았다.

“믿고 안 믿고는 결국 의지일 뿐입니다. 의지가 사람의 정서를 지배하니까요. 상무님께서 지금 고민하시는 이유도, 믿고 싶어서가 아닙니까?”

그래. 그랬을 것이다. 믿고 싶지 않았다면 애당초 고민할 필요도 없었을 테니까.

“믿고 싶은 건지, 믿어야만 하는 건지, 그것부터 잘 생각해 보셔야겠습니다.”

나는 오늘 문득, 너의 말이 사실이면 차라리 좋겠다는 생각을 했다. 억지로라도 너의 말을 믿고 싶은 마음이 생겨나기 시작했다.

“조언 감사합니다. 한 비서님.”

내가 너를, 사랑하니까.

“뭐예요? 대표님이 왜 여기 계세요?”

찬양은 자신의 어깨를 붙잡은 사람을 확인하곤 눈을 치켜떴다. 지나가는 사람들이 힐끔 바라본다. 설마하니 백경그룹 대표라는 생각은 못 하고, 그저 대표와 닮은 사람이거니 싶은 모양이다.

“너야말로 어디 가냐?”

“허, 남이사.”

“뭐? 뭔 이사?”

이놈 저놈 말 못 알아듣는 것에 일가견이 있다. 찬양은 우악스럽게 자신의 어깨를 붙잡고 있는 강준의 팔을 홱 뿌리쳤다. 개기는 일엔 만렙이 되어, 이젠 쫄지 않고 덤벼드는 수준이 되었다.

“대표님, 이렇게 길거리에서 막 어깨 붙잡고 하지 마세요. 우리가 반갑게 알은척할 사이는 아니잖아요?”

“내가 지금 반갑게 알은척하자고 너 붙잡았냐?”

“그럼 왜 붙잡았는데요?”

하…… 숨차 죽겠네……. 강준의 입가로 굵은 입김이 연신 새어 나온다. 반대편에서 차를 타고 가다가 찬양을 발견하곤 횡단보도까지 내려가 뛰어 달려왔다. 시야에서 사라질까 봐 눈 내리는 거리를 얼마나 달려왔는데. 이 녀석, 잘 만났다.

“아주 잘 피해 다니던데. 맨날 상무 뒤에 숨어서 당최 잡을 기회가 있었어야 말이지.”

이제야 만난 먹잇감을 그대로 놔줄 수야 있겠나.

“얘기 좀 해. 아주 잘 만났어. 내가 너 때문에 살이 얼마나 빠졌…….”

잠깐 숨을 돌리고 고개를 드니 눈앞이 휑하다. 이미 찬양은 저만치 멀어지고 있고, 강준은 헛웃음을 뱉었다.

“저게 지금, 사람이 말하는데.”

또다시 삐질삐질 따라갔다. 어깨를 붙잡고 돌리려는데 알아서 척, 멈추더니 척, 돌아선다.

“따라오지 마요. 나 분명히 말했어요. 소리 지를 거예요.”

“얘기 좀 하자고.”

희한하지. 애원하게 된다.

“여기서 하세요. 그럼.”

눈발은 점점 더 거세지고, 두 사람의 어깨 위로 눈이 쌓여 간다. 폭주한 눈발은 시야를 가릴 만큼 쏟아졌다.

“눈이 이렇게 내리는데 여기 서서 무슨 대화를 해. 따라…….”

……그때였다.

“비켜요! 앞에!”

인도로 달려오는 오토바이. 골목으로 진입할 요량인지 정처 없이 인도로 돌진한다. 배달 음식을 가득 싣고 눈밭을 무한 질주하는 오토바이.

“어어, 조심요!”

눈길에 미끄러질 듯 오토바이가 강준을 향해 달려온다. 찬양은 강준의 가슴을 옆으로 힘껏 밀었고, 두 사람의 몸은 갸우뚱 중심을 잃었다.

왜애애앵— 오토바이는 곡예를 하듯 골목으로 사라졌다. 강준과 찬양은 그대로 넘어졌다. 그는 뒤로 넘어졌고, 그녀는 앞으로 넘어졌다.

"으아—!"

당황한 강준은 찬양을 바라보았다. 크게 다친 건 아닌지 찬양이 오만상을 찌푸리며 고개를 든다. 서로의 몸을 챙길 사이는 아니다 보니 각자 넘어지고, 각자 살아나기 바쁘다.

"괜찮아요? 넘어트렸다고 또 뭐라 그러실 거예요? 어쩔 수 없었던 거 알죠?"

다쳤어요? 멀쩡한 것 같은데. 일어날 수 있어요? 같이 넘어져 놓고 괜찮으냐고, 찬양이 물어 온다. 강준은 말을 잃은 얼굴로 그녀를 바라보았다. 그런 강준을 한참이나 멀뚱멀뚱 바라보던 찬양은 그를 향해 손을 뻗었다.

"……!"

사람의 손이 자신의 몸을 향하는 일에 늘 항상 피해 의식이 있는 강준은 고개를 홱 돌리며 눈을 질끈 감았다. 본능이었다.

그 모습이 당황스러운 찬양은 눈을 동그랗게 떴다가, 조금 더 팔을 뻗어 그의 머리로 가져갔다.

"눈 좀 털어요. 눈사람인 줄 알겠네. 고드름 맺히겠어요."

아무렇지 않게 자신의 머리에 매달린 눈을 털어 낸다. 일순 느꼈던 공포와 당혹감으로 숨을 크게 내쉰 강준은 천천히 눈을 뜨며, 고개를 돌려 찬양을 바라보았다.

"일어나요. 언제까지 이러고 계실 거예요."

일순 시야는 무척이나 좁아져 그녀밖에 보이질 않았다.

양평. 한적한 길가를 한참이나 들어가다 보니 사람이 살고 있다고 보기엔 적막하고, 진즉 버려진 땅이라고 보기엔 누군가 정성을 들여 가꿔 놓은 흔적이 남아 있는 집 한 채가 나타났다.

백경자동차 사장이었던 유진권의 갑작스러운 추락사, 그 이후로 행방불명된 운전기사 김공철이 지안의 맞은편에 앉아 있다.

지안은 손가락 끝으로 테이블을 느리게 두드리며 주변을 살폈다. 난방이 되지 않아 썰렁한 공간, 휴대용 버너 옆에 뒹굴고 있는 라면 봉지, 인스턴트 밥, 텅 빈 생수 통.

"김공철 씨. 날 보자고 한 이유는 뭡니까?"

이물질이 잔뜩 묻은 패딩 조끼를 입고 까치 머리를 한 채, 김공철은 파래진 입술만 물어뜯었다. 곁눈질을 사방으로 하며 허공을 살피는 행동이 평범해 보이지는 않는다. 미리 도착해 있던 신 실장은 지안의 귓가에 속삭였다.

"줄곧 저런 상태입니다."

흠. 지안은 끼고 있던 가죽 장갑을 벗었다. 꽤 오랜 시간이 흐를 동안 침묵을 지키던 지안은 인내심의 한계가 다다랐다는 듯 다시 입술을 열었다.

"김공철 씨."

마치 홀로 앉아 있는 것처럼, 김공철은 불안한 눈동자만 움직였다.

"이봐요, 김공철 씨."

"다, 다, 알아요. 저는 다 알아요. 저를 죽이실 거잖아요."

……응? 지안은 김공철의 입에서 터무니없는 소리가 튀어나오자 눈썹을 추켜올렸다. 이건 무슨 감나무에서 배 떨어지는 소리인가. 지안은 가만히 김공철의 행동을 주시했다. 어딘가에 쫓기고 있는 것만 같은 불안한 시선, 초조한 손끝, 피가 고여 딱지가 내려앉은 입술.

"나, 날 죽일 거잖아요. 쥐도 새도 모르게 날 죽일 거잖아요."

"뭘 상상하는지 모르겠지만 보시다시피."

지안은 두 팔을 들어 보였다.

"흉기로 쓸 만한 물건이 없어서."

그러곤 신 실장을 가리켰다.

"그리고 얘는 누구 목숨 거둬 갈 힘도 없는 애라. 병풍이랄까."

"맞습니다. 저는 병풍입니다. 안심하세요. 김공철 씨."

김공철은 더욱 어깨를 움츠렸다. 잠적 생활을 이어 가는 내내 호의호식은 못 했는지, 앙상하게 솟아오른 광대가 인상을 더욱 처참하게 했다.

"날 죽이려고 했어요. 그래서 도망갔어요. 내가 전부 봤으니까. 나를 죽이려고……."

지안이 눈짓하자 신 실장은 조용히 슈트 포켓에 꽂혀 있는 만년필 뚜껑을 만졌다. 녹음이 시작된다.

"김공철 씨. 당신 말대로 내가 당신을 해칠지도 모르는데, 제 발로 날 찾아온 이유는 뭡니까?"

김공철의 눈빛에 일순 빛이 다녀간다. 무엇에서 깨어나듯 김공철은 천천히 고개를 들었다. 정신을 차리고 보니 눈앞에 앉아 있는 사람은 백경그룹의 남지안 상무.

"김공철 씨는 내게 도움을 청하려는 것, 아닙니까?"

그래. 남지안 상무다.

"나 역시 김공철 씨의 도움이 필요합니다. 그래서 당신을 찾아다녔고."

김공철은 덥석 지안의 손을 잡았다. 놀란 신 실장이 제지하려 했지만 지안은 얼어붙은 김공철의 손을 꽉, 힘주어 잡았다.

"말해 봐요. 누가 당신을 이렇게 만들었는지."

"어흑…… 상무님…… 제가 죽일 놈입니다……. 너무 무서워서 도무지 도망치지 않고는……."

지안은 그의 손을 다독였다. 한참 후, 제법 안정을 찾은 듯 김공철은 작은 기기를 테이블에 내려놓으며 입술을 열었다.

"사고 당시 차 안 블랙박스가 훼손되는 영상입니다. 돌아가신 유진권 사장님께서는 블랙박스 동영상이 실시간으로 PC에 전송되는 기술

개발을 하고 계셨는데…….”

차 안 블랙박스가 훼손, 분실되더라도 개인 PC에서 실시간 확인이 가능한. 출시를 앞두고 유진권 사장이 직접 사용을 해 보고 있던 차였다.

“파일을 보시면…… 누군가 차량 운전석에 들어와 브레이크와 블랙박스를 만지는 걸 보실 수 있습니다…….”

“아…….”

지안의 입술 사이로 탄식이 흘렀다. 김공철은 간간이 격한 감정이 올라오는지 울먹임을 섞었다.

“돌아가실 땐 저도 정신이 없었는데…… 생각해 보니 제 PC에 영상이 있지 뭡니까. 확인을 했는데…… 그쪽에서 어떻게 알고…….”

영상을 넘기는 조건으로 수억의 돈을 제안받았다고 한다. 처음엔 눈 딱 감고 넘길까 했다고.

“선금으로 절반을 받았는데…… 자꾸 꿈에 사장님이 나오셔서…….”

넘기지 않으면 죽을 수 있다는 확신이 들었다고 한다. 차마 넘기지는 못하고, 누구도 믿을 수가 없으니 일단 출국을 감행했다고 한다. 하지만 처자식을 남겨 두고 홀로 떠난 발길이, 편할 리는 없었다.

“제가 출국을 할 때엔 상무님께서 의식이 없으셨습니다. 그래서 도움을 청할 곳이 없어서…….”

“그랬겠죠. 이해합니다.”

“상무님 깨어나셨다는 뉴스 보고…… 그래도 상무님이라면 저도 살려 주시고…… 악마들의 짓거리도 막으실 수 있을 것 같아서…… 이렇게 죽을 각오로 한국에 왔습니다…….”

신 실장은 김공철의 마음이 변하기 전 파일을 빠르게 챙겼고, 이내 봉투에 넣어 지안에게 건넸다. 김공철은 의자 밑에 놓아둔 검은 비닐봉지를 테이블에 올렸다. 오만 원권 다발이 가득하다.

“이건 선금으로 받은 돈인데…… 제가 도망 다니면서 얼마 쓰고…… 그 나머지입니다.”

"넣어 두세요. 사건과는 관계없는 돈이고, 출처 없는 돈이니 돌려줄 곳도 없습니다. 김공철 씨의 몫입니다."

예에? 김공철이 두 눈을 휘둥그레 뜨자 지안은 봉투를 김공철 쪽으로 밀었다. 파일만 슈트 안쪽 주머니에 넣으며 지안은 끓어오르는 분노를 차게 식혔다.

"김공철 씨. 누굽니까? 차량 브레이크를 아주 교묘하게 훼손한 주범이."

"그게……."

"제 차량 사고와 같은 수법입니다. 쉽게 말해 제 차량 사고의 용의자와 같다는 거죠."

"예에? 그럼 사, 상무님의 차량 사고도……!"

지안은 고개를 끄덕였다. 허어, 김공철은 천인공노할 사안에 이를 꽉 물었다가, 천천히 풀었다.

"그놈, 이택수 실장입니다."

느린 속도로 지안은 눈을 감았다.

"임강준 대표님의 비서실장이요. 그놈이 범인입니다."

예상대로였다.

"추워서 어쩔 수 없이 안으로 들어왔지만 대표님하고 나, 용건만 간단히 하고 찢어지죠."

평소에 오고 싶어 벼르고 벼르던 카페에 도착했지만 찬양의 표정은 영 껄끄럽기만 하다. 상무님이 마주 앉아 있어도 좋을까 말까인데, 마주 앉은 사람이 하필이면 대표 새끼라니!

"손은 괜찮냐?"

강준은 한량처럼 카페에 앉아 있는 지금이 낯선지 주변을 살피다가, 찬양을 바라보았다. 아스팔트에 내리찍듯 손부터 넘어진 찬양은 그제야 제 두 손을 비볐다.

"아파요. 엄청. 뜨끈뜨끈해요."

"벌받는 거야. 남의 물건 훔쳐 가서."

허! 찬양은 어이가 없다는 듯 눈을 치켜떴다.

"지금 누가 할 소리를 누가 해요? 벌받는 거면 대표님이 받아야죠!"

"내가 왜?"

"그거야! 그거야……!"

나는 지금 어, 어디까지 말할 수 있는 거지……. 찬양은 어디까지 아는 척을 할 수 있는지 몰라 말꼬리를 흐리며 커피를 삼켰다. 이 와중에 커피는 무지하게 따뜻하고, 또 달달하다.

"이쯤 되면 용맹한 게 아니라 넌 그냥 무식한 거지?"

"시비 걸 사람 없어서 붙잡았어요? 심심해요? 왜 지금 내가 내 귀한 시간을 투자해서 대표님과 마주 앉아 있어야 하죠?"

"USB는 남 상무 잘 가져다줬어?"

후룩, 강준이 커피를 마신다. 성격처럼 다크하고 진한 커피다.

찬양은 어깨를 으쓱 올려 보였다. 속마음 생중계하는 성격에 자칫 말실수를 할까 싶어 행동이 커진다.

"대체 무슨 USB를 자꾸 찾는지 모르겠네요. 예전부터."

"남 상무 USB 니가 가져갔잖아."

"안 가져갔다니까요?"

"넌 참 거짓말엔 재주가 없어."

찬양은 뾰로통한 얼굴로 강준을 바라보았다. 여러 사람들이 섞여 있는 만큼 성격대로 언성을 높이기도, 멋대로 행동하기도 힘들었다. 주목을 받으면 안 되니까.

"물어나 봅시다, 대표님. 대체 내가 상무님 USB를 가져갔다는 확신은 어디서 나오는 거예요?"

"난 한 번도 남 상무 USB라고 말한 적 없는데, 니가 먼저 남 상무 USB라고 했잖아."

"……."

"이거 봐. 거짓말은 못한다니까."

지인을 만나 커피를 마시듯 강준의 얼굴은 평온해 보인다. 순식간에 긴장한 찬양은 마른침을 삼켰다.

"뭐, 아무래도 좋아. 남 상무가 이래저래 움직이는 걸 보니 이젠 늦은 것도 같고."

"무슨 말씀이 하고 싶으신 건데요."

"생각보다 할 수 있는 일이 많지 않네. 역시 허울뿐인 자리는 힘이 없어."

찬양은 이해하기 힘든 말들만 뱉고 있는 강준을 바라보다가 그의 시선을 따라갔다. 하염없이 내리는 눈을 멍하니 바라보고 있는 그의 옆모습은 오늘따라 어쩐지. ……어쩐지.

"혹시 미신 같은 거, 믿나?"

강준의 입술 사이로 의외의 질문이 튀어나온다. 찬양은 화들짝 놀란 표정을 지으며 입술을 멍하니 벌렸다. 대표가 무얼 알고 하는 말인가 싶어 더럭 더운 기운이 밀려 올라왔다.

"믿어? 눈에 보이지 않는 현상, 그런 것들을 실제 겪는 사람. 뭐, 그런 것들."

"……아뇨. 안 믿어요."

거짓말이 튀어나온다. 강준은 진지한 질문은 아니었는지 고개를 끄덕였다.

"그래."

'넌 이러다가 결국 모든 걸 잃을 거야.'

"나도 안 믿어."

'네가 그르친 일들이 결국 네 숨을 옭아맬 거야. 조심해, 조심해

현민아…….'

나도, 안 믿는다. 강준은 혼잣말처럼 중얼거렸다.

눈 오는 거리를 무념한 시선으로 바라본 적이 언제였나. 아주 어릴 때, 돌아오지 않는 어머니를 기다리던 골목길이 마지막이었는지도 모른다. 얼마나 오랫동안 꼼짝도 하지 않은 채 어머니를 기다렸을까. 머리에, 어깨에 몸집만큼의 눈이 쌓여 갔지만, 초점을 잃은 채 돌아오던 어머니는 어린 아들의 눈을 털어 주지 않았다.

"눈이라도 좀 털어 주지 그랬어."

"네? 뭘 털어요?"

"아니. 아무것도."

나는 그저, 당신이 나를 버리고 떠나지 않았음에 기뻤다. 동상에 걸린 발이 고통스러웠지만 당신이 돌아왔으니 그걸로 되었다. 하지만 뒤늦게 깨닫고 보니 악착같이 아들의 곁으로 돌아온 것이 아니라, 영혼을 잃은 육신만이 귀소 본능처럼 집을 향한 것뿐이었다. 당신에게, 나는 없었다.

"가야겠다."

가야겠다. 생각이 끊어지질 않으니, 도망쳐야 한다.

별 이야기도 섞지 않았는데 가 보겠다고 강준이 말하자, 찬양은 이것 또한 의외라는 듯 눈을 가늘게 떴다.

"이건 또 무슨 수작이에요. 할 말 있다고 불러 놓고는 미신 얘기나 하고 가겠다뇨."

"왜, 아쉬워?"

"뭐, 뭐라는 거예요!"

찬양은 상체를 뒤로 하며 질색하는 표정을 지었다. 강준은 웃지 않는 얼굴로 고개를 짧게 저었다.

"니가 하도 멍청하니 대화를 하고 싶은 마음도 사라지네. 대화가 되어야 말을 섞지."

강준은 생각을 접으며 찬양에게 공연한 핀잔을 주었다. 두어 모금 삼킨 것이 전부인 커피를 두고, 강준은 일어섰다. 그녀 뒤를 쫓아올 때까지만 해도 끓어올랐던 분노는 또다시 사라지고, 가끔씩 찾아오는 허무함이 하필이면 지금 찾아온다.

"다음 주에 내 취임식 있는 거 알지."

했던 모든 일들이, 하고 있는 모든 일들이, 하고자 하는 모든 일들이 시시하게 느껴진다. 무얼 위해 이렇게, 잔인한 삶을 이어 가는지 의미를 상실한다.

"알아, 몰라. 상무실 비서가 그것도 몰라?"

칫, 찬양은 대꾸하지 않으며 커피만 삼켰다. 알건 모르건 간에 일어난 김에 어서어서 제발 좀 가 줬으면 좋겠다. 강준은 타이를 반듯하게 고치며 찬양을 내리까는 눈길로 바라보았다.

"축하 의미로 꽃다발이라도 들고 오라고."

"축하요?! 제가 대체 뭘 축하해야 하죠?!"

"뭐긴 뭐야. 밑바닥부터 여기까지 올라온 내 인생을 축하해야지."

허. 찬양은 고개를 돌리며 탄식했다. 세상 많은 사람들이 살고 있다지만 대표 새끼야말로 흔치 않은 또라이다.

"싫어요. 제가 왜 그걸 축하해요. 그럴 이유도 의지도 없거든요."

"내가 널 이 정도까지 봐줬으면 그만한 치사는 받아도 될 것 같은데."

"허! 됐고요, 저는 아예 안 갈 거예요. 뭐가 좋아서 거길 가요, 제가? 무슨 인연이 있다고?"

"악연도 인연이야."

"엮지 마세요. 기분 나쁘니까. 저는 좋은 사람들하고만 엮이고 싶거든요."

"세상에 좋은 놈만 있으면 좋은 놈이 좋은 놈인지 알겠어? 나쁜 놈이 섞여 있어야 좋은 놈이 빛을 발하지."

"이미 후광 넘치는 분이 계셔서요. 충분해요."

"한마디를 안 져. 내가 어떤 사람인지 잘 알면서."

"……."

"난 기본적으로 탑재된 감정이 분노밖에 없는 사람이야. 이렇게 웃다가 언제 돌변할지 모른다고."

이 정도 협박도 협박이라고 금세 입을 앙다문다. 강준은 금세 날 선 얼굴로 찬양을 내려다보다가 짧게 손을 들었다. 치와와가 호랑이 앞에서 짖어 대듯 정신 못 차리고 자신에게 덤벼드니, 외려 항상 차분해지는 쪽은 강준이 먼저였다. 희한하게 분노가, 다스려졌다.

"도벽 고쳐. 그 버릇 가지곤 세상 살기 힘들어."

"이 아저씨가 진짜……!"

"새겨들어. 난 이미 늦어서 하는 소리야."

찬양은 입술을 다물며 그를 올려 보았다. 어쩐지 그는 평소의 모습과는 사뭇 달라, 마치 다른 사람인 것도 같았다. 눈이 많이 내린 까닭일까. 그의 탁한 모습마저 잠시 감춰 놓을 만큼, 수북하게 내린 눈 때문일까. 카페 문을 열고 나서는 강준은 어딘가 모르게 초연해 보였다. 그가 무슨 생각을 하고 있는지, 찬양으로서는 알 수 없는 일이었다.

홀로 집에 돌아온 찬양은 씻고 방으로 들어섰다.

때마침 휴대폰 진동이 울린다. 찬양은 휴대폰을 들었고, 상황을 확인한 뒤 부리나케 거울 앞에 앉았다. 얼굴을 급히 바라본 찬양은 진동 중인 휴대폰을 터치했다.

"여보세요?"

영상 통화다.

— 뭐 하는데 이렇게 전화를 늦…….

지안은 말을 멈췄다. 씻고 나왔음이 자명한 찬양의 모습을 바라보고는 당황함에 말을 멈춘 것이다.

"씻고 나오느라 몰랐어요."

— 그래. 말 안 해도 알겠다.

찬양은 액정에 노출되는 자신의 상태를 들여다보았다. 수건으로 감싼 머리, 보송보송하고 따뜻한 가운. 영혼이던 상무님은 지겹도록 보았을 맨얼굴이지만, 지금의 그에겐 생소하리라.

"이런 쌩얼은 처음 보죠?"

— 처음인데 처음 같지가 않네. 낯익어.

찬양은 빙그레 미소 지었다.

"뭐 하고 계셨어요? 되게 조용한데."

— 뭐 하긴. 애인이랑 영상 통화 하려고 준비하고 있었지. 머리도 새로 만지고, 옷도 차려입고.

휴대폰 액정 속 그는 턱을 괸 채 책상에 앉아 있다. 움직일 때마다 노트북이 보이고, 서류 파일이 보인다. 장소를 옮겨도 대부분 책상에 앉아 있어야 하는 그의 고단함이 여기까지 느껴진다.

찬양은 버릇처럼 머리를 감싸고 있던 수건을 끌렀다. 움찔, 하며 지안의 표정이 잠시 변한다.

"거긴 어디예요?"

— 근처 호텔. 눈이 너무 많이 내려서 오늘 가지는 못하고.

"잘했어요. 눈 너무 많이 오더라."

찬양은 물기를 대강 털며 통화에 집중했다. 지안은 그녀의 색다른 모습을 관찰하듯 유심히 바라보았다.

"혼자 있어요?"

— 하여튼 의심 많아. 누가 옆에 있으면 이렇게 영상 통화 하겠어, 내가?

"고도의 알리바이일 수도 있죠?"

— 좋은 정보 감사해. 그 알리바이, 내가 나중에 꼭 한 번 써먹어 볼 테니까.

정리가 되지 않은 머릿결이 외려 더 매혹적으로 보인다. 그녀의 모습을 생생하게 보여 주는 영상 통화 매력에 흠뻑 빠진 지안은, 잠시 말도 잊은 사람처럼 시선을 고정했다.

"저녁은 먹었어요?"

— 아니. 같이 먹어 줄 사람이 없어서.

"맙소사, 밥도 혼자 못 먹어요?"

— 그러게다. 누가 나를 이렇게 만들어 놨네. 안타깝게.

칫, 찬양은 그의 넉살에 밉지 않게 얼굴을 찡그렸다. 온기를 느낄 수 없는 액정 속 그의 얼굴은, 이승을 떠돌던 때처럼 다소 현실감이 없다.

"난 왜 저녁 먹었냐고 안 물어봐 줘요?"

— 먹었잖아. 그것도 잔뜩.

"어떻게 알았어요?"

— 안 먹었으면 이렇게 상냥할 리가 있나.

찬양은 웃음을 터트렸다. 말로는 못 이기겠다는 표정을 지으며 새초롬하게 그를 바라보다가 씩 웃었다.

— 왜 그러고 웃어?

지안이 반대편으로 턱을 괴며 물어 온다. 비스듬히 턱을 괴고 있을 뿐인데, 약간 풀어진 그의 모습이 근사하다.

"왜 웃었냐면요."

찬양은 팔을 약간 뻗으며 휴대폰과 멀어졌다. 간신히 얼굴만 전체로 보이던 화면에 그녀 어깨까지 잡힌다. 지안은 눈을 크게 감았다가 떴다.

"내가 지금 뭐 입고 있게요?"

— 하, 음란하기가 이루 말할 수가 없네.

"치, 됐어요. 그렇게 말할 거……."

— 가운. 가운. 지금 정찬양 씨께서는 가운을 입고 계십니다.

찬양은 지안을 놀리듯 빤히 바라보았다. 자세히 들여다보겠다는 것처럼 지안의 얼굴이 점점 가까워진다.

"씻고 나왔더니 더워요."

— 그래? 난 지금 너 때문에 더운데.

“이렇게 이렇게, 가운 한쪽을 내리면 좀 시원하려나…….”

찬양이 얄미운 표정을 지으며 팔을 움직였다. 아주 살짝 가운 깃을 옆으로 밀자 그녀 쇄골이 등장했다. 지안은 놀란 듯 잠시 고개를 수그렸다가, 들었다.

— 미리 말하지만 여기서 멈추면 가만 안 둬.

“뭘 멈춰요? 내가 뭘 했다고? 겨우 이 정도 가지고 무얼.”

이번엔 조금 더 가운을 당겼다. 쇄골을 조금 벗어난 살결이 뽀얀 자태를 드러낸다.

“허어.”

지안은 이마를 짚었다가 손을 내렸다. 당황함을 원초적으로 표현하고 계신다.

“여기서 그만할까아? 찬양이 더워도 참아 볼까아?”

— 지금 무슨 소리 하는 거야. 뭘 참아, 왜 참아. 참지 마.

“아니이, 찬양이는 그냐양, 우리 상무님 혼자 심심하실 것 같아서어.”

— 맞아. 심심해. 세상에서 제일 심심한 상황이야. 살면서 오늘처럼 이렇게 심심해 본 적이 없어.

“이번엔 반대편을 내려 볼까아?”

찬양이 반대편 가운을 당기자 마찬가지로 쇄골이 드러난다. 오, 맙소사. 지안은 주먹을 말아 쥐고 머리를 툭툭, 치다가 다시 팔을 내렸다.

“바람이 드니까아, 찬양이는 이제 좀 시원한 것 같기도 하고요오.”

이제 그만해야겠다아. 찬양이 중얼거리자 휴대폰을 뚫고 나올 것처럼 얼굴을 들이댄 지안이 다급하게 외쳤다.

— 뭘 그만해. 안 돼. 내가 안 돼. 안 된다니까?

“네? 뭘요?”

찬양이 머리를 배배 꼬며 아무것도 모르겠다는 듯 눈을 깜빡거리자 지안은 손짓했다.

— 하려던 거 마저 해. 그리고 앵글 폭이 너무 좁잖아 지금.

"그럼 이렇게 팔을 뻗을까요?"

찬양이 쭉 팔을 늘려 상체를 잡자 호오, 지안의 눈이 커진다. 고작해야 쇄골 정도 드러났을 뿐인데 굉장한 동영상이라도 보고 있는 얼굴이다. 다시 잽싸게 팔을 굽힌 찬양이 실실 웃는다. 지안은 난처한 표정을 지었다.

— 아니야. 정찬양 씨, 아니야. 멈추면 안 돼. 안 돼. 그러는 거 아니야.

"뭐가 아닌데요? 나 이제 잘 거예요."

찬양이가 분위기를 바꾸고 정색하며 말하자 지안은 다시 손짓했다.

— 아니지. 아니지. 여기서 멈추면 안 되지. 뭐 하는 거야, 사람 초조하게.

"초조해요?"

— 죽어 지금. 초조해 죽는다고. 조금 더 해 봐. 조금만 더.

"이렇게요?"

찬양이 조금 더 끌어 내린 가운을 보여 주자 지안이 의자 뒤로 머리를 기대며 웃음을 터트렸다. 하아, 이렇게 앙큼한 여자를 보았나.

— 좋아. 잘하고 있어. 조금 더 해 봐. 조금만 더.

"뭘 자꾸 조금만 더 해 보래?"

— 조금만 더 내려 주라. 조금만.

체면도 잊고 애걸복걸이다. 찬양은 그런 지안을 바라보다가 메롱, 혀를 쏙 내밀었다.

"오늘은 여기까지. 한꺼번에 다 오픈할 수 없으니까요."

— 야! 야! 이봐! 정찬양! 너 이러면 나 지금 서울 간다!

"잘 자요. 내 꿈 꿔요. 뭐…… 꿈은 자유롭게 꾸자고요."

— 정찬양! 정찬양 씨!

찬양은 손끝을 살랑살랑 흔들었다. 가운을 원위치시키며 그녀는 둥글게 눈꼬리를 휘었다.

"안녕요, 상무님. 잘 자요."

— 잠은 무슨, 이미 잘 자긴 틀렸어. 너 때문에.

"그럼 내 꿈으로 와 줘요. 내가 실컷 안아 줄게요."

― 분명히 말하는데 오늘을 후회할 겁니다. 정찬양 씨.

"바라던 바죠. 안녕―"

찬양은 종료 버튼을 눌렀다. 어쩐 일인지 웃음이 터졌다. 본인이 생각해도 잔망스러웠는지, 어쩌다 이런 행동을 하게 되었는지 고개를 절레절레 저었다.

눈 오는 날의 작은 이벤트였다.

"하…… 돌겠네."

전화를 끊은 지안은 빈 액정만 바라보며 피식 헛웃음을 흘렸다. 아주 잔망스럽기가 말도 못 한다. 사람을 들었다가 놨다가, 피를 말렸다가 말았다가. 온몸에 후끈한 열기가 감돈다. 예상하지 못해 더 그러는 것 같다. 지안은 의자에 상체를 기대며 천장을 올려 보았다.

어떡하지, 보고 싶다. 마음이 멈출 것 같지가 않아. 꼭 쥐면 따뜻하고, 잠시라도 떨어지면 애틋해.

"보고 싶다……."

휴. 지안은 천장을 올려 보던 시선을 내렸다. 이제 다시 일을 해야 한다. 야속하게도, 애인을 떠올리며 충만할 시간은 넉넉하지 않았으니까.

지금 몇 시나 되었나, 지안은 습관처럼 손목시계를 바라보았다. 하지만 작동하지 않는 손목시계라는 것을 곧 깨달은 지안은 시선을 떼었다.

……휴대폰을 들다가 지안은 손끝을 멈췄다. 다시금 시선을 내려 손목시계를 바라보았다.

재깍. 재깍.

"……뭐야."

재깍. 재깍.

"움직이잖아."

초가, 움직인다.

정신없고 분주한, 산만하고 예민한 날들이 이어진다. 베를린 현지의 직원 모두는 마치 수호가 도착하기만을 기다렸다는 듯 그에게 매달렸다.

"부장님! 위에서 찾으시는데요!"

"부장님! 중간 점검 부탁드립니다!"

"부장님! 이건 어떻게 할까요? 치울까요? 그냥 둘까요?"

크고 작은 일이 발생할 때마다, 결정이 필요한 순간순간마다 사람들은 그를 찾았다. 당연한 것이었다. 전무실에서 총괄을 맡아 진행하던 일이니 수호의 손을 거치지 않은 일들이란 없었으니까.

그렇게 정신없이 뛰어다니고 일에 미친 사람처럼 여기저기를 기웃거리다 보니, 이런저런 일들로 둘러싸여 있던 수호의 하루가 지나간다.

"휴, 감사해요. 부장님 안 계셨으면 아직 반도 못 끝냈을 거예요."

수호의 도움을 받아 무사히 일을 마친 직원은 한숨 돌렸다는 표정을 지으며 인사를 건넸다. 최소 며칠은 예상했던 승인이 반나절 만에 떨어지는 것을 본 다른 직원들은 농담 반 진담 반의 말을 뱉었다.

"그런데 부장님 너무 초반부터 힘 빼시는 거 아닙니까? 이렇게 달리시다간 한 달도 못 버티신다고요."

"맞아요. 잠은 주무세요? 숙소에서도 내내 일하시는 것 같던데."

"내 말이. 부장님 숙소는 불이 꺼지는 걸 본 적이 없다니까?"

오랜 기간 비서직을 맡으며 타인을 보좌해 온 까닭일까. 수호는 뒤에서 일을 지시하는 오너가 아닌, 앞에서 직접 끌고 가는 리더의 성향이 다분했다.

"부장님. 이거 본사 답변 바로 받아야 하는데요, 전무님께 지금 연락 한 번만 해 주시면 안 될까요?"

"원칙대로 합시다. 이메일로 보내세요."

"아…… 네. 부장님. 알겠습니다."

할 수 있는 것과 할 수 없는 것을 명확하게 구분할 줄 아는 사람이었고, 그래서 다른 직원들에게도 처리하기 버거운 무리한 업무를 내어 주지 않았다. 직원들 대부분은 그런 수호를 신뢰했으며 존경했다.

"저희는 부장님이 현지로 오셔서 정말 기쁩니다. 진짜로요."

"맞습니다. 일을 얼마나 덜었는지 몰라요. 정말 감사합니다."

직원들의 괜한 너스레에 수호는 멋쩍은 미소를 지었다.

"나 좋자고 하는 일이니까 부담 갖지 말고 지금처럼 열심히 해 주시면 됩니다."

인사를 받을 만한 일은 아니었다. 사실 누구를 위함은 아니니까. 할 수 있는 것과 할 수 없는 것들을 분리하고 나니, 할 수 있는 거라곤 미친 듯이 일에 매달려 하루를 보내는 것 외엔 별다른 게 없었을 뿐임을.

그때였다. 수호와 함께 현지에 도착한 대표실 이택수 실장이 통화를 하며 모습을 보였다. 직원들은 행여 눈이라도 마주칠까 급히 몸을 돌리며 웅얼거렸다.

"나 저분 무서워. 눈도 못 마주치겠어."

직원이 읊조리듯 말하는 것을 들은 수호는 힐끔 이택수 실장을 바라보았다. 중요한 내용인지 입가를 가린 채, 그는 멀찌감치 떨어진 곳에서 통화를 하고 있다.

"부장님, 그런데 이택수 부장님은 주요 업무가 뭐예요? 업무하시는 걸 한 번도 본 적이 없어요."

"맞아. 부스만 좀 돌아다니시지 결재나 회의나 전부 우리 윤 부장님만 참여하시잖아."

한 번도 이택수 실장이 일하는 모습을 본 적이 없다. 직원들은 쓸모없는 상사가 늘었다는 표정을 지으며 불편한 기색을 내비쳤다.

"대부분의 업무 상황실이 전무실이라 그런 거고, 저분은 통합 관리 차원에서 오신 거니까 괜한 구설수 만들지 맙시다."

"네, 부장님. 알겠습니다."

수호가 이택수의 편을 들자 직원들은 금세 입을 다물었다. 이택수는 마치 수호의 이야기를 하고 있는 것처럼 통화를 하는 도중 간간이 고개를 돌려 그를 바라보았다. 수호는 시선을 피하지 않으며 이택수를 바라보았고, 이택수는 머지않아 통화를 종료했다. 직원들은 더욱 낮은 목소리로 웅얼거렸다.

"기분 탓인지 모르겠는데, 이택수 실장님이 매번 윤 부장님 의미심장하게 바라보시는 것 같아요."

"나도 그 생각 했는데. 뭐랄까, 좀 살벌하게 바라보시지 않아? 관찰하는 것 같기도 하고."

"그게 다 우리 윤 부장님을 의식해서 그러시는 것 아니겠어? 일을 너무 잘하시니까 괜히 질투 나서 그러시는 거야."

직원들의 웅얼거림을 들었을 리 없는 이택수는 자신을 바라보는 수호에게 시선을 고정하고 있다가, 기분 나쁜 웃음을 흘렸다. 그러더니 발길을 옮겨 수호가 있는 쪽으로 걸음을 옮겼다. 직원들은 괜히 걸리고 싶지 않다는 듯 재빠르게 발길을 돌렸다.

수호만 남은 공간으로 이택수가 다가온다.

"윤 실장, 직원들과 한가하게 수다나 떨고 있을 시간 있나? 일을 해야지. 여기 놀러 왔어?"

이죽거리며 특유의 불쾌한 시선을 쏘아 낸다. 배운 자의 느낌이란 조금도 없고, 멀끔하게 슈트를 차려입었으나 회사원의 기운이 아닌 조직폭력배의 느낌이 물씬한 인상이다.

수호는 별다른 말 없이 돌아섰다. 상대해 봐야 의미 없는 작자다.

"대표님께서 어찌나 윤 실장을 좋게 보셨는지 일거리를 밀어 주시네. 메일로 업무 분장표 보내 놨으니까 참고하라고."

이택수는 등을 보이고 있는 수호의 어깨를 부러 툭, 치며 걸음을 옮겼다. 긴 숨을 내쉬며 순간의 뜨거움을 삼킨 수호는 여느 때와 같은 평범한 표정을 지으며 다시 일선에 뛰어들었다.

그저 그런 하루, 그저 그런 시간들이 흘렀다.

서울로 올라온 지안은 본가가 아닌 개인 주거지를 향했다. 오랜만의 방문이지만 관리인의 주기적인 정돈으로 집 안은 깨끗했고, 비어 있던 집이라는 느낌을 찾을 수가 없었다.

찬양에게 주소지를 알려 주고 이쪽으로 오라 말했으니 잠시 후면 그녀가 도착하리라. 지안은 코트도 벗지 않은 채 응접실 소파에 앉았다.

띠리리리— 잠시 후 보안실 측에서 연락이 오고, 찬양이 도착했음을 알려 주었다. 예상보다 일찍 도착한 찬양이 문을 두드리자 지안은 기다렸다는 듯 그녀를 맞이했다.

"어서 와."

"뭐예요, 여긴 언제 오셨어요?"

"새벽에 출발했어."

"새벽에? 진짜요?"

찬양이 신발을 벗으며 자연스럽게 들어선다. 알아서 슬리퍼를 찾아 신더니 앞장서 걸음을 옮긴다.

"진짜 새벽에 왔어요? 눈이 그렇게 많이 왔는데?"

"죽을 뻔했어. 목숨이 열두 개 정도 있는 사람처럼 왔지."

"맙소사. 한 비서님 운전하기 힘드셨겠어요."

"한 비서님은 노안이라 새벽 운전 힘들어. 내가 직접 하고 왔다고."

복도를 따라 걸음을 옮기던 찬양은 지안의 말끝에 웃음을 터트렸다. 한 비서님을 상석에 싣고 직접 운전대를 잡았단다. 기필코 도착하고야 말겠다, 불타는 눈빛으로 운전대를 잡았을 그의 의지가 눈에 훤하다.

조금 전에 그가 앉아 있던 소파까지 거침없이 걸던 찬양은 새초롬하게 돌아섰다.

"그러니까, 나 보려고 일찍 온 거 맞죠?"

"그렇게 대놓고 물어보니까 아니라고 답해 주고 싶네."

헤. 아무래도 좋단다. 찬양은 실실 웃으며 눈앞에 서 있는 자신의 애인을 바라보았다. 이미 맹목적인 그의 사랑을 받아 본 경험이 있는 찬양은 낯설지 않은 그의 모습에 묘한 기시감을 느꼈다. 이런 행동, 그는 처음이라고 생각하겠지만 그녀는 익숙했고, 그래서 감동이 서렸다.

"이봐요 정찬양 씨. 나를 그렇게 꼬셔 놓고, 밤새 잘 잤나?"

"그럼요. 너무 잘 잤죠. 꿈에서 상무님도 만나고, 데이트도 하면서."

지안은 찬양의 대답에 눈썹을 꿈틀거리며 피식, 웃음을 흘렸다. 그녀는 겉옷을 척척 벗더니 옷걸이를 찾아 와 의류건조기에 걸어 놓는다. 단번에 화장실을 찾아 손을 씻고 나오더니, 구석에 비치된 손소독제를 바른다. 하는 행동이 너무나도 자연스러워 마치 정찬양 씨의 집이래도 믿겠다.

"여기 어디냐고 안 물어봐?"

"어디긴요, 상무님 집이잖아요."

"그건 어떻게 알고?"

……예? 찬양은 손등을 문지르다가 행동을 멈췄다. 매끈한 스테인리스 재질로 만들어진, 상표가 없는 손소독제 통을 단번에 찾은 것도. 겉으로 보기에 용도 구분이 명확하지 않은 의류건조기를 단번에 찾은 것도.

"그게 손소독제라는 건 또 어떻게 알았지?"

지안이 묻자 찬양은 손을 내리며 씩 웃었다. 모든 것을 털어놓은 마당에 이런 상황은 차라리 증빙으로 긴요하게 사용할 수 있었다.

"예전에 상무님이 나, 이 집으로 데리고 왔어요."

"……."

"이거 봐, 또 못 믿겠죠? 못 믿겠으면 보안실 내려가서 CCTV 확인해 봐요.”

“허.”

지안은 의미심장한 눈빛으로 찬양을 바라보았다. 찬양은 소파 밑에 자연스럽게 앉으며 더욱 위풍당당한 표정을 지었다.

“상무님이 우리 집 약통 위치를 알고 있는 거나, 내가 손소독제 위치를 알고 있는 거나.”

“그만. 그만 얘기합시다. 일전에도 말했지만 내가 좋아하는 장르는 아니라서.”

그가 질색하며 손사래까지 친다. 생각보다 그는 겁이 많은 것 같았고, 이런 상황을 받아들이기가 달갑지 않은 모양이다. 찬양은 웃음을 터트리며 고개를 끄덕였다.

“마음대로 하세요. 난 해도 그만, 안 해도 그만인 얘기니까요. 그나저나, 어제 일은 잘하고 오셨어요?”

“그럼. 만반의 준비를 하고 있지. 아주 중요한 것들을 획득했고.”

“네네. 듣던 중 반가운 얘기네요.”

지안은 찬양의 이야기를 듣다가 천천히 소파에 앉았다. 그는 물었다. 오늘 뭐 하고 하루를 보낼까? 모처럼의 휴일인데. 아마도 오늘이 지나면 당분간은 몹시 바빠질 텐데. 그녀는 답했다. 우리 영화 볼까요? 이런 날도 흔치 않은데. 뒹굴거리다가, 산책도 하고요.

“그래. 뭘 하건 오늘은 좀 알차게 보내 봅시다. 일단 뭐라도 먹고…….”

지안은 무의식에 소파 곁으로 내렸던 시선을 들다가 다시 내렸다. 소파가 갈라지는 사이에 요란한 색깔로 무장한 정체불명 물건이 있다. 그는 손을 소파 사이에 넣으며 물건을 꺼냈다. 자신의 집에서 절대로 나올 수 없는 물건이다.

“어?”

어어? 지안이 집게손을 하고 물건을 들어 올리자 찬양이 바라보다가 눈을 동그랗게 떴다.

"상무님, 그거 제 거예요. 제 머리핀."

허어…… 지안은 탄식했다.

"잊어버린 줄 알았는데 여기 있었네. 우와, 찾았다. 아끼던 핀이거든요."

찬양이 자연스럽게 핀을 달라며 손을 내민다. 지안은 핀을 바라보다가, 찬양을 바라보다가, 다시 핀을 바라보았다.

"우, 웃기지 마. 정찬양 씨 핀이 왜 우리 집에 있어."

"그럼 나 말고 다른 여자 핀이 이 집에 있을 가능성도 있는 건가요?"

"……."

찬양은 웃기지 말라는 표정을 지으며 어서 내놓으라 손을 흔들었다. 동공에 지진이 난 지안은 영혼을 탈곡한 것 같은 표정을 지었다.

"진짜 의심 많으시네. 그거 내 거 맞다니까요?"

"……."

"나요, 그거 핀하고 찍은 사진도 있어요. 못 믿겠으면 보여 드릴까요?"

……어떡하지. 재 좀, 무서운데. 지안은 등골이 오싹해지는 기분을 느꼈다.

서울 모처의 특급 호텔을 찾은 이선은 가장 끝 층에 위치한 스위트룸을 향했다. 서류 가방을 들고 엘리베이터에 몸을 실은 이선은 발끝만 내려다보며 긴 숨을 불어 내쉬었다.

'이선이 너, 남 상무와 꼭 결혼해야겠냐?'

백경그룹과 이강로펌의 계약이 결렬된 그날, 그 밤, 아버지는 물어왔다.

'결혼이 싫어 계약도 못 하겠다는 녀석을 무슨 수로 잡아다가 결혼을 해. 마음 돌려. 남 상무는 네 짝 아니다.'

결국 아버지도 마음을 돌렸다. 집안을 엮는 것 외엔 무엇도 무기가 될 수 없는 현실. 그마저도 박살이 나고 만 지금은 더 이상 버틸 여력이 없었다.

'앞으로 절대 이강로펌이 백경과 손을 잡는 일은 없을 게다. 그리고 우리가 아니라면 백경은 그 어떤 방법도 없을 거고. 니 애비가 그 정도 파워는 있어.'

……기업의 엄청난 손해를 감내하고서라도, 당신은 나와 인연이 되기를 거부했다. 내가 그렇게도 싫었나. 나의 어디가, 나의 무엇이 그렇게도 당신에게 밉게 보인 걸까. 거부당할수록 내려가는 자존감. 그것이 가장 비참하고, 가장 서러웠다.

— 띵동. 문이 열립니다.

엘리베이터 문이 열린다. 생각을 수습하며 이선은 고개를 들었다. 무미건조한 발걸음을 재촉하며 이선은 서류 가방을 쥐고 있는 손에 힘을 실었다.

스위트룸 문 앞에 섰다. 잠시 망설이던 손을 들어 초인종을 눌렀다.

이제 그만, 그를 포기해야 한다. 스스로 더는 그를 옭아맬 수 없는 단단한 이유를 만들어야 한다.

생각하며 기다리다 보니 육중한 스위트룸의 문이 열린다. 찾아올 줄 알았다는 듯, 자신을 반기는 얼굴에서 이선은 처음으로 느끼는 좌절감을 경험했다. 결국 인간이란 무너짐에 경계가 없는 동물이었다.

"어서 와라. 기다리고 있었다."

수많은 서류들을 쌓아 놓고 자신을 기다린 큰아버지, 김 사장이었다.

연인들의 뻔하고 유치한 시간이 흐른다. 아무것도 아닌 일에 웃고, 아무것도 아닌 일에 열을 올렸다. 이런 평온한 시간을 오랜만에 맞이한 그는 그녀의 웃음으로 지친 마음을 치유받았고.

“으아, 끝났다. 영화 재밌었죠?”

“그래. 볼만했다.”

다시 만난 평온한 시간에 흠뻑 취한 그녀는 그의 웃음으로 지난 마음을 보상받았다.

“이 영화 제목이 뭐였게요?”

“……와인 더 줄까?”

“결말 말해 봐요. 어떻게 끝났어요.”

“이거 말고 이번엔 다른 거 마셔 볼래?”

지안은 벌떡 일어나 와인렉으로 걸음을 옮겼다. 반 이상 남은 와인을 두고 다른 와인을 찾는다. 찬양은 방금 본 영화의 제목도 결말도 기억 못 하는 그를 바라보다 헛웃음을 토했다. 영화에 집중한 그녀의 표정을 내내 흘깃거린 지안이, 그런 걸 기억하고 있을 리가 없다.

“내 얼굴 닳아요. 그렇게 영화 보는 내내 내 얼굴 쳐다보고 있으면 곤란하죠.”

“참고할게. 정찬양 씨가 지구상에 차지하는 점유율이 줄어들면 곤란하니까.”

찬양은 와인 잔을 빙글 돌리며 턱을 괴었다. 훌륭한 맛의 와인, 최고급 치즈, 멋진 공간.

“나 지금 너무너무 좋은데, 이거 실화인가 싶기도 하고요.”

이것들을 압도적으로 뛰어넘는 나의 당신. 넘쳐도 좋을, 당신을 향한 나의 사랑. 모든 것이 완벽하다.

“너무너무 행복해요. 오늘이 가는 게 아쉬워, 잠들기도 아까울 만큼.”

결국 새로운 와인을 들고 지안이 다가오자 찬양은 물끄러미 올려보았다. 그러다가 덥석 그의 팔을 잡았다. 뜬금없이 그녀가 붙잡자 지안은 시선을 주었다.

“……사라질 것 같아서, 잡아 봤어요.”

여전히 그의 온기에 울컥한다. 모든 이가 듣고 답할 그의 음성에 왈칵, 눈물을 쏟는다. 나란히 앉아 있어도 술잔과 물컵을 하나씩 놓아주던 모든 곳의 광경이 눈앞을 스쳐 간다.

"상무님은 잘 모르겠지만⋯⋯ 나는 아직도 순간순간 무서워요."

그때의 그대는 내게 이로움과 서글픔을 동시에 주고 갔기에. 이렇듯 둘만 남은 세상을 마주할 때면 언제고 사라질 것 같아서, 마음이 울렁거렸다.

"뭐가 그렇게 무서워."

"상무님이 내 눈에만 보이다가, 이젠 모두의 눈에 보이고."

좋아하는 마음은 모든 것을 염려로 만들었다.

"언젠가는 내 눈에만 안 보일까 봐요. 너무 웃긴 상상이죠?"

찬양은 말을 뱉고도 우스운지 스스로 도리질을 쳤다. 하지만 어쩌겠나. 상상보다 더한 현실도 겪어 온 그녀에게, 너무 무리한 상상은 아닌 것을.

"자꾸 상무님을 만져 보게 돼요. 손에 잡히나 안 잡히나, 온기가 있나 없나."

문득 팔을 뻗게 되고, 그 얼굴을 어루만지게 되다가, 안도하고 나서야 웃음을 짓게 되었다.

"그때 내가, 상무님을 얼마나 사랑했는지 아세요?"

술김이 빚어 만든 늦은 말들이 튀어나온다. 지안은 그녀를 고요히 응시했다.

"와, 표현을 할 수가 없어. 나 진짜 칭찬해 줘야 해요. 내가 어떤 시간들을 버텨서 다시 상무님 곁으로 왔는지."

"그래. 칭찬해. 어떻게 여기까지 와서 날 만났어."

"말도 마세요. 다시 하라면 못 할 것 같아."

"그래서, 나는?"

"네?"

와인을 홀짝 마시며 찬양은 눈을 동그랗게 떴다. 반쯤 취기가 도는 그녀의 눈빛은 촉촉해서 더욱 깊게 느껴졌다.

"나는 당신을 얼마나 사랑했냐고."

그녀는 와인을 마시던 손길을 멈췄다. 그의 질문을 곱씹다가 계획에 없던 눈물이 흘렀다. 고작 서너 번 눈만 깜빡였을 뿐인데, 마치 고여 있었다는 듯 뜨거움이 낙하한다.

"그런 건 왜 물어요. 어차피 믿지도 않을 거면서."

"믿어."

……찬양은 눈을 감았다.

"믿는다고."

서너 줄기의 눈물이 사정없이 볼을 긋는다.

"안 믿을 수가 없잖아. 내가 무슨 수로 네 말을 안 믿어."

만감이 교차하는 터에 찬양의 표정이 무너진다. 붉게 달아오른 입술이 얼마나 뜨거운 눈물을 쏟아 내고 있는지 알려 주었다.

"그 답, 안 들어도 알겠네."

지안은 그녀의 표정에서 많은 것을 읽었다는 듯 희미한 미소를 지었다. 내 기억에 없는 나의 사랑, 내 지난날에 없는 나의 흔적, 너만이 증거라는 그때 그 시절의, 나.

"내 말을…… 진짜로 믿어요……?"

나는 믿기로 했다. 내게 없는 나를 이야기하는, 너를 믿기로 했다.

"진짜로…… 믿는다고요……?"

너를 사랑하다 보니 노력 없이도 믿음이 생긴다. 네가 나로 인해 겪었다는 많은 일들은, 인정이 되기 시작한다.

지안은 답 대신 고개를 끄덕였다. 찬양은 더 이상 무너지는 표정을 들키기 싫다는 것처럼 무릎을 세워 일어나 그의 어깨를 두 팔로 껴안았다. 지안은 자연스럽게 그녀를 위로했다.

"미안해. 그런데 정말 아무것도 기억은 안 나."

그녀의 등을 어루만졌다.

"중간중간 이상한 일들이 한두 개 있긴 한데, 그것도 사실인지 아닌지 잘 모르겠어."

찬양은 이해한다는 듯 고개를 끄덕였다. 무리하지 말라고, 인력으로 되는 일은 아니라고, 작게 속삭였다.

"나 정말…… 믿는 거 맞죠? 진짜 믿죠……?"

"그래, 믿어. 무슨 말을 해도 믿어."

우리가 사는 행성이 지구가 아니라 해도, 이 계절이 눈 내리는 여름의 어디쯤이라 해도, 설혹 보내는 순간순간 모든 일이 꿈이라고 해도.

"다 믿어. 전부, 전부 다."

……믿는단다.

어느덧 눈물을 멈춘 찬양의 어깨를 붙잡고 떼어 낸 지안은 눈가에 남아 있는 물기를 닦아 주고, 약간 헝클어진 머리를 쓸어 넘겨 주다가 작은 얼굴을 두 손에 가득 담고, 머물러 살고 싶은 두 눈을 응시하며, 더는 해 줄 말이 없어 남루해진 입술을 맞댔다.

열기로 뜨겁게 느껴지는 서로의 입술을 헤집으며 온기를 느끼다가, 지안은 부드러운 손길로 그녀의 등을 쓸었다. 매끄러운 그녀의 맨살의 감촉에 손끝이 저려, 지안은 더욱 그녀의 등을 끌어 자신에게 밀착시켰다.

찬양은 그의 손길에 몸을 내맡겼다. 비로소 그의 세상에 들어선 것만 같아 마음은 벅찬 환희로 뒤덮였다. 그의 손길이 지나는 자리마다 달뜬 감각이 살아난다. 그의 입술이 지나는 자리마다 열꽃이 피어 탄식은 저절로 흘렀다. 입술로, 목덜미로, 조금씩 내려오는 그의 입맞춤을 견디다가 그녀는 돌연 그의 머리를 감싸 안았다.

"미칠 것 같아요…… 상무님……."

……사랑하는 사람의 온기를 간접이 아닌 직접 경험한다는 건 매우 짜릿하다. 완벽한 접촉으로 상반된 나의 온도를 신랄하게 깨달을 수 있고, 비로소 살아 있음을 완벽하게 깨달을 수 있기 때문이다. 그것은 상대에게 존재의 이유를 설명받는 것과 조금 달랐다.

예컨대 너는 살아 있다고. 너만이 나의 모든 생(生)이라고.

"나는 이미 미쳤어. 너한테."

존재의 확신을 선물로 받는 것이었다.

윤기 나고, 그래서 매끄러운 시간이 흐른다.

더운 숨이 가득한 공간. 주변이 온통 밷은 숨으로 물든 침대에 누워, 두 사람은 말없이 바라보았다. 열락의 세계를 다녀온 그녀의 두 볼은 홍조로 물들었다. 물결치듯 풀어 놓은 머리칼은 베개 위를 넘실댔다.

소유를 알게 된 그의 눈가엔 그녀가 담긴다. 섬세하게 빚어 놓은 것 같은 팔을 들어, 출렁이는 그녀 머리칼을 쓸어 넘긴다. 다녀간 사랑은 굳어 살결로 내려앉았다.

"얘기 좀 해 봐."

베개에 얼굴을 기댄 채 하염없이 그녀의 머리칼을 어루만지다가 그는 입술을 열었다. 어미 품을 그리워하는 새끼 고양이처럼 그의 손길을 느끼던 찬양이 청아한 눈을 떴다. 눈으로 물어 오는 그녀를 향해 지안은 잠긴 음성을 풀었다.

"우리에게 있었던 일."

찬양은 느리게 눈을 감았다가, 떴다.

"석 달을 함께 있었다며. 얘기해 봐. 그동안 어떤 일이 있었는지."

그는 말했다. 네 기억을 들려 달라고. 귀하게 아껴 무엇도 잊지 않았을 우리의 나날을, 알려 달라고.

"무섭진 않았어? 나라면 그 상황이 너무 무서웠을 것 같은데."

"무서웠죠. 처음엔 점집도 찾아가 부적도 받아 오고, 상무님 몸에 부적도 붙여 보고 그랬죠."

찬양은 휴대폰을 들어 메시지 함을 열었다. 자연스럽게 그가 그녀를 끌고, 찬양은 그의 가슴에 머리를 기댄 채 휴대폰을 보여 주었다.

"이게 무당 아주머니랑 저랑 주고받은 메시지예요. 봐요, 너무 웃기죠?"

그녀의 휴대폰을 조금 더 올려 바라보며 지안은 내용을 살폈다.

"이 아주머니께서 말하는 '그것' 이 혹시 난가?"

"네. 사람이 아니라서 무당 아주머니는 상무님을 '그거, 흉물' 이라고 부르시더라고요."

휴, 흉물……. 지안은 눈썹을 일그러트리며 메시지를 모두 확인했고, 휴대폰을 내리며 찬양의 이마에 자연스럽게 입을 맞췄다. 찬양은 상기하듯 시선을 올렸다.

"너무 많은 일이 있었죠. 셀 수가 없어요. 체감하기론 3년은 붙어 있었던 것 같은 기분이에요."

대기업에 입사를 시켜 준다는 말에 혹해서, 당신과 거래를 시작했다. 외계어 같은 전문 용어를 주고받는 부서 직원들 사이에서 외톨이가 되기도 했었다. 어느 날은 미친 듯이 싸우고, 꼴도 보기 싫어 마주보며 으르렁거리다가, 또 어느 날은 놀랍도록 위로받았다.

"지금과 다르지 않았어요. 상무님은 언제나, 언제나 내 편이었으니까."

찬양은 생각의 흐름대로 이야기를 시작했다. 처음 그를 발견한 날부터 대화를 섞기 시작한 순간, 거래를 나눈 시간, 함께 올라간 옥상, 주고받은 이야기, 당신이 날 얼마나 밀어냈었는지, 나는 당신에게 얼마나 매달렸는지, 혼자 덩그러니 남겨질 나를 당신은 얼마나 걱정했는지.

……지안은 그녀의 이야기를 들으며 서서히 눈을 감았다. 눈을 뜨고 있을 땐 영화 속 이야기처럼 현실감 없는 그녀의 말들이 눈을 감으면 그리는 상상과 더해져, 실제의 것이 되었다.

"아, 맞다."

찬양은 일어날 생각인지 말을 하다 말고 몸을 움직였다.

"어디 가, 안 돼."

그러자 그가 더욱 꽉 끌어안는다.

"잠시만요. 잠시만. 보여 줄 게 있어요."

간지럽히는 듯한 말투로 그의 품에서 빠져나온 찬양이 침실에 설치된 빌트인 옷장 문을 열었다. 지안은 손바닥으로 머리를 받친 채 그녀의 행동을 바라보았다.

"어디에 뒀더라……."

찬양이 몇 번 손을 뒤적거리더니 금세 옷을 찾는다. 그게 뭐냐는 눈빛으로 지안이 눈을 뜨자 찬양은 돌아보며 활짝 웃었다.

"이거, 기억 안 나시죠?"

그녀는 혹시 몰라 이곳에 두고 간 분홍 원피스를 팔랑팔랑 흔들었다. 하나둘, 그와 관련된 물건을 찾을 때마다 무척이나 기쁘고 흡족했다.

"내가 이거 입으면 상무님이 정말 좋아했거든요."

"뭐, 사실 난 아무것도 안 입은 걸 제일 좋아하는데."

"이게 보통 옷이 아니라요, 사연이 많은 옷이라고요. 모르시겠지만."

"이거 은근 서럽네. 매번 말끝마다 모른다고 하니까. 그거 참 몰라서 미안하네."

도통 기억이 나질 않으니 내심 미안한지 지안이 농담을 한다. 찬양은 입어 줄까, 말까, 고민하는 앙큼한 표정을 지으며 사랑스럽게 웃었다.

"어떻게 할까요. 찬양이가 이거 입고 우주 최강 여신 한번 해 드려요?"

오오. 지안의 눈이 빛난다. 입는 것만큼 벗기도 불편하게 생긴 옷이지만 야릇한 자태에 매력이 폭주할 것으로 예상이 된다. 지안은 생각했다. 비록 기억나는 것은 하나도 없지만, 이것 하나만큼은 분명하게 확신할 수 있다고.

"이봐, 정찬양 씨. 나 성격이 좀 급해서 그러는데, 혹시 찢어도 되나?"

"안 돼요! 이거 엄청 아끼는 거란 말이에요!"

그녀가 저것을 입는 순간, 나는 그녀를 가만히 두지 않았을 거란 걸.

고급 빌라가 일정한 간격을 두고 자리한 골목. 강준은 휴대폰을 내려다보다가 이내 손을 내렸다.

그날, 술잔을 깨트리며 김 사장에게 협박을 한 뒤로 연락이 닿지 않는다. 김 사장이 연락 수단으로 가지고 있던 대포폰은 결번이 되었고 비서실은 이런저런 일들로 연결을 차일피일 미뤘다. 사장님께서 몸이 편찮으시다, 며칠째 회사를 나오시지 않았다, 라는 등의 핑계를 대며.

"감히 내 연락을 무시해……?"

관계가 틀어졌음은 명백했다. 애당초 신뢰가 없었던 사이니 쉽게 허물어지는 것이야 불 보듯 뻔한 일이었지만. 늙은 여우는 자존심을 다친 것이 분명했고, 교활한 심성에 다른 수를 생각하고 있음이었다. 아니면 강준이 스스로 먼저 찾아와 무릎 꿇으며 잘못을 사죄하길 바라고 있을 수도 있다.

관계의 우위를 선점하고 싶은 욕심, 손아귀에 놀아나는 것을 절대로 인정하고 싶지 않은 늙어 버린 고집, 너는 내가 없다면 아무것도 아니라는 것을 철저하게 알려 주고 싶은 오만과 분노. 김 사장은 무리수를 두고라도 강준과의 기싸움에서 승리하길 원했다.

"어차피, 이젠 너도 필요 없어."

강준은 중얼거리다가 휴대폰을 내렸고 이내 주머니에 넣었다.

……알고 있다. 누군가와 일을 도모한다는 것 자체가 처음부터 무리였음을. 돌아갈 수가 없는 길이었기에 앞으로 나아갔을 뿐, 방법이 틀렸다는 것은 일찍 알아채고도 남음이 있었다.

차에서 내린 강준은 집으로 들어서기 위해 걸음을 재촉했다. 육중한 현관문만큼이나 쓸쓸하고 황량한 길 위에 서 있다. 그때였다.

"아, 소란 피우지 말고 가시라니까요?!"

"잠시만, 잠시면 된다니까요……."

잡스러운 소리가 들려 강준은 힐끔 곁을 바라보았다. 조금 멀리 떨어진 곳에서 익숙한 얼굴이 경비원들에게 등 떠밀리고 있는 모습이 보인다.

"자꾸 이러면 경찰 부릅니다! 여기가 대체 어딘 줄 알고 찾아와 행패를 부리는 거요, 대체!"

"잠시만, 글쎄 잠시면 된다는데도……."

"어허, 글쎄 안 돼요! 안 된다고요! 무슨 야채 가게 사장님 찾아온 줄 아네 이 아줌마가!"

상대의 얼굴을 확인한 순간 놀란 마음, 당황한 마음보다 분노가 먼저 찾아온다.

"아이고!"

"아, 아주머니!"

툭, 치면 쓰러질 것 같은 몸으로 장정 두 사람이 밀어 내는 것을 버티던 여인이 그만 넘어지고 만다. 상관없는 일이라는 것처럼 발길을 돌리던 강준은 자리에 우뚝, 멈춰 섰다.

"아이고, 사람을 왜 이렇게 밀어요. 내가 그냥 여기 서 있겠다는데……."

"나, 나 안 밀쳤어요! 아줌마가 그냥 넘어진 거지! 그러니까 왜 버텨요, 버티기를!"

"가라고요! 빨리 일어나요! 나 원 참! 여기가 어디라고 이런 몰골로 와서 돌아다니냐고, 거지새끼처럼!"

거지, 새끼. 강준은 끓어오르는 피를 식히는 것처럼 찬 공기를 한껏 들이켰다.

"안 되겠어! 내가 경찰에 신고하고 올게!"

경비원 한 명이 처소로 사라진다. 강준은 현관으로 향하던 발길을 돌려 사건의 현장으로 다가갔다.

"아이고 대표님, 안녕하십니까! 이제 퇴근하십니까?"

조금 전의 태도를 감추며 홀로 남은 경비원은 깍듯한 인사를 했다. 찬 바닥에 엎드린 여인은 다가온 사내가 누군지 알겠다는 듯 차마 얼굴을 들지 못했고, 강준은 적선이 준비된 사내처럼 여인을 내려다보았다. 그러자 경비원이 껴들며 보태지 않아도 될 말들을 했다.

"별일 아닙니다. 웬 미친 여자가 와서 자꾸 행패를 부려서. 경찰이 금방 올 겁니다. 대표님께선 안심하고 댁으로 들어가시는 게……."

"……."

"죄송합니다. 금방 처리하겠습니다."

아! 일어나라고요! 경비원은 발로 여인의 다리를 툭툭 쳤다. 강준은 다시금 찬 공기를 가득히 들이마셨다.

"당신, 이름이 뭐지?"

"예? 저요?"

제 이름은……. 경비원이 이름을 중얼거리자 강준은 시선을 들며 잘근잘근 밟는 듯한 음성으로 입을 열었다. 요구는 간단했다.

"알겠고, 짐 싸서 퇴근해."

"예……? 퇴근이요……?"

……내 눈앞에서 사라져.

"그래. 퇴근하라고. 가급적 빨리 꺼지는 게 좋을 거야."

아니면 내가 널.

"당신, 오늘부로 해고야."

이 자리에서 죽일지도 모르니까.

마치 시간이 멈춘 것 같은 방은 정적만이 맴돈다. 수북한 서류를 모두 검토한 이선은 감당이 되지 않는지 한동안 말을 잃었다. 지금 자신이 뭘 본 건지 충격은 통렬했다. 오랜 기간 백경그룹에 몸을 담고 있던 자신의 큰아버지가 은밀하게 진행해 온 일들은 쉽게 말해 그룹을 갉아먹는, 그룹을 공중분해 시킬 수 있는, 그러한 일들이었다.

"내 설명은 여기까지다. 나를 도울 수 있겠냐?"

"……."

숨이 가빴다. 판도라의 상자를 열어 본 것만 같아 불현듯 두려웠다. 차라리 찾아오지 말걸, 해도 소용없는 후회만 몇 번이고 생각났다.

"그래도 핏줄이라고, 남보다는 너와 도모하는 것이 훨씬 낫겠지. 너도 나를 찾아왔을 땐 남 상무에 대한 모든 미련을 버리려고 한 것 아니냐?"

김 사장은 이선의 흔들리는 마음을 꿰뚫었다.

"백경의 위기는 이미 시작됐다. 어차피 임강준의 시대도 갔고."

"무슨 말씀이세요, 이제 곧 취임식인데."

생각에 잠겨 있던 이선이 시선을 들며 묻자 김 사장은 손을 내저었다. 강준은 이미 날개 없는 돌덩이에 불과하니까. 지금껏 자신이 백경 안에서 쌓아 온 모든 인맥을 동원하지 않으면 제아무리 현 대표직에 있다 한들 이룰 수 있는 것들은 많지 않으리라.

"뿌리가 없는 정상이란 바람에 제일 먼저 꺾이는 곳일 뿐, 다른 것은 없다. 그래서 사람은 스스로 힘을 가져야 하는 거다. 남의 힘을 빌려 봤자 내 것이 아니면 전부 사상누각이야."

"……."

"말했지만 임강준은 얼마 못 가. 그럼 그다음은 누가 될 것 같으냐?"

지안. 지안이다.

"남 상무가 되겠지. 총수직은 임시 공석이 되어도, 구조상 지금의 남 상무가 결국은 자리하게 돼 있다."

그 아래를 현주가 견고하게 받쳐 주겠지. 이미 아주 어릴 적부터 이러한 생태를 위해 교육받고, 훈련받고, 수양하며 자라 왔으니까.

"돌아가신 남 회장님이 강준을 불러들인 것도, 사실은 그 때문이다. 남매에게 위기를 겪게 하려면 빠른 시간 내에 겪게 하려고."

이선은 입술을 멍하니 벌렸다.

"그래서 모든 권한을 남 상무가 쥐게 될 땐 잡음이 없게 하려던 뜻이다. 남 회장님은 강준에게 3년을 부탁했지. 하지만 임 대표는 진짜 주인이 되려고 너무 많은 무리수를 뒀어."

하지만 남 회장이 생각했던 것보다 강준은 훨씬 더 야망이 컸고, 품은 독이 많았다.

김 사장은 마치 자신과는 조금도 관계가 없는 사람의 이야기를 하듯 말을 한다. 사사로운 감정 따위에 휘둘릴 나이가 아니었다.

"나도 백경을 위해 최선을 다했다. 이 정도는 챙겨서 나간대도 내 몫이라 생각하고."

"하지만 정당하지 않아요."

"그래서 너를 부른 거다."

"……."

"정당하지 않은 일을 도모해야, 남 상무에 대한 미련을 떨칠 것 아니냐?"

궤변을 늘어놓으며 김 사장은 이선을 벼랑으로 몰았다.

"남 상무가 망가지길 바라고 왔으면 그것에만 집중해라. 네 것이 되지 않을 거란 걸 확신했다면 야멸차고 가차 없어도 된다."

오랜 시간 품어 온, 너무나도 아끼고, 또 너무나도 귀히 여겼던 나의 사랑이—

"남 상무는 아직까지 그룹을 끌고 나갈 만한 그릇이 아니다. 어차피 백경은 내가 아니라도 무너지게 돼 있어."

전혀 예상하지 못했던 방법으로, 또 전혀 원하지 않았던 방식으로 부서진다.

"어차피 무너질 그룹, 조금 더 일찍 무너지는 게 대수겠나."

말도 안 돼. 내가 얼마나 아꼈는데. 이 사랑을 내가 어떻게 빚었는데.

"듣자 하니 네 애비도 백경에 돌아섰다며. 지금 백경은 구원의 여지가 없다. 총수가 위태로운 그룹이란 구원의 여지가 없는 게다."

내가, 이 사랑을 어떻게 지켜 왔는데.

"나와 함께 백경을 무너트리자. 너만 내 손을 잡고 일을 도모해 준다면, 남 상무는 재기가 어려울 게다."

"큰아버지, 저는 이만 가 볼게요."

이선은 일어섰다. 서류 가방을 닫으며 미련 없이 그가 내밀었던 자료를 덮었다. 김 사장은 불안한 시선으로 이선을 바라보았고, 이선은 그런 자신의 큰아버지를 내려다보았다.

"아시죠. 지금 모든 일, 범법입니다."

"이선아."

"저 변호사인 것도 아시죠."

"내 말 아직 안 끝났다. 조금 더 들어 보……."

"아뇨. 듣지 않아도 알겠네요."

……물론 나는 당신과의 사랑에 패배했지만, 아무짝에 쓸모없는 나의 사랑은 어딘가에 버려지겠지만. 하지만 아무도 모르는 사실이 있어.

"향후 대처는 어떻게 해야 하는지 차차 생각해 보겠습니다."

단 한 번도, 그의 사랑을 받아 본 적 없던 나는, 내가 키운 사랑의 주인이다. 이 사랑은 누구의 것도 아닌, 온전한 나의 것이다.

"너랑 나, 혈연이다. 잊었어?"

"혈연이요? 혈연, 좋죠."

나는 내 사랑을 망치지 않아. 내 지난날들을 적어도 이렇게 무너트리지는 않을래. 이 시간들을 부정한다는 건 나를 상실하는 거니까.

"혈연이 범법을 감싸지는 않습니다. 혈연이 잘못된 길을 간다면, 바로잡는 것이 도리겠죠."

나는 나대로의 방식으로 이 사랑을 종료하겠다. 아주 멋지고, 아주 근사한 방식으로 내 청춘의 일부를 마감하겠다. 내 사랑이 소중했듯이 나 역시 가치 있는 사람이란 걸, 나는 믿는다.

"이런 일들이 기다리고 있는 줄 알았다면 여기 오지 않았을 거예요. 상상도 못 했네요."

"이선아, 이선아."

"사람 잘못 보셨어요. 저 그렇게 아쉬운 거 없어요. 큰아버지."

"……."

"뭐, 같이 지낸 시간이 없으니 큰아버지께서 저를 모르시는 건 당연한 애기겠지만."

이선은 인사할 가치도 없다는 듯 돌아섰다. 다급한 김 사장은 이선의 팔을 붙잡았다.

"네가 돕지 않아도 나는 멈추지 않는다! 그러니……."

"사랑에 실패한 사람이라고 전부 증오를 품진 않아요."

이선은 붙잡힌 팔을 빼냈다. 마음은 한결 가벼워졌고, 가야 할 길은 명확하게 다가왔다.

"그 사람이 무너진다고, 남은 내 인생이 달라지진 않으니까요."

당신과 나는, 그저 인연이 아니었을 뿐이다.

손에 잡히는 대로 모든 것을 집어 던져 으스러지고 깨진 처참한 현장. 강준은 피가 뚝뚝 흐르는 손을 방치한 채 소파에 앉았다.

깨진 유리로 바람이 매섭게 들어온다. 위이이잉, 살벌하게 밀려오는 바람 소리는 사신의 웃음소리처럼 신랄했다.

'지금이라도 도망쳐, 현민아.'

찬 바닥에 넘어지듯 여인이 무너져 있었지만 일으켜 세우지 않았다. 혼비백산하듯 도망간 경비원이 사라지고, 여인과 단둘만 남았지만 사람이 있는 곳으로 여겨지지 않았다.

'네가 잡혀 들어가는 것을 봤어……. 현민이 네가…… 네가…….'

여인은 떨었다. 앙상하게 마른 손가락 끝이 허옇게 질려 있었다. 피를 토하는 심정으로 바닥을 기는 여인을 내려다보다가, 미친 사람처럼 조소하고 말았다.

'당신이 내 미래를 봤다고? 당신은 여전히 그걸 믿어? 당신이 미래를 볼 줄 알아? 웃기지 마! 내 앞에서 무슨 개수작이야!'

……짐승처럼 포효했다. 불길한 말들이 듣기 싫어서가 아닌, 여전

히 그것들을 믿고 사는 여인의 인생에 진절머리가 나서였다.

'미래를 볼 줄 안다면 대체 그땐 왜 그랬어! 왜 날 인간으로 만들지 않았어! 왜 날 방치했어! 왜 모르는 척했어, 대체 왜!'

분노에 싸인 두 팔로 여인의 멱살을 잡고 끌어 올렸다. 타오르는 눈빛으로 태워 죽이고 싶을 만큼, 여인을 증오한다.

'그럼 그때도 봤을 거 아냐. 전부 봤잖아. 말해. 대체 왜 그랬어.'

무늬만 아비라는 자에게 하루라도 두드려 맞지 않고는 불안해서 잠들 수가 없었던 밤. 누구도 병원에 데려가 주지 않아 바셀린 한 통을 만병통치약처럼 쓰던 나날. 그마저도 밑바닥이 보이고 난 다음부턴 짐승의 본능처럼 쓰린 곳에 침을 바르며 통증을 참던, 시절.

'말했지. 죽여 버리고 싶으니까 찾아오지 말라고. 내가 어떻게 되건 말건! 찢어 죽이기 전에 숨어 살라고!'

숨을 조였다. 이미 커 버린 아들의 힘은 쇠약한 노모의 숨을 끊을 수도 있을 것만 같았다.

'죽여? 죽여 줘? 소원인가? 내 손에 죽어 나는 게 소원이라면 못 들어줄 것도 없지!'

아무리 조여도 꿈쩍을 하지 않는다. 마치 모든 것을 포기했다는 듯 여인은 눈을 감았다. 눈이 돌아간 듯 미친 사람의 눈동자로 제 어미를 쏘아보던 강준은 마지막 힘을 더했다.

'그래. 차라리 죽어. 이렇게 살 바엔. 이렇게 살아 무엇 하나 싶을 바엔.'

"이런 빌어먹을……."

와장창……! 다음 장면은 생각하고 싶지 않다는 듯 소파에 앉아 있던 강준은 이번에 물병을 집어 던졌다. 물이 튀기며 유리가 산산조각 난다.

아무리 숨을 조여도 여인은 꿈쩍하지 않고, 정말이지 그대로 숨이 멎을 것 같아 마지막 힘이 무너져 갈 때 여인은 팔을 뻗었다. 자신의 얼굴을 쓸어내렸다. 너무 놀라 굳은 강준은 그대로 멈췄다.

'춥겠다……. 춥지 않니…….'

찬바람이 만들고 간 냉기를 녹이겠다는 듯, 아들의 시린 두 볼이 안쓰럽다는 듯, 힘없이 떨리는 손을 들어 여인은 두 손으로 아들의 볼을 감쌌다.

'목도리를 해야지……. 목에 바람이 든다……'

당신을 죽일까 말까 고민하고 있는 내 앞에서.

'얼굴이 차다……. 감기가 들면 어쩌니…….'

당신을 죽이고, 그저 나도 지긋지긋하고 시시한 인생을 끝내 볼까 고민하던, 그런 내 앞에서.

"으아아아아아아악—!"

……여인의 멱살을 풀고, 그 앞에서 정신없이 도망을 쳤다.

생각을 멈춘 강준은 괴로운지 두 손으로 머리를 감싸며 몸서리를 쳤다. 피투성이 된 손이 얼굴을 더럽혀 온통 핏물투성이가 되었다.

한참 후. 몇 번이고 짐승의 울음소리를 더하던 강준은 냉정함을 되찾은 듯 자리에서 일어섰다. 휴대폰을 들고 거울 앞으로 다가갔다.

"난데."

밟힌 유리 조각에 선혈이 흐르고, 거울에 비친 피투성이 몰골.

"수가 틀렸으니 정리해서 잠적해. 내가 다시 연락할 때까지 연락하지 말고."

사람의 동공이 아닌 것 같은 눈.

— 그럼 윤수호는 어떻게 처리할까요? 뒤를 캐 오는 것 같습니다.

핏기를 모르는 입술.

"죽여."

나는, 어쩔 방법이 없는 괴물이다.

베를린. 모두 떠나고 비어 버린 새벽의 사무실.

대표실의 수석 비서 이택수는 홀로 서서 강준과 통화를 하고 있다. 수두룩한 전과를 자랑하던 자신의 신분을 세탁해 주고, 가족의 생계를 책임져 준 강준이 이번엔 도피를 하라고 말한다. 살생을 저질렀으니 붙잡힌다면 다시는 세상 밖으로 나오지 못할 수도 있음을, 이택수 역시 잘 알고 있다.

"네. 대표님."

강준의 밑에서 인간답지 못한 처우를 받기도 하고, 그의 지시에 손에 피를 묻혀야 하는 이택수였지만 후회는 없다. 굳이 강준이 아니었대도 자신은 인간다운 삶을 살지 못했을 테니까.

"네. 잘 알겠습니다. 바로 정리하고 떠나겠습니다."

무작정 집을 뛰어나온 소년 강준이 잠시 소년 보호소에 머물렀을 때 두 사람은 인연을 맺었다. 머리가 비상했던 강준은 운명을 바꾸려면 공부를 해야 한다는 걸 깨달았고, 이택수는 하루를 연명하는 것에 만족했던, 그 사이에서도 운명이 달랐던 두 사람이다.

"그럼 윤수호는 어떻게 처리할까요? 뒤를 캐오는 것 같습니다."

이택수는 강준을 진심으로 따랐다. 그의 말을 종교처럼 믿었고, 실행에 옮겼다. 사람을 죽이라면 죽였고, 살리라면 살렸다. 옳고 그름은 중요하지 않았다. 그들의 세계에서 구원이란 자신을 믿어 주는 단 한 사람이면 족했다.

— 죽여.

이택수는 조용히 눈을 깜빡였다. 드디어 올 게 왔다는 것처럼 숨을 불어 내쉬었다. 강준에겐 이미 틀어진 상황을 되돌릴 방법 같은 건 없었고, 평소 자신을 무시하던 사람들을 해함으로 세상의 복수를 마감하려는 것 같았다.

— 마지막까지 내게 충성을 다해.

"네. 대표님."

저벅저벅, 구두 소리가 들린다. 이택수는 휴대폰을 반대 귀로 옮기며 고개를 돌렸다. 자신처럼 누군가와 통화를 하며 수호가 걸어온다. 희미한 불빛만 잠식하는 사무실. 누군가와 통화를 하며 서로를 바라보는 두 사람.

"네. 알겠습니다."

수호 역시 간단한 말로 통화를 정리하며 이택수를 길게 응시했다. 이택수는 천천히 휴대폰을 내렸다. 마지막 지령이 떨어졌고, 한시라도 빨리 도피를 하려면 지금 여기서 모든 걸 끝내야 했다.

"윤 실장, 사무실엔 이 시간에 어쩐 일로?"

사이의 거리를 재듯 이택수는 느린 걸음을 옆으로 옮겼다. 상대와의 기싸움을 펼치듯, 이택수의 눈빛은 굶주린 야생의 짐승처럼 변했다.

"찾을 게 좀 있어서, 말입니다."

수호는 휴대폰을 주머니에 넣으며 이택수의 느린 걸음을 주시했다. 간격을 조율하는 이택수의 걸음, 때를 고르는 듯한 눈빛과 말투, 거칠어진 숨소리.

느낌이 심상치 않다.

"이 시간에, 어디 가십니까? 바빠 보이시는데."

수호는 조금씩 움직이는 이택수를 보다가 물었다. 이택수는 휴대폰을 주머니에 넣으며 비린 웃음을 지었다.

"나야 바쁘지."

……위험 신호가 감지된다.

"그래서 빨리 처리하려고."

느린 걸음은 교묘하게 간격을 좁혀 온다. 이택수는 악랄한 눈빛으로 상대의 시선을 확보하며 아주 느린 속도로 주머니에 넣었던 손을 뺐다. 그의 손엔 버터플라이 나이프가 쥐여 있다. 길을 잘 들인 나이프는 공중에서 몇 번을 휘두르니 본연의 날카로운 모습을 찾는다. 스치기만 해도 남아나는 것 없이, 전부가 베일 것 같은 날카로움이 빛을 발한다.

"지금, 뭐 하자는 겁니까."

칼을 확인한 수호는 그가 다가온 만큼 뒤로 물러났다. 이미 의도를 공개한 마당에 감출 것이 없는 이택수는 꺼내 든 나이프를 앞으로 디밀었다.

"뭐긴 뭐야. 보면 몰라?"

"진정하시고 칼 내리세요."

"닥쳐 이 새끼야. 나한테 명령 같은 거 하지 마."

흐흐. 흐흐흐흐. 이택수는 실성한 듯 웃었다. 수호는 미동 없는 표정으로 그를 응시했다. 이미 그는 마음을 굳힌 듯 보였고 결심의 끝엔 자신이 매달려 있음이 느껴졌다. 수호는 이택수의 움직임에 정신을 집중하며 천천히 목에 맨 타이를 끌렀다. 타이른다고 말을 들을 것 같지도, 회개하며 정신을 차릴 것 같지도 않았다.

"야 이 새끼야, 그러니까 대표님께 잘 보였어야지. 그랬으면 이렇게 타지에서 죽는 일은 없었을 거 아냐."

타이를 오른손에 천천히 감았다.

"날 원망은 말라고. 나야 그저 누군가의 꼭두각시일 뿐, 그 이상도 그 이하도 없으니까."

이택수는 가소롭다는 듯 웃음을 뚝 그치며 표정을 일그러트렸다. 저 세계의 사람처럼, 그의 눈에서 생기가 느껴지지 않았다. 수호는 타이를 동여맨 손으로 주먹을 말아 쥐며 고요한 숨을 내쉬었다.

"이택수. 칼 내려."

작은 도발에도 상대의 기가 고조된다.

"마지막이다. 칼 내려. 이택수."

이마엔 실핏줄이 서고 적막이 가득한 공기 속으로 살기가 퍼진다.

이택수는 익숙하게 칼을 허공에 대고 휘둘렀다. 훅훅, 작은 쇳덩이는 공기를 가를 때마다 결코 만만하지 않은 존재감을 과시했다. 마치 예열을 끝낸 듯 이택수는 다시 수호를 향해 칼을 겨누며 중얼거렸다.

"내가, 니가 이곳으로 온 이유를 말해 줄까?"

"……."

"넌 처음부터 여기 죽으러 온 거야. 죽으러."

……이야아아아악! 이택수는 혼신의 힘을 다해 그에게 달려들었다. 너를 죽여야, 내가 살 수 있다.

그 어느 때보다 옷 태에 신경을 쓰고 곱게 화장을 한 채 이선은 엘리베이터에서 내렸다. 이곳은 백경그룹의 상무실 앞이고 저 유리문을 열고 들어서면 찬양이, 그리고 지안이 있을 거다.

밤새 퉁퉁 부은 눈 같은 건 들키지 않으려고 갖은 애를 쓰며 화장을 했다. 화려한 옷으로 수척한 얼굴을 감추려고 한참을 고민하며 원피스를 골랐다. 최고급 가방, 최고급 시계, 최고급 구두, 가지고 있는 모든 최고의 것들로 무장했다. 사치스러워 보이는 액세서리를 이곳저곳에 매달고 다소 진한 향수를 뿌렸다. 전쟁을 준비하는 무사의 아침처럼 경건함까지 더해, 그녀는 온종일 화려함으로 전신을 무장했다.

"휴."

이선은 준비가 됐다는 듯 상무실 유리문을 통과했다. 홀로 대기 중이던 찬양은 일어서며 찾아온 이선을 바라보았다. 쥐고 있던 USB는 급히 주머니에 넣었다.

"오셨어요, 김 변호사님."

"그래요. 정찬양 씨."

서로는 잠시 머뭇거리다가 날 선 기운이 풀어지는 미소를 지었다. 격정적인 마음으로 퍼부었던 스스로의 말들이 생각나면서 무안해진 것이다.

"남지안 상무님, 안에 계시죠?"

"지금 안 계십니다. 변호사님."

"그래요? 언제 오세요?"

"아마…… 늦게……."

"아아. 늦게."

이선은 순식간에 밀려오는 허탈함에 눈을 느리게 감았다가 떴다. 무장했는데. 연습했는데.

"혹시 어디 가셨는지……."

"저도 사실 잘 모릅니다. 변호사님."

그는 이곳에 없단다.

"네. 그렇군요."

이선은 기운이 빠진다는 듯 머리를 쓸어 넘겼다. 몇 번이고 덧칠해 두껍게 말아 올린 마스카라가 허무하다. 큰아버지 김 사장은 오늘 아침에 급한 출국을 감행했다.

"다시 올게요. 상무님 오시면 연락 주세요."

"알겠습니다. 변호사님."

"급한 일이니 꼭 전달해 주세요."

"저, 변호사님."

이선이 돌아서려 하자 찬양은 그녀를 불렀다.

"급한 일이시면 변호사님께서 직접 상무님께 연락을 해 보셔도……."

"아뇨. 업무상 찾아온 건데 비서실 통해야죠. 앞으론 비서실 통해서 연락드리려고요. 절차에 맞게."

찬양은 이선의 말끝에 고개를 들었다. 지금 그녀의 모습은 어딘가 모르게 변한 것 같은, 대단한 심경의 변화가 있었던 것만 같은.

"저, 변호사님!"

이선이 밖을 나서려고 하자 찬양은 다시 그녀를 불렀다. 찬양은 걸음을 옮겨 그녀에게 다가갔다.

"일전엔 제가 무례했어요. 사과드리고 싶었어요, 변호사님."

……또다시 선수를 빼앗기고 만다.

"내내 마음이 불편했어요. 죄송했습니다. 변호사님의 입장에서 충분히, 충분히 그럴 수도 있던 건데 제가……."

이선은 희미하게 웃었다. 조금 더 준비가 되면 미안했다는 말, 내가 먼저 건네고 싶었는데.

"변호사님이 뭘 걱정하시는지 잘 알아요. 사실 저도 자신은 없어요. 모두가 염려하는 그런 일들, 저도 무섭고 두렵고, 그래요."

이선이 천천히 고개를 돌려 찬양을 바라보자 마치 고해를 하듯 중얼거리고 있다.

"하지만 그런 일들로 상무님 포기하지 않아요. 다 설명할 수 없지만 저도 힘들게 버티고 버텨서 지금 상무님을 만난 거니까……."

"정찬양 씨."

붉게 칠한 입술이 움직이자 찬양은 말을 멈추며 시선을 들었다. 진한 화장의 이선은 모르던 타인처럼 낯설었다.

"고등학생 때부터 남지안 상무님을 쫓아다녔어요. 유학도 다녀오고 변호사 준비를 하면서 자주 볼 수는 없었지만, 단 한 번도 좋아하지 않았던 적은 없었을 만큼."

……아주 까마득한 과거로부터 세월이 대부분의 것을 지워 낸, 푸릇했던 소녀의 시절로부터.

"장래 희망이 상무님 부인이었죠. 실제로 학교 설문지에 그렇게 적어 냈고요. 집안에서도 확고했으니까 결국은 내가, 그렇게 될 거라고 믿어 의심하지 않았어요."

찬양은 다시 고개를 내렸다. 시선을 마주하고 듣기엔 그 이야기, 그 세월, 이선의 입장에서 생각하니 참담한 심정이다.

"내가 좋아하는 것까진 누구도 뭐라 할 수 없잖아요. 그래서 자유롭게 사랑했어요. 다행스럽게 상무님도 이렇다 할 연애 상대가 없었고, 그래서, 그래서……."

매일 밤을 그의 얼굴로 앓았다. 매일 낮을 그의 얼굴로 버텼다.

"하지만 어느 순간 깨달았죠. 상무님은 내게 오지 않을 거란 걸."

앓고, 버티고, 앓다, 버티다가, 여기까지 왔다.

"다만 포기를 하지 못한 건, 내가 보낸 세월이 억울해서였어요. 너무 억울해서, 항의할 곳도 없는 내 시간이 너무 억울해서, 그래서 못 떠난 것뿐이에요."

"……."

"버릇이 됐더라고요. 상무님을 좋아하는 게 그저 버릇이 돼서, 나는 그저 살던 대로 살아왔더라고요."

이선은 찬양의 어깨에 손을 올렸다. 두꺼운 화장 속, 이선은 감추지 못한 포기를 내보였다.

"오늘 상무님 얼굴 보고 쿨하게 단념 선언해 주려고 왔는데. 휴우, 작전 대실패."

"변호사님……."

"큰아버지가 대형 사고를 쳤어요. 상무님하고 나, 안 될 운명이었나 봐요."

찬양은 당황한 듯 입술을 멍하니 벌렸다. 결국 이선은 모든 진실을 알게 된 모양이었다. 이제 아무래도 상관없다는 것처럼, 그녀는 편안한 미소를 지었다.

"정찬양 씨. 나는 누구나 행복할 권리가 있다고 믿어요. 나의 행복이 그 사람의 행복까지 만들어 줄 수 없다면 조금 더 큰 행복의 손을 들어 줘야겠죠."

당신들은 둘이고 나는 하나니까.

이선은 찬양의 어깨를 두어 번 다독이다가 가 보겠다는 듯 더욱 살가운 미소를 그렸다. 승복이 아닌, 인정이었다.

"둘 사이에서 내가 빠진대도 힘들 거예요. 상무님은 그런 사람이니까."

혼자 앓아 온 사랑은 만사가 그러하듯 흔적 없이 소멸한다. 꽤 오랜 준비가 필요하다고 여겼는데, 돌아보니 쥐고 있는 사랑이 없다.

"그리고 정찬양 씨를 보면서 느낀 게 많았어요. 나도 날 사랑해 주는 사람을 만나고 싶어졌달까."

그래, 어느 틈에 사라진다. 코끝에 걸린 감기가 긴 잠에 달아나듯. 목에 잠긴 가시가 찜박질에 사라지듯. 무릎에 자리한 상처가 새살로 뒤덮이듯.

"잘 지내요. 정찬양 씨."

노력 없이도 내가, 당신을 사랑했듯.

김 사장은 정신없이 여권을 챙겨 무작정 출국을 감행했다. 백경그룹의 무인 선박 개발 기술을 사겠다는 작자를 만나기 위해 홍콩에 도착했다. 그룹의 가장 큰 기밀 사항으로 꼽히는 정보였기에 얼마 전 강준에게 유출 의뢰를 했었으나 실패했고, 지금 김 사장에겐 팔 만한 정보가 있을 리 없다.

"무인 선박이 아니더라도, 다른 정보라도 팔아야 해. 반드시."

김 사장은 중얼거리며 약속된 장소로 향했다. 무인 정보를 거래할 수 없다면 자신의 계열사, 즉 백경물산의 기밀이라도 팔아 보려는 속셈이다.

중국에서 알아주는 브로커라는 사실만 접했을 뿐 사실상 서로는 서로의 신상에 대해 전혀 알지 못하는 상황이었고, 따라서 김 사장은 첫 번째 유출과 같은 경로와 방식으로 일을 진행하고 있었다. 서로가 누군지 모르니 편안했고, 중국어에 능통한 김 사장이었기에 외부의 도움도 필요가 없었다.

문제 될 건 없다. 무인 선박 기술을 유출하려면 시간이 조금 더 필요하다고 딜을 해 볼 요량이다. 그 전에 백경물산의 고급 정보는 필요가 없겠냐고, 그는 팔아넘길 수 있는 모든 것을 팔 생각이다. 짧은 시간 내에 적당한 가격에 팔아 버리고 도피하는 것. 그것이 그의 계획이다.

김 사장은 미리 잡은 약속 장소로 급한 걸음을 옮겼다. 접선의 방식은 간단했다. 정보를 사고자 하는 사람과 정보를 팔고자 하는 사람이 약속된 장소에 도착하면 신용할 만한 중개인이 두 사람 가운데서 거래를 돕는다. 세 사람은 서로의 얼굴을 볼 수가 없다. 요구하는 정보와 받고자 하는 금액이 타협되면 24시간 이내로 모든 상황이 종료된다.

약속된 장소에 도착하고 보니 벤치에 앉아 있는 노인이 보인다. 김 사장은 노인의 뒤로 돌아가 등을 맞대게 되어 있는 벤치에 앉았다.

『푸른 해가 빨간 구름에 덮여 비가 온다.』

김 사장이 입을 떼자 노인은 신문을 덮으며 자리에서 일어섰다. 노인이 떠난 자리에 남은 메모지와 카드 열쇠를 들고, 메모지에 적힌 장소를 찾아갔다. 아이스크림 노점 앞을 지나 전자 상가가 즐비한 허름한 골목으로 들어서 한참을 걷다 보니 간판도 제대로 달려 있지 않은 건물들이 빼곡하게 나타난다.

길거리에 엎드린 채 구걸을 하고 있는 거지가 보인다. 김 사장은 걸음을 옮겨 그 앞으로 다가가 멈췄다.

『내일의 해를 만나려면 오늘의 밤을 버텨야 한다.』

중얼거리자 내내 고개를 숙이고 있던 거지가 고개를 든다. 앞을 보지 못하는 맹인인 듯, 희번덕거리는 눈동자는 갈피가 없다.

『506호.』

거지는 턱 끝으로 건물을 가리키며 중얼거렸다. 고개를 돌린 김 사장이 바라보니 더 이상 이동이 필요 없는, 이곳이 접견지인 것 같았다.

김 사장은 걸음을 옮겼다. 상가와 주거가 합쳐져 있던 공간 같은데 1층은 모든 상가가 빠져나간 듯했고 위로 올라가도 사정은 크게 다를 것 같지 않았다. 사람이 없다는 것이 확연하게 느껴지는 공간. 건물 안은 조용하다 못해 음침하고, 을씨년스러웠다. 전기가 제대로 들어오지 않아 어두컴컴했고, 자신의 구두 소리는 저 복도 끝까지 치고 돌아오는 것만큼 크게 들렸다.

506호. 김 사장은 정확히 506호 앞에 멈춰 섰다. 주변을 살펴보니 이미 우측과 좌측의 방은 문이 닫혔다. 약속 시간을 정확하게 지킨 김 사장은 506호 문을 열었다. 조금 전에 획득한 카드 열쇠를 가져다 대니 철컥, 문이 열린다. 사선으로 들어오는 빛 한 줄기에 뿌연 먼지들이 엉켜 순환한다.

저벅저벅. 안으로 들어선 김 사장은 우뚝 멈추고 말았다. 저쯤, 사물과 뒤섞인 형태가 언뜻 사람처럼 보이는 것이 있어, 김 사장은 눈을 가늘게 뜨며 신경을 곤두세웠다. 서서히 주변의 것들이 눈에 익으며 형태는 조금 더 선명해져 갔다. 오래된 탁자, 오래된 의자, 약간의 움직임이 더해질 때마다 삐거덕거리며 울리는 마찰 소리.

"오셨습니까?"

상대는 자신을 바라보며 웃었고 다리를 꼬아 앉은 자세로 인사를 건넸다. 아는 사람들끼리나 주고받을 수 있는, 무척이나 격 없는 인사였다. 상대의 신원을 알 수 없는 거래라는 건 자신의 정보를 감출 수 있는 득(得)이 있으나, 반대로 상대의 정보를 알아낼 수 없는 실(失)을 무릅써야 했다.

"오랜만입니다."

결과는 참혹했다. 백경의 무인 선박 기술을 사겠다며 엄청난 액수로 자신을 현혹한 사람은 다름 아닌 백경의 차세대 주인, 기술의 책임자였으니까.

"이곳에 도착할 사람은 누굴까, 기다리면서 많은 상상을 했습니다."

욕망이 만들어 낸 위태로운 얼음판이 균열을 일으키며 무너진다. 숨통을 조이는 발아래 암흑천지로 빨려 들어간다. 시야는 삽시간에 검게 변하고, 끝도 없는 저 아래 파멸의 공간으로 나는 빨려 들어간다.

"그런데, 이런 곳에서 다 뵙는군요."

자신을 기다리고 있던 지안의 미소를 바라보며 김 사장은 문득 그런 생각을 했다.

"김 사장님."

추락하는 것엔, 날개가 없다. 뒤돌아 이대로 나갈 수도, 앞으로 나

아가 그 얼굴 마주할 수도. 이럴 수도 저럴 수도 없는 시간만 흐른다.

김 사장은 공간과 하나가 된 듯 멈춰 서 지안의 얼굴만 바라보고 있다. 인사를 끝으로 더는 입을 열지 않는 지안의 표정은 사무적으로 돌변했다. 전혀 예상하지 못한 상대가 찾아왔다던 말과는 달리 놀라거나 분노하거나 화를 내지도 않았다. 당신이 어떻게 그룹에 이런 일을 할 수 있느냐고. 내 아버지가 당신을 얼마나 믿었는데 이렇게 배신을 할 수가 있느냐고 따져 묻지도, 돌발적인 흥분을 하지도 않았다.

"자네가…… 자네가 왜……."

생각이 만들어 내는 질문이 아닌 제멋대로 열린 입술에서 탄식처럼 흘러나온 말이었다. 쥐고 있던 카드 열쇠가 툭 하고 바닥에 떨어졌지만 김 사장은 열쇠를 놓친 것도 모르겠다는 표정을 짓고 있다.

지안은 떨어진 열쇠를 바라보다가 입술을 열었다.

"그룹 기밀 유출 사건을 비공식적으로 추적하기가 쉽지 않아서요. 방법을 좀 바꿔 봤습니다. 설마 거래를 또 하려고 들까 했는데, 한 번 팔아 치운 사람 두 번은 못 팔아 치울까 싶어서."

헐벗은 것과 같은 수치심이 밀려든다. 김 사장은 도망칠 구멍이 보이질 않는 현실을 인정해 보려는 듯 이를 악물었다. 무척이나 점잖아 보이는, 존경받아 마땅할 것만 같은 김 사장의 얼굴 위로 흉악함이 흘러내렸다.

"물론 김 사장님은 아니길 바랐습니다. 진심으로."

"이제…… 어쩔 셈인가?"

"이후 상황은 법이 알려 주겠죠."

……하. 김 사장은 작게 실소했다. 아주 어린 소년이었던 시절로부터 지금에 이르기까지의 자신의 삶이 필름처럼 스쳐 지난다. 인간의 탐욕이란 정지의 선이 없어, 일정한 구간을 넘어서면 죄의식이라는 잣대가 사라진다.

"그래. 인정하네. 내가 잠시 이성을 잃었어."

선과 악의 기준은 모호하게 변하고, 스스로 세운 명분만을 대의라 믿고.

"나도 내가 왜 여기까지 흘러왔는지 모르겠네. 하지만 멈출 수가 없었어."

미약하게 남은 양심에 흔들릴 때마다, 지나온 길을 떠올렸다.

"물산을 지금까지 끌어온 나네. 그런 물산을 합병 1순위에 놓고 있던 자네가 아닌가?"

"부실 계열사 처리 방안은 이익 구조에 따라 발생하는 일입니다. 제 개인의 뜻으로 처리되는 일도 아니죠."

"합병 이야기만 없었어도 여기까지 오진 않았어! 내가 회사에 바친 세월이 얼만데! 쫓겨나다시피 자리에서 물러서려고 청춘 바쳐 일해 온 게 아니야!"

"청춘을 바치셨습니까?"

"……."

"백경은 그만한 처우를 해 드렸습니다."

으아아아! 김 사장은 뒤늦게 올라오는 분노, 자신의 상황을 감정에 호소해 보려는 간악한 본능에 몸서리쳤다. 타인의 시선과 권위자의 힘으로 버티던 삶이 형편없이 무너진 순간. 자신이 지은 모든 죄의 시작이 지안인 것처럼, 김 사장의 눈빛은 변해 갔다. 덜덜 떨리는 손을 들어 지안의 얼굴을 가리켰다.

"좋아. 날 잡는다고 뭐가 달라질 것 같아? 날 잡아 처넣으면, 그룹이 안전해질 것 같으냐? 천만의 말씀!"

마지막 남은 오기, 휴지처럼 구겨진 자존심. 새파랗게 어린 자식 같은 놈에게 구차해지고 싶지 않은 순간의 오판.

"이미 나 하나 집어넣는다고 안전해질 그룹이 아니야! 적은 도처에 있고, 넌 아마 이렇듯 뒤늦은 수습이나 하러 다니다가 물러나겠지!"

나의 불행은 너로 인해 시작되었다는 믿음.

"그룹은 쪼개질 거다! 넌 그룹을 지킬 수 없어! 그럴 능력이 없다고, 네게는!"

나의 인생이 온전히 나의 것이 아닐 때, 타인의 그림자가 나의 인생에 검은 그림자를 드리웠다고 믿을 때 인생은 불행해진다.

"멍청한 놈. 내가 아니었대도 어차피 백경은 내리막길이야."

김 사장은 토악질을 하듯 말을 뱉으며 뜨겁게 달아오른 얼굴을 붉혔다. 지안은 막장으로 치닫는 드라마 연속극을 바라보듯 그의 얼굴을 응시하다가 천천히 일어났다.

"물론 김 사장님 한 명을 잡아선 의미가 없죠."

협조 요청에 대기 중이던 경찰들이 모습을 드러냈다.

"몰라서 방관한 게 아닙니다. 한꺼번에 소탕하려고 기다린 것뿐."

김 사장은 주변을 에워싸는 경찰들을 바라보다가, 말아 쥐고 있던 주먹을 풀었다.

"한 명이라도 놓쳐서야 되겠습니까? 안 될 말이죠."

누군가 잡혔다는 소식에 움직일 용의자들의 경로를 차단하기 위해, 한날한시에 잡아 보겠다는 지안의 침착함이 오늘에 이르러 윤곽을 드러낸다.

지안은 시간을 확인했다. 이제 곧 한국으로 돌아가야 할 시간이었다.

"법정에서 뵙겠습니다. 다음 숨바꼭질이 기다리고 있어서."

"이선이는 이런 일들과 아무 관계가 없네."

움직이려던 지안이 멈춰 선다.

"이선이는 아무 관계 없어. 걔는 아무것도 몰라. 나와 친척이라는 이유로 괜한 의심 하지 말고, 걔를 이런 추잡한 사건에 끼워 넣지 마."

"압니다. 제가 다른 건 몰라도 이거 하나는 확실하게 알죠. 김이선 변호사는 이번 사건과 전혀 관계가 없다는 것."

그럼 이만. 지안은 먼저 돌아섰고 경찰들은 김 사장을 둘러쌌다. 현행범이었다.

취임식과 다소 어울리지 않는 것 같은, 마치 죽음의 현장을 방문한 애도자와 같은 블랙 슈트, 블랙 타이를 매고 강준이 모습을 드러낸다. 취임식이 열릴 예정에 대표가 찾아오니 직원이 헐레벌떡 뛰어왔다.

"대표님! 어떤 문제라도……."

"없습니다. 바쁠 텐데 일 보세요."

강준은 잠깐 온 거니 신경 쓰지 말라고 돌려보냈다.

그는 홀로 서서 자신의 취임식 준비로 정신없이 바쁜 사람들을 물끄러미 바라보았다. 직원들은 생화를 비치하고, 현수막을 걸며 투명하게 빛나는 얼음조각을 들여왔다. 마치 본인의 취임식이 아닌 타인의 것을 들여다보는 것 같은 무심한 눈길로, 그는 뒷짐을 진 채 광경을 하염없이 바라보았다.

"줄 좀 맞춰요! 조금만 더 높게!"

대형 현수막이 걸린다. '임강준' 이라는 세 글자에 강준의 시선이 한참이나 머문다. 백경그룹의 대표, 그리고 연임. 누구나 이루기 쉽지 않은 결과물의 주인공, 임강준.

"됐어요! 아니, 아니! 오른쪽 조금만 더 들어 주세요! 오케이!"

피식, 웃음이 났다. 임강준이라는 이름은 난데없이 낯설어 괴리감이 든다. 다른 사람으로 살겠다고 본연의 이름을 버린 채 '강준' 이라는 이름을 얻게 된 이후로 지금까지 삶은 변하는 것 없이 제자리걸음을 걸었다. 어느 곳 어느 자리에 가도 다시 태어나기란 힘이 들었다. 자신을 껄끄러워하던 재벌들, 하나같이 자신을 아래로 바라보던 진짜 로열패밀리들, 꼭두각시 취급을 하며 뒤에서 비웃던 그 인간 이하의 쓰레기들. 어깨를 나란히 할 수 있을 거라 믿었는데, 올라가면 올라갈수록 자신을 낮게 바라보는 사람들만이 존재했다.

강준은 주먹을 말아 쥐었다. 자신을 비웃던 모든 것들을 떠올리며 그는 뒤돌아 걸음을 옮겼다. 목적지가 정해져 있는지 반듯한 걸음은 조용한 복도를 가르며 울렸다. 종말을 예감한 자의 걸음걸이처럼, 그의 보폭엔 비장함마저 감돌았다.

"그래요. 차질 없이 명단 확인해 줘요. VIP들 불편하지 않게 취재진 정렬 잘해 주시고요."

그때였다. 저쯤 누군가와 통화를 하며 현주가 걸어온다. 강준을 발견하지 못한 그녀는 대기실로 사용 중인 방문을 열고 들어갔다.

강준은 발자국 소리를 죽이며 주변을 살폈다. 행사장에 모여 있는 관계로 이쪽 주변은 상대적으로 조용했다. 빛이 새어 나오는 방 앞에서서 강준은 깊은 숨을 내쉬고 문을 열었다. 누군가와 막 전화 통화를 끝냈는지 현주가 돌아본다.

"어? 대표님? 일찍 오셨네요?"

현주는 시계를 바라보고는 평소와 같은 표정을 지었다. 강준은 답 대신 짧게 미소 지으며 안으로 들어섰다. 쿵, 작은 소리로 문이 닫힌다. 현주는 흐트러진 명단 종이를 책상에 툭툭 쳐서 정리하며 시선을 내렸다.

"VIP들께서 30분 정도 후면 도착하실 거예요. 대표님 연임이지만 꽤 내객이 많아서 준비할 게 많아요. 실수가 있어서는 안 되니까."

"남 전무."

"네. 대표님."

현주는 명단을 손에 쥐고 고개를 들었다. 어쩐 일인지 문 앞에 서서 강준은 자신을 바라보고만 있다.

"아아. 남 상무는 볼일이 있어서 마치고 돌아올 거예요. 조금 늦을지도 모른다고. 대표님께서 양해해 주세요."

강준은 텅 빈 눈동자로 현주를 응시했다. 도피를 지시한 이택수의 부재, 김 사장의 돌연 출국. 새벽엔 지안의 출국까지 확인했다.

"아니면 저한테 할 말 있으세요? 대표님?"

끝이라는 것은 완벽하게 예감되었다.

"VIP들을 전부 불러 놓은 자리에서 날 처형시키겠다는 작전인가?"

"……네? 그게 무슨 말씀이시죠?"

현주는 전혀 모르겠다는 표정을 지었다. 하지만 이미 모든 상황에 결정을 내린 강준에게, 그녀의 의문하는 표정이 보일 리가 없다.

"다 알잖아. 여기가 끝이라는 거."

"끝……?"

"이제 그만하려고. 나도 지쳐. 결국 니들 손바닥 안에서 놀아나는 일, 신물이 난다고."

대체 무슨……. 현주는 도저히 알아듣지 못하겠다는 표정을 지었다. 가만히 강준을 바라보던 현주는 피식 웃음을 터트렸다.

"긴장되세요? 새삼스럽게. 처음 취임하시는 것도 아니잖아요."

대수롭지 않게 응수하며 현주는 휴대폰 쪽으로 팔을 뻗었다.

"커피 한잔 드실래요? 너무 긴장하신 것 같은데. 하지만 실수 없이 잘하실 거……."

"휴대폰 잡지 마."

휴대폰을 집으려던 현주의 손끝이 멈칫한다. 강준의 목소리가 예사롭지 않다는 것을 깨달은 그녀는 천천히 시선을 들었다. 눈동자에 맺힌 한기가 느껴졌다.

"날 가지고 놀았어. 아무것도 모르는 척, 사실은 다 알고 있었던 거야."

"대표……님……?"

"대표님? 날 한 번이라도 대표로 여긴 적이 있어? 당신이 진정으로 날, 마음 깊숙한 곳에서 사람 취급을 한 적이 있냐고. 없잖아. 안 그래?"

차게 변한 강준의 음성에서 처음 느끼는 종류의 매서움이 느껴진다. 현주는 조금도 움직일 수 없을 만큼 굳어 숨을 짧게 내쉬었다.

"없어. 당신도 똑같아. 날 항상 무시하고 밀어냈어. 한 번도 인간적으로 날 받아 준 적이 없었다고."

"대체 무슨 소리를……. 대표님…… 왜, 왜 이……."

"니가 나를 무시하니까, 니 옆에 있는 비서 새끼도 날 무시했던 거야. 따르는 종놈이 사람을 무시할 땐 그 주인의 행동을 알 수 있는 법이거든. 너도 날 무시한 거야. 네가 제일. 네가 가장 제일."

강준은 중얼거리며 문손잡이에 손을 가져다 댔다.

"여기가 끝이라면 나 혼자 죽지 않아. 절대로. 절대로."

"대, 대표님…… 아아……."

현주의 긴장한 시선이 그의 손끝을 따라간다. 엉킨 두려움이 말문을 막는다. 강준은 평소와는 전혀 다른 사람이 되었다. 아니, 사실은 숨겨 두었던 진짜 모습이 나타났던 거다.

"날 무시하던 것들은 살아갈 가치가 없어. 다 죽여 버릴 거야."

철컥. 소름 끼치는 소리와 함께 문이 잠겼다.

"아…… 아아……."

현주는 뒷걸음을 걸었다. 날카로운 쇳소리로 잠기는 문은 삶과 죽음의 경계를 가르는 파열음처럼 들려왔다.

높은 하이힐이 흔들린다. 삐걱거리는 걸음으로 현주는 밀려나듯 뒤로 걸었고, 강준은 그녀 보폭을 따라 천천히 앞으로 걸었다. 눈앞에 공포가 찰랑거리니 별다른 생각도 들지 않는다. 점점 멀어지는 휴대폰, 비명을 지를 수도 없는 가까운 간격. 끅끅, 숨이 막혀 딸꾹질이 나온다.

현주는 이성을 상실한 것 같은 강준의 얼굴만 바라보았다. 아니, 강준은 그 어느 때보다 침착해 보였고 자신이 하려는 일이 선행이라는 것처럼 평안해 보였다.

"다 누리고 살았잖아. 죽기 아까운 시간은 아니지. 남현주."

"아…… 대, 대표님……."

"너처럼 다 가진 것들은 남을 무시하는 것밖에 할 줄 몰라. 나는 늘 니 눈치를 보고 살았어. 니 동생 놈, 니 비서 새끼 눈치까지 봐야 했지."

막다른 벽에 다다른다.

"너까지 죽일 생각은 없었어. 나는 니가 필요했거든. 너만 얻으면 일이 이렇게 어렵지 않았다고."

온통 차가운 기운이 전신으로 느껴진다. 다리가 사라질 것만 같은 공포.

"너만 날 사람 취급 해 줬으면 될 일이야. 난 자신 있었어. 진짜 백경의 주인이 될 자신."

뻣뻣하게 굳은 목덜미는 움직이질 않는다. 그의 커다란 손에 가시가 돋아난 것 같은 환각이 일었다.

"니가 망친 거야. 날 받아 줬어야지. 내가 아무리 밑바닥에서 기어 올라왔대도, 너는 날 받아 줬어야지."

두 사람의 구두 끝이 부딪칠 것처럼 가까운 간격이 되었다. 판단의 기능을 상실한 머리를 간신히 들고만 있다. 현주는 이미 살인자의 얼굴로 변한 강준을 바라보는 것 외엔 아무것도 할 수가 없었다.

"니 동생은 그때, 죽었어야 해."

까무러칠 것만 같다. 아니, 차라리 까무러친다면 좋겠다.

"너만 남았으면 쉬웠을지도 모르지. 뭐, 이젠 아무래도 좋아. 다 틀렸으니까."

강준은 천천히 두 손을 들었다. 툭 꺾으면 부러질 것 같은 현주의 흰 목덜미가 더욱 그의 본능을 긁어 댔다.

"아……."

굵은 밧줄처럼 목덜미를 조이고 옭아맸다. 현주는 안간힘을 쓰며 그의 팔을 밀어 보지만 완강한 힘을 버틸 재간이 없다. 사신의 울음소리 같은 괴상한 소리로 그가 웃는다. 시야가 까마득하게 변해, 더는 그의 얼굴도 보이질 않게 되었다.

똑똑똑—

그때, 노크 소리가 들린다. 강준이 홱, 돌아보자 현주는 신이 내린 마지막 기회라는 것처럼 소리를 질렀다.

"꺄아악! 살려……!"

잽싸게 강준이 그녀 입을 틀어막고는 눈을 희번덕거렸다. 똑똑, 두어 번 문을 더 두드리더니, 잠긴 문손잡이를 여러 번 돌려 보는 정중한 소리가 들린다.

제발 가지 마……. 여기…… 여기 내가 있어……. 제발, 제발 가지 마……. 현주는 제발 가지 말라고, 제발 이대로 사라지지 말아 달라고 기도를 드릴 수 있는 모든 대상을 향해 기도했다.

하지만 문이 열리지 않자 사람이 없다고 느꼈는지 구두 소리는 멀어져갔다. 구두 소리가 멀어진 만큼, 꼭 그만큼의 적막이 다시금 찾아든다. 쥐고 있던 마지막 동아줄이 끊긴 것처럼 현주는 망연자실했다. 비로소 사람이 사라졌다는 걸 확신한 강준은 그녀 귀에 가까이 대고 속삭였다.

"사람이 갔어. 신이 너를 돕지 않을 모양이야."

마치 귀를 핥은 것 같은 소름이 일어 현주는 발버둥을 쳤다. 강준은 마저 할 일을 하듯 다시 그녀 목덜미를 움켜쥐었다.

이 순간 그는 지옥으로 내려왔다. 사람의 목숨을 직접 거둬 본 적은 없었지만 처음이라는 것이 믿기지 않을 만큼 그는 침착했고, 자연스러웠다. 누구도 내려 주지 않은 권한을 스스로 부여잡고.

"으으…… 으으윽……."

"괜찮아. 편하게 마음먹어, 현주야."

타인의 목숨을 쥐락펴락하며 그릇된 희열을 느낀다.

"얼마 걸리진 않을 테니까."

……그때였다. 콰아아앙—! 굳게 잠겨 있던 대기실 문이 부서지고 강준은 분노에 꽉 찬 눈길로 뒤를 바라보았다.

덜컹덜컹 힘을 잃고 흔들리는 문 사이로 수호가 들어선다. 하, 강준은 기어이 살아 여기까지 끼어 들어온 수호를 바라보며 실성한 듯 웃음을 흘렸다.

"감히 대표와 전무가 대화하는데 니 새끼가 들어와?"

"……."

"나 아직 여기 대표야. 나가."

파리해진 낯빛을 한 현주는 힘을 잃은 두 눈을 꽉 감았고 수호는 주머니에서 흰 봉투를 꺼내 바닥에 던졌다. 강준이 그녀를 붙잡고 있는 채로 시선을 내려 봉투를 바라보았다. 사직서다.

"니가 아직 여기 대표라고 해도 내가 이제 여기 직원이 아니야."

수호는 강준에게 다가갔고, 수호의 급한 걸음에 본능적으로 현주를 놓고 돌아선 그를 향해 팔을 뻗었다. 묵직하고 빠른, 그의 주먹이 날아간다.

강준의 얼굴에 꽂혔다.

"일단 다들 행사장으로 출발하죠."

상무실 신 실장은 비서실 직원들을 향해 말했다. 찬양이 일어서자 신 실장은 안내문과 일거리를 주었다.

"찬양 씨는 내려가서 취재진들 제대로 자리 잡았는지 확인 좀 해 주세요. 이제 VIP들 오실 때 됐으니까 점검 차원에서."

"네. 알겠습니다."

나이스. 가기 싫었는데 잘됐다. 찬양은 강준의 취임식에 자리하지 않아도 될 것 같은 생각이 들어 흔쾌히 일을 맡았다.

가벼운 발걸음으로 밖을 향하니 이미 북새통으로 몰려든 취재진들이 자리싸움을 치열하게 하고 있다. 혼수상태에서 깨어났던 지안을 만나러 왔던 광경이 떠올라, 찬양은 불현듯 웃음을 터트렸다. 나도 저들의 틈 어딘가에 끼어 당신을 볼 수 없을까 봐 초조함에 발만 구르던 때가, 있었다.

"자자! 조금만 뒤로 가세요! 사고 나지 않게 조심해 주십시오!"

행여 불상사가 일어나지 않도록 경비원들은 정신없이 취재진들 사이에서 씨름했다. 찬양은 받아 온 명단을 들고 주변 정리를 도왔다.

"누구시지?"

돕다 보니 저 멀리, 한참이나 멀리 떨어진 곳에 웬 여인이 서서 자신을 애타게 바라보고 있다. 시선을 주자 피하는 일 없이, 마치 할 말이 있다는 것처럼 자신을 응시한다. 뭐지? 찬양은 여인을 향해 걸음을 옮겼다. 취재진 사이에 뒤섞여 지안을 볼 수 없을까 봐 발만 동동 구르던 자신의 모습이 떠올라 모른 척할 수가 없었던 것이다.

찬양은 여인의 앞에 섰다. 친절하게 웃으며 입술을 열었다.

"어떻게 오셨어요? 혹시 도와드릴 일이 있을까요?"

수호가 강준을 제압하고 있던 때. 몸으로 파고든 긴장감을 이기지 못한 현주가 더는 서 있을 수 없어 바닥에 쓰러졌다.

"남현주!"

책상에 부딪히며 앞으로 넘어진 그녀를 바라본 수호가 멱살을 잡았던 강준을 놓고 방향을 틀었다. 쥐새끼처럼 비틀거리며 일어선 강준은 부서진 문으로 정신없이 달려 나갔고, 수호는 그가 사라진 문을 바라보다가 현주의 상체를 안아 들었다.

"남현주! 괜찮아? 남현주! 남현주!"

파리해진 얼굴, 혼절한 것이 분명한 몸짓. 수호는 그녀 코끝에 손을 대 보고 숨이 미약하다는 것을 확인했다. 강준을 놓치면 안 될 것 같지만 병원에 연락을 넣는 것이 더 급했다. 그에게 그녀란 그런 여자였다. 모든 일에 최우선이 되는.

한 손으로 그녀를 받치고 다른 손으로 휴대폰을 꺼낸 수호가 병원 전화번호를 눌렀다. 통화 버튼을 누르려 하자 차갑게 변한 현주의 손이 그의 행동을 막았다.

"정신 들어? 괜찮아?"

현주가 눈을 뜨자 수호는 그녀의 상체를 더욱 일으켰다. 바닥에 주저앉은 자세로, 현주는 간신히 고개를 끄덕였다.

"병원 가자. 그래도 가야 해. 일단 김 닥터 대기시켜야 하……."

수호의 시선이 휴대폰으로 향하자 현주는 고개를 느리게 저으며 눈을 떴다. 다시금 시선이 부딪친다. 한쪽 무릎만 꺾어 앉은 수호가 바닥에 주저앉아 떨고 있는 그녀를 애처롭게 바라보았다. 공간은 단출했다. 부서진 문, 바닥에 떨어진 사표, 꽃 같은, 너.

"정말 괜찮아? 일단 넌 병원 가고, 난 다시 나가서 임강준 잡아……."

"안 괜찮아. 나, 안 괜찮아."

현주는 그의 넥타이를 붙잡았다. 육안으로 확인될 만큼 떨고 있는 그녀 손이 타이를 붙잡자 수호는 다음 말을 잊었다. 가쁜 숨을 여러 차례 내쉬던 현주는 더욱 그의 타이를 힘주어 잡았다.

"하나도 안 괜찮아. 나 지금 선배 너 때문에, 전부 다 안 괜찮아."

현주는 그의 타이를 끌었다. 입술을 맞대고 따뜻한 그의 온기를 느꼈다. 눈물이 사정없이 흘러 입맞춤을 방해했지만 목이 막혀 죽어도 좋을 만큼.

……어쩔 수 없어, 그를 사랑했다.

잠깐의 틈을 타 도망친 강준은 제멋대로 복도를 휩쓸고 비틀비틀 걸음을 옮겼다. 눈에 보이는 것들은 모두 집어 던지고 박살 내며 짐승의 숨소리처럼 거칠게 호흡했다. 광기로 가득한 눈은 무엇이 손에 걸리건 가만히 두지 않겠다는 의지가 결연했다. 구름 떼처럼 몰린 취재진, 모여든 저명인사들. 이곳에서 모두의 비웃음거리가 된 채 낙하할 것이다.

"혼자 죽을 것 같아? 내가?"

짱그랑—! 복도 벽에 걸려 있는 액자를 집어 던졌다. 산산조각 난 유리 사이에서 강준은 뾰족하게 박살 난 조각 하나를 집어 들었다. 주먹을 사정없이 말아 쥐자 금세 피가 뚝뚝 흐르기 시작한다.

행사장으로 모두 이동했는지 걸음을 옮기는 곳마다 사람을 찾기가 힘들다. 격했던 움직임에 헝클어진 머리를 그대로 두고, 거칠게 타이를 끌러 버리며, 강준은 좀비처럼 정처 없는 걸음을 옮겼다.

난 이대로 죽지 않아. 그리고 나 혼자 죽을 수는 없어. 난 잘못한 게 아니야. 그저 사람답게 살고 싶어 그랬을 뿐이야.

"개새끼들…… 다 죽여 버릴 거야……."

그러다가, 강준은 우뚝 멈췄다. 아니지. 이대로 돌아설 일이 아니지. 다시 찾아가 윤수호를 죽여 버릴까? 아직 그곳에 있을까?

"이제 경찰이…… 들이닥치겠지……."

조금 더 주먹을 힘껏 말아 쥐니 피가 주르륵 흐르듯 떨어진다. 하지만 통증도 느끼지 못하는 상태가 되어 버린 강준은 새빨갛게 충혈된 눈으로 이를 으드득 갈았다.

"이런 개 같은……!"

터지는 분노를 어쩌지 못하고 강준은 유리를 쥐고 있던 손을 들어 제 목 가까이 찌르려 들다가, 멈췄다. 다시 걸음을 재촉했다. 벽에 부딪히고 머리를 찧다가, 비틀거리며 코너를 꺾었다.

저 멀리 익숙한 뒷모습이 보인다. 강준은 누구라도 발견했음에 비릿한 미소를 지었다. 사정없이 물어뜯은 입안에서 감도는 비릿한 피 맛은 그를 더욱 흥분시켰다. 복도 끝, 창에 가까이 서서 밖을 바라보고 있는 여자의 뒷모습은 다름 아닌 정찬양이다.

먹잇감을 발견하고 나니 다시금 침착해진다. 손에 쥔 유리 조각을 꽉 움켜쥐며 강준은 발자국 소리를 느리고 조용하게 죽였다.

그래. 너라도 죽여야겠다. 너라도 없애고 나면 날 무시하던 것들 중 하나는 사라지는 거니까. 너도 내 인생을 헝클 장본인이니까. 너도 죽어야 해. 저벅저벅, 강준은 돌진하듯 그녀에게 다가갔다. 유리 조각의 뾰족한 끝이 저 뽀얀 목덜미에 꽂히는 잔악한 쾌락을 맛보고 싶다.

……그녀 곁에 가까이 다가갔다. 서너 걸음이면 그녀에게 닿을 공간. 사람이 다가오는 것을 알았을 텐데도 찬양은 창밖만 바라보고 있다. 강준은 유리 조각을 조금 들어 올리며 실성한 웃음을 흘렸다. 웃음소리에 다소 놀랐는지 그녀 어깨가 움찔한다.

"널 죽이고 가게 될 줄은 몰랐어. 이해해. 그래도 내가 넌 꽤 많이 봐줬잖아."

찬양은 천천히 돌아섰다. 뽀얀 목덜미만 바라보던 강준은 그녀의 어깨가 돌아가자 유리 조각을 힘껏 위로 들어 올렸다.

"으아아아……."

……아. 강준은 허공으로 들어 올린 팔을 그대로 멈췄다. 돌아선 찬양은 놀라는 일 없이, 무척이나 아늑한 표정을 짓고 있다. 이렇게 만날 줄 알았다는 것처럼. 그래서 이곳에서 당신을 기다리고 있었다는 것처럼. 외려 당황함은 그의 몫이고, 찬양은 마치 할 일을 하는 것뿐이라는 기운을 풍겼다. 죽이겠다고 달려들던 사내를 지척에서 바라보는 시선이라고 하기엔 지나치게 따뜻한 감이 없지 않아 있었다.

"저기, 이거요."

그녀는 두 손 가득 안고 있던 물건을 그에게 내밀었다.

"이거 드리려고 기다렸어요."

꽃다발이다.

'축하 의미로 꽃다발이라도 들고 오라고.'

벼랑 끝에 간신히 매달려 죽음을 기다리고 있던 때, 메마른 절벽 사이를 뚫고 자라, 나처럼 매달려 있는 꽃 한 송이를 바라본 것처럼.

'뭐긴 뭐야. 밑바닥부터 여기까지 올라온 내 인생을 축하해야지.'

꽃다발과 함께 그녀가 쥐고 있는 검은색 목도리 하나. 그 또한 자신의 것이 분명해 강준은 많은 것을 예감했다. 내 어머니가 다녀갔음이 확실한 흔적. 강준의 표정이 무너진다. 광기와 살기로 온통 뒤덮여 있던 기운이 시야에서 사라진다. 으르렁거리던 숨소리도 잦아들고 그는 본연의 외로운, 서러운, 상처투성이 소년이 되어 자리했다.

겁에 질린 모습 하나 없이 꽃을 내밀고 있는 찬양을 바라보자니, 분리되었던 현실이 제자리를 찾아드는 것 같은 기분이 맴도는 것이다. 제어할 수 없었던 분노를 등 뒤로 가라앉힌 그는 또다시 시시함으로 가득한 세상에 내던져진다.

강준은 천천히 무릎을 굽히며 주저앉았다. 성가신 것을 쥐고 있었다는 것처럼 유리 조각을 내던졌다. 돌이킬 수 없는, 용서받을 수 없을 만행들을 하나하나 떠올리며 강준은 고개를 수그렸다.

"하……."

하나의 인격으로 정의할 수 없어, 그는 상반된 자신의 인격에 몸부림을 쳤다. 악은 악대로 선은 선대로 그의 심신을 괴롭게 했다.

"……고맙다."

텅 빈 음성으로 그는 의외의 말을 던졌다.

"꽃은, 받은 걸로 할게."

강준을 바라보던 찬양은 무릎을 굽혀 가까이 다가가 시선을 맞췄다. 망설이다가 들고 있던 목도리를 그의 목에 둘러 주었다. 내내 가슴에 품고 왔을, 어머니의 향이 느껴지는 것만 같아 강준은 두 눈을 꽉 감았다. 그렇게 치를 떨었던 냄새. 그토록 잊어버리고 싶었던, 그 냄새.

"감기 조심해요. 내가 할 수 있는 건 여기까지."

찬양은 요란한 소리가 들리는 곳으로 시선을 들었다. 저쯤, 지안과 한 무리의 경찰이 들이닥쳤다.

행여나 그가 사라질까 넥타이를 목숨줄처럼 쥐고, 심폐 소생술이라도 받는 것처럼 현주는 수호의 입술을 놓아주질 않았다.

조금 전 강준이 목을 조이던 순간, 잠깐이었지만 죽음의 목전까지 다녀온 그녀는 새삼 깨달은 게 있다. 숨이 쉬어지지 않아 온몸이 터질 것처럼 저려 오던 지옥의 순간, 멋대로 떠오른 당신의 얼굴이 순간을 지배했다.

그것 참 우습지. 이렇게 죽는구나, 이렇게 죽고 마는구나 하는 생각이 들던 그때, 나는 당신이 보고 싶었어. 딱 한 번, 딱 한 번만 더 보고 싶었어. 이제 곧 숨이 끊길 것만 같은데, 단지 당신이 보고 싶었어.

진동이 일 만큼 떨리는 입술을 천천히 떼어 냈다. 숲을 이루듯 빽빽하고 길게 뻗은 그녀의 속눈썹은 서서히 위로 들렸다. 마치 그의 얼굴에 서러움이 묻어 있는 것처럼, 바라보는 것만으로 대신 서럽다는 것처럼 현주는 사정없이 눈물을 떨궜다.

목이 메어 한마디도 떨어지질 않는다. 입을 열면 너무 많은 것들이 터져 나올 것만 같아 주저하게 되었다.

"병원 가자. 일어날 수 있겠어?"

하지만 그는 사랑하는 여자와의 입맞춤을 끝낸 남자라고 하기엔 지나치게 침착한 얼굴로. 심장이 박살 날 것 같은 그녀와는 달리 온전한 숨을 불어 내쉬는 안정적인 음성으로.

"가자, 병원."

오늘도 사심 없는 손을 내민다. 늘 그랬듯 자신이 그려 놓은 선 안에 머문다.

"이렇게 떨면서 병원을 왜 안 가겠다는 거야."

쥐고 흔드는 것처럼 현주가 몸을 떨자 수호는 입고 있던 재킷을 벗어 그녀 어깨에 둘렀다. 그의 세상에 갇힌 그녀는 비로소 막혀 있던 숨을 쉬었다.

"그만 울고."

착한 아이처럼 그녀는 고개를 끄덕였다.

"가자, 병원."

조금 더 많이, 고개를 끄덕였다. 덜덜 떨며 그녀가 제 몸을 어찌할 바를 모르자 수호는 휴대폰을 들었다.

"차 좀 대기시켜 줘요. 전무님 내려가십니다. 취재진 피할 수 있게 지하로 가죠."

차량 대기를 지시한 수호는 여전히 자신의 타이를 붙잡고 있는 그녀의 손을 천천히 떼어 냈다. 마치 사라질 것을 바라보는 것처럼 현주의 눈빛이 두려움으로 물든다.

"걱정 마. 어디 안 가."

"내내…… 있어 줘……."

"그래. 가자."

수호는 그녀에게 일어날 재간이 없음을 깨닫고 팔을 뻗었다. 어깨에 둘러 준 자신의 재킷을 이번엔 그녀 앞섶으로 둘렀다. 등을 받치고 무릎 사이를 받치며 그녀를 들어 안았다.

비상용 엘리베이터에 도착한 수호는 임원 카드를 신호기에 댔다. 초고속으로 도착한 엘리베이터에 올라타며 수호는 지하로 향하는 버튼을 눌렀다.

현주는 그의 가슴에 얼굴을 묻듯 기댔고 이내 눈을 감았다. 아마 버티는 일에도 한계는 있었으리라. 마음 편히 의식을 놓고 그가 만들어 준 세계로 빠져든다. 긴장을 놓고, 숨을 쉬며.

"허, 저, 저, 전무님! 전무님 왜 이러십니까?!"

"병원으로 가겠습니다. 김 닥터 연결 좀 해 주세요."

"예?! 아, 예! 어서! 어서 타십시오!"

……얼마 만인가. 그의 목소리가 의식과 함께 아득해져 간다.

혼절한 현주의 모습에 기절초풍한 기사가 빠른 속도로 공간을 벗어났다.

"전무님 병원으로 모신다고 상무님께 연락 부탁드립니다."

"네, 알겠습니다. 윤 실장님, 그런데 한국으로는 언제 오셨습니까?"

"조금 전에 왔습니다."

"완전히 돌아오신 겁니까?"

"네. 완전히."

그의 새하얀 와이셔츠에 그녀 입술 색이 묻어난다. 잠이 든 것처럼 편안한 표정으로 의식을 잃은 현주를 내려다보며 수호는 헝클어진 그녀 머리칼을 쓸었다.

"장기 출장이시라더니, 벌써 끝나셨나 봅니다. 세상에, 다행이지 뭡니까."

"벌써 끝난 건 아니고, 도망쳐 왔습니다."

예? 기사가 룸미러로 바라보며 묻자 수호는 쓰게 웃었다. 당최 무슨 말인지 모르겠다는 표정으로 바라보니 수호는 덤덤하게 답했다.

"사실은 저, 회사 관둡니다."

"예에?! 왜요?!"

"도망쳤으니까요."

허어. 혼란스럽다는 듯 기사는 눈을 껌뻑껌뻑 하며 전방을 주시했다. 출장지에서 도망쳤다는 게 무슨 말인지도 모르겠고, 도망쳤으니 회사를 나가겠다는 말이 뭔지도 잘 모르겠고.

"무슨…… 일인지 잘 모르겠지만 전무님께서 그런 일로 윤 실장님 내치시겠습니까? 도망치실 만하니까 도망치셨겠지요."

"……."

수호가 대꾸하지 않자 더는 대화가 이어지질 않는다. 수년간 지켜본 윤 실장은 속내를 털어놓는 성격이 아님을 누구보다 잘 알기에 더는 묻지 않기로 한다.

"윤 실장님. 김 닥터 대기했답니다. 거의 다 왔습니다."

"예. 알겠습니다."

그저 그의 깊은 뜻이겠거니. 도망칠 만하니 도망치는 거겠지, 그를 이해하며.

조금 전. 로비.

"어떻게 오셨어요? 혹시 도와드릴 일이 있을까요?"

찬양은 여인 앞에 서며 친절하게 물었다. 왜소한 여인의 몸집은 날씨 탓인지 더욱 작게 느껴졌고, 걸친 점퍼가 시린 바람을 전부 막아 줄 것처럼 생기지 않아 춥게 보였다.

하지만 여인은 초라한 행색과는 달리 아주 멋들어진 꽃다발을 들고 있었다. 전해 주고픈 주인이 있는 것만 같아 찬양은 우물쭈물하는 여인을 향해 더욱 친절하게 웃었다.

"괜찮아요. 말씀 주세요."

"아…… 그게……."

여인은 연신 찬양의 눈치를 살폈다. 자신을 알아보기라도 할까 봐 안절부절못하는 모습이었다. 돌아서지도 못하고 청을 하지도 못하며, 여인은 세련된 사람들 틈바구니에 끼어 입김만 불어 냈다.

"거기! 뭡니까! 지금 외부인 출입 금지예요!"

인원을 통제하던 관리인이 여인을 발견하고 큰 소리를 낸다. 자신에게 시선이 집중되자 여인은 더욱 주눅이 든 것처럼 주름진 얼굴에 겁을 집어먹었다. 모습에서, 살아온 인생이 보였다.

"제가 알아서 할게요. 신경 쓰지 않으셔도 됩니다."

"예? 아, 예. 알겠습니다."

관리인은 찬양의 말에 고개를 끄덕이며 다른 쪽으로 이동했다. 시끄러운 공간에 여인은 찬양이라는 지원군을 얻었다는 듯 조금 누그러진 표정을 지었다.

"이거…… 괜찮으면……."

여인은 망설이던 손을 내밀었다. 꽃다발을 주려는 것 같았다.

"오늘 여기서…… 그러니까요……."

"네. 임강준 대표님 취임식이 있습니다. 대표님께 전해 드리면 될까요?"

뜻을 알겠는지 찬양은 덥석 꽃다발을 받아 들었다. 그러자 여인의 손엔 쥐고 있던 목도리만 남는다.

"꽃, 너무 예쁘네요. 대표님 좋아하시겠어요."

"그게…… 그게 그러니까……."

네? 찬양은 꽃 냄새를 맡는 것처럼 고개를 파묻다가 다시 들었다.

"이렇게 생긴 아줌마가 와서 줬다고 하면…… 그…… 대표님이 싫어할 거라서……."

"네? 아…… 네. 아아. 네네."

"아가씨가 그냥 주는 걸로……. 나는 그냥 그거면 되는데……."

여인은 세상 제일 난처한 부탁을 한다는 것처럼 불편한 표정을 지었고, 찬양은 이해했다는 듯 고개를 끄덕였다. 사람의 시선을 잘 맞추지 못하는 모습에서 무척 불안한 기색이 느껴졌다.

"네. 그럼 이 꽃만 전해 드릴게요. 제가 샀다고 하고 잘 전해 드릴게요."

휴, 이런 제길. 위풍당당하게 취임식에 참석 안 할 거라고 강준에게 으름장을 놨는데. 제 발로 가는 것도 모자라 그의 말처럼 꽃도 주게 생겼다. 하지만 어쩔 수 있나. 지금 이분의 부탁을 거절하기가 어려운데.

"아주머니, 추운데 이만 가 보세요. 여기 계속 계시다 보면 밀려서 다치실 수도 있어요."

"그리고, 하나만 더……."

여인은 쥐고 있던 목도리를 내밀었다. 포장은커녕 새것인지 아닌지 구분도 되지 않는 검정 목도리다.

"이것도…… 같이 전해 줄 수 있을까요……."

"네? 아…… 네. 목도리네요."

찬양은 여인이 내민 손이 민망하지 않게 받아 들었다. 휴, 제길. 대표 놈에게 꽃다발도 모자라 목도리까지 전해 주는 친절함을 과시하게 생겼다.

"감사합니다. 감사합니다. 이런 부탁을 들어주셔서 감사합니다."

여인은 찬양이 목도리를 받아 들자 굽실거리듯 허리를 구부렸다. 찬양은 여인의 팔을 잡으며 아니라고, 재차 손사래를 쳤다.

"어려운 일 아닙니다. 제가 잘 전해 드릴게요, 걱정하지 마세요."

여인은 고개를 끄덕였다. 찬양은 여인이 강준의 취임식을 축하하고자 찾아온 객이라고 여겼지만, 꽃은 아들이 걸어온 피 묻은 인생을 위로하는 선물이었고, 목도리는 아들이 걸어갈 앞으로의 험난한 세월을 감싸 줄 보호막이었다.

"그럼 저는 이만…… 가 볼게요."

"네. 조심히 가세요, 아주머니."

오늘, 아들이 내려올 자리를 어머니는 잘 알고 있었다.

쇠고랑을 찼다. 형사들은 사회적 영향을 고려해 수갑을 찬 강준의 손을 헝겊으로 둘렀고 포기한 듯 강준은 고분고분 현실을 따랐다.

거물급 인사의 추락에 형사들은 밖으로 향해야 하는 상황을 계획했다. 취재진이 너무 많았고, 이대로 밖을 나선다면 오보가 중점적일 수 있다. 지안은 찬양의 상태를 살피고 나서야 강준의 곁으로 다가갔다.

"내가 의심한다는 걸 알고 있었을 텐데, 왜 진작 도망치지 않았지? 시간 충분했잖아. 내가 서서히 조여 가고 있다는 것도 알고 있었잖아."

지안이 묻자 강준은 눈을 감았다가 떴다.

"베를린에서 당신 수하도 붙잡혔어. 내가 윤 실장 출국을 막지 않은 건 당신 수하 감시가 제일 컸고."

그의 말끝에 강준은 피식 헛웃음을 흘렸다. 수호를 감시하라고 함께 붙여 보낸 자신의 수하를, 외려 수호가 감시했단다. 이미 끝난 그림이었던 것이다.

"빠져나오긴 힘들 거야. 알겠지만 당신이 쌓아 올린 죄가 만만하지 않거든."

"빠져나오고 싶지도 않아."

강준은 중얼거리다가 모처럼 편하다는 얼굴로, 미소를 지었다.

"피곤해. 누구라도 멈춰 줄 수 있으면 멈춰 주길 기다렸어. 나도 사는 게 피곤했거든."

차라리 잡히길 바랐다. 누군가의 손에 의하여 이 지독하고 잔인한 시간이 끝나길 바랐다. 내가 멈출 수 없으니 누군가 멈춰 주길, 사실은 기다렸다.

"도망치고 싶지도 않았어. 어디를 가도 난 사람답게 살지 못할 테니까."

난 세상으로부터 격리되어야 하는 존재다. 평범하게 산다는 건 애당초 불가능한 인생, 시작부터 저주받은 삶.

"정찬양이 건네준 USB로 날 찾았나?"

나 역시, 그만하고 싶다.

강준은 생각보다 빨리 자신을 찾아낸 지안을 향해 물었다. 저 뒤로 찬양이 서 있다.

"뭐, 그랬겠지. 정찬양이 도왔을 거란 건 불 보듯 뻔한 일이지."

찬양이 전해 준 USB로 용의자를 밝혀냈을 것이다. 김 사장은 두고 볼 것 없이 체포되었을 것이고, 이제 내 차례일 뿐.

"USB 본 적 없어. 단지 당신일 것 같아서 수사망을 좁혀 봤을 뿐이야."

강준은 지안의 대꾸에 의외라는 듯 눈길을 주었다.

"그렇다면 어째서 나였지?"

"처음엔 설마 했지. 너무 많은 조건이 당신을 가리켜서, 오히려 당신이 아닐 거라고 생각했거든."

"그런데, 왜?"

"그건 나도 모르겠고."

그저 촉이었다고 지안은 순순히 답을 했다. 혼수상태에 빠져들기 전까지만 해도 용의선상에 두지 않았던 강준을, 깨어난 순간부터 용의선상에 두었다.

"당신을 잡기까지 미신 같은 이야기가 첨가될 수 있어. 기회가 있다면 다음에 들려주도록 하지."

지안의 말끝에 강준은 실소했다. 미신. 내 어머니가 즐겨 찾던, 초자연적인 힘.

"이만 가겠습니다."

계획을 마친 형사가 강준을 좌우로 붙잡으며 가 보겠다고 하자 지안은 고개를 끄덕였다. 강준의 표정은 진심으로 편안해 보였다. 사복을 입은 형사들이 그를 중심으로 에워쌌다. 경찰들은 혼란을 막기 위해 먼저 내려갔고, 강준은 형사들을 따라 걸음을 옮겼다.

"잘 가라, 임현민."

지안이 중얼거리자 강준은 잠시 멈췄다가 고개를 수그리며 웃음을 터트렸다. 다시 묵묵히 걸음을 옮기다가, 찬양의 주변에서 잠시 멈춰 섰다.

"거기, 정찬양."

한 번도 보지 못했던 살가운 미소를 짓는다. 찬양이 어떤 말로 화답해야 할지 몰라 입술만 깨물 때, 그는 고갯짓으로 목도리를 가리키며 더욱 진한 미소를 그렸다.

"내 어머니 부탁, 들어줘서 고마워."

그녀가 손에 쥐고 있는 꽃다발에서 세상을 이롭게 물들이는 향이 퍼지는 것만 같다.

"그리고 이 목도리 진짜 따뜻하다."

안녕. 그의 마지막 모습이었다.

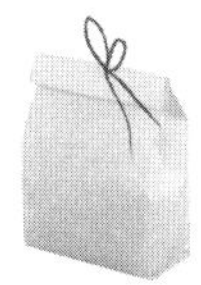

11부
유종의 미

주인을 잃은 연임식 자리는 내객 한 명을 모셔 보지도 못한 채 종료되었다. 초청받은 VIP들은 어수선함에 들어서는 대로 다시 발길을 돌려야 했다.

강준은 비공개로 연행되었으나 귀신같이 냄새를 맡은 취재진들이 관할 경찰서로 꼬리를 물며 사라졌고, 쉬쉬하는 분위기 속에 직원들은 경악을 금치 못했다. 그룹의 전문 경영인이 용의자였단다. 혹자는 그럴 리가 없다는 분위기였고 혹자는 그럴 줄 알았다는 분위기였지만 대부분은 인과응보라, 그렇게 결론을 지었다.

안팎으로 소란스러운 지금, 여기. 상무실로 올라온 지안의 앞에 이선이 있다. 10년을 훌쩍 넘는 시간 동안 알고 지냈고, 한때는 일방적인 뜨거움이 있었고, 지금은 같은 회사에 몸담고 있지만 서로가 나눈 이야기는 짤막했다. 이선의 큰아버지인 백경물산 김 사장의 소식.

그녀는 '큰아버지께서 이런 일을 계획하더라, 알려 주러 왔다' 말했고.

그는 '그래. 이미 알고 있다. 그리고 김 사장은 이미 체포되었다' 말했다.

"김 변호사는 언제부터 알고 있었습니까?"

"저요? 저는……."

이선은 지안의 질문에 잠시 머뭇거렸고 잠시 후 고개를 들며 답했다.

"사실은 며칠 됐어요. 만나서 얘기하고 싶어 말을 못 했는데……."

"김이선 변호사. 일련의 사건들을 알고도 내게 바로 이야기하지 않았던 건 큰아버지에게 시간을 주고 싶었던 건 아닙니까? 늦은 회개의 시간이건, 도피를 할 수 있는 시간이건 간에."

그의 음성은 차가웠다.

"내게 알릴 수 있는 방법은 많았을 텐데 굳이 대면을 원했다는 건 그렇게밖에 해석이 안 됩니다."

"네. 일정 부분 인정합니다."

이선의 덤덤한 대꾸에 지안의 눈썹이 일그러진다.

"인정한다는 말은 조금 위험한데. 김 변호사는 백경그룹 소속이고 그 안에서도 가장 긴밀한 일들을 맡아 처리하는 법무팀 소속입니다. 그런데 회사를 최우선으로 생각하지 않았다."

"……."

"결국은 큰아버지라서 어쩔 수 없었다, 이건가. 돕진 않아도 등질 수는 없었다?"

"그것도, 인정합니다."

"……하."

하, 이선이 덤덤히 답하자 지안은 가볍게 주먹을 말아 쥔 손등으로 턱을 괴고 그녀를 바라보았다. 누구보다 상념이 많았을 그녀는 후회는 없겠단 얼굴을 하고 있다.

"이봐요, 김 변호사."

낯을 심하게 가려 타인을 따르지 않는다던 어린 시절의 그녀는, 그의 뒤만 졸졸 따라다녀 모두를 놀라게 했던.

“네. 상무님.”

현역 시절, 중대 인원이 며칠은 먹고도 남을 음식을 준비해 와 그를 난처하게 했던.

“누군가 이렇게 물을 때는 아니라고 거짓말이라도 하는 거야.”

그가 선을 봤다는 소식에 몇 날 며칠 눈물만 쏟아 냈던.

“큰아버지와는 아무 관련이 없다는 적당한 구두 변론이라도 준비하는 거고.”

그의 사고 소식에 두려워 병원도 찾아오지 못했던. 처음으로 종교를 가지고 매일 새벽 그가 깨어나길 기도했던.

운명을 걸어 놓고는.

“큰아버지 일은 나도 유감이다. 나도 그분이 그곳에 등장할 거라곤 생각도 못 했어.”

늘 우연인 것처럼 기다리던, 주인공.

지안은 말끝에 이선을 맥맥히 바라보았다. 잘 들여다보려 하질 않아 만감은 없었지만 이제 와 가만히 응시하니 곱게 땋았던 갈래머리를 지나, 똑 단발 단정했던 교복을 지나, 질끈 묶은 머리와 청바지의 대학 시절을 지나 지금에 이르기까지, 참 한결같은 너였다.

“이럴 줄 알았으면 널 회사로 불러들이는 게 아니었는데.”

가벼운 농담도 진담으로 여기기에 어느덧 대꾸에 웃음기를 빼고, 옆자리를 꿈꾸기에 늘 뒤에 세워 두고. 딴에는 널 위하는 길이라 생각을 했는데. 언젠간 돌아서겠지 하며 기다렸는데.

“제가 원해서 입사한 거예요. 상무님께서 자책하실 일은 아니고요.”

“그래. 네가 그렇게 말해 주니 마음이 좀 편해진다.”

지난날의 내가 조금 더 매몰차게 널 돌려세웠더라면 어땠을까, 하는 아쉬움이 남는다.

실력이 좋아 백경에 입사하는 너를 막지 못했던 미안함. 결국은 회사의 이득을 위해 네가 이곳에서 겪을 고통 같은 건 가볍게 무시해 버렸던 미안함. 내 사랑만 귀해 네가 내게 바친 세월 따위 별것 아니라고 치부해 버렸던 미안함.

"사표는, 요청대로 수리할게."

네가 떠나는 것으로 정리될 나머지 것들에 안도하는, 지금의 나 역시 네게 미안한 일투성이.

"네. 상무님."

"그래요. 김 변호사."

자리에서 일어선 지안은 사직서를 가만히 내려다보다가 천천히 고개를 들었다. 끝으로 적당한 말들을 찾던 그는 입술을 열었다.

"김 사장님의 일들과 너를 연계 짓는 일은 없을 테니 마음 편히 있었으면 좋겠다."

"상무님은 정말 제가 아무 연관이 없다고, 믿어요?"

"믿어."

단호했다.

"내가 너를 그 정도로 모르는 건 아니야."

"상무님, 믿는 도끼에 발등이 찍히는 거라고요."

"뭐, 찍혀도 내 발등이니까 신경 쓰지 말자고."

이선은 고개를 숙이며 작은 웃음을 터트렸다. 지안은 자신이 큰아버지와 조금의 관계도 없음을 확신했다. 그 단단한 눈길에 마음이 편해진다.

그래, 그거면 되었다. 이선은 작게 고개를 끄덕이다가 다시 시선을 들어 올렸다.

"남지안 상무님."

……아주 분명한, 아주 선명한 느낌이 다가온다. 살며 한 번도 그려 본 적 없는 실체 없던 시간을 마주한다.

"저 이제 갈게요."

나의 매 순간에 당신이 없어지는 날. 나의 모든 웃음에 당신이 존재하지 않는 날.

가슴 뛰는 이유, 돌아보고 싶은 얼굴, 맞잡고 싶은 손.

"그룹 차원에서 제게 필요한 게 있으시다면 협조할게요. 연락 주세요."

모든 게 당신이 아닌 게 되는, 그런 날.

"그리고 말 못 했던 게 있는데 지금 할게요."

그녀는 처음으로 그를 향해 손을 내밀었다. 손가락을 엉켜 잡자는 뜻이 아닌, 온기를 나누자는 고백이 아닌 군더더기 없는, 남아 있는 것이 없는.

"상무님 지금하시는 연애 꼭 성공하길 바랄게요. 두 사람 모두 행복하게. 진심으로 빌어요, 내가."

혼신의 힘을 다해 텅 비워 낸 악수였다.

틀어 놓은 가습기에서 편안한 숨을 돕는 수증기가 뿜어져 나온다.

안정적인 숨을 뱉던 현주는 잠에서 깨어나듯 눈꺼풀을 들어 올렸다. 느리게 떨어지는 수액이 시선에 들어오고, 이곳이 병원이라는 사실을 인식한 그녀는 서너 번 눈을 깜빡거리다가 벌떡 일어나 앉았다. 급한 움직임에 다시금 시야가 좁아지고 어두컴컴해진다.

"전무님, 괜찮으세요?"

안간힘을 쓰며 어지럼증을 이겨 낸 현주가 다시 눈을 뜬다. 찬양이 곁에 서서 그녀를 바라보지만 이미 수호를 찾는 눈빛은 찬양에게 없다.

"윤 실장은?"

첫마디는 당연했다.

"윤 실장은? 갔어요? 여기 없어요?"

"윤 실장님 지금 상무님하고 잠깐 나가셨어요. 병원에 계세요."

"아……."

그제야 긴장이 풀어지듯 현주는 신음을 뱉었다. 아주 무서운 꿈을 꾸고 일어났다는 것처럼 낯빛엔 생기가 없다.

"괜찮으세요? 듣기에 전무님 일이 있으셨다고……."

"정찬양 씨, 임강준 대표는 잡혔습니까?"

"네. 연행되었습니다. 지금 기사도 났어요."

찬양이 짤막하게 설명했다. 강준이 범인이었다. 연관되었던 물산 사장도 해외에서 체포되었다더라. 베를린에 윤 실장과 함께 갔던 대표실 수석 비서도 붙잡혔다고 한다.

"그럼 윤 실장이 갑자기 귀국한 건 다 알고 왔다는 건가요?"

"아마도요. 베를린에서 대표실 수석 비서와 몸싸움이 있었대요. 상무님께 따로 지시받은 사안이 있으셔서 수석 비서를 잡았다고 해요. 그러고 전무님이 걱정돼서 바로 귀국하신 것 같아요."

현주는 간신히 고개를 끄덕였다. 내 정신이 아니었고 혼란스러웠고, 처음으로 죽음의 그림자를 보았다. 강준이 용의선상에 있었다는 사실을 모르는 것은 아니었다. 조력자를 잡기 위해 지안이 출국을 했다는 사실 또한.

강준이 돌변할 때, 그녀는 사실을 모르는 척하려고 갖은 노력을 다했다. 다만 윤 실장이 대표의 수석 비서를 관찰 테두리에 두려고 출국했음은 알지 못했다.

"괜찮으세요, 전무님? 몸이 너무 많이 놀라서 안정이 필요하시대요."

"그냥…… 그대로 죽는다고 생각했어요."

현주는 중얼거리며 종전의 상황을 떠올렸다. 자신에게 일어난 일이 맞는지 현실감이 없으나 여전히 쓰린 목 주변 통증은 증거처럼 남았다.

"죽음의 문턱을 다녀오면 느끼는 바가 많다더니, 거짓말은 아니었나 봐요."

그 와중에 들었던 생각과 기분을 고스란히 간직하기 위해 현주는 눈을 느리게 감았다가 떴다. 찬양은 이해한다는 듯 고개를 끄덕였다.

"정찬양 씨, 그럼 남 상무에게 범인을 잡을 수 있도록 협조를 다한 겁니까?"

"아닙니다. 저는 한마디도 돕지 못했어요. 상무님께서 원치 않아 하셨거든요. 전부 다, 상무님께서 스스로 찾아내신 겁니다."

찬양의 솔직한 답변에 현주는 고개를 들어 그녀를 바라보았다. 어찌 되었든 모든 상황이 종료된 지금, 찬양은 현주의 눈빛에서 많은 것을 읽어 낸다.

"네. 저는 전무님께서 주신 시간을 다 썼어요."

찬양은 잘 알고 있다. 능력 없이 달았던 비서직을 내어놓아야 하고, 자신의 집처럼 지냈던 상무님의 집에서도 나와야 한다는 걸.

"이제 저는 퇴장을 해야 할 시간이죠?"

전무님은 요구했다. 범인을 잡을 수 있도록 도와라, 그때까지 남 상무의 곁에 있을 수 있도록 당신을 고용하겠다.

"감사합니다. 전무님이 아니었다면 여기까지 오지도 못했을 거예요."

모든 것을 내려놓을 때가 되니 마음은 외려 홀가분하다. 차라리 이런 날이 올 수 있다면 얼마나 좋을까, 매일 밤 떠올렸다.

"전무님이 안 계셨다면 제가 상무님을 다시 뵐 수 있는 날도 없었을 거예요."

찬양은 가방을 열어 준비해 둔 사직서를 꺼냈다. 현주는 찬양이 내미는 사직서를 바라보다가, 받아 들었다.

"이걸 전해 드릴 수 있는 날이 와서 진심으로 기뻐요. 범인을 잡았다는 뜻이니까요."

"정찬양 씨."

"전무님께서 예전에 그러셨죠. 제가 회사를 나가도 친구 해 줄 수 있겠냐고."

찬양은 진심을 다해 활짝 웃었다.
"이제 진짜 친구 해 드릴게요. 정말 감사합니다, 전무님."
그녀는 백경을 떠날 때가 되었다.
"감사합니다. 전무님."

"사표를 낸다고? 왜?"
지안이 수호에게 남 전무를 무사히 구해 주어 고맙다는 인사를 나누고 있던 순간, 수호는 의외의 이야기를 꺼냈다. 찬양이 현주에게 사직서를 내밀었다는 것은 아직 모르고, 이선에게 사직서를 받고 온 지 얼마 되지 않은 지안이다.
"아니, 오늘 다들 왜 이래. 오늘 무슨 사직하는 날인가?"
수호가 회사를 그만두겠다고 말한 것이 충격이었는지 지안은 놀란 표정을 지었다. 커피를 한 모금 삼키며 수호는 피식 웃음을 터트렸다.
"대표 때려눕힐 때 사직서 멋지게 내던졌거든."
"뭐야. 그게 뭐라고 진짜 회사를 그만둬. 안 돼. 절대 안 돼."
"어차피 이번 출장 끝나면 그만두려고 했어. 조금 앞당긴 것뿐이고."
"왜 이래. 남 전무는 어떡하라고."
수호는 종이컵을 매만졌다.
"남 전무 팽개치고 어딜 가겠다는 거야. 남 전무가 사표 수리할 것 같아? 가긴 어딜 가, 대체."
"어느 정도 정리되면 갈 거야. 지금은 너무 어수선하고."
커피가 반쯤 남은 종이컵에, 그녀 얼굴이 담긴다.
"다른 곳 제의받은 거야? 아니지, 그런 게 있어도 넘어갈 형이 아닌데. 뭐야 도대체. 진짜 이유가."
"그냥."
"……."
"그냥 좀 쉬고 싶어서."

수호는 짤막하게 답했다. 이런저런 고단한 세월 앞에 시간은 이만큼 흘렀다. 늘 그녀의 그림자를 자처하고, 그것을 기쁘게 여겼던 나날을 후회한다 말하기보다 한 번쯤 멈춰 서 자신을 돌아보고 싶은 허무함이 찾아왔다.

"나도 좀 지친다, 지안아."

그녀를 생각하면 무엇이 옳은 일인지 아무것도 종잡을 수 없는 하루하루. 내가 너의 곁에 있음이, 무엇을 이롭게 하는 건지 의심스럽기만 한 하루하루.

"당분간은 여행이나 하면서 동생 집에 좀 다녀오려고. 못 본 지 오래됐거든."

"아, 그 미국에 산다던?"

"그래. 맞아."

"휴…… 이건 뭐, 붙잡을 수가 없네."

지안은 주머니에 손을 찔러 넣은 채 중얼거렸다. 남 전무를 생각하면 그의 바짓가랑이라도 잡아야 할 것 같은데, 그의 입장에서 생각한다면 차마 붙잡을 수가 없다.

"그래. 형도 충분히 생각했겠지. 형이 이렇게 말할 정도면 누가 말려도 의미가 없는 거겠지. 알겠어."

현주의 인생 언저리에서 소비된 그의 인생을 모르지 않으니까. 단지 남 전무의 행복만을 위해 그의 불행을 묶어 둘 수 없는 노릇이니까.

그래, 우린 누구든지 홀로 영위해야 할 기쁨이 있으니까. 남 전무가 당신의 부재로 고통스럽대도, 그것이 당신이 이곳에 머물 이유가 되면 안 되는 거니까.

"그런데 남 전무도 알고 있나?"

"아니. 아직 몰라. 모를 거야. 아까는 경황이 없었으니까."

"하…… 생각만 해도 막막하다……."

지안은 허공을 바라보며 아련한 자신의 미래를 그렸다. 윤 실장이 떠난 요 며칠, 악녀로 변한 누이를 감당하기가 얼마나 힘들었는데, 이젠 영영 가겠단다. 이를 어찌하면 좋단 말인가.

"현주 잘 부탁해. 지안."

"그런 말 하지 마! 형도 못 버티고 떠나는 사람을 내가 무슨 수로 잘해 줘!"

지안이 질색하자 수호는 웃음을 터트렸다. 아마도 남매는 한동안 바쁘리라. 회사 대표가 사라졌으니 미뤄 두었던 승계가 시작될 것이고, 그녀는 지금보다 더 높은 자리로 올라가게 될 것이다. 이젠 정말로, 고개를 꺾어 올려 봐야만 하는 자리까지 단숨에 날아가는 것이다.

"지금처럼만 해, 남지안. 현주한테는 너밖에 없어."

너무 커 버린 나의 그녀는 지금보다 더욱 멋있는 사람이 되어 굴지의 그룹을 이끌어 갈 것이다. 그런 너를 감당하기란 벅차고 어려운 일. 기댈 수 있는 언덕 같은 능력만으론, 이제 더 이상 그녀의 그림자를 자처할 수 없는 일.

"바쁠 텐데 모쪼록 마무리 잘 짓고."

잘할 거라며 수호는 지안의 등을 툭 쳤다. 잘할 수 있다고 특유의 미소를 지었다. 복잡한 감정을 담은 시선으로 지안은 수호를 바라보았다. 저 어깨에 얼마나 많은 고단함이 매달려 있었는지 모를 수가 없다. 지안은 포기했다는 듯 수호의 어깨를 잡았다.

"뭐, 다시 안 볼 사이도 아니고 내가 몇 번이나 다시 얘기하겠지만."

물끄러미 창밖만 바라보는 수호의 얼굴엔 간신히 버티고 있었을 지난 시간들이 묻어 있는 것만 같았다. 그에게도, 쉼표는 필요했다.

"그동안 수고 많았어. 고마워, 형."

"아니 너는 또 왜!"

현주가 깨어나고, 수호가 병실에 들어서자 찬양이 밖을 나섰다. 세상은 강준의 이야기로 떠들썩하고 그룹은 초긴장 상태가 되었으며,

긴급회의가 이어졌다.

회사로 다시 돌아가는 길. 찬양은 사직서를 냈노라 고백했다.

"아니, 대체 오늘 다들 왜 이러는 건지 모르겠네."

"왜요? 저 말고 또 누가 그만둔대요?"

"하…… 울고 싶다……."

지안은 탄식했다. 유능한 변호사를 잃고, 유능한 비서 둘을 잃고. 가뜩이나 심란한 상황에 엎친 데 덮친 격으로 사직서 폭탄이 날아든다.

모두는 일사분란하게 움직였다. 마치 강준이 잡히기만을 기다렸다는 것처럼.

"원래부터 전무님과 약속된 일이에요. 용의자를 찾으면 회사를 그만두는 걸로."

"정찬양 씨는 상무실 사람입니다. 잊었나?"

"원래 제 자리가 아니에요. 저는 낙하산이거든요."

"낙하산이면 낙하산답게 아니꼽고 볼썽사나운 태도로 일관하면 그만이지, 왜 퇴사를 해. 누구 마음대로."

"솔직히 말해서 버거웠어요. 대기업 다닐 만한 그릇은 아닌가 봐요. 제가."

"대기업 총수 아들이랑 연애도 하는 그릇이, 고작해야 비서직도 감당을 못 해?"

"인생은 늘 모순덩어리니까요."

허…… 미치겠네……. 지안은 운전대를 잡고 있는 손을 툭툭 움직였다. 초조함의 표시였다.

"이사도 하려고요."

끼이이이익. 때마침 바뀌는 신호에 급정지를 하며 지안이 찬양을 바라보았다. 집에서마저 나가겠다니, 지안은 눈을 사납게 치켜떴다.

"이사는 또 왜. 꼭 그렇게까지 해야 해?"

"저도 개인적인 공간이 필요해요. 비서도 아닌데 그 집에서 살 이유가 없기도 하고요."

"사람이 뭐 이렇게 빠르고 차갑고 냉정해. 언질도 한 번 없이."

"죄송해요. 이렇게 갑자기 임강준 대표가 잡힐 거라고 생각을 못 했어요."

그의 손끝은 더욱 빠르게 움직였다. 극도로 불안해진 현재 심경의 표시였다.

"다시 생각해 봐. 진짜 그만두는 길이 정답이야? 다른 길 없어?"

"타인의 기회를 박탈하고 얻은 자리예요. 시험을 보지도 않았고, 백경이 원하는 조건을 전부 충족한 것도 아니었고요."

"공부해, 지금부터. 늦지 않았어."

"낙하산이라고 눈총받는 거, 힘들어요."

덤덤하게 말하는 찬양의 대꾸에 지안이 움찔한다. 더는 붙잡을 수 없는 강력한 이유 앞에 말문이 턱 막혔다.

"처음부터 말이 많았거든요. 안 들리는 척해도 안 들을 수가 없고, 스스로 떳떳하지 않으니까 불편하고, 그랬어요."

"……그렇게 힘들었으면 나한테 말을 했어야지."

"대부분은 사실과 닮았으니까 억울할 수도 없었죠, 뭐."

헤. 찬양이 웃으며 무마하려 하자 지안은 고개를 돌려 곁을 바라보았다. 그녀를 둘러싼 갖가지 루머와 소문들을 떠올린 그의 눈빛은 어둡게 변했다. 미안한 기색은 모든 면에 묻어난다.

"퇴사하고 다시 구직 활동 열심히 해서 좋은 회사 들어갈 거예요. 백경에서 일한 경력만 따져도 제겐 플러스가 많거든요."

"여기저기 사람 할 말 없게 만드는 데엔 선수들이네."

그럼. 나는?

"말들 쉬워. 내가 그저 단순한 고용주였다는 걸 이렇게 알게 해 주나."

매일매일 네가 보고 싶을, 돌아서면 너를 찾게 될, 나는?

지안은 턱 끝까지 밀려 오르는 말을 삼켰다.

"그런 뜻은 아니에요. 단지 저는 모든 면에서 떳떳하고 싶어요. 그래야 상무님 곁에 당당하게 설 수 있으니까요."

지안은 느리게 눈을 감았다가 떴다. 친절하지 않은 마지막 설명이 너무나도 많은 것들을 가지고 와, 가슴을 저민다.

"더 당당하고 떳떳하게 상무님을 만날 수 있도록 노력할 거예요. 백경에서 일하고, 숙식을 제공받고 있는 제가 너무 불리해서요. 그런 혜택에서 완전히 독립한 내가 상무님과 당당하게 연애를 하고 싶을 뿐이에요. 이해해 주세요."

찬양은 제 손을 뻗어 지안의 손등을 위로하듯 덮었다. 어쩔 수 없는 선택이다. 일은 일이고 사랑은 사랑이니까.

"응원해 줘요. 더 멋있는 사람이 돼서 상무님 곁에 있을 테니까요."

"애쓰지 마. 나에겐 지금도 충분히 분에 넘치는 사람이야, 정찬양 씨."

"세상 모든 사람이 그렇게 생각해 주면 좋겠지만, 아니라는 건 잘 아니까요. 노력할 거예요. 더 많이. 더 더 많이."

"하……."

지안은 마음에 들지 않는다는 듯 탄식을 내뱉었다. 결연한 의지마저 엿보이니 매달리며 붙잡아 볼 수도, 버럭 화를 내며 안 될 말이라고 윽박지를 수도 없다. 그녀의 뜻이라니 그저 따라 줄 수밖에.

"그럼 집에서도 못 보고, 회사에서도 못 보면 우리는 언제 만나서 얼굴을 보나?"

"남들처럼 데이트해야죠. 없는 시간 쪼개고, 바쁜 시간 잠 줄이며."

그렇게, 평범하게 특별할 것 없는 연애를 할 수 있길, 나는 바란다.

"정찬양 씨, 알겠지만 나는 더 바빠질 거야."

"알아요. 저도 여기저기서 듣는 이야기가 많거든요."

"눈에서 멀어지면 마음에서도 멀어지는 거고."

"……어? 진짜 그렇게 생각해요?"

정말? 찬양이 눈을 동그랗게 뜨며 의외라는 듯 묻자 지안은 힐끔, 그녀를 바라보았다. 다소 서운했는지 찬양이 입술을 불툭 내민다. 지안은 자신의 손등을 덮고 있던 그녀의 손을 끌어다 잡으며 말을 이었다.

"물론 세상의 모든 사람이 그렇대도 나는 아니라는 말을 하려고 했지. 말은 끝까지 들어야 아는 거야."

"칫. 됐어요. 늦었다고요."

"선택 존중하니까 정찬양 씨 생각대로 해. 아무리 바빠도 보러 갈게."

지안이 손을 꽉, 붙잡자 찬양은 믿어 의심하지 않는다는 얼굴로 미소 지었다.

……그래, 맞다. 내가 어쩌다가 네게 빠지게 됐냐면, 너의 오른쪽 네 번째 손가락이 예뻐서. 통통한 귓불이 마음에 들어서.

"그래도 집은 가까웠으면 좋겠네."

"맙소사. 그 동네 집값이 얼만데 제가 그쪽으로 이사를 가요."

끝도 없이 말려 올라간 속눈썹이 신기해서.

"보태 줄게. 내가 얼마든지 보태 주……."

"남지안 상무님. 제가 지금까지 했던 말을 이해하긴 하신 겁니까?"

목 뒤 작은 점이 매력적이라서.

"……알았어. 알았다고. 대신 너무 멀지 않게, 부탁해."

"네. 최대한 가깝게 알아볼게요."

쉽게 말해, 내가 갖지 못한 것들을 네가 전부 가지고 있어서야. 이런 생각, 이런 마음, 이런 점들이 나를 꽁꽁 묶어 버렸지. 별수 없이 네 옆으로.

수면 아래 잠식되었던 여러 가지 일들이 부유하면서 회사는 어수선한 분위기 속에 놓였다. 불편하고 과장된 말들을 염려한 회사 측은 직원들에게 사태에 대한 함구를 요구했고, 모두는 가까운 지인들에게도 현재의 상황을 모른다며 짧은 말로 일축했다.

백경에 몸담은 사람들에게 백경이란 단순히 급여를 책정받는 회사가 아닌 인생의 자부심, 당당한 이름, 누군가가 단독 소유한 백경이 아닌 나의 백경. 그런 나의 회사가 무너지는 것은, 누구도 원치 않았다.

"그동안 수고 많았습니다, 정찬양 씨."

그런 회사에서 누군가 조용히 걸어 나온다.

"네. 그동안 감사했습니다. 신 실장님."

찬양은 간단하게 짐을 정리하며 신 실장을 향해 활짝 웃었다. 그녀는 수많은 사람들이 모여 뜨겁게 일궈 낸 자리를 빼앗고 싶지 않았다. 다니면 다닐수록 내 자리가 아니라는 것을 뼈저리게 느꼈다.

처음엔 자신을 향한 미운 시선이 부당하다 느꼈지. 하지만 지금은 누구보다 그 시선이 합당했음을 인정한다.

"이사 가신다고 들었어요. 어디로?"

"알아보는 중이에요. 내일 중엔 결정하려고요."

그렇군요. 신 실장은 가볍게 고개를 끄덕였다.

"그래도 이렇게 서둘러 나갈 필요는 없는데. 아무리 지원 인력이었다지만……."

"제가 빨리 나가야 새로운 사람이 들어오죠. 바쁜 시기잖아요."

초토화된 상무실은 연일 터지는 사건에 정신이 없었다. 실력을 겸비한 능력자가 하루라도 빨리 틈을 메꿔야 비서실 사람들이 조금은 숨을 돌릴 수 있을 것이다. 물론, 그녀의 상무님이 누구보다 편안해지리라.

"짐 들어 줄게요. 나가는 곳까지."

"아뇨, 제가 들 수 있어요. 이 정도는 거뜬하거든요."

신 실장이 짐을 들어 주겠다고 말하자 찬양은 고개를 가로저었다. 지안은 숨 돌릴 틈 없이 이어지는 긴급회의에 부재중이었고, 이른 아침 사표 수리를 마친 찬양은 이제 그만 가 보겠다며 모두에게 인사를 건넸다.

"상무님 안 보고 가도 되겠어요? 정말?"

"아침에 인사드렸어요. 또 기회가 있겠죠."

"그래요. 잘 가요, 찬양 씨."

한 명 한 명 악수로 아쉬움을 달래며 찬양은 목에 걸고 있던 사원증을 책상에 내렸다. 작은 박스를 들고 상무실을 나서, 엘리베이터를 탔다.

"어? 찬양 씨!"

"승민 대리님!"

중간에 멈춘 엘리베이터에 승민이 올라탄다. 소식을 들었다는 듯 승민은 찬양의 곁에 가깝게 다가섰다.

"벌써 가는 거예요?"

"네. 아침에 사표 수리됐거든요."

"이런, 내가 지금 엘리베이터 안 탔으면 못 만날 뻔했네. 나도 안 보고 그냥 가는 거예요?"

이거 아쉬운데? 승민은 서운하다는 듯 밉지 않게 인상을 썼다.

"지금은 정신없으실 것 같아서 나중에 대리님께 연락드리려고 했어요. 정말요."

"정신은 회사가 없죠. 나 같은 평사원이 정신없을 일은 아니니까요."

들어 주겠다는 말 없이 승민은 자연스럽게 찬양의 손에 있는 박스를 가져갔다.

"제가 들 수 있어요."

"나가면 손 시려요. 주머니에 단단히 넣고 있어요."

찬양은 고맙다는 눈길로 승민을 바라보며 부드럽게 웃었다. 처음부터 지금까지, 언제고 한결같은 따뜻함으로 자신을 챙겨 준 고마운 사람이다.

엘리베이터는 로비에 멈춘다. 두 사람은 나란히 걸음 하며 밖을 향했다.

"늘 잘해 주셔서…… 감사했습니다."

찬양은 너무 늦은 인사를 건넸다. 언제고 꼭 한 번은 해야 하는 인사라고 생각했지만 쉽지 않아서, 나중이 있을 것 같아서 미뤄 온 인사.

"생각해 보면 어려운 일이 있을 때마다 대리님이 계셔서 수월할 수 있었어요."

"그게 제 일이었으니까요."

"그래도요."

"이제는 말할 수 있겠다. 사실 남현주 전무님께서 저를 정찬양 씨 사수로 지목하면서 찬양 씨 보고서를 제출하라고 하셨어요."

"네?"

찬양이 걷던 걸음을 멈췄다. 승민은 많은 것을 알고 있다는 눈빛으로 웃었다.

"임강준 전 대표와 연관이 있어 보이면 바로 보고하라는 지시가 있었죠."

"아……."

그는 전무실에서 내려 보낸 사람이었다.

"전무실에서 대표실을 견제하는 거라고 생각했는데, 생각해 보니 늘 용의선상에 두고 계셨던 것 같네요. 대표실을."

찬양은 이해가 된다는 듯 고개를 끄덕였다. 그렇지. 누구도 믿지 않는 전무실에서 자신을 방치했을 리 없다. 승민의 과도한 친절을 감사히 여겼을 뿐, 자신을 관리 대상으로 보고 있을 거라곤 한 번도 생각해 본 적 없다.

"대리님께서 보신 저는…… 어땠을지 물어봐도 돼요?"

"뭐, 조금은 어리숙하고 순수하고, 거짓말 모르고."

승민은 허심탄회한 목소리로 털어놓았다.

"일할 땐 열정적으로 하고, 간혹 혼잣말을 잘하고."

"아…… 혼잣말……."

영혼으로 떠돌던 지안과 자신이 중간중간 대화를 하는 모습을 본 모양이다. 승민은 생각보다 많은 곳에서 많은 시간 동안 자신을 관찰

했음을 알 수 있었다.

"있는 그대로 보고했고 그런 찬양 씨를 판단한 건 전무실이죠. 찬양 씨가 다시 상무실 비서로 입사했을 땐 전무실에서 모든 의심을 버렸구나, 생각했어요."

"전무님께서 저에 대한 의혹을 뿌리칠 수 있었던 많은 이유에 대리님의 몫도 있었겠네요."

"무슨요. 제가 아니라도 찬양 씨는 모든 면에서 누구 앞에서든 솔직했으니까요."

새삼 더욱더 고마운 마음이 솟아난다. 찬양이 예쁘게 웃자 승민은 겸연쩍은 미소를 지었다.

"꼭 연락해요. 우리 언제 또 치맥 해야죠."

"네. 대리님. 정말 감사했습니다."

호출한 택시를 기다리며 찬양은 승민과 회전문을 나섰다.

"하, 날씨가 춥다. 이런 날은 솔로에게 너무 가혹한데."

중얼거리는 승민을 바라보다가 찬양은 문득 눈을 빛냈다.

"대리님, 소개팅 한번 하실래요?"

"소개팅? 누구랑요?"

승민이 대수롭지 않게 묻자 찬양은 더욱 눈을 빛내며 그에게 다가섰다. 때마침 그녀 생각에 떠오르는 반가운 얼굴이 있으니.

"제 친구요. 괜찮은 친구가 있거든요."

……미혜야, 내 친구 깜지 어멈. 어쩌면 내가 너의 구세주가 될지도 모르겠어.

"대리님 제 친구랑 소개팅 한번, 하실래요?"

"소개팅?"

회의를 마치고 사무실로 들어온 지안은 이미 찬양이 떠난 것을 알고 전화를 걸었다. 오늘 하루 종일 이사할 집을 알아보러 다닌대서 걱정돼 전화를 걸었더니, 뭐? 소개팅?

— 승민 대리님하고 제 친구 미혜 소개팅해 주려고요.

“갑자기?”

— 뭐든 생각났을 때 해야죠.

“그럼 생각난 김에 나도 좀 보러 올래?”

— 치, 제가 회사를 어떻게 또 들어가요? 이제 막 나왔는데.

“생각난 김에 한다며 왜 나는 뒷전인데. 내 생각은 안 나는 모양이네? 남의 인생 신경 쓸 시간 있으면 내 인생이나 좀 신경 써 주면 안 될까?”

지안은 피로하다는 듯 이마를 짚으며 중얼거렸다. 활력소 같은 정찬양 비서가 곁에 없으니 벌써부터 비타민 금단 현상이 일어나는 것 같다. 휴. 보고 싶다. 일은 해야겠는데 보고 싶다. 회의도 해야 하는데 보고 싶다.

“보고 싶다고. 당장 돌아와.”

— 상무님, 찬양이는 지금 퇴사 1일 차입니다. 아직은 세상 제일 행복할 때라고요.

“행복? 행복해? 내가 없는데 행복해?!”

— 솔직하게 말하자면 상사 남지안은 별로였거든요. 애인 남지안만 볼 수 있어서 행복해요.

“너 누가 그렇게 솔직하래. 누가 이렇게 솔직한 말로 사람 상처 주래.”

— 우리 영상 통화 할까요? 보고 싶은데.

“괜찮겠어? 밖인 것 같은데.”

……휴. 채신머리없는 대꾸를 뱉어 놓고 지안은 한숨을 뱉었다. 애인 정찬양 씨께서는 아주 초 단위로 들었다가 놨다가, 기분을 땅바닥에 패대기를 쳤다가 하늘 위를 걷게 한다. 지안은 조종당하고 있음이 분명한 상황 앞에 헛웃음을 토했다.

“다시 생각해 보니 안 되겠어.”

— 왜요?

"길거리에서 하는 영상 통화 매력 없으니까. 저번처럼 가운이라도 좀 입어 주면 좋겠는데."

— 어머, 이것 좀 봐. 그냥 보는 내 얼굴은 매력이 없다, 이거죠 지금?

아니야! 말하고 보니 그건 아닌 것 같아!

— 알겠어요. 그럼 끊을래요. 맘 상했거든요.

"이봐, 정찬양 씨. 자꾸 나 애걸복걸하게 하지 마. 이거 나랑 안 맞는다고. 아주 식은땀이 나네."

나는…… 한번 튕겨 보면 안 되냐……? 지안은 이마를 짚었던 손을 내리며 투덜거렸다. 갈수록 만렙이 되어 가는 애인 정찬양 씨는 체면을 잊게 했다. 누가 볼까 봐 까무러칠 것 같은 자신의 모습에 지안은 자꾸만 닫힌 문 쪽으로 몇 번이나 시선을 주었다.

"정찬양 씨, 알겠지만 내가 어디 가서 말로 지고 기싸움에 지는 사람이 아니야."

— 보고 싶어요.

"그래. 나도 보고 싶어 죽겠다."

……또다시 말린다. 지안은 절대 강적 앞에 시선을 들어 허공을 바라보았다. 살아갈 수많은 나날이 그려지는 건, 기분 탓인가.

"추우니까 일단 집으로 가. 이사 갈 집은 내일 알아보는 걸로 하고."

— 오늘 알아봐야 하는데. 내일 하루로는 부족할 것 같아서요.

"말 들어. 내일 나랑 같이 움직여. 오늘은 내가 도저히 시간이 안 되니까."

혼자 집을 알아보겠다는 애인이 걱정인 모양이다. 분명 사정거리 안에 집을 구할 리가 없는 애인 정찬양 씨와 반드시 동행하리라. 지안은 어서 집으로 돌아가라 재촉했다.

— 알겠어요. 그럼 집으로 가서 얌전히 기다리고 있을게요.

"굿. 기다리고 있읍시다. 그래야 나도 칼퇴하고 싶지."

— 그래요. 이따 봐요.

찬양과 전화 통화를 끝낸 지안은 휴대폰을 내리며 수북하게 쌓인 서류 더미로 시선을 돌렸다. 이 거지 같은 서류 더미를 전부 훑어봐야 집으로 돌아갈 수 있다.

"휴, 전투력 상승하게 하네."

지안은 소매를 걷어 올렸다. 저 서류 더미를 시간 내에 전부 해치우고야 말겠다는 강력한 의지로 활활 타올랐다. 빨리 끝내고, 우리 애인 보러 가야겠다.

"끝나고 맥주 한잔하실 분?"

최소 월급 루팡은 모면해 보려 미친 듯이 업무에 열중했던 미혜는 퇴근 시간에 다다르자 파티션 사이로 얼굴을 내밀었다. 회사에 더 머물기는 싫고, 이대로 집에 돌아가기엔 아쉬운 시간.

"죄송해요, 대리님. 저 오늘 선약."

"저는 데이트 있어요."

"어…… 저는 일이 아직 다 마무리가……."

다들 일정이 있단다. 미혜는 머쓱하게 고개를 내리며 PC를 껐다.

"미혜 대리님, 대리님 때문에 나 알코올 중독자 되겠어요. 집에 좀 가요, 집에 좀."

"가서 엄마 얼굴 보기 싫단 말이야. 잔소리해."

"그럼 독립을 하시든가요."

"야, 난 독립하면 굶어 죽기 딱 십상이야. 엄마 밥 없는 집은 상상도 할 수 없어."

매일매일 미혜는 동료들을 꼬드겨 회사 근처 술집을 전전했다. 밥을 먹으러, 맥주를 마시러. 어쩔 수 있겠나. 이 밤은 너무 길고, 오랜 연애 끝에 혼자가 되어 버린 딸은 부모님의 시선이 부담스러운데.

"에효, 그럼 전 이만 퇴근해요. 다들 내일 봅시다."

미혜는 가방을 챙겨 일어섰다. 치맥은 물 건너갔고 근처 화장품 가게를 전전하며 필요했던 물건들, 액세서리나 득템해야겠다. 지금 어디에서 세일하지? 신상은 나왔나?

그녀는 동료들에게 인사하며 휴대폰을 들었다. 때마침 찬양에게 메시지가 왔다.

[깜지 어멈 소개팅 ㄱㄱ 인간성 보증]

"소개팅?"

어머, 뭐야. 미혜는 1층으로 내려오며 급하게 답을 보냈다.

[소개팅? 누군데?]

[백경 본사 대리님. 나머지는 만나서 판단해.]

기다렸는지 바로 답이 온다. 백경? 미혜는 눈을 동그랗게 떴다.

[그분은 몇 살인데? 그것만 알려 줘.]

[우리보다 두 살 많아. 너 연락처 드려도 되지?]

"물론이지 쩡양. 그걸 말이라고."

미혜는 중얼거리며 괜찮다고 답을 보냈다. 찬양이 보증할 정도의 성격이면 좋은 사람일 거라는 강한 확신이 든다. 미혜는 난데없는 찬양의 소개팅 타령에 웃음을 터트리고 말았다.

[내가 너와 클럽 가 주는 대신 따뜻한 시간을 선물한다, 깜지 어멈.]

찬양의 마지막 메시지.

"야, 정찬양. 클럽은 곧 죽어도 못 가니 차라리 남자를 소개해 주겠다 이거냐?"

타박 같은 혼잣말을 중얼거리지만 이미 미혜의 얼굴은 웃음꽃이 폈다. 이성을 만날 수 있다는 기쁨이 아니고, 연애를 할지도 모른다는 기대감이 아니었고.

"정찬양 이 자식…… 고맙네."

누군가는 나를 생각해 주고 있다는 감사함. 혼자인 나를 걱정해 주고 있다는 든든함.

"어우, 맙소사. 대박 추워."

……헤어짐. 그리고 몇 달. 나만 빼고 모든 것이 똑같은 일상을 버텨야 한다는 건 생각만큼 쉬운 일이 아니더라. 그럼에도 불구하고 어느새 무뎌진, 차츰 시간을 회복하는 나를 발견한다.

"헐…… 전화 온다……."

미혜는 진동이 울리는 휴대폰을 바라보며 멈춰 섰다. 느닷없이 모르는 번호로 전화가 오는데, 느낌상 소개팅을 해 주겠다는 남자 같았다. 두리번거리던 그녀는 목소리를 가다듬고 전화를 받았다.

"네. 주미혜입니다."

— 안녕하세요, 주미혜 씨.

"실례지만 누구……?"

— 정찬양 씨께 주미혜 씨 전화번호를 받은 박승민이라고 합니다.

"아아, 안녕하세요. 얘기 들었습니다."

— 네. 반갑습니다. 갑자기 전화를 드려서 실례는 아닌지 모르겠네요.

"아뇨. 실례라뇨, 절대요. 네버."

나는 기억해. 이 겨울쯤에 너를 만나, 이 겨울쯤에 너를 사랑하고, 이 겨울을 너와 함께 몇 번이고 반복하다가, 이 겨울이 다가올 때쯤 너의 손을 놓았지.

"퇴근길이신가요?"

— 네. 혹시 많이 시끄러우세요? 여기 도로가 인접해서.

"아닙니다. 저도 퇴근길이라서요."

나에게 겨울은 그런 계절이야. 온통 너로 물들어 있지. 겨울이 아닌 날은 겨울이 아니라서, 겨울이 다가올 때는 겨울쯤이라서. 겨울이 지나갈 때는, 겨울이 떠나고 있기에. 나의 사계절은 겨울을 기준으로 돌고 돌아 다시 오고, 다시 떠나고, 다시 가까워지거나, 혹은 멀어져.

— 미혜 씨, 걷기에 춥지 않으세요? 오늘 날씨 춥던데.

"추워요. 무척."

이 겨울은 나를 살게 한 계절, 버텨야 했던 계절. 그러다 보니 어느새 흘러간 계절.

— 듣기에 주미혜 씨 회사가 제가 있는 곳이랑 많이 가깝더라고요.

"아아, 맞아요. 멀진 않아요."

미혜는 들려오는 사내의 목소리에 빙그레 미소 지었다. 첫 통화였고 얼굴도, 사는 곳도 몰랐지만 어쩐지 어색하지 않았다. 특유의 자상한 음성은 사람의 마음을 편안하게 만드는 구석이 있었다.

"혹시 지금 저희 회사 근처로 오시려고 물어보신 건가요?"

미혜는 툭, 하고 대범한 질문을 했다. 조금도 당황하지 않은 목소리가 그렇다며 대꾸를 한다.

— 미혜 씨의 현재 상황에 제가 껴도 문제가 없거나, 혹은 무리가 아니라거나, 혹은 결례가 아니라면 그럴 용의가 다분히 있습니다.

그는 말했다. 재고 따질 것 없이 우리, 만납시다.

……그녀는 가려고 눈여겨보았던 화장품 가게를 지난다. 폭탄 세일이라는 액세서리 가게도 지나친다. 미혜는 다소 설레는 눈빛으로 웃음을 터트렸다.

"주선자도 없이 보면 주선자가 삐질 것 같은데, 어쩌죠?"

— 찬양 씨는 둘이 만나라던데요. 어색하지 않을 거라고.

"그래요? 뭐, 주선자가 그렇게 나온다면 할 말 없네요."

너로 가득했던 나의 겨울에, 처음으로 다른 세상이 펼쳐져. 네가 아닌 모든 것들은 부질없겠다던 나의 세상에, 처음으로 다른 발자국이 찍혀.

"이쪽으로 오실 건가요?"

— 물론이죠. 가도 된다고 허락만 하신다면.

익숙했던 모든 것들이 새롭게 변해. 길들여졌던 내 안의 모든 것들이 낯선 세상을 반겨.

— 카페에서 기다리실래요? 금방 도착하겠습니다.

"아뇨. 커피는 됐고요. 밥부터 먹어요, 우리."

……봄이, 오려나 봐.

— 저는 좋지만 추울 텐데, 미혜 씨 괜찮으시겠어요?

"밥집에 들어가 있을게요. 혼자 있는 거, 꽤 잘하거든요."

— 그럼 좌표 찍어 주세요. 바로 가겠습니다.

"참고로 술도 있어요."

— 오. 듣던 중 반가운 소리네요.

사람이 북적거리는 겨울밤, 이 거리를 걸으며 미혜는 무척이나 오랜만에 설레는 미소를 지었다.

"네. 그럼 도착해서 좌표 찍어 드릴게요."

내 계절은 멈춰 있는 줄 알았는데, 널 떠난 후의 나의 계절은 그날 그곳에 멎어 버린 줄 알았는데, 돌아보니 어느새 이만큼이나 멀어졌어. 그것을 오늘에야 깨달아. 낯선 발자국이 더는 두렵지 않아. 누군가 나의 세상으로 들어오는 것이 더는 무섭지 않아. 시린 계절을 반복할까 봐, 닫았던 마음의 문이 어느새 한 뼘만큼 열렸지 뭐니. 나도, 이런 날이 올 줄은 몰랐단다.

"참고로 저는 빨간 코트 입고 있어요. 그리고 미인이죠."

그럼, 이쯤에서 손을 흔들까. 점처럼 변해 버린 나의 겨울, 나의 첫눈, 찍혔던 발자국에게.

— 네. 이따가 뵙겠습니다.

잘 가. 행복해. 네 계절도 겨울을 지나 봄이라면 좋겠다. 꽃이 피고, 나비가 날아들며, 따스한 햇살이 충만했으면 좋겠다.

— 도착하면 한 번에 알아볼게요.

"네. 기다릴게요. 박승민 씨."

우리는 사랑의 실패자가 아닌, 그저 경험자일 뿐이니까.

[크르르릉…….]

전쟁 같던 업무를 종료하고 퇴근하는 길. 지안의 휴대폰으로 찬양의 메시지가 도착한다.

"크르릉?"

"예?"

"아닙니다. 아무것도."

수행 기사가 룸미러를 바라보며 묻자 지안은 손을 내저었다. 크르릉? 이 낯설고 당황스러운 의성어는 뭐란 말인가.

[크르르르으으응…….]

대체 뭐라고 답을 해야 하는지 알 수 없어 액정만 바라보고 있자 다시금 메시지가 도착한다. 지안은 연이어 도착하는 신경질적인 이모티콘을 바라보다가 호탕한 웃음을 터트렸다. 지금 정찬양 씨께선 심기가 불편한 것이 분명했다.

"가만있어 보자……."

그럼 나는 으르렁, 이라고 답을 해 줘야 하나. 깨갱, 하고 납작 엎드려야 하나. 맞서 싸워 봐야 본전도 못 건질 싸움. 상대가 상대인 만큼 빠른 대책을 세워야 했다.

[크아아아르르릉…… 월우러우렁워루월월월…….]

"미치겠네, 이 여자가 대체 뭐라고 하는 거야."

의식의 흐름대로 뱉고 있음이 분명한 메시지. 지안은 무전기나 다름없는 자신의 휴대폰에 찍히는 그녀의 포효를 바라만 보았다.

[이거 읽씹이죠 지금? 읽고 있으면서 답도 없고?]

"임 비서."

"예, 상무님."

"읽씹이 뭡니까?"

"읽씹……이요? 글쎄요. 그런 말도 있습니까?"

지안의 수행 비서 중 꽤나 젊은 나이에 속하는 임 비서도 전혀 모르는 단어란다. 흠, 지안은 대충 내용의 흐름상 좋지 않은 말임을 추측하며 투박한 손가락으로 액정을 터치했다.

[뭐가 먹고 싶은데.]

[아하하하! 그냥 당이 떨어져요. ㅠㅠ]

당이 떨어지고 있다 하신다. 휴대폰에 고정했던 시선을 들며 지안이 차창 밖을 바라보니 대로변엔 작고 예쁜 가게가 다닥다닥 붙어 있다.

"잠깐 이 앞에 멈춰 보죠."

"예. 상무님."

지안은 무작정 내려 디저트 가게로 보이는 가게 문을 열고 들어섰다. 어서 오세요— 객을 맞이하는 직원들의 목소리가 친절하다.

"찾으시는 게 있으세요?"

알록달록한 케이크가 즐비하고, 파스텔 톤의 아기자기한 마카롱도 시선을 잡는다. 보기만 해도 혀가 말리는 것 같은 달달함이 느껴진다. 지안은 저도 모르게 오만상을 찌푸렸다가 다시 표정을 폈다.

"당 떨어질 때 먹으면 좋은 걸로 알아서 포장 좀 부탁드립니다."

"아아. 네. 전부 달긴 한데 그중에 제일 달달한 쪽으로 드릴게요."

이 중에 제일 달달한 거라니…… 먹으면 사람 죽는 거 아냐……?

지안은 초코가 온통 치덕치덕 발린 케이크 앞에 직원이 서자 사색이 된다. 단맛은 질색이라, 보기만 해도 어지러울 지경이다.

"몇 분이 드세요?"

"한 명. 아니, 한 다섯 명 정도."

"아아, 다섯 분. 알겠습니다."

지안은 고개를 끄덕였다. 내 여자는 많이 먹으니까 통상의 개념으로는 절대 부족하리라.

센스 있는 직원이 알아서 예쁘게 담는다. 지안은 낯선 세상에 들어선 이방인처럼 고개만 주억거리다가 포장을 얼추 끝내 가는 직원을 불렀다.

"저기."

"네? 부족할까요?"

"아니, 그건 아니고 저것만 좀 추가해 줘요."

지안의 손끝을 따라 직원이 시선을 움직였다.

"아…… 네. 알겠습니다."

결혼식을 올리는 연인을 잘도 만들어 올려놓은 초콜릿. 직원은 조심스럽게 진열대에서 꺼내 포장했다.

"애인분께 선물하실 건가 봐요. 좋아하시겠어요."

"뭐, 그럴지도."

직원이 말을 보태자 지안은 웨딩 초콜릿을 바라보며 짤막한 미소를 지었다. ……글쎄요. 과연 좋아할까요. 당 떨어져 으르렁대고 계신 내 여자께서,

"여기, 포장되었습니다."

"그럼 수고하세요."

부디 오드득오드득 깨물며 머리부터 먹지나 않았으면 좋겠다고.

왜. 도대체 왜.

"와…… 달다 달아, 너무 맛있어, 최고야, 너무 행복해."

슬픈 예감은 틀린 적이 없나.

디저트가 포장된 박스를 잔뜩 들고 지안이 현관으로 통하는 돌계단을 올라가자 찬양이 폴짝폴짝 뛰며 내려왔다. 반기는 건 그인지 디저트인지도 알 수 없는 세상 제일 발랄한 표정으로 맞이하더니 역시나, 한 손에 쥐고 먹기에 만만하게 생긴 웨딩 초콜릿부터 들고 대번에 씹어 먹는다.

“진짜 온몸에 소름 끼쳐요. 너무 맛있어, 너무 맛있어.”

오드득오드득도 아니야…….

“그래. 나도 소름 끼친다.”

와득와득.

…….

와드득와드득!

“예쁘다, 먹기 아까워요.”

“다 먹어 놓고 어떻게 그런 말을…….”

지안은 체념한 듯 찬양을 바라보았다. 신부부터 먹어 치운 찬양이 다음은 신랑인지 왼손에 쥐고 있다.

“부탁인데 왼손에 쥐고 있는 건 머리부터 먹지 않았으면 좋겠어.”

“네? 이거요?”

찬양이 그제야 왼손에 쥐고 있는 초콜릿을 바라본다. 다크초콜릿으로 턱시도를 표현한 신랑을 바라보더니 이제야 눈을 동그랗게 뜬다.

그래. 바로 그거야. 비록 초콜릿이지만 그게 나지.

“그럼 어디서부터 먹어요?”

아니! 먹기 전에 감상을 좀 하라고! 감상을!

지안은 포기했다며 손을 내저었다. 생각해 보니 어디부터 먹는다 해도 슬플 것 같다.

“아니다. 편한 대로 해.”

“헤. 맛있다. 맛있다.”

단것에 눈이 멀어 쥐고 있던 신랑을 패대기치더니 이번엔 조각 케이크를 꺼낸다. 서재에 단내가 가득하고, 지안은 팔짱을 낀 채 찬양을 바라보았다. 조각 케이크 따위 한입에 부숴 버리겠다는 그녀 자세가 꽤나 전투적이다.

“주방 실장한테 만들어 달라고 해. 솜씨 좋아. 남 전무도 가끔 얻어 먹던데.”

"에이, 제 입 챙기자고 실장님 귀찮게 할 수 있나요."

그럼 난 귀찮게 해도…… 되는 거냐……?

"이거 한입만 먹어 볼래요?"

찬양이 케이크를 듬뿍 떠서 내민다. 지안은 본능적으로 입술을 꾹 닫은 채 도리질을 쳤다.

"왜 안 먹지? 맛있는데."

찬양은 두 번 제안할 생각은 없는지 냉큼 제 입으로 가져갔다. 눈빛엔 이런 천상의 맛이 없다는 것처럼 감동이 서린다.

"맛있어……. 눈물 날 것 같아……."

"뭐, 잘 먹으니 좋긴 한데."

애인 디저트 심부름이나 하고 있는 신세에 보람은 있는 모양이다. 지안은 자세를 비스듬히 바꾸며 찬양이 바닥까지 싹싹 긁어 먹는 모습을 계속해서 응시했다.

"좋아요. 이제 당이 충만해졌어요."

"그래. 양이 좀 적었지?"

"뭐, 이 정도면 만족할 만해요."

"……고맙다. 다음엔 조금 더 넉넉하게 사 올게."

입가를 닦더니 허기를 풀었다는 것처럼 눈빛을 편안하게 한다. 이제야 사람다운 표정을 짓는 찬양을 바라보다가 지안은 헛웃음을 흘렸다.

"이제 정찬양 씨 눈에 제가 좀 보입니까?"

"그럼요. 아까부터 보고 있었는데요?"

"거짓말하지 마. 일하느라 수고했다는 말 한마디도 없이 눈도 제대로 안 봤으면서 말은."

"오늘도 수고하셨어요. 그건 찬양이가 제일 잘 알죠."

왜냐하면 저는 백수거든요. 찬양이 먹어 치운 디저트 박스를 정리하며 솜털처럼 가볍게 웃는다. 어라, 디저트 박스를 들더니 일어선다.

"어디 가?"

"자러 가야죠. 이런 기분을 안고 바로 잠들어야 진짜 행복하거든요."

"……이대로 끝? 만나서 온종일 맛있다 소리밖에 안 해 놓고, 끝?"

찬양은 의자를 조신하게 밀어 정리하더니 지안을 빤히 바라보았다. 진짜 가려고? 간다고? 의심에 찬 눈초리로 지안이 의자에서 상체를 떼고 바라보자 찬양은 입술을 열었다.

"내일 집을 알아봐야 해서 일찍 자야 해요."

"아니, 그럼 뭐 남 전무도 집에 없는데 여기서 있다가 아침에 가도……."

노. 찬양은 손가락을 까딱 움직이며 안 된다고 말했다.

"이 집에서 떠날 때가 되니 그간 상무님께 받았던 미움과 괄시가 생각났지 뭐예요. 진짜 서러웠거든요."

"……대체 무슨 소리를 하는 건지 모르겠네."

"모른다고 잡아떼도 어쩔 수 없어요. 그때만 생각하면 오늘은 좀 미우니까."

헤. 찬양은 앙큼한 미소를 지으며 뒷걸음을 걸었다.

"하루만 상무님 괴롭히고 내일부턴 다시 잘해 줄게요."

"허. 야, 내가 누구 얼굴 보려고 그 많은 일을 어떻게 끝내고 왔는데!"

"내일 예뻐해 줄게요. 오늘은 소심한 복수 좀 하고요."

"허……."

지안은 멀어지는 찬양을 기가 차다는 듯 바라만 보았다. 이렇게 잡혀 살게 될 줄도 모르고 찬양을 괴롭혔던 지난날들이 주마등처럼 스쳐 지난다.

"내일 일찍 와! 늦잠 자기만 해 봐 아주!"

박대에도 할 말 없는 지안이 버럭 소리를 지르자 찬양은 먹지 않고 남겨 둔 신랑 초콜릿을 흔들며 문을 열었다.

"잘 자요. 찬양이 꿈도 꾸고요."

"……전자는 모르겠고 후자는 노력해 볼게."

초콜릿처럼, 그는 이미 찬양의 손바닥 안이었다.

"내일 퇴원해도 된다니까 오늘 일찍 자. 앞으로 계속 바쁠 테니까."

백경병원 VIP 병실. 누워 있기가 답답한지 환자복에 카디건을 걸친 현주가 침대에 걸터앉아 있다. 그런 현주 곁에 의자를 끌어 앉아 있는 수호가 늦기 전에 어서 잠을 자란다. 그녀는 고개를 가로저었다.

"잠 안 와. 나 그리고 내일 퇴원 안 할래."

"이미 퇴원 미룬 거야."

"며칠만 더 있을래. 며칠만."

그녀는 휴가를 받은 것과 같은 휴식을 취했다. 입사 후 지금까지 이렇다 할 휴식을 취해 본 적 없는 현주였기에, 비록 오갈 곳 없이 병실 안에서 보낸 며칠이었지만 그 어느 시간보다 더욱 편안했다. 약속대로 그는 내내 곁에 있어 주었다.

"그럼 이틀만 더 있을까? 딱 이틀만."

"남들 생사 갈림길에 오는 병원에 누워 나일론 환자 소리 듣지 말고. 괜한 소문 나니까."

"치, 누가 입원이 좋아서 그래? 알면서 꼭 저렇게 얘길 해야 직성이 풀리지."

현주가 눈꼬리를 가늘게 만들며 타박하자 수호는 조용히 시선을 거뒀다. 알고 있다. 그녀에겐 지금 눈에 보이는 상처가 없대도, 가슴에 남았을 충격이 상당하리라.

"몸은 진짜 괜찮아?"

"뭐, 괜찮아. 괜찮은 것 같아."

"원래 험한 일 뒤엔 트라우마 남는 거야. 시간 없어도 와서 심리 치료 잘 받고."

"알겠어. 하라면 해야지. 안 그래도 이미 6개월 치 상담 일정이 나왔더라."

"그래. 다행이네."

수호가 짧은 말로 답하자 현주는 그의 얼굴을 길게 바라보았다. 웃지도, 다정하지도, 따뜻하지도 않은 그런 네가, 나는 대체 왜 좋은 건지.

"있잖아, 선배."

"……."

"지금이라도 사표 거둬 갈 생각은, 없어?"

현주는 침대 끄트머리에 앉아 무릎을 세워 팔로 가뒀다. 많이 차분해진 그녀의 음성엔 억지가 없었고, 무조건 안 된다는 투정도 없었으며, 날 두고 어딜 가냐고 따져 묻는 고집도 없었다.

"물어보는 거야. 나는…… 사실 자신이 좀 없어서. 선배 없이 혼자 회사에 남겨질."

"나 출장 가 있는 동안에도 잘해 왔잖아. 잘할 거면서 엄살은."

"꼭…… 떠나야 하는 거지?"

잡을 수가 없다. 당신은 이미 마음을 정했으므로. 지금까지 나의 곁을 지켜 준 것만도, 고행이었음을 잘 알아서.

"선배 사표를 내 손으로 수리해야 하는 거지?"

……차라리 몰랐다면 어땠을까. 잠긴 문을 박살 내며 들어서던 당신의 눈에서 절박함을 보지 않았다면, 어땠을까. 나만 네게 매달려 살아온 게 아니었음을 차라리 몰랐다면 우리의 오늘은, 조금 달랐을까.

"동생이 결혼해."

"아……?"

현주는 수호의 덤덤한 음성에 눈을 동그랗게 떴다. 그에게 미국에 살고 있는 여동생이 있다는 건 이미 알고 있는 사실이다. 수호는 시선을 멀리 주며 입술만 움직였다.

"알잖아. 곁에 사람이 없어. 집에서 챙겨 줄 수 있는 것도 아니고."

"아……."

"임신을 했대."
마치 조간신문의 기사를 읊듯, 따분한 영화의 줄거리를 읊듯.
"아무래도 내가 가 봐야겠어. 금방 오지는 못할 것 같고."
"어머님은 모시고 가는 거야?"
"모시고 가야지. 더 늦기 전에."
그의 어머니는 조금씩 기억을 잃어 갔다. 조금씩 도움의 손길이 필요해졌다. 어머니가 더 많은 것을 잊어버리기 전에, 아들은 기억에 많은 것들을 심어 주고 싶었다.
"아…… 그렇구나……."
현주는 당황한 듯 머리를 쓸어 넘겼다. 자신이 해 줄 수 있는 일은 없을까, 짧은 시간 많은 것들이 스쳐 지난다.
"동생 챙길 것 챙긴 뒤에 어머니 모시고 여행이나 좀 하고 싶어. 언제 돌아올지 모르니까 휴가로는 대체가 안 돼."
"내가 기다린다고 하면……."
"형평성 없어. 원하는 일도 아니고."
그녀를 사랑하는 그는 그녀를 사랑하는 만큼 가족을 사랑했다. 희생을 당연하게 생각하며 자라 왔고, 그것을 족쇄로 여겨 본 적 없는 곧은 사내였다. 그의 말 그의 행동, 전부 이해가 될 수밖에 없었다.
"봤지, 남현주. 너 없어도 회사 돌아가는 거."
그런 그가 말한다. 무리하며 회사를 돌봐 걱정하게 만들지 말라고. 조금은 내려놓으라고.
"너 없다고 회사가 하루 이틀 사이에 망하는 것도 아니고, 적당히 일해. 네가 건강하게 있는 게 더 중요하니까."
"누구한테?"
이번엔 그녀가 물었다.
"누구한테 중요한데? 내가 건강하게 있는 게, 누구한테 중요해?"
"모두에게."

"……"

"나에게도."

현주는 느리게 눈을 감았다가 떴다. 이런 그대를 보내고 내가 살 수 있을까. 아직은 자신이 없다. 하지만 우리는 알고 있어. 너는 마치 바람 같은 사람이라서, 쥐었다 생각하면 어느 틈에 새어 나가 버린다는 걸.

"그래요. 사표는 수리할게. 어머님 모시고 여동생 보러 간다는데 할 말은 더 없지 뭐."

나는 가진 것이 많아, 너의 짝이 될 수가 없다는 걸. 평범한 너의 심장이, 너의 가족이, 사랑과는 별개로 나를 원하지 않는다는 걸. 너의 겸손한 천성이 내가 사는 세계를 달리 두고 있다는 걸.

"그럼 어머님 모시고 심심해 죽을 만큼 쉬고, 더는 해 볼 게 없을 만큼 놀다가, 연락 줘요."

……그래도 괜찮아. 너는 나만 사랑하니까. 네 사랑은 여기, 내게 있으니까.

"하지만 이건 기억하고 있어 줘. 선배 자리는 늘 비워 둘게."

우리가 더 많은 시간 동안 함께하기 위해. 내 앞서가는 발걸음 뒤에 당신, 오래도록 걸어올 수 있도록.

"언제고 돌아오면 다시 수석 비서가 되어 줘. 쉬고 온 만큼 지긋지긋하게 괴롭혀 줄 테니까."

안녕해요. 편안하기로 하죠. 당분간 멀어집시다.

내 사랑을 쥐고—

"연락 기다릴게요. 선배."

행복하게 달아나 줘요.

아침부터 집을 알아보기 위해 부랴부랴 준비를 마친 찬양이 결국

지안과 함께 집을 나섰다. 오늘도 애인을 위해 직접 운전대를 잡으신 상무님께선 무작정 달린다. 찬양은 뭐가 마음에 들지 않는지 시트를 툭툭 쳤다.

"큰일이네. 이런 비싼 차 끌고 부동산 다니면 집값도 올려 부른단 말이에요. 사람 봐 가며 값도 부르는 건데."

"이 여자가 나를 알기를 세상 물정 모르는 꼬마로 보네. 내가 그렇게 녹록한 사람은 아니지. 나만 한 장사치가 또 있는 줄 알아?"

"아아. 하긴 그것도 그러네요."

찬양은 쉽게 수긍하며 웃음을 터트렸다. 생각해 보니 거래에 이만큼 능통한 사람이 또 있을까 싶다.

"그런데 어디로 가요? 여기 내가 살던 동네 방향인데."

"아는 곳이 여기밖에 없어."

"또 그리 가자고요?! 그 동네로?!"

"내 집에서 가깝고 기동력 없는 정찬양 씨에게 지하철 가깝고 버스 많고. 좋던데."

"아니 뭐 서울에 그 동네만 있는 것도 아닌데. 안 살아 본 곳도 가 봐야죠."

"익숙한 곳부터 갑시다. 나도 잘 모르니까."

찬양은 일단 그의 말을 따라 가만히 있어 보기로 한다. 익숙한 야채 가게를 지나고, 익숙한 분식집도 지나간다. 그녀는 간판이 보일 때마다 종알거리며 지난 일들을 풀어냈다. 그러다 보니 사연 많은 술집을 지나고, 골목길을 오르기 시작한다.

"부동산 안 가요?"

부동산을 지나친다.

"집 알아보려면 부동산을 먼저 가야죠. 저기 지나면 부동산 없는데."

살던 집 앞에 멈춘다. 찬양은 멈추며 시동을 끄는 지안을 바라보았다. 뭐 하자는 건가 싶은 모양이다.

지안은 부연 설명 없이 차에서 내렸다. 문을 닫기 전 안을 들여다보듯 상체를 숙여 찬양을 응시했다.

"내려. 정찬양 씨, 여기에 정착합시다."

"네에? 여기요?"

찬양이 질겁하며 허겁지겁 차에서 내리자 지안은 빌라 입구를 향해 걸음을 옮겼다. 바짝 다가선 찬양은 이해가 되질 않는다는 듯 입술을 열었다.

"여기 입주자 있다니까요? 빈집이 아니에요."

"없어. 지금은 빈집이야."

"에에? 그럼 여기 살던 사람은?"

"시세에 세 배 쳐 주니까 바로 나가 주시던데."

"세, 세 배요?!"

아니 상무야…… 세상 물정 모르는 꼬마 아니라며……. 세 배 값 주고 여기 올 정도면, 당신…… 신생아야…….

"아니, 왜요? 여기 좋은 집도 아닌데 그 돈 주고 여길 왜 와요?"

지안이 성큼성큼 안으로 들어선다. 찬양은 졸졸 따라가며 이해할 수 없다는 듯 말을 뱉었다.

"왜 여길 세 배씩이나 주고 들어와요, 왜? 대체 왜? 왜 시키지도 않은 일을 해요?"

"뛰어난 경영자는 시킨 일을 하는 게 아니라, 지시자가 생각하기 전에 일을 처리합니다."

"나 여기 싫단 말이에요! 여기 겨울엔 춥고 여름엔 더운데!"

문 앞에 도착하더니 비밀번호를 누른다. 신발을 벗고 들어서니 찬양은 구시렁거리는 얼굴로 뒤따라 들어왔다.

"……어?"

같은 집이 맞나. 어딘가 모르게 달라져 있다.

"내부 수리 끝났어. 급하게 하는 바람에 웃돈을 줬지."

"……지금 보니 장사 되게 못하시네요. 밑지는 거 전문이신데?"

"니가 내 집에서 빨리 나간다고 했잖아."

외풍이 심하던 벽도 다시 새 단장을 마치고, 조명도 바뀌었다. 찬양은 주변을 두리번거리며 안으로 들어섰다. 일전에 두었던 가구와 비슷한 것들이 정렬되어 있다. 바로 살아도 문제가 없을 만큼.

"내 힘으로 얻겠다고 큰소리 뻥뻥 쳤는데 이렇게 다 도와주시면……."

그 완벽한 세팅에 풀이 죽은 찬양이 힘없이 말을 뱉었다. 고맙고, 놀라기보다 계획이 무산된 허무함이 밀려든 것이다.

"집을 나오는 의미가 없잖아요. 이렇게 다 해 주시면 어떡해요."

"무슨 소리야. 여기 내 집인데."

"네?"

찬양이 지안을 바라보자 별소리를 다 듣겠다는 표정을 짓고 있다. 그는 소파에 편안하게 앉았다.

"내 기억이 여기 어디쯤에서 돌아올까 싶어 매입한 거야. 괜한 오해하지 말았으면 좋겠네."

"아…… 뭐, 그럼 진작 얘기를 하셨어야죠."

"나한테 보증금 치르고 월세 내. 어디 거저먹으려고 들어."

"다른 곳으로 가면 안 돼요? 저?"

괜한 민망함에 찬양이 고집을 부리자 지안이 눈썹을 꿈틀거렸다. 이곳에서 기억을 찾아보겠다는 그의 의지가 감동으로 다가와 찬양은 웃음을 터트리고 말았다.

이런 남자, 어디서 구할 수 있겠습니까?

"월세 싸게 해 줘요. 애인 할인가."

"웃기네. 어림없어. 시세대로 합시다. 세 배나 주고 얻어 왔는데 무슨 소리 하는 거야."

"……그럼 시공비는 빼 줘요. 내가 원한 거 아니니까."

"공임비만 좀 줘. 나도 거들었으니까."

자랑해도 될까요. 이렇게나 사랑스러운 남자, 찬양이 거라고요.

지안을 바라보는 찬양이 오른쪽으로 고개를 꺾는다. 찬양을 바라보는 지안이 따라서 왼쪽으로 고개를 꺾는다. 흠, 찬양이 다시 반대편으로 고개를 꺾자 흐음, 그녀를 바라보는 그도 따라 고개를 꺾는다.

바라만 봐도 시간이 흐르니 달리 하고 싶은 일도 없다. 서로는 서로를 바라보는 일에 열중했고, 시선을 수평으로 맞췄다.

"이 집에 다시 와서 상무님 보니까, 기분이 이상해요."

"맞다. 나 이제 상무 아닌데. 나 직함 뗐는데."

네? 찬양이 묻자 지안은 흔연한 미소를 지었다.

"내가 언제까지 상무 자리에 있을 줄 알아? 나 이제 승진한다고."

"승진요? 진짜?"

"이 여자 표정 좀 보게. 승진한다니까 이렇게 좋아하나?"

"그럼요. 좋죠. 애인이 승진한다는데 싫어할 사람이 어디 있어요?"

찬양이 헤실헤실 웃자 지안은 따라 웃었다. 이제 곧 승계 절차가 있을 것이고 그는 부회장 자리로 초고속 승진을 할 것이다. 총수의 자리는 여전한 공석이겠지만 위로 누군가가 오지 않는 이상, 그는 그룹의 총책임자였다.

"남 전무는 부사장으로 갈 거야."

"우와, 대박 사건! 전무님 너무 멋있으신 거 아닌가요?"

거대한 그룹의 헤드가 되었다는 이야기를 이렇게 나근나근하게, 다정하게, 평상의 언어를 내뱉듯 할 수 있나. 찬양은 지안을 새초롬하게 바라보다가 입술을 열었다.

"상무님은 별로 기쁘지 않은 모양이에요. 마치 알고 있었다는 것처럼?"

"올라갈수록 책임질 일도 많고 일거리도 늘어나지. 꼭 좋은 일만은 아니고."

"아…… 뭐, 그렇긴 하겠다."

찬양은 고개를 끄덕이며 팔을 뻗었다. 그의 손을 잡으니 약간의 찬기가 서린 온기가 느껴진다. 찬양은 손난로처럼 그의 손을 두 손으로 덮었다. 너무나도 막연해서 깊이조차 가늠할 수 없는 그의 세상, 그가 지닌 무게. 일에 둘러싸인 그의 하루하루.

“우리 상무님이 승진하고 매일매일 힘들면 찬양이가 매일매일 힘내라고 응원해 줄게요.”

“어떻게 응원해 줄 건데.”

저 아래 낮은 음성으로 그가 묻는다. 찬양은 눈을 감았다가 뜨며 고백하듯 말했다.

“예전에 변호사님이 그랬어요. 저는 상무님께 아무것도 해 줄 수가 없을 거래요. 뭐, 맞는 말이라고 생각해요.”

“…….”

“막 이거저거 나열을 하시는데, 진짜 도와줄 게 하나도 없는 거예요. 변호사님 얘기처럼 경제, 경영, 그룹의 사정 같은 건 잘 모르기도 하고 관심도 없으니까.”

“내가 이쯤에 끼어들어 한마디만 하자면 일은 일이고, 내 일을 누가 도와준다는 건 말이 안 되고.”

지안은 급히 입을 열었다. 찬양이 상처를 받았을까 봐 염려가 되었다.

“재벌들은 서로서로 돕는다면서요. 그래서 집안과 집안이 만나고, 서로 시너지를 내고.”

“그런 경우도 있고 아닌 경우도 있지.”

“…….”

“나처럼.”

찬양이 손등을 토닥거리다가 멈추자 지안은 어서 토닥거리라는 듯 손가락을 꿈틀거렸다. 그런 그의 말이 믿음직해서, 그녀는 다시금 그의 손등을 어루만졌다.

“맞아요. 나도 그렇게 생각해요. 그래서 더 오기가 생기더라고요.”

오기? 어떤? 지안이 눈으로 묻자 찬양은 그의 코끝에 닿을 만큼 얼굴을 가까이 가져갔다.

……나는 내게 약속했다. 마음의 눈으로 그대를 보리라.

"나는 세상 누구보다 애인을 아낄 거고요."

검은 구름이 마음에 드리울 때면 얕은 그대의 숨으로, 근심을 거둬 내리라. 사이에 미련한 갈등이 생길 때면, 밝은 그대의 눈길로 오해를 지워 내리라.

"매일매일 사랑한다고 말해 줄 거고요."

"……."

"일거리 가득 안고 돌아와도 잔소리 안 할 거고요."

그대의 번뇌를 담아 가리라.

"일밖에 모른대도 투정하지 않을 거고요."

그대의 불행을 함께 나누리라. 짊어지고, 받아 가며, 무거운 마음을 덜어 내리라.

"아아. 물론 일밖에 모른다면 조금 서운하겠지만. 그럼 이건 취소해야겠다."

"취소 안 해도 돼. 그럴 일은 없어."

지안은 손을 뒤집으며 그녀의 손을 잡았다. 이제는 내가 그럼에도 불구하고 불안할 너의 마음을 위로할 때다.

……그러니 나도, 약속할게.

"나는 정찬양 씨가 이렇게 있어 주면 불행할 일 없고."

이 내 모든 사랑을 그대에게 바치리라.

"정찬양 씨가 곁에 있는 순간엔 일 생각이 날 리가 없겠고."

살가운 행복이 마음에 내려앉을 때면 깊은 그대의 품으로, 기쁨을 건네주리라. 사이에 행복한 웃음이 생길 때면, 누릴 수 있도록 안아 주리라.

"다른 건 몰라도 이건 내가 장담할 수 있겠고."

내 안의 모든 사랑을 펴내 주리라. 그대의 기쁨은 온전히 몫으로 남

기리라. 전해 주고, 얹어 주며, 감동의 마음을 이어 가게 하리라.

"이제 정신없는 일들도 정리되는데, 내가 좀 더 노력할게. 정찬양 씨가 세상에서 제일 행복하다고 말할 때까지."

내가 너의, 기쁨의 원천이 되리라.

"와, 벌써 감동인데요."

"받은 만큼 줘야지. 말로 지는 성격이 아니라서."

……서로의 얼굴로 웃음이 다녀간다. 찬양은 그의 턱 끝으로 손을 뻗어 어루만지다가, 보드라운 입술을 맞추며 남은 말을 더했다.

"그럼 이제 갈까요? 짐 정리도 대충 해야 하……."

지안은 가볍게 입을 맞추고 떨어지는 그녀 얼굴을 두 손으로 붙잡고 더욱 깊은 입맞춤을 이어 갔다. 세상에 완벽한 것은 없다고 믿었는데, 행복은 쉽게 오는 것이 아니라 믿으며 살았는데.

"안 돼."

"아…… 안 돼……."

신념을 흔드는 시간과 너를 만났다.

"싫어. 안 가."

"아…… 네…… 저도 사실은 싫었어요……."

이곳. 너와 나의 세상은 완벽했다.

"그치? 승민 대리님 사람 진짜 괜찮지?"

― 그러니까 말이야. 대화를 하면 할수록 사람이 진국이야.

찬양은 미혜에게 걸려 온 영상 통화를 받았다. 침대에 누워 편안한 자세로 통화를 이어 가던 찬양은 자리에서 일어섰다. 가벼운 슬립 차림, 살색의 향연이지만 미혜와의 영상 통화에 거슬릴 건 없었다.

"야, 깜지 어멈. 그것 봐. 난 두 사람 잘 어울릴 줄 알았어. 대화도 잘 통하고.”

— 다음에 만날 땐 전시회 보러 가기로 했어. 혼자 가기 어려웠던 거 실컷 보러 다니자고 둘이 합의 봤지.

“아 진짜? 잘됐네. 잘 맞는다니 내가 다 좋다, 야.”

물을 마시러 갈 요량인지 찬양이 침대를 벗어난다. 미혜는 종알종알 말을 뱉다가 유심히 관찰하는 눈빛으로 찬양을 바라보았다.

— 야, 찡양. 너 지금 어디야?

“나? 아, 맞다. 나 이사했어. 원래 살던 집으로.”

지안은 소파에 앉아 독서를 하고 있고, 찬양은 제법 가벼운 차림으로 주방에 들어갔다. 오래된 부부처럼 서로는 자연스럽게 각자의 시간을 보내고 있는 중이다. 냉장고에서 생수병을 꺼내 물을 따라 마시며, 찬양은 미혜의 수다스러움을 듣고 있다.

— 진짜? 진짜? 그럼 이제 우리 또 동네 주민 되는 거야?

“그럼 그럼.”

— 야! 됐고. 나 지금 놀러 간다 그럼! 만나! 만나서 얘기해!

픕—! 찬양은 물을 뿜었다. 미혜의 제안에 지안도 놀랐는지 읽던 책을 덮었다. 오긴 어딜 와! 안 돼! 절대 안 돼!

— 깜지 데려가도 돼? 우리 깜지가 널 싫어하긴 하지만 보여 주고 싶은데.

“야야! 미혜야! 오, 오늘은 안 돼! 다음에! 다음에 와!”

왜? 바로 달려올 기세로 준비 태세를 하던 미혜가 서운하다는 듯 바라본다. 찬양은 지안을 힐끔 바라보다가 안절부절못하는 목소리로 변명거리를 늘어놓았다.

“왜, 왜냐면 지금 정리가 안 됐어! 집에 뭐 있는 것도 없고 정리 좀 하고 만나!”

— 나랑 같이 하면 되지! 나 너 보고 싶어 죽겠단 말이야!

“아, 안 돼! 오늘은 글쎄 안 돼!”

별것 아닌 변명에 미혜가 오겠다고 늘어지자 찬양은 당황한 듯 말을 버벅거렸다.

— 새로 산 속옷들이 즐비하다, 쩡양. 네가 나의 속옷을 봐 주지 않으면 누가 봐 주겠니?

응? 속옷? 지안의 귀가 쫑긋한다. 부자연스러운 자세로 다시 책을 펼친다. 친구가 와도…… 괜찮을 것 같기도 해…….

"됐어! 깜지 어멈! 제발 그 속옷 타령 좀 그만해!"

— 하, 기지배. 변했어. 이젠 나에 대한 사랑이 식은 거지?

"야야, 일단 끊어. 나 씻을 거야."

— 예전엔 지가 먼저 보여 주고 자랑하고 뽕도 공유했으면서, 이젠 막 내외하네. 변했어, 변했어…….

"내, 내가 언제! 내가 언제 뽀, 뽀, 뭘 공유했다 그래! 얘가 진짜!"

호오. 그래? 지안의 귀가 쫑긋쫑긋 선다. 찬양은 미혜와의 전화를 끊으려고 아우성이다.

— 아, 몰라! 완전 변했음! 쩡양에게 이젠 내가 1번이 아닌 모양이야.

"하…… 너 진짜 왜 이렇게 사람 난처하게."

— 야, 그나저나 나 너네 상무님은 언제 보여 줄 거야? 상무님이 너랑 나 식사 같이하자고 하셨는데.

"야야, 메시지로 하자. 끊어, 일단 끊어."

— 그분이 근데 왜 우리 밥을 사 주신다는 거야? 혹시, 그 잘생기고 돈 많은 분께서 널!

"끊으라고오오오오!"

— 그렇지? 말도 안 되지? 알겠어, 일단 끊어.

소파에 앉아 있던 지안이 일어선다. 어어? 어어어? 왜 이리 오는 거예요? 찬양이 성큼성큼 지안이 걸어오자 놀라 바라보았다. 화면 밖을 바라보니 미혜가 턱을 괴며 쩡양, 뭐 해? 라고 물어 온다. 지안은 식탁 앞에 서 있는 찬양의 뒤로 가, 식탁을 두 손으로 짚으며 찬양을 포박했다.

"안녕하세요, 주미혜 씨."

— ……헐.

헐……. 미혜는 차마 인사를 하지 못하고 찬양의 뒤로 등장한 사내를 바라보았다. 맙소사, 이게 누구신가. 몇 날 며칠 감사함에 몸서리를 치게 만든 장본인께서 저기! 쩡양의 집에! 아니, 상무님은 왜 거기서 튀어나오는 거요!

"저 기억하시죠. 남지안입니다. 잘생기고 돈 많은."

— 아…… 안녕하세요…….

아무렇게나 널브러져 통화를 하던 미혜가 자세를 고쳐 앉으며 인사를 한다. 찬양의 어깨에 턱을 얹은 채 지안은 영상 통화를 이어 갔다.

"제가 주미혜 씨 친구, 그러니까 쩡양 씨를 격하게 아껴서요."

— 헐…… 결국은…….

"깜지 어멈께도 식사 대접을 하고 싶어서 제안드렸습니다. 괜찮은 시간 말씀 주시면 대접하죠."

쩡양, 깜지 어멈. 지안의 입에서 나오는 별명들이 너무 수치스러워 찬양은 붉어진 얼굴을 푹 숙였다. 멘탈이 바사삭거리는 미혜는 상황 인지를 못 한 얼굴로 고개만 연신 끄덕였다.

"깜지 어멈 씨의 쩡양을 제가 1번으로 데리고 있어도 된다면 섭섭하지 않게 해 드리겠습니다."

— 무슨 말씀이세요……. 제가 감히 무슨 1번을……. 그냥 모든 번호 다 하셔도…….

찬양이 슬쩍 고개를 들어 영상 통화를 바라보자 잔뜩 굳은 얼굴의 미혜가 삐걱거리며 말을 이어 가고 있다. 결국 웃음이 터진 찬양은 자신의 어깨에 기대고 있는 지안의 얼굴에 자신의 얼굴을 기댔다.

"미안. 깜지 어멈. 말 못 해서 미안해."

— 헐…… 그러고 보니 너 지금 입고 있는 게…….

옷을 입는 중이냐 아님…… 벗는 중이냐……?

"미혜야 내가 다시 연락할게. 오케이?"

— 어! 어어어어! 알겠어! 나, 나, 나중에 연락 줘!

미혜는 서둘러 전화를 끊으려 했다. 지안은 휴대폰을 들고 더욱 얼굴을 들이밀며 사람 불편하게 만드는 웃음을 지었다.

"조만간 찾아뵙겠습니다. 주미혜 씨."

— 아아! 네네네네! 제, 제, 제가 계신 곳으로 가겠습니다! 어, 언제든지요!

"그래요. 그럼 이만."

"미혜야, 안녕!"

— 어어어! 굿 나잇! 아니, 아니다!

미혜는 크게 손을 흔들었다. 요망한 정찬양, 연애를 시작해 놓고 말도 안 했겠다? 하지만 나는 말할 거야!

— 두 분 꿀 나잇이에요!

축하해! 내 친구 정찬양! 오늘 밤! 꿀 나잇이야!

"대표님을 다시 뵐 일은 없을 것 같았는데."

이튿날. 지안은 이강로펌의 대표, 이선의 부친과 만남을 가졌다.

"남 전무 상태는 괜찮나? 입원했다며."

"오늘 퇴원합니다. 아마 지금 퇴원 준비 중일 겁니다."

이미 계약 결렬을 각오한 마당에 미련을 가질 필요는 없었다. 팽배한 긴장감이 첨예하던 그날과는 달리, 지안은 적극적이지 않은 자세로 앞에 놓인 미지근한 물을 한 모금 삼켰다.

김 대표는 생각이 많은 얼굴로 지안을 바라보았다. 뉴스에서 연일 다루고 있는 백경그룹의 사태, 그리고 그 중심에 서 있는 백경물산, 김 사장의 일은 자신에게도 충격이 아닐 수 없었다. 김 사장은 자신의 친형, 왕래가 없대도 혈연이었으니까.

"남 상무, 그룹 승계는 언제쯤 진행될 예정인가?"

"뭐, 조만간 진행되지 않겠습니까. 아직 그보다 중요한 일들이 남아 마무리 짓는 대로 절차를 밟을 예정입니다."

"축하하네. 사실 원래부터 자네가 앉을 자리였지."

"감사합니다, 대표님. 인사차 부르신 건 아닌 것 같은데, 편하게 말씀하십시오. 들을 준비 됐습니다."

지안은 손깍지를 끼며 편안하게 손을 떨궜다. 김 대표는 신중함을 기하는 눈빛으로 잠시 뜸을 들였다. 불과 며칠 전에 뱉은 말들이 있었고, 결렬의 패를 던진 것도 본인이었다.

"남 상무, 내가 며칠 동안 말이야."

집으로 돌아온 딸아이에게 모진 말로 화풀이를 하며 남 상무는 네 짝이 아니라고 선언을 하기도 했다.

"곰곰이 생각을 해 봤네."

……아쉬울 것도 없었다. 손해는 백경의 몫이지 이강로펌의 몫은 아니리라, 자신하기도 했다. 대한민국 최고라 자신할 수 있는 로펌이었기에 굳이 백경의 파트너가 아니라 해도 이제는.

"지금 언론 분위기가 좋지 않아."

그런데 문제가 생겼다.

"김 사장이 기술 유출로 물의를 일으켰으니 집중 조명 받는 거야 당연하겠지만서도 말이야. 그 조명이 내게, 아니, 이강로펌에까지 미치고 있다는 게 문제가 되는군."

김 대표가 지안을 바로 응시하며 말을 하지만 그의 표정엔 미동이 없다. 아주 작은, 신변의 사사로운 이야기를 듣고 있다는 것처럼 편안해 보일 지경이다. 이제 애가 타는 쪽은 김 대표가 되었다.

"쉽게 말해 내가, 김 사장의 배후라는 루머도 있어."

"그렇습니까. 아직 접하지 못했습니다."

"다들 김 사장의 변호인단은 이강로펌이 될 거라고 예상해. 아주 골치야."

김 대표는 사정없이 미간을 일그러트렸다. 단지 혈연이라는 이유로 세간의 모든 이는 자신이 형의 배후에 있을 것이라 예측했다. 당연히 증거는 없겠으니 용의선상에서 벗어난대도, 김 사장의 변호를 이강로펌이 맡게 되는 순간 펼쳐질 일들은 뻔했다.

"대표님, 그럼 하나만 여쭙겠습니다."

지안이 운을 떼자 김 대표는 긴장한 듯 고개를 작게 끄덕였다.

"그럼 대표님께서는 김 사장님의 변호인단을 이강로펌에서 선임하지 않을 생각이십니까?"

"아…… 뭐, 그게 말일세."

당황했는지 김 대표는 물 잔을 들어 물을 벌컥벌컥 마셨다. 신중한 대답이 필요한 순간이었다. 형은 가해자였고 마주 앉은 지안은 피해자 대표였으니까. 오랜 시간이 흐른 후 김 대표는 입을 열었다.

"뭐, 자네도 알겠지만 나와 김 사장 사이에 왕래가 없었던 것이 벌써 20년이야. 형제라고 하기도 뭐한 사이지."

돌아가신 부친의 상속 유산을 두고, 형제는 등을 졌다.

"이런 일에 함께 엮여 오르락내리락하는 것만도 큰 수치야. 로펌 이미지도 실추됐고."

김 대표는 테이블에 팔꿈치를 기댔다. 억, 소리가 나는 잘빠진 손목시계가 반들거리는 자태를 뽐낸다.

"하지만 내가 아는 김 사장은 절대 우리 로펌에 변호를 의뢰할 위인이 아니네. 아직 연락이 없기도 하고."

"그럼 변호를 하지 않겠다는 말씀이십니까?"

명쾌한 대답을 해야 한다. 김 대표는 답답하다는 듯 다시 물을 따라 마셨다. 뜻이 다른 형제가 있다는 건, 때로는 불행이었다.

"그런데 뭘 어쩔 수가 있겠나."

……그래도 형제인 것을.

“내가 먼저 찾아가 볼 생각이네. 죗값은 치러도 죄를 넘어서는 과도한 형량은 받지 않게 해야겠지.”

피를 나누었다는 것. 뿌리가 같다는 것. 보지 않고 살 수는 있어도, 벼랑 끝의 발걸음을 모른 척할 수는 없다는 것.

식은땀이 나는지 김 대표는 손수건을 꺼내 들어 흥건한 이마의 땀을 닦았다. 지안이 이렇다 저렇다 아무런 말 없이 바라만 보자 김 대표는 손을 가로저었다. 물론, 지안의 입장에서 달가운 소식은 아닐 것이다.

“그래. 물론 자네를 생각하면 변호를 맡는다는 것이 상도가 아닌 것은 알지만, 어찌하겠나. 혈연인데.”

“이해합니다. 선택 잘하셨습니다.”

“……뭐라고?”

“이해한다고 말씀드렸습니다.”

지안은 고개를 끄덕였다. 김 대표는 잘못 들었다는 듯 의심의 눈초리를 했고, 지안은 짤막한 미소를 지으며 입술을 열었다.

“경영을 하다 보면 손해를 감수하고서라도 선택해야 하는 일들이 있더군요. 이성적으로 판단되지 않는 순간 말입니다.”

“아…….”

“그래서 어려운 것 같습니다. 답이 나와 있음에도 다른 길을 가야 할 때가 있으니까. 그 선택이 옳든 아니든 걸어가는 동안은 모릅니다.”

지안은 처음으로 술잔을 잡았다. 여차하면 건배 같은 건 하지 않고 일어설 생각이었는데, 여러모로 합이 맞는 순간이 왔다.

“이제 대표님께서 진짜 원하고 계신 바를 들어 보겠습니다.”

빈 잔이던 김 대표의 잔도 채웠다. 김 대표는 손수건을 말아 쥔 채 단호한 음성으로 입을 열었다.

“백경그룹이 우리 이강로펌과 파트너가 되어 주었으면 하네. 이것이 나의 제안이네.”

지안은 침묵했다. 자그마한 잔 가득히 술을 따라 놓고 바라만 보고 있다.

"김 사장의 변호를 맡으면 여러 잡음이 따라올 텐데, 우리가 백경과 파트너가 된다면 그런 것들은 한순간에 없애 버릴 수 있지."

"대표님, 지나치게 솔직하십니다."

"그렇지 않을 수가 없어. 나는 지금 위기에 서 있네. 이래서 인생은 아무도 모른다고 했던가."

형의 변호를 맡게 되면 세간은 온통 떠들썩할 것이다. 여론 약자의 입장에선 치명적이다. 연루가 되었다, 배후가 확실하다. 언론이 흐름을 장악하면 결국.

"정부가 움직일 거고, 그 전에 이미 VIP 클라이언트들은 우리와의 계약을 해지할 것이 분명해."

"그래서 백경이 필요하다는 말씀이시죠."

"그래. 필요해. 절실하게."

백경그룹의 기밀을 유출한 형의 변호를 맡은 로펌. 그런 로펌을 고용하는 백경그룹. 아이러니한 꼬리 물기면 세간의 잡음을 지워 내기 충분하리라. 만일 연루가 되었다면 백경이 이강로펌과 손을 잡는 일은 없을 테니.

침묵이 흐른다. 뜻이 갈라지는 표정을 하며 지안은 여전히 술잔만 바라보고 있다. 입술은 한참 후에나 열렸다.

"김이선 변호사 사직했습니다. 대표님께선 알고 계십니까?"

김 대표는 대답 대신 고개를 끄덕였다.

"일전에 말씀드렸던 것처럼 김 변과 저는 혼사가 오갈 사이는 아닙니다. 이 또한 이해하십니까?"

"물론일세. 그 어찌 인력으로 되겠나? 딸아이도 마음 접은 것 같으니 부담 갖지 말게."

"네. 그렇군요."

지안은 비로소 김 대표의 앞으로 술잔을 밀었다. 김 대표는 고개를 들어 그를 바라보았다. 지안의 소매 사이로 무척이나 낡고, 그러나 그 어떤 것보다 더욱 가치 있게 여겨지는 시계가 자리했다.

"협조하겠습니다. 좋은 파트너가 될 수 있기를 기대합니다."

"나, 남 상무……!"

"대표님께서 솔직하셨으니 저도 솔직하죠. 사실 백경도 이강로펌이 없다면 딱히 대안이 없는 상황이니까요."

지안이 정중하게 술잔을 들며 묵례하자 김 대표는 힘껏 잔을 부딪쳤다. 쨍—! 맑고 투명한 소리와 함께 긴장의 끈이 풀리고 평화로운 기운이 솟아난다. 젊고 호기로운 차기 경영 대표와—

"고맙네, 남 상무. 최선을 다하겠네."

"제안 감사했습니다. 좋은 계약 문건으로 조만간 정식으로 뵙죠."

노련한 장년의 경영 대표가 서로의 뜻을 모았다. 쾌조의 스타트였다.

골치였던 로펌 계약 건, 순조롭게 구두 협의를 마친 지안은 당연하다는 듯 찬양의 보금자리로 찾아왔다.

백수가 된 찬양은 자유로웠다. 그가 없는 낮 시간을 틈타 부모님 댁으로 향했고 귀가는 생각보다 늦어지고 있었다. 자식이 부모님을 만나겠다는데 늦는 것쯤은 얼마든지 당연한 일이었다.

지안은 언제 오냐는 질문 없이 소파에 앉아 한가로운 시간을 보냈다. 호방한 김 대표의 성격답게 술자리는 길어졌고, 예상의 주량을 넘겨 버리고 말았다.

"술 못 마시면 장사도 못 할 판이네."

지안은 중얼거리며 답답하다는 듯 긴 숨을 불어 내쉬었다. 적당한 취기에 눈꺼풀을 느리게 움직였다. 아직은 낯설고 아직은 어색한 공간. 지안은 바닥만 내려다보던 시선을 들어 천천히 주변을 살폈다.

"내가 여기에 있었단 말이지."

……이곳에 무턱대고 찾아왔단다. 숨도 없이, 발자국도 없이, 뛰는 맥도 온기도 없이.

지안은 물끄러미 주변을 살피다가 천천히 일어섰다. 어느 것 하나 선명하게 떠오르는 것이 없다. 노력으로 될 만한 일은 아닌 것 같아, 무엇을 어찌해 볼 의지는 없었다. 궁금했지만 절실하지는 않았고 알고 싶었지만 한편으론 모르고도 싶었다. 죽을 때까지 자신과는 관계없을 것 같던 그 어떤 '세상'을 알게 될까 봐 인간적인 거부감이 있던 것도 사실이다.

그런데, 조금씩 생각은 바뀌었다.

움직이던 지안은 닫혀 있던 그녀 방문을 열었다. 청량하고 시원한 유칼립투스의 향이 쏟아져 그는 깊은 숨을 들이마셨다. 코끝에 매달리는 향은 처음 맡아 보는 종류의 것이었지만 낯선 감이 없어, 그는 문손잡이를 쥔 채 우뚝 멈춰 섰다.

"아……."

그래. 솔직하게 말하자면 과거는 굳이 알고 싶지 않았어. 두려웠으니까.

"이 향……."

하지만 조금씩 생각은 바뀌고 의지를 넘어선 바람이 들더라. 알고 싶어졌어. 네가 만난, 네가 겪은, 네가 보낸 날들을. 혼자 이겨 낸 너의 많은 날들을 알고 싶어. 떠돌았던 '나'라는 존재를 믿어 주고 의지해 준 너의 시간을 만나 보고 싶어. 우리가 어떤 시간을 보냈기에 네가 다시 내 곁으로 올 수 있었던 걸까. 쉽지 않았을 텐데. 보통의 심장이었을 네가 어떤 심정으로 이겨 낸 시간이었을까. 고통스러웠을 텐데.

……그는 천천히 눈을 감았다가 떴다. 눈앞엔 술김이 만들어 냈음이 분명한 그녀의 모습이 보인다. 시선이, 마주친다.

'저, 상무님. 상무님도 지금이 불안하시죠?'

눈앞의 그녀가 물어 온다.

'굉장히 불안하실 것 같아요. 그냥 갑자기 그런 생각이 들어서…….'

행여나 눈앞의 그녀가 사라질까, 그는 눈을 감았다 뜨는 것조차 잊었다.

'뭐, 제가 할 말은 아니지만…… 힘내세요, 상무님.'

그녀는 쉴 새 없이 말을 걸어온다. 앞뒤 맥락이 없는 데다가 짤막하게 끊어지는 말이었지만 언제쯤 제게 건넸던 말인지, 이유도 모른 채 알게 되었다.

'시간은 흐를 거고, 상무님 몸도 깨어날 거예요.'

문손잡이를 붙잡은 손에 힘이 실린다. 지안은 눈앞을 가로막는 그녀의 허상 앞에 입술을 사리물었다. 두려움이 반쯤 번질거리는 여린 그녀의 눈빛은 심정을 알기에 충분했다.

너는 이만큼 두려웠구나. 이런 두려움을 뚫고 나를 믿어 주었어. 벗어나려는 모든 행동을 멈춘 채, 들킨 두려움에 내가 미안해할까 거듭 삼키며.

……잠시 웃던 그녀가 마음을 굳힌 듯 예쁘게 웃는다.

"하, 맙소사."

그래, 이 역시도 떠오른다. 그날, 오랜만에 만난 너의 웃음 앞에 달려가 안아 주지 못해 가슴이 아팠어. 사랑이 걸린 눈빛을 지워 내느라 두 주먹을 쥐었어.

'상무님껜 나밖에 답이 없는 거죠?'

"필연적, 선택이지."

지안은 중얼거렸다. 마치 그때로 돌아가 같은 답을 내어놓듯 허상의 그녀에게 말을 건넸다.

그 순간 그녀 모습은 홀연히 사라진다. 지안은 쥐고 있던 문손잡이를 놓으며 돌아섰다. 평범하게 앉아 있던 소파를 바라보니 나란히 앉아 영화를 시청하는 나와 그녀가 있다. 너는 바닥에 앉아서, 나는 소파에 앉아서, 끝말잇기를 하고 있는 어처구니없는 모습이 스친다.

……뒤를 돌아보았다. 틈만 나면 투닥거리던 일들, 마음을 열고 만

네게 가까스로 도망치려던 날들.

'나, 나요! 나는 아직 상무님과 거래를 끝내지 않았어요!'

다급한 그녀 음성이 귓가를 울린다. 지안은 눈을 감으며 말아 쥔 주먹으로 입술을 가렸다.

'내가 상무님의 요구 조건을 다 들어줬으니까! 그랬으니까! 그 세계의 법칙대로 내 요구도 들어줘요!'

손목시계의 초침은 정신없이 뒤로 회전했다. 숨 쉴 틈 없이 밀려오는 잔상에 지안은 더욱 눈을 꽉 감았다.

'들어주고 가요! 내 요구 조건은 이거예요! 돌아가더라도 날 잊지 말아요! 잊으면 안 돼요!'

……기억이 소환된다. 투명한 빛으로 사라지던 내 앞에서 처절히 외치던 너의 마지막 모습이, 감은 눈 사이로 그려진다. 주먹을 쥔 손이 힘을 이기지 못해 떨려 왔다. 나눈 말들, 닦은 눈물, 손끝에 걸린 머리칼을 쓸어 넘긴 날들. 점처럼 희미하던 것들이 사진처럼 선명해지더니, 영상이 되어 뇌리를 점령한다. 취기 속 어지러웠던 정신은 점점 더 또렷해져 갔다.

"저 왔어요!"

얼마나 시간이 흘렀을까. 집에 도착한 찬양이 여느 때처럼 포근한 음성으로 들어선다. 찬기에 빨간 볼, 반가움에 생기 든 눈빛, 활짝 올라간 입꼬리. 소파에 앉아 침착히 숨을 불어 내쉬던 지안은 책을 덮으며 고개를 돌렸다.

"제가 좀 늦었죠. 미안해요."

"늦긴, 이렇게 빨리 와 줬는데."

……헤. 눈꼬리를 둥글게 휘는 그녀를 바라보던 지안은 말했다.

"늦지 않게 잘 왔어."

잘 왔어. 내 사랑.

"고마워, 정찬양 씨."

내게 와 줘서, 진심으로 감사해.

"백수 신세로 갔지만 오늘은 좀 떳떳했어요. 아빠 엄마 눈치도 덜 보고요."

며칠 전부터 먹고 싶었다던 떠먹는 아이스크림을 아예 통째로 가지고 앉아 품에 끼고 먹는다. 자연스럽게 그녀는 테이블 아래 좌식으로, 그는 소파에 앉아 팔짱을 끼고 있다.

"무슨 자신감인지 막, 좋은 곳 취직할 수 있다고 걱정 말라고 큰소리도 빵빵 쳤죠."

"잘했네. 그나저나 그렇게 먹으면 안 춥냐? 왜 먹긴 니가 먹는데 오한은 나의 몫인지 모르겠네."

"원래 아이스크림은 겨울에 먹는 게 진리라고요."

한입 먹어 보란 소리도 없이 품에 안고 아이스크림 삼매경이다. 이제 보니 스푼도 본인 것만 가지고 와 먹고 계시다.

"잔인하네. 먹어 보란 말도 없이."

"싫다고 하실 거잖아요."

"거절은 내가 하는 거고, 제안은 정찬양 씨가 해야지."

"싫어요. 하도 거절을 많이 당해서 이젠 물어보기도 싫거든요."

……끙. 할 말이 없다. 좋다는 말보다 싫다는 말을 더 많이 달고 살았으니 본전도 못 건지는 건 당연하지.

"먹는 건 좋은데 줄어들어서 너무 슬퍼요."

"먹으니까…… 줄어드는 거잖아……."

"그니까요. 슬프다니까요."

저런 멍청한 소리를 해도 귀엽게만 보이니, 나도 중증은 중증이다.

"또, 집에 가서 별일 없었어?"

"그냥요. 잔소리 매번 똑같죠. 지치지도 않아요. 우리 아빠 엄마는."

"좋겠네. 잔소리해 주시는 아빠 엄마도 있고. 부모님 안 계신 나는 서러워 살겠나."

"상무님 곁엔 부모님 몫까지 전부 다 해 주시는 누님이 계시잖아요."

"그쪽은 잔소리에 관하여 청자 쪽이지, 화자 쪽은 아닌 것 같다."

자격이 없어. 나보다 더 엉망진창으로 살잖아. 지안이 중얼거리자 찬양은 웃음을 터트렸다.

"에이, 그래도 상무님이 얼마나 전무님 걱정을 하셨는데요."

"언제?"

"뭐, 잘 모르시겠지만요."

또 너는 모르겠지만, 타령이다. 하! 나 이제 다 알거든! 지안은 코웃음을 치며 다 알고 있노라를 시전했다. 떠오른 기억들의 순서는 정렬되지 않아 뒤죽박죽이었지만 시간이 지날수록 살갗에 달라붙었다. 안착이 되었고, 조금씩 살아났다.

"누차 말하지만 난 남 전무 걱정을 한 게 아니라 개판으로 돌아갈 회사 걱정을 한 거라고."

"아뇨, 아뇨. 요즘 얘기를 하는 게 아니고요."

"그러니까. 그때도."

아니라니까? 지안이 정색하자 찬양은 대수롭지 않게 웃어넘겼다. 불현듯 기억이 났다는 말은 어쩐지 쉽게 떨어지질 않아, 그는 머뭇거렸다. 그러다가 세상을 다 가진 표정으로 아이스크림을 먹는 찬양을 응시했고, 잠시 후 입술을 열었다.

"정찬양 씨 부모님께 내 얘기는 안 했어?"

캑, 캐캑. 찬양은 놀라 아이스크림 덩어리를 그대로 삼키고 말았다. 꿀떡하니 넘어간 아이스크림 덩어리가 식도를 타고 내려가는 느낌이 아찔하다.

"맙소사, 상무님 얘기를 제가 우리 부모님한테 어떻게 해요."

찬양이 인상을 찌푸리며 말하자 지안은 이해를 못 하겠다는 표정을 지었다.

“왜 못 해. 우리가 불륜이야?”

“불륜……은 아니지만 좀 그렇긴 하죠?”

“뭐가? 뭐가 좀 그런 건지 전혀 모르겠네?”

찬양은 다시 아이스크림을 가득 펐다. 민망함이 묻어나는 행동이다.

“정찬양 씨, 혹시 내가 부끄러워? 대외적으로 소개할 만한 애인은 아닌가?”

“아, 무슨 말도 안 되는 소리를 하는 거예요.”

“그럼 언제까지 나를 비공식 애인으로 남겨 둘 생각입니까?”

“……모르겠어요. 솔직히.”

찬양은 전투적으로 먹던 행동을 멈췄다. 이미 얼얼한 입안에 가시가 돋는 기분이다.

“그렇잖아요.”

“아니, 안 그런데 하나도.”

“말 좀 끝까지 들어 봐요.”

“안 들을래. 미래를 봤어.”

“들어 봐요. 설명을 좀 할게요.”

찬양은 미끼를 던지듯 친절한 표정을 지었다. 지안은 헛소리를 하면 가만히 두지 않겠다는 듯 미간을 일그러트렸다.

“우리 부모님은 보통의, 아주 평범한 분들이시거든요.”

“그래서?”

“상식 밖의 이야기를 어떻게 이해하실지 모르겠단 말이에요.”

“……내가 상식 밖의 이야기라는 거지, 지금.”

“상무님이 보통 분은 아니시잖아요.”

“본인 얼굴만 한 아이스크림을 통째로 끌어안고 먹는 정찬양 씨보단 보통의 사람 같은데.”

“저 지금 말장난하는 거 아녜요.”

"나는 장난 같은가?"

흠. 찬양은 잠시 말을 아꼈다. 지안은 상체를 펴며 팔짱을 꼈고 긴장했는지 저도 모르게 다리를 흔들었다.

"무서워요. 상무님이랑 연애를 하는 건 좋지만 어디까지나 연애일 뿐이고."

"뿐이고."

"부모님은 저를 걱정하실 거예요. 부모님뿐만 아니라 제 주변 모든 사람이 저를 걱정할 거라고요."

"……."

"나하고 상무님, 어울리지 않는다고 할 거예요."

휴. 지안은 긴 한숨을 내쉬었다. 그녀가 혼자 앓는 성격은 아니라서, 다행이라는 생각을 몇 번이고 했었다. 물어보면 물어보는 대로, 생각이 나면 나는 대로 말을 하는 성격이라 안심이 된다고, 몇 번이나 생각했었다.

"다들 내가 꼬셔 냈다고 할걸요. 뭐, 지금도 그런 이야기를 듣고 있지만 더 심해질 거고요."

"……."

"이 관계는 오래가지 못할 거라고 떠들어 댈 거예요. 모두가 주시하고 눈여겨보고, 여차하면 소문나고. 저 그런 거 너무 부담스러워요."

"그럼 정찬양 씨는, 우리 관계에 끝이 있다고 생각하는 겁니까?"

질문을 하자 조용히 입을 닫는다. 지안은 말로 들은 답보다 더욱 신랄하게 다가오는 찬양의 표정에 더욱 미간을 일그러트렸다.

"말없이 표정으로 대꾸하는 건 어디서 배워 왔나? 더 기분 나쁘게?"

"저는요. 솔직히 말해서 당장 전무님께 밝힐 용기도 없어요."

그녀가 서둘러 집을 나온, 가장 큰 이유에 현주가 있었다.

"상무님에게 가장 가까운 가족인 전무님께도 못 밝힐 연애를 누구에게 밝힐 수 있겠어요."

찬양은 시선을 들어 지안을 바라보았다. 굵직한 주름이 잡힌 그의 이마를 바라보고 있자니 듣기에 유쾌한 말이 아니라는 것쯤은 잘 알겠다. 하지만 그렇다고 해서 숨길 수 있는 진심은 아니었다.

"그냥 상무님하고 나, 당분간은…… 당분간은……."

당신을 만나는 것만으로 만족할 수 있다. 세상 밖으로 드러내지 못할 만남이라 해도 상관없으니까. 당신만 곁에 있다면 그런 건 아무래도 상관없다. 언제까지고, 언제까지든.

"이제 연애다운 연애 좀 해 보려는데 누구의 방해를 받는 것도 싫고요. 저도 상처받으면 아픈 사람이란 말이에요."

"내가 그렇게까지 못 미더운 사람이라, 미안하군그래."

찬양은 지안의 낮은 대꾸에 답답한 시선을 떨궜다. 자신이 뱉어 낸 말들로 상처를 받은 게 분명한 상무님의 얼굴을 바로 보기가 힘들었다. 하지만, 속내에 있는 말들을 감추기란 그것보다 더 힘든 일이었으므로.

"연애다운 연애는 실컷 하지 않았나?"

"무슨 연애를 실컷 해요. 아직 멀었거든요."

"이 정도 마음 주고받았으면 됐고. 당신하고 나, 산전수전 공중전지나 육탄전까지 합세했으면 만리장성 쌓은 거 아닌가."

지안은 소파에서 내려와 바닥에 털썩 앉았다. 무슨 일이 있어도 바닥에 주저앉는 일이 없는 그가, 러그 바닥에 앉아 테이블에 팔을 기댄다.

"이봐요, 정찬양 씨."

"네. 남지안 상무님."

그가 손바닥을 펴며 툭툭, 테이블 바닥을 친다. 찬양은 그런 그를 바라보다가 손을 뻗어 잡았다.

"내 인생은 내가 결정합니다. 그 정도 주체 의식은 가진 사람인데 믿어 주시죠, 좀."

"상무님을 못 믿는 게 아니라요."

"알아. 아는데."

더욱 손을 꽉 끌어 잡았다.

"나 이거 못 놔, 정찬양 씨."

……사방의 모든 것은 멀어지고 당신의 음성만이 가까워지는, 기이한 경험을 한다.

"못 놔. 못 놓는데 어쩌라는 거야. 정신없이 빠졌는데 뭘 어쩌자는 거냐고."

주변의 모든 사물은 아득해지고 당신의 모습만이 아른거리는, 벅찬 순간을 맞이한다.

"정 걱정이거든 남 전무부터 만나자. 미룰 것도 없이 내일 당장. 그럼 고민 하나는 삭제할 수 있겠네."

"아……."

"그렇게 해. 말 좀 들어."

그가 웃는다. 언제부터였지. 시도 때도 없이 입가에 미소를 띠는 당신의 얼굴은.

"정찬양 씨. 내가 이 타이밍에 뭐 하나만 물어봐도 돼?"

"네? 아, 네네."

"무턱대고 질척거리는 남자, 괜찮나?"

……그의 질문 앞에, 찬양은 입술을 멍하니 벌렸다. 대답을 하라고, 그는 알 수 없는 표정을 지은 채 잡은 손에 힘을 싣는다. 무엇에 홀린 것처럼 그녀는 제게는 무척 익숙한 답변을 꺼냈다.

"아…… 그건 뭐…… 대상에 따라……."

"기억력이 나빠 전부 잊어버릴 형편없는 남자는 어때."

"……좋아요. 내 취향이에요."

"다행이네. 조마조마했는데."

그가 끌고 온 지난날들의 시간은 그녀 앞에서 멈춘다. 찬양은 두 눈만 감았다가 뜨며 지안의 표정을 주시했다. 약간의 장난이 서린 그의 표정은 돌발적인 질문이 아니라는 것을 알게 했고, 잔류하던 기억을 찾아냈음을 알게 했다.

"상무님…… 그때가…… 그때 일이 기억……나요?"

그는 고개를 끄덕이며 남은 말을 보탰다.

"그럼 감당해. 이제 끝이 어떻건 간에 난 멈추지 않을 거니까."

입술 사이로 마침내 튀어나온 기억의 말. 아이스크림을 먹다가, 사사로운 대화를 하다가.

놀란 찬양은 표정을 잃어버린 사람처럼 멍한 시선으로 그를 바라만 보았다. 턱을 괸 채 그는 만감이 스쳐 가는 미소로 다시금 입술을 움직였다.

"정말 좋아합니다. 정찬양 씨."

"아……."

"그러니 용기 좀 내 주시죠."

부탁해. 정찬양 씨.

"내 말, 이해합니까?"

나 좀, 가져 줄래.

"아, 선배. 왔어?"

병원에 남아 있던 짐을 꾸려 수호가 오전 중 현주의 자택을 찾았다. 물론 한꺼번에 챙겨 올 수도 있었지만 그녀는 부득불 짐을 남겨 둔 채 병원을 나섰고.

"어서 들어와. 춥지? 차 막히진 않았어?"

"춥긴 하고, 차가 막힌 건 모르겠다. 지하철 타고 왔어."

속내가 훤히 들여다보였지만 수호는 별다른 재촉 없이 남겨진 그녀의 짐을 거뒀다. 현관으로 들어선 수호는 여러 입주 직원들의 격한 환영을 받았다.

"실장님, 오랜만에 뵙습니다!"

"잘 지내셨어요? 실장님?"

"어쩜 더 인물이 좋아지셨네요. 쉬신다면서요?"

입주 직원들에게 그의 영향은 대단했다. 바쁜 현주를 대신해 집안의 대소사를 책임졌고 입주 직원 관리를 도맡은 것 역시 그였다. 보이지 않는 손이었지만 지대한 영향력을 선사하는 사람이었고, 그의 온화한 분위기는 입주 직원들 사이에서도 구원이었다.

"네. 잘 지내셨죠?"

수호가 부드럽게 웃으며 인사하자 입주 직원들 얼굴에 웃음꽃이 핀다.

"이게 뭐야? 나 주려고 사 온 거야?"

현주는 수호가 주렁주렁 매달고 들어온 쇼핑백을 덥석 잡으며 물었다.

"직원들 드시라고. 빵 몇 개 사 온 거니까 드시라고 해."

"센스 좀 봐. 내 거 사 왔다는 말보다 더 반가운 말을 해 주시네."

이거 드세요. 현주가 쇼핑백을 직원 손에 옮겨 주자 직원들의 눈에서 하트가 쏟아진다. 수호가 방문했다는 사실 하나로 천사의 기운이 넘실대는 현주가 직원들에게 압력 아닌 압력을 넣는다. 씰룩씰룩 웃는 입꼬리는 상당히 부자연스럽다.

"이거, 별채에서 드시고 모두들 푹 쉬세요. 이쪽으로 안 오셔도 돼요."

"예? 아…… 그래도 두 분 차라도……."

"제가 끓일게요. 어서 가서 드세요. 어서. 어서."

이쪽으로는 얼씬도 하지 말란다. 현주가 훠이, 훠이, 직원들을 별채로 보내며 어인 일로 활짝 웃는다. ……끙. 고개를 돌리며 앓는 소리를 낸 수호는 멀뚱멀뚱 서서 시간을 죽였다.

"뭐 해? 들어와, 들어와."

"썩 내키지가 않는다."

"그럴 리가. 들어와, 어서어서."

현주는 그의 팔을 붙잡고 걸음을 옮겼다. 수호는 이상한 낌새를 감지했는지 미간을 좁혔다.

"오늘 어디 가?"
"아니? 왜?"
"복장이 왜 이래. 화장은 또 왜 그러고."
"무슨? 나 아주 평범한데? 늘 집에서 하고 있는 그대로인데?"
이 날씨에 등까지 훤히 파인, 질질 끌릴 것 같은 맥시 드레스. 실장을 불러 한 것만 같은 메이크업과 머리.
"사람 불편하게 만드는 데 뭐 있다, 너."
"선배가 회사를 그만두니까 좋은 점도 있구나. 너라고 불러 주기도 하고."
질질 끌려가다시피 하며 수호는 현주를 훑었다. 그 눈길이 따갑다는 것을 느꼈는지 현주는 잠시 눈을 흘기며 토라진 음성으로 말했다.
"아, 좀! 매일 병실에서 환자복만 입고 맨얼굴로 선배 만나서 화장 좀 했다! 모르는 척 좀 해 주면 안 되냐?!"
"내가 뭐라고 했냐?"
"눈길 좀 봐! 아주 질색하잖아!"
"그러니까 쓸데없이 화장은 뭐 하러 해. 맨얼굴이 훨씬 나은데."
"헐……."
현주는 멈춰 섰다. 무슨 말을 들은 건가 싶은 표정으로 눈을 깜빡거렸다.
"안 가? 서재로 가자는 거 아니었어?"
"아, 아! 가! 가는데! 선배 나 그럼 화장 지울까? 당장 지워?"
"됐어! 법석 좀 떨지 마!"
민망한지 버럭 소리를 지른다. 으흥, 현주는 앙칼진 눈매로 탄식하고는 다시금 그의 곁에 섰다. 자연스럽게 팔짱을 끼며 그를 안내했다.
"자자, 나의 서재야."
"처음 오는 것도 아닌데 새삼스럽긴."
……헤어짐이 예고되어 있어도 슬프지 않을 수 있는 건, 그대의 한

결같음을 믿으니까.

"그럼 침실로 갈래? 내 침실 본 적 없지?"

"안 가! 거길 왜 가!"

"으흥, 질색하는 것 봐. 귀여워, 귀여워 죽겠어."

그댈 향한 나 역시, 한결같을 테니까.

"너 자꾸 헛소리하면 나 그냥 간다."

"선배 니가 나를 이렇게 들었다 놨다 하는데 내가 지금 제정신이겠어? 섹시해 죽겠어."

"하나만, 해. 하나만. 귀엽든지 섹시하든지."

"귀는 왜 빨개? 칭찬해 주니까 좋아?"

"……서재 문이나 열어."

변치 않을 테니까.

"남지안 조금 있다가 온대. 같이 식사하자. 이게 어딜 갔는지 요즘 외박질이야."

"안 그래도 통화했다. 오고 있다던데."

우리는, 영원할 테니까.

"문은 왜 잠그는 건데! 열어!"

"아. 들었어? 문 잠기는 소리?"

"내가 귀머거리냐?! 당장 열어!"

"하…… 까다로운 남자. 알겠어요. 알겠다고."

맞아. 그럴 테니까.

"왜 이렇게 굳었어. 표정 좀 풀지 그래."

지안은 운전 중 힐끔 곁을 보며 찬양의 손을 잡았다. 차를 타고, 이동하는 내내 그녀의 표정은 얼음장처럼 굳었다.

"안 그러고 싶은데 자꾸 긴장이 돼요."

후우우우우우. 찬양은 긴 숨을 불어 내쉬며 눈을 깜빡거렸다. 현주를 만나러 가는 길. 지안의 말대로 편안하게 생각해 보려 하지만 말처럼 쉽지 않다.

"별일 없어. 내가 옆에 있는데 뭘 걱정하고 그래."

"그러게요. 그래도 어렵긴 하네요. 예고도 없이 인사를 드리러 간다는 게."

현주는 기본적으로 친절하고 잘 웃는 사람이라는 것을 잘 알고 있다. 하지만 화가 나면 누구보다 차가운 얼굴을 하게 된다는 것 또한 잘 알고 있다. 겪어 봤으니까.

"혹시 저랑 전무님이랑 예전에 했던 얘기도 생각나요?"

"무슨?"

"전무실에서요. 곁에 상무님 앉아 계신다고 제가 전무님을 놀라게 해 드렸죠."

"아아. 알 것 같다."

지안은 용케 그날의 일을 기억했다. 눈에 보이지 않는 자신을 가리키며 남 전무를 놀라게 했던 날이 있었지. 아마 남 전무가 급히 출국을 하던 날이었을 거다.

"그날 저는 세상에서 제일 무서운 전무님의 표정을 봤거든요."

"화가 나면 가차 없지."

"오늘도…… 그 표정을 볼 것 같아서요."

찬양이 중얼거리자 지안은 힐끔 그녀를 바라보았다. 긴장했음이 느껴지는 그녀의 손끝은 차가웠고 입술은 말라 있다. 해 줄 수 있는 거라곤 손을 잡아 주는 것뿐. 곁엔 내가 있다고, 속삭여 주는 것뿐.

"걱정 마. 내가 있잖아."

찬양이 크게 위로가 되지 않는다는 표정으로 바라본다. 그러더니 별수 없다는 듯 너털웃음을 흘린다.

"맞아. 상무님이 있으니까. 믿어 볼게요."

"남 전무가 물어뜯을까 봐 지원군도 준비했어."

수호 형도 올 거야. 지안이 다정하게 말하자 찬양은 입꼬리만 씰룩씰룩 웃으며 긴장감이 서린 숨을 뱉었다.

"정찬양 씨, 이제 와서 물러서기 없다. 여기까지 와서 도망치기만 해 봐."

무섭고, 긴장이 되지만 그래도 할 수 없다.

"네. 걱정 마요."

나는 누구에게도 지지 않을 거다.

"절대 도망칠 일은 없어요."

꽉 잡은 당신의 손을, 믿고 있으니까.

"굉장히 자연스러운 광경 같지만 3초 정도 생각해 보면 말이 안 되는 그림으로 들어오네, 두 사람?"

현주는 현관으로 들어서는 지안과 찬양을 바라보았다. 수호는 오랜만에 만난 찬양에게 반갑다는 듯 미소를 지었고, 찬양은 눈인사만 간신히 했다.

"안녕하세요, 전무님."

"그래요. 정찬양 씨. 어서 들어와요."

눈치를 슬슬 보며 찬양은 안으로 들어섰다. 지안은 가죽 슬리퍼를 찾더니 찬양에게 내어 준다.

"이거 신어. 이게 더 따뜻해."

"허."

현주는 당황한 듯 눈을 치켜떴다. 무릎까지 꿇고 슬리퍼를 건네는 저 낯선 염색체 저거. 저거 남지안 맞나?!

"뭐야. 이건 무슨 광경이야."

"슬리퍼 주는 사람 처음 봐? 뭘 이렇게 눈꼬리를 올려."

"눈꼬리 안 올리게 생겼어?! 낯설어도 정도껏 낯설어야지!"

"그러는 남 전무는 집에서 굿했어? 얼굴이 왜 그 모양이야. 알록달록 아주 정신이 없네.”

“뭐야?! 이게 진짜! 너 어디서 자고 들어왔어!”

“내가 어디서 자고 오건 말건! 내가 나이가 몇 살인데 참견질이야!”

“차, 참견?! 니가 몇 살인 게 무슨 소용이야! 그냥 초딩인데!”

“그러는 댁이나 집 좀 떠나라! 그 나이 먹도록 갈 곳이 그렇게 없냐?!”

“야! 이게 진짜! 해보자는 거야?!”

찬양의 발만 보아도 미소 짓던 지안이 누이를 향해 으르렁댄다. 어쭈, 현주가 더욱더 눈꼬리를 끌어 올리자 찬양은 쭈뼛쭈뼛 저도 모르게 수호의 곁으로 다가갔다. 수호는 찬양의 마음을 알겠다는 듯 그녀를 맞이해 주었다.

“그래요. 이리 와요. 저기 껴 봐야 골치 아프니까.”

“두 분 살벌하시네요.”

“데시벨로 따지자면 오늘은 탬버린 치는 정도인데요 뭐. 이리 와요.”

우린 먼저 들어가죠. 수호는 찬양을 안내하며 응접실로 들어섰다.

“아프다는 건 다 꾀병이었구만?! 아주 힘이 넘쳐 나네 넘쳐 나!”

“그래! 꾀병이었다! 내가 꾀병이건 말건 니가 뭐 보태 준 거 있냐?! 내가 아무리 비실거려도 너 하나 때려눕힐 힘은 있어 왜 이래!”

“아! 놓고 말해 좀! 이 마녀 같은 게!”

“뭐? 마녀? 마녀 동생은 사람인 줄 아냐?! 마녀 동생도 악마야, 이 멍청아!”

오랜만에 만난 남매는 전쟁 같은 신고식을 치른다. 응접실에 들어선 수호와 찬양은 소파에 앉았다. 탬버린 치는 데시벨을 듣고 있자니, 웃음이 터졌다.

“찬양 씨, 차 뭐 드실래요?”

“제가 내올게요, 실장님.”

찬양은 다시 일어섰다. 수호는 도와주겠다며 함께 걸음을 옮겼다.

“저 이제 실장 아닙니다. 그렇게 안 부르셔도 돼요.”

"아…… 그래도…… 그게 익숙해서……."

"그럼 편한 대로 불러 주세요."

"네. 실장님. 언젠간 다시 백경으로 돌아오실 거죠?"

질문하자 그가 웃는다. 여전히 탬버린을 흔드는 남매 곁을 스치니 지안이 고개를 옆으로 내밀며 두 사람을 바라본다.

"어이, 정찬양 씨."

헛. 걸어가는데 부른다.

"네? 네! 상무님!"

"이리 잠깐."

지, 지금요……? 찬양은 잔뜩 긴장한 얼굴로 지안을 바라보았다. 탬버린을 함께 치자는 건가. 이리 오란다. 찬양이 차마 발걸음을 옮기지 못해 머뭇거리자 현주가 돌아본다.

"아아. 정찬양 씨. 미안요. 내가 잠시 손님을 잊었네."

입가에 미소가 가득하지만 서비스 차원이라는 것을 알기에 더욱 오싹하다.

"우리 집에 놓고 간 짐이 있나요? 빠트린 짐?"

아…… 어…… 음…….

현주의 생각에 지안과 찬양은 집 근처 어디쯤에서 우연히 만나 함께 들어왔지 싶은 모양이다. 진짜로 설마하니 동생과 찬양이 함께 들어온 거라곤 생각하지 않았다. 찬양이 회사를 그만둔 마당에 접점이 없었으니까.

"일단 방은 그대로 비워 뒀어요. 올라가 봐요."

지안은 머뭇거리며 수호의 곁에 서 있는 찬양을 바라보았다. 가까이 오래도 오질 못하고 굳어 그대로 서 있기만 한다. 벌써부터 겁을 집어먹은 게 분명하다. 성큼성큼, 그는 걸음을 옮겼다. 수호와 찬양의 가운데를 헤집고 들어서더니 찬양의 어깨를 꽉 끌어당겼다.

"어머."

현주의 입에서 알 수 없는 탄식이 흘렀다. 수호는 서너 발자국 떨어졌고, 찬양은 얼굴을 붉혔다.

"이봐, 남 전무. 정찬양 씨는 이 집에 짐 찾으러 온 게 아니고."

"온 게 아니고, 뭐?"

"보는 바와 같이. 나와 이렇게 한 쌍이 되어 인사를 하러 왔지."

"……세상에, 맙소사."

현주는 두 손으로 입을 가렸고, 찬양은 질끈 눈을 감았다. 지안은 붙잡은 찬양의 어깨를 더욱 꽉 잡으며 제 쪽으로 끌었다. 이봐, 남 전무. 다 털어 고백할게.

"인사해. 내 와이프 될 사람이야."

나는 결혼이, 하고 싶어졌어.

"두 사람…… 무슨 사이라고……?"

응접실에 앉은 청춘 남녀 넷 사이에 불안한 기류가 흐른다. 현주는 그간의 친절함을 전부 지워 낸 표정으로 지안을 바라보았다. 찬양은 차마 대꾸를 하지 못해 고개를 푹, 숙였다.

"만나는 사이 맞고, 쓸데없는 소리 할 거면 차라리 입을 열지 말았으면 좋겠네."

"야 남지안. 너 그걸 지금 말이라고 해?"

"알겠지만 내가 지금 누구 허락을 받고 말고 할 나이가 아니야."

허. 현주는 기가 막힌다는 듯 눈을 치켜떴다. 와이프라니. 정찬양과, 결혼이라니?

"정찬양 씨가 말해 봐요. 남 상무 말이 사실입니까?"

"네…… 전무님……."

찬양의 목소리가 기어들어 간다. 지안은 그녀 손을 잡으며 테이블 위로 올렸다.

"죄진 거 아니니까 고개 들고 당당하게 얘기해도 됩니다. 정찬양 씨."

"허…… 쟤 말하는 것 좀 봐. 선배, 들었어? 쟤 지금 나불대는 말, 들었어?"

애인의 손을 잡고 다정하게 말하는 남동생의 모습이 너무나도 낯설고 기가 차, 현주는 수호에게 도움을 요청했다. 그는 놀란 기색 없이 평온했다.

"뭐야, 선배 너도 알고 있었어? 두 사람 관계?"

"알았다기보다, 눈치를 챈 거지."

"말장난하지 마! 그게 그 말이잖아!"

현주는 다시 홱, 고개를 돌려 지안을 바라보았다.

"뭐야. 왜 우리 선배가 아는 일을 나만 몰라? 왜 나만 바보 취급 해?"

"이따위로 반응할 게 뻔하니까. 우리 애가 겁먹잖아."

"애? 우리 애? 애?!"

지는 우리 선배라고 해 놓고, 우리 애라는 말에 격한 반응을 한다. 영혼이 탈곡되는 것 같은 표정으로 지안이 헛웃음을 토하자 현주는 더욱 눈꼬리를 사납게 치켜떴다.

"대체 이게 무슨 상황이야. 말이 된다고 생각해?"

"안 될 것도 없지."

"연애라니, 아니, 결혼이라니!"

"남 전무. 말조심해. 여기 나만 있는 거 아니다."

제법 두런두런 누이의 이야기를 들어 주던 지안이 처음으로 날 선 눈을 뜨자 현주는 입을 닫았다. 동생이 저런 표정을 지을 땐, 아무리 화가 나도 조심해야 한다.

끼어들지 않겠다는 것처럼 수호는 침묵을 지키며 자리했고 찬양은 들지 못한 시선만 바닥에 고정한 채 입술을 깨물었다. 그에게 붙잡힌 손에 식은땀이 흥건해서 민망할 지경이다. 이마를 짚고 있던 현주는 잠시 후 손을 내렸다.

"내가 진짜, 미치겠다."

이선과 결혼을 하지 않겠다고 버틴 건 그저 그 아이를 사랑하지 않아서라고 생각했다. 찬양을 조심하라고 이선이 귀띔해 주었지만 녀석이 사랑에 빠질 리 없다고 어리석게 단언했다. ……너를, 너무 믿었다.

"좋아. 서로 좋다는데 내가 뭐라고 하겠어."

더 좋은 혼처를 알아보는 중이었는데. 운명처럼 동생 앞에 데려다 놓으리라, 준비 중이었는데.

"그럼 두 사람, 연애만 해. 여기저기 소문내지 말고. 인정받을 생각도 하지 마. 만만한 일 아니야."

"헛소리 마. 연애만 하다 끝낼 거면 여기까지 오지도 않았어."

동생의 단언 앞에 현주의 눈동자가 흔들린다. 그룹의 이해타산, 더 나은 길로 갈 수 있는 완벽한 지름길. 두 사람을 둘러싸고 퍼질 여러 가지 루머와 예측할 수 없는 그룹주의 미래까지.

"그게…… 무슨 말이야."

비서와 정분이 나 버린 그룹의 주인. 사람과 사랑을 떠나서 결코 아름답게 보이지 않을 두 사람의 이야기. 그것들을 누구보다 잘 알고 있는, 나.

"진짜로 두 사람, 결혼이라도 하겠다는 거야?"

"그래."

"……."

"할 거야. 결혼."

허……. 현주는 탄식만 뱉어 내다가, 이번엔 놀란 시선을 찬양에게 옮겼다. 감정의 기복을 넘어선 침착함이 그녀에게 찾아온다. 차게 식어 버린 현주의 음성은 외려 더욱 불안했다.

"정찬양 씨. 정찬양 씨가 답해 봐요."

"……네, 전무님."

"진심으로 남 상무와 결혼할 생각이 있습니까?"

찬양의 시선이 지안의 손끝에 머문다. 내 손을 꽉 잡아 주고 있는 이 남자, 이 사람을 놓을 수가 없는 각오를 다시 한번 다지며.

"네. 전무님."

어려운 답을 뱉었다.

"무슨 일이 있어도? 어떤 일이 있어도? 말도 안 되는 일들이 생기고, 그래서 두 사람 너무너무 힘들어도?"

"네. 저는…… 무슨 일이 있어도…… 상무님과 평생 함께하고…… 싶습니다……."

허어……. 현주는 탄식 끝에 시선을 옮겨 수호를 바라보았다. 그의 얼굴은 TV 속 연속극을 보고 있는 듯 너무나도 평온하다. 길고 긴 침묵이 흐르고, 누구도 견디기 어려운 시간이 지난다.

"알겠지만 우리 집 형편이 평범하지는 않아요. 그룹의 내일을 생각하지 않을 수가 없죠."

한참 후에야 현주의 입술이 열린다.

"결혼이라는 게, 마음만 가지고 하는 일은 아닙니다. 우리는 그렇게 자라 왔어요. 조금 더 나은 그룹 간의 이해관계를 위한 협업일 뿐이죠."

찬양은 고개만 끄덕였다.

"이러한 사실들을, 남 상무도 모르는 건 아닙니다."

현주는 소파에 등을 기댔다. 표정으로는 그녀의 속내를 알 수가 없었다.

"남 상무와 나. 우리 중 하나는, 우리 중 누구 한 명은 그룹의 득을 위해 희생하는 수밖에 없어요. 둘 다 사욕만 채울 수는 없으니까. 주주들의 반대도 심할 겁니다."

현주는 숨을 길게 뱉으며 손을 가로저었다.

"이런 원론적인 이야기를 해 봐야 수천 번도 더 생각해 봤을 테니 접어 두고, 결론부터 말하자면 나는 이 결혼 반대."

"남 전무!"

"절대 반대야. 너나 나나 둘 중 하나는 그룹 책임져야지. 좋은 집안 만나 부족한 계열사 힘 실어야 하니까. 모르는 거 아니잖아? 그래서 안 돼요. 반대."

현주는 손깍지를 하며 다리를 교차시켰다. 갈라진 치맛자락 사이로 매끈한 다리가 길게 자리한다. 수호는 의식적으로 고개를 반대 방향으로 돌렸다.

"남지안. 난 분명히 안 된다고 말했어. 너라도 좋은 집안 만나서 장가들어."

"대체 그게 무슨 말이야, 너라도라니. 그게 왜 나야."

"왜냐하면."

왜냐하면. 현주는 머리를 쓸어 넘겼다.

"내가 우리 선배랑 결혼해야 하거든."

"……."

이해를 하지 못한 지안은 뭐라고 반응해야 하는지 몰라 서너 초 눈만 깜빡였다.

"못 알아듣겠어? 내가 선배랑 결혼할 거라고. 내가 먼저니까 니가 포기해."

"……뭔 소리야. 당사자는 전혀 아니라는 표정을 짓고 있는데."

지안이 넋이 나간 수호를 가리키며 말하자 현주는 별것 아니라는 듯 손을 저었다.

"신경 쓰지 마. 결혼 이야기만 나오면 내내 저런 상태니까. 내가 알아서 할게."

"언제? 언제 결혼을 하겠다고?"

"뭐, 언젠간?"

남매지간의 대화를 듣던 수호는 자리에서 일어섰다. 그저 수호의 뒷모습만 봐도 좋아 죽겠다는 듯 현주의 눈에 금세 하트가 쏟아져 나온다.

"나 이만 가 볼게. 찬양 씨, 연애 축하해요."

"아……."

"남 전무가 결혼 허락한다는 말이에요. 오해하지 말고, 잘 쉬다가 가요."

서둘러 빠져나가려는 수호를 따라 지안이 일어섰다. 태어나 이렇게 간절하게 뭘 부탁해 본 적이 없다는 표정을 지으며 지안은 낮은 목소리로 수호에게 속삭였다.

"형. 들었지. 지금이 기회야."

멀리. 아주 멀리. 멀리멀리멀리멀리.

"도망쳐."

"지안이 결혼 준비하려면 이제 바쁘겠어."

잠시 현관 밖으로 나선 현주와 수호는 산책을 하듯 주변을 배회했다. 굳이 대문을 나서지 않아도 집 안 조경은 상당히 화려해, 산책을 하기 안성맞춤이었다.

"글쎄. 부모님이 안 계셔도 집안에 큰 어른들이 안 계신 건 아니니까. 복잡하겠지."

"그렇기도 하겠다."

"그나저나 정찬양 씨네 집에선 뭐라고 하실지 모르겠어. 나만 허락한다고 될 일은 아니지 싶네. 재벌 집 은근 부담스러워하는 사람 많거든. 누구처럼."

현주가 중얼거리자 수호는 둥근 미소를 지었다. 밀어붙이는 일에 능력자인 현주가 허락한 이상 아마도 두 사람의 결혼은 순조로울 것이리라 믿어 의심하지 않았다.

"재벌 부담스러워하는 거, 본인이 제일 잘 알잖아. 안 그래요, 윤수호 씨?"

"……."

"너무 뜬금없는 타이밍이지만 손, 잡아도 돼?"

그녀가 묻는다. 인내심이 부족한 그녀는 그의 답이 떨어지기도 전에 손을 끌어당겨 잡았다.

“선배랑 나 이렇게 손잡고 걸으니까 우리, 옛날 생각 난다.”

현주는 잡은 손을 앞뒤로 흔들었다. 그러다가 고개를 들어 하늘을 바라보았다.

“거긴 별이 참 많았는데. 막 쏟아질 것 같았는데. 그렇지?”

어느덧 어둑해진 밤하늘 위로 하나의 별도 보이질 않는다. 서울의 하늘이란 이토록 시시하고, 매력이 없다. 하기야 당신과 손을 잡고 밤하늘을 보았던 그날, 그 하늘의 감흥은 다시없을 테지. 그만큼 아름다웠다. 모든 것이 전부, 황홀했다.

“부질없는 질문인 건 아는데, 선배. 있잖아.”

현주는 하늘에 시선을 고정했다. 시시한 하늘이라도 보고 있어야 말이 떨어질 것 같았다.

“어머님 관련해서 내가…… 도와줄 일은…….”

“없어.”

“그래. 없지? 알겠어.”

점점 기억을 잃어 가는 어머니를 아들이 모시기엔 어려움이 많을 텐데. 기력마저 쇠약해진 어머니를 모시고 먼 이국땅을 밟겠다니 염려가 되는 건 지당했다. 하지만, 그는 도움을 청할 위인이 아니었음에.

“언제든지 편하게 얘기해요. 무엇이든. 나 가진 거 돈밖에 없는 여자잖아. 알지?”

“내 사정도 어머니 모시고 돌아다닐 만큼은 돼. 모아 둔 돈 있어. 알아서 할게.”

“어려울 땐 기대고 살자고요, 좀. 꼿꼿한 것도 좋지만 사람이 너무 그렇게 반듯해도 안 돼.”

“너한텐 안 기대.”

그녀가 팔을 멈춰도, 그가 팔을 흔든다.

“내가 그런 것들까지 너한테 기대면 나 정말 너 못 봐.”

"……알았어. 더는 말 안 꺼낼게."

"고마웠다."

그의 인사 앞에 현주는 멈춰 섰다. 그녀가 시선을 내리자 이번엔 수호가 고개를 들어 시시한 서울의 하늘을 바라본다.

"선배. 과거형으로 말하지 마요. 나 진짜 무서우니까."

"청산하는 거야. 시작은 시작이고. 그동안 고마웠다고."

말로 다 갚을 수 없는 시간들, 기억들이지만 당장 꺼내 보여 줄 수 있는 것들이란 게 이토록 빈약하고, 보잘것없다.

"선물이라도 하고 싶었는데, 뭘 할 수가 없겠더라. 뭘 사도 전부 네가 갖기엔 허접해서."

"……."

"지금은 마음만 받아. 기회가 된다면, 혹시 언제라도 기회가 되면 좋은 선물로 보답할게."

역시나 너와 함께 보는 하늘이 아니라서, 매력이 없다.

수호는 천천히 시선을 내렸다. 바라보던 하늘의 시시함을 단번에 잊게 하는 화려한 미소가 그녀 얼굴 위에 떠오른다.

"기다릴게. 선배의 좋은 선물."

우리가 제일 잘하는 건, 기다림. 멀어지고, 다가오는 일.

"지안이 결혼식은 볼 수 있을까? 선배는 없겠지?"

"아마도. 들어가자. 춥다, 이제."

"그래요. 들어가."

굴레에 서로를 넣지 않아도 충분히 행복할 수 있는, 우리는 사랑하는 사이.

강준은 구치소에 수감되었다. 백경그룹의 대표 시절이 있었나 싶을 만

큼, 그만큼 빛나던 시절이 있었나 싶을 만큼 그는 피폐해졌고 야위었다.

며칠 사이 푹 파인 두 볼, 그늘이 질 만큼 짙게 변한 눈두덩이, 손질하지 않아 아무렇게나 헝클어진 머리. 흙색으로 변한 낯빛에 번뜩이는 눈동자는 광기가 서려 더욱 섬뜩하게 여겨졌다.

이미 구치소에 들어서는 순간부터 그는 유명 인사였다. 죄목도 다양해, 가중처벌의 대상이었다.

"수감번호 XXXX! 면회!"

누구나 추락하는 대상에 관심을 두었다. 이런 곳엔 죽어도 올 것 같지 않은 유명 인사들이 모습을 드러낼 때면 죄수들 사이에서도 화젯거리가 되었다.

검찰 측 조사 차원으로 정신과 감정을 받은 강준은 독방 신세가 되었고, 차가운 바닥에 앉아 무릎에 팔을 기댄 채 수그리고 있던 그가 고개를 들었다. 작은 틈 사이로 보이는 눈동자가 자신을 향하고 있다. 철컹, 굳게 잠겼던 문이 열린다. 강준은 천천히 일어났고 수갑을 차며 밖을 나섰다. 누가 찾아왔느냐고도 그는 묻지 않았다.

여러 절차를 거치고 회색의 벽을 끝도 없이 걸으니 면회실이 나온다. 이곳의 누구도 자신의 이름을 부르는 사람이 없으니 외려 편했다. 내가 누구인지, 나는 누구였는지 생각할 필요도 없었으니까. 가슴팍에 붙은 숫자 몇 개가 자신과 자신의 죄명을 대신했다.

쇠가 부딪히는 소리와 함께 문이 열린다. 강준은 관계자를 따라 안으로 들어섰고, 조금도 희망적이지 않은 눈길로 앞을 바라보았다. 곁에 앉아 있는 기록원은 고개를 숙인 채 그가 하는 말을 받아 적을 준비를 했다.

"앉아."

한참이 지나도 강준이 꼼짝을 하지 않자 기록원이 고개를 들었다. 면회를 온 사람을 죽일 듯 노려보고만 있을 뿐, 그는 한 발도 움직이지 않았다. 두꺼운 유리에 달라붙은 듯 서 있는 작은 여인만 애가 타는 형국. 기록원은 더는 보채지 않은 채 다시 고개를 숙였다.

아드드드득…… 강준의 이가 갈린다. 이가 몽땅 주저앉을 것처럼 을씨년스러운 소리가 공간을 가득 울린다. 하지만 이런 일 또한 비일비재한 곳. 기록원은 마치 듣지 못했다는 것처럼 아무런 반응도 하지 않았다. 어서 이 귀찮고 성가신 면회가 끝나기만을 바랄 뿐.

"현민아……."

그 입에서 나오지 말았으면 하는 이름이 튀어나온다. 강준은 눈을 희번덕거렸다. 여인이 전해 준 목도리, 꽃다발 같은 건 이미 잊어버린 것처럼 눈길엔 원망과 분노만이 가득했다. 짐승의 질주처럼 그는 앞으로 걸어갔다. 콰앙—! 수갑을 찬 두 손으로 유리를 부실 듯 내리쳤다.

"여길 당신이 왜 와!"

"현민아……."

"닥쳐! 꺼져! 왜 왔어! 왜 왔냐고!"

기록원의 손길이 빨라진다. 여인은 자신보다 한참이나 키가 큰 강준을 올려 보았다. 이가 아드득 갈리는 소리는 여전히 섬뜩했다.

"이제 속이 시원해? 이런 모습을 보고 나니까 두 발 뻗고 자겠어? 원하는 게 이런 모습이었나?"

이미 젖은 여인의 손수건이 마저 젖는다. 그런 것들이, 강준의 시선에 들어올 리가 없다.

"좋아? 이제 만족해? 여기가 어디라고 찾아와. 여길 뭐 하러 기어와서 사람 속을 뒤집어!"

……온종일 찾는 이가 없는 독방에 앉아, 시간을 되돌렸다. 허락된 일이라곤 생각하는 것밖에 없는 공간. 그는 영혼이 갈라지던 어린 시절을 곱씹고, 또 곱씹었다. 나는 누구인가. 나는, 누구였나.

"그때 죽였어야 해. 내가 당신을 그때 죽였어야 했어. 당장 꺼져, 내 눈앞에서 당장 꺼지라고!"

"몸은…… 괜찮고……?"

"닥쳐! 이제 와서 동정하지 마! 내가 당신만 보면 진절머리가 난다고! 제발 찾아오지 말라고, 제발 좀!"

쾅쾅! 쾅! 분이 풀리지 않는다는 듯 그는 거칠게 유리를 쳤다.

"어이, 거기. 진정하라고."

행동이 점점 과해진다는 느낌이 들었는지 기록원이 일어선다. 시멘트 바닥을 긁는 의자 소리가 나자 강준은 거친 숨을 몰아쉬었다. 억누르는 분노 때문에 눈동자 주변은 충혈되었다.

"왜 날 낳았어."

……한 번쯤, 물어보고 싶었다.

"말해. 대체 날 왜 낳았어. 책임도 지지 못할 거, 왜 낳았어."

세상에 내버려진 나는 무슨 의미였는가. 의미가 있긴 했었나.

"대체 왜 날, 왜 날……."

사랑받고 싶었다. 안전하고 싶었다. 당신이 지켜 주기를, 매일 밤 빌고 빌었다.

"왜 나를…… 낳았냐고 대체 왜!"

쾅! 강준은 유리를 힘껏 내리치며 고개를 숙였다. 어디에 빌어 보아도, 누구에게 청해 보아도 들어주는 이는 없었다. 어린 소년이 빌기엔 그리도 대단한 원이었나. 그게 그렇게도 엄중한 소원이라, 나의 소원 중 무엇이 그렇게도 대단하고 대단해서. ……끅. 복받치는 서러움에 어깨가 흔들린다. 강준은 더욱 입술을 사리물었다.

"태어나고 싶지 않았다고. 내가 원해서…… 태어난 것도 아니잖아."

나도 이런 내가 싫다. 정신이 반쯤 돌아온 날엔 나도 내가 싫어 몸서리를 쳤다. 멈춰도 될 것 같은 만족스러운 성공 앞에서도 멈추지 못하는 내가 나라고 좋았을 리 없다. 누구라도 나를, 멈춰 줄 수 있길 바랐다.

"나를…… 지켜 줬어야지……. 당신이 그랬어야지……."

원망은 늘 힘없고 서러운 당신을 향한다. 지켜보는 일이 삶이 되어 다른 행복은 알지 못하는 비참한 당신만을 향한다. 내 모든 과오의 원인은 당신에게 있다고.

"……현민아. 괜찮아."

온전히 떠날 수도, 그 곁에 다가갈 수도 없는.

"다 괜찮아. 엄마가 있어."

내게 당신이란, 애증이다.

강준은 두 주먹을 꽉 쥐었다. 탁탁탁, 타자를 치는 기록원의 사무적인 기록 소리만이 처량하게 공간을 울린다. 여인은 유리에 손을 가져다 댔다. 일절 온기가 없는 유리에, 온기를 불어넣는 것처럼.

"무서워하지 마. 괜찮아. 여기 엄마가 있어. 현민아."

"아…… 아아……."

무너진다. 피가 뜨겁게 달궈져 발끝에서 머물던 감정들이 역류했다. 세차게 감은 눈 사이로 굵은 눈물이 흘러내린다.

"현민아, 현민아, 다 괜찮아. 하나도 겁내지 마. 무서울 것 하나도 없어. 괜찮아."

……조금만.

"움츠리지 마. 웅크리지도 마라. 괜찮아, 괜찮다, 현민아."

조금만. 조금만 더.

"엄마가 여기 있어. 현민아, 엄마 좀 봐 봐. 응? 엄마 좀 봐 봐."

내게 말해 줘요.

"이 엄마가 있어. 괜찮아. 누가 너를 미워해. 아니야, 괜찮아. 이 엄마가 지켜 줄게. 괜찮다."

아들의 얼굴을 조금이라도 더 보려고, 연신 몸을 움직였다.

"무서워하지 마. 엄마 여기 있어. 엄마가, 여기 있어. 엄마는 다 이해해. 다 이해해."

닦을 수 없는 아들의 눈물을 닦는 것처럼 거울을 문질렀다.

"치를 죗값 다 치르고 홀연히 나오자. 죄가 더 있거든 엄마가 받을게. 잘못도 엄마가 빌게. 몸 성히 있다가 나오자, 현민아."

늘 여리고, 늘 왜소하고, 늘 작게 보이던 여인의 눈빛에 단호함이 실린다. 무너지는 아들을 지키려는 본능이 여인을 세상 가장 강한 사람으로 만들었다.

“다 괜찮아. 엄마가 옆에 있어. 매일매일 올게. 다 물리쳐 줄게. 겁먹지 말고, 울지 말고. 응?”

“엄……마…….”

……엄마. 낯선 단어. 얼마 만인가. 그토록 불러 보고 싶었던, 그토록 울대에 매달려 있던 단어가 단절된 유리 사이로 흘러나온다. 여인은 더욱 유리로 가깝게 몸을 가져다 댔다.

“그래, 그래그래. 엄마 여기 있어. 엄마 여기, 여기 있어, 현민아.”

“아아…… 엄마…… 엄마…….”

“그래. 내 아들 현민아, 엄마 여기 있어. 괜찮아, 다 괜찮아. 엄마가 괜찮다면 괜찮은 거야.”

“아…… 아아…….”

아프고 외로워 늘 누군가 안아 주길 바라던 작은 소년이 되어, 그 시절의 내 어머니를 만난다. 그토록 듣고 싶었던 말들을 이제야 듣고 있음에 서러웠지만 마음 한편에 불씨가 지펴져, 처음으로 이것이 온기라는 것을 깨닫게 되었다.

“걱정 말고 있어. 아무것도 걱정하지 마. 이 엄마가 다 해결할게. 전부 다 알아서 해 줄게.”

“나…… 나 너무 무서워…… 무서워 엄마…….”

“현민아, 현민아. 엄마 여기 있어. 알지? 엄마 보이지? 엄마 여기 있는 거 알지? 매일매일 여기 있어. 걱정하지 마.”

“가지 마……. 가지 마요…….”

“안 가. 절대 안 가. 내 새끼 두고는 아무 곳도 안 간다. 걱정 마라, 내 새끼. 내 새끼.”

서로에게 죄가 많은 두 사람은 시간이 다 되도록 유리 앞을 떠나지 못한다. 이 또한 사람이 하는 일이라, 결국은 잠시 고개를 든 기록원이 두 사람을 황망히 바라보았다.

“수감 번호 XXXX! 면회 끝났다!”

둘 사이에 허락된 7분의 시간이 끝난다. 어느덧 눈물을 그친 강준은 의자에 앉아 편히 제 어머니를 바라보았다. 아직 남아 있는 눈물이 눈가를 빛내, 순하고 순수했던 개구쟁이 소년 시절의 그가 언뜻 보였다.

자신을 호출하는 소리에 강준은 묵묵히 일어섰고 어머니도 따라 일어섰다. 관리자를 따라 뒤돌아 걸음을 옮기던 강준은 잠시 멈춰 서 돌아보았다. 유리를 뚫고 들어올 것처럼 안을 들여다보고 있는 나의, 어머니.

“또 올게. 또 올게 현민아. 어서 들어가. 밥 잘 먹고.”

처음으로 나, 당신을 향해 웃는다.

“잘 있어. 엄마 또 올게. 금방 올게.”

다시 오겠다는 당신의 말을 바보처럼 또 믿으며.

“네. 또 봐요. 엄마.”

당신이 나를 지켜 주리라, 등신처럼 다시금 믿으며.

“갈게요.”

하지만 왜인지 슬프지 않아. 당신이 보았을 우리의 미래를, 나도 본 것 같으니까.

벼락이 내리치고 비바람이 몰려드는 세상 속에서—

아들과 어머니는 서로의 숨을 곳이 되어 행복하게 오래오래 살았답니다.

아주아주 행복하게, 살았답니다.

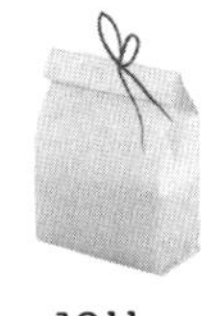

12부
완벽한 소유

몸살을 앓던 그룹은 조금씩 제자리를 찾아갔다. 새로운 사람들이 떠난 자들의 자리를 메꾸고, 밀려 있던 사업들은 다시 추진되었고, 안팎으로 바쁜 나날들은 쉴 새 없이 이어졌다.

"아침! 아침 먹고 가요!"

"바빠. 시간 없어. 바로 가야 해."

"한입만! 그러지 말고 한입만!"

새벽에 나가 밤이슬이 떨어질 시간 때쯤, 지안은 그녀를 찾아왔다. 딱히 나가서 무얼 할 수도 없는 늦은 시간에 돌아오니 데이트다운 데이트도 못 하는 나날이 흘렀다. 그는 본가를 향하는 날보다 그녀의 집에 머무는 시간이 자연스레 많아졌고, 일하는 때가 아닌 모든 시간은 그녀에게 집중하며 할애했다.

"이거 한입만! 아— 해 봐요!"

"아, 글쎄 생각 없다니까."

집에 머무는 시간이 늘어날수록 지안은 부스러진 기억들까지 찾아냈다. 간혹은 꿈을 꾸며, 간혹은 환영으로, 지나왔던 시간들을 만났다. 그녀가 이계의 것의 청을 들어준 대가로 빌었던 소원이 이루어진 것이다.

나를, 잊지 말아요.

"진짜 진짜 맛있는데 이거! 이거 진짜 맛있는데! 한입만! 딱 한입만!"

찬양은 샐러드가 담긴 접시를 들고 출근 준비를 하는 그를 따라다니며 한입만! 을 외쳤다. 그녀 곁에서 밤사이 숙면이라는 아름다운 경험을 하고 있는 지안은 생각보다 늦어진 출근 시간에 부랴부랴 몸을 움직이고 있다.

"이봐요, 정찬양 씨. 안 먹겠다는데 굳이 따라다……."

어억. 말하는 도중 입안으로 연어 샐러드가 쳐들어온다. 하는 수 없이 씹어 삼키며 지안은 옷장 문을 열었다. 찬양은 이미 연어 샐러드를 다시 포크에 장착한 채 틈만 보고 있다.

"나 진짜 입맛 없어. 아침에 뭐 안 먹는다니까 자꾸 이러네."

"부회장님, 이렇게 자꾸 굶고 다니면 속병 난다니까요?"

"속병 안 나고 지금까지 잘 살았네. 걱정 말게."

"나이는 못 속여요. 나이 먹을수록 잘 챙겨 먹어야 한단 말이죠."

어억. 날쌘 포크가 다시 입으로 돌진한다. 본능처럼 입술을 벌린 지안이 그녀가 내민 샐러드를 받아먹는다. 유자소스를 곁들인 연어 샐러드는 생각보다 상큼하다. 셔츠를 꺼내며 지안은 항복했다는 눈길로 찬양을 바라보았다.

"정찬양 씨. 내가 이 집 드나들면서 2킬로나 쪘어. 알아?"

"그래요? 난 좋은데요?"

"2킬로를 다시 빼려면 내가 무슨 짓을 해야 하는지 알긴 아나?"

"칫, 겨우 2킬로 가지고 뭘 그래요?"

하, 겨우라니. 애가 뭘 모르네. 지안은 중얼거리며 타이를 들었다.

"날카롭고 시니컬한 기업인 이미지는 절로 만들어지는 게 아닙니다, 정찬양 씨. 전부 뼈를 깎는 고통을 감내하며 빚어 만드……."

"이번엔 우리 브로콜리 먹어요. 자, 아—"

"아—"

타이를 목뒤로 두르며 지안은 입을 벌렸다. 참깨를 베이스로 만든 소스의 달달함이 입안을 엉망진창으로 만든다. 달아! 달다고!

"정찬양 씨, 인간적으로 소스가 너무 달다."

"좋네요. 나는 지금 이 시간이 달거든요."

헤헤. 지안이 잘도 받아먹으니 찬양이 보기만 해도 달달하다며 웃는다. 웃으며 공격하니 본전도 못 건지는 이야기 따위 집어던지기로 한다. 어차피 달아도 먹을 것이요, 짜도 먹어야 할 운명이다.

"오늘도 늦어요? 많이?"

"글쎄. 어제보단 일찍 끝날 것 같긴 한데. 가 봐야 알 것 같다."

"참, 새로 채용한 비서는 마음에 들고요? 자, 아—"

"아— 별로. 이젠 누굴 고용해도 성에 안 찰 상황이라."

겨우겨우 살림을 장만해서 신혼을 꾸린 부부 같은 모습으로, 두 사람이 일상의 대화를 나눈다.

"정찬양 씨는 오늘 일과가 어떻게 되나?"

"어떻긴요. 또다시 구직의 현장으로 뛰어들어야죠. 오늘은 면접이 두 곳이나 있다고요."

찬양이 접시를 내리며 씩씩하게 말하자 지안은 피식 웃음을 터트렸다. 벽에 걸린 그녀 면접 복장을 힐끗 바라보자니 순서를 기다리며 긴장하고 있을 그녀 모습이 상상되었다.

"잘 보고 와. 살아 돌아오길 빌게."

"그러지 말고 면접관에게 잘 보일 팁 좀 주세요."

"반듯한 대답, 깔끔한 인상, 단정한 음성, 정직한 눈빛. 이 정도."

"거짓말하지 마요! 백경이 정말로 그런 기준만 가지고 직원을 뽑는다고요?"

지안은 물론 아니라는 표정을 지으며 눈썹을 추켜올렸다. 쳇. 찬양은 눈을 흘기며 지안을 올려 본다. 수많은 면접관 앞에 서 봤던 찬양과, 수많은 면접자를 대면해 온 지안의 사이에 묘한 벽이 생긴다.

"면접 보러 오는 사람들한테 잘해 주세요. 얼마나 떨리고 긴장되는지 아세요?"

"이제 나는 면접을 직접 볼 일이 없긴 한데, 전달은 할게."

당신 면접이나 잘 보고 오라고. 지안은 주먹을 불끈 쥐며 그녀의 하루를 응원했다.

"나 이제 간다."

"네. 밖에 차량 대기하고 있어요. 어서 내려가세요."

질감이 좋은 서류 가방을 들며 지안은 현관 앞에 섰다. 집의 면적을 모두 더해도 그의 서재보다 작은 공간이었지만, 지안은 그 어느 때보다 평안한 삶을 영위했다. 찬양은 그의 옷자락을 매만지며 마지막으로 점검했다.

"아무리 바빠도 나 잊어버리면 안 돼요."

"전화나 잘 받아. 사람 애태우지 말고."

"그럼 일 열심히 하고요, 오늘도 돈 많이 벌어 오세요."

돈 많이 벌어 오라는 소리에 현관 문손잡이를 잡던 지안이 돌아본다. 찬양은 미소를 그리며 손을 흔들었다.

"많이 많이 벌어 와요. 찬양이는 많이 먹으니까."

"그래. 말을 듣고 나니 위기감이 든다."

두 사람, 미리 엿보는 신혼 생활 같기도 했고.

"열심히 일하고 돈도 많이 벌어 올게."

아주 오랜 기간 함께해 온 부부의 시간 같기도 했다. 그려 온 만큼, 딱 그만큼의 행복이 머물렀다.

"다음 회의 언제입니까?"

"네. 40분 뒤에 있습니다."

비서의 대답을 들으며 지안은 손목시계를 바라보았다. 이젠 낡아 버린 시계를 한 몸처럼 차고 다닌다. 기억을 모두 되찾은 이후로 시곗바늘도 곧잘 움직이고, 어쩐지 다른 시계엔 손이 가질 않았다.

"똑, 똑, 바빠?"

지안의 손짓에 비서가 나서려던 때 문이 열리며 현주가 들어선다. 서류에 시선을 묻었던 지안이 고개를 들며 자리에서 일어섰다. 인사를 마친 비서가 밖으로 나서고, 현주는 안으로 들어섰다.

"일 많아? 시간 있어?"

"왔으면 앉지 뭘 물어. 바쁜 거야 똑같지 뭘."

현주가 소파에 앉자 지안도 따라 앉았다. 좀처럼 올라오는 일 없는 현주를 바라보며 지안은 웬일이냐는 표정을 지었다. 현주는 곱게 접힌 카드를 내밀었다.

"다른 건 아니고, 날짜 받았어."

"날짜? 무슨 날짜?"

지안은 영 모르겠다는 눈빛으로 카드를 받아 들었다.

"무슨 날짜긴, 니 결혼 날짜다."

"허."

말이 끝나기가 무섭게 잽싸게 열어 본다. 현주는 꼴 보기 싫다는 표정을 짓다가 오만상을 찌푸렸다.

"야, 남지안. 집 좀 들어와. 미쳐 가지고 집도 안 들어오고. 뭐 하냐 요즘?"

"부사장님, 여기는 회사입니다. 말씀 가려 하시죠."

"여기서 나한테 가려 맞아 볼래?"

"만날 시간이 없어서 그래. 나 어제도 1시 넘어서 들어갔다고. 언제 만나 언제 데이트하냐?"

"너…… 진짜 남사스럽게 말한다."

"인정. 나도 요즘 왜 이러는지 잘 모르겠네."

시선은 카드에 고정한 채 입만 놀린다. 현주는 그런 동생을 측은하게 바라보았다.

"요즘 바보 같은 표정 연습하니? 아주 다채롭다?"

"날짜 좋네. 이런 건 또 금방 해치워야 신경 안 쓰지."

결혼식은 석 달 뒤로 잡혔다. 따뜻한 봄 햇살이 완연할 때, 결실을 맺으리라.

"좋은 날짜라고 하니까 그 댁에도 말씀 잘 드려. 봄이 좋겠다고 의견이 맞아서 고른 날짜니까 잡음 없게."

"잡음은 무슨 잡음. 내가 알아서 할 테니까 나머지나 잘 부탁해."

야박한 동생 놈은 차 한 잔을 내주지도 않고 뭘 자꾸 부탁한다.

"나머지라니? 뭔 나머지?"

"결혼 준비. 우리 정찬양 씨가 결혼이 처음이라 뭘 할 줄 알아야지."

"나, 나는 해 봤냐?! 나는 한 서너 번 다녀왔니?!"

"왜 이래. 식만 안 올렸지 마음으론 수호 형한테 여덟아홉 번 정도 다녀오지 않았나?"

"……너 정말 다 기억난 거야?"

현주가 미심쩍다는 듯 묻자 카드만 바라보던 지안은 시선을 들었다. 답 대신 씩, 웃음을 짓자 또다시 현주는 질색하는 표정을 지었다.

"야, 남지안. 대체 뭘 먹고 살면 그런 바보 같은 표정이 시도 때도 없이 나와?"

"할 말 다 했으면 나가 주면 좋겠어. 내가 좀 바쁘거든."

"이게 진짜. 날짜 받아 오느라고 내가 몇 날 며칠 고생했는데!"

"맞다. 수호 형은 연락돼?"

"뭐? 누구……?"

버럭버럭 소리를 지르던 현주는 멈칫, 했다.

"형 소식 듣고 살긴 해? 어디서 뭐 한대. 아직 한국에 왔을 리는 없겠고."

"뭐…… 잘 있겠지."

현주의 음성은 금세 초연해진다. 그는 그 흔한 SNS를 하는 일도, 개인 톡 상태 메시지를 바꾸는 일도 없었다. 누구도 그의 소식을 알지 못해 지난날들은 환영이었나 하는 착각마저 일게 했다.

"그쪽도 동생 결혼 준비로 바쁜가 봐. 여기나 저기나 동생 결혼 챙기느라 늙는다, 늙어."

그녀가 중얼거리자 지안은 곁눈질로 현주의 얼굴을 살폈다. 괜한 이야기를 꺼내 현주가 울적해지나 싶어 아차 하는 때 피식피식, 현주가 웃기 시작한다. 이번엔 지안이 질색하는 표정을 지었다.

"왜 웃어, 기분 나쁘게."

"내 마음이야. 내가 웃든 말든."

"혹시 내가 웃으면 이런 상황이야? 아주 흉악하고 멍청해 보이는?"

"……흣."

현주는 동생의 타박에도 둥근 미소를 띠며 머리를 쓸어 넘겼다. 무소식이 희소식이라 믿으며 그가 없는 시간을 버티던 어느 날, 뜬금없는 사진 한 장이 날아들었다.

"여행지에 계신 선배 어머님 사진 보니까 괜히 우리 엄마가 생각났어."

유명한 관광지 앞에서 어머니와 나란히 서 찍어 보내 준 사진 한 장. 자그마한 어머니는 아들을 잃어버릴세라 손을 꼭 붙잡은 채 소녀 같은 얼굴을 짓고 계셨고, 선배는 어머니의 손을 맞잡은 채 언제나 그렇듯 덤덤하고 조용한, 그윽하고 깊은 표정을 짓고 있었다.

그것을 기점으로 아주 간간이, 아주 간간이 그는 사진을 보내왔다. 대부분은 풍경의 사진이었지만 지금 자신이 어디쯤에 머물고 있는지 사진으로 말해 주었다. 잘 있느냐는, 나는 잘 있다는 단순한 텍스트도 없이 때때로 날아드는 사진 한 장에 현주는 만족했다. 행복했고, 감사했다.

"선배는 잘 지내고 있으니까 신경 꺼. 괜히 전화 넣고 그러지 말고."

"안 해. 내가 그 정도 눈치도 없는 사람은 아니야."

"웃기시네. 눈치라고는 손톱만큼도 없는 게."

현주는 일어섰다. 결혼 날짜를 알려 줬으니 오늘의 임무는 완성한 것 같다. 쿨하게 사무실을 나서려다가 다시 지안을 돌아보았다.

"너, 밥은 먹고 다니냐?"

"별걱정을 다 해. 왜 이렇게 내 밥줄 걱정해 주는 사람들이 많은지 모르겠네."

"허, 그러게다. 내가 네 앞에서 헛소리를 했지. 나 간다."

"저기, 누나."

"……뭐?"

현주가 다시 나서려다가 홱, 돌아봤다. 누나라니. 이게 얼마 만에 들어 보는 호칭인가?

"너 지금 뭐라고 했어?"

"들었으면 좀 넘어갑시다. 두 번 부르기엔 소름 끼친다, 나도."

다다다다 현주는 자리로 돌아왔다. 이게 어디 아픈가? 죽을병에 걸렸나? 마지막 불꽃을 태우며 사랑을 나누는 중인가?

"그게, 나 부탁이 있는데."

"뭐! 뭔데!"

잔뜩 긴장한 눈빛으로 현주가 다급히 묻자 지안은 다시금 씩, 웃었다. 그녀 입장에선 아주 기분 나쁘고 멍청해 보이는.

"나 대신 30분 뒤 회의 좀 들어가 줘."

비 오는 날 먼지 나게 때리고 싶은 동생의 미소였다.

"동생도 오늘 하루 숨 좀 쉽시다. 부탁 좀 하네. 누이."

한 중소기업 입구를 지키는 경비원은 아까부터 안절부절못하는 표정으로 바깥만 힐끔힐끔 살폈다. 회사 사장님이 타는 차보다 더욱 번쩍거리는 자가용 한 대가 버티고 서서 떠날 줄을 모르니 귀한 VIP인가 싫어 자리를 떠나지 못하는 것이다.

그러다 도저히 안 되겠는지 경비원은 조심스러운 발걸음을 옮겼다. 차창을 두드릴까 하다가 괜한 흠집이 날까 싶어, 경비원은 음성으로 똑똑똑 신호를 보냈다. 잠시 후 지이이잉— 문을 열며 선글라스를 쓰고 있는 지안이 고개를 내밀었다.

"어…… 혹시 어떤 일로 방문을 하셨는지……."

"수고 많으십니다. 다른 건 아니고 면접자 기다리는 중이니 선생님께선 신경 쓰지 않으셔도 됩니다."

"예? 면접자요……?"

안에서 한창 면접 진행 중인 면접자 대기 차량이란다.

"아아…… 예…… 알겠습니다……."

경비는 다시금 뒷걸음으로 슬슬 멀어지며 차량을 연신 훑었다. 일반 자가용과 비교가 되지 않는 큼직하고 두툼한 세단 바퀴만 보아도 현기증 나는 가격을 알 것 같다. 저런 자가용을 타고 우리 회사에 면접을 보러 오는 사람은 대체 누구란 말인가.

한참 기다리자니 면접을 끝낸 면접자들이 하나둘 밖으로 나오기 시작했다. 순번대로 밖을 나서고, 조금 더 기다리니 찬양이 등장한다. 레이더를 꽂듯 정문만 바라보던 지안이 찬양을 발견하고는 클랙슨을 울렸다. 호기심 많은 경비원이 고개를 빼꼼 내밀고, 찬양도 숙였던 고개를 들어 소리가 나는 방향을 보았다.

차에서 지안이 내린다. 나름 신원 보호를 하겠다는 목적인지 선글라스를 쓰고 있다.

"헐."

찬양은 시간을 확인하고 다시 고개를 들어 그를 바라보았다. 걸음은 이미 그를 향하고 있다.

"면접 잘 봤어?"

"맙소사, 이 시간에 여긴 웬일이에요?"

"애인 면접 잘 봤나 응원하러 왔지."

"망했어요. 대답을 얼버무렸거든요."

휴. 찬양이 어깨를 축 늘어트리며 한숨을 쉬자 지안은 흔연한 미소를 지었다.

"이 회사 면접관들이 사람 볼 줄 모르네. 백경에 엄청난 기획안을 내놓은 주인공을 못 알아보다니."

"진짜 이 시간에 어떻게 나왔어요. 바쁘지 않아요?"

"일단 타. 춥다."

지안은 돌아서 조수석의 문을 열어 주었다. 두꺼운 바퀴가 굴러가며 차는 출발했고, 생긴 것부터 불편한 세단이 사라지자 경비원은 그제야 본인의 처소로 돌아갔다. 지안은 면접을 마치고 돌아온 애인의 손을 꼭 잡았다.

"선글라스는 왜 꼈어요? 얼굴 가리려고?"

"성공했어?"

"아뇨. 더 튀던데요. 이런 차 몰고 이런 복장에 그런 선글라스 끼면 누구라도 쳐다보지 않겠어요?"

"하…… 실패했네. 가려도 가려도 잘생김이 가려지질 않으니 골치네 골치."

지안이 중얼거리자 찬양은 웃음을 터트렸다. 면접을 망친 것 같아 기분이 내려갔지만 그의 얼굴을 보는 순간 놀라운 속도로 회복되었다.

"정찬양 씨는 오늘 일정 끝입니까?"

"네. 물론 거지 같은 결과를 초래했지만 면접은 끝냈죠."

"그럼 이제 나한테 시간 좀 내 줄 수 있나?"

"물론이죠. 우리 어디 가는 거예요? 집?"

지안은 대답 대신 부드러운 시선으로 찬양을 바라보았다. 기억을 찾고 난 이후, 꼭 가 보고 싶었던 곳이 있다.

"정찬양 씨가 함께 가 주면 더 좋을 곳이고, 안 가준대도 내가 반드시 찾아가야 하는 곳이기도 하지."

뒷좌석엔 꽃다발이 놓여 있었다.

"갑시다, 일단."

찬양은 고개를 갸우뚱했다.

산중의 깊은 곳까지 차를 타고 들어와 꽃다발을 챙긴 그의 손을 붙잡고 건물 안으로 들어서니, 익숙하고 낯선 향(香) 냄새가 물씬 풍긴다. 걸음 소리를 죽인 찬양은 그를 인도하며 계단을 올랐다. 얼마 지나지 않아 어느 한 곳에 멈춘 찬양은 뒤돌아 지안을 바라보았다.

"이분이 우리 외할아버지예요."

지안은 걸음을 멈추고 어깨를 펴며 국화가 촘촘한 꽃다발을 들고 있는 두 손을 공손히 모았다. 유리 안 작은 도자기. 그 곁엔 생전의 사진이 존재를 알려 주었다. ……기억 속 노인의 얼굴이 현실이 되는 순간이다.

지안은 사진에 시선을 고정한 채 느리게 눈을 감았다가 떴다. 영혼이 떠돌던 시절, 무한한 따뜻함으로 자신을 다독여 주던 노인은 다름 아닌 그녀의 외할아버지였다.

"할아버지, 찬양이 왔어요."

그녀는 익숙하게 인사를 건네며 다정히 웃었다. 삶과 죽음은 양면의 것이라, 손바닥 뒤집듯이 쉽기도 했지만, 영원히 서로를 볼 수 없는 평행선이기도 했다. 각자의 공간을 눈여겨보는 일. 죽음의 세계에선 '금기'라 불리었고, 생(生)의 세계에선 '기적'이라 불리었다. 그 중간 어디쯤을, 다녀온 그였다.

"할아버지 잘 계셨어요? 찬양이가 너무 오랜만에 찾아왔죠."

자신의 외조부께 전하는 찬양의 인사를 들으며 지안은 말없이 사진만 바라보았다. 중절모를 쓰고 늘 비슷한 벤치에 앉아 젊은 시절의 아내를 그리워하던 노인은 꼭 지금의 모습이었다. 인자했고, 푸근했고, 덤덤했으며, 자애로웠다.

"할아버지. 제가 오늘은 손님을 데리고 왔어요."

우리 할아버지한테 인사해요. 찬양이 말하자 지안은 묵념하듯 고개를 숙였다. 번뇌에 고여 있던 지난날, 노인의 위로는 절대적인 힘이 되었다.

"안녕하십니까, 어르신. 남지안입니다."

'사람이 말이오. 얼마나 간사하냐면 머리하고 마음이 따로 놀아. 이 작은 몸뚱이도 내 뜻대로 안 되더라 말이지.'

"오랜만에 뵙습니다. 어르신."

'이긴 척 살아가소. 머리가 시키는 대로. 편하긴 할 거요. 머리는 손해 보는 장사 안 하려고 드니까.'

……만감이 교차한다. 중얼거리던 그는 긴 시선으로 다시 사진 속 노인의 얼굴을 바라보았다. 결국 모든 위기를 지나고 벗어나 다시금 그녀와 둘이 된 지금, 보이지 않는 미래가 두려워 마음을 움켜쥐었던 그때가 떠올랐다.

'하지만 사는 내내 껄끄러울 거요. 뭘 잊고 사는 것처럼 가슴이 답답하기도 하겠지.'

어찌 아셨습니까. 무척 답답했습니다. 숨이 편하질 않고, 머리가 가볍지 않고, 가슴은 터질 것 같았습니다.

'달게 받아야지. 그건 지금 그 아이의 마음을 밟고 가는 벌이라 생각하고.'

벌을 받는 줄 알았다면 더 달게 받았을 텐데, 몰랐습니다. 저로 인해 어르신의 귀한 손녀가 어떤 마음고생을 했는지, 너무 늦게 깨달았습니다.

'하기야, 그 아이에게 남은 시간들을 생각하면 그 정도는 벌도 아니겠지만.'

"이렇게 다시 찾아뵐 수 있게 되어, 기쁩니다. 어르신."

지안은 고해하듯 낮은 음성을 이어 갔다. 찬양은 말없이 그의 시간을 존중했다. 짤막하게 전해 듣기론 나의 할아버지께서 내내 지켜 주셨다고 한다. 아마도 이곳 어디쯤에서 나를 바라보고 계실지도 모를 일이다.

"외할아버지는 저를 유독 예뻐하셨어요. 제가 얼굴은 엄마를 많이 닮았거든요. 방학 때면 한 달씩 할아버지 댁에서 살기도 했죠."

맞벌이로 바쁜 부모님을 벗어나 찬양은 외할아버지 곁에서 자랐다. 당신께는 첫정이었고, 첫 손녀였으니 감회가 남달랐으리라. 딸은 먼저 세상을 떠난 자신의 아내를 닮았고, 손녀는 자신의 딸을 꼭 닮아 웃는 것이 어여쁘니—

"돌아가시기 얼마 전에 할아버지께 전화가 왔어요. 그땐 잘 듣지도 못하실 때였는데."

눈에 넣어도 아프지 않다, 먹는 것만 봐도 배가 부르다는 말이 진실이었음을 알게 한 일방적인 사랑, 조건 없는 사랑, 희생이 기쁨이 되는 사랑. 손녀는 당신의 모든 것이었다.

"할아버지는 '내 강아지, 내 찬양아, 네가 걱정돼서 눈을 어떻게 감을까. 내 강아지가 결혼하는 모습도 봐야 하는데.' 난데없이 그런 말씀을 하셨죠. 죽음을 예감하셨나 봐요. 지금 생각해 보니 그래요."

찬양은 둥근 호선을 그리며 부드럽게 웃었다. 어디선가 바라보고 계실지도 모른다는 생각이 드니 눈물보다 다정한 웃음이 나왔다. 씩씩한 모습만 보여 드리고 싶었다.

"몰랐어요. 좋은 곳으로 가셨겠지 했는데 곁에 머물러 계실 줄은."

찬양은 지안을 더욱 끌며 가까이 세웠다. 할아버지께 자랑을 하듯, 그녀는 사랑스러운 목소리로 입을 열었다. 아마 알고 계시리라.

"할아버지. 찬양이 내년 봄에 결혼해요. 알고 계시죠?"

찬양은 지안을 바라보다가 다시 액자 속 할아버지를 응시했다. 무슨 말이라도 해 보라며 은연중 그의 팔을 툭툭 쳤다. 지안은 웃지 못하는 표정으로 사진만 길게 보다가 신중하게, 뜻을 담아 입을 열었다.

"함께 잘 살겠습니다. 염려하시는 일 없도록, 항상 기쁘고 감사하게 살겠습니다."

사진 속 노인의 표정은 여부가 있겠냐는 듯 웃음이 가득하다. 무슨 말을 해도 전부 쓸어 담아 갈 것만 같은 따뜻함이 서려 있다.

"어르신의 귀한 손녀임을 잊지 않고 저 또한 귀한 사람으로 대하겠습니다."

지안은 찬양의 손을 잡았다. 이런 모습을 더 보고 싶으셨을 거라, 믿어 의심하지 않는다. 중절모의 푸근한 인상. 노인의 웃음이 들리는 것만 같다. 이어 자신의 어깨를 두드리며 괜찮다고 말해 주시던 음성이 들리는 것만 같다.

'부디 마음 편히 가시오. 벌어질 모든 일들은 그쪽 탓이 아니니까. 알겠지만 그게 또 인간사의 묘미거든.'

그 어느 날 당신께 받았던 인사처럼 받았던 위로, 실었던 힘을 사는 내내 잊지 않으며—

'아주 멋진 일들이 벌어지길 기대하고 있을 테니까.'

"잊지 않겠습니다. 많은 일이 덕분입니다. 내내 감사했습니다. 어르신."

'잘, 가시오.'

"음. 드레스는 이런 느낌이 좋겠네. 너무 과하지 않게, 그렇다고 너무 수수해도 그러니까."

찬양 씨는 어때요? 현주는 뒤적거리던 카탈로그를 찬양에게 보여주며 물었다. 다른 카탈로그를 보고 있던 찬양은 보자마자 고개를 끄덕였다.

"와, 너무 예쁘다! 좋아요!"

"그렇죠? 괜찮죠?"

그럼 이 드레스 체크. 현주는 모서리 부분을 접어 표시해 두며 다음 장을 넘겼다.

"어머, 이것도 괜찮네. 찬양 씨한테 잘 어울리겠는데?"

이것 좀 봐 봐요. 현주가 다시 카탈로그를 보여 주자 이번에도 찬양은 고개를 끄덕였다.

"이것도 예뻐요! 좋습니다!"

"그렇죠? 이것도 예쁘죠? 그럼 이것도 체크."

현주는 모서리 부분을 접으며 다음 장으로 돌격했다. 이것도 예쁘다, 저것도 예쁘다. 두 여자는 푹신한 소파에 앉아 드레스 구경에 폭 빠졌다. 찬양은 본식 때 입을 것을 고르느라 정신이 없고 현주는 언젠가 자신이 입게 된다면 이런 디자인이 좋겠다, 상상의 나래를 펼쳤다.

"와, 우리 벌써 한 시간 지났어. 찬양 씨."

"정말요? 대박. 이제 막 보기 시작한 것 같은데."

"그러니까. 이거 정말 신세계인데?"

발품을 파는 일이 좀처럼 없는 현주는 집 안에서 찬양의 결혼 준비를 대부분 끝마쳤다. 이제 다른 무엇보다 가장 어려운 드레스 선택만이 남은 것.

한 시간이나 지났다는 말과는 달리 두 사람은 좀처럼 카탈로그에서 눈을 떼지 못했다. 와중에 결정을 내렸는지 현주는 제일 마지막에 본 드레스를 찬양에게 권고했다.

"그럼 이걸로 하자, 찬양 씨. 이게 제일 예쁜 것 같아."

"저도 그렇게 생각해요. 그게 좋겠어요."

"……그래도 일단 아쉬우니 조금만 더 볼까? 드레스는 일단 이걸로 정하고."

"네. 부사장님."

현주와 찬양은 마치 판도라의 상자를 열듯 카탈로그 다음 장을 넘겼고, 다시 멈췄다. 두 여자의 눈이 동그랗게 변한다.

"맙소사. 이게 더 예쁜데?"

"와, 대박. 이거 너무 예뻐요, 대박 대박!"

……반복되는 반응. 최고의 드레스라고 마음을 정한 채 다음 장을 넘기면 종전의 마음을 무색하게 만드는 드레스가 튀어나왔다. 이걸로 정해야겠다, 다시 마음을 먹고 다음 장을 넘기면 그보다 더 마음에 드는 드레스가 나타났다. 설마 이것보다 마음에 드는 건 없을 거다, 다짐을 하고 다음 장을 넘기면 황당함에 헛웃음이. 아무리 다른 걸 봐도 이젠 끝이야! 마음을 정했어! 해도 바로 다음 장에 무너졌다. 어느 것 하나 빠짐없이, 모든 드레스는 예뻤다.

"난 포기. 나 못 하겠어. 이걸 어떻게 정해."

결국 현주가 먼저 두 손 두 발을 들고 말았다. 어떤 드레스를 입혀 놔도 예쁠 것 같고, 그래서 어떤 드레스를 입혀 놔도 만족하지 못할 것 같으니 보면 볼수록 선택은 더욱 어려워져만 갔다.

"저는 제 몸뚱이가 천삼백 개쯤 되면 좋겠어요. 이것저것 다 입어 보게요."

흐어어. 찬양도 포기했는지 카탈로그를 내리며 항복했다. 천사처럼 생긴 서양 모델들이 요정미를 뽐내며 드레스를 입고 있으니 모든 드레스가 예쁘게 보이는 건 당연한 일.

"남지안 돌아오면 걔한테 고르라고 해요. 걔는 단순해서 잘 고를 것 같아."

"맞아요. 그래야겠어요. 아마 첫 페이지 넘기자마자 '좋네. 이걸로 해.' 이럴 것 같아요."

결국 두 여자는 드레스 선택을 하늘의 뜻에 맡긴 채 카탈로그를 덮기로 했다.

"찬양 씨. 우리 간단하게 와인이나 한잔할까요?"

"오! 좋아요! 좋죠, 좋죠!"

모처럼 여유로운 주말의 시간. 현주는 평소 즐겨 마시던 화이트 와인을 꺼내 잔에 따랐다. 보기에도 좋은 빛깔로 채워진 와인 잔을 뱅그르르 돌리며, 현주는 찬양을 바라보았다. 문득 그녀를 처음 만난 날이 떠오른다.

"처음 찬양 씨 만났을 땐 이런 날이 올 거라곤 생각 못 했는데. 사람 인연 참 신기해요. 그렇죠?"

"그러게요. 저도 처음 부사장님 뵙고 온 날엔 상상도 못 했던 일들이에요."

흐뭇한 웃음이 터진다. 어색했던 서로의 공간 안에, 눈에 보이지 않던 지안이 함께 있었다.

"뭐랄까. 나는 아직도 전부 다 상황을 인정할 수는 없지만."

몸과 영혼이 분리되었다던 남동생.

"믿고 안 믿고의 문제가 아니라는 걸 어렴풋이 알 것 같아요. 찬양 씨는 이미 겪은 일이고, 내 동생은 그때의 일들을 기억한다고 하니까."

현주는 고개를 들었다.

"그게 가능한 일인가 싶다가도 서로 얼마나 절실했으면 그런 일까지 벌어졌나 싶기도 하고, 그래요."

"제가……."

현주의 말끝에 찬양은 조용히 입술을 열었다.

"많이 부족하고 많이…… 모자라고, 또 원하시던 여자가 아니라는 건 잘 알고 있어요."

그의 여자가 된다는 건 이 집안의 식구가 된다는 것. 이 집안의 식구가 된다는 건 백경이라는 그룹의 소속원이 된다는 것. 막중하고, 조심스러운 자리에 위치하게 된다는 것.

"하지만 다른 게 탐이 났던 건 아니고 저는 그저……."

"알아요."

"……."

"알아요. 이제는."

현주는 빙그레 웃었다. 작은 곱창집 둥근 테이블에 마주 앉아 주거니 받거니 대화를 나누던 밤. 나는 너와 친구가 되고 싶었다고.

“찬양 씨하고 친구가 되고 싶었는데, 더 좋은 관계가 될 수 있게 되어서 사실 기뻐요.”

“부사장님…….”

“서로 간절했던 만큼 잘 살길 바랄게요. 간혹 서로에게 실망스러운 날이 와도 잘 이겨 내리라 믿고.”

……행복했으면 좋겠다. 꼭 그랬으면 해. 사랑이 모든 걸 이겨 내는, 사랑이 세상의 나머지를 버티게 하는, 그런 삶을 살았으면 해.

“지안이하고 찬양 씨 서로 예쁘게 살아서, 내게도 용기를 줘요.”

삶을 지탱하게 하는 절대적인 서로가 되었으면 해. 서로만이 인생의 버팀목이 되었으면 해.

“네. 예쁘게 잘 살아서, 부사장님께도 언젠간 믿음을 드릴 수 있는 사람이 될게요.”

“아뇨, 찬양 씨.”

밀밀한 고단함이 밀려오는 시간에도 사랑이 숨 쉴 수 있다는 걸—

“난 이제 찬양 씨 믿어요.”

그대들이 내게 알려 주었으면 해.

“누구보다 믿어요. 우리 식구, 찬양 씨.”

그래 주었으면, 해.

매일매일 언론을 장악하듯 뿌려지던 백경그룹 사태가 잠잠해지고, 백경은 빠른 속도로 정상화를 찾아갔다. 지안은 오랜만에 계열사 사장단을 만났다.

“대단하십니다. 부회장님께서 모든 상황을 꿰뚫어 보셨으니 지금의 백경이 탄탄할 수밖에요."

"아닙니다. 도움이 있었기 때문에 고비를 넘길 수 있었습니다. 덕분입니다."

자신의 자리에서 각자의 몫을 해내는 사장단과의 신뢰는 가장 큰 숙제였다. 내 아버지가 그러하였듯 무리 없이 해내리라. 지안은 늘 고심에 고심을 거듭했다.

"사실 저희는 부회장님께서 임강준 전 대표의 연임을 권고하셔서, 뜻을 알기가 어려웠습니다."

"확신은 있었으나 증거가 부족했습니다. 임강준 전 대표의 시야를 가리려면 그 정도의 출혈은 감안해야 했으니까요."

이제야 나누는 지안의 본심에 사장단은 고개를 끄덕였다. 강준의 연임은 지안의 큰 그림이었고, 계열사 매각에 해당되지 않을 사장단과 은밀한 조우가 있었다.

"저를 믿고 따라 주셨기에 더 큰 피해를 막을 수 있었습니다. 다시 한번 감사드립니다."

"아닙니다, 부회장님. 그저 부회장님의 선견지명에 감탄할 따름입니다."

사장단은 긴 고민 끝에 '그분의 뜻을 따르리라' 결론을 내렸고, 지안의 뜻을 받들어 강준의 연임 성사를 도왔다. 지안의 판단을 믿고 따라 준 모두가, 오늘의 주인공이다.

"일전에 약속드린 그대로 수직 합병 보류와 계열사 자율 경영 체제 확보는 순차적으로 처리하겠습니다. 상반기 안에 마무리 짓는 것으로 추진할 생각입니다."

"네. 감사합니다, 부회장님."

회사는 빠르게 정상화를 찾아갔다. 실적 악화를 거듭하던 물산은 수장을 잃고 본사에 흡수되었다. 대부분의 계열사는 지안의 약속대로 살아남았고, 더욱더 권한을 부여받는 혜택을 누리게 되었다. 서로가 공존하는, 이상적인 경영 체제가 조금씩 현실이 되고 있는 것이었다.

"부회장님, 결혼 준비는 잘하고 계십니까?"

화제는 자연스럽게 지안의 결혼으로 초점이 맞춰진다. 젊은 나날 백경과 함께 흘러와 이제는 지긋한 나이가 된 사장단은 마치 아들을 바라보는 것 같은 시선으로 지안을 바라보았다. 느닷없는 화제가 민망한지 지안은 답 대신 멋쩍은 미소를 지었다.

"제가 준비할 일이 뭐 있겠습니까. 전부 안에서 잘 준비하고 있습니다."

[망했어요. 드레스를 고를 수가 없어요.]

지안은 찬양에게 온 메시지를 상기하며 눈썹을 꿈틀거렸다. 잘…… 준비하고 있는 거…… 맞지…….

"허허. 요즘 세상에 부회장님처럼 뻣뻣하면 와이프에게 소박맞기 십상입니다. 작은 일도 함께하셔야죠."

"쉽지가 않습니다. 같이 살면 되는 줄 알았는데 이렇게 절차가 복잡할 줄은 몰랐습니다."

결혼 준비를 너무 우습게 여긴 까닭일까. 마음을 합치면 그만인 줄 알았는데, 쉬운 일이라는 건 존재하지 않았다. 지안의 솔직한 답변에 공감이 가는 듯 사장단은 큰 웃음을 터트렸다.

"부회장님, 그래도 좋으시지요? 지금이 한창 좋을 때입니다."

"그렇습니까?"

"그렇다마다요. 세월이 지금만 같으면 힘든 줄도 모를 겁니다."

직급만 높았지 한참 어린 인생 후배는 결혼 선배님들의 조언에 바보 같은 웃음만 흘렸다. 일과 관련된 이야기를 나눌 때와는 전혀 다른 얼굴, 눈빛이다.

"팁 좀 주십시오. 어떻게 살아야 하는지."

"우리 남자들은 무조건 져 주는 게 이기는 겁니다. 무조건 지고 살아야 늙어 따신 밥이라도 얻어먹는 법이니까요."

밥…… 중요하지…….

“저도 40년째 말로는 와이프를 이길 수가 없어요. 밖에서는 그렇게 말문이 터지는데 집에서는 영, 벙어리가 됩니다.”

누군가의 한탄에 웃음이 터진다. 비등비등한 의견과 생활, 아늑한 신세 한탄이다. 지안은 술을 홀짝 삼키며 질문을 던졌다.

“억울하지 않으십니까? 밖에서 열심히 일하고, 돌아와서 한마디 말도 못 한다니요.”

“부회장님, 어쩌겠습니까? 새끼들 키워 주고 뒷바라지하고, 이날 이때까지 살림 도맡아 살아온 것을.”

“그렇지요. 돌아보니 자식들 커 있고, 돌아보니 평수 넓혀 이사 가고, 돌아보니 쌈짓돈 모아 자식들 결혼시키고. 혼자는 절대 못 합니다.”

그러니 내 와이프가 살아온 시간과 그 공을 어찌 치하하지 않으랴? 사장단은 각자의 가정을 돌아보며 한마디씩 보탰다.

“우리야 이렇게 돌아다니며 좋은 음식도 먹고, 좋은 곳도 보고, 일 핑계로 늦기도 하고 하지만 안사람들이야 그렇습니까. 좋은 것은 전부 자식들, 남편 입으로 먼저 들어가고, 그렇게 살았으니 나이 먹고 억울한 것도 당연하겠지요.”

“요즘 우리 와이프는 등산에 빠져서 주말마다 그렇게 나갑니다. 젊어 못 놀았으니 붙잡지도 못 해요.”

“이래서 삼식이, 삼식이 푸대접하는 겁니다. 젊었을 때 와이프에게 잘해야 늙어서 고생 안 하니까요.”

누구도 쉽게 꺼내지 않는 가정의 이야기가 봇물 터지듯 흘러나온다. 제발 와이프에게 잘하고 살아. 경험에서 나오는 이야기는 새겨들어. 모두는 지안에게 삶이 녹아나는 메시지를 주고 싶었던 모양이다.

“새겨듣고 잘하겠습니다. 후일이 무서워서라도 잘하고 살아야겠네요.”

“그러십시오. 부회장님이야 잘하시겠지요. 걱정 안 합니다.”

아니요……. 걱정 좀 해 주십시오……. 저도 제가 걱정입니다…….

"결혼을 축하드립니다, 부회장님."

"축하드립니다, 부회장님."

한참을 웃고 떠들다 보니 뜨끈한 전복죽이 마지막 식사로 나온다. 한술 뜨고 자리를 파하자고, 지안이 손짓하자 사장단은 일제히 수저를 들었다.

안줏거리를 통 먹지 않아 빈속을 좀 채워 볼까 수저를 들었던 지안은 빤히 전복죽을 바라보았다. 그러더니 직원을 호출해서 뭐라뭐라 이야기를 한다.

마지막 술잔을 채우며 지안은 사장단을 바라보았다. 한술을 뜨기 전에 찬양의 얼굴이 떠오른 모양이다.

"전복죽 포장 주문했습니다. 돌아가실 때 가져가셔서 사모님들께 예쁨받으시길 바랍니다."

"여어! 부회장님! 이거 이거! 센스가 무척 좋으십니다!"

"그러게 말입니다. 덕분에 집에 돌아가 잔소리 좀 덜 듣겠습니다."

사장단이 껄껄 웃음을 터트리자 지안은 수저를 다시 들었다. 고소하고 눅진한 것이 보는 것 이상으로 맛이 좋다. 이렇게 좋은 걸 나만 먹을 수 있나.

"부회장님 덕분에 오늘은 점수 좀 따겠습니다. 잘 가져가지요."

"다행입니다. 넉넉하게 가져가십시오."

맛있다. 기다려. 포장해서 금방 갈게.

매서운 바람이 휘몰아치던 겨울은 어느덧 지나가고, 온통 연한 색감의 꽃잎이 거리를 어지럽히는 완연한 봄이 다가온다.

유난히 봄이 이르게 찾아온 올해, 4월의 어느 날. 바라고 원하던 혼인의 날이 찾아왔다.

“헐! 쩡양! 대박 사건! 완전 여신 여신!”

“깜지 어멈! 빨리 와……. 빨리 와……. 나 긴장돼 죽어 죽어…….”

새벽같이 일어나 헤어 세팅과 메이크업을 마친 찬양은 지안이 단박에 골라 준 드레스를 입고 신부 대기실에 앉아 있다. 아직 예식은 멀었지만 부케를 받기로 한 미혜가 가장 먼저 도착했다.

“와, 찬양아 진짜 예쁘다. 너 아닌 것 같아.”

“맞아? 나 예뻐? 나 떨려 죽겠어, 어떡해…….”

찬양은 적군의 한가운데서 동지를 만난 것처럼 미혜를 반겼다. 머리와 옷매무새가 흐트러질까, 이 자세 그대로 홀로 덩그러니 앉아 있던 것이 벌써 30분째다.

“밖의 상황은 어때? 아직 한가하지?”

가만히 앉아만 있자니 밖은 어떤 상황인지 알 길이 없다.

“야, 말도 마. 밖은 벌써부터 난리야.”

“정말? 사람 많아?”

“많은 정도가 아니라, 아휴. 무슨 결혼식장에 오는데 신분 확인을 하냐. 신분증 안 가져왔으면 어쩔 뻔했어.”

“우리 엄마 아빠는? 만났어? 인사드렸어? 어때? 괜찮아?”

“만났지. 너네 부모님 완전 긴장하셨어. 아버님 딱딱하게 굳으셨던데?”

“흐어, 나 떨려. 나 떨려 미혜야.”

밖은 이미 난리란다. 뉴스에서나 보던 인물들이 대거 등장하여 인사를 쏟아 내니 찬양의 부모님은 영혼이 탈출한 듯 자리를 지키셨다. 상황을 감안한 지안은 찬양의 부모님 곁에 서서 인사를 도왔다. 안이나 밖이나 긴장되긴 마찬가지였다.

“밖엔 기자들도 많고 나 진짜 이런 결혼식 처음 본다.”

“미쳐……. 나 아까 집 나올 때부터 사진 찍혔어. 쌩얼에 대충 차려입고 나오는데 막 사진 찍으셨어.”

"야, 너 이제 재벌가 며느리야. 부모님 안 계셔도 어른들은 계실 거 아냐. 힘내, 이제 좋은 시절 다 갔다."

미혜가 눈에 힘을 주며 등을 툭툭 치자 찬양은 후우, 볼 바람을 불었다. 객을 맞이하느라 현주도 지안도 정신이 없고, 혼자 앉아 있자니 심장은 터질 것만 같다. 시간이 지날수록 한두 명씩 찬양의 지인들이 찾아왔고, 미혜의 짝꿍 승민도 동료들과 함께 찾아왔다.

"어이, 잘 계시나?"

잠깐의 틈을 타 지안이 등장했다. 사진을 찍어야 한다는 명목하에 입성한 것 같다.

"왜 이제 와요! 나 진짜 심장 터질 것 같은데!"

앉아서 꼼짝도 못 하는 찬양이 발만 동동 구르자 지안은 웃음을 터트렸다.

"왜 웃어요? 어째서 혼자만 여유가 있는 거죠? 결혼 처음 맞아요?"

"무슨 소리 하는 거야. 이 여자가 또 생사람 잡네."

"나만 이렇게 긴장해요? 나 진짜 숨도 못 쉬겠는데."

찬양이 꿍얼꿍얼 말을 하자 지안은 허리를 숙이며 그녀 귓가에 속삭였다.

"그건 드레스 때문인 것 같은데. 이렇게 조여 놨으니 숨이 쉬어지겠나."

"아…… 그런가……."

갈비뼈도 아파……. 이거 두 번은 못 입겠어…….

"우리 엄마 아빠는 멀쩡해요? 살아 계시죠?"

"청심환 사다 드렸어. 영 긴장하셔서 장모님이 어지럽다고 하시더라고."

"헐. 그 정도예요? 어쩌지."

또 한 무리의 객들이 들어선다. 안면이 없는 사람들인지라 찬양은 씰룩씰룩 웃으며 고개 인사를 건넸다. 신부가 예쁘다, 잘 살아요, 형식적인 인사를 던진 사람들은 할 일을 마쳤다는 듯 또다시 사라진다.

"휴…… 진짜 미치겠다. 시간은 왜 이렇게 안 가요."

찬양이 중얼거리자 지안이 입속으로 무언가 쑥 집어넣는다. 청심환이다.

"먹고 진정해. 금방 지나갈 거야."

"진짜 결혼 두 번 해 본 사람 같은데? 혼자 여유로운 게, 너무 의심스러운데?"

"사실 나도 아까 청심환 먹었어."

지안이 어쩐 일로 눈웃음을 친다. 찬양은 그 모습을 맥없이 바라보다가 따라 웃음을 터트렸다.

끝도 없이 사람이 밀려들고 끝도 없는 인사 행렬이 따라온다. 사진을 몇 컷만 찍겠다는 사진작가의 요청에 찬양은 일어서 지안과 포즈를 잡았다.

"저…… 신부님, 그렇게 서 계시면 담 올 것 같은데……."

너무 굳어 목이 360도 돌아갈 것처럼 포즈를 취한 찬양을 보다 못한 사진작가는 적당한 포즈를 잡아 주었고, 신부의 상태를 고려해 빛의 속도로 촬영을 마쳤다.

뭘 해도 진정이 되질 않는다. 뭘 해도 시간이 가질 않는다. 신부 대기실로 연이어 찾아오는 사람들은 누군지도 모르겠고, 그나마 안면이 있는 일가친척들과 친구들은 눈물이 날 만큼 반갑다. 이게 원래 이런 거요? TV에서 보면 신부들이 매우 안정적인 얼굴로 앉아 있던데.

"찬양 씨."

"헐! 실장님!"

그때였다. 아주 무척이나 반가운 얼굴이 들어선다. 수호였다.

"윤 실장님! 윤 실장니이이이임!"

"떨리죠? 긴장 많이 한 것 같은데."

"언제 오셨어요? 아주 오신 거예요?"

"아뇨. 잠깐 들어왔어요. 어머니 병원도 모시고 가야 하고. 겸사겸사."

"아……."

그의 얼굴은 편안해 보였다. 수호는 부드러운 미소를 지으며 찬양의 얼굴을 요리조리 바라보았다.

"위기에 강한 사람이잖아요, 찬양 씨. 지금 너무 잘하고 있어요."

특유의 자상한, 부드러운 그의 음성이 내려앉는다. 쉽게 진정되지 않던 마음이 삽시간에 가라앉는 것만 같다.

"부사장님은…… 만나셨어요?"

"그럼요."

현주를 만났다니 더욱 안심이 된다. 찬양은 그제야 길게 미소를 지으며 수호를 올려다보았다. 아주 오랜 기간 알고 지낸 친구처럼, 그에겐 무척이나 편안한 구석이 있다.

"예비 신랑이 와도 진정이 안 됐는데, 실장님 보고 나니까 좀 안심이 돼요."

"이거 곤란한데. 지안이 알면 질투한다고요."

"흐잉. 모르겠어요. 진짜 너무 떨렸거든요. 오시는 분들도 너무 많고, 막 기자들도 있다고 해서."

"다들 찬양 씨 좋은 사람이라고 좋아하고 있어요. 걱정 마요. 다들 축하하고 있으니까."

하…… 좋은 사람. 찬양은 감동에 서린 눈빛으로 수호를 올려 보았다.

그때였다. 문을 열고 현주가 나타났다. 단아한 색의 한복을 차려입은 현주가 둥근 미소를 그리며 수호의 곁에 선다. 어쩐지 현주의 얼굴도 편안해 보여, 찬양은 마음이 놓였다.

"선배, 오늘 바로 가?"

"아니. 내일 아침 비행기야. 어머니 모시고 다시 가려고."

"그래. 좋아 보인다. 정말로."

둘 사이엔 다른 말로 형용되지 않는 끈끈한 애정이 내비친다. 오늘은 지안과 찬양의 결혼식에만 몰두하기로 한 현주가 찬양에게 시선을 옮기며 활짝 웃는다.

"아유, 너무 예쁘네. 진짜. 시간 거의 다 됐으니까 조금만 참아."

"네. 좀 낫네요. 이제."

찾아온 수호와 현주 앞에서 다소 마음을 놓은 찬양은 꼭 쥐고 있는 부케를 내려다보았다. 행렬이 긴 만큼 대기 시간이 길었던 신부 대기실 문이 다시 열린다.

"저, 신부님. 이제 입장 준비하셔야 합니다."

"네. 알겠습니다."

후……. 찬양은 자리에서 일어섰다. 도와주시는 분께서 드레스 끝자락을 정돈해 주시고, 찬양은 홀과 연결된 문 앞에 섰다.

……문 하나를 사이에 두고 많은 생각이 스치며 지나고, 머물다가,

"부케는 너무 위로 들지 마시고요. 신부님 지금 딱 좋아요."

고이고, 쌓이며, 다시금 내 안으로 스며든다.

"준비되셨으면 문 열게요. 신부님."

이 문을 열면 화촉점화를 하고 계실 내 어머니가, 버진 로드 앞에서 딸을 기다리고 계실 내 아버지가, 씩씩한 걸음으로 걸어가 나를 바라보고 있을 나의 남자가.

"신부님?"

"……네. 문 열어 주세요."

나를 바라볼 수많은 하객들이. 행복을 빌어 줄 나의 가족, 나의 친구들이.

……문이 열린다.

은은한 조명 속 한 줄기 밝은 빛이 그녀의 전신을 비춘다. 웅장하고, 영롱하고, 그래서 더욱 벅차게 하는 분위기가 그녀의 피부에 와 닿는다.

"신부, 입장!"

사회자의 멘트에 따라 찬양은 한 발을 떼었다. 딸을 보내는 막막한

심정의 아버지는 처음이라는 것을 알게 하는 어색한 손짓으로 딸에게 손을 내밀었다. 그녀는 아버지의 손을 잡고 다시 한 발을 떼었다. 쏟아지는 갈채, 따라오는 조명, 성대한 음악, 반짝이는 버진 로드.

저 멀리 나의 사람이 나를 바라보며 미소 짓고 있다. 길의 끝을 바라보며 찬양은 느린 걸음을 옮겼다. 아직은 무얼 하는 건지 현실감이 없고, 구름 위를 걷고 있는 것 같은 착각마저 들었다. 지안은 성큼성큼 그녀를 맞이할 걸음을 옮겼다. 그녀와 그녀 아버지 앞에 선 지안은 큰 절을 올리고 다시 일어섰다.

다시 태어나듯 출발한다. 누군가의 딸에서, 누군가의 아내로. 누군가의 아들에서, 누군가의 남편으로.

"내 딸을 잘 부탁하네."

"예. 장인어른."

그녀의 아버지는 지안과 뜨겁게 포옹했다. 딸아이의 손을 건네주며, 살아온 모든 시간이 더해지고 쪼개지는 만감을 고스란히 떠안았다.

지안은 찬양을 바라보며 천천히 손을 내밀었다. 그녀가 고운 손길을 포개자 지안은 손을 부드럽게 감싸며 차분한 숨을 내쉬었다. 보폭을 맞추는 두 사람의 걸음이 시작됐고, 걸음걸음마다 버텨 온 순간들이 지나갔다.

두 사람은 많은 이들의 시선 속에 성대한 결혼식을 올렸다. 인생이 찬바람 몰아치는 겨울 한가운데 머문대도 피어나는 꽃이 있다 믿으며, 오늘을 잊지 않으리라.

식이 진행되는 내내, 두 사람은 두고두고 그런 생각을 했다.

오늘, 나는 그대의 사람이 됩니다.

"부사장님, 김동철 CE 부문장과 양유원 IM 부문장 지금 본사로 들어오고 있답니다."

"그래요? 얼마나 걸릴까?"

"대략 20분 정도 걸릴 것 같다고 합니다."

"네. 알겠습니다."

현주는 회의를 마치고 사무실로 들어서며 다음 일정을 확인했다. 쓸데없이 높기만 한 자리는 일거리만 더욱 풍성하게 안겨 주었고, 현주는 눈코 뜰 새 없는 하루하루를 보내고 있었다.

"다음 일정은 뭐죠?"

"신제품 평가회가 있습니다. 시간은 조금 넉넉합니다."

"그렇군요."

수호의 빈자리를 대신하는 수석 비서 자리는 여전히 공석이었고, 그 아래 비서가 현주를 보좌했다. 오랜 시간 수호에게 길들여진 그녀의 기대에 미칠 정도는 아니었으나 비서의 능력은 탁월했다.

"아아, 박 실장. 어제 보다 만 자료는 어디 있습니까? 자리에 안 보이던데."

"보시기 편하게 파일로 만들어 뒀습니다. PC 보관함에 넣어 두었으니 열람하시면 됩니다, 부사장님."

"역시. 고마워요. 안 그래도 서면으로 보려니 눈이 좀 피곤하던데."

깔끔한 일 처리와 앞서 살피는 눈썰미. 현주는 박 실장과 호흡을 맞추며 안정적인 업무를 진행했다.

사무실로 돌아온 현주는 급히 휴대폰을 들었다. 누군가에게 영상 통화를 거는 것 같더니 상대가 전화를 받자 이내 웃음꽃이 핀다.

"선율아아 선율아아아—"

얼마 전에 태어난 조카다.

"우리 선율이 냠냐미 먹었어? 많이 먹었어? 안 자고 있네?"

영상 통화 속 작은 아기의 얼굴을 보자 천진한 미소가 떠오른다. 현주는 휴대폰 액정에 코를 박을 듯 가까이 대고 아기의 얼굴을 살폈다.

"선율이가 그새 컸어. 그렇지?"

— 형님, 선율이 아침에 보고 가셨잖아요. 그사이 또 컸어요?

"그렇다니까? 또 컸어. 아침이랑 얼굴이 달라."

아기의 얼굴을 영상으로 보여 주며 찬양이 말하자 현주는 단호히 아침과 얼굴이 다르다 주장했다.

"선율아, 선율아아 뭐 해? 무슨 생각 해? 고모 얼굴 보여?"

— 아무 생각 없어요오. 고모오— 일찍 오세요오— 선율이가 집에서 기다릴게요오—

찬양이 아기의 말을 대신해 주듯 말하자 현주는 웃음을 터트렸다. 자그마한 입술이 조물조물 움직이는 걸 보니 정말로 그렇게 말하는 것 같기도 하다.

"올케, 밥은 먹었어?"

— 네. 조금 전에 샌드위치 먹었어요.

"잘 먹어야지. 그거 가지고 돼? 살이 너무 빠지잖아."

— 괜찮아요. 그것도 선율이가 찡찡거려서 달래느라 간신히 먹었어요.

"에휴, 고생이다."

전면을 크게 차지한 아기의 얼굴에서 시선을 떼지 못한 채 현주는 중얼거렸다. 모유 수유를 택한 찬양은 얼마 지나지 않아 홀쭉해지고 말았다. 엄마의 영양분을 고스란히 받아먹고 아기가 자라듯, 아기에게 제 속의 모든 것을 파내 주는 엄마는 별도의 다이어트가 필요 없을 만큼 단기간에 살이 빠졌다. 남들은 부럽다 말하지만 지켜보는 가족들은 그렇지 않았다.

"올케, 내가 보약 좀 지어 줄까?"

— 무슨요, 저번에 지어 주신 것도 아직 많이 남았어요.

고모와 엄마가 짤막하게 대화를 나누는 고새를 못 참고 아기가 낑낑거린다. 현주는 또다시 멍청한 웃음을 흘리며 아기에게 시선을 고정했다.

"내가 애 때문에 일이 안 돼. 돌아서면 보고 싶어 죽겠네, 정말로."

— 저는 애 때문에 다른 일을 못 해요, 형님.

식사는 하셨어요? 찬양이 물어 온다. 현주는 고개를 끄덕이며 선율이를 향해 손을 흔들었다. 이제 막 50일이 지난 아기는 간신히 흑백 모빌이나 쳐다볼 정도가 되어 고모가 흔드는 손을 알아볼 리가 없다.

"선율아— 집에서 보자— 고모 일찍 갈게— 엄마 그만 괴롭히고 잠 좀 자—"

— 고모, 선율이 잠 안 와요— 눈이 말똥말똥해요.

찬양이 선율이 말을 따라 하듯 하자 현주는 다시금 웃음을 터트렸다. 밤도 낮도 잊은 육아는 전쟁에 가까웠다.

아. 현주는 곁에 서 있던 비서가 생각났다는 듯 고개를 들었다. 무안한 미소를 지으며 휴대폰 액정을 비서에게 보여 주었다.

"우리 조카. 이제 50일. 예쁘죠?"

"네. 무척 귀엽습니다."

이제 그만 끊자. 조금만 더 수고해라. 현주는 찬양에게 응원의 말을 남기곤 전화를 끊었다. 그들에겐 부모가 처음이듯 고모가 처음인 초보 고모는 의욕과 열정만 앞선 조카바보가 되어 가고 있었다.

그때였다. 띠링, 현주의 휴대폰으로 메시지가 도착한다. 아기의 사진인가 싶어 현주는 급히 휴대폰을 열었고.

"아……."

탄식하듯 신음을 흘렸다. 한참이나 멍하니 휴대폰만 들여다보고 있자, 염려가 된 수석 비서가 그녀의 얼굴을 살폈다.

"부사장님, 실례지만 무슨 일이……."

"……아뇨."

아닙니다. 아무것도. 현주는 정신을 차리듯 대꾸하며 급히 휴대폰을 내렸다. 멍하니 두어 번 눈을 깜빡거리던 그녀는 현실임을 인지한 듯한 표정을 지었다. 아기와 영상 통화를 하는 것도 아닌데, 다시금 온 얼굴에 웃음꽃이 핀다.

"이만 회의실로 가죠."

"네. 부사장님."

현주는 자리에서 가뿐히 일어섰다. 두어 걸음 옮기던 현주는 눈이 뻑뻑한 느낌에 돌아서 비서를 바라보았다.

"혹시 인공눈물 있습니까?"

"없습니다. 구비해 두겠습니다."

"아뇨, 괜찮습니다. 혹시나 해서 물어본 거니까 신경 쓰지 말아요."

그녀는 걸음을 재촉했다. 느닷없는 콧노래가 흘러나왔다. 계절은 한 바퀴를 돌아 다시 봄이 되었고, 우리는 어느 시절, 어느 계절을 돌아도 서로를 굳건히 사랑했다.

메시지는 그의 것이었다.

[연락 줘. 재입사가 유효하다면.]

"박 실장."

"네. 부사장님."

"수석 비서 자리 곧 채워지겠는데요."

"아, 그렇습니까? 그럼 혹시 윤수호 부장이……."

현주는 엘리베이터에 올라타며 답 대신 씽긋 웃었다. 결심한 듯 휴대폰을 들고 메시지 함을 열었다. 다시 한번 내용을 읽고 답장을 보냈다.

"자리 바로 채울 수 있도록 준비해 줘요."

"네. 알겠습니다. 부사장님."

[선배, 내일부터 출근해.]

그가, 돌아온다.

[각오 단단히 하고.]

"잠 좀 자자, 아가. 선율아, 왜 안 자. 밥도 먹고 트림도 하고 기저귀

도 갈고 다 했는데."

내려놓기가 무섭게 칭얼거리는 아기를 다시 안아 들며 찬양은 발을 동동 굴렀다. 아기의 등엔 센서가 달려 있어서 내려놓으면 귀신같이 깨어난다는 말을 이제야 실감하는 중이다.

"아휴, 이제 무거워. 선율아, 너 무거워 죽겠다. 엄마가."

도와주는 베테랑 유모가 안아 들어도 아기가 칭얼거리기는 마찬가지. 남의 손이 불안한 엄마는 기어이 본인이 안아 들고 내내 방 안을 서성이고 있다. 두어 시간이라도 잠을 자 주면 좋으련만, 전혀 졸리지 않다는 듯 눈동자가 말똥말똥하니 찬양은 쏟아지는 고단함에 죽을 맛이다.

"제가 안아 들까요, 사모님?"

보다 못한 유모가 팔을 뻗자 아기가 눈치를 챘다는 듯 빼액, 우는 소리를 낸다.

"괜찮아요. 제가 조금 더 볼게요."

손싸개를 해 놓은 작은 손가락으로 엄마의 옷자락을 꾹 쥐고, 가슴에 얼굴을 파묻듯 비비적거리며 칭얼칭얼. 허리가 아파 앉으면 일어서라 칭얼칭얼. 아기띠라도 해 볼까 싶어 띠를 매면 답답하다 대성통곡. 아기는 그야말로 천하무적이었다.

"너 이따가 아빠 들어오면 다 이를 거야. 엄마 괴롭혔다고."

결국 한 차례 수유를 더 하고 트림을 시키자 만족스러운지 칭얼거림이 줄어든다. 침대에 아기를 눕히고 흑백 모빌을 돌리며 아기와 놀아 주기를 수분 째. 잠이 오는지 점점 눈이 감기는 아기를 바라보다가 찬양은 저도 모르게 깜빡 잠이 들고 말았다.

의자에 앉아 꾸벅꾸벅 선잠이 든 지 얼마나 지났을까. 디이이잉…… 휴대폰 진동이 오는 소리에 찬양은 화들짝 놀라 깼다. 나이스! 따님께서 주무신다!

"여보세요."

찬양은 아주 작은 음성으로 입을 열었다. 소음에 민감한 때는 아니었으나 본능적으로 목소리가 줄어든 것이다.

— 선율이 자?

지안이다.

"방금요. 나 진짜 재 때문에 죽겠어. 당신 출근하고 지금까지 내내 칭얼거렸다니까요."

말이 끝나기가 무섭게 지안이 웃는다. 새벽 수유를 마치고 아기를 안은 채 잠이 든 찬양의 모습이 떠올라 안쓰럽고, 안쓰러운데 귀여운 모양이다.

— 초보 엄마 고생이 많네. 밥은 먹었어?

현주와 똑같은 레퍼토리다.

"대충요. 그나저나 피곤하지 않아요?"

찬양은 아침이 오는 새벽, 지안이 내내 아기를 안고 재웠음을 떠올렸다. 온종일 업무에 시달리고 돌아온 그가 잠을 자는 둥 마는 둥 아기를 돌보다가 다시 출근했으니, 피곤하리라. 이 집안에 누구도 고단하지 않은 어른이 없었다.

— 오전엔 좀 피곤했는데 지금은 참을 만해. 선율이 잘 때 당신도 좀 자.

안 그래도 잤다……. 당신이 깨우기 전까진…….

"한 10분 잔 것 같은데 제대로 꿀잠 잤어요."

으으으. 찬양이 기지개 켜는 소리를 하자 지안은 펜을 굴리다가 고개를 들었다. 온종일 집 안에 갇혀 아기와 시간을 보내는 찬양이 안쓰럽다 못해 짠할 지경이다.

'힘내. 일찍 들어갈게.' 지안이 응원의 말을 보태자 '집은 신경 쓰지 말고 일 열심히 해요.' 찬양은 씩씩하게 답했다.

— 먹고 싶은 거 없어? 뭐 좀 사 가지고 갈까?

"음…… 나 그럼……."

— 알겠어. 달달한 거 한가득 사 가지고 갈게.

그녀의 말뜻을 척척 알아들은 지안은 전화를 종료했다.

"집 안이 쑥대밭이네. 언제 키우냐……."

에효……. 지안은 수척해진 얼굴로 다시 펜대를 돌리다가 멈칫했다. 킁킁, 어깨쯤에 코를 가져다 대고는 연신 냄새를 맡았다.

"하이고……."

냄새를 맡던 지안은 탄식했다. 남자 향수 사이로 아기 특유의 우유 냄새가 치명적인 강렬함을 뿜고 있는 것이다. 밖에 나와 넥타이를 매고 펜대를 굴려도, 몸에선 아기 냄새가 작렬하는 오너라니.

"그래도 일하는 게 백번 낫다."

세상에서 일하는 게 제일 쉬웠어요. 지안은 중얼거리며 다시 서류로 시선을 옮겼다.

결혼하고 신혼을 얼마 즐기지도 못한 채 찾아온 새 생명. 그 작은 아기가 이렇게나 삶을 뒤바꾸어 놓을 줄은 상상도 못 했다. 24시간이 이렇게 알차게 짜일 줄이야.

"빨리빨리 처리하고 칼퇴합시다, 칼퇴."

인생은 낮밤으로 나뉘는 것도 아닌, 계절로 나뉘는 것도 아닌, 기승전—딸이 되어 버렸다. 부모의 길로 성큼 들어선 것이다.

"아이고— 선율이가 목욕하니까 기분이 좋네— 그렇지? 엄마가 씻겨 주니까 좋지?"

자그마한 욕조에 몸을 담그고 따님께서 목욕을 즐기신다. 찬양은 세게 쥐면 부서질까 힘주어 누르면 터질까, 아기를 조심조심 다루며 목욕을 시키는 중이다. 감기가 걸릴지도 모르니 목욕은 스피드가 생명.

"여보, 나 수건 좀 줘요."

"아아. 그래."

찬양은 부랴부랴 아기를 목욕시킨 뒤 수건을 가져온 지안에게 아기를 건네주었다. 청동기 시절 유물이라도 받아 들 듯 지안은 신중한 표정으로 딸을 안았다. 보송보송해진 개운함이 좋은지 선율이 빵긋빵긋

잘도 웃는다. 현주가 짓던 멍청한 웃음이 지안에게도 전염된다.

"좋아? 따님, 목욕하고 나니 좋으세요?"

"빨리 닦이고 로션 바르고 옷 입혀 줘요. 감기 들겠어."

"예예. 그러죠."

지안은 바통 터치를 하듯 나머지 일을 처리했다. 능숙하게 기저귀를 채워 주고 옷을 입혔다. 곁을 지키는 유모의 조언을 받으며 하루 이틀 손수 하다 보니 이제는 누가 알려 주지 않아도 제법 할 만한 모양이다.

"우리 딸, 하루 종일 엄마 괴롭히고 놀았어? 잠도 안 자고 밥 달라고 칭얼대면서 종일 엄마 괴롭혔어? 응?"

불러도 답이 없는 신생아를 향해 애비는 끝도 없는 질문을 던진다. 간신히 옹알이나 하는 아기를 대신해 부모는 수다쟁이가 되었고.

"엇, 웃는 거야? 아빠 보고 지금 웃어 주는 거야?"

시도 때도 없이 웃었다가.

"여보, 애 지금 얼굴 찡그리는데? 어디 불편한가? 아니면 내가 싫은 건가?"

삽시간에 좌절하는 칠푼이가 되어 갔다.

지안은 현미경으로 미생물을 관찰하듯 집중하며 딸의 얼굴을 바라보았다. 아빠가 가까이서 바라보니 기분이 좋은지 아기는 또다시 입을 벌리며 웃었다.

"우리 딸 웃으니까 예쁘네. 이빨도 없는 게."

"멍청한 소리 그만하고 옷이나 좀 갈아입어요."

찬양이 안으로 들어서며 밉지 않게 타박하자 딸바보 인증 웃음을 짓던 지안이 허리를 폈다. 하루 종일 육아에 지친 게 분명한 찬양의 퀭한 표정이 영 안쓰럽다.

"밤엔 좀 자. 오늘은 내가 봐 줄 테니까."

"안 그래도 오늘은 쓰러지면 그냥 잠들 것 같아. 나 진짜 너무 피곤해요."

언제든 수유가 가능한 원피스 하나를 몸에 걸치고 찬양이 축 늘어진 답을 내어놓는다. 지안이 그녀의 당 충전을 위한 디저트 꾸러미를 가리키며 눈썹을 꿈틀거리자, 숨 쉴 틈 한 조각을 만났다는 듯 찬양의 표정이 밝아진다. 그녀가 가장 좋아하는 디저트 가게의 케이크다.

다소 얌전해진 아기의 곁에서, 부부는 티 테이블에 앉았다. 흑백 모빌이 돌아가니 시선을 고정한 채 웬일로 따님께서 조용하게 혼자 놀기를 하고 계신다.

"저렇게 조용할 땐 진짜 예쁜데."

찬양이 케이크를 듬뿍 퍼 올리며 시선을 선율에게 주었다.

"넌 먹을 때가 제일 예쁜데."

지안은 먹으면서도 딸을 바라보는 찬양에게 시선을 고정했다. 팔만 간신히 움직이며 입술로 케이크를 옮기던 찬양은 입을 벌리다 말고 지안을 바라보았다. 그제야 남편과 마주 앉아 내내 아기만 바라보았다는 사실에, 찬양은 미안한 웃음을 터트렸다.

"미안요. 내가 오늘 얼굴도 제대로 안 봤죠."

"그래. 이제 눈 좀 마주쳐 주나?"

"정신이 하나도 없어. 지금의 나는 내가 아니라니까요."

"자식도 좋고 육아도 좋지만 남편도 좋아해 줬으면 좋겠어."

치. 찬양은 멈칫했던 팔을 다시 들며 케이크를 삼켰다. 소름 끼치도록 단맛이 입안을 가득 휘어 감는다. 파먹듯 케이크를 박살 내던 찬양이 간간이 아기를 바라보다가, 점점 사라져 가는 케이크를 바라보다가, 팔짱을 낀 채로 자신의 얼굴만 뚫어지게 바라보는 지안을 응시했다. 집에서도 흐트러지는 법이 없는 지안의 모습에, 상대적으로 자신의 몰골이 엉망이라는 사실을 상기했다.

"나 지금 너무 엉망이지 않아요? 하루 종일 거울 한 번을 못 봤어."

"왜, 예쁘기만 한데."

"거짓말하지 마요. 지금 나 머리도 산발이고 얼굴은 까칠하고 거지

꼴인데.”

“그러니 더 고맙지. 온종일 얼마나 시달렸으면 이래.”

“남편도 부정을 안 하는 걸 보니 내가 거지꼴이 맞긴 맞나 보다.”

에라 모르겠다. 찬양은 거지꼴이고 나발이고 살고 봐야겠다. 예쁜 옷, 단정한 머리, 깨끗한 얼굴은 바라지도 않아요. 삼시 세끼 제때 먹고 제때 자고, 제때 일어날 수 있는 삶이나 되었으면 바랄 게 없는 요즘이니까.

“남겼어? 왜? 더 먹지 않고?”

“그러게요. 안 들어가네.”

“입덧 때도 다 먹더니 요즘 왜 이렇게 못 먹어.”

“당신 안 볼 때 많이 먹어요. 걱정 말아요.”

부부는 누구보다 평범한 시간을 보냈다. 일에 지친 남편은 육아에 지친 아내를 위했고, 육아에 지친 아내는 일에 지친 남편을 위로했다. 타인은 구분하지 못할 아기의 작은 변화에 기뻐했고, 아직은 까마득히 먼 미래를 그리며 옥신각신 다투기도 했다.

기껏해야 30분, 한 시간 남짓 허락된 부부의 시간이었지만 짧을수록 달콤하고 아늑한 시간이었다. 나 빼고 놀지 말라는 듯 아기가 칭얼거리기 시작한다.

“알겠어, 알겠어. 선율아, 엄마가 간다, 가.”

“당신 씻고 와. 내가 선율이 보고 있을 테니까.”

“아아? 정말? 나 씻고 와도 돼요? 목욕할 건데?”

……목욕? 그럼 딸을 빨리 재워 볼까? 지안이 눈썹을 꿈틀거린다. 남편의 눈빛이 의미심장하게 변하자 찬양은 눈꼬리를 올렸다.

“안 됩니다. 남지안 씨.”

“나 아무 말 안 했어. 뭐가 안 된다는 거야.”

제길. 아무래도 나의 부인은 독심술을 하는 모양이다. 지안이 금세 표정을 바꾸며 칭얼거리는 선율이를 가볍게 안아 들자 찬양은 곁으로 다가가 지안의 어깨를 툭툭, 쳤다.

"울리지 말고 잘 보고 있어요. 나 좀 씻고 올게요. 땡큐베리감사."

"달래다가 같이 울고 있을지도 몰라."

"밥 먹은 지 얼마 안 돼서 울지는 않을 거예요. 잘 부탁해요."

든든한 지원군에게 아기를 맡긴 찬양은 욕조 가득 뜨거운 물을 받고 호사에 가까운 목욕을 시작했다. 사소한 행복이란 이렇듯 허락된 시간 내에 홀로 여유를 만끽하는 것.

"아아…… 좋다……."

좋아하는 향을 골라 목욕물에 풀어낸 뒤, 숨을 깊게 들이 내쉬는 것.

허술하기 짝이 없는 초보 지원군은 아기를 잘 보고 있는 걸까. 오늘은 욕실 밖을 서성이며 빨리 나오라고 노크하는 소리가 들리지 않는다.

"이제 좀 살 것 같다. 개운하네."

찬양은 두꺼운 배스 타월로 몸을 닦으며 상쾌한 미소를 지었다. 그를 만나고, 헤어지고, 다시 만나, 결혼에 이르기까지 정신없이 달려온 삶. 계획이 있을 리 없고 그래서 하루하루가 더욱 다채로운 삶. 보습이 가득한 로션을 정성스레 바르며 찬양은 거울 속 자신을 응시했다. 문득 귀신 같던 그를 처음 만난 날이 떠올랐다.

"하긴, 우리는 둘 다 처음을 기억 못 하니까……."

처음인 줄 알았던 그날은 처음이 아니었다. 이계의 어딘가에서 육신 없이 만나 석 달을 내리 걸었다는 기간, 우리는 어떤 모습이었을까. 불행하게도 그도 그녀도 그곳의 기억을 찾지 못했다. 지안이 깨어나 몸을 찾기 전, 동화의 이야기처럼 그녀에게 들려준 것이 전부일 뿐. 아마도 열렬히 사랑했으리라, 상상과 짐작만 할 뿐.

"왜 갑자기 그때가 생각나지? 별일이네."

잊은 듯 살았는데, 굳이 떠오르지 않는대도 하루하루 만족스러운 삶이었는데 불현듯 궁금해졌다. 유난히 특별하고 그래서 더 완벽하고 싶은, 소중한 우리의 세상을 가지고 싶은 까닭인지도 몰랐다.

찬양은 생각난 김에 지안에게 다시 물어볼 요량으로 급히 욕실을 나섰다. 지안이라면 꿈에서라도 간혹 만나지 않을까, 그때의 기억을.

"저기, 당신……."

침실로 들어선 찬양은 우뚝 멈춰 서며 말꼬리를 흐렸다. 아기를 달래다가 함께 잠이 들었는지 침대에 나란히 누워 같은 포즈를 하고 있다. 남편은 곯아떨어졌고, 아기는 아빠의 숨소리에 맞춰 아지랑이 피어나듯 숨을 쉬고 있다.

유전자 검사를 하지 않아도 부녀지간이 명확한 포즈. 같은 방향으로 고개를 돌리고 팔을 들어 올린 채 잠을 자고 있는 모습을 보고 있자니 찬양의 마음속에 뭉클한 감정이 피어오른다.

찬양은 살금살금 걸어가 휴대폰을 들었다. 기절한 듯 잠이 든 두 사람을 배경으로 그녀는 셀카를 찍었다. 찰칵. 육중한 촬영 소리가 나도 꿈쩍도 하질 않는다.

"귀여워……. 못 살겠다 진짜……."

사진이 마음에 드는지 찬양은 한참이나 사진 속 가족의 얼굴을 바라보았다. 비공개로 남기는 일상의 기록 창에 사진을 업로드하며, 찬양은 짤막하게 오늘 하루를 정리했다.

[잘 자요 내 가족, 내 사랑.]

……사소함이 가져다주는 행복에 하루에도 몇 번씩 뭉클하고 감격하게 되는 요즘. 나는 주문처럼 외고, 신앙처럼 믿게 되는 구절이 생겼다.

"세상이 오늘만 같으면 좋겠다. 정말."

어느 시절, 어느 곳으로 다시 되돌아간대도 나는 이 남자를 만날 것이다. 가는 길이 고되고 험난해도 나는 이 남자를 찾아 사랑하며, 택할 것이다. 이마만 한 행복이 기다리고 있을 거란 걸 아마 나는 알았을 테니까. 그 무엇과도 바꿀 수 없는 시절이 올 거란 걸 선명하게 알았을 테니까.

찬양은 조용히 아기의 곁에 누웠다. 아기의 배를 둥글게 쓰다듬고 다독거리며, 오래도록 지안의 얼굴과 아기의 얼굴을 바라보았다.

그래. 세월을 거슬러 올라가 우리가 다시 처음 만나게 된다면 나는 당신에게 이렇게 인사하고 싶어. 아마도 당신은 웃을까, 나를 안아 줄까.

선물 같은 사람, 당신. 내게 와 줘서 감사해요.

그날은 사상 최대의 태풍이 불어 드는 날이었고 한 시간 간격으로 긴급 문자가 수신되던 때였다.

중소기업 계약직에 머물던 찬양은 상사의 심부름으로 은행을 찾았다가 회사로 복귀하는 길이었다. 온갖 것들이 강풍에 날아다니고, 뿌리 약한 나무는 막 뽑은 가래떡처럼 휘청거렸다. 우산을 꼭 잡고 바람과 맞서던 찬양은 날아오는 간판에 치여 그대로 쓰러졌다. 눈을 다시 떴을 땐, 누군가 알려 주지 않아도 자연스럽게 알 수 있었다. 나는, 죽었다.

"아저씨는 왜 죽었어요?"

동서남북도 없고, 하늘과 땅의 경계도 없으며, 무중력과 중력이 공존하는 듯 기이한 현상을 경험했다. 한없이 가벼웠으나 걸음을 걸을 수 있었고, 대지에 닿은 발은 감각이 없었다. 너무도 황망하게 죽음을 대면하였으나 눈물은 쉽게 흐르지 않았다. 방향도 모른 채 오로지 추상적인 감각에 의하여 걸음만 옮기게 되었다. 섭리 같은 일이었고, 그래서 겸허하던 때 언제부터인지 곁엔 한 남자가 동행했다.

"저는 잘 기억이 안 나요. 비가 많이 왔거든요. 아팠던 것 같아요. 아닌가, 아프기 전에 먼저 죽었나?"

남자 또한 죽었다. 그는 그녀보다 침착했고 겸허했다. 자신의 죽음을 슬퍼하지 않았다. 죽음을 경계하지도 않았으며, 삶으로 돌아가고자 발버둥을 치지도 않았다. 모든 것이 자연스러웠다. 마치 이 세계의 것들을 교육이라도 받아 온 것처럼.

"그런데 아저씨는 원래 이렇게 말이 없어요?"

함께 걸어 준다고 생각했는데 다만 방향이 같았던 모양이다. 남자는 그 어떤 질문을 던져도 단 한마디 대꾸를 해 주지 않았다.

"저는 말이 좀 많아요. 혼자서도 잘 떠들던 편이거든요. 어릴 때부터 그랬대요. 하도 말이 많아서 나중에 말로 먹고사는 직업을 해도 되겠다고, 우리 외할아버지가 그랬어요."

시간도 날짜도 알 수 없는 어두컴컴한 공간. 얼마나 걸었는지도 모르겠고 얼마나 더 가야 하는지도 알 수 없는 공간. 찬양은 외로움을 견디듯 쉴 새 없이 중얼거렸다. 이제 보니 남자에게 말을 건네고 있다기보다 무료함을 견디기 위해 아무 말 대잔치를 하고 있음이 분명했다.

"막상 이렇게 죽으니까 좀 허무해요. 해 보고 싶은 게 많았거든요."

듣거나 말거나.

"수영도 배우고 싶었고요, 꽃꽂이도 배우고 싶었어요. 네일아트도 배우고 싶고, 속눈썹 연장 기술도 배우고 싶었어요."

그녀는 떠들었다.

"남는 건 기술밖에 없다고 그래서 노후 대비를 하려고 했거든요. 매번 계약직만 할 수는 없잖아요. 늙어서도 먹고살아야 하니까."

화제의 전환은 놀랍도록 뜬금없었고, 혼자 묻고 혼자 답하는 일에 놀랍도록 일가견이 있었다.

"음식 뭐 좋아해요? 저는 가리는 게 딱히 없긴 한데요, 순두부찌개 좋아해요. 달걀 톡 터트려서 휘젓지 말고 그대로 둬야 해요."

남자는 말을 잃은 사람처럼 묵묵부답으로 일관했다. 뭐, 어차피 죽도록 궁금한 것들은 아니었으니 찬양은 그런 대로 남자와 걸을 만했다. 혼자 걷는 것보다는 백 배, 천 배는 나은 처지였으니까.

"그래도 아저씨라도 있어서 다행이에요. 얼마나 더 걸어야 하는지도 모르는데 혼자였다면 되게 지루했을 것 같아요."

잠을 청하지 않아도 졸리지 않고, 밥을 먹지 않아도 배고프지 않았다.

"그런데요, 막 끝까지 걸어가면 죄목 줄줄 읊으면서 재판받는 거 아닐까요? 저 초등학생 때 슈퍼 아주머니한테 어린이 화폐 드리고 빵 샀는데 아주머니가 모른 척 그냥 주셨어요. 그거 아직도 기억나요. 벌받겠죠?"

매듭짓지 못한 현세의 죄가 떠오른다. 이럴 줄 알았다면 평소에 잘할걸.

"상사 욕도 되게 많이 했어요. 뭐, 커피에 침을 뱉거나 그러진 않았지만 폭탄주 말 때 소주 엄청 타서 일부러 드리기도 하고, 상사 새끼라고 욕하기도 하고요."

남자는 조금씩 드러나는 먼발치 갈림길로 시선을 주었다. 찬양은 재잘재잘 현세의 일들을 회상했다.

"그리고 우리 회사에 주임이 한 명 있는데 엄청 재수 없거든요. 나보다 어린 게 막 사람 무시하고 반말하고 지 심부름시키고, 말끝마다 계약직 계약직."

아오, 걔는 내가 지옥 가더라도 밟아 주고 오는 건데. 아쉽다. 아쉬워.

"계약직이 다른 게 서러운 게 아니라요, 그런 애들 때문에 서러웠어요. 회사에 가면 현대판 계급 사회라니까요?"

"정찬양 씨, 그만 좀 떠들고 앞 좀 보죠."

"네."

……네? 찬양은 남자의 말에 땅만 보던 고개를 들었다. 어느덧 갈라진 갈림길 위에 두 사람은 나란히 멈춰 섰다. 남자는 어느 길이건 선택해야 하는 기로에서 신중한 시선을 내보였다.

"저기요, 아저씨……."

이제 어디로 가야 하는가.

"제 이름은 어떻게 아셨어요?"

내가 네 이름은 어떻게 알았냐면…….

"그게 중요한 게 아니고 지금. 갈림길 안 보입니까?"

"보여요. 제 이름은 어떻게 아셨어요?"

"선택해요. 어느 쪽으로 갈 건지."

"혹시 제가 제 이름 말했어요? 아저씨는 이름이 뭔데요?"

“니가 말했어. 그러니까 선택하라고. 가고 싶은 길.”

……너? 찬양은 뚱한 표정을 지었다. 느닷없는 반말이 불쾌한지 찬양은 미간을 좁혔다.

“그런데 왜 반말이세요? 초면에?”

“그쪽은 초면이 어려워서 여태까지 떠들었습니까?”

“아니, 지금 반말하셨잖아요. 왜 반말해요?”

“시끄럽고.”

남자는 관심 없다는 듯 갈림길을 턱 끝으로 가리켰다. 쳇, 찬양은 눈을 치켜뜨며 남자를 올려 보다가 다시 갈림길로 시선을 돌렸다. 어디로 갈지 선택하란다. 제게 이런 중요한 일을 맡기다니, 부담이 된다.

“이 길이 좋겠어요.”

긴 고민 없이 찬양이 길을 택하자 남자는 고개를 끄덕였다. 좋은 선택이라는 것 같다.

“가요, 그러면.”

잘 가. 나는 너랑 반대로 갈 거야.

“어어? 같이 안 가요? 여기서 갈라져요, 우리?”

찬양은 자신이 선택한 길이 아닌 다른 방향으로 길을 트는 남자를 바라보다가 당황한 듯 음성을 높였다. 귀찮다는 듯 뒤도 돌아보지 않고 손만 휘휘 젓는다.

“가, 같이 가요! 저도 그쪽으로 갈래요! 저 그 길이 더 마음에 드는데요!”

“그럼 이리 가든가.”

다시 가던 길을 꺾어 되돌아온 남자는 다른 갈림길로 접어들었다. 두 번은 잡히지 않겠다는 것처럼 걷는 속도가 바람을 가르듯 빨라진다.

“어어어! 어어어! 진짜 간다! 저 아저씨가 진짜 혼자 간다!”

찬양은 뒤도 돌아보지 않고 쌩하니 갈 길을 가는 남자를 바라보다가 뾰로통한 입술을 열었다.

"그래! 잘 먹고 잘 살아라! 나쁜 인간! 이렇게 무시무시한 공간에 나 두고 혼자 걸어가다간 백 리도 못 가서 발병 날걸!"

에라이 나쁜 놈! 에라이 못된 놈! 한 바가지 욕을 퍼부어도 시야에서 순식간에 사라진다. 혼자 덩그러니 남은 찬양은 굵은 숨만 재차 내쉬다가 고개를 떨궜다. 애당초 삶과 죽음은 홀로 맞이하는 거라지만 막상 겪어 보니 외로움은 신랄했다.

"진짜, 혼자네……."

남자와는 다른 갈림길로 찬양은 들어섰다. 얼마나 더 가야 하는지 누구도 알려 주지 않았지만 걷는 수밖에 없었다. 멈추는 그 길은 너무도 시리고 황량해서, 숨을 곳도 없었으니까.

"이제 좀 살 것 같네."

이미 죽어 버린 주제에 살 것 같다는 말이 튀어나온다. 지안은 홀로 남은 길을 걸어가며 고개를 절레절레 저었다. 한 여자의 인생을 풀 스토리로 들었다. 태어난 곳부터 구멍가게 빵 하나 훔쳐 먹은 일까지. 수다스러움이 끔찍하게 싫었던 현세의 성격 그대로 지안은 경악을 금치 못했다.

"무적이네, 무적. 대체 무슨 말이 그렇게 많아."

고루한 기색이 묻어나는 표정으로 걸음을 옮겼다. 이제 좀 주변이 조용해지니 생각을 차분하게 할 수 있을 것만 같다. 사고 당시의 기억을 더듬고 지난 일들을 정리하며, 객관적인 상태로 인생의 뒷면을 들여다보았다.

휴. 그러다가 지안은 처음으로 주변을 살폈다. 물기가 없어도 습했고, 해가 없어도 건조했으며, 걸음걸음마다 질척거리거나 혹은 메말랐다. 원래 이렇게까지, 조용했나? 막상 조용해지고 나니 길이 더욱 아득하게만 느껴진다. 성가실 정도로 떠들던 작자가 없어졌으니 처한 현실은 더욱 적응하기가 힘들었다. 괜히 떼어 놓았나, 그냥 데리고 갈 걸 그랬나. 잘 가고 있긴 한가? 무료하고 지루한 길을 끊임없는 성찰로 지나가던 때.

'이상해. 이상한 게 우리의 세계로 들어왔어.'

바람처럼 스치는 혼의 소리가 들렸다.

'우리의 세계에 이상한 게 들어왔어. 이상해. 이상한 게 들어왔어.'

"……뭐야."

지안은 우뚝 멈춰 섰다. 주변을 바라보아도 휑한 공간엔 무엇도 보이질 않는다. 을씨년스러운 소리만 가득히 공간을 울려, 스산함에 귀를 막아도 선명히 들려왔다.

'이상해. 이상한 게 두 개나 들어왔어.'

'맞아. 그것도 살아 있더니 이것도 살아 있나 봐.'

내가, 살아 있다고? 지안은 문득 눈앞에 병실의 모습이 그려졌다. 호흡기를 끼고 수술대에 누워 있는 긴박한 상황이 연출되고 있다. 나는, 살아 있는가? 그곳에 서 있는 것처럼 모든 장면이 생생하다. 가느다란 숨에 의지한 채 생명을 연장하고 있는 자신의 모습. 지안은 주먹을 꽉 쥐었다.

나는, 살아 있다.

'그럼 이건 어떻게 되는 거야?'

'지금까지 이 길로 들어선 것은 무엇도 없었어.'

'돌아가는 거야? 이건 살게 되는 거야?'

살 수도…… 있다. 혼들의 대화를 엿듣던 지안은 천천히 고개를 들었다. 그들의 말대로 이 길의 끝엔 생이 있는가, 심장은 가파르게 뛰어올랐다. 그렇다면 조금 더 걷는 속도를 내야겠다. 지안은 다시 걸음을 재촉했다. 걷던 걸음은 잠시 후 뛰다시피 변했다.

'그래. 이건 살지도 몰라. 이건 다시 그 세계로 돌아갈 것 같아.'

'맞아. 아까 그건 망자의 길로 들어섰지만 이건 달라.'

맹렬하게 쫓아오는 혼의 음성에 지안은 뛰던 걸음을 멈췄다. 저도 모르게 걸어왔던 길을 되돌아보았다. 자신과는 다른 길로 들어선 찬양이 떠올랐다. 혼들의 대화 속 '그건' 찬양이 분명하다. 망자의 길로 들어섰다니, 그렇다면 그 여자는 죽는 것인가?

지안은 생각 끝에 멈췄던 두 발을 움찔거리다가 다시금 멈췄다. 침착하게 생각하기로 했다. 왔던 길을 다시 되돌아가기엔 이미 너무 멀리 온 것 같고, 가까스로 살아날 기회를 거머쥔 자신이 이 길을 거슬러 갔다가 무슨 일을 당하게 될지는 아무도 모르는 일이었으니까.

발걸음은 다시 멈칫했다. 어쩌면 그녀도 살릴 수 있지 않을까, 나 때문에 그 길로 접어든 건 아니었나?

"지금 가도 늦어. 늦었다고. 그러니까 포기하자고, 남지안."

제발. 제발 이런 생각을 멈춰.

"미치겠네……."

한시가 급한 상황이다. 가능한 한 빨리 살아나야 했고, 모든 것이 무너지기 전에 돌아가 일을 처리해야 했다. 위태로운 기업, 홀로 남은 남 전무, 수많은 직원들.

"내가 왜, 그러니까 내가 왜 일면식도 없는 남 생각을."

애꿎은 남 걱정을 할 게 아니라 그들을 생각해야 한다. 상념을 떨치려는 듯 지안은 고개를 세차게 저으며 다시 앞으로 나아갔다. 생으로 돌아갈 수 있다면 무엇이든 해야만 한다. 하지만.

'운이 좋았어. 이건 살겠지.'

'이 길로 들어선 이상 우리 세계에 올 것이 아니니까.'

……하지만.

'아까 그것만 거둬 가자. 이건 내버려 두자.'

"이런, 망할……."

도저히 안 되겠다는 것처럼 지안은 다시 발길을 돌렸다. 지금까지와는 비교도 될 수 없는 속도로 달리기 시작했다. 어두컴컴했던 길을 지나 습지를 지나고, 흉측한 소리가 난무하는 기괴한 숲을 지나, 마주했던 갈림길로 들어섰다. 거침없이 그녀가 밟은 길을 따라 달리며 자신을 쫓아오는 혼령들의 비웃음을 뒤로했다.

'우매한 것이 숨을 포기하나 봐.'

'제 발로 우리의 세계로 돌아오나 봐.'

혼령들은 찢어지는 웃음소리를 뱉으며 따라왔다. 있는 힘껏 달리다 보니 저 멀리, 찬양이 보인다.

"정찬양!"

얼마의 시간을 달려왔는지 모르겠다. 지안은 목청을 높여 그녀를 불렀다.

"정찬양! 이봐! 정찬양!"

불러도 듣질 못하고, 그녀는 앞으로 향하고 있다. 아마도 그녀를 죽음으로 인도하는 혼령에게 홀린 것이 분명했다.

전력질주를 했다. 점처럼 보이던 그녀가 어느덧 가까워지고, 걸음을 멈출 땐 이미 잡을 수 있을 만큼이 되었다. 혼신의 힘을 다해 뛰어오느라 그녀를 부르지 못한 지안이 찬양의 어깨를 붙잡았다. 홱, 돌리자 놀란 눈으로 바라본다.

"어?"

무작정 손을 잡고 뒤로 뛰었다.

"어어어? 아저……!"

그의 놀라운 힘과 속도를 이기지 못하고, 찬양은 그를 따라 달리기 시작했다.

'아쉬워. 아쉬워.'

'그것도 살아나려나 봐.'

자신이 걸었던 갈림길이 나올 때까지 지안은 무작정 달렸다. 부디 그 길이 사라지거나 지워지거나, 없어지는 일은 없기를 무구히 바라며 달리고 또 달렸다. 어느덧 생과 사의 원점, 갈림길이 나타났고 지안은 망설임 없이 자신이 걷던 길로 들어섰다.

"후, 후……."

지안은 그제야 거친 숨을 몰아쉬며 그녀 손을 놓았다. 따라 거친 숨을 내뱉던 찬양은 모든 것을 알고 있다는 것처럼 환히 웃었다.

"날 도와주려고 온 거예요? 나 다 들었어요. 나 죽는다고 자꾸 뭔가가 따라오며 중얼거렸거든요. 멈추고 싶었는데 계속 걸음이 앞으로만 가서 멈출 수가 없었어요."

……다시 만나자마자 수다 삼매경이다.

"그런데 아저씨가 돌려세우니까 정신이 번쩍 들더라고요. 나 뭐에 홀렸었나 봐요. 그렇죠? 그런데 아저씨는 내가 위험한 거 어떻게 알았어요?"

"후, 후……."

지안은 등허리를 구부린 채 숨만 내쉬었다. 사신의 숨에 홀린 그녀는 등 떠밀리듯 걸음을 옮기고 있었던 때였다.

"나 도와주려고, 나 걱정된다고 다시 온 거예요? 아저씨, 아저씨가 진짜로 나 도와준 거예요?"

"이봐요, 정찬양 씨."

지안은 느리게 구부렸던 등을 바로 폈다.

"호칭 정정하죠. 아저씨 아닙니다."

"그럼 뭐라고 불러요?"

"지안. 남지안."

"아…… 남지안 씨……."

"타인이 부르는 이름은 익숙하지 않으니 그냥 남 상무라고 불러요."

"남 상무……?"

"……."

"……님?"

"지금부터 적당한 상호 존대하기로 하고. 시간이 없으니 일단 갑시다."

지안은 다시 그녀를 끌며 걸음을 옮겼다. 잡으니 잡히는구나, 만지니 만져지는구나, 엉뚱한 생각만 늘어놓으며.

두 사람은 다시 보폭을 맞추며 서로의 존재에 외로움을 기댄 채 앞으로 나아갔다. 현세의 시간으로 두 달 보름을 더 걸어가며 때로는 기대고, 때로는 손을 잡으며, 때로는 웃다가, 때로는 위로했다. 누구라도 상대는 절대적인 존재일 수밖에 없었다. 앞으로 걸어 나갈 수 있는 유일한 목적이 되었으니까.

하염없이 걸었다. 걷고, 또 걸었다. 이 길 끝엔 너와 나, 모두가 살아날 수 있을 거라는 간절한 희망을 품고서.

“상무님은 다시 살아나면 뭐 하고 싶어요?”

백 번도 넘게 듣는 질문이다. 여전히 수다스럽고, 여전히 천진한 그녀와 하염없는 시간을 헤매다 보니 그도 자연스레 말이 많아졌다.

“지금 생각해 봐야 쓸데없는 일인 것 같은데.”

말이 많아졌다고 하기보다 대꾸가 늘었다는 것이 더 옳은 표현일 것이다. 어느덧 그녀에게 길들여진 그는 대꾸가 귀찮다거나 거슬리거나 하지 않았다. 외려 웃음이 늘었고, 그녀의 모든 말을 기억하려는 듯 곱씹는 일도 많아졌다.

“하긴요. 우리는 깨어나면 아무것도 기억하지 못하겠죠? 기억하면 좋을 텐데.”

부질없다는 것을 알면서도 잊고 싶지 않았다.

“여길 걸었다는 것도 잊지 않았으면 좋겠어요. 모조리 가지고 눈 뜨면 얼마나 좋을까요?”

“뭘 기억하고 싶은데?”

……질문도 늘었다. 그녀에 대해 궁금한 것은 자꾸 생겨나, 알고 싶은 마음을 감출 수가 없었다.

“상무님이랑 있었던 시간요.”

마음 또한 이율배반적이다. 어서 이곳을 벗어나고 싶다가도 그럼 너와 나는 어떻게 되는 건가, 머뭇거리게 되다가.

“그냥요. 아깝잖아요. 상무님이랑 정도 많이 들었는데.”

다시 돌아가면 우리는 남이 되겠구나, 순응을 하다가도 다른 방법은 없는 걸까 안타깝기도 했다. 이대로 영생을 너와 함께 걸을 수 있다면 이대로도 나쁘지 않겠구나, 간혹은 마음이 하는 소리를 들어야 했다.

"정도 들었다는 건 다른 것도 들었다는 건데, 다른 건 뭡니까?"

"와, 또 해석을 그렇게 하시네요. 능력자."

"정보단 그게 더 궁금하거든."

인지상정에 해당되는 정 말고, 다른 마음이 들어 있었으면 좋겠다. 네게.

……그녀는 답 대신 그의 손을 끌어다가 잡았다.

"마음엔 다 들었죠. 정도 들고, 좋아하는 마음도 들고."

부질없는 만큼 간절하기도 했다.

"사랑도 들고요."

"들던 중 제일 마음에 드는 말인데."

그는 어둠을 무색하게 하는 그녀의 웃음소리를 끝으로 잡은 손을 더욱 그러쥐었다. 인간이란 생각과 마음만 키울 뿐 아무것도 할 수 없는 미약하고도 미약한 조각일 뿐이었다. 그렇게 걷고 또 걷고, 웃고 또 웃으며, 바라보고 또 바라보았지만.

잊지 말자, 어떻게든 무슨 일이 있어도 우리는 꼭 우리를 기억하자. 그런 말은 서로 나누지 않았다. 나누는 순간마저 가슴이 아플 것 같아서. 지키지 못할 약속에 찰나도 미안하지 않았으면 해서. 나도 할 수 없는 일—

"어? 저기 뭐 있어요. 강인데? 보여요?"

"그래. 보여."

너도 할 수 없다는 걸 알기 때문에.

어찌할 도리가 없는 마음만을 끌어안고, 두 사람은 삼도천에 도착했다.

차도 사람도 빽빽한 아침 출근길. 모든 것들이 빠르게 움직이니 활

기차 보이지만 실상은 가장 건조하고 단조로운 도심의 풍경이다.

빌딩 숲을 매끄럽게 지난 차량 한 대가 우회전을 한다. 백경그룹의 본사를 향한 차량을 발견한 경비 측에서 황급히 길을 터고, 정문에 다다른 차는 소리 없이 멈춰 섰다.

"안녕하십니까, 부사장님."

"네. 좋은 아침입니다."

인사를 받으며 차에서 내린 현주는 로비로 들어섰다. 미리 그녀를 기다리고 있던 여러 직원들이 득달같이 달라붙었다.

"부 사장님, 어제 울산 쪽 조선 사업소……."

"들었어요. 오전 회의 미뤄 줘요. 오후에 얘기하죠."

"네. 부사장님."

인사보다 일 얘기를 먼저 꺼내려는 직원들을 제지하며 현주는 바쁜 걸음을 옮겼다. 손목에 차고 있는 작은 시계를 수도 없이 바라보며 그녀는 다소 초조한 기색을 내보였다. 엘리베이터에 몸을 싣고 정돈이 잘된 손톱으로 버튼을 눌렀다. 혹시 머리가 흐트러지진 않았을까, 옷매무새가 너저분하지는 않을까 그녀는 다시 한번 점검했다.

로비와 멀어질수록 심장 박동은 점점 증가했다. 자그마한 손거울이라도 꺼내 얼굴을 보고 싶은데 속도 모르는 엘리베이터는 초고속으로 그녀를 데려다주었다. ……문이 열린다.

"안녕하십니까, 부사장님."

"안녕하십니까. 좋은 아침입니다, 부사장님."

열리는 문틈으로 늘어선 비서진들이 고개를 숙이며 인사를 건넨다. 엘리베이터에서 내린 현주는 손짓으로 인사를 받으며 한 걸음 한 걸음 사무실로 들어섰다.

"출근했습니까?"

"네? 아, 네. 안에 계십니다."

직원의 답을 들은 현주의 걸음이 빨라진다. 새벽녘 청소를 완벽하게 끝내 반들반들하게 광이 나는 바닥을 지나 그녀는 두꺼운 사무실 문을 열었다. 선뜻 들어서지 못하고, 그녀는 멈춰 섰다.

"아……."

매일 출근하는 사무실이고 눈 감고도 그릴 수 있을 정도로 낯익은 풍경이지만, 오늘따라 새롭고 낯설게 느껴졌다.

"윤 실장, 왔습니까?"

자신이 말을 하지 않으면 상대도 하지 않으리라. 그는 먼저 말을 걸어오는 위인이 아니니까.

"네. 오랜만에 뵙습니다. 부사장님."

인사를 건네자 단조로운 인사가 돌아온다. 반갑다는 표현도, 돌아와 기쁘다는 징조도 느낄 수 없는 기계적인 높낮이의 음성이다. 그게 뭐 그리도 흡족한지 현주는 바로 미소를 지었다. 오랫동안 자신의 곁을 지키다가 떠났던, 그가 돌아왔다.

현주는 문을 닫으며 앞으로 걸어갔다. 정면을 바라보며 걷는 듯했지만 이미 그의 모습을 완벽하게 스캔한 뒤다.

"출근한다고 슈트도 새로 맞춘 모양이죠?"

"아…… 네. 그렇습니다."

"잘 맞네요. 예쁘게."

먼지 한 톨 묻지 않은 그의 슈트는 깔끔했다. 재입사지만 나름 첫 출근이라고 신경 쓴 윤 실장의 속내를 그녀만 느낄 수 있다.

칭찬을 해도 대꾸가 돌아오질 않는다. 그런 잔잔한 기운이 그녀를 더욱 아늑하게 했다.

"차 한잔할까요? 오랜만인데."

"아닙니다. 회의 준비를 마저 해야 해서."

"야박하긴. 성격 좀 고쳐 오라고 하지 않았습니까?"

책상 곁에 가방을 내리며 현주는 싫지 않은 투의 타박을 했다. 그는 언제나 차 한잔을 그냥 마셔 주는 법이 없고, 시시콜콜한 말들에 대꾸

를 하는 법이 없다. 목석도 이런 목석이 없음이요,

"잘 왔습니다, 윤 실장. 재입사 축하해요."

이렇게 둔하고 딱딱한 사내도 없을 것이다.

"보고 싶었어요."

"……."

PC를 켜며 그녀가 아무렇지 않게 보고 싶었노라 툭, 말을 던지자 고요했던 그의 눈빛에 잠시 변화가 깃든다. 움찔, 하며 흔들리는 손끝. 무안한지 작은 헛기침을 뱉는 소리.

"선배도 나 보고 싶었던 거 다 알아."

이미 그의 마음을 꿰뚫는 것에 이골이 난 그녀는 그런 것들로 마음의 위안을 삼는다. 비록 표현에 야박한 사람일지라도 가만히 들여다보면 곳곳에서 들통나곤 했으니까.

"뭐, 오늘은 첫 출근이니까 이쯤 하죠. 그런 바위 같은 표정 좀 짓지 말고."

"바위…… 같은 표정이 뭡니까?"

"지금 윤 실장 표정이 바위 같은 표정입니다. 나가서 거울 좀 보세요. 인간미 없으니까."

머뭇거리던 윤 실장이 들고 있던 파일을 가까이 와서 내린다. 현주는 숨을 깊게 들이마시고 이내 내쉬었다. 그러곤 이내 반갑다는 듯 미소 지었다.

"회의 수순대로 자료 검토를 좀 했는데, 부실한 것들이 있어서 몇 개는 날짜 연기를 좀 하셔야겠습니다. 이대로 회의 진행하는 것은 의미가 없습니다."

"그러죠."

그녀가 좋아하는 향이다. 향수라면 치를 떨던 윤 실장에게 고집에 고집을 부려 뿌리게 만들었던, 애착하는 향.

"그리고 이건 베이징 모터쇼 VR 세부 자료입니다. 다시 검토 부탁드립니다."

"그러죠."

그가 돌아온 첫날일 뿐인데, 벌써부터 일이 안정적으로 돌아가는 기분이다. 현주는 무슨 말이건 다 듣겠다는 표정으로 그의 말을 경청했다. 진지한 표정으로 뚫어지게 자신의 얼굴을 바라보니 윤 실장의 말이 점점 빨라진다.

"이만 나가 보겠습니다."

"그래요, 그럼."

아예 턱을 괴고 그를 올려 보던 현주는 하고 싶은 대로 하라며 고개를 끄덕였다. 최대한 그녀와 시선을 맞추지 않으려는 노력을 고수하며 윤 실장은 책상에서 멀어졌다.

"윤 실장."

가는 걸음을 그녀 음성이 붙잡는다.

"오늘 점심 같이해요."

"……아닙니다."

"그럼 저녁 같이하든가."

"점심이 좋겠습니다."

"그럼 적당한 곳 알아볼게요."

"네. 부사장님."

그가 밖으로 나선다. 그제야 현주는 PC로 시선을 돌리며 얼마 동안은 잊고 지냈던 미소를 지었다.

……대학 선배로 시작해, 전무실 비서실장을 지나.

"미쳤다. 진짜 하나부터 열까지 너무 좋아……."

끈덕진 구애와 처한 현실 앞에 사표를 내던지고 도망치듯 사라졌던 그가, 정말로 돌아왔다. 간신히 재입사를 시키는 것에 성공했지만 여전히 목석같은 상태는 변함이 없다.

"지도 나 보고 싶었으면서 튕기기는. 칫."

뭐, 그런 점이 너무나도 매력적이지만. 현주는 중얼거리며 그가 들고 온 파일도 함께 펼쳤다. 오랜만에 일할 맛이 난다. 회사를 오고 싶은 마음이 굴뚝같이 생긴다.

"점심시간 멀었나……. 아직 10시도 안 됐네……."

그가, 내 곁으로 돌아왔으니까.

"선배, 그동안 뭐 하고 지냈어? 얘기 좀 해 봐. 내내 여행한 거야? 어머님 모시고?"

점심 메뉴로 선정되기엔 다소 부담스러운 메뉴들이 즐비하게 깔린다. 호텔 식당을 찾은 현주는 닥치는 대로 메뉴를 골랐고, 테이블이 부족할 정도로 찬이 깔렸다. 그래도 성에 안 차는지 현주는 부족한 게 없나, 찾는 눈빛이다.

"선배 이거 먹어. 이거 좋아하잖아."

언젠가 그가 잘 챙겨 먹던 LA갈비구이를 앞으로 밀었다. 말없이 젓가락질을 하던 그가 힐끔 접시를 내려다본다.

"이거, 이것도 먹어. 이거 여기 잘해."

잘 구운 생선 접시를 또다시 밀어 가져다 놓는다.

"이거. 이것도. 이것도. 이것도 먹어 봐."

여러 접시를 밀어 놓고 나니 수호 쪽으로 접시가 산만 하게 쌓인다.

"……그만해. 이걸 누가 다 먹어."

오오. 이제 말한다. 현주는 눈을 빛내며 그를 바라보았다. 비서 직함을 벗고 반말을 하는 그는 무슨 말을 내뱉건 간에 내용을 불문하고 매력적이다.

"선배, 살은 왜 이렇게 빠졌어? 팍팍 좀 먹어."

"운동했어. 일부러 뺀 거야."

은연중 접시를 다시 원위치한다. 밥은 통 먹질 않고 자신만 뚫어지게 바라보고 있는 현주를 향해 시선을 들었던 수호는 사레가 걸린 듯 기침을 했다.

"물! 물 마셔! 여기 물!"

현주가 허겁지겁 물을 건네자 단숨에 들이켠 수호는 다시 그녀를 응시했다.

"밥 좀 먹자. 그렇게 쳐다보고 있는데 내가 밥이 넘어가?"

"응. 넘어갔으면 좋겠어."

"……그러지 말고 너도 좀 먹어."

"난 됐어. 안 먹어도 배불러."

하……. 수호는 식은땀을 닦으며 다시 젓가락을 들었다. 아무리 쌀쌀맞게 굴어도 좋다고 얼굴만 들여다보고 있으니 이 대책 없는 여자를 어찌하면 좋단 말인가?

"너, 이렇게 사람 좋아하는 것도 병이야. 그것도 중증이고."

"중증은 무슨. 말기지."

현주가 웃으며 대꾸하자 수호는 항복했다는 듯 웃음을 피식 흘렸다. 대체 나의 어디가 좋아서, 턱없이 모자라고 부족한 나의 어디가 이렇게도 좋아서. 도대체 이해가 되질 않는다.

"나 오랜만에 봤는데 물어보고 싶은 거, 없어?"

"뉴스에서 지겹도록 봤어."

"에이, 그건 남현주 부사장이고. 여자이자 윤수호의 후배 남현주의 일상은 안 궁금해?"

물러날 생각이 조금도 없어 보이는 그녀의 사랑이 버겁다가도, 그런 그녀의 마음이 지금의 나를 버티게 하는, 조금은 이중적인 마음.

"밥 먹자. 밥 좀."

"어어, 미안해. 내가 말이 좀 많았지. 대신 밥 먹고 차 한잔 더 하자."

"안 돼. 너 2시 회의 있어."

"미룰게. 미루면 되지. 우리 얘기 좀 해. 응?"

수호가 대꾸를 하지 않자 현주는 입술을 삐죽거렸다. 헛소리 말라는 거다.

"알겠어요. 그럼 밥이라도 많이 먹어. 한 공기 더 먹을래?"

"……넌 밥 다 먹었어?"

"나? 응."

밥그릇을 다 비워 가던 수호는 손을 뻗어 현주의 밥그릇을 가져간다. 배가 이미 불렀지만 반찬은 먹어도 먹어도 줄어들 생각을 하지 않는다.

"그럼 내가 마저 먹을게. 밥 남기면 벌받는다."

게다가, 일어서면 회사로 다시 들어가야 할 테니까. 할 수 없지, 배가 터질 때까지 먹어 보는 수밖에.

"새 거 시켜 줄게! 내가 먹던 걸 어떻게 먹어!"

"뭐, 처음이라는 것처럼 새삼스럽게."

수호는 그녀가 먹던 밥을 덜어 자신의 밥그릇으로 옮기며 묵묵히 먹기 시작했다. 아무렇지 않게 자신이 먹던 밥그릇을 가져가니 현주의 눈에서 하트가 장전되어 발사된다.

"맙소사, 섹시해……."

"콜록, 콜록콜록!"

아, 밥 좀 먹자! 수호가 기침을 갈무리하며 버럭 소리를 지르자 현주는 웃음을 터트렸다. 이제야 숨을 쉬는 것 같다. 먼지처럼 부유하던 삶이, 이제야 제자리를 찾아가는 것만 같다.

"나 이제 좀 살 것 같아. 선배."

"백경만큼 월급 많이 주는 곳 없어서 다시 돌아온 것뿐이야. 애먼 기대 하지 말고."

"그런 말을 해도 멋있게 보이는데 어떡해. 나 미쳤나 봐."

"알면 상담이라도 받으러 가 봐. 김 닥터 요즘 한가하다던데."

"아주 작정을 하고 입사하셨나 봐요? 예전보다 더 세게 나오네?"

"정신 똑바로 차리고 있어야지, 안 그러면……."

너한테 잡아먹히겠어. 수호는 남은 말을 어물쩍 삼키며 밥을 우걱 우걱 먹었다. 으차, 하마터면 실수할 뻔했다.

"안 그러면, 뭐? 그다음 말은 뭔데?"

하지만 그냥 넘어갈 남현주가 아니지. 말꼬리를 붙잡고 늘어진다.

"나 밥, 그만 먹을까?"

"치사해. 먹어 얼른. 말 안 시킬게."

수호가 시치미를 뚝 떼며 밥그릇만 바라보자 현주는 다시 슬금슬금 그의 앞으로 반찬을 밀며 그가 식사에 열중하는 모습을 지켜보았다. 그를 바라보지 못해 눈에 가득 담겼던 모래알이 씻겨 내려가는 것만 같다. 마음 같아선 그가, 앉은 자리에서 밥을 백 공기 정도 먹어 주었으면 좋겠다.

"후식 있어. 후식 먹자. 누룽지 먹을래?"

"됐어. 배가 터질 것 같다."

지겹게도 오래 이어 온, 앞으로도 지겹게 이어질—

"후식은 먹어 줘야 해. 한입만 먹어. 응?"

"……줘 봐, 그럼."

그래. 우리는 이런 관계가 어울려. 서로를 술래잡기하는, 서로가 서로를 쫓아다니는.

하지만 절대 잡히진 마. 잡히면, 안 놔줄 테니까.

"형님하고 윤 실장님하고 잘되면 좋겠어요. 윤 실장님이 형님 마음 그만 애타게 하면 좋을 텐데. 그렇죠?"

"그게 쉽나. 안 쉽지."

"왜요?"

시사 잡지를 넘겨 보던 지안은 힐끔 찬양을 바라보았다. 안타까워 죽겠다는 표정으로 대답을 기다리는 그녀 얼굴을 바라보고 있자니 굳이 알려 주고 싶지 않은 현실이다.

“형이 보기보다 상당히 보수적이야.”

“그래요? 안 그러신 줄 알았어요. 그게 그런데 무슨 상관이에요?”

“어머님도 많이 편찮으신 것 같고.”

“그런데요?”

“……아니야. 아무것도. 실은 나도 잘 몰라.”

무엇도 개의치 않는 상대에게 현실을 주입하기란 어려운 일이다. 전부 받아들일 준비가 되었다는 현주지만, 수호의 입장은 그렇지 않을 거란 걸 지안은 어렴풋이 알고 있었다. 세상엔 그런 사람도 있는 법이다. 전부 같은 사랑이지만 그것만으로 삶을 채우지 않는, 그런 사람.

“정찬양 씨. 우리가 지금 남 이야기 하면서 보낼 시간이 어디 있습니까? 따님께서 모처럼 단잠을 자는데?”

“치. 여태까지 책 들여다본 사람이 누군데 그래요?”

“당신이 바빴으니까 그렇지. 이제 방에 들어왔으면서 책임 전가하는 겁니까?”

“아, 그랬죠. 미안해요. 아기 용품 챙길 게 많아서.”

찬양이 그제야 지안이 기다렸다는 사실을 깨닫고는 허술하게 웃었다. 지안은 끼고 있던 안경을 벗으며 눈썹을 씰룩거렸다.

“경고야. 너 요즘 나 너무 찬밥 취급 해.”

“어? 아닌데? 나 그런 적 없는데?”

“목소리에 애정이 없어, 눈길도 안 줘. 어떻게 된 게 연애 때보다 손 잡을 시간이 더 없냐?”

다른 시간은 뭐…… 말할 것도 없이…… 그냥…… 아예 없어…….

“정찬양 씨, 남들은 내가 집에 가면 여우 같은 와이프, 토끼 같은 자식 거느리고 왕처럼 사는 줄 알아.”

“맞잖아요. 당신이 우리 집 왕인데. 인정! 우리 집 대들보!”

웃기시네! 밥만 먹여 주면 왕이냐?!

“집에 들어올 맛이 안 나네. 들어와 봐야 와이프가 쳐다보길 해 주나, 수고했다고 손을 잡아 주나, 잘 때도 등 돌리고 자, 출근할 땐 일어나지도 않아.”

지안의 입술 사이로 서운함이 터져 흐른다. 찬양은 뚱한 표정을 짓고 남편을 바라보았다.

“육아에 지쳐서 그런다고 백번 양보해서 이해해 봐도 서러워서 살겠어? 내 와이프 끌어안고 잠들어 본 게 언젠지 기억도 안 나.”

“어머, 거짓말. 어제도 끌어안고 잤으면서.”

“무의식이야. 의식엔 없어.”

“찬양이는 기억나는데? 찬양이는 전부 기억하는데?”

“본인 이름 스스로 불러 가며 화제의 흐름을 어지럽히지 맙시다. 어쨌든 경고야, 너.”

찬밥 취급 했다며 경고란다. 서러워서 못 살겠다고 레드카드를 내민다. 딸은 자식이고 나는 남편이다! 나 먼저 사랑해 달라! 피켓만 들지 않았을 뿐 강력한 시위를 하며, 지안은 눈꼬리를 올렸다.

“남들은 아빠가 딸만 보면 바보가 된다던데 우리 집은 아빠가 어쩜 이래?”

“와이프바보라 그런다. 처바보.”

처, 처바보……. 찬양은 웃음이 튀어나올 걸 꾹 참으며 눈웃음을 쳤다. 귀여워, 잔뜩 토라진 것 같은 저 얼굴 좀 봐. 종종 걸어간 찬양은 지안의 무릎에 앉으며 그의 목뒤로 팔을 둘렀다.

“나 우리 여보밖에 없는데 왜 몰라줘요?”

“뻥치시네. 이게 어디서 약을 팔아. 맨날 자식만 들여다보고 남편은 병풍 취급 하면서.”

“내가 또 언제 병풍 취급을 했다고 이래요. 지금도 이렇게 착, 붙어 앉아 있는데. 껌딱지처럼.”

“평소에 잘해! 평소에!”

“진짜 삐졌나 봐. 진짜로? 정말?”

찬양이 일어나려 하자 지안이 쓱 팔을 뻗어 그녀 허리를 둘렀다. 다시 쿵, 무릎에 그녀를 앉히며 두 팔로 꽉 감아 안았다.

"우리 와이프 좀 안아 보자. 얼마 만이냐?"

난 지금 불만이 아주 많아……. 이래저래…… 많은 불만이 있지…….

"나 생각보다 무거운데. 이러고 있으면 당신 다리 저려요."

"됐어. 생각한 만큼 무거워. 그리고 저려도 내 다리야. 신경 꺼."

등에 이마를 쿵, 찧으며 기대 온다. 자식에게 빼앗긴 와이프를 되찾고 싶은 심정이 가관이다. 손은 배꼽 어디쯤에서 머물다가 위로 올라가고, 다시 멈칫하며 배로 내려온다. 자식 모유 수유를 하고 있는 와이프의 가슴 사정을 생각해서 가까스로 멈춘 것이다.

힐끔, 지안은 낑낑거리다가 잠이 든 딸을 바라보았다. 저것이 세상에 까꿍 하며 태어난 뒤로 내가 찬밥이 되었다.

"아오, 저걸 언제 키워."

"부지런히 키워야죠. 힘내요, 우리."

하…… 멀었어……. 멀어도 너무 먼 길이야…….

"5분만 이러고 있읍시다. 정찬양 씨."

찬양은 갈 곳 잃고 헤매다가 멈춘 지안의 손을 바라보다가 웃음을 터트렸다. 애매하게 앉아 있던 자세를 고쳐 두 팔로 그의 목을 꽉 끌어안았다. 그러고 보니 이런 시간, 오랜만인 것 같기도 하다.

"에이, 기분이다! 오늘은 찬양이가 우리 신랑이랑 실컷 놀아 줘야겠네!"

"적선하냐?"

"어? 싫어요? 싫으면 말고."

"설마, 싫을 리가요. 감사합니다, 선생님. 덕분에 마음 좀 풀어 보겠습니다."

턱을 조금 들어 올리더니 흔연하게 웃는다. 그의 따스하고 아늑한 웃음에, 그녀도 하루 종일 쥐고 있던 긴장의 끈을 떨구는 미소를 지었다.

……아주 가까운 거리에서, 서로는 서로의 눈을 들여다보았다.

"나는 아직도 당신 이렇게 가까이서 보면 떨려. 웃기지 않아요?"

"아니. 전혀 안 웃긴데."

그대의 눈 속에 내가 투영된다. 투영되는 내 눈에, 당신이 스며 있다.

바라보고 있는 대상이 나인지 그대인지 알 수 없을 지경이 될 때까지 우리는 바라보고 또 바라보았다. 때로는 눈으로 전하는 말들이 더욱 가슴을 울릴 때가 있어서, 낯간지러운 말도 진정 어린 눈빛과 어우러져 세상에 둘도 없는 의미가 되어 버린다.

"여전히 잘생겼다, 우리 신랑."

한 폭에 감기지 않는 그의 단단한 어깨를 두 팔로 감아 안고서 그녀는 새삼스러운 든든함에 마음을 뉘었다. ……덤으로 얻은 삶. 그는 그녀의 바른길이, 그녀는 그의 시간이 되어 주었다.

모든 사랑이 담긴 손길로 찬양이 지안의 머리를 헝클어 버리듯 쓸어 넘기자 지안은 천천히 눈을 감으며 입술을 열었다.

"나한테는 당신이 처음이고 첫 번째고, 뭐든지 최고고."

여전히 나의 시간은 너로 인해 흐르고, 멈춘다고.

"살면 살수록 더 좋아지는 사람이야. 당신은."

사랑해.

"그러니까 나한테 소홀하면 되겠어, 안 되겠어. 경고야 너."

"아, 뭐예요. 분위기 좋다 말고 또 그 타령이야?"

자꾸 경고를 들먹거리는 지안의 얼굴을 두 손으로 들며 찬양은 자신의 입술을 내렸다. 연애 시절로부터 지금까지, 단 한 번도 따뜻하지 않았던 적이 없는 입술. 보드라운 촉감이 생생하고 열기가 넘실대는 뜨거움이 온몸의 신경을 곤두세우는, 입맞춤. 처음 같은 어색함은 사라지고 능숙함이 자리한 부부의 입맞춤은 기간이 오래된 만큼 농염하고 열정적이었다.

찬양이 잠시 입술을 떼자 아직 안 된다는 듯 지안은 그녀의 목덜미를 꽉 잡고는 다시 내렸다. 옥죄어 오듯 입안을 헤집어 오는 지안의 입맞춤을 가까스로 피하며, 찬양은 그의 옷을 들춰 등을 쓸었다.

"경고, 취소해 줘요."

젖은 듯 촉촉한 음성이 그의 귓가를 어지럽힌다.

"취소해 줘요. 경고. 응?"

등을 타고 올라온 그녀 손이 가슴으로 내려온다. 온몸의 신경 세포가 그녀 손끝 아래로 달려간 듯 예민해지고, 감각이 살아난다.

"싫어. 오늘 너 하는 거 봐서."

순순히 취소해 주면 그녀가 더는 이런 분위기를 이어 가 주지 않을 것 같아서, 지안은 일단 튕겨 보기로 한다. 어엇, 그러자 찬양이 이번엔 고개를 내려 슬쩍 그의 귓불에 입술을 맞댔다. 뜨거운 숨이 고막을 두드리듯 치고 들어온다. 눈가로, 목덜미로, 그녀의 입술은 그의 살갗을 문질렀고 숨결은 지근한 거리에서 퍼졌다.

"취소해 줘요. 응?"

지안의 눈앞이 아찔아찔하다. 도망갈세라 그녀의 허리를 꽉 붙들고, 완벽한 타협에 이르기로 한다.

"취소해. 난 취소하는데."

"……."

"하던 건 계속하자."

그럼요. 당연하죠. 이 사랑, 절대 취소 없어요.

—*fin*